诗人李晨曦的

再婚生活

金兆凡 著

人民东方出版传媒
東方出版社

图书在版编目（CIP）数据

诗人李晨曦的再婚生活／金少凡 著. —北京：东方出版社，2013.9

ISBN 978-7-5060-6845-1

Ⅰ.①诗… Ⅱ.①金… Ⅲ.①长篇小说-中国-当代 Ⅳ.①I247.5

中国版本图书馆 CIP 数据核字（2013）第 226875 号

诗人李晨曦的再婚生活
（SHIREN LICHENXI DE ZAIHUN SHENGHUO）

作　　者：金少凡
责任编辑：栗河冰
出　　版：东方出版社
发　　行：人民东方出版传媒有限公司
地　　址：北京市东城区朝阳门内大街 166 号
邮政编码：100706
印　　刷：北京京都六环印刷厂
版　　次：2013 年 10 月第 1 版
印　　次：2013 年 10 月第 1 次印刷
印　　数：1—5 000 册
开　　本：787 毫米×960 毫米　1/16
印　　张：29
字　　数：320 千字
书　　号：ISBN 978-7-5060-6845-1
定　　价：45.00 元
发行电话：（010）65210056　65210060　65210062　65210063

目　录
contents

李晨曦入住到方芳家后不久，崔凯又跟李晨曦说了自己的另一个想法，鉴于目前他公司资金紧张，他想让李晨曦卖掉自己的房子。李晨曦由此陷入了两难的境地。

为了解决资金问题，崔凯借儿子生日之名在饭店举行了隆重的宴会。因为在宴会上李晨曦没有得到崔凯的应有尊重，诗人感到受到了侮辱，拂袖而去。满堂为之震惊。

收到方芳寄来的离婚协议书，李晨曦感到相当惊讶，他赶紧给方芳打电话问这到底是怎么回事，方芳说宴会上他愤然离去让崔凯恼羞成怒，为了家庭的和睦她也只能如此。

为了挽回婚姻，李晨曦决定忍痛割爱。然而就在他准备卖房之际，方芳却患重病住进了医院，崔凯以丈夫不伺候妻子为由将李晨曦告上了法庭，开庭前，前妻和孩子们都劝李晨曦甩掉这个大包袱，赶紧在离婚协议上签字。

第一章

中学毕业四十余年之后，李晨曦和方芳在一次同学聚会上再次相见，得知彼此都是单身，于是曾经爱慕过的两个人就相约着来到了一家麦当劳。

1

今天上午的时间对于李晨曦来说似乎过得特别慢，吃过早饭后他时不时地朝墙上的挂钟瞄一眼，可是那挂钟上的指针却像没吃饱饭似的，无论如何也不肯往11点的位置上移动。收拾完和儿子发发用过早餐的餐桌，又仔仔细细地把门厅的地板擦了一遍之后，抬头再看，挂钟上的指针只吝啬地移动了一点点，还是距离11点钟十分遥远。怀疑着挂钟里的电池是不是电力不足了，李晨曦赶紧拿起自己的手机来校正时间，可偏偏这个时候，手机却遭遇了电池门。手机没电，李晨曦索性又打开了笔记本电脑查看时间，结果得到的结论却和挂钟上的时间一致。

收拾好电脑之后，墙上的挂钟响了一下，告诉李晨曦现在是北京时间上午9点整。李晨曦再一次看了墙上的那面挂钟一眼，迟疑了一下，提起电脑，走出了家门。

尽管已经过了上班的高峰期，但是地铁一号线的车厢里仍然是人贴人般的拥挤。被夹挤在两个壮汉当中，闻着他们从嘴里吐出来的早餐气味儿和腋下散发出来的汗味儿，李晨曦紧紧地闭上眼睛，为了使自己能得到几分安宁，他开始去想诗，去想诗里面的意境，之后他开始默诵昨天晚上给方芳写的那首诗。

暮霭笼照着湖面
我们登上了小船
荡在自由的水上
仿佛飘渺在云端
穿着美丽的长裙
我们轻轻地相挽
今日尽情地欢畅
扯动洁白的风帆
……

李晨曦走出地铁来到阜成门那家麦当劳，比事先和方芳约定的时间早了一个多小时。进门的时候他想，这样也好，先把理想的位置占好，省得待会方芳来了说话不方便。可没想到他一进门，迎面就被一件很熟悉、很鲜艳的毛衣给吸引了，定睛再看，穿着那件很鲜艳毛衣的人，正是今天约他来此见面的方芳。两个人似乎是在一瞬间同时发现了对方，同时朝对方挥了挥手之后，李晨曦就快步走向了方芳。

其实，李晨曦在来麦当劳的路上一直都在想，方芳今天会不会还穿着那件同学聚会时穿的说不上应该叫杏红还是应该叫杏粉颜色的，让他连说了两次真漂亮的羊绒衫。

说到同学聚会，李晨曦其实并不十分喜欢。因为他觉得聚会除了吃就是侃，之后就是一哄而散，因此那天有个女同学来电话说2月7号、周六要举行一个同学聚会时，他就很干脆地说不去，没兴趣，没时间。但是当对方说出来他们为了组织好这次聚会，通过电话和网络邀请到了好几个多年都联系不上的同学，这其中一个就是方芳，并问他你就不想见见方芳吗？李晨曦就默不作声了。

说句实话，方芳是李晨曦四十年前最喜欢的女生，这些都是写在他的日记里头的。

李晨曦的日记里有关方芳的一共有三处：一处是写方芳高中毕业去农村插队前，他和另一名被照顾留城的叫张德华的同学去看她，方芳陪着他们在她家客厅的那张方桌旁坐着说话，说话的内容大体都是一些用于勉励的政治词汇，诸如好好锻炼，接受贫下中农的再教育，在广阔天地大有作为之类的，李晨曦还自由发挥，加上一句：希望在报纸上看到你们的伟大事迹。方芳听了，忍不住用一只手的手背掩住嘴笑了起来。说完这些客套话，张德华说走吧，咱们去看下一个同学，李晨曦犹豫了一下，说，你去吧，我在方芳这儿再待会儿。张德华就话里有话地，拖着长声儿说，好，你再待会儿！张德华走了之后，就剩下了李晨曦和方芳两个人，这时候，李晨曦倒搜肠刮肚地寻不出话来了，两个人就这么干坐着，直坐到下一拨儿同学的到来，这期间，李晨曦都没敢抬头看方芳一眼。

第二处是写他和张德华送同学插队，送到插队的地点后，李晨曦跟着接方芳等同学的拖拉机来到了一个叫望宝川大队的小山村。安顿下来的第二天，李晨曦甩开张德华来到女生宿舍看望方芳，那天正好，方芳宿舍的另两位同学都不在，房间里就只有方芳一个人。坐下来后，方芳递给他三块糖，他把一颗剥开放进嘴里，另两颗攥在手中。还像上次在她家一样，李晨曦觉得怎么也寻不出话来和方芳说，越是紧张，越是寻不出，越是紧张，越是觉得两只手没地方放，结果李晨曦就翻动了方芳床铺枕头下面的一个塑料包装的东西，见上面印着脱脂棉几个字就问，这个，干吗的？方芳见了，倏地脸就红了，忙把那个塑料包抢过来，重新压在了枕头下面，说，女孩子的东西，你别乱动。听了这话，李晨曦自知闯了禁区，脸便也腾地红了。临别时，李晨曦说，过段时间再来看你。方芳说，那时候你哪里还记得我呀，你是城里的大工人了，我们是乡下的农民，一个天上一个地下的。说着话，方芳就抿着小嘴儿笑了起来，笑的时候，样子十分动人，她依然用一只手的手背捂在嘴上。

第三处是半年之后，被分配在北京工业学院当工人的李晨曦听插队回家探亲的同学说方芳学坏了，整天和村子里的一个男社员混在一起。听了这话，李晨曦晚上回到家就把当时方芳给他的那两块糖从抽屉里拿了出来，这两块糖原本是用了一张锡纸仔仔细细地包裹着的，李晨曦一点一点地将锡纸打开，把已经融化了变了形的糖放在桌子上，之后打开日记本，在心里问着自己：这糖是扔了还是吃了呢？

还回头说那个女同学通知他聚会。

那天的电话里，那个女同学还告诉李晨曦，方芳这些年过得很苦，丈夫二十几年前病故，她一个人拉扯着两个孩子很不容易，多年来她深居简出，基本上是跟谁都不联系，这次聚会也是听说有你她才答应参加的。或许是要见一见方芳的缘故，李晨曦便答应了参加这次聚会，并且在聚会的舞会上，主动邀请了方芳。组织这次聚会的女同学似乎也把李晨曦的近况，特别是已经离婚的消息告诉了方芳，因此方芳被他牵着手刚一走进舞池就问了他一句：

你一个人过得怎么样？

2

中午时分，蕊蕊回老爸家吃午饭。敲门，屋里没人答应。用钥匙将门打开之后，却发现家里冷锅冷灶，空无一人。于是，蕊蕊便给老爸打手机，想质问他干吗去了，怎么到点不在家做饭!？可是，电话拨出去，老爸的手机里却传出了该用户已关机的应答。没等这个应答说完，弟弟发发也推门而入，并进门就喊：老爸，饿了，吃啥啊！

发发见老爸不在家，并且还没有饭吃，就让二姐蕊蕊跟自己去楼下的饭馆儿，蕊蕊拉开冰箱，见里面有菜有肉，就顺手从墙上的挂钩上摘下围裙，之后，一面吩咐发发给大姐嘟嘟打个电话，问问老爸是不是在她那里，一面自己走进了厨房。

发发把电话给大姐拨打过去的时候，麦当劳里，李晨曦正对着电脑里储存的照片，给方芳介绍自己的孩子们。

这是你家大女儿？方芳看着嘟嘟的照片问李晨曦。

嗯，老大，今年38岁。李晨曦点头答道。

真漂亮！方芳赞不绝口地说，你看这鼻子，这眼睛多像你，把你所有的优点都遗传了下来。

李晨曦听了，却叹了一口气说，光精神漂亮有什么用，能让我省省心才好呢。说完，李晨曦就把话题转移到了嘟嘟身上。

或许因为嘟嘟是老大的缘故，李晨曦从小就把自己的希望寄托在了她的身上。可以说，在她的身上，李晨曦花费的力气最大。按照李晨曦给嘟嘟做的人生规划，天资聪慧的她应该用六年的时间完成小学到中学、高中的全部课程，之后上科大少年班，再之后从助理工程师做起，经过工程师到高级工程师的磨炼，最后成为国家的高级科技人员。可是李晨曦的这个愿望或说是期望，嘟嘟却并不认可。她给自己选择的道路跟李晨曦的规划大相径庭甚至是背道而驰。

听李晨曦说大女儿嘟嘟没走李晨曦为她设计好的人生之路，却偏偏喜欢上了唱歌跳舞，从学校唱到区文化馆，再唱到市文化宫，最后差一点就走上了专业的道路，方芳就劝李晨曦说，女孩子嘛，干吗给她那么大的压力，唱歌跳舞也不错，一生轻轻松松、快快乐乐的也挺好，你看那儿挂着的那幅画，上面不是这么写的吗，人生难得是清闲。

李晨曦顺着方芳手指的方向看了看，见那幅画的画面上是几叶兰草，兰草旁边是一壶清茶，于是就摇摇头，说这只不过是文人墨客的一种追求而已，他家嘟嘟现在过得可一点也不轻松，一点也不快乐。

李晨曦和方芳说着嘟嘟的时候，已经和雷鸣走到了婚姻尽头的嘟嘟正在家里等着儿子浩浩回家吃饭。听见房门响，嘟嘟起身去开门。但是，当她来到门前，浩浩却将门使劲一推，带着一阵风就撞了进来。看着俩眼直视前方，脸上没有任何表情的浩浩，嘟嘟小心翼翼地跟在后面问他饿了吧？妈妈这就做饭，想吃什么？黄瓜炒虾仁行不行？

浩浩好像什么也没听见，没搭理跟着身后的嘟嘟，仍然是双目直视，面无表情，他径直地走进自己的房间，之后是嘭的一声，使劲儿关上了房门。

发发按照蕊蕊的指示，正是在这个时候把电话打过来的，因此，嘟嘟看都没看手机，就直接按了拒接键。刚刚按断电话，忽地一声，浩浩的房门又打开了一道缝儿，只见他探出半个身子来，啪的一声将一张纸条贴在房门上，紧接着又嘭的一声将房门重重地关上。

浩浩关门的时候带过来了一阵风，这阵风吹在了嘟嘟的身上，不由地让她倏地一下在心底深处打了个冷战。这阵风还顺便刮起了嘟嘟头上的一撮儿头发，头发掀起来之后，让她深藏在头发根部的那一层刚长出来的白发齐刷刷地显露了出来。嘟嘟攥住了那一撮头发，把它放回原处，将自己头顶上的那层白发盖住，之后起身走近浩浩的房门，她凑近了浩浩的字条，见上面写着几行字：以后请您不要把妈妈这两个字冠冕堂皇地戴在自己的头上，这样会叫我感到恶心，因为你不是我的亲妈！

嘟嘟把浩浩的字条从门上揭下来拿在手里，心里百感交集。说她此时是万箭穿心，说她此时是万念俱灰似乎都不为过分，因为，她无论如何也不会想到，一个保守了十几年的秘密，在她和雷鸣即将分手的这样一个时刻，却让浩浩知道了。于是一丝很浅的，略微带了些苦涩的笑，就不经意间，在嘟嘟的嘴角上浮现了出来。

其实，嘟嘟这个时候并不知道自己的嘴角上挂着那么一丝浅浅的笑。若是知道了，她也会赶紧把它收回去，不让任何人在这个时候看到。可是硬要问她这个时候，她脸上浮现着的苦笑是因为她想起了什么嘛？嘟嘟肯定也没有必要去掩饰，她会跟你说起自己的老爸。说起老爸曾经给她取过一个雅号叫作过客。

过客是因为她从小的不安分。

过客是因为她从来不听老爸的话。

总结三十多年自己所走过的路，对于家来说，嘟嘟的确是一名匆匆的过客。或许，这就是命运，嘟嘟每每想到那个时候的自己，都会这么认为：命运，是更改不了的。上天注定了你是过客，你就只有去遵从。你只能在那张预制好了的图纸上，顺着坐标，背负着过客的行囊，从一个驿站走向另一个驿站。

从少年宫走出来之后，没有考取专业文艺团体，嘟嘟的下一个驿站是结婚。

嘟嘟忘了那天是因为什么非要去一趟西单了。好像是要买件毛衣或是秋衣什么的。走到缸瓦市，迎面一个留着长长大鬓角的男人把她的目光吸引了过去。那个时候，市面上还没有诸如帅呆了、酷毙了这样的形容词，嘟嘟在给朋友叙述雷鸣的时候，只会说他像哪个哪个电影演员。

那天，两个人擦肩而过。一瞬间，双方对视了一下，并且在走出几步之后，不由自主地又都回过头来，朝着对方又看了一眼。就是这一次回眸之后，一驾幸福的马车，哗啦哗啦地奔跑了过来，不由分说就把嘟嘟载到了一个新的驿站。

这个驿站坐落在缸瓦市附近的一个胡同里。一座老式四合院当中一间简陋的小屋，用阴冷和黑暗，迎接了心中燃烧着一团火焰的嘟嘟。她进屋拉开灯，借助着那盏二十五支光电灯泡投撒下来的昏昏黄黄的光，看了看四周，没说一句话，就把自己的行李往雷鸣床上一铺，把手提箱和用来洗脸、洗脚、洗屁股的盆，一股脑往床底下一塞，用一块抹布把窗台、桌子、床头都擦干净了，用一把笤帚，把地面、墙角、犄角旮旯都扫干净了，之后再把一张大红喜字往斑斑驳驳的玻璃上一贴，便结束了需要用很长时间、很多程序、很多礼节才能完成的婚礼过程。

3

麦当劳里的人开始多了起来，看看电脑上的时间，已经到了中午时分，李晨曦问方芳想吃什么，他去买。方芳却率先站起身来。不一会儿，方芳把一份套餐的托盘摆在了李晨曦的面前，托盘里有一个汉堡、几块鸡肉、一杯红茶和一袋子薯条。李晨曦看着套餐，非常抱歉地说应该他请客才对，方芳则一笑，说你一个只知道写诗的人哪里会买东西，再说，我保管你根本就没吃过这洋快餐。

把汉堡拿起来，跟方芳说了声谢谢，李晨曦却并没有将它外面裹着的纸打开。

李晨曦和方芳的话题还是没能离开嘟嘟。

李晨曦是在嘟嘟结婚一个月之后，才得到照会通知的。并且，恰巧在得到这个照会通知的同时，他还从一个朋友孩子的嘴里，听到了关于嘟嘟没有考取文工团的真正原因：嘟嘟在考试前刚做完人工流产。

这两个消息加在一起，导致了李晨曦当天晚上没有用晚餐。并且还无缘无故地踢了二女儿蕊蕊的儿子刚刚一脚，骂了一句，小兔崽子，你赶紧滚蛋！

二女儿蕊蕊听见了儿子的哭声，赶紧跑过来抱住了刚刚，瞪了李晨曦一眼，说，犯什么神经啊你！说完就对儿子说，咱们走！让你姥爷一个人发疯去！

见蕊蕊要带着孩子走，李晨曦的前妻孙丽丽赶忙过来拦，说，要走你走，把孩子给我，我孙子，哪儿也不去！之后，又回头对了李晨曦嚷道，你发什么疯啊?！你心里有气，你骂孩子干吗呀？你要是把孩子给吓着了，看我饶得了你！

那天，蕊蕊执意要走，孙丽丽死乞白赖拽住不放，李晨曦使足了劲儿，扯着脖子喊滚蛋，都他妈的滚蛋！

那天，要不是邻居长脖子老孙敲门进来，李晨曦的脾气不知道要迸发到什么程度。

长脖子老孙进屋后叫蕊蕊先到小屋去哄哄孩子，嘱咐千万别叫孩子受着惊吓。之后，又叫孙丽丽也别嚷也别叫了，大半夜的了，邻居们听了不好。最后，他才问李晨曦，说，你你你，这是，这是是是，怎么了——了——了。李晨曦看着长脖子老孙，突然觉得自己一句话都说不出来了，仿佛刚才的怒火把自己肚子里所有要说的话都燃烧尽了。于是，他一屁股坐在了沙发上，双手捂住了脸。随着他周身一阵颤抖之后，泪水静悄悄地透过了他的手指缝，顺着手背，一股股流了下来。

以后，你们谁也不许在我面前提起她，我还告诉你们，你们谁也不许去看她！

这是那天李晨曦敲着桌子说的最后一句话。

不过，第一个违反这条禁令的竟是李晨曦自己。

去寻找那座四合院，是在一个冰冰冷冷的下午。李晨曦骑着车，手脚都冻得麻木了才总算是看到了那个要找的斑斑驳驳的门牌。蹑手蹑脚进到院子里，李晨曦本想悄没声儿地看看，之后问问邻居嘟嘟在这里生活得怎么样。叫他没有想到的是，一进院子，迎面就看到了嘟嘟在水管子旁边洗衣服。孩子气的脸冻得通红通红的，两只浸泡在冰冷冰冷水中的小手也是通红通红的。只见她揉搓几下衣服便不时地从洗衣盆里抽出手来，之后凑到嘴边，用口中的热气哈几下。看到此处，李晨曦当下鼻子就酸了，并且，一声嘟嘟都到了嗓子眼儿，差一点就脱口而出。

抽身往回走的路上，他的心里头一直酸溜溜的不是滋味儿。回到家里，他像是不经意地把那张记着嘟嘟地址的纸条，悄悄地放在了沙发边上的茶几上。

把浩浩写给自己的纸条反过来在桌子上铺平了之后，嘟嘟略微迟疑了一下，笔在纸上晃动了几次她才写下了这样一行字：浩浩，我的确不是你的亲妈妈，你也可以不叫我妈妈。但是，我从你只有一岁半的时候把你从山西抱回家，一口一口饭，一勺一勺水地把你喂养大，难道，你就和我一点感情都没有吗？

把这张纸条从门缝里塞给浩浩后，浩浩不一会儿又把房门打开一条缝，探出半个身子来将一张纸条啪的一声拍在了门上，紧接着又嘭的一下狠狠把门关上。嘟嘟迎着浩浩关门时扇过来的那阵风赶紧把纸条揭下来看，见上面写了这样的回复：你不要跟我提什么感情，不要跟我提什么家。我问你，你把我从山西抱过来，你想过我将来的感情吗？想过我亲妈的感情吗？

嘟嘟再次把这张纸条翻过来，在上面写道：没有，抱歉，当时确实没有想过这些，不过，当时，我把你抱在怀里的时候，我觉得我就是你的亲妈，你就是我的亲儿子。

从门缝里把纸条递给浩浩之后，嘟嘟听到了浩浩在屋里将纸条撕碎的声音，伴随着嗤嗤的撕纸声浩浩冲屋外的她吼道：可惜你不是，你知道吗，你们当时的决定有多残忍，你们让一个妈妈失去了儿子，你们让一个儿子没有了妈妈，你的良心就没有受过谴责吗？我问你，我妈，我亲妈，她在哪儿？你回答我！

浩浩把回答我这三个字拖得很长，声音由于过高过强以至于有些声嘶力竭。嘟嘟了解浩浩，每当他表达愤怒的时候，脸都会憋得通红，脖子上的青筋都会因此而暴涨。她开始心疼浩浩，她想安慰浩浩。她鼓了鼓勇气，开始敲浩浩的房门。正在这个时候发发的电话又打了过来。嘟嘟的选择无疑还是将电话挂断。她一面按着手机上的红键，一面隔着门对浩浩说：浩浩，开门，开门。我不知道你亲妈她在哪儿，真的。浩浩，开开门。给妈妈开开门。

浩浩没有开门，他怒气未消，在里面呵斥着嘟嘟：你不是我妈妈，我说过了！你不是我妈妈！并且追问嘟嘟：我再问你，是不是你，你拆散了我爸和我妈？

发发的电话再次打了过来，嘟嘟仍然没接，她看都没看一眼手机，任它吱哩哇啦地响。她仍然站在浩浩的房门口，请浩浩把门打开。浩浩不肯，再次追问嘟嘟道：你回答我，是不是你拆散了我爸和我妈?!

不是！

浩浩的问话像一把投枪带着千钧之力飞来直戳进了嘟嘟胸膛，她感到自己的胸膛被炸开了，血已经迸发了出来，一阵剧烈的疼痛攫取了她。

发发的电话在她对着浩浩的房门呼喊不是的时候又打了过来，嘟嘟显然是再忍不住了，她对着手机，也对着屋里的浩浩嚷道：不是！不是我拆散了他们。雷鸣大学毕业分配在这儿之后，我才和他相识，他当时跟我说是未婚，等我结婚后跟着他回山西老家时，才知道他曾经有妻子，有你这个儿子。你刚才不是问我受没受过良心的谴责吗？我现在告诉你，我受过！跟你妈妈见面的时候，我受过！当她含着眼泪依依难舍地把你送到我的怀里的时候，我受过！

嚷到这里的时候，嘟嘟再没力气了，她感到了极度的委屈，心里一酸，眼泪便涌了上来，她一面流着泪一面说：那一瞬间，良心拷问过我，不过，木已成舟，一切都已经无法挽回。抱着你，我想只有我加倍地付出，加倍地对你呵护，才对得起你的亲妈。

听到嘟嘟的抽泣，屋子里的浩浩把身子靠在墙上，也流出了眼泪。

大姐大姐，你这是怎么了？发发在电话那端不知道嘟嘟这里发生了什么，急忙问。

嘟嘟没有回话，她闭上眼睛任泪水在自己的脸上肆意流淌。

4

发发不知道嘟嘟家里都发生了什么，显然，坐在麦当劳里的李晨曦就更不知道。

给方芳介绍完了嘟嘟，把汉堡咬了几口，李晨曦就开始在电脑上找蕊蕊文件夹，准备点开了，给方芳看。不过，当他刚刚寻找到蕊蕊的名字的时候，忽然想起来今天蕊蕊要到家里吃午饭，于是不由地哎呦了一声。

方芳见李晨曦愣住了神儿，知道他是想起了什么事情，就问怎么了？

李晨曦搓搓手，说，忘了一件事，今天中午二女儿蕊蕊要回家吃午饭。

方芳就说要不然买一份套餐给她送回家？

李晨曦笑笑说，她都36岁的人了，自己对付顿中午饭早不是问题了。再说家里的冰箱里有菜有肉，自己动手一切一炒就行了。

方芳还是觉得应该跟孩子说一声，省得她惦记着。李晨曦觉得方芳言之有理，于是就在兜里掏手机。可一掏才想起来，手机早上遭遇电池门，正放在家里充电，于是他就看着方芳，愣住了。方芳从李晨曦的眼神儿里看出来他肯定是没带手机，便把自己的手机掏出来递给了李晨曦。

李晨曦用方芳的手机给蕊蕊拨打了电话，可巧蕊蕊的手机这个时候却是占线。

要说这世界上什么蹊跷的事情都有。

就在李晨曦给蕊蕊打电话的前几秒钟，一个男人因为自己生意上的事情需要联系一个客户，拨错了号码，以至于叫李晨曦听到了蕊蕊手机占线的信号。

正在炒菜的蕊蕊听见电话响赶紧跑出厨房去接。听对方的男声蕊蕊觉得自己并不认识，便问，你是谁？

对方说，抱歉大姐，我找一个哥们儿，是不是打错了？

错了！蕊蕊没有好气地说了一句，就要挂断电话继续炒菜。

然而，对方却大姐大姐不住地叫，并且说，错了没关系，咱俩聊聊可以吗？好大姐了，别挂！

蕊蕊对着电话说，神经病啊，谁跟你聊啊！之后就啪的一声挂了电话。

原本以为这件事情就这么结束了，但是没想到的是，那个男人在蕊蕊炒菜的这十几分钟时间里不断地给蕊蕊发短信，见她不回，又把电话打过来说，大姐，求求您了，我就是想跟您说说话，咱们交个朋友不好吗？

蕊蕊听了之后说你甭找不自在，谁跟你交朋友啊，再来电话我可是没好听的了啊！可是对方却并不知趣，十分有耐性，非说要请蕊蕊吃饭，请大姐赏脸。蕊蕊当时是又气又恨，她索性把火给关了，问对方一个大男人怎么这么没皮没脸，天生一副贱骨头是不是？就想听骂是不是？不挨骂身上痒痒是不是？

那男人嘿嘿一笑，说，大姐你说对了，要说听骂要分是谁，大姐要是骂我，我就爱听，这样大姐，只要你能出气，你爱怎么骂就怎么骂，你抡圆了敞开儿了骂，你骂吧，我听着。

听那男人这么一说，蕊蕊反倒消了气，甚至扑哧一下还笑出了声儿，她对着电话说道：见过没皮没脸的，可还真没见过你这么没皮没脸的！之后把火重新打开，对着电话说：我正炒菜呢，你先别捣乱了，等我吃完饭再把电话给你打过去。

在电脑上找到了蕊蕊的文件夹，李晨曦把它点开了，让方芳看。

方芳看了蕊蕊的照片后，还是发出了称赞嘟嘟时相同的赞叹，说你的女儿一个赛着一个的漂亮，都遗传了你的优点。

李晨曦听了还是那句话，说精神漂亮管什么用，两个女儿，没一个让我省心的。

在跟方芳介绍自己的二女儿蕊蕊的时候，李晨曦说蕊蕊和丈夫前几年离了婚，原因是她丈夫冯立冬出国了，到新西兰做买卖。

方芳听了，就问出国了怎么会离婚呢？

说到冯立冬到新西兰做买卖，李晨曦喝了口红茶，说，其实当时自己并不赞成他那么做，李晨曦认为蕊蕊一家在国内有吃有喝丰衣足食就可以了，没必要到国外历尽千辛万苦再次创业。可是蕊蕊两口子不听，非要达到移居国外的目的，去享受新西兰的蓝天白云和假日海滩，让儿子刚刚拥有一个更美好的未来。于是蕊蕊就鼓励冯立冬变卖了国内的资产出国。冯立冬出国后，一开始是每天给蕊蕊来一次电话，之后是每周来一次电话，再之后是每个月来一次电话，再往后就再不来电话了。蕊蕊因此起了疑心，就千方百计地托朋友到新西兰打听。一开始朋友都回话说冯立冬在国外挺好的，生意做得也不错，不打电话是因为忙。蕊蕊听了，觉得不对，忙并不是不给她打电话的理由，于是就再托朋友打听，这个朋友见到冯立冬的所作所为后实在是看不过去了，就跟蕊蕊说，那个冯立冬真不是个东西，你在国内带着孩子眼巴巴地苦熬苦盼地等着他，可他却他妈的早就和一起做生意的一个女人生活在了一起，并且还有了一个女孩。

蕊蕊把菜炒好了一个一个地端上桌，之后叫发发吃饭。叫了两声没人答应，扭头一看，发发正在凉台上接电话。她听发发说好的好的，我姐叫我吃饭呢，你放心吧，晚上我一定按时到。

发发放下电话，来到饭桌上，刚伸出手去要吃饭，蕊蕊用筷子敲打了一下他的手，说去洗手去。发发说我进门刚洗的手，你不是看见了吗。蕊蕊还是用筷子指着他的手，让他赶紧去洗。发发于是就说二姐，你是不是有强迫症？蕊蕊就问发发，你刚才是不是接的大卫的电话？

发发说是。

蕊蕊说，你接她的电话手就脏了，去，赶紧去洗手！

发发知道他和大卫在一起，全家人都不同意，全家人都对大卫有成见，于是只得起身去洗手。

蕊蕊见发发起身，就说你站住。

发发赶紧坐下，问又怎么了？

蕊蕊问刚才她在电话里跟你说什么？

发发回答说，她家小小要考试，让我今天晚上 6 点之前过去给他补补数学。

蕊蕊听了就来了气，问，小小有爸爸没有？

发发不说话。

蕊蕊继续问，人家的亲爹都不管，你充什么大尾巴鹰？

发发说：二姐，不能这么说话吧，小小生活在单亲家庭就够可怜的了，咱们遇到能帮助的事情就伸把手帮帮呗。

蕊蕊说，帮帮帮帮！我看你尽是帮助她了，她帮过你吗？她问过一句你儿子乖乖吗？我跟你说，你跟她在一起只有付出，什么都得不到！

5

给方芳介绍完二女儿蕊蕊，李晨曦就在电脑上又找出了发发的文件夹。

方芳看到发发的照片时，几乎有些震惊了。她对着照片看了好半天，之后摇着头说，太像了，太像了，和你上高中的时候简直是一模一样。说完，她就回忆起了高中时候的往事。她问李晨曦记不记得当时女生偷偷给他取了个外号。李晨曦说记得，当时我当语文课代表，你们背后管我叫李科长。说完，就问方芳，你们女生当时为什么管我叫李科长？就是因为我当语文课代表吗？

方芳还像四十几年前一样，用手背捂着嘴笑了。她问还记不记得当时有个电影叫《铁道卫士》？

李晨曦想了想说印象模糊了。

方芳就说，《铁道卫士》里面的男一号叫高科长，干练睿智，一身中山服，从相貌到体型，跟你一样一样的，特别是高科长那一笑，跟你像极了，所以，我们就开始管你叫李科长。

说完了外号，方芳问发发多大了。

李晨曦告诉她 34 岁了。

结婚了吗？方芳又问。

结了，又离了。李晨曦说。

我还以为是童男子呢，方芳玩笑地说，要是童男子跟我们闺女倒是挺好的一对儿。

说到自己的闺女，方芳掏出手机来给李晨曦看照片。李晨曦一面看照片一面问闺女还没对象呢？方芳回答说，现在女孩儿，学历越高、薪水越高就越难找对象。说女儿崔捷在美国读的博士，回国后在外企工作，哪儿哪儿都好，就是找不到对象，让我着急。

你看你女儿多好，相貌端庄，还是博士。李晨曦把手机还给方芳，说，我那儿子就是童男子也配不上。

说到儿子，李晨曦就又说了自己的另一桩糟心事。

自从离婚之后，发发就开始不断地在网上找女友，今天一个，明天一个。方芳听了，说，是，现在社会开放，人也开放。好些事，咱们看不惯，但是又管不了。

李晨曦说可不是，看着他把一个一个女人带回家，自己是干着急，没办法。特别是从去年开始，他又在网上认识了一个大卫，这是个有钱的女人，一套豪宅就上千万，至于这个女人比他大八岁暂且不提，你说这样的女人你伺候得了吗？他那套豪宅每年的物业费就得几万块，这样的女人你一个拿死工资的供得起她大把大把的花销吗？

午饭之后发发在老爸的床上睡了一觉，起来背上摄影包就要出门。蕊蕊见他要走就问大卫不是让你 6 点才去吗，你现在走那么早干吗？发发说今天早上下了点雨，估计晚上会有晚霞，他已经跟单位请了假，要去颐和园拍晚霞。

发发出门后，蕊蕊又想起了做午饭时候那男人打来的那个电话，于是就在手机里调出电话号码来看。就在自己犹豫着是不是真的要把电话给他拨过去的时候，电话响了，看来电显示，来电话的正是那男人。

大姐，还生气呢吗？男人先问。

德行，贫不贫呢！二皮脸！蕊蕊故作没好气地答。

大姐，那男人嬉皮笑脸地说，这回你没说对，我呀，是把左边的脸皮揭下来贴在了右边，这左边呢，叫没皮没脸，右边呢，是贴了两层，就是你说的二皮脸，你说对吧大姐？大姐，你笑了！这样，说定了，告诉我地址，我这就去接你，我请你吃饭，我一定把自己灌醉了给你赔罪。

说来奇怪，虽然嘴上说着少废话吧，谁跟你吃饭哪，老娘认识你是谁啊，可还是把地址告诉了他。放下电话，蕊蕊不停地看表，她忽然觉得自己有点坐不住了，并且几次站起身来走到大衣柜旁边，对着镜子左照右照。

6点钟的时候，那男人来电话说他已经到了她的楼下，请她下楼。尽管在心里提醒着自己，这种事情极为荒唐，甚至她还想那男人未必真的把车开到了楼下，只不过是调侃一下而已。但是她还是不自觉地从书包里掏出化妆盒来在脸上淡淡地涂了些粉，在嘴唇上涂了点唇膏，往身上喷了些香水，之后又很仔细地擦了擦皮鞋，迈步出门朝电梯走去。

大概是将近下午4点钟的时候，发发走进了颐和园的南门，之后用了不到十分钟时间，来到了西堤上。吸引他把相机的镜头盖打开，去认真从取景框中构图的，是一颗倒伏在昆明湖湖面上的柳树。这棵柳树造型很好，很入镜。它的根，一如一个老人手背上的血脉，纵横交错、曲曲弯弯、凹凸起伏，做了坚韧状，就一根一根地盘踞在了岸边的泥土里。它的干，一如一个女人的腰肢，平滑柔韧、柔情温润、风情万种，做了倒伏状，就紧贴着湖面，任凭一层一层涟漪不怀好意地打过来，对它的肌体去抚摸和揉搓。大概是把昆明湖当了镜子，它的枝叶，就从水面上抬起头来，瞄了眉毛、画了眼线、涂了胭脂，之后便左照右照对这湖里的倒影不住地瞧，不住地看。角度不错，光线也柔得正好，端着相机的发发感觉树根的地方还空旷了一点，在等待有人经过加以点缀的时候，恰巧有几个姑娘跑到了他的跟前，问他能不能帮着拍一张合影，发发非常高兴说没问题。拍完合影后，他请姑娘们再帮他一个忙。按照发发的要求，几个姑娘来到了树根的附近，又按照他的手势，散开了，开始游戏。姑娘们红的黄的衣裳立即叫画面生动了起来。然而，就在他按下快门的一瞬，他忽然发现，一个穿着白色衣服的女人不知什么时候出现在了画面当中。

那个白衣女人就是小霞。

两个人是在太阳用一抹晚霞跟大地告别的时候同时站在豳风亭上的。小霞见发发手里拿着很专业的相机，就让他给自己拍一张照片，背景要晚霞，要豳风亭。拍完照片后，对着漫天的晚霞小霞说自己每天都要来这里看晚霞。发发问为什么？小霞说不为什么，就是想看。发发问这样是不是显得有点伤感？小霞说没觉得，就是觉得晚霞跟人生一样短暂、绚烂，转瞬即逝，因此她天天都要来看它、送它、感悟它。

两人意犹未尽地谈论着晚霞的时候，不知道是谁先在离他俩不远的地方唱起了那首苏格兰民歌《友谊地久天长》，于是，发发和小霞不由得也跟着唱了起来：

怎能忘记旧日朋友
心中能不欢笑
旧日朋友岂能相忘
友谊地久天长
友谊万岁朋友
友谊万岁
举杯痛饮
同声歌颂
友谊地久天长
我们曾经终日游荡
在故乡的青山上
……

正唱得投入，大卫忽然把电话打到了发发的手机上，手机的响声让他们两个人的歌声戛然而止。

大卫在电话了问发发，今晚的事你没忘吧？

发发看了看小霞，忙说没忘没忘，给小小补数学。

大卫说现在还差十分钟6点，你出门了吗？

发发有些心虚，说没，没，啊，出来了，出来了。

大卫显然对发发的回答表示怀疑，问，已经出来了？你现在到哪儿了？

在麦当劳里待了一天，李晨曦和方芳仍然意犹未尽。李晨曦见方芳的手背上有一道带血的划痕，就把她的手攥在自己的手心里问怎么回事。方芳就势就把身子靠在了李晨曦的身子上，说做饭的时候不小心给划了。李晨曦便用嘴在划痕上吹了口气，问痛不痛？方芳没说话，把头一歪，倚在了李晨曦的肩膀上。

侧过头去想用自己的下巴在方芳的脸上蹭一下，可刚一转动脑袋，李晨曦忽听不远处传来了一个声音：那边安静一些，咱们就坐那儿吧。且越琢磨他越觉得这声音像是自己二女儿蕊蕊的，于是李晨曦赶紧抬起头来向门口张望。

不远处，蕊蕊正和一个男人并肩站在一起，并正拿眼睛十分惊讶地盯着他。

盯着靠在自己身上的方芳。

第二章

李晨曦要把方芳介绍给自己的孩子们，方芳如约来到了李晨曦家，她使出浑身解数为孩子们准备了一桌丰盛的午饭，可是等了半天，孩子们却一个也没回来。

1

李晨曦和方芳在麦当劳分手之后，两人约定第二天在李晨曦家见面，并且，李晨曦要把方芳介绍给自己的孩子们。

第二天一早，李晨曦没到两人约定的时间便推着自行车赶往了公共汽车站，没想到方芳再一次先于他赶到。见方芳手里提着一箱牛奶远远地朝他招手，李晨曦赶紧骑上车迎了过去。

两个人碰了面，把方芳提着的牛奶放到了自行车的车筐里，李晨曦便让方芳上车，带着她回家，然而方芳却站住了脚，指着北边的那家超市说，她要进去买点东西。李晨曦说家里什么都有，不需要买什么。方芳则说不是给你买，是给你的孩子们买，你不是说今天中午他们都要回家来吃饭吗，我那么大一个人，总不能空着手听他们管我叫阿姨吧。李晨曦想了想说那也不用，他们又都不是两三岁的小孩儿，用不着给他们买什么礼物。

来到李晨曦的家，见满屋子挂的都是风光照片，方芳说到底是诗人，有品位，家里的布置都有别于他人。李晨曦一面给方芳沏茶一面说那些都是他儿子发发拍的，自己觉得挺好看，挺有意境，就让他挂在了墙上，并且定期还会更换。方芳把照片逐一地看了，说，像个小型影展。

喝了口水，方芳就脱去了外衣，之后在卧室里看了看，又转了转厨房和厕所。转完了，就跟李晨曦要了件围裙，又要了副手套，然后就一头扎进了厨房，拿出自己带来的威猛，一面往墙上喷，一面不停地擦洗了起来。李晨曦跟在她的身后问自己干点什么，方芳说不用，你就告诉我你孩子们都喜欢吃什么就成了。擦完了厨房，方芳又从洗衣机里面掏出了李晨曦的两条内裤和几双袜子，之后端着脸盆在热水器里接了点热水，不一会儿就嘁哩喀喳地给洗了出来。

方芳晾完衣服，李晨曦赶紧拿起她的手来要看看昨天看到的那道划痕，方芳便摘下手套来，把手递给了李晨曦。李晨曦就把这只手紧紧地贴在了自己的脸上。

看看墙上的挂钟，指针快到 10 点半了，方芳跟李晨曦商量说开始做饭吧。李晨曦见方芳来了之后就没闲着，于是说累了半天了，别做了，待会儿孩子们回来，咱们到外面吃。方芳说不用，炒几个菜，一会儿就完。

李晨曦和方芳开始忙着做午饭，从冰箱里把一块五花肉拿出来，李晨曦问方芳会不会做红烧肉，方芳说你要是做成长沙火宫殿里当年毛主席爱吃的那种我不会，随便烧一烧，家常菜，好做。于是李晨曦就说发发的菜有了。

两个人正在厨房准备着发发爱吃的红烧肉时，发发在办公室里，正对着电脑和小霞说话。小霞接到发发传过来的照片说，昨天你给我拍的照片真棒，不愧是搞专业的。发发则说主要是天气好，光线好。当然，还有你摆的 POSE 也好，神态也自然。那样好的晚霞，可遇不可求，更是难得一见。说完照片，小霞就跟发发说，你昨天不是说都有十几年没去过故宫了吗？正好我有个朋友在故宫工作，我刚才跟她说要张票，她答应了，你什么时候有时间，咱们什么时候就可以去，你看怎么样？

发发听说小霞给找了故宫的门票，本想说今天就有时间，可以去，可忽然就想起来，刚才大卫在网上跟他说，让他晚上 6 点去她家，还要给小小补补数学。于是只好说等明天看看，要是没事了，咱们就一块儿去。

正跟小霞说着去故宫的事，桌上的电话响了。发发拿起电话的同时，跟小霞说有事了，有时间再聊。

来电话的是发发的顶头上司，也是他的发小儿，副处长王晓京。王晓京告诉发发，迪博士就要升任局长了，中组部的任命马上就下来了。

发发听了，没反应过来，就问王晓京迪博士要升任局长又怎么了？

王晓京十分神秘地说，他有个计划。

发发问他什么计划？

王晓京用嘴捂着话筒，悄声说咱们中午到机关外面的饭馆见面，到时候再谈。

从冰箱里把五花肉拿出来之后，李晨曦又翻出来几块儿压缩成型的木耳。他告诉方芳，二女儿蕊蕊最喜欢吃木须肉。方芳拿过压成一块儿一块儿的木耳，说一个菜，有一块就够了。

方芳让李晨曦把一块儿木耳泡进温水里，准备给蕊蕊做木须肉，而此时的蕊蕊正在家里收拾房间。提着拖把刚走出卫生间，她的手机响了，蕊蕊赶紧放下拖把去接，她看都没看来电显示，抄起电话就冲着对方问了一句二皮脸，你烦不烦呢，干吗？对方于是就把话回过来，说大姐，俺们有名有姓，昨天告诉你了，俺叫白景轩，白，黑白的白，景，景山的景，轩，气宇轩昂的轩，什么，你不知道什么是气宇轩昂？大姐，不会吧？就我这么帅，不就是气宇轩昂吗？听到这儿，蕊蕊就抿着嘴儿偷偷笑了，回复说，得了得了，少贫吧。谁管你黑不黑白不白的，我就知道你是二皮脸。说吧，干吗？白景轩听了，就说我这就开车去接你，你想上哪儿？蕊蕊想了想，说你来吧，咱们上八一湖。

用热水泡好了木耳，李晨曦又从冰箱里拿出肉馅儿来，他问方芳会不会做丸子。方芳一面摘菜一面问是四喜丸子、焦溜丸子还是氽丸子？李晨曦说都行，只要是丸子嘟嘟都爱吃。方芳于是就停下手来看了看摆在操作台上的菜，一、二、三、四地点了一下，之后说那就氽丸子，既当汤又当菜，说完就让李晨曦拿一个小盆儿过来，把肉馅放进盆儿里，再磕进去一个鸡蛋，细细地把葱和姜切成细末儿后也放进去，之后指挥着李晨曦按逆时针的方向不停地搅拌。

和老爸搅动肉馅同步，嘟嘟正在屋子里收拾自己的东西。昨天下午，她已经和雷鸣办理了离婚手续，尽管两个人从民政大厅出来，雷鸣说你要是没地方住，我这里你还可以继续住下去，直至你有了房子为止，但是嘟嘟还是决计要搬走。看着桌子上摆着的她和浩浩在一起嬉戏的照片，正犹豫着是不是要拿走的时候，嘟嘟嘟，外面忽然响起了敲门声。

谁？嘟嘟放下摸在相片上的手，问。

我。外面，是一个女人的声音。

嘟嘟没听出来这个女人究竟是谁，于是再问，你是谁？

外面的女人没再回答，待嘟嘟把门拉开，见一个和自己年龄相仿的女人站在门口，嘟嘟不由得愣住了，你是——

女人没有说话，她迈步走进屋子里来。看着这个女人，嘟嘟不敢相信自己的眼睛，于是多少有些惶恐地问，你是——

女人很平静，甚至反客为主。她反问道，你是嘟嘟？

2

红烧肉做好了之后，方芳用筷子夹起一块来，用嘴吹了吹凉，送到李晨曦的嘴里。李晨曦仔细地品味了一下，说，嗯，还真香。方芳放下筷子，说，香吧？实话告诉你，我儿子崔凯从小就爱吃我做的红烧肉，到现在，只要一提红烧肉，只吃老妈做的，什么毛氏红烧肉、什么谭家菜红烧肉，一律不吃。

听方芳提到了自己的儿子，李晨曦把肉咽了，问，你昨天回去晚了，他没说什么吧？

方芳说，没说什么，但是问了。

李晨曦问，问什么？

方芳回答，问我这么晚了，去哪儿了。

李晨曦问，你怎么说？

方芳：照实回答，和一个同学，老帅哥约会去了。

李晨曦说，说正经的。

方芳依旧把手背捂在嘴上，笑笑说，就是说正经的，咱们不是约会，是干吗？

由于方芳说过，她儿子崔凯在他们家实行的是一言堂，凡事都是他说了算，于是李晨曦就问方芳，崔凯知道了他们俩这件事的态度如何？方芳回答说，崔凯没表态，什么都没说，并且脸上也没有表情。

还有，说完崔凯脸上没有表情，方芳又补充了一句，说，今天我出来，告诉他来你这里，他也没有阻拦。

方芳把炒菜的准备工作做好之后，墙上的挂钟也刚好到了11点30分的位置。一般这个时候，蕊蕊就该率先到家了。不过，今天的这个时间，蕊蕊没进老爸家的门，却和白景轩走进了八一湖的大门。

来到八一湖的门口，白景轩买了门票，进门后，白景轩便把门票撕了，然后扔进了垃圾箱。蕊蕊问他为什么不留着门票，白景轩说留着它麻烦。蕊蕊知道其中的原因是白景轩和他老婆还没离婚，就问，她不是也不回来了嘛？

白景轩回答说，是，好长时间都不回来了。

那你还害怕麻烦？蕊蕊问，还害怕她回来查你？

见白景轩半天不说话，蕊蕊就又问，昨天也没好意思问你，她是干什么的？

人民教师。白景轩答。

她跟他们单位的？蕊蕊问。

不是，是一个做生意的。白景轩答。

图他有钱了？蕊蕊问。

或许吧。白景轩答。

两个人多久了？蕊蕊问。

大概好几年了，我发现了也有快一年了。白景轩答。

那，两个人分不开了。蕊蕊判断之后，说。

是，她都好几次提出来和我离婚了。白景轩答。

你没同意？蕊蕊问。

没同意。白景轩答。

为什么？还舍不得她？蕊蕊奇怪地问。

那是一方面，另外，还有孩子，还有这个家，挺复杂的。白景轩回答。

其实，我比你也好不到哪儿去。两个人沿着湖边走出去一段路之后，蕊蕊把发卡在头顶上戴端正了，说，我们以前是开汽修店的。店就在雅宝路那边。我早先有工作，在工商大学印刷厂当拼版工。后来汽修店经营好了，挣了钱了，那王八蛋就说你辞职吧，既可以专心照看孩子，又省了受人管制了。

是不是那王八蛋后来又看上了漂亮女人？白景轩侧过头去，看着蕊蕊问。

你别打岔，听我说。蕊蕊白了他一眼，说，有段时间，有个女的老上我们店里来保养汽车，来的时间长了，就成了朋友，一来二去的，我们就管她叫大姐了。那大姐是外籍，新西兰的，她说能帮着想个办法也把我们弄成新西兰人。那段时间我们跟吃了激素似的一门心思就是想上新西兰了，见天追着那大姐，叫她想办法。

嗯，白景轩嗯了一声后，问，后来呢？

后来，她说有个好办法了，得叫我做出点牺牲才行。我问她什么牺牲？她说，你花一笔钱，嫁一个新西兰老外，等有了国籍之后，再和老外离婚，你离了婚后，你先生再去新西兰找你，你们再办理复婚，这样你们全家不就都移民到了新西兰了吗？我们当时一听，觉得这是一个好办法，说就这么办吧，可那王八蛋说，办法好是好，只是我出去，一个女人家，太不容易了，他不能让我吃那么大的苦，不如先让他出去试试。我当时不假思索地就说，大姐你是单身一人，就叫我老公跟你办个假结婚，我们把那笔钱给你，等我老公有了新西兰国籍，你再跟他离婚，之后我带着儿子再去找他复婚，不就完了？

等等等等，听蕊蕊说到此处，白景轩忍不住插嘴，问，那个大姐和你老公，就是你家那个王八蛋，不会是设了个圈套，叫你往里钻呢吧？

哎呦，你说得太对了！蕊蕊啪地使劲儿拍了一下自己的大腿，说，我当时要是有你这脑子的一半儿也好哇。我他妈的真应了那句话，被人家卖了，还他妈的帮人家点钱呢！我出了这个主意后，那王八蛋和那大姐还假惺惺地说不行不行呢。那大姐说，俗话说，朋友妻不可欺，那朋友夫也不可夺啊，我不能干这种事，如果我这么做了，将来在这个圈儿里就没法混了。我一听那大姐这么说，就劝她，说，那不是夺，是我自愿的。那王八蛋也假惺惺地说，跟她结婚，以后搂着她睡觉我可不行，我做不到，我这辈子只能搂着你一个人睡觉。我就又劝那王八蛋，我说，跟大姐结婚那不是假的嘛，再说她在新西兰自己住一个小楼儿，你到新西兰后不会她住楼上你住楼下嘛？经过我的劝说，俩人半推半就地答应了，就这么着，我们卖了修车店，再后来，就把钱给了大姐，把两个人送到了新西兰。

在机场道别的时候，你还泪流满面的是吧？白景轩笑笑，问，再再后来，人家两个人弄假成真了，是吧？

你笑我傻是吧？蕊蕊忽然站住了，转过身来面对着白景轩，问，你觉得我弱智，是吧？

没有，见蕊蕊动了气，白景轩叹了口气，略带着几分惆怅地说，相反，我倒是觉得你善良，单纯。

你说我傻骂我弱智我都没意见。蕊蕊把身子又转了回去，继续沿着湖边往前走。那王八蛋刚到新西兰的时候还好，还每周给我来个电话，后来隔周来一个，再后来隔月来一个，之后就没信儿了。等到了两年头儿上，我托我的一个朋友一打听才知道，那王八蛋和那个大姐已经把孩子生下来了。后来，我又接到了那王八蛋的一封信，信上说他和那大姐生了一个孩子，是个他一直盼望着的女孩，并说请求我的原谅……

3

11 点 30 分过后，没见蕊蕊进门，方芳便问李晨曦是不是没通知到孩子们。李晨曦说昨天晚上回家后，他就挨个儿地给他们打了电话，让他们今天中午一定都回家吃饭。你跟孩子们说我要来了吗？方芳问。当然说了。李晨曦回答，我特意强调的是今天中午你要来，我要把你引荐给他们。

发发从办公室出来，往机关北面的那家饭馆走的时候，早已把老爸说中午让他回家吃饭的事情忘得精光了。

发发工作的机关中午下班的时间是 12 点。一般到了 11 点 40 的样子，大家就开始陆陆续续地往食堂走，然后一个个地拿着自助餐的托盘儿，在一个个窗口前面排队等候。因此，王晓京和发发约好了差一刻 12 点，两个人在机关北面的那家饭馆见面，王晓京指示发发稍早到一会儿，为的是能在饭店里争取到一个包间。还好，来到饭店后包间还有，不过服务员说要加收百分之十的服务费，发发不屑地朝服务员斜了一眼，说加吧，开发票就成。

发发独自坐进了包间，猜测着王晓京到底要跟他说什么计划，这个计划怎么还会跟迪博士升任局长相关。

与此同时，嘟嘟家里却突然闯进来了一个女人。

一个陌生的女人。

前文说了，嘟嘟今天没有上班，她在家里收拾自己的东西准备离开雷鸣。忽然听到有人敲门，打开门之后，一个女人没经过邀请便径自走进了房间，此时此刻，不仅让嘟嘟忘记了老爸通知中午吃饭的事情，甚至嘟嘟的心里还开始有些紧张。

这个似乎有些面熟，但又十分陌生的女人，这位不速之客到底是谁呢？

王晓京来到饭店之后，跟发发说了自己计划的全部。

大概是几个月之前，发发经另外一个处的刘处长介绍，和迪博士有过交朋友的一面之谈。当时是年底，机关要搞年会，发发负责摄影和摄像，迪博士自然是高坐主席台。刘处长便指着台上的迪博士征求发发的意见，问把她介绍给你做女朋友行不行。并且还说对方他已经说好了，迪博士不反对和他交往。发发于是就打消了迪博士是领导，是否能瞧得起自己一介白丁的疑虑，于第二天前往迪博士的办公室，和迪博士单独见面。然而这次见面发发感觉很不好，迪博士高高在上，官气十足地和他说话的腔调和神态，让发发望而生畏，于是此事就此止步，被搁浅了下来。

王晓京的计划就是要利用发发曾经和迪博士有过谈朋友的基础，让发发旧事重谈，并继续深入，扩大战果，争取尽早把迪博士拿下，之后让迪博士为我所用，只要她点头，王晓京就可以顺利地把副处长的职位扶正，再之后，王晓京还有副局长的觊觎。至于这个计划涉及发发的好处自不必说，拿下迪博士之后，无论是迪博士还是王晓京，把发发提升为副处，两个人一句话，跟报销个发票似的，打一纸任命便可轻松搞定。

听了这个计划，发发心里多少有些打鼓，于是问王晓京说，那女人没当局长的时候就那么牛，现在是局长了，还不更牛？我，行吗？

什么行妈行爸的，王晓京把摆在面前餐具的包装啪的一声用筷子戳开，说，迪博士，她就是有部长的官衔儿，就是身边有一百个秘书，他他妈的睡觉脱不脱衣服？他妈的脱了衣服，也还是个女人。只要你能让她脱了衣服，她人就是你的了。至于怎么让她把衣服脱了，你是情场上的老手，还用我教你？

那女人进屋后，嘟嘟忽然从自己的记忆深处翻检出了一个人。

你是——嘟嘟略带些犹豫地问，你是浩浩的妈妈？

女人只是笑笑，还是没有回答，继续往屋里走。

见她从自己身边走过，并一步步地走到了客厅，嘟嘟立在门前，第一反应便是紧张，她不知道这个时候浩浩的妈妈来究竟有什么事情。

那女人走到沙发前坐了下来，看了看待在门前的嘟嘟，反客为主，说，嘟嘟，你过来坐吧。

嘟嘟有些不知所措，顺着女人的手势就走了过来，并在她的对面坐下。

女人还是笑笑，之后伸出手去，拉住了嘟嘟的手，说，我来，原本是想看看孩子，可是现在，我是专门来看你的。

看我？嘟嘟疑惑，问。

嗯，看你。女人依旧很淡定，并继续着她的微笑。

嘟嘟还是不知所措，她用两只眼睛盯住对方不放，略带警惕和防卫地把自己的手从那女人手里抽了回来。

女人似乎是注意到了，就收回了自己的手。

作为一个女人，此时此刻，我或许应该表达我的开心和高兴，应该用奚落和谩骂来加深你内心的伤痛。女人缓缓地，说，因为，你就是这样把雷鸣从我手里夺走了的。但是你千万不要误会，我来的目的不是这个。我是来劝劝你，为了雷鸣这样一个人，不值得难过和悲伤，你们分开了，你应该感到庆幸。我太了解他了，只要世界上还有年轻漂亮的女人，他就永远不会罢休。

嘟嘟的神经开始有了一些松懈，于是便起身给女人倒了一杯水，在女人接过杯子的那一瞬，她仔仔细细地观察了一下女人的手。那双手很白，手指修长手背嫩滑，不用摸也能叫人感觉得到这双手的温暖和细腻。之后，她又侧过头去仔仔细细地观察了一下那女人的脸。那脸上的皮肤依然白皙光滑，一双和善的眼睛，一张薄薄的小嘴儿，恰到好处地被安排在了各自的位置上，不用去体味也能叫人感到这个女人的善良和羸弱。回到自己座位上之后，嘟嘟开始在想，雷鸣怎么会忍心离开这么一个温柔贤惠的女人呢？

我刚才说了，这次来主要是想看看你。女人用嘴抿了口茶杯里的水，说，其实，我每年都要到北京来几次，偷偷地看看浩浩。这十几年来，你为了浩浩没要自己的孩子，你把浩浩当作自己亲生的来带，并且把浩浩带得那么好，让他受到了那么好的教育，我今天要对你说声感谢！

听了那女人的话，嘟嘟记得当时自己心里潮乎乎地泛起了涟漪。

过了正午12点，孩子们一个也没回家吃饭。这让满腔热情准备了好半天饭的方芳心里多少有些失落。李晨曦赶紧用手搂住了方芳的肩安慰她，说可能是孩子们有什么事情被绊住了，绝对不是因为你今天要来，他们成心冷落你。说完，便给嘟嘟、蕊蕊和发发再次打去了电话。

4

蕊蕊和白景轩说完自己的事情，两个人见湖边一个长椅上没人，就朝着长椅走了过去。站在长椅前，白景轩才发现蕊蕊穿了一双黄色的皮鞋，并且这双皮鞋的样式还很特别，鞋带系在脚后跟的地方。看到蕊蕊这双鞋，白景轩说真漂亮，穿在你脚上真棒，显得你的脚特别细长和秀气。蕊蕊听白景轩夸赞自己的皮鞋好看，于是就把脚抬起来让白景轩看，可是一不留神没有站稳，白景轩就势就把蕊蕊搂在了怀里。

两个人在长椅上依偎着，蕊蕊的手机响了。白景轩催她接电话，说没准儿是你家那王八蛋来的呢，蕊蕊不接，说这个时候你别提他。

发发中午破例和王晓京喝了酒。

当发发和王晓京同时说祝你成功的时候，发发或许由于精神过于集中在了准备实施的计划上，老爸来电话的铃声他却没能听见。

再说嘟嘟，送走那女人之后，回到屋里就开始坐在沙发上看着桌子上浩浩和自己的合影照片发呆。她似乎是记起了她为了浩浩而做掉了自己的孩子时的痛苦和流过的眼泪，她似乎是记起了为了浩浩而放弃了走进职称考试考场，看着别人捧着职称证书时的沮丧和失落。忽然，她觉得有一群蝗虫朝她席卷了过来，蝗虫过后，遭遇洗劫的嘟嘟，感到在这个家里生活了十几年之后，自己所拥有的竟是一片空寂和荒凉。因此，当手机铃声响起来的时候，嘟嘟的感觉，像是这荒凉之中又刮起来的一阵狂风。

孩子们没回家来吃饭，因此方芳就只炒了一个青菜。吃饭时，两个人都拿眼睛看着手里的碗，谁都没说话。饭后，李晨曦赶紧争着去刷碗，方芳说去去去，笨手笨脚地靠边站。从方芳的脸上李晨曦没看出来她是生气还是没生气，于是李晨曦小心翼翼地跟在方芳的身后，她每刷一个碗，他就立即接过来放进碗柜。等方芳把碗刷完了，他又赶紧把大宝递过去让方芳搽。好在方芳脱掉围裙，走出厨房的时候，蕊蕊来了电话。

蕊蕊问老爸给她打电话干吗。

李晨曦就看了看方芳，高声问蕊蕊，你为什么中午不回家吃饭？是不是有事了？

蕊蕊似乎是听懂了老爸话里的意思，就回答说自己在外面呢，有事，所以中午就没赶回去。

李晨曦佯装有气的样子，对着电话喊，有事你不来个电话，我倒是无所谓，人家方芳阿姨第一次来，知道的是你有事，不知道的还以为你成心躲着不见呢！办完事赶紧回来，给方芳阿姨赔礼道歉。

方芳听见李晨曦跟蕊蕊嚷，让她赶紧回来，给自己赔礼道歉，于是立即走过来，拉了李晨曦一把，摇头示意她算了。并轻声说，孩子们都忙，让他们忙去吧。

蕊蕊来过电话后，发发也打回来电话，说中午他们处长约他有事，忘了老爸让回家吃饭的事情，李晨曦听了，就问他晚上回不回来，发发说晚上也不能回去，他要上大卫家，大卫的儿子今晚还要补习一下数学。

两个孩子都先后来了电话，这让李晨曦的心里有了一种如释重负的感觉，他觉得，孩子们回了电话，一个说有事，一个说处长约见外出，多少也算是给了方芳一个解释。

接完蕊蕊和发发的电话，李晨曦想起来一件事情，他拉着方芳的手把她领到自己的卧室，他让方芳在床上靠一会儿休息休息，自己却走到了衣柜前面拉开了最底下那一层的抽屉。方芳见了，问他这是干吗？李晨曦说给你看一样东西，保管你得惊喜。说完，李晨曦就端着一摞年代久远的笔记本来到了方芳跟前。方芳往床里面挪了挪身子，给李晨曦腾出来地方让李晨曦坐，之后两个人就翻开了笔记本。

看了李晨曦日记记载自己的那一页里夹着一根长长的头发，方芳就问这根头发是怎么回事？

李晨曦看了头发一眼，说这根头发是你的，是你插队前我去你家送你的时候趁你不注意，在你身上拿的。

居心不良。方芳听了，就用手背捂在嘴角上，又笑了起来。

李晨曦看了，就说对，对，知道不知道，当年，我在你家客厅坐着的时候，你就是这么冲我笑的。

方芳看了李晨曦一眼，说记着呢，你知道我当时笑你什么呢吗？

李晨曦摇头说不知道。

方芳就问有个歇后语叫傻姑爷给老丈人拜年——傻到家了你知道不知道？

李晨曦说知道，当时我们男生要骂谁，就说谁是傻姑爷。

听了李晨曦的回答，方芳就乐不可支了，说，你当时那样儿，就让我想起了这个傻姑爷！

方芳止不住地笑，让李晨曦的心里漾起了无限的幸福，他忍不住就伸出手去，将方芳抱在了怀里。

听着彼此的呼吸和心跳，完全放松了的方芳问李晨曦，说，咱们上高中的时候，男女生不说话，你知道当时我最盼着的是什么吗？

李晨曦问最盼着什么？

劳动，还有发作业。方芳说，每到劳动的时候，男女生就自然而然地说话了，并且，你就会来帮我干活。

那发作业呢？李晨曦问。

你是语文课代表，方芳说，我天天盼着你叫我的名字，说，方芳你的作业。

那，我就从今天开始，天天的喊你，方芳，你的作业！你爱不爱听。

接下来，方芳的“爱听”两个字没能说出来，因为这个时候，李晨曦用自己的嘴，将方芳的嘴给堵住了。

5

因为晚上嘟嘟和蕊蕊都表示有事不回家来吃饭了，因此，晚饭还是李晨曦和方芳两个人。方芳问李晨曦晚饭想吃什么？李晨曦想了想说还有那么多没炒的菜呢，你随便炒一个算了。方芳说人老了，晚上尽量少吃油腻的，咱们喝点粥吧。李晨曦就马上点头，说喝粥吃咸菜，听你的。

发发照例在6点之前赶到了大卫家。按照老规矩，进门前大卫隔着门递给他一袋子垃圾，让他扔掉，之后进门来到门厅，脱去户外穿的衣服，换好室内的睡衣，然后进厨房帮着大卫做饭。吃完饭大卫陪着儿子小小看电视，发发进厨房收拾，厨房收拾好了，他开始给小小补习数学，时间是大卫给他严格规定好了的四十分钟。四十分钟后，是小小吃水果、看新闻和时政增加知识积累的时间。

今天的水果是西瓜。按照惯例，大卫家吃西瓜一般不切，半个西瓜往餐桌上一摆，一把勺子往西瓜上一插，第一个拿起这把勺子的自然是小小。小小大凡是用勺子先在西瓜的正中央画一个圆周，把核心的部位切下来，放进碗里，端到电视机前面边看电视边吃。西瓜的剩余部位大卫再吃，等西瓜被勺子刮到几近皮的部位时，大卫便会把勺子递给发发。一般到了这个时候，发发就把勺子放进厨房，西瓜直接扔进垃圾桶。今天或许是看见发发准备扔西瓜的时候脸上多少有些不快，大卫便赶紧从发发的手里接过西瓜来，说你讲课辛苦了，我给你榨汁。说完，就把西瓜皮刮了又刮，之后打出一杯还算是有些粉红色的西瓜汁来。

晚上9点半，为了小小早起上学，按规定，准时睡觉。

和大卫生活在一起，一般到了这个时候，才是两个人的自由世界。不过，这个世界里还有个警察，警察就是大卫。这段时间内两个人干什么，是否亲热，那要看警察的心情。

今天似乎警察的心情不是很好，躺在床上，发发刚把一只手伸到大卫的身上，大卫连忙就将发发的手推开，之后，大卫跟发发说小小马上要考试，从明天开始，你就不能再过来了。自发发和大卫生活在了一起，大卫凡是遇到小小考试、家里来客人、发发有事回来超过9点半，都会对发发说不让他过来了，而发发每当这个时候就会感到不快，情感受到伤害，因此当发发再次听到大卫说不让自己过来了时，就极不高兴地把自己的身子朝大卫的反方向转了过去。大卫似乎没有注意到发发的不高兴，她说还想跟发发商量一件事情，发发问什么事情，大卫说你考虑一下，从现在开始，是不是你每个月交一下生活费。

晚饭后李晨曦和方芳下楼散步，散步回来，他有些不好意思地跟方芳商量，是不是今天晚上就住在他家。方芳其实本来也正犹豫着走与不走，李晨曦这么一说，她也就默许了，说她再打电话跟儿子崔凯商量一下。说完，方芳就来到凉台上，给崔凯打电话，问他今晚她住在同学家行不行。崔凯想了想，很勉强地说了句：行吧。

听崔凯允许方芳住下来，李晨曦自然高兴，他赶紧去给方芳准备睡衣和洗漱用品。

估计着下班后办公楼已经人去楼空了，嘟嘟打电话给发发，让他帮忙把自己的行李搬到办公室去。可是发发却正在给大卫的儿子上课，出不来。想了想，嘟嘟又给蕊蕊打了电话，看看她是否能帮帮忙，恰巧蕊蕊正跟白景轩在一起，于是两个人就开车来到了嘟嘟家，搬上嘟嘟的东西一直把她送到办公室，帮着她把折叠床支好，把日用品放好才开着车离去。

白景轩将车开到蕊蕊楼下，在一起亲密了一天的两个人面对分别，都有些恋恋不舍。把车灭了火之后，白景轩不说话，蕊蕊也不开腔。彼此听着对方的心跳的时候，蕊蕊用很热辣的眼光看了白景轩一眼，白景轩觉得自己在一瞬间浑身的血液就沸腾了起来，于是他一把就将蕊蕊从副驾驶上搂了过来。白景轩的胳膊碰到蕊蕊身子的一瞬，蕊蕊浑身上下一下子就绵软了，一挨到白景轩的身体，她立即就像蛇一样缠在了白景轩身上。

获准住在李晨曦家之后，方芳就走进卫生间开始洗漱。李晨曦走到方芳的背后搂住她说，我后背痒痒，你给我搓搓澡吧。

方芳刷着牙，回头乜了李晨曦一眼，笑着说了句臭德行。

方芳的笑像是一个信号，李晨曦见了立即就关上了卫生间的门，不由分说地就把方芳扯了过来。但是，当两个人相互把对方的衣服脱掉，相拥着站到喷淋头下面，正待享受热水从头顶上浇下来的美好时光时，卫生间外面，李晨曦的电话响了。

来电话的是李晨曦的前妻孙丽丽。

第三章

李晨曦把方芳领回家，前妻一直在暗中监视，见方芳晚上准备留宿在李晨曦家，李晨曦的前妻便发动了突然袭击，一点都没有防备的方芳在劫难逃。

1

看到是孙丽丽打过来的电话，李晨曦的第一反应就是孙丽丽一如既往地还在监视着自己。但是接电话的时候李晨曦还是尽量地克制着自己，让自己的话说得尽量温和。

喂，这么晚了，你有什么事？李晨曦问孙丽丽。

孙丽丽似乎并不在乎李晨曦此时是不是在尽量克制着自己，她怒气冲冲地回了李晨曦一句：当然有事。

有什么事，你快说。李晨曦光着的身子冷得有点发抖。

打搅了你的好事了吧？孙丽丽嘲讽地说。我问你，你是不是把一个女人带回家来了？

李晨曦看看卫生间，仍然顾及着孙丽丽的感受，没回答。然而，孙丽丽不达目的誓不罢休，继续再问：你是不是把一个女人带回了家？

是。出于无奈，李晨曦回答说。

我问你，你为什么要把一个女人带回家？孙丽丽得寸进尺，无理取闹。

李晨曦觉得自己再克制不了了，不过，他还是在措辞上尽量选择中性词汇，以免让孙丽丽感到难堪：孙丽丽，咱们不是从前了，我现在把什么人带回家已经和你没关系了，你知道吗？

怎么没关系？我问你，这房子是谁装修的？孙丽丽问。

好了好了，有什么事你快说，我没工夫跟你磨牙。李晨曦有点不耐烦了，看方芳从卫生间探出头来朝他张望，就示意她继续洗澡。方芳却披了件浴衣走出来，并把一件浴衣给李晨曦披上。

好，说就说。孙丽丽说，我问你，你跟这个女人什么时候认识的？是不是咱俩离婚前就发生了关系？

李晨曦听孙丽丽的问话越来越离谱，就说，孙丽丽我警告你，我跟这个女人什么时候认识的现在已经不重要了，我把什么样的女人带回家，跟你也没任何关系了，你听懂了吗？

怎么没关系，我问你，咱家的房子谁装修的，那一块块地砖，一扇扇门，一张张窗帘，还有那家具都是谁一件一件地挑选回来的？是我，是我！我辛辛苦苦装修完的房子没住几天，她就跑来享受，这不行，我告诉你李晨曦，这绝对不行！孙丽丽越说越激动，越说声音越大，到最后竟到了声嘶力竭的程度：李晨曦，你告诉那个臭娘们儿，让她等着我，我这就过去跟她算账。

孙丽丽的喊声，想必方芳已经听到了。孙丽丽以往偷偷跟踪李晨曦，并且不允许任何女人靠近李晨曦，若是发现有哪个女人胆敢和李晨曦接触，她就立即会跑过去撒泼，把对方打得落花流水是李晨曦曾经跟她讲过的，于是方芳赶紧穿衣服准备回家。李晨曦见了忙上前阻拦，说孙丽丽只是咋呼，现在我们俩已经离婚了，她不敢像从前那样胡来了，别说她不敢来，即便是她来了，也不敢把你怎么样，一切有我呢。

但是方芳却还是执意要走，她说即便是没事，她也不愿意面对他的前妻孙丽丽。

正在两个人为走与留推拉着，忽听有人砸门，并且随之还传来了孙丽丽的喊叫：李晨曦，你开开门。有种的你开开门！

李晨曦没想到刚才打电话的时候孙丽丽竟然就在楼下，更没想到孙丽丽随身还带着一袋子垃圾，等李晨曦把门打开，就见孙丽丽像一头发怒的狮子一样，张牙舞爪地就扑向了方芳。从来就没见过这样阵势的方芳当时就乱了方寸，转着圈儿地在屋子里面躲。孙丽丽自然是锻炼有素的高手，没费什么周折，就像老鹰捉小鸡似的，一把将方芳擒住，在李晨曦还没缓过神来之前，她左右开弓在方芳的头上、脸上、身上又抓又挠了一番，待李晨曦赶上来将孙丽丽从方芳身上拽开，孙丽丽又趁机抄起带上来的那一袋子垃圾，劈头盖脸地朝方芳的身上洒了下来。

从孙丽丽手下脱出身来的方芳不顾衣冠不整，夺门而出，落荒而逃。李晨曦见状，立即要追出去，可是孙丽丽的气还没撒完，她拽住李晨曦不放。

你告诉我，这娘们儿，哪儿的？哪儿的！孙丽丽用手点着李晨曦的鼻子问，你跟我说实话，你们俩什么时候勾搭到一起的，你给我说实话！

李晨曦忍无可忍，一把将孙丽丽推开。

够了！李晨曦朝孙丽丽吼道，我最后再告诉你一遍，我们俩已经离婚了！你要是再胡闹我就要报警了！

2

李晨曦打车追到方芳家楼下，犹豫了好久也不敢上楼。他觉得自己没脸面对方芳，也更害怕见到她儿子崔凯。在楼下转悠了半天之后，他才鼓起勇气来，给方芳拨去了电话。听到方芳电话里传出来彩铃的声音时，李晨曦的心里开始紧张了起来，他害怕方芳会不接电话，更害怕方芳接电话后会哭，于是他就把自己在心里已经准备好了的话又重复了一遍，先说方芳对不起，再问你怎么样，然后请求她，问我是不是可以上楼。默念完之后，电话被接听了。李晨曦赶紧在心狂跳的同时说出了第一句话：方芳，真对不起，对不起，请你原谅我，请你别生气。

你就是大诗人李晨曦？电话里一个男人打断了李晨曦的话。

你是？李晨曦听电话里不是方芳，就有些慌乱有些紧张。

我是谁，我是谁你先别管，我问你，刚才是怎么回事，我妈她怎么会披头散发地跑回家？你都对她做了什么？

李晨曦听出，跟自己说话的一定就是方芳的儿子崔凯，于是就又说了对不起，实在是对不起，说完，就征求崔凯的意见，问，我能上楼吗？我想跟你当面解释，也想看看方芳安慰安慰她，可以吗？

上楼？好哇，我还正没地儿去找你呢。崔凯听说李晨曦要上楼，就说，你赶紧上来。

李晨曦快步来到方芳家，他想先看看方芳，跟她道歉，并给她些安慰，崔凯则拦住不让。说今天的事情，我想先听听你的解释。于是李晨曦就叹了口气，从头到尾地说了刚才发生的事情，说完，他还请崔凯谅解，说孙丽丽就是那么一个人，她心理有问题，属于强迫症的一种。

得得得，打住，崔凯一拍桌子，拦住李晨曦，说，你先别说什么她有没有病，我也管不着她有没有病，这样，她在哪儿你应该知道吧？冤有头债有主，你现在就带我去找她，你不是舍不得教育她吗，我今天替你教育教育她！她有什么病我管保今天都能给她治好！说完，拉上李晨曦就要往外走。

李晨曦见崔凯的两个眼珠子里正冒着火，于是赶紧拦，说，你消消气，消消气，她是真有病，再说她是女人，你别跟她一般见识，这样，崔凯，你要是实在气消不了，你打我两拳。

嘿，挺英雄啊，都离了婚了还护着她呢？你以为你有多大面子？你以为我就不敢打你？说着话，崔凯就抡起胳膊。老子这火气正没处撒呢，话音未落，崔凯的拳头就朝着李晨曦的脸打了过去。

孙丽丽在李晨曦家折腾够了才摔门离开。不过离开后她并没有走远，依然在楼下等着李晨曦回来。在楼下转悠的时候，孙丽丽不住地在自己心里念叨着：老娘今天就跟你耗上了，看谁耗得过谁，反正我是他妈的光脚的，我还怕你们穿鞋的不成？正念叨着，一辆出租车停在了楼下，李晨曦从车上走了下来。孙丽丽躲在树后面没见出租车里再下来人，就有些得意，心想活该，就是不能叫那个娘们儿在这里待下去，幸亏她明智，她要是敢再回来，看我怎么收拾她。正想着，忽见走近自己的李晨曦用一块白布正捂着脸，她的心一沉，怕是他下楼追方芳的时候撞在了哪里，于是就想上前搀扶，可当她听到李晨曦对着手机说着：方芳，我没事，不用去医院，歇两天就好了，你放心吧，孙丽丽就又打消了这个念头。

看着李晨曦一个人上了楼，孙丽丽的心里别提多畅快了，并且，越想刚才自己往方芳身上倒的一袋子垃圾，越想方芳抱头鼠窜的样子，她心里的这份畅快就越往外溢，最后，她几乎到了要畅快地笑出声来的地步了。

为了这份好心情让别人跟着自己一起分享，孙丽丽想了想就掏出了手机，把电话给嘟嘟打过去。

嘟嘟此时刚刚迷迷糊糊地睡下。一个人住在一栋大楼里，让她在关了灯之后不禁感到孤独和恐慌。厕所里的滴水声，楼道里呼呼的风声在寂静的夜里被放大了，滴滴答答、噼里啪啦像鬼魅在行走，像野兽在觅食，一时间让她难以入眠。孙丽丽的来电，把嘟嘟吓了一跳，以为是鬼怪朝着自己张开血盆大口嚎叫，于是她一激灵，惊出了一身冷汗，猛的一下从床上坐了起来。待清醒了，知道是老妈半夜三更地给自己打来电话的时候，她抓起枕巾来擦了擦额头上的汗珠，有气无力地对着手机说了一声：喂。

孙丽丽等了半天，终于等来了嘟嘟的声音，于是急于把好心情与人分享的她就连珠炮似的跟嘟嘟述说了刚才如何冲上楼去，如何把那个娘们儿臭揍了一顿，如何又往她脑袋上倒了一袋子垃圾以及那娘们儿如何丢魂失魄逃之夭夭。可没等她说完，嘟嘟就打断了她的话，问，您半夜三更打电话就为这？

孙丽丽不明白嘟嘟什么意思，回答说，对，就是告诉你老妈把那娘们儿给轰走了。

老妈，您不觉得您这么做很没意思吗？嘟嘟提高了声音，对孙丽丽说。

怎么没意思了？你说，怎么没意思了？孙丽丽不理解，问嘟嘟，看你这孩子说的，我怎么没意思了？

嘟嘟觉得大半夜的，没法跟老妈把道理讲清楚，就说，算了，明天还得上班呢，要就这事，我知道了，我困着呢，睡了，您也早点回家睡觉吧。

等等等等，孙丽丽见嘟嘟要挂电话，就说，我还没说完呢，还有事呢。

嘟嘟就问您还有什么事？

孙丽丽说，你通知你妹妹和弟弟，马上过来，我要召开一次家庭会，讨论你爸有了女人的问题。

嘟嘟听老妈要召开家庭会，要半夜三更地把蕊蕊和发发提拉出被窝听她说今天如何把方芳阿姨赶出老爸家的事情，就觉得老妈实在是有些过分，于是就问老妈，上哪儿开会，就在我爸楼下吗？您觉得他们会去吗？老妈，您就省省心吧！

孙丽丽听嘟嘟咔的一声挂上了电话，一腔喜悦立时化成了愤怒，她对着自己的手机说，什么混蛋爸爸生什么混蛋孩子，好歹都分不清，我这不全是为了你们的利益吗?!

3

嘟嘟挖苦了自己之后，孙丽丽的心里开始委屈起来。为了诉说自己的委屈求得同情，孙丽丽犹豫了一下，给二女儿蕊蕊打去了电话。

蕊蕊和白景轩在车上草草地亲热了一番之后意犹未尽，回到家里，觉得自己身边空荡荡地没有依靠，并且自己心里感觉像有猫爪子抓挠似的那么难耐，于是，就把电话给白景轩打了过去。而白景轩离开了蕊蕊也是余香在手，总想着蕊蕊的身子，留恋不已。因此，待蕊蕊电话打来，在开车之中，他就用热辣的话语和蕊蕊如胶似漆地黏在了一起。

孙丽丽的电话显然来得不是时候。打蕊蕊家座机，座机占线，再打手机，手机无人接听，继续再打，蕊蕊的回应是极不耐烦，没听孙丽丽把委屈述说完毕，就说让老妈少操点闲心，老爸找不找女朋友是他自己的事情，您那么关心干吗？您不是说要开会吗？有什么事等开会的时候再说吧，回家睡觉去吧。拜拜！

发发因为大卫需要他了，就让他过来，不需要他了，就告知他不要过来了，并且还让他考虑一下交生活费，因此，心里极不舒服。在终于忍不住的情况下，他问大卫：小小要考试，我为什么就不能过来了？

大卫想了想说，我嫌乱。

发发问，我在这儿给你们添过乱吗？

大卫回答，没，你挺规矩的，不抽烟、不喝酒、不看电视、不听广播、也不打电话。

那我在这儿怎么就乱了呢？发发问。

大卫不语。

发发见大卫不语，就又问，那就再换一个角度问你，如果我们不是这种关系，换句话说，要是孩子他爸爸，每次孩子要考试了，你都叫他这几天不要回家么？

大卫的脸上换上了些许的尴尬，她把嘴张了几次后，说，我不知道。我，没法回答你。但是从明天开始，请你就不要过来了。

那好吧，发发想了想说，既然这样，那何必等到明天，我现在就走吧。说完，就起身穿衣服。

大卫见了连忙跟着也坐起来，拉住发发说，这么晚了，你别走。

发发甩开大卫的手，说，晚怕什么，没有人会抢劫我，放心。

大卫再次用手将发发拉住，带着些许祈求，说，你别走，你出门咣当咣当地就把小小吵醒了，休息不好孩子明天怎么考试？

大卫的话，让发发迟疑了一下，之后他还是穿上了衣服，光着脚板轻轻地走出大卫的家门。

发发骑车快要接近家门的时候，手机响了。

来电话的是老妈孙丽丽。老妈在电话里带着哭音儿让他赶紧到他老爸家楼下来一下。发发不知道到底发生了什么事情，于是立即调转车头，往老爸家赶去。

在老爸家楼下，见到老妈一个人孤独地沐浴着月光站在树下发呆，发发就疑惑地问她深更半夜的，您怎么会待在这里？问完就上前察看老妈的全身上下有什么异常。孙丽丽见儿子来了，就像受了委屈的孩子见了亲人似的立即扑到了发发身上，一面说自己拼了老命为了你们的利益把那娘们儿从你爸身边给赶跑了，可是你俩姐姐却讽刺、挖苦了我半天，一面就委屈地流出了眼泪。发发听老妈叫自己来是为了老爸找女朋友的这件事，就把心放了下来。为了安慰老妈，发发开始给老妈按摩后背，并哄小孩似的说，好了好了，我知道我最最亲爱的老妈是为了我们好，我知道我最最亲爱的老妈委屈了，我俩姐不对，回头我说她们，让她们写检查，不深刻我绝对通不过，写完检查还不算，我还要让她们请您吃饭，给您赔罪，吃饭的时候让她们在旁边站着、伺候着，我说咱妈渴了，她俩就得赶紧给您倒水，我说咱妈热了，她俩就得赶紧给您打扇子，我说咱妈有点儿乏了，她俩就得赶紧跪下给您捶腿，老妈，您老人家瞧这样惩罚她俩行不行？

让发发揉着后背，又听发发这么一说，孙丽丽扑哧一声乐了。

见老妈的眼泪止住了，并且还破涕为笑，发发就劝老妈说，您看天儿不早了，您上车，我送您回家吧。

孙丽丽听发发说送她回家，脸上就又露出了抑郁，说，你姥姥那儿，我是真不愿意回。

发发知道老妈和姥姥一贯不和，离婚后无奈才搬到了姥姥家去住，于是，在实在没办法的情况下，就让折腾了一晚上，情绪刚刚稳定的老妈到自己那儿去凑合一宿。

两个人往发发家走，孙丽丽跟发发说，你是这家唯一的男孩，将来这个家里所有的东西都是你的。所以，在你爸再婚的问题上，你要盯住了，要旗帜鲜明。要是那个娘们儿来了，再带几个孩子过来，将来那问题可就多了，恐怕到时候最后悔的就是你。

发发听了孙丽丽的话，安慰老妈说，老妈您的话我一定谨记在心。

到了家门口，发发忽然停住了脚步，转过身来悄声跟孙丽丽说，老妈，有件事我得给您打个预防针。

孙丽丽问什么事情？

发发指着屋子跟孙丽丽说，里面有个女人和我一块儿住，您可要担待点儿。

大卫一个，这儿又一个，你小子到底跟几个女人过啊。孙丽丽听了发发的话，不解地问发发。

发发冲着孙丽丽诡异地笑了一下，说，现在这社会就这样儿，老妈，这事咱们家可就您一个人知道啊。

4

李晨曦被崔凯打伤之后自己并没怎么在意，小时候打篮球磕磕撞撞的时有发生，一般都是回家睡一觉第二天早上准好。有一次自己运球过人撞在了一个人的胳膊肘上，一下子把眼眉撞裂了，鲜血淋淋的，他也都没去过医院，打什么破伤风针，用手绢一捂，待了几天，眉骨就长好了。因此，李晨曦从方芳家回来之后第一选择就是睡觉。然而，第二天早上李晨曦却没能从床上爬起来。

他努力地睁开眼睛，眼前立即金星四射，挣扎着抬抬头，立即天旋地转。李晨曦稍微有一些医疗知识，他自己给自己诊断为脑震荡。再不去医院恐怕不行了，因此李晨曦只得给闲在家的蕊蕊打去了电话。蕊蕊本来跟白景轩约好了要去郊游，听说老爸病了，就让白景轩开着车将老爸送去了医院。路上，蕊蕊问老爸红肿的脸是怎么回事，老爸缄口不语。见老爸回避受伤的原因，蕊蕊多少猜到这一定和昨天老妈大闹老爸家有关，因为从前老妈伏击老爸身边的女人时，老爸多少也会挂些彩。待送老爸进了诊断室，听大夫询问病情时，老爸说脸上的伤是用拳头打的，蕊蕊分析这一定是老妈昨天追打方芳阿姨时的误伤。因此，她让白景轩陪着老爸，自己悄悄出来给老妈打了电话，质问老妈知不知道老爸脑震荡了？你昨晚怎么把他打成了这个样子？孙丽丽听了蕊蕊的问话觉得不可思议，就说自己昨天根本没跟李晨曦接触，只追打了方芳。蕊蕊听了老妈的回答将信将疑，就问老妈，那老爸脸上的伤你怎么解释？孙丽丽这才想起来，李晨曦昨晚是用白布捂着脸从方芳家回来的，于是就断定，如果你老爸说这伤是用拳头打的，那么打他的人只能是方芳家的人。得出这个判断后，孙丽丽让蕊蕊侧面问问，方芳家是不是有个儿子。蕊蕊觉得有道理，就回答老妈说，不用问，老爸已经跟我们做过介绍，方芳阿姨家一儿一女。

鉴于老爸的病情不太稳定，大夫说要住院观察几天，蕊蕊就通知了嘟嘟和发发。

李晨曦躺在了病床上，而此时的方芳还处在气愤和心痛、歉疚的纠结当中。

气愤，是昨天遭遇孙丽丽的殴打，并被她拿一袋子垃圾进行了羞辱。而李晨曦拦着自己不让自己及时躲避，是导致自己遭受羞辱的原因之一，因此方芳多少有些迁怒于李晨曦。心痛，自不必说，李晨曦为了来安慰自己，遭受了儿子崔凯的拳头。从儿子那一拳头下去之后，她的心里头就一直充满了歉疚。

看看时间已经是将近中午了，方芳拿起了手机。此时，她只想得到李晨曦的一条短信，告诉她自己没事，伤已经好了，不痛了，问她还生不生气，同时再一次跟她说，方芳对不起之类的话。有了这几句话，方芳觉得自己心里的气愤就立即会烟消云散了。或许，之后她就会去买些李晨曦爱吃的好东西立即动身去看望他。

不过，让方芳感到失望的是，这样的短信上午没有，中午没有，下午还是没有。方芳此时就失去耐心了，她按照自己的思路想：怎么着，我儿子打了他，他还记仇了？还要跟我断绝联系了？不行，我得问问他。于是方芳就抄起手机来，给李晨曦拨去了电话。

李晨曦手机发出的振铃是蕊蕊先听到的，把手机拿起来，见来电显示上写着方芳的名字，蕊蕊犹豫了一下，就把手机递给了嘟嘟，嘟嘟迟疑了一下按下了接听键。

您是——方芳阿姨吧？嘟嘟把笑堆在脸上，说，您找我爸？

方芳听对方不是李晨曦，就有些慌乱，先啊啊地磕巴了几声，之后说，我是方芳，你是——

嘟嘟说，我是李晨曦的女儿，嘟嘟，阿姨，您找我爸？

方芳就说是，我找你爸，你爸他——

我爸他昨天被人打了，脑震荡了，现在医院呢。嘟嘟说到这儿，话题一转，问方芳，阿姨，听我妈说，昨天晚上我爸是用白布捂着脸回家的，您知道我爸是怎么受伤的吗？

方芳听说李晨曦被打后住进了医院，而嘟嘟又再追问李晨曦受伤的原因，立时就慌乱了起来，她支吾了几声不知如何回答是好。这时头晕目眩当中的李晨曦听到了嘟嘟的问话，就从嘟嘟手里接过手机来，说，方芳啊，昨天晚上我从你那儿回来，路上遇见一个醉鬼，那小子喝多了，我挨了他一拳，我没多大事儿，你放心。

李晨曦放下电话之后，朝嘟嘟和蕊蕊看了一眼，说一会儿方芳阿姨要来看我，你们对方芳阿姨可要热情点儿。昨天中午为了你们来家吃饭，人家可没少费心，光菜就准备了一大桌子，发发爱吃的红烧肉，嘟嘟你爱吃的丸子，蕊蕊你爱吃的木须肉都准备了，你们没来，阿姨特失望。

听了李晨曦的话，嘟嘟说没问题。蕊蕊却没回应，她问老爸，说，我看您刚才跟方芳阿姨说话的时候怎么像演戏啊？您跟我们说实话，到底是谁打了您？

李晨曦见蕊蕊逼视着自己，就把眼睛回避了，说，你看你这孩子，怎么不相信老爸的话呢？我是那会表演的人吗？爸骗过你吗？

你刚才就是在表演。蕊蕊说，要真是那个醉鬼打的您，为什么在路上的时候，我问您您不说？

方芳几乎是和发发前后脚到的医院。方芳到医院后攥着李晨曦的手半天没说出话来。发发看着一个陌生的女人坐在老爸的病床前，就用疑惑的眼睛看了看嘟嘟和蕊蕊，嘟嘟和蕊蕊便把发发带出了病房。两个人刚要跟他说老爸被打的事情，发发的手机忽然响了。发发见是王晓京来的，就走到了走廊的尽头去接。

王晓京问发发计划实施得怎么样了。

发发说还没开始行动呢。

王晓京感到很惊讶，问怎么还没行动？

发发解释说一个是这两天家里的事特多，一个是还有一个女的已经咬上钩儿了，他得先把她给办了。

王晓京就批评发发说，要是平时没事你爱办谁就办谁，可现在有了咱们的计划，你有个主次轻重好不好？

发发见王晓京有些急，就说老大，耽误不了事，这个已经在钩儿上了，一拉线就成。并且还说，现在他妈的这些娘们儿，你不办她还不行，你不办她，她还瞧不起你。

和王晓京通完电话后，发发看了一眼病房门口的嘟嘟和蕊蕊，之后又把电话给小霞拨了出去。

小霞接到发发的电话显得十分兴奋，完全是一副兴高采烈的样子。

她问发发是不是有时间了？

发发说是，今天晚上自己没事。

小霞就说那先上故宫？

发发似乎是忘了故宫的事情了，于是就问现在去故宫还来得及吗？

小霞看了看表，说，应该没问题，并且这个时候去还正好，游客都走了，故宫里面也清净了。

发发于是说，好吧。

回到嘟嘟和蕊蕊身边，嘟嘟和蕊蕊分别跟发发说了老爸脸上的伤，以及她们对这伤缘由的猜测。发发听了两个姐姐的叙述，觉得她们的分析有道理，因为老妈先打了方芳阿姨，方芳阿姨就带着一身的垃圾跑回了家，之后老爸追赶了过去，方芳阿姨的儿子见方芳在老爸家受了欺负，于是不分青红皂白，就用拳头打了老爸。

得出了这个结论之后，发发就要进病房质问方芳阿姨，并和她理论。

嘟嘟一把拽住了发发。

5

发发刚把小霞领进家门大姐嘟嘟就给发发打来了电话。发发接大姐的电话，小霞一直用眼睛紧盯着发发不放。等他接完了嘟嘟的电话，小霞问发发，是个女的吧？

对，是个女的，发发觉得她话里有话，放下电话就解释说，是我大姐。

得了吧，小霞一撇嘴，说，你们男的都这么说，不是说来电话的是自己的姐姐就是自己的妹妹，要么就是表姐表妹，哄三岁孩子呢？得了，你编故事给别人听吧。拜拜！

发发见小霞提起书包来要走，就上前拦了，说，真是我姐，电话的内容你没听出来吗？

听出来了，小霞揶揄地，说，不就是叫你到什么饭店去吃饭吗？吃完饭再去鬼混呗！

你尽他妈地胡咧咧，发发松开了小霞，说，我大姐跟我说我妈后天要召开家庭会议，在饭店里，商讨我爸找了女朋友之后的对策问题。你们他妈的女人，一个比着一个醋劲大，就这么着吧，要滚你滚吧！

发发一发火儿，倒把小霞给发乐了。

得了得了，一点不识逗。小霞看发发急了，赶紧把手伸给发发，说，坐了半天的地铁，你累了吧？

这还像句人话。发发斜了小霞一眼，说，你说你，本来好好的，找什么别扭啊？说完，就把小霞揽在了怀里，问，饿了吧？

小霞小猫一样地贴在发发的身上，说，有点。

那咱们做饭。发发说。

好，做饭。小霞答。

不过，话说出来半天，两个人谁也没有动。发发依旧地搂着她，她依旧地伏在他的身上。发发让自己的嘴唇从她那烫人的嘴唇上滑过，小霞的眼睛便开始迷离了起来。发发感觉到小霞的呼吸已经开始急促了，于是，他就开始了手上的动作。发发的手刚刚触及到了她的皮肤，小霞立即就浑身颤抖了起来。

发发把她抱到沙发上之后才发觉自己的这个决定有些失误。因为沙发根本就不够小霞折腾的。这个瘦瘦小小的女人，竟比他以前经历过的所有的女人都要疯狂。

我今天遇上对手了。事后发发喘着粗气，说，我叫你给打败了！

这时的小霞浑身都被汗水裹着，像刚从水里面捞出来的一般。她把自己放平在沙发上，没有了一点回话的力气。大约过了十几分钟或是更长的时间，她才像恢复了知觉一样的，动弹了一下手脚，然后把身子抬起来，压在发发的身上。

谢谢你。小霞一面吻着发发，一面说，你叫我感受到了潮喷。

潮喷？发发不解，抬头看着小霞，问，什么潮喷呢？

小霞用手指点一点发发的鼻梁，说，装傻吧你。

第二天一早，发发起床准备上班，小霞就起床给他做早饭。吃罢早饭发发在小霞的脸上亲了一下，说我先走，你什么时候走，把门撞上就行了。

发发走了之后，小霞独自留在了发发家。给发发收拾屋子的时候，她发现地上有几根黄色的长头发。把这几个长头发拿在手里，她的心里就漫起了一些疑惑，顺着这些疑惑再找，结果就在壁橱的角落里发现了卫生护垫和吊带儿背心，还有一件红色的睡袍。

在医院里住了两天之后，李晨曦的病情稳定了，医生同意出院。于是方芳就把李晨曦接回了家。回到李晨曦家方芳触景生情不由得有点紧张，想起孙丽丽在这里追打自己的情形，方芳心有余悸。看着她坐立不安的样子，李晨曦就安慰她，那天晚上的事情绝对不会再发生了，从今天开始，你就住在这里，孙丽丽要是再敢来，我先对她不客气。

尽管孩子们都表示有事，但是孙丽丽还是勒令他们中午以前赶到饭店来参加家庭会议。

会议开始后，孙丽丽说了三个议题。一，李晨曦被打一定要找出真凶。二，李晨曦有了女友怎么办。三，用什么办法把这个女人轰走。

嘟嘟听了老妈这三个议题，说，老妈你其实不如就直截了当，就讨论如何把方芳阿姨给轰走得了，还省时间。

孙丽丽听了，不高兴，说，你们就这么忙吗？你爸挨了打，就不要找出真凶来吗？发发，你说，你爸的仇，就不应该报吗？

发发点头，说报，得报。

嘟嘟是在看望老爸的那天，老爸见身边没人，偷偷地跟她说过被打经过的，因此在座的只有她一个人知道老爸是为了老妈挨了一拳，因此，她怕事情闹大，不但老爸和方芳阿姨会反目成仇，就连老妈弄不好还会惹来麻烦，因此，这件事情不如大事化小小事化了，于是，她就把话题引到那个醉鬼身上，说老爸当时没有逮住那个醉鬼，现在查起真凶来恐怕希望渺茫。

孙丽丽听了不甚满意，蕊蕊听了也说老爸没说实话。但是嘟嘟和发发都认为不管老爸说的是不是实话，咱们总不能凭借着猜测去找崔凯算账。蕊蕊听了算账两字忽然来了灵感，就说咱们不用出手，让白景轩找几个哥们教训一下崔凯怎么样？嘟嘟觉得这样一来事情还会闹大，而老爸和老妈还是脱不了干系，弄不好老妈还会招来更大的麻烦，于是就对蕊蕊说，那还不一样，咱们下手和他下手谁还不知道是怎么回事？

孙丽丽听出来嘟嘟说话总是向着李晨曦和方芳，就问嘟嘟，你什么意思，怎么老是向着他们说话。

嘟嘟回答说，我并没有向着他们说话，其实从那天夜里您给我打电话我就知道，您是一心想把方芳阿姨轰走，可是我爸找的这个被轰走了，他过几天再找一个呢？

再找继续轰走！孙丽丽毫不犹豫地说。找一个轰一个！见嘟嘟用异样的目光望着自己，孙丽丽就对嘟嘟说，你爸要再婚，将来的财产怎么办？他找一个女人来，这个女人再带几个孩子来，你爸的房子，你爸的钱，将来归谁？傻孩子啊，你们也不动脑子好好想想！只要你爸一再婚，那经济上的麻烦事儿就滚雪球儿似的来了。

孙丽丽的话，让三个孩子陷入了沉思。

发发说，老妈说的的确是个问题，以前还真么认真想过。

蕊蕊说，对，老妈说的对，方芳阿姨还有两个孩子，将来老爸这套房子这点儿钱也不够分的啊。

嘟嘟没说话，不过，她也在想，如果到了蕊蕊说的那一步，还真的很麻烦。

正在几个人陷入沉思的时候，李晨曦给嘟嘟打来了电话，说中午回家吃饭吧，方芳阿姨做了你们爱吃的菜。

孙丽丽在嘟嘟身边听到了李晨曦的话，连忙示意嘟嘟答应回家吃饭。等嘟嘟说好，我们一会就过去吃饭之后，孙丽丽就开始面授机宜。

她让三个孩子到吃饭的时候要如此这般，照计行事。

第四章

为了摆脱前妻的侵扰，为了再婚，李晨曦只得采取下下之策，待儿子发发接到他的一封快递时，只看到了他留下来的一首诗，人却已经秘密换房搬走。

1

嘟嘟、蕊蕊、发发离开孙丽丽之后，来到老爸家吃午饭。进门之前，嘟嘟让蕊蕊走在前面，蕊蕊让发发走在前面，发发则推嘟嘟走在前面，为此，姐弟三个人相互推让了好一会儿。李晨曦在屋里听见三个人推让的声音，就把门开开，说，怎么上老爸这儿来还谦让上了？以前可不是这个风格啊，进门都跟饿狼似的，老爸，吃什么，老爸，我饿了，今天是不是觉得方芳阿姨在这儿还不习惯啊？

李晨曦把三个孩子让进屋，见孩子们在方芳面前有些拘谨，方芳也有些不自然，就说，来来来，我正式地再给你们介绍一遍，医院里介绍的不算啊。他指着身边的方芳说，这位，就是我的同学，方芳女士。把方芳往前推了推之后，李晨曦又指着三个孩子说，这位，我大女儿，嘟嘟。这位，我二女儿，蕊蕊，这位，大公子，发发。介绍完，三个孩子分别跟方芳叫了阿姨，方芳则赶紧从自己的书包里面掏出了三份礼物分别送给了嘟嘟、蕊蕊和发发。

谢过了方芳阿姨，问完老爸的病情，嘟嘟和蕊蕊就进厨房帮着方芳阿姨炒菜。方芳说不用，你们跟你爸说话去，菜我马上炒好。说着话，方芳系上围裙，在两个灶眼儿上各放一口锅。左边锅里的烧水，右边的锅里烧油。右边锅里的油先热，方芳把用淀粉抓过的肉片、肉丁儿、肉段儿一样儿一样儿轻轻放进锅里划，肉片、肉丁儿、肉段一样一样划完，左面锅里的水正好开锅。关上右面的火，再把左面的火调小，让锅中的水似开不开，方芳就把和好了的肉馅儿攥在左手里，轻轻一挤，再用右手的大拇指一挑，一个丸子就顺从地滚进了锅。没几分钟，一锅丸子便飘着香味浮在了水面上。丸子氽好，捞出来，水里放进青菜，右边的火打开，放油、炒菜，不一会儿，氽丸子做好，一盘一盘的菜，飘着各式各样的香味，也被端上了餐桌。菜被端上餐桌之后，方芳又顺手拿起抹布，只一眨眼的工夫，就让灶台、墙壁重放光彩。

看着方芳阿姨的左右手来回舞动，变戏法儿似的就把菜炒出来，之后还把厨房收拾得利利索索一尘不染，嘟嘟和蕊蕊简直都看傻了。以至于叫她俩坐到餐桌旁之后，都忘了今天吃饭老妈孙丽丽布置的任务。

孙丽丽自三个孩子走后，就一直等着孩子们的消息。看着时间，估计着李晨曦和孩子们已经开始吃饭了，就给嘟嘟发去了一条短信，提示她别忘了吃饭时的任务。可是嘟嘟的手机放在了书包里，书包在门厅挂着，因此她没能听见。

发出短信之后不见嘟嘟的回复，于是孙丽丽就又给蕊蕊发了短信。正对方芳阿姨的菜称赞不已的时候，蕊蕊从兜里掏出手机来看到了老妈的短信，看完，犹豫了一下，就把手机递给了嘟嘟。嘟嘟看过短信之后方才想起了老妈临来时候的锦囊妙计，于是朝蕊蕊努努嘴，示意让蕊蕊先来。蕊蕊把手一摊，意思是方芳阿姨菜炒得那么香，厨房收拾得那么干净，自己无可挑剔。嘟嘟因此就用眼睛看了发发，示意他先执行老妈的计划。可巧，这时候发发的电话响了，来电话的是王晓京，于是他一面叫着老大，一面走到凉台上去跟王晓京说话。

王晓京问他那个女人昨天办了？

发发说嗯，手到擒来。

王晓京就提醒他是不是该办正事了？

发发说，不就是再让一个女人脱衣服嘛，敬候佳音吧。

嘟嘟看发发在凉台上讲起电话来意犹未尽，于是只好试试自己先来。她清了清嗓子站了起来，对老爸说这菜好吃是好吃，可是油太大了，吃这么些油，简直——嘟嘟想说简直就是慢性自杀或谋财害命，可面对方芳阿姨又觉得说不出口，就改口为——不适合老年人吃。

方芳从蕊蕊看短信开始，就注意了嘟嘟和蕊蕊的一举一动，特别是嘟嘟用眼睛和蕊蕊的对话，让方芳猜出了其中一定有故事，于是待嘟嘟说完自己炒菜油太大，就赶紧在脸上把笑一堆，说，嘟嘟说得对，老年人是要注意吃油的问题，说完，就把自己面前的凉拌菜换到了李晨曦的面前。李晨曦也从嘟嘟和蕊蕊的表情上看出来什么，于是也说，今天是特殊情况，全家聚会，跟过年一样，其实平时不会，方芳阿姨平时在家一般都是稀粥咸菜，那天晚上她就给我熬的粥，拌的凉菜。

见老妈的第一条锦囊妙计没能让方芳阿姨生气，也没让老爸生气，于是，蕊蕊紧接着就站了起来，她把脸一拉，把一盘炒鸡蛋从老爸跟前撤走，说这个鸡蛋不能吃，蛋黄里面胆固醇最高了，我爸本来血脂就高，吃这个不是明摆着要我爸的命呢嘛。方芳听了蕊蕊的话，也站了起来，笑着说，你看看我这脑子，那天在医院大夫还说你爸化验的血项里面有一个什么高来着呢，老李啊，对不起对不起，要不是蕊蕊提醒我还真是把这个茬儿给忘了。蕊蕊把鸡蛋放我这儿，我吃吧，好东西也别浪费了。方芳一面把鸡蛋放在自己的面前，一面说，蕊蕊你放心，从今往后，我绝不给你爸吃像鸡蛋黄、带鱼、动物内脏这类的高胆固醇的东西。方芳说完，还给李晨曦的碗里放了一块鸡蛋清，说，老李，这个你能吃，尝尝我炒的赛螃蟹，有没有点螃蟹味儿。发发这个时候打完电话回到了餐桌上，也夹起来一块鸡蛋往嘴里送，并且一面嚼一面说有螃蟹味儿，有螃蟹味儿。正说着，见蕊蕊拿眼睛瞅他，就停止了咀嚼，忽然想起了老妈让他们办的事情。

老妈的最后一条锦囊妙计是让发发断后，待嘟嘟和蕊蕊没能在饭桌上激怒方芳，让方芳提着书包走人，发发要在饭后留下来跟老爸摊牌：不允许老爸再婚。可是看着刚刚出院的老爸脸上被打的部位依然肿着，发发实在张不开口。

孙丽丽是估计着时间来到李晨曦楼下等着看方芳被激怒后离开李晨曦家的，但是饭后，没见到方芳的影子，却等来了嘟嘟和蕊蕊。孙丽丽赶紧上前询问情况，嘟嘟和蕊蕊摇头表示无奈。

你们照计划执行了没有？孙丽丽不禁问。

都照办了。嘟嘟和蕊蕊说，可是方芳阿姨根本就没生气。

你爸呢？孙丽丽再问。

我爸也没生气，还帮着方芳阿姨解释。嘟嘟和蕊蕊说。

孙丽丽恍然大悟，忽然之间就想起了赵本山和范伟演过一个小品的台词，就说，他妈的，厨师不看菜谱改看兵法了?！等着，他妈的我让你看兵法也白看！

说完，孙丽丽就径直朝楼上冲去。

2

孙丽丽气势汹汹地冲到李晨曦家，让屋里正在收拾餐桌的李晨曦和方芳猝不及防。见孙丽丽两只眼睛里面闪烁着凶神恶煞似的光芒，虎视眈眈地盯着方芳，李晨曦没来得及放下手里的碗筷就冲上去挡在了她和方芳之间。

你要干什么？李晨曦大声喝道，你要干什么？随着那大声的一喝，李晨曦把手中的碗筷高高举起，之后向地上使劲儿地一砸，孙丽丽，我告诉你，我看你今天再要敢动方芳一个手指头，我，我，就让你的脑袋像这摞碗一样！

咔嚓嚓，碗砸碎在地上的巨响，一下子把孙丽丽震住了。说实话，跟李晨曦在一起生活了几十年，即便是她跟踪、伏击他身边的女人的时候，李晨曦也从来没表现出过如此的愤怒。孙丽丽还是第一次见李晨曦把眼睛瞪得如此之圆，第一次听他把声音喊得如此之大，第一次见他把碗砸得如此粉碎。于是，她在冲向方芳的一瞬间被这声巨响给惊呆了，她忽然立定在了李晨曦的面前，一动都不敢动，甚者大气也不敢喘，把眼睛眨巴了几下，她看着李晨曦，像看着一个陌生人。

孙丽丽的眼泪是在自己原本凶猛的目光忽然暗淡下去的时候悄悄留下来的。看着和自己生活了几十年的李晨曦，为了一个才好了几天的女人，竟然对她如此的大发雷霆，孙丽丽感到心酸不已。

李晨曦，我跟你生活了四十年，给你生闺女，给你养儿子，为了一个外人，你竟然这么对待我，我的命好苦哇——孙丽丽一面让这泪继续往下流，一面就地一坐哭喊了起来。

方芳见孙丽丽在地上哭天抢地，解下围裙来，穿上衣服拿起书包就要走，李晨曦一把将她拉住，你别走，你哪儿也别去。他把方芳按在了椅子上，说，这儿就是你的家，你别怕她，让她闹，我倒要看看她还能闹出什么花样儿来！

屋里的摔砸声惊动了凉台上给小霞打电话的发发，他赶过来的时候，孙丽丽的眼睛里刚刚变成阴云般的暗淡。他看清了老妈一瞬间惊愕的表情，也看清了老妈第一滴眼泪滴落下来后，脸上从惊愕迅速转化出来的痛苦。见老妈坐在了地板上，发发关了手机，赶紧跑了过来，与此同时嘟嘟和蕊蕊也从楼下跑了上来，三个人一起上前搀扶孙丽丽起身，李晨曦见了，上前把三个孩子扒拉开，说，你们别理她。她，让我压抑了一辈子，也让我害怕了一辈子，今天，我压抑够了，害怕够了，我今天豁出去了，我，我什么都不怕了！你们谁都别理她，就只当这儿躺着一条狗，一条癞皮狗！我倒要看看这条癞皮狗，它，它，它还能赖到哪儿去！孙丽丽，你要是有本事，你今天就别起来！

三个孩子见过老妈耍过赖，但是从来没见老爸发过那么大的火，看看坐着的是老妈，站着的是老爸，一时也都慌了手脚，左顾右盼，不知道该劝哪一个。

孙丽丽见自己的三个孩子都在身边，心里感到有了仗势，她乜斜地看了李晨曦一眼，见他一点都没有同情自己的意思，于是左右开弓扇起了自己的嘴巴。

你是癞皮狗，癞皮狗，我打你这条癞皮狗！扇自己的脸一下，孙丽丽就骂一句，我打死你这条癞皮狗！打死你！

听着这啪啪的响声，方芳感到孙丽丽的巴掌一下一下地都抽在了自己的脸上，随着孙丽丽一声一声的癞皮狗的辱骂，方芳的心头就腾起一股火来，她朝孙丽丽狠狠地瞪了一眼，嘴上骂了一句什么东西，之后起身就走。

李晨曦见方芳又要走，再次将方芳拉住。

孙丽丽看了一眼李晨曦和方芳，于是继续。

你不要脸呢，你没脸可要啊。我的命苦啊，给人家生了闺女，养大了儿子，人家又另寻新欢，你这条癞皮狗哇。

见孙丽丽哭闹不止，嘟嘟赶紧走到了老爸面前，说您就让方芳阿姨暂时先走吧，她不走，我妈就完不了。

嘟嘟说话的声音虽小，但是孙丽丽一字不落地都听到了。于是她忽然就从地上站了起来。

李晨曦，今天咱俩有笔账还要重新算算。说完，她就从口袋里掏出一张纸来，拍在了李晨曦面前。这是咱俩的离婚协议。你看看吧。

李晨曦不知道孙丽丽的葫芦里到底卖的什么药，就拿过那张纸来要看。

孙丽丽一把把纸抢了过来，说，这是我的，你拿你那张看。

李晨曦没搭理孙丽丽。

孙丽丽拿眼睛瞥了一下方芳，说，这离婚协议签的不公平，不合理。

李晨曦问她有什么不公平，有什么不合理。

房子，房子！孙丽丽提高了声音，说，房子不合理。我现在要求重新分配，这套房，我要一半！

李晨曦用鼻子哼了一声，说，可笑，当初签订协议的时候，是你自己说的房子归我，白纸黑字，你也签了字，现在又要翻悔，你孙丽丽那三个字，还值不值钱？还算不算人名？

你别管我值不值钱，算不算人，我今天就要重新分配房产，今天你是给我一半也得给，不给也得给。孙丽丽使劲儿把拿那份协议撕扯得粉碎，然后把碎屑摔在李晨曦的脸上，说，我绝对不能让一个骚货就这么舒舒服服地住到家里来！

方芳听了孙丽丽的话，忍无可忍，骂了孙丽丽一句混蛋，我看你是疯了，之后挣脱了李晨曦拽在胳膊上的手，走出了李晨曦家。

3

方芳被轰出李晨曦家门之后，孙丽丽满意地鸣锣收兵。

离开李晨曦家，孙丽丽并没有立即放三个孩子走。她说她还没有吃饭，让孩子们陪着自己去用餐。发发说为了开家庭会，他已经请了一上午假了，要是下午再不去，恐怕说不过去。嘟嘟也说自己单位还有一大摊子事儿，让蕊蕊陪着您吃饭吧，我要赶紧回去上班。蕊蕊在老爸家吃中午饭的时候，白景轩已经就来过无数次短信，问她家庭会议开完了没有，开完了赶紧出来，他有事要她帮忙办。于是蕊蕊也说自己有事，让老妈自己去吃饭。孙丽丽听了三个孩子的话，立即就火儿了，说，你们以为我这么折腾，跟你爸要房子，是为了我自己吗？我是在给你们争取利益！真是他妈的什么混蛋爸爸，养活什么混蛋孩子，什么都不懂，你妈没皮没脸地让你爸骂是癞皮狗，你们就一点同情心都没有吗？

孙丽丽一发火儿，嘟嘟、蕊蕊和发发就不敢再吱声儿了。恰好，这个时候发发的手机响了，见是大卫给自己打来的，就直接按了关机的红键，拒接。之后大卫又发来了短信，问发发在干吗？说她想他了，想跟他说说话。发发瞟了短信一眼，直接删掉。孙丽丽看发发的心思不在听她说话上面，就冲发发喊道，把你的手机收起来，别摆弄了。之后，对三个孩子说，你们都忙，我也不留你们了，这样，今天咱们算是出师小胜，把那个不要脸的骚货给轰走了，但是看你爸那意思，俩人一时半会儿还断不了，所以，咱们还要做打持久战的准备。下一步的办法我想好了，你们三个人轮流住到你爸家去，一个人一个星期。只要你们住到了你爸家，那个骚货就不敢再去。

嘟嘟听了老妈老是把骚货俩字挂在嘴上，就说，妈，您别老是骚货骚货的，多难听啊。

孙丽丽说，难听我也得这么叫她，她本来就是骚货，没皮没脸的，还没怎么着呢，就送上门儿来了，就睡到男人的床上来了。啊——呸！

狠狠地呸了一口之后，孙丽丽就问嘟嘟、蕊蕊和发发，说，你们三个谁先住到你老爸那儿去？

见老妈问自己，三个孩子都低下了头不言语。

孙丽丽见到关键时刻几个人都不说话，就又要发火儿，刚想骂他们几句，话到嘴边，又收了回去。把自己的火气压了压，她点了嘟嘟的名儿，问她，嘟嘟，你怎么样？

嘟嘟听老妈点到了她的名字，就说自己有困难。

孙丽丽问她有什么困难。

嘟嘟说，自己住到办公室其主要目的是要尽快让单位给她解决房子问题，如果她住到老爸家，单位会认为她自己能解决住房问题，她的住房申请就白写了。

孙丽丽看了嘟嘟一眼，继续压抑着自己心中的火气，转过脸去再问蕊蕊，说，蕊蕊应该没什么困难吧？

蕊蕊因为正跟白景轩如胶似漆般地黏糊着，因此说自己也有困难，恐怕住到老爸家，一时半会儿也做不到。

孙丽丽强压着的怒火，再忍不住了，她觉得自己也没必要再问发发了，她知道发发身边有好几个女人，让他住到李晨曦那儿，他也会以各种理由推托，于是就狠狠地骂了三个孩子一句狗屁不懂的混蛋玩意儿，之后，转身离开。

见老妈怒气冲冲地走了，嘟嘟、蕊蕊和发发在原地都愣住了，谁也没有开口再说话。直到白景轩给蕊蕊打来电话，这个沉默的局面才被打破。

蕊蕊接了白景轩电话，跟嘟嘟和发发说了声有事就走了。

嘟嘟见蕊蕊走了，跟发发说咱俩也都回去上班吧。

发发往老妈离开的方向又看了看，问嘟嘟，老妈那儿……

嘟嘟说没事，待会儿老妈平静了我再给她打个电话，安慰安慰她。说完又补充了一句，老妈也的确是为了咱们。

听嘟嘟说的这最后一句话，发发立即就想起了老妈刚才在老爸家，在坐到地上哭闹之前，脸上由凶狠忽然转变为抑郁的表情。于是，他就说，大姐，你先别走，我还有件事儿跟你说。

4

发发留住大姐嘟嘟，跟她说了自己刚才看到的老妈眼泪掉下来一瞬间面部表情的变化。之后跟大姐说，我觉得老妈的表情里面有内涵。

嘟嘟因为没见到老妈掉眼泪时候那个表情的变化，就问发发，说，什么内涵？

我觉得，发发寻找着最恰当的词句，说，我觉得老妈当时最大的内涵是失望，或者说是失落。

嘟嘟还是不知道发发究竟说的是什么，就问，怎么失望或失落？

老爸把碗砸到地上之前，老妈脸上是一脸的凶狠，待到老爸砸了碗，老妈脸上立即就转变为了阴郁，并且，阴郁得让人可怜。发发对嘟嘟说，这一变化，你不觉得说明了什么吗？

嘟嘟摇头表示自己回答不了。

失望，或是失落啊！发发提示嘟嘟说，你想想，是不是？

嘟嘟不语。

发发见嘟嘟不语，继续提示嘟嘟，说，对老爸的失望。提示完，就再问嘟嘟，说，你想想，设身处地地想想，老妈为什么失望？为什么要对老爸失望？

嘟嘟张张嘴，但欲言又止。

发发说，我再问你，老妈在知道了老爸找到女朋友之后，为什么频繁地跟老爸找茬儿，不断地找上门去闹？

嘟嘟似乎是明白了发发要表达的意思了，不过，她还是有些犹豫，就问发发，说，你是说，老妈对老爸失望？

发发点头说，嗯。

那么，老妈失望之前就应该是希望。嘟嘟问。

发发继续点头，说，对，是希望，是对老爸的希望。之后反问嘟嘟，你说，老妈对老爸的这希望应该是什么？

她还爱着老爸！嘟嘟说。

她想跟老爸复婚！发发见大姐终于明白了，就把手攥成拳头，在空中使劲儿晃了晃，说。

正在发发兴奋地晃着拳头的时候，大卫又给发发打来了电话。发发看了一眼手机，还是按了拒接键。嘟嘟没有注意到发发的动作，她跟着发发挥动着的拳头也兴奋了起来。于是，她问发发接下来应该怎么办？

发发说当然是你出面跟老妈谈谈了。

听了发发的话，嘟嘟似乎觉得有些欠妥，她害怕跟老妈一谈，问她是不是还爱着老爸，想跟老爸复婚，老妈会碍于面子予以否认，如果她一否认，事情反而倒不好办了。

发发则认为，既然老妈都撕破了脸皮，倒在地上跟老爸折腾，那么她就绝不会再碍于什么情面了。

嘟嘟觉得发发言之有理，于是就立即拨通了老妈的电话。让嘟嘟没想到的是，嘟嘟还没开口问老妈是不是还爱着老爸，是不是还想和老爸复婚，孙丽丽就先哭着说，嘟嘟啊嘟嘟，你是咱们家的老大，老妈平时最疼的就是你，老妈平时有什么心思都会对你说，老妈平时有什么心思你也都能猜得出来，你现在是真糊涂还是装糊涂呢？你是真的就愿意我和你爸就这么永远地分下去吗？

发发回到办公室打开电脑登录到 QQ 上，大卫第一时间上来跟他说话，问他怎么了，为什么不接她的电话，也不回她的短信。发发还是置之不理。之后，发发就给自己泡了一杯茶，想让自己的心静下来，好好考虑一下怎样让老爸和老妈重归于好的事情，因为他和嘟嘟分手的时候，跟嘟嘟保证过，说，这件事情就包在他的身上。

正在他考虑着怎么才能突破老爸这道防线，让他和老妈复婚，桌子上的电话响了，发发见来电显示是王晓京的，就不好意思地把听筒拿起来说，老大，实在抱歉，那个计划我还没行动呢，我这就实施，跟她联系。可是王晓京却没提计划的事情，而是说你的一个快递寄到我这儿来了，我给你代签了，你过来取吧。

快递是小霞寄来的，里面是一件毛衣。那天他把小霞带回家之后，小霞见他的毛衣袖子短一截儿，就让他脱下来，说回家帮着他找找合适颜色的毛线，接长一点，这样以后冬天手腕子就不会冷了。打开毛衣，看了看接好了的毛衣袖子，发发便给小霞打去了电话，可是，小霞却不接。于是发发只好来到了网上，给小霞留言，说毛衣收到了，谢谢，不是说好了你来的时候给我带过来吗，怎么用快递了呢？再有，你怎么不接我的电话？没想到话一发上去，小霞的头像居然亮了，不一会就见小霞把文字敲上来，说，毛衣收到了就好。并说，我不再想到你那儿去了，所以就叫快递给你递了过去。发发见小霞说不想再到自己这儿来了，就问为什么？小霞没正面回答，只说了一句不为什么，多保重吧。

结束了和小霞的对话，发发重新把思绪又都集中在了老爸和老妈的身上，但是不知道是不是因为小霞跟自己断绝来往事情的作梗，发发的精神怎么也集中不了，老是想着小霞说的那句不为什么，多保重吧。不为什么？发发不断地问着自己，她到底为什么呢？

嘟嘟回到办公室之后也没了心思办公，她也一直在想怎么样才能让老妈的那个失望得到补偿，让老妈和老爸破镜重圆。可是想了半天，她也没想出什么好办法，于是她就想到了妹妹蕊蕊，想把这件事情告诉她，之后再听听她有什么高招儿。

蕊蕊接到白景轩的电话就离开了老妈、嘟嘟和发发。听白景轩说有事求她，蕊蕊就问什么事，还用三番五次，小鬼儿叫门似的催。白景轩说有点纸，浪费了可惜，能不能到你原来工作的印刷厂给裁一下？蕊蕊说那好说，你开车过来吧。这样，两个人就开车来到了蕊蕊先前工作过的印刷厂，车还在路上的时候，蕊蕊还给一个车间主任打了电话。

到印刷厂后，出来迎接的是一个四十几岁、脸色黝黑、有点谢顶的男人。蕊蕊上前给白景轩介绍，说这是我们车间主任。

白景轩赶紧上前把手递给了车间主任，并一副谦恭的样子说麻烦您了。

车间主任并没有伸出手来和白景轩握，只是用叼着烟的嘴朝他努了努，乜斜起眼睛来问蕊蕊，这人谁呀？

蕊蕊说，这是白老板，我现在在他的公司打工。

车间主任像是审视犯人一样把白景轩从头到脚照看了一遍，之后把烟屁噗的一口给吐了，转过头来对蕊蕊说：叫他把纸放到车上。等白景轩把纸在推车上码好，车间主任左手拉住蕊蕊的胳膊，右手推起了推车，对欲随行的白景轩说了一句你在这儿等着，就和蕊蕊走进了印刷厂那面黑洞洞的大门。

大约半个小时之后，两个人才从里面走出来。前面是蕊蕊，后面是推着车的车间主任。前面的蕊蕊低着头，样子很疲惫，后面的车间主任依旧叼着烟，原本黝黑的脑门上似乎比刚才又增加了一层灰暗。

坐在车里的白景轩把眼睛放在两个人的脸上，目不转睛地盯着看。白景轩注意到了蕊蕊的头发有些乱，走到车的近前，和他对视的时候，眼神有点散，有点漂移。而车间主任把嘴里的烟头朝他吐过来的时候，眼睛里则明显地埋藏着敌意。

蕊蕊没管推车上的纸，直接开门上了车。白景轩也没有下车。车间主任像处理一车垃圾似的，把纸往地上一倒，之后撤出推车来，用脚狠狠地把车踹到了墙角，转身又走回了那扇黑洞洞的大门里。白景轩转过脸去，用眼睛再次审视着蕊蕊的头发和脸。蕊蕊注意到了，便有一点尴尬，伸出右手把凌乱的头发拢了拢。白景轩猛地一把拉过蕊蕊，不由分说便把她的上衣给撕开了。猝不及防的蕊蕊先是一惊，之后一面喊着一面维护着自己的胸。白景轩就更加疯狂了，三把两把就突破了蕊蕊所有的防线，然后把鼻子贴在了她的胸上，像狗一样嗅了起来。一股黏在蕊蕊胸上的烟味一瞬间叫白景轩心中的血液燃烧了起来，他一把把蕊蕊推开，将衣服往她脸上一摔，吼道：臭婊子，你给我下车，滚！

5

孙丽丽折腾够了离开了李晨曦家之后，李晨曦赶紧出来去追赶方芳。来到方芳家楼下后，李晨曦还是没敢直接上楼。上次方芳从他家跑出来是因为遇到前妻的殴打并被她泼洒了一身垃圾，这次跑回家来又是因为前妻胡闹，因此李晨曦觉得自己既无法面对方芳的儿子崔凯，又无法面对方芳。因此，他还是在楼下给方芳拨去了电话。还好，这次的电话是方芳自己接的。

对不起，方芳，李晨曦首先跟方芳道歉，因为他觉得自己现在除了道歉，也只有道歉。

方芳先是没说话，听着李晨曦在电话里又连续说了几遍对不起，请她原谅之类的话后，才清了清嗓子，说，没事，这事也不赖你，你先回去吧。

李晨曦听方芳在电话里回复得如此冷静，就有些恐慌，不知道她是不是已经对和自己生活在一起失去了信心，于是就请求方芳下楼，他俩到附近的公园走走。方芳则说，不想去，我实在是没心情了。

李晨曦不罢休，就又请求方芳跟着他回家。

方芳还是平淡地重复了刚才的话：不想去，我实在是没心情了。

发发尽管是大包大揽，说说服老爸和老妈和好的工作他包了，但是几天过去了，他却没能想出好办法来。嘟嘟知道了，说自己这两天也没想出什么好办法，说不如这样，咱们和蕊蕊一起开个会，集思广益，没准儿就能碰出好办法来。

开会的时候，蕊蕊人倒是来了，可是却心不在焉。她手里攥着手机，不停地给白景轩发短信。可是和前几天一样，她发出去的短信如泥牛入海杳无消息。蕊蕊于是开始后悔，她不该把白景轩带到印刷厂去，更不该让两个男人短兵相接。因为，在去工厂之前，她就知道，她控制不了自己，她阻止不了自己，一旦自己的眼睛遇上车间主任那磁性的目光，她就会浑身战栗，就会立即融化。

由于蕊蕊的心思都在白景轩身上，因此会议还是没能解决问题。发发在会议的最后说，那就只能按照他自己的那个不成熟的想法去办了。

晚上，发发买上老爸平时喝酒时爱吃的猪头肉、炸麻雀、素什锦等下酒菜来到了老爸家。

按照发发的设计，他要先跟老爸喝酒，等酒过三巡，老爸喝得热血沸腾，顺着脖子流汗的时候，他再把老妈有和他复婚的想法，他们做子女的有让两位老人重归于好的愿望说出来。因为，李晨曦是诗人，诗人的形象，在发发的心目中就是李白，豪饮，并且豪情、豪爽。待老爸的胸怀大开，诗兴大发，发发觉得自己的计划就有望实现。

因为方芳的离开，本身还处于抑郁中的李晨曦接过发发递过来的酒就连干了三杯。在给老爸斟第四杯酒的时候，发发见老爸的脸涨红了，衣服扣子也解开了，就试着开始实施自己的计划。

听发发述说了孙丽丽想复婚的事，李晨曦端起酒杯来，一口就把酒给干了。不过，他如此豪爽的动作过后，发发却没有看到预想当中的诗人式的襟怀大开，相反，放下酒杯的李晨曦表现得却极其冷漠。他说这几十年，他已经受够了孙丽丽的监控、跟踪、猜疑。自己再不想过那种提心吊胆、谨小慎微的日子了。并且说自己和方芳的再婚决心已定，任什么也不会改变。不过说到孙丽丽，李晨曦倒是觉得她想要重新分配房产也有道理，因为他知道她在父母家生活质量很差，行动坐卧多有不便，因此，李晨曦跟发发说，他会尽力帮助她的。

喝过酒的几天后，发发又收到了一封快递。打开来看，是一个一居室的房本，产权人是他们姐弟三个。再看，信封里面还有一把钥匙和一张纸。把纸拿出来看，只见上面写着一句话，说自己已经将原来的两居室换成了两处住房，这套一居室的产权人是嘟嘟、蕊蕊和发发，但是房子让孙丽丽居住。纸的末尾是一首诗：

孩子

请不要把我的酒杯斟满

我的路远呢

翻过这座山

还在河的那边……

第五章

秘密搬家之后虽然前妻不再骚扰了，但是思孙之情却按捺不住。于是李晨曦和方芳来到学校门口偷偷看望小孙子乖乖，可没想到秘密住址就此暴露。

1

李晨曦偷偷换房，秘密搬家，并且还换了手机号，这让联系不上老爸的孩子们在情感上有些接受不了。他们仿佛是突然之间才感觉到，平时有时间就关心一下、繁忙了就抛之于脑后的老爸，平时想起了就回去、想不起来就忽略的老爸的那个家，竟然是自己生命中如此重要的一个枢纽，如此珍贵的一个驿站。想到老爸出此下策，多少跟自己反对老爸再婚，在饭桌上成心跟方芳阿姨找茬儿有关，因此，嘟嘟、蕊蕊和发发都感到很内疚，特别是发发，他觉得那天和老爸喝酒的时候，不应该在老爸说出和方芳阿姨再婚的决心已定，任凭什么都改变不了时，他说出了让老爸十分痛心的话：如果你非要和方芳阿姨再婚，你必须把你的这套房子过户到我们的名下。

见孩子们都有些自责，孙丽丽从发发手里接过房产证和房子的钥匙时安慰孩子们说，这事跟你们没关系，你爸他主要是在躲着我。说完，她把手里这两样东西看了看，又交还给了发发，说，这房子，我不能住。

发发见老妈把钥匙和房本又还给了他，就说这是老爸让您住的，那天他亲口跟我说您在姥姥家居住环境不好，生活质量很差，他一定要想办法帮助您。要不是为了帮助您，他也不会去换房。

孙丽丽听了发发的转述，就愈发惭愧，说，你爸他抽了自己身上的血，换出房子来给我，你说，这房子我能住得进去吗？顿了一下，孙丽丽又说，你爸既然把房子写在了你们三个的名下，那你们三个商量如何处置吧。

发发从老妈手里接过房本和钥匙之后，就开始跟嘟嘟、蕊蕊商量如何寻找老爸的事情。嘟嘟说，老爸既然是秘密搬家，那么他就是不想让我们找到他，咱们就是费劲千辛万苦把老爸找到了，老爸也不会高兴。

孙丽丽插嘴道，还是找吧，你爸他主要是在躲着我，你们找到了他，我保证不再打搅他就是了。

蕊蕊说，我每天中午都要到老爸家去吃饭，今天中午见不到老爸了，我心里特不是滋味儿，所以就是找到老爸后他不高兴，我觉得也要找。

蕊蕊的话刚一说完，手机响了。见来电话的是白景轩，蕊蕊一激灵马上去接。

这几天，你给我打电话了？白景轩问。

你干吗去了，怎么不接电话也不回短信？蕊蕊嗔怨的问，之后又补充道：那天的事儿，你别记在心里。

嗨！白景轩叹了口气，说，那天的事儿，我早忘了！

忘了怎么不接电话不回短信？蕊蕊问。

别提了，那天下午，他妈的她回来了。白景轩很郁闷地说，她说她想孩子了，要看看孩子。

她，回心转意了？蕊蕊急忙问。

我一开始也以为是呢，心里还挺高兴，特别是她提出来要去百盛给孩子买衣服。白景轩说，结果，正给孩子挑衣服呢，一个电话打来，她撂下我和孩子就走了。

你，没找她？蕊蕊的心里踏实了一些，问。

找了，这几天一直都在给她打电话。白景轩回答。

怎么样？蕊蕊又问。

置之不理，白景轩回答，泥牛入海，杳无音信。

那，孩子怎么样？蕊蕊很关切地问。

我这几天操心的主要是孩子。白景轩说，你说孩子正兴高采烈地让妈妈带着买新衣服的时候，她妈妈却不辞而别，孩子的心里能不遭受打击吗？

蕊蕊听了，把牙一咬，说，他妈的，什么混蛋妈啊，就她这样，也配当妈？也配当人民教师？这样，你开车来接我，我去帮你照顾孩子。

蕊蕊接白景轩电话的时候，发发又拿出了老爸写的那首诗。他跟嘟嘟说，我分析，老爸新的居住处一定有山和河两个字，你看：我的路远呢/翻过这座山/还在河的那边。蕊蕊放下电话后听到发发念的这两句诗，就说山好找，景山。嘟嘟说绝对不会是景山，景山在市中心，房价贵得要命，老爸用自己的一套两居室也换不来那里的一间平房。蕊蕊听了觉得有道理，就说那就金沟河，四环之外。发发接了蕊蕊的话说，金沟河虽然在四环之外，房子便宜，但是附近没有山。听了发发的分析，嘟嘟和蕊蕊觉得有道理，就问发发老爸现在搬到了何处最有可能性。

发发说门头沟，那里有山，并且还有一条永定河。

2

李晨曦换了房子之后便把方芳接了过来。可是，尽管远离了孙丽丽，两个人可以清清静静地生活在一起了，但是把自己隔绝了几天，李晨曦忽然觉得心里头缺少了什么东西。

李晨曦在换房的时候似乎并没有想到过这些，他在房屋中介里跟工作人员提的要求就是第一，把房子换成两处，第二，要为他保密。因此当工作人员提出了将他的两居室置换成一套一居室，和四环之外的一间平房时，李晨曦当即就同意了。

中午，依然是 11 点 30 分准时开饭。可是这一天，当方芳将饭菜以及碗筷都摆在了餐桌上，李晨曦却一直愣着没动。方芳于是就拿起筷子来递给李晨曦，说，你现在就是幼儿园大班的孩子，不把饭送到你嘴里你就不知道自己吃。然而，李晨曦看了一眼方芳，还是没动。

你这是怎么了？方芳看着李晨曦的眼睛，问，不舒服？

每天这时候，蕊蕊就该进门了。李晨曦看了看表，说，发发也该在楼道里嚷老爸，吃啥啊，饿了。说完，李晨曦的眼圈儿便有些红了。

方芳见了，就把手放在了李晨曦的头上抚摸了一下，之后又把菜夹到他的碗里，劝道，咱们躲到这儿来，不是实在没办法的办法吗。吃吧，别多想了，我理解你，换了我，我也得想孩子们。不过，咱们在这儿只是暂时的，等孙丽丽把自己的心态调整好了，再搞上对象，我想，咱们就不用在这儿躲着了。吃吧，别多想了，孩子们都大了，都能照顾好自己了，你别老是放心不下。

李晨曦接过方芳递过来的筷子，把它放在碗里，刚要把米饭挑起来送进嘴里，忽然就又停住了，说，蕊蕊最爱吃木须肉了，那天还跟我说让我再给她做的时候，多放点黄花儿呢。还有嘟嘟，搬到单位办公室里住，也不知道休息的好不好。唉，我还想我那小孙子乖乖，每个礼拜六的晚上他都要回家来，不睡觉缠着我给他讲故事，听故事的时候，孩子的两只眼睛睁得圆圆的，一动不动地看着我，那小脸蛋儿，跟苹果似的那么红啊。

方芳听李晨曦说到自己的小孙子时格外伤感，于是就放下了碗筷坐到了李晨曦的身旁，把一只手放在他的后背上。

要么，你看这样行不行，方芳考虑了一下说，咱们明天在乖乖放学的时候，偷偷到他学校门口去看看，怎么样？

要看就看，我自己的孙子，干吗还偷着摸着？李晨曦说。

你看你，不是那个偷着摸着，是那个偷着摸着。

哪个偷着摸着？

嗨，我不是文人，说不清楚了，方芳说，我不是怕让他们知道了咱们居住的地点嘛。

发发自从根据老爸的诗分析出来老爸一定是秘密地搬到门头沟之后，又做了进一步的判断，他觉得老爸换房势必要通过房屋中介，势必要到派出所报户口。于是，他便跟王晓京借来了公家配备的汽车，把车开到了门头沟，先通过导航进行了搜索，之后按照导航所显示的房屋中介及派出所的信息，逐一走访。

发发跟王晓京借车的时候，王晓京问他他们的计划进行得怎么样了。发发说正要跟你汇报呢，老大，事情进展得还算顺利。

王晓京一听就问怎么叫还算顺利？

发发说，嗨，还算顺利就是，她答应了和我见面，但是说暂时没时间，并且还是那么高傲和冷漠。

什么他妈的高傲冷淡，都是假招子，你别吃她那一套。王晓京说完，又问，她答应你什么时候见面？

她说这几天都有会，得看看秘书的安排。发发回答。

你这样，办完找你爸的事情，你看时机约她吃饭。开发票，我签字报销。王晓京说完又补充了一句，车这两天你先开着吧，班你也先不要上，找你爸要紧。

不过，发发开着车在门头沟的城区转悠了好几天，问遍了导航上显示的所有房屋中介和派出所，却没得到老爸的一点消息。

老爸怎么换的房呢？发发给嘟嘟和蕊蕊打电话的时候问她俩。

就是啊，老爸没到派出所报户口么？嘟嘟和蕊蕊反问发发。

3

赶在乖乖放学前，李晨曦和方芳来到了学校门口。躲在马路对面的一个广告牌后面，李晨曦开始跟方芳讲解待会儿自己的孙子乖乖会在哪里排队，在哪里解散。正指手画脚地讲解，学校里传来了欢快的放学铃声，之后紧闭着的电动校门便徐徐地打开了，不一会，一排排穿着统一校服，头戴统一黄帽的学生在老师的带领下就一队紧接着一队，潮涌般地朝校外涌了出来。

那是乖乖。老远地，李晨曦就从统一的校服和黄帽子当中认出了自己的孙子，并十分兴奋地指给方芳看。

在哪儿？哪个？方芳踮起脚尖儿，使劲地往一片孩子里面看，待顺着李晨曦的手指，终于看到排在二六班队伍当中倒数第五个的男孩儿时就说，你真行，要是我在这么多人里面，可认不出来。

你接孩子时间长了就好了。李晨曦目不转睛地看着自己的孙子乖乖，跟方芳说，钢铁就是这样炼成的。

那叫火眼金睛就是这样炼成的好不好，还诗人呢，词不达意。方芳看了李晨曦一眼，说。

钢铁就是火眼金睛，火眼金睛就是钢铁。李晨曦回了方芳一句。

两个人正说着，老师就把放学队伍带到校门口偏左一点的地方站好。随着老师一声“同学们再见”，同学们的一声“老师再见”的喊声，家长们便蜂拥而上，各自牵住了自己孩子的手。家长把孩子领走之后，立即就是自行车、三轮车、汽车、电动车各奔东西，杂乱无章地繁乱，随着这番繁乱，汽车和电动车的喇叭声，自行车和三轮车的铃声，大人孩子们的呼喊声，也随之充满了校门的上空。

混乱的人群和车辆，显然是挡住了李晨曦的视线，于是他就把身子从广告牌的后面移出来，靠近了马路。方芳见了，也跟着他从广告牌的后面走了出来。

从纷繁杂乱的人缝当中，李晨曦又找见了自己的孙子乖乖。大概是老师认为所有的孩子都被家长给接走了，因此在老师转身走回到学校里面去之后，二六班排放学队的地方就孤零零地站着乖乖一个人。李晨曦见了，心里就产生了疑惑，怎么发发还没来接孩子，这小子干吗去了？

发发在开车去门头沟寻找老爸的之前，是把放学接乖乖的事情安排给了蕊蕊的。蕊蕊在电话里跟他说，你放心吧，你儿子丢不了，晚饭我带他去吃麦当劳。

然而，乖乖一个人左顾右盼地等待着家长来接的时候，蕊蕊却没能及时出现在校门口。这个时候，她不仅忘了自己跟发发的承诺，甚至，她的脑子里突然出现了空白。应该说在白景轩的妻子到来之前，她还是做好了准备去接乖乖的，可问题是白景轩的妻子知道了蕊蕊住到白景轩家之后上门清剿，疲于应战的蕊蕊就把接乖乖的事情在两个人的厮打当中遗忘了。

车流和人流穿梭不息，乖乖一个人在校门口不断张望，李晨曦见还没有人来接孩子，心里开始着急。

此时的乖乖似乎也很着急，他开始不断地在马路边上徘徊。李晨曦甚至见他有几次自己尝试着要过马路。方芳看到乖乖一个人站在马路边，有些不放心，就摇了摇李晨曦的胳膊问，他自己能回家吗？李晨曦不置可否，因为乖乖从来就没有面对过这样的情况。

同学们一个个地都走光了，校门口似乎是清净了起来，背着一个大书包的乖乖还是一个人站在马路边上等待着家长。这个时候，不知道是乖乖看到了马路对面的李晨曦，还是他决定好了要自己回家，只见他突然就发起了冲锋，朝着马路对面跑去。

此时，正值出行的高峰，马路上的汽车应该说是川流不息。一辆汽车看到跑在路上的乖乖先是按了几下喇叭，见乖乖不管不顾，还是朝前跑，就减速停了下来，可是正在超越这辆汽车的另一辆车却没能看到乖乖。司机一面扭头不满地瞪了停车的司机一眼，并骂了司机一句会不会开车之类的话，一面就狠踩了油门一脚，这样，汽车就轰的一声照直向乖乖冲了过去。

乖乖，站住，站住！李晨曦见状，顾不了许多了，他赶紧现身出来隔着马路朝乖乖高喊。这喊声，乖乖似乎并没有听到。背着沉重的大书包的他，还是低头朝前猛跑。

一切都来不及了。

超车的司机发现乖乖的时候，已经没有了汽车制动的安全距离。李晨曦奋不顾身地朝乖乖冲过去的时候，已经完全地忘却了自己。

随之而来的是一阵刺耳的刹车声和咚的一声闷响。

之后，是一阵沉寂。

再之后，人们忽然就听到了方芳惊恐的叫声。

4

李晨曦做了一个梦，梦见自己带着孙子乖乖去公园放风筝。他手里牵着线，乖乖手里拿着风筝。李晨曦朝乖乖挥挥手，乖乖立即明白了爷爷是让他往远处跑的意思，于是他就调转了身子，拼命地朝远处的山坡上跑去。这时，李晨曦忽然感到地动山摇，头晕目眩，紧接着一阵旋风呼啸着就卷了过来。看着旋风张牙舞爪地朝着乖乖卷过去，李晨曦放下手里的线赶紧朝小山坡上追去。

乖乖，乖乖——

被摇醒后，李晨曦急问身边的方芳，乖乖呢？乖乖呢？

老李，老李，乖乖没事。

乖乖没事？李晨曦瞪着惊恐的眼睛问方芳：乖乖没事？

方芳点头，发发和嘟嘟也都说没事，爸爸，乖乖没事。

看到嘟嘟和发发，听方芳告诉他乖乖没事，只受了点轻伤。胳膊被车刮了一下，缝了几针之后，李晨曦才彻底地醒了过来，再看看自己现在是身在病房，他才记起了自己昨天下午冲到汽车前面把乖乖挡在身后的事情。想到了昨天的事，李晨曦才想起来生气，他质问发发干什么去了，为什么到点儿不接孩子？你是不是又去了那个大卫家了？发发面对老爸的质问无言以对。看着老爸脸上、身上的伤，想想自己苦苦寻找老爸的无果，发发再无法抑制自己了，他鼻子一酸，颤抖地叫了一声爸，之后就把头扎在李晨曦的怀里痛哭了起来。

蕊蕊是最后一个来到老爸的病房的。尽管来之前她花了很大的力气化了很浓的妆，但是她的脸上还是能看出来明显的伤痕。

其实那天晚上蕊蕊让白景轩把自己接到他家，完全是出于好心。在她让白景轩开车来接她的时候，她心里想的就是白景轩告诉她的故事，孩子的妈妈离开了，她要用自己的行动让他孩子感到母亲般的温暖。

第二天一早，蕊蕊早早地起床，开始给白景轩的女儿白彭鹏准备早餐。当早饭端到桌子上，打着哈欠从自己房间走出来的白彭鹏看到正在餐桌前码放碗筷的蕊蕊时，立马把后半个哈欠给咽了回去。

白景轩于是赶紧介绍，让孩子管蕊蕊叫阿姨。孩子非但没叫，还一扭头就又回到了自己的房间。

蕊蕊犹豫了一下，就走到了彭鹏的房门前，小心地说，彭鹏赶紧吃饭吧，吃完了好上学。

过了好半天，彭鹏的房间里一阵响动，之后，房门猛地被拽开了，彭鹏披散着头发，径直走出了家门。

傍晚的时候，家里的电话响了，蕊蕊迟疑了一下，伸手接了。来电话的是彭鹏，听是蕊蕊接的电话，就说，叫我爸接电话。蕊蕊说，你爸爸不在家。你，你什么时候回来，晚上想吃什么？话还没说完，就听那边甩过来一句：甭管！电话就被挂断了。隔了几个小时，家里的电话再一次响了，来电话的还是彭鹏。她用命令的口吻对蕊蕊说，你赶紧过来，我在门口的口福居吃饭呢，没带钱。放下电话，蕊蕊赶紧拿上钱包去了口福居。这时，彭鹏和五六个孩子已经把一桌子菜吃得盘碗见底了。蕊蕊笑吟吟地朝着孩子们走过去，快走近桌子了，彭鹏招呼着其他人起身便走，只在一只杯子底下压了一张粉红色的账单。

彭鹏始终不能接受自己，让蕊蕊感到自己当初的想法有些幼稚，过于一相情愿。

发发让她接乖乖的那个下午，蕊蕊开始收拾自己的东西，准备搬回自己家。收拾好了，他给白景轩打电话，告诉他自己这个决定。白景轩以为是彭鹏对她不太礼貌蕊蕊生了气，忙劝解，说，孩子小，不懂事，别跟她一般见识，你再给她点时间让她适应适应。蕊蕊则说，她并没有生气。她来白景轩家，本来就是想帮助彭鹏，让她能得到些温暖，让她能安心地学习。但是她来了之后，却适得其反，不但让彭鹏产生了逆反，还使之不安心学习，因此，她现在离开，会更利于彭鹏的身心健康。

两个人正在电话里说着，一阵房门被钥匙拧动的声音让蕊蕊警觉了起来。她立即举着电话走到门口。

谁！蕊蕊很有些紧张地问。

外面没有回应。

谁！你要干吗？蕊蕊继续再问。

白景轩听到电话里蕊蕊的声音就问蕊蕊怎么了，什么情况？

还没等蕊蕊回答，门就被打开了。一个女人推门闯了进来。蕊蕊感觉自己还没有准备来应付这个不速之客的时候，女人却翻翻眼皮，站在了蕊蕊面前。

你就是那个什么蕊蕊？女人翻翻眼皮，上上下下打量着蕊蕊问，你就是那个自己送上门儿来的骚娘们儿？让我看看，让我看看，呦，啧啧，还真是人模狗样儿的哈，要是打扮打扮，站个街什么的，还准能卖个好价钱。您瞧这胸脯儿嗨，成千上万的男人都捏过了吧，瞧瞧，这么老大个儿。您瞧这屁股嗨，也是成千上万的男人给摸过了吧……

你嘴干净点儿！受到了侮辱的蕊蕊朝对方呵斥了一声，问，谁让你进来的？你，你是谁？

你没权利管老子。女人把门使劲儿一关，手里的书包一扔，之后气势逼人地盯着蕊蕊，说，在这里能问这句话的只有我！

你，你要干什么？蕊蕊被女人逼视得有些害怕，连连后退。

我要干什么，我要你知道知道什么是廉耻！我要让你知道知道不要脸的代价！说完，女人就像发了狂的豹子一样扑向了蕊蕊。俗话说，女人打架就三招，一挠、二抓、三咬。女人扑向蕊蕊之后没用一个回合，蕊蕊的头发就被抓散，蕊蕊的脸就被挠花，蕊蕊的手指就被咬破，就连衣服的口子都被撕开。

白景轩在电话里听见了妻子对蕊蕊的辱骂，于是赶紧驱车回返。进门之后，他迅速将妻子从蕊蕊的身上拽开。为了避免妻子再次厮打蕊蕊，白景轩示意让蕊蕊暂时离开。蕊蕊整理好了自己的衣服，拿起自己的东西来，准备回家，但是女人却大喝一声，挡住了蕊蕊的去路。

等等。女人说，想来就来，想走就走，没那么容易。说着，就把一张纸递给了蕊蕊，问，识字吧？会写字吧？嗯，虽然不知道廉耻俩字什么意思，但是简单的字估计应该会写两个。你写，把白景轩怎么勾搭你，你又是怎么跑到我家来的，全给我写清楚。这还不算完，我还要报警，我还要警察来帮我查查，我家里面丢没丢什么东西！

5

李晨曦伤势稳定之后获准可以出院，但是李晨曦却没有第一时间把这个消息告诉自己的孩子们。他和方芳商量是不是趁孩子们不在，马上打个出租车悄悄地回家，这样咱们的新家就不会暴露，孙丽丽就不会上门打扰。方芳则说，出院这么大的事，你不跟孩子们说，孩子们肯定心里会有想法，也会很难受。再说，你不是也离不开孩子们吗？你忘了当初你想孩子们，想乖乖想得茶饭不思的时候了？听了方芳的话，李晨曦犹豫了好一会儿，看看快 11 点了，再不走孩子们就来送饭了，他于是把牙咬了咬，最后决定说，自己打个车，回家。

把出租车喊来之后，李晨曦和方芳才发现两个人忽略了一个问题：腿被撞伤的李晨曦自己上不了车，而方芳身单力薄，也根本搬不动他。正在焦急着如何才能把李晨曦扶到车的后座上时，有几个人跑了过来伸手帮忙，方芳刚要张口说谢谢，可一扭头，见正是嘟嘟、蕊蕊和发发。而孙丽丽就站在了离他们不远的地方，她的手里，还捧着一束鲜花。

三个孩子把老爸送到了那处平房，一览无余地把房间环视了一遍之后，感觉老爸的新家环境很差，于是就劝李晨曦搬回到那套一居室里居住。躺在床上的李晨曦看了孩子们一眼，说平房，接地气，适合养病，挺好。孩子们认为老爸还是在恐惧老妈的骚扰，于是便把孙丽丽说的将来再不侵扰老爸的话转达给了老爸，李晨曦听了就说你妈妈长期住在父母家也不容易，那房子还是留给她住吧。

见李晨曦有孩子们陪着，又见时间已经过了饭点儿，怕孩子们饿了，方芳就赶紧到外面的厨房做饭。炒好第一个菜，方芳就让嘟嘟、蕊蕊和发发赶紧先吃，并开玩笑地指着自己炒的菜请嘟嘟鉴定一下，今天炒菜用的油是否过量，之后再请蕊蕊检查一下今天的菜胆固醇含量高不高。方芳显然是想用这样的幽默打破先前在李晨曦家餐桌上，因两个人曾经的刁难而产生的那次不快，但是，在李晨曦和发发都发出了会心的笑之后，嘟嘟和蕊蕊却并没有就此而感到释然。

嘟嘟先放下了手中的筷子，她看了看老爸，又看了看方芳阿姨，之后说，经历了老爸秘密搬家和老爸身受重伤的两件事情她才知道，能够拥有老爸，能够让老爸健康而快乐，能够每天想什么时候回家就能够有家可回，比老爸给我多少钱，给我多少房更重要。

蕊蕊也放下筷子，说，大姐说得对。自从老爸搬家了之后，再吃不到老爸炒的木须肉了，她才知道，有老爸真好。

发发觉得两个姐姐说的基本上也是自己所要表达的意思，不过，在他的感觉上，比两个姐姐还要多的，是在寻找老爸的过程中自己连续遭受失败当中的无奈、无助和痛苦。因此，在回忆了寻找老爸时的一次次失望之后，发发的眼睛便有些潮乎乎的了。他先用双手捂住了自己脸，然后对方芳说，阿姨，感谢您照顾我爸，谢谢您。

李晨曦出院的第二天，屋外有人敲门。方芳以为是孩子们有谁回来了，就起身去开。房门打开后，没想到门口却站着孙丽丽。

方芳是已经被孙丽丽吓怕了的，见了孙丽丽就连忙后退几步站到了李晨曦躺着的床边。李晨曦见了方芳的惶恐，赶紧从床上探起身子来朝门口张望。见是孙丽丽站在了门口，就用一只手保护住方芳，一只手努力地支撑着自己想让自己坐起来

你别动，别动。孙丽丽看到了李晨曦的艰难，就连忙跑进来扶住了李晨曦。你俩别误会。孙丽丽扶完李晨曦就把一样东西从书包里拿出来递给了方芳，说，我今天是专门给方芳送这个来的。

看着孙丽丽递给自己的东西，方芳问这是什么?

孙丽丽示意叫她自己打开看。

方芳于是就带着疑惑将那样东西外面包裹着的纸一层层地剥开。纸的最里面是一个自己装订的白纸本子，封面上是手绘的彩色图案，有蓝天、白云、草地和远山，封面的正中央用钢笔写着《晨曦细语》四个大字，并用书名号括着。

这里面，是我认识李晨曦之后他所有发表过的诗。孙丽丽见方芳不解地望着自己，就说，我俩是因为他的诗相识的，当时他的最大愿望就是能出版自己的诗集，所以，他每发表一首诗，我就把它剪下来，贴在我这个本子上。孙丽丽用手抚摸了本子上的彩色图案几下，之后又说，以后，这个本子就交给你了，我希望他的诗集出版了之后，你能给我一本。说完，孙丽丽就朝方芳笑了笑，转身走了。出门后还没忘给方芳把门关好。

孙丽丽走出去的脚步极快，以至于让李晨曦和方芳都没能从刚才她讲述剪贴诗集的情绪中把神缓过来。

孙丽丽态度的转变和自己的孩子们从此不再反对自己再婚，这让伤后处于康复阶段的李晨曦极为高兴。由此，他正式跟方芳求婚，商议办理结婚登记。

方芳是带着和李晨曦同样的欣喜回家征求崔捷和崔凯的同意的。听说老妈要再婚女儿崔捷自然支持，可儿子崔凯却把眉头皱了又皱。方芳问儿子怎么了，有什么想法？崔凯把头摇了摇，说，事情有点不对。方芳听了，没明白崔凯说的事情不对指的是什么，因此就问什么事情有点不对？

崔凯就把双手抱在胸前，说，你们的事情，孙丽丽为什么不反对了？李晨曦的孩子们又为什么同意了？是因为他们都有了自己的既得利益。孙丽丽一闹，房子有了。孩子们一反对，房子的产权有了。可是您作为一个将来要永远和他生活在一起的人，得到什么了？您想想，在李晨曦的天平上，一边是自己的前妻和孩子，一边是您，这天平的两边哪边轻哪边重呢？

崔凯的问话让方芳无言以对。因为她认为儿子崔凯说得对，从经济的角度去说，李晨曦在天平的两边放的砝码的确不同。不过她想，李晨曦的财产，她也从来就没有觊觎过呀。

崔凯不同意。回到李晨曦家，方芳如实地跟李晨曦说了两个孩子对于她要再婚的意见。她说，崔凯说，既然为了再婚，你把一套房子给了前妻，那么这间平房也应该有我的产权。说完了崔凯的意见，方芳还跟李晨曦说了天平的事情，说崔凯觉得你把所有的砝码都加在了孩子和前妻那边。

我怎么会把所有的砝码都加在了他们那边？李晨曦听了多少有些急，就说，难道我爱你，愿意和你彼此相伴到永远，这份情感不是加在你这边的一个很重的砝码吗？

情感？情感也可以算做是砝码吗？崔凯听了方芳的转述，说：你回去请问李大诗人，情感有重量吗？能衡量吗？生活是作诗那么简单吗？人能总活在诗歌里吗？

李晨曦面对崔凯的这么多问题不置可否。他觉得这不是争论问题的时候。他要考虑的问题是要想让崔凯的这架天平平衡了，就得把平房的产权给方芳一半，而若是他把产权给了方芳一半，自己刚刚平静下来的家庭，就又要掀起轩然大波。

这一天，方芳说心情不好，没有来李晨曦家。

两个人再婚的事情就又停滞了下来。

第六章

历经前妻侵扰和方芳儿子崔凯的反对后李晨曦和方芳终于获准再婚，然而就在两个人准备领取结婚证时，方芳家却又出现了状况。

1

蕊蕊还是中午 11 点 30 分来李晨曦家吃饭。

第一天见方芳阿姨没来，她没问什么。第二天见方芳阿姨没来，就问老爸方芳阿姨怎么了？怎么老没来？等到了第三天，见方芳阿姨还没来，蕊蕊就直接问老爸，你们之间出什么问题了？

李晨曦见事情没法回避了，就跟蕊蕊说了崔凯所说的天平以及他要求给方芳一半房子产权的事情。蕊蕊听说崔凯要求把老爸的这间平房的产权分给方芳一半，当时就火了，说，哪儿有这样的道理啊？什么人品呢？动不动就想要房子，是想结婚呢还是惦记着您的财产呢？告诉您啊老爸，这房子的事情可是大事情，万一您和方芳阿姨再婚后过不了几年分开了，您可就立即损失掉一半的房产。

尽管蕊蕊的话李晨曦不是很爱听，特别是她提到自己和方芳再婚时，老是以过不了几年就会分开为判断事情的依据，为此，李晨曦不甚满意，但是他所害怕发生的事情，果真还是发生了。

嘟嘟和发发知道了崔凯的主张之后，表示把房子的产权给方芳一半他们不能答应。发发说，以前是看在方芳阿姨人不错，把老爸照顾得也很好的份儿上，他也就没说什么，再婚就再婚，可是崔凯要是真惦记上了老爸这间平房，那可就涉及了一个国家的主权问题了。

这之后李晨曦被三个孩子告知：要想和方芳阿姨再婚，李晨曦这间平房的产权要过户到他们身上，以防万一。

李晨曦得到告知后，把这个告知跟方芳说了。方芳叹了口气，说，没想到事情越来越复杂了。李晨曦也叹了口气说，是，越来愈复杂了。

得到告知的那一天，除了蕊蕊来吃午饭的时间方芳说了几句话，蕊蕊走后，方芳再没多说一句话。

天黑了，方芳说要回家。李晨曦忙问怎么不住这儿了？再说你都好几天都没来了。方芳苦笑了一下，说没心情。

转身走到门外，方芳停住了脚步。略作迟疑，她又走回了屋子，站在李晨曦身边跟李晨曦说，有件事，我想跟你说。

李晨曦问她什么事儿？

方芳说，崔凯跟你提条件，要这房子一半的产权，是怕我日后没有保障。说白了吧，就是怕咱俩将来万一过不到一块儿，我今后不至于吃什么亏。而你犹豫着不答应，可能也是怕有个万一什么的，日后你吃什么亏。

李晨曦说，我没那么想。真的。

不管你这么想没这么想吧。方芳说，但是我还是想跟你说句掏心窝子的话，这房，你谁也别给，不管是我本人还是你的孩子。

李晨曦忙问为什么？

为什么？因为你一旦把这房子过户给了我和你的孩子，将来可能无家可归！

方芳说完，转身走了。

房门咚的一声把李晨曦和方芳分割出了很遥远的距离。

方芳从李晨曦家走出去立即就被包围在了夜色里，一辆公共汽车朝着她的方向驶了过来，车灯在寂静中划出两道明晃晃的线，一抖一抖地像被抚动的琴弦一样在震颤。方芳感觉自己的心就浮在了这弦上，也在随着公共汽车的前行而一颤一颤地抖动。

公共汽车很快就驶进了车站，但是方芳却没去追。并且，在她走到汽车站的时候，也没有停住自己的脚步。这个时候的她似乎并不急于回到家里。因为家里等待着她去面对的是和李晨曦家相同的问题，是崔凯和他那个依然倾斜着的天平。

崔捷所在的外企一般都会下班很晚，好在自己是单身贵族，对下班的早晚不怎么计较，反正每天下班后，能给她留出点时间，在睡觉之前看一眼老妈，她就觉得单位今天并没有加班。

崔捷走出写字楼后给老妈打去了电话，她原本打电话的意思是想知道老妈是否在家，要是在家，她就直接开车去看看她。可是，电话接通了她才知道，原来老妈一人，正被夜色包裹着郁郁独行。

崔捷问老妈这么晚了，怎么这么有兴致，诗人叔叔呢？

他一个人在家。方芳回复崔捷说，我这哪叫兴致，是无家可归。

崔捷问老妈怎么无家可归了呢？和崔凯吵架了？

方芳回答说，原来自己以为她和李晨曦只要彼此喜欢对方，愿意生活在一起，俩人把证儿一领，把铺盖卷儿往一起一搬就完事了。可是，现在两个家，为了那一间房子，纠结不清。这边，非要天平平衡，那边，誓死捍卫主权。

方芳问崔捷，你说，你现在让我怎么办？

2

崔捷找了一个下午让弟弟崔凯陪自己去一趟老爸的墓地。崔凯问她今天是什么日子？崔捷看了看崔凯，没说话。

冬日的凤凰岭空旷、寂静。太阳出来之后忽然朝山峰发起进攻的一阵大风似乎是把山峦上原本就已经所剩无几的生机又掳去了一部分，因此，依旧回响着呜呜风声的山谷里在这一天的下午，就显得格外的萧瑟。

把车停在墓地的边缘之后，崔凯再问姐姐今天是什么日子，为什么要来这儿？

崔捷还是没说话。她从车里下来，顶着大风很吃力地往前迈着步子。崔凯坐在车里又朝她的背影喊了一句：姐，姐，这天儿还上山啊？咱们没走到山根儿底下，天就黑了，这山里天可黑得早，不行咱们就回去吧。你要是想爸了，等风住了，咱们再来。可是喊声刚一出汽车的窗户，正赶上一阵狂风踏着急行军的鼓点儿过来，这话送没送到崔捷的耳朵里就不敢说了。

见崔捷没停下脚步来，崔凯紧了紧自己的衣领，也下了车。

风扫荡过的凤凰岭一片苍茫。凤凰岭脚下的那片墓地在这片苍茫中格外醒目。

姐弟俩出现在墓地时候，两只落在墓地当中避风的乌鸦听到了一阵很沉重的脚步声，随着这声音的越来越近越来越响，它们赶紧相互哇哇地招呼了两下，急促地扇动起了翅膀，躲进了凤凰岭那片高高的松树林中。

风，已经把老爸的墓清扫过了，除了几块乌鸦的粪便之外，地面、墓体、墓碑都很干净。

崔凯注视着姐姐，崔捷注视着墓碑。

为师为范，克勤克业，父崔仁杰，安寝于斯。

老爸的墓碑，黑石金字，在空寂的大山中格外醒目。

看着这块墓碑，崔捷的眼睛红了，眼泪涌满了眼眶。

姐，你别这样。崔凯赶紧上前抓住崔捷的一只胳膊，说，你心里有什么不舒服，你跟我说。

崔捷还是没说话，眼泪流下来的一刹那，她的身体随之也抖动了起来。

姐，你到底是怎么了，崔凯的眼睛里，也涌满了泪水，他搂住姐姐，问，你到底有什么心事，你跟弟弟说。

没什么，我就是想爸爸。崔捷说。想来看看他，想跟他说说话。

旋转在山里的风又刮了回来，崔捷的头发，让风揪起来，在空中乱舞。崔凯赶紧脱下了自己的衣服，披在姐姐的身上。

爸爸，我想您。崔捷的泪，继续流着。爸爸，今天这里特别冷，不知道您那里是不是也刮着五六级的风。爸爸，我的心里很乱，乱七八糟的，我也不知道我都说了些什么。我是想说，我还记得二十二年前，您在病床上拉着我和弟弟的手，跟我们说的话，您说，您病了之后，妈妈伺候了您好几年，喂水喂饭，端屎端尿，与此同时还要带着我们姐弟俩，既当爹又当妈，一个人肩负起了全家生活的重担，极其不易。您说，等我们长大了一定要替您照顾好妈妈，让她生活得幸福，快乐。您说，等将来，无论妈妈有什么心愿，我们都要尽量满足她，可是爸爸，我对不起您，您的嘱托我没完成，我没有照顾好妈妈。妈妈的心愿，我也没能力让她完成，当我知道那天半夜，妈妈一个人独自在黑暗中徘徊的时候，爸爸，我的心里……爸爸……我的心里……

说真的，崔凯真的不知道老妈在一个布满星星的夜空下独自行走排遣寂寞。

说真的，二十二年前，老爸拉着姐姐和自己的手，叮嘱他们将来一定要照顾好妈妈的话语，他并不时常想起。

姐姐对着老爸墓碑的哭诉，把他内心的情感给激发了起来。

于是，崔凯的眼泪也刷的一下流了下来。

爸爸！随着姐姐崔捷，他也朝着墓碑叫了一声。

3

为了方芳后半生的幸福，崔凯终于开出了绿灯，这让李晨曦和方芳都感到有些意外和惊喜。为了让孩子们也能分享这一好消息，李晨曦分别给嘟嘟、蕊蕊和发发打去了电话。三个孩子接完电话大概互相合计了一下，之后委托嘟嘟回复了电话。嘟嘟在电话里对崔凯的突然转变有些不敢相信，就让老爸先别盲目高兴，说不定他后面还有什么阴谋诡计呢。李晨曦一听嘟嘟提到阴谋诡计四个字，觉得有些过分，就说嘟嘟要注意措辞。嘟嘟说，好，我不说阴谋诡计，反正您要多加小心，特别是房子。刚才我们三个商量了，房子的事情还维持既定方案，您再婚前，先过户。

给老爸回这个电话，三个人原定让发发来办。因为发发是这个家里的唯一男孩，说话更有力度。但是发发说他实在是不方便。因为他正在他局长的办公室里。

当时发发没说假话，他的的确确就在迪博士的办公室里。

为了实施他和王晓京的计划，发发早在几天前就给迪博士打电话要去单独见面。迪博士说要看看秘书的安排，看哪天方便。

也就是在李晨曦给发发打来电话之后没几分钟，迪博士就让秘书给发发打来电话，说请他到她办公室来一趟。

发发来到迪博士的办公室，迪博士正在试衣服。她穿着件粉红色的羊绒衫，脖子上是一条淡黄色的纱巾，下身是一条黑色的长裙，脚上是一双长筒的皮靴。

看看，我这样搭配，是不是得体？见发发进来，她老朋友似的，问。

发发看着她，不断地点头，说嗯，很好，漂亮。

得了，别尽捡着好听的说。迪博士不断在发发面前转着身子，并把胸挺得高高的，说，还行吗？在美国我要去参加晚宴，是要穿晚礼服的。

行，真没说假话。发发把眼睛在她胸上停留了一下，说，我还没见过这么漂亮的局长呢。

你别老局长局长的，今后咱们之间交往，是平等的，没有局长，只有朋友。迪博士注意到了发发的目光，脸上就有些不自然的表情。今天，晚上一个企业老板请客。迪博士坐在了自己的大写字台后面，用手整理着头发，说，你给我开车行吗？

你的司机呢？发发问。

我早就不用司机了，老有个人跟着，不方便，也不自在。迪博士说。

既然是这样，那我就客串一把司机，给你开车。发发说。

两个人商量好晚上的事情，发发就回到了自己的办公室。刚一坐下来，手机响了。来电话的是大姐嘟嘟，嘟嘟通知他，晚上方芳阿姨的女儿和儿子要和咱们在饭店见见面，商量一下咱爸和方芳阿姨的婚姻大事。发发因为已经和迪博士约好了一起去参加宴会，就问嘟嘟，说，你代表了不行吗？我晚上是真有事。

又去那个大卫家吧？嘟嘟问，发发今天晚上你能不能跟大卫请个假，人家是姐弟俩都来，咱们家你不能就让我一个人去吧？这样不礼貌吧？

和方芳阿姨的两个孩子见面，嘟嘟、蕊蕊和发发显得都十分紧张。当崔捷率先把手伸给他们的时候，他们甚至不知道是否应该把自己的手伸出去做出回应。关于这一点，崔捷好像并没有在意，她很大方地给嘟嘟、蕊蕊、发发介绍了和她一同前来的弟弟崔凯。之后笑着说以前在李叔叔和我妈再婚的事情上有些不愉快，我想经过我们刚才的握手，这一页就已经翻过去了。

见崔家姐弟如此热情和主动，嘟嘟本来想笑一下，或者也说几句跟崔捷一样很有水平的话，可是不但话说不出来，就是笑也笑不起来，她感觉自己的脸绷得紧紧的，连把嘴角向上翘一下的指令都没能传导到面部神经上去。倒是发发显得老道一些，他主动地和崔捷、崔凯握了手，还相互递茶寒暄了起来。

发发和崔凯的几句寒暄，让刚才还处于紧张状态中的嘟嘟和蕊蕊缓和了下来，她俩赶紧招呼服务员点菜。一听说点菜，崔捷连忙阻拦，说是不是咱们商量完了正经事再点不迟？嘟嘟、蕊蕊和发发只好点头同意。

崔家姐弟显然是有备而来，得到了嘟嘟、蕊蕊、发发的应允，崔捷就从书包里拿出一张打印成文的纸，之后说，李叔叔和我妈，两位老人能够走到一起不容易，也是个缘分。起初听说我妈要再婚，我和我弟弟也在感情上接受不了。但是现在想通了，咱们做儿女的再怎么照顾老人，再怎么对他们好，也替代不了夫妻之间的情感。不是有这么句话吗，叫满堂儿女不如半路夫妻。中国人不是最讲究孝顺吗？什么叫孝顺？我觉得呢，顺着老人，就是孝。当然了，老人再婚，确实存在着很多问题。现在，我把这些问题归结到几点上，我说说，大姐大哥你们听听，看我这样写是不是合乎你们的想法。

崔捷说完上面的一席话，就开始念她纸上的文字：第一，生活费的问题。我妈她有退休金，两人再婚后，这笔退休金由她和李叔叔共同支配。第二，在我妈和李叔叔共同生活期间，我妈病了，由我们姐弟两个负责全部医药费。我妈的身后事宜，也由我们两个操办，我们会把她和我爸安葬在一起。第三，李叔叔的房产、存款、有价证券等婚前财产，归李叔叔所有，我妈，我们姐弟俩，不参与继承。第四，若是李叔叔先于我妈走了，大姐，请原谅我这么说，我们把我妈接回家养老。再补充一点，以上四条如果需要，我们可以签订一份合同并公证。

听崔捷念完，嘟嘟看了看自己的弟弟和妹妹，没说什么。崔捷给嘟嘟、蕊蕊和发发的杯子里添了点茶，问，大姐，您看——还缺什么？

嘟嘟没接话，也没敢正视崔捷的眼睛，不过，她把茶端起来的时候，感觉到喉咙有些紧。

自己的手也有些颤抖。

4

在崔捷的斡旋之下，双方的孩子在饭桌上达成了协议，李晨曦和方芳再婚的事情就再没障碍了。

李晨曦和方芳这几天都沉浸在了再婚前的欣喜和亢奋当中。李晨曦说首先要办的是把结婚证给领了。方芳问他是不是怕她跑了，干吗这么着急？结婚证还不是到那儿就领。应该先买家具，买家具要转，比较费时间。

听说两位老人要去看家具，双方的孩子们表现得都比较热心，都纷纷推荐自己觉得不错的品牌和样式。方芳就说，那就转转，你们谁有时间，就跟着参谋。崔凯，你开车。

崔凯开车来接方芳和李晨曦，李晨曦一再说，你忙，生意要紧，我们坐公共汽车去就行。方芳听他实心眼儿一个，就捅捅他，说，你以为我真的不知道坐公共汽车去啊？我是想通过你们多接触，让他跟你促进感情。李晨曦听了，点点头，于是也叫上了女儿蕊蕊。

坐上崔凯的汽车，前往家具城的路上，蕊蕊的手机响了，来电话的是白景轩。白景轩问蕊蕊说话方便不方便。蕊蕊回答说自己正陪着老爸和方芳阿姨去看家具，现在在路上。白景轩就说有事跟你说，等你下车后，给我打过来。蕊蕊有些不耐烦地说，有什么事儿你就说吧，别磨磨唧唧的。白景轩听蕊蕊有些不耐烦了，就说我跟她离了。

离了？蕊蕊赶忙问。

嗯，刚办完。刚把她送回去。白景轩回答说。

那，孩子呢？蕊蕊问。

孩子归我。白景轩答。之后又问，你什么时候过来？

蕊蕊想了想，回答道，你先跟彭鹏谈好了吧。

蕊蕊的电话刚接完，崔凯的手机又响。坐在后排座上的李晨曦看了看身边的方芳，两人就会心地笑了。

真忙。李晨曦偷偷地跟方芳说了一句。

给崔凯来电话的是自己的老婆。

怎么着，媳妇？崔凯问。

你赶紧过来吧，崔凯的老婆在电话里喊，赶紧。我妈心脏病犯了，正在医院抢救。

下午4点多的时候，迪博士给发发打来了电话，问发发去政协礼堂怎么走。发发就说你开车走二环，阜成门桥上来，往东走，一直往东走，到白塔寺十字路口往南拐，之后向前直行两三百米就到了。迪博士问，政协礼堂在马路的哪边？停车方便吗？要么你也去，你开车吧。发发问哪儿请客？迪博士说是西城政府。发发就说不行，我不够级别，你就按照我给你说的路线开吧。哪儿走迷糊了，再随时给我电话。如果停车有困难，就找警察叔叔。迪博士在电话那头笑了，说，你真讨厌！

晚饭后，发发又接到了迪博士的电话，她说她跟着大家的车原本想走长安街回家，但是一出政协礼堂大门，赶上一个红灯，就跟丢了车队，就走迷糊了，现在不知道该怎么回家了。你能过来接我吗？接完电话，发发对自己说，王晓京他妈的说得真对，女人就是女人！

发发打车找到迪博士，迪博士说你开车到地铁口，然后你乘地铁回家，我自己开车回去。

发发闻着迪博士身上有酒味儿，就说还是我送你回去吧。

迪博士说，你是怕我喝了酒被罚？被罚也没事，有车队顶着呢，咱们机关每年送出去的东西，也不是白送的。

尽管迪博士说让发发在地铁口停车，但是车到地铁口，发发把车停住之后，迪博士并没有下车。发发就继续前行，一直把车开到了老爸换房之后的那套一居室门口。上楼的时候，迪博士说，不行，我从来就没有这么晚到过一个男人家，特别你还是个单身男人。发发听了迪博士的话，扭头看了她一眼，见她并没有停住自己的脚步。

把迪博士接到了自己家。进了家门，发发给她从冰箱里端出一盘哈密瓜，说，吃了大餐，肯定想吃水果。迪博士就翘着兰花指捏起一片来放进嘴里，一面吃一面说谢谢，你真细心。见迪博士又换了一件淡绿色的羊绒衫，发发就在走近她的时候，说，你这件毛衣质地真好。迪博士一面用餐巾纸擦着嘴，一面说，嗯，在美国留学时候买的。

我来看看美国货。发发说完，就上前摸了摸博士的羊绒衫，之后，就势就把她揽在了怀里。

倒在发发怀里的迪博士不仅没有推辞，反而转了一个身，把自己交给了发发，并很陶醉的，说，嗯，真舒服。但是，你可不要忘了我们之间的约定哦。

发发把自己的嘴凑近了迪博士的嘴，小声地说，没忘，第一你不轻浮，第二，你不找情人，第三，你不搞权力交易。不过，今天我这是轻浮吗？

应该不算。迪博士说完就闭上了眼睛，之后就把嘴送到了发发的嘴边。

方芳跟随着崔凯到医院看望了亲家母之后，顺便把自己的孙子唱唱带回了家。因为，在医院里，大夫说亲家母的心脏病相当严重，不再适合做任何家务。

崔凯的儿子唱唱原先住在姥姥家，上学放学由姥姥负责接送。唱唱被接回来，崔凯只得跟老妈商量，唱唱日常上学放学，吃饭的事情，是不是她能帮着照顾一下。方芳知道这照顾一下的内涵，那就是全家四口人每天的一日三餐和接送唱唱上学放学，乃至于监督、检查孩子写作业等等等等的工作从此就落在了自己身上。

在再婚的道路上才刚刚迈出一小步就突然出现了状况，这让李晨曦和方芳都感到措手不及，两个人赶紧商量应急方案。李晨曦说事到如今只能有一个可能性，那就是结婚后，他住到方芳家去。方芳也承认只有这个方案可行，因为自己要照顾一大家子人，要送唱唱上学接他放学，就像是被拴上了套儿，根本就离不开自己的家。但是，让李晨曦婚后住到自己家，方芳觉得这只不过仅仅是一种理论上的可能。且不说儿子崔凯会不会在先前房子的问题上对李晨曦还耿耿于怀，就是这么狭小的空间里突然入住一个对于崔凯来说在情感上完全陌生的人，这个家庭还会不会正常的运转方芳都并不敢保证。

果然，崔凯不同意李晨曦入住。

李晨曦说出了自己的方案后仔细一想，也觉得可行性不大。这样一来，不仅自己在情感上会不适应，同时自己还将失去极大的自由和空间。

不过困难的再次出现，并没有挡住李晨曦和方芳结婚的脚步。

趁着唱唱上学的时间，他们到北京市西城区民政局领了结婚证。

趁着唱唱上学的时间，他们在夕阳红影楼拍了婚纱照。

趁着唱唱上学的时间，他们买好了所有的结婚用品。

新房自然安在了李晨曦的平房里。

把结婚证放在抽屉里，方芳说，慢慢来吧，走到哪步说哪步，等唱唱稍微大一点了，不用接送了问题就解决了。

把一颗钉子钉进墙里，挂上婚纱照，李晨曦说，嗯，我知道，面包会有的，牛奶，也会有的！

李晨曦和方芳的再婚生活，就从婚纱照被钉在墙上的那一刻开始了。如果我现在把李晨曦和方芳再婚后生活称之为“走婚”，我估计您一定会觉得似乎不是那么准确。因为走婚，原本是哪个少数民族的一种婚姻形式。这种婚姻形式大概是男女双方白天各在各家，各忙各的行当，到了日落之后，男方按约住到女方家去。然而，李晨曦婚后的走婚，却并不如此。用这位诗人自己的话说，那叫只走而不婚。

李晨曦家住西五环外，方芳家在朝阳门外的管庄。两人相隔大概有三四十公里。每天，李晨曦吃过早饭后就立即骑上自行车，前往阜成门101路公共汽车总站。到了101总站之后，放下自行车，锁好，再看看是否有什么类似于民工一样的人对着他的自行车窥视、觊觎，之后登上101路电车，再经过两三次的倒车，再经过了两个多小时颠簸，李晨曦才在某家饭馆的门口见到自己的老伴儿。

来了，见到李晨曦，方芳会为他掸掸身上的土，笑一下，问，累了吧？

来了，见到方芳，李晨曦会傻愣愣地那么笑一下，回答道，没事。

之后，两个人的手不自觉地就会拉在一起。这就是两个人再婚后最亲昵的动作和最亲昵的时刻。每当这个时候，李晨曦都愿意把方芳的手攥在手里，不放开。每当这个时候，方芳都会左顾右盼，找个借口把手抽出来，自己走在前面，让李晨曦跟在身后，两个人向饭馆走去。

李晨曦是个诗人，见到花花草草、飞鸟爬虫都会从心底涌出激情来。都会在心里用热血把它们融化了，之后变成一行行缥缈着的、幻化着的、朦胧着的文字。然而，面对着自己每天的奔波，面对了每次短暂的相聚，面对了方芳眼睛里闪烁出的深情、渴望的目光，李晨曦却觉得自己的内心一点都激荡不起来。

时间一天天地过去了，方芳家附近的饭馆，他们吃遍了；时间一天天地过去了，方芳家附近的茶馆，他们喝遍了。李晨曦每天晚上回到家之后，都试图把这段日子记录下来，可是他的心像是停止了跳动。

任凭他的手攥着笔，可在纸上却一个字都写不出来。

5

崔捷是李晨曦和方芳双方五个孩子当中第一个考虑两位老人的再婚生活的。

她先是跟崔凯商量，是不是可以找个保姆来接送唱唱。但是曾经保姆接送孩子不经心、把孩子碰伤的事件让崔凯不敢尝试。之后，她又找崔凯商量，能不能周末放老妈两天假。崔凯想了想说，现在的孩子，从小就有竞争，课业负担很重，周末要上各种补习班。唱唱周六有学琴、美术等辅导，周日有语文、奥术等课程。而自己生意忙，顾不上孩子，岳母有病，老婆周末就住在岳母家，因此，放老妈假，有困难。崔捷想了想就说，那这样吧，只要我不出差，从这个周末开始，我帮你带孩子。

得到了两天假期许诺，方芳十分兴奋。想到明天就是周末，明天自己就能和李晨曦在一起，她顾不得现在已是深更半夜，当即就把这个好消息打电话告诉了李晨曦。婚后终于盼到了能和自己的爱人生活在一起的李晨曦听到这个好消息更是激动万分，激动之后，他忽然觉得心中有股热浪在涌动，于是铺纸提笔，没多久，一行行诗句便跃然纸上。

写好了诗，自己朗诵了一遍，觉得还满意，李晨曦就把电话给方芳打去电话，高声朗诵给方芳听。朗诵完了，挂断电话，对着诗再思忖，尚觉诗中还有不足，又改。改完，第二次给方芳打去电话，继续朗诵给她听。几经修改，终于感觉满意了，李晨曦就打开了电脑，准备把诗敲到电脑里。正在等待电脑的启动，手机响了。李晨曦接电话没看来电显示，他以为是方芳打过来的，就对着电话说，方芳你稍等，稍等，等我把诗存到电脑里再跟你说话。自己的话还未说完，却听得电话中传来了一阵抽泣声。李晨曦被这突如其来的声音吓了一跳，仔细再听，在电话中抽泣的竟是前妻孙丽丽。

孙丽丽因为跟自己的父母吵了几句嘴便从家里跑了出来，她先是一个人在街上的店铺里闲逛，到夜深人静实在是没处可去了，为了避风，便躲在一间公共厕所里拨通了李晨曦的电话。

电话里，她一面抽泣一面跟李晨曦说，自己跟父母的矛盾越来越大，他们经常是无端地就对她发脾气，甩脸子，这个家实在是住不下去了。

李晨曦问她自己换房不是留给她一套房子吗，为什么她不去住？

孙丽丽说当时是不好意思住，而现在是没法住。

李晨曦问为什么现在没法住？

孙丽丽说刚才她给发发打电话了，发发现在正住在大卫家，而那套房子里，住着和发发生活着的另外一个女人。

孙丽丽的哭声，让李晨曦的心里一阵阵泛酸。想到前妻半夜三更无家可归，躲在厕所里给自己打电话，更是于心不忍。发发那里住着另外一个女人，嘟嘟住在学校的办公室，蕊蕊在白景轩离婚后住到白景轩家，而自己的房子又租了出去，一时没有更好解决办法的李晨曦又不忍心看着自己的前妻面临困境在公共厕所里面躲一个晚上，于是，他说，实在不行，要不，你就到我这儿来凑合凑合吧。

那，就谢谢了！孙丽丽听李晨曦让她到他那里去，立即就停住了哭声。

第二天一早，给唱唱做完了早饭，没等他吃完，方芳便急急忙忙地打车出了门，来到以前被称之为李晨曦家，现在应该改换称呼为自己家附近的那家超市。

超市刚刚开门。方芳进去之后见李晨曦平时喜欢吃的东西就拿，等自己大包小包地已经拿不动了，她才觉出来，这些东西他们两个人一个月恐怕也吃不完。

从超市出来到家还有段距离，方芳提着几大袋子东西走路很吃力，原本她想让李晨曦骑着车来接她一趟，手机都掏出来了，可转念一想，他们诗人讲究什么或然性，讲究什么情理当中意料之外，于是就打消了这个念头，要忽然出现在他的面前，给他一个惊喜。

说不定他又能写出一首好诗来呢。因此，往家走的时候，方芳兴冲冲地这么想。

满心欢喜地打开家门的一瞬间，方芳惊呆了。

她看见孙丽丽正躺在了自己的婚床上。

第七章

经过方芳的女儿崔捷的调解，李晨曦和方芳婚后获准一周团聚一次。就在李晨曦和方芳准备共度期待已久的第一个周末时，没想到李晨曦的前妻却住进了李晨曦家。

1

方芳回家撞上孙丽丽，满心欢喜化作了一腔愤怒，于是把大包小包的袋子往地上一扔，转身就跑了出去。

方芳拿钥匙开门的时候，李晨曦正坐在沙发上发呆，或是说他正在想前妻孙丽丽将来怎么办的事情。他知道方芳要来，他要赶紧想办法让孙丽丽离开，但是他没想到方芳会这么早就到。见方芳进门和孙丽丽不期而遇，李晨曦先是紧张，之后想进行解释。但是方芳没容他开口，扔下东西后转身就跑。

你还不赶紧去追？

看着满地的购物袋，正不知所措时，孙丽丽的一句话，点醒了李晨曦，于是他赶紧穿好衣服，追了出去。

方芳回到家，崔凯正陪着孩子写作业。见方芳去了李晨曦家没多久又返回来了，崔凯感觉有些奇怪，待老妈招呼不打就进了自己的房间，并关上了房门，崔凯开始意识到老妈和李晨曦之间又发生了什么故事。于是，崔凯就进屋询问，不问还好，一问，方芳的眼泪就止不住了，她一面抽泣着一面跟儿子崔凯讲述了一大早打开自己家房门，见到李晨曦的前妻睡在自己床上的事情。崔凯是个暴脾气，听说老妈不在身边，李晨曦竟然把前妻接回家居住，他当时就气炸了肺，撸胳膊挽袖子就要出去找李晨曦算账。

这时候，房门被敲响了，李晨曦追着方芳赶了过来。

见李晨曦来了，崔凯二话不说，指着李晨曦的鼻子就破口大骂，说你还他妈的什么东西，还文化人呢，你还他妈的诗人呢，文化人和诗人都他妈的不知道礼义廉耻吗？你背着我妈把前妻接回家住，你身上哪儿还有点人味儿吗？你，你，简直就是个禽兽！禽兽都不如！

李晨曦是领教过崔凯拳头的教训的，因此见崔凯正在气头上，就强忍着，由他骂，想等他的气出了，然后再跟他解释。然而崔凯越骂气越大，最后胳膊一伸，手掌一挥，让他哪儿来的回哪儿去，滚蛋，走人。

李晨曦站着没动，他还是想跟崔凯解释。

滚！崔凯就朝他怒吼，听见没有，我们家没有畜生待的地方，再不滚我就不客气了！

前来帮助崔凯照顾唱唱的崔捷踏着崔凯的这句吼声进了门。见弟弟怒目圆睁，脸上乌云密布，不知道家里又发生了什么，更不知道本来应该和老妈在家里度周末的李晨曦为什么会在这里。待她走进了老妈的房间问明了她跑回来的原因，再跟李晨曦问明了孙丽丽之所以会出现在李晨曦家的原因后，经她详细地解释，方芳和崔凯才终于知道了昨天夜里到底都发生了什么，才知道了李晨曦是因为心肠软，才把孙丽丽叫到了家里来暂且栖身。在她的劝说下，崔凯的火气平息了，老妈的眼泪也止住了，战争的硝烟渐渐淡去。

崔凯上了班，崔捷送唱唱去了补习学校，屋子里面就剩下李晨曦和方芳两个人，李晨曦趁机就座到了方芳的床前，再次跟方芳解释孙丽丽来家事情的经过，他说，孙丽丽当时的确很可怜，你说，要是你在，听说她无家可归，躲在厕所里哭，你能忍心看着她不管吗？

当然不能。方芳说，我又不是那么恶的人。

就是啊，我们方芳的心眼儿最好了。李晨曦赶紧拍方芳的马屁，说，所以，你就别再生我气了。

不过，气还是要生。方芳瞪了李晨曦一眼，说，我在，你把孙丽丽叫过来，和我不在你把孙丽丽叫过来是完全不一样的，你懂不懂？性质不一样，你知道不知道？

李晨曦赶紧点头，说，这件事情确实是我做得不对，好心，但是方法不对。我道歉，道歉啊。

见李晨曦一个劲儿地赔不是，方芳就想原谅他，毕竟两个人今天是再婚之后共度的第一个周末，可是一想到孙丽丽躺在自己的婚床上，她就又觉得像吃进了一个苍蝇一样难受。尽管李晨曦把前妻接回来是一个善良的举动，她方芳能理解，但是在一间房子里面，李晨曦和自己已经离了婚的女人住在一起，这毕竟是件好说而不好听的事情。

她今天走不走？方方问李晨曦。

我，不知道。李晨曦吞吞吐吐地说，没问她。估计，估计走不了吧。我看她也暂时没地方去。

她父母那儿不回了吗？方芳再问。

她是从那儿跑出来的，我想，她不会再回去了。李晨曦回答。

那，她就这么赖在咱们家，长期住下去了？方芳拿眼睛瞪了李晨曦一眼，问。

李晨曦没敢回话。

见李晨曦不说话，方芳就说，不行，得让她赶紧走，我的家，凭什么让她老住着啊，你把她电话给我。

听方芳要给孙丽丽打电话，李晨曦慌忙阻拦，说，别这样，别这样，方芳，她也挺可怜的，住老妈那儿，老妈老给她甩脸子。

她可怜，那我不可怜？方芳一听李晨曦说孙丽丽可怜就更加不高兴了，她朝李晨曦嚷道，通过崔捷的努力，咱们才获得了一周一次团聚的机会，我等着这一天，我盼着这一天，今天早上，天不亮我就起来了，起来后还得赶紧给唱唱做饭，赶紧给你买你爱吃的东西……我提拉着大包小包地跑了那么大老远的路，我不可怜吗?!

好啦好啦。李晨曦看到方芳的眼圈有些红了，就赶紧搂住方芳的肩哄劝，说，我知道你辛苦，我知道你今天也特委屈，方芳，委曲就先委曲几天，家是咱俩的，她走也是一定的。但是，人总有遇到困难的时候，先别说她是我的前妻，跟我一起生活了四十年，就是相处了四十年的朋友，咱们在她有困难的时候，伸把手帮帮她，也是应该的，你说呢？李晨曦说完，见方芳没那么激动了，就又说，我也知道咱俩难得一聚，特别是今天，咱俩是结婚后第一次能够有机会在一起，你说我不盼着咱俩团聚吗？我也盼着啊，跟盼星星盼月亮似的那么盼着啊，可是即便是这么盼着，但当一个人，一个女人深更半夜无家可归，躲在厕所里哭着给你打电话，你忍心不管吗？方芳，换句话说吧，我要是真的不管，连你都得骂我不是个男人，无情无义。方芳，我问你，这样无情无义的男人，你喜欢吗？再问你一句，方芳，这样一个无情无义的男人，你敢把自己的后半生托付给他吗？

李晨曦的话，让方芳的眼圈再一次红了。长长地出了一口气后，她把头靠在了李晨曦的肩上。

你打算怎么办？方芳用手扣着自己的衣服，问。

那还能怎么办，让她赶紧走呗。李晨曦说。

你可知道，请神容易送神难啊。方芳说，她不愿意回父母家，又无其他的地方可去，明摆着她是一时半会儿走不了的。你可要想一个尽快让她搬出去的办法。否则，咱们下一个礼拜的团聚也得泡汤。

我知道，我知道。办法，我来的路上就想好了。李晨曦把方芳的手拉过了，放在自己的手心里，说。

什么办法？方芳问。

租房子。李晨曦说，但是，现在在外面租房子比较贵，她一个人的收入连生活带租房恐怕难以为继，你看这样行不行，我给她出一半钱，帮助孙丽丽租间房。

方芳把自己的手一甩，从李晨曦的手掌里抽出来，说，李晨曦你当这是写诗呢，可以要多浪漫有多浪漫!?

2

由于孙丽丽的缘故，李晨曦和方芳再婚后渴望中的一次团聚化为了泡影。

为了不让下周自己和方芳的团聚再次成为泡影，李晨曦从方芳家回来之后便开始着手解决前妻孙丽丽的住房问题。他思来想去，觉得自己别无他路，只能给发发打电话，问他那套房子是不是能尽快腾出来给孙丽丽住。

发发接电话时小声说自己正在大卫家里给小小补课，请他说话声音小一点，并说那套房子暂时还不能腾出来，因为他跟王晓京正在策划着一个很大的行动，如果这个行动成功了，王晓京将当上副局，而自己也能在王晓京的提拔下，当上副处长。

李晨曦没听懂，就问这个策划和那套房子又什么关系。

发发从大卫家出来，走到楼下跟老爸说，当然有了，这个策划的核心人物迪博士已经被他搞定了，现在那套房子就是他俩约会的据点。

你把她约在了这套房子里，那你那套房子让你妈妈住住可以吧？李晨曦再问发发。

发发见老爸又提起了自己那套房子，就说，那套房子也有那套房子的用途。里面也有人，这事我妈她知道。

听了发发的话，李晨曦知道那套房子已经成了他和大卫之外的其他女人的同居之处，因此，就放弃了让孙丽丽去那套房子里居住的打算。

犹豫了一会儿后，李晨曦又给嘟嘟和蕊蕊打去了电话。

尽管给蕊蕊和嘟嘟打电话之前，李晨曦就知道不会有任何结果，可是他还是抱着一丝幻想。

嘟嘟的手机，就这样被呼叫了。

嘟嘟自从给单位的房产处打了住房申请报告后，就不断地遭到房产处孙处长的骚扰。孙处先是借故来看望嘟嘟，接着就开始邀请外出吃饭，嘟嘟婉拒后，孙处不但不罢休，反而加大了力度。每天早上，他都要为嘟嘟送来早餐，因为他说单位的早餐质量很差，就是昨天的剩米饭兑点水，拿到火上烧烧开，昨天的剩馒头在饼铛上煎煎热，根本就难以入口；每天晚上他也都会给嘟嘟送来晚餐和水果，因为他说，单位的晚餐纯属糊弄，就是中午剩下的各种菜往一处一折箩，喂猪一般。老爸给嘟嘟打来电话的时候，嘟嘟正提着一袋麦当劳套餐追赶着放下口袋就走的孙处。嘟嘟是在教学区和家属区的边界上追上孙处的，她拉扯着孙处的胳膊，一定要让孙处收回套餐，而孙处甩着嘟嘟的手，推辞不要。嘟嘟尽量把声音压低了，说，孙处，谢谢您，这套餐，您拿回去跟嫂子一起吃吧。孙处则眉头一皱，大声说，嘟嘟你怎么这样，同事之间，一点小意思，不值什么，收着，收着，收着好不好？两个人的拉扯，让路过的同事们可能感到是在打架，不由得就都走过来围观。嘟嘟看到这么多人都向他们投来了质疑的目光，实在无奈，只得提着口袋，用手拨开人群，急速离去。

李晨曦打给女儿嘟嘟的电话，没有得到应答。不过，即便是他这个电话嘟嘟接了，这个时候的嘟嘟也是绝说不出任何能让李晨曦释然的解决方案的。

再说蕊蕊。

手机铃声的响起，似乎更增添了蕊蕊心里的烦闷。因为她正因为白景轩的父母要搬过来和他们同住而焦躁不安。

她跟白景轩说，让他尽力阻止其父母搬过来，白景轩照做了，可是他的父母我行我素，依旧执意非来不可。

我知道，他们这是不相信我。蕊蕊很生气地说。

没有，没有，白景轩劝着蕊蕊，说，他们是对彭鹏不放心，想过来照顾照顾她。

我不是帮你照顾着彭鹏吗？给她做饭，给她洗衣，连袜子裤衩都是我给她洗的，这还不够么？蕊蕊还是一脸不高兴，说，再说他们来了，住在哪儿啊，这屋子这么小。

他们，跟彭鹏住一个房间。白景轩赶紧解释。

那你就不怕影响彭鹏学习了？蕊蕊愤愤地说，别以为我什么都不知道，我傻，我早就看出来了，你们全家就是对我不信任、不放心。行了行了，你也别解释了，等他们来了，我走，我走。

朝白景轩喊完，蕊蕊接听了老爸的电话，当听老爸说让她考虑一下能不能把自己那套租出去的房子马上收回来，让她妈妈孙丽丽住时，蕊蕊竟又跟李晨曦嚷了起来，她说她自己现在也面临着无家可归的境地，如果不是有合同限制，她何尝不想把房子收回来？

3

一圈儿电话打下来，为孙丽丽找住处的事情一筹莫展。天渐渐地黑了，李晨曦的心里开始紧张，他还没有想出办法来，怎么度过和孙丽丽共处一室的这个晚上。

晚饭是孙丽丽做的，她问李晨曦，说，你都好久没吃过我做的炸酱面了吧？想不想吃，我给你做？

李晨曦说，不要了，你喜欢吃什么，冰箱里有东西，你自己做。待会儿我自己凑合着把那碗剩米饭熬成粥就行了。

孙丽丽听了不干，说，就俩人，干吗还分开做，分开吃啊？你上方芳家的时候，我买了点五花肉和甜面酱，我这就给你炸酱去。不是我背后说方芳水平不高，但是我保管她炸不出我这味儿来。炸着酱，孙丽丽又跟李晨曦说，告诉你我炸酱的秘诀吧，你过来看看，过来啊。

你就说吧，我不过去了。李晨曦有些不耐烦，说。

告诉你啊，油热了，先放一颗花椒，把花椒炸香了，捞出来，再放葱。孙丽丽朝李晨曦大声说道。

吃饭的时候孙丽丽就像是这家的女主人，给李晨曦把面条盛在碗里，把炸酱倒在面上，散上菜码儿，搅拌均匀了，之后赶紧把蒜给剥好了，一颗一颗地放在他的面前。

端起孙丽丽递过来的面，李晨曦吃得很不安，他甚至觉得自己此时此刻和孙丽丽共进晚餐，并且还被她这么细致地照顾着简直是对方芳的不尊敬。于是，李晨曦就告诫自己，要赶紧想出晚上睡觉的办法来。否则，可就真的对不起方芳了。

和给孙丽丽寻找住处一样，直到吃完两碗面条，喝了一碗面汤，李晨曦也没能想出一个像样的解决方案。实在无奈了，他给大女儿嘟嘟打去了电话，说让她回家来，陪着他和孙丽丽住一个晚上。嘟嘟似乎还没有搞明白老爸为什么非要自己回去陪他俩一起住，待老爸说了他这主要是为了尊重方芳，嘟嘟才反应过来，老爸和老妈早已离婚，两个人如果单独住在一起，老爸怕方芳阿姨起疑心。

嘟嘟打车回来后，电话随之也就跟了进来。来电话的自然还是孙处。孙处问嘟嘟，你的房间灯关着，你去了哪里？

嘟嘟回答在我老爸家。

孙处又问老爸家在哪儿？我给你煮了百合汤，我给你送过去。

嘟嘟说不用了，汤你和嫂子喝吧。

孙处嗔怨道，你别一到这个时候就提她，以后咱俩就是咱俩，好吗？你赶紧告诉我地址，我这就开车过去。

嘟嘟看了看老爸和老妈，脸上做了个很无奈的表情，说，孙处，真的不用了，你，自己留着喝吧。谢谢了。

孙处说，要是普通的百合汤，我就不给你送过去了，这百合是兰州的紫百合，上上之品，今天中午那边的朋友用飞机托运过来的，东西很珍贵，你一定要尝一尝。

嘟嘟当着父母的面，实在不愿意在和孙处磨下去了，有心一口回绝了孙处，但是孙处她又不能得罪，因此，嘟嘟只好说出了地址。

过了一会儿嘟嘟的手机又响了，孙处说他已经到家门口了。嘟嘟看了一眼李晨曦和孙丽丽，起身要出去。李晨曦问嘟嘟，要不要他陪着去。孙丽丽还没等嘟嘟回答就率先站立起来。看到孙丽丽要陪嘟嘟去，李晨曦心里笑了，他觉得孙丽丽作为曾经跟踪、监控过他的高手，今天正好派上用场。

孙丽丽悄悄跟着嘟嘟出去之后，李晨曦赶紧抓紧时间给方芳打电话。方芳接了他的电话说，犹豫了好几次没敢给你打电话，孙丽丽走了吗？

李晨曦说没有，没给她找到地方。

她自己也没主动说要走？方芳问。

没说。李晨曦回答。

她这人怎么这样啊，我的天哪，她这是要在咱家扎下去打持久战了。方芳无可奈何地说。

是啊，为了这件事儿，我都伤透脑筋了，李晨曦也无可奈何地说，刚才我看实在没辙了，我把嘟嘟给叫回来了。

怎么，本来屋子就小，你还把嘟嘟给叫回来了？方芳不解，问李晨曦。

不叫回来，你说我们俩今晚怎么住？李晨曦说。

方芳明白了李晨曦的良苦用心之后，就叹了口气，说，也真够难为你的。人多，屋子小，她打呼噜磨牙的，你要是晚上休息不好，白天再补补觉。

两个人刚说完，嘟嘟和孙丽丽前后脚地回来了。孙丽丽跟在嘟嘟屁股后面问那兰州紫百合和别的百合有什么不一样？真的跟孙处说的那么好吗？

嘟嘟说，确实是好，跟平常的百合不一样，特别面，特别沙，口感棒极了。

孙丽丽就说，要不他怎么赶着非要给你送来。

说完百合，嘟嘟就说，我当时真害怕您突然冲出来给孙处来个铁砂掌什么的。

孙丽丽一面对着镜子卸妆一面说，看你说的，你老妈还是知道分寸的，你现在申请住房，还得求着他，我不会乱来。但是我也是随时做好准备的，万一那他要是起了歹心，我这十八般武艺，一样儿不落地都得给他使上，管保叫他一个月也上不了班儿。

第二天早上起来，孙丽丽做早饭，李晨曦就赶紧去给他的自行车打气。嘟嘟以为老爸要出门，就问他去哪儿，方便就捎自己一段儿。李晨曦没看嘟嘟，也没说话。等嘟嘟吃饱了饭，他就跟嘟嘟一起走出来。嘟嘟问老爸，说，您真的要送我一段儿？李晨曦说，住在这儿，上班远，公共汽车挤，我送你一段儿。

李晨曦把嘟嘟带在自行车的后座上，有心跟她谈谈昨天晚上的事情，想劝她干脆放弃住房申请，躲那个孙处远一点。那孙处居心不良，又有老婆，闹出事来对单身的嘟嘟名声不好，并且，房子是小，失德是大。但是想到自己现在还正为房子的事情纠结着，根本没有丁点儿能力帮助嘟嘟，嘟嘟再放弃了申请住房，将来她怎么生活呢？因此，李晨曦只能作罢，只是把嘟嘟送到地铁口，李晨曦才抓住嘟嘟的胳膊说了一句，多注意，要保护好自己。

在老爸这儿住到第三天，嘟嘟觉得自己有点扛不住了，因为和老妈睡一张床的缘故，她整夜也睡不好，并且第二天还要早起，因此她觉得自己严重的睡眠不足，以至于都影响到了工作。不过为了替老爸负责任，嘟嘟给蕊蕊打了个电话，说请她到老爸家陪着老爸老妈住几天。

正急于离开白景轩家的蕊蕊立即就答应了下来。

4

蕊蕊来到老爸家，也是电话紧跟着就打了过来。李晨曦不用问就知道，来电话的一定是白景轩。

刚进门听见电话响，蕊蕊看了看手机，把手机往书包里一塞，拒接。等电话吵得实在让李晨曦听不下去了，他就示意让蕊蕊跟白景轩说说话，有什么事，有什么矛盾，好好商量，好好解决。无奈，蕊蕊就接了电话，没好气儿地问白景轩，干吗？

白景轩就问蕊蕊在哪儿。

蕊蕊说你甭管，跟你没关系。

白景轩问怎么没关系？

蕊蕊说当然没关系，我又不是你老婆。

白景轩听蕊蕊话里带着怨气，就问，你这是怎么了，怎么说走就走，连个招呼都不打。

怎么没打招呼？蕊蕊问白景轩，怎么没打招呼？我跟你说了没有，不让你父母搬过来，如果他们搬过来我就走？说了没？是你不听，是你让他们搬过来了啊。所以，我只能走！

他们搬过来就搬过来吧，我也没办法，你何必生这么大的气呢？白景轩不解地问。

你说我为什么生这么大的气？蕊蕊反问白景轩，说，我在你家还能住的下去吗？他们来了就接管了家中所有的大权，我无论是行、走、坐、卧，样样都要仰人鼻息。我洗澡多用点水，不行。我打电话，时间长了不行。我看电视，声音大了不行。我在你们家还有地位吗？我在你们家里算什么？简直就是一个使唤丫头。这些还不算，叫我最不能容忍的是他们无时无刻不在拿我和你前妻做比较。我出门化妆，他们就嘴一撇，说，我原来的媳妇，从来就不往脸上抹这抹那，但是走到哪儿，人家都说她漂亮。什么意思啊？那还不是说我没有那份天生丽质，抹也瞎抹吗？请问，我自己花钱买的化妆品，我爱怎么抹就怎么抹，跟他们又有什么关系？还有，我出门打车，他们就嘴一撇，说，我原来的媳妇去哪儿都骑自行车。什么意思啊？那还不是说我不会过日子，不勤俭，怕艰苦吗？我问你，白景轩，我自己的钱，我想怎么花就怎么花，他们管得着管不着？还有，我不管把哪件衣服穿在身上，他们都把嘴一撇，说，这衣服还真是要看谁穿，以前我们家媳妇穿过这么一件，那叫漂亮，走在大街上人人都回头看呢。什么意思啊？她穿衣服好看，你看她去啊，上这儿来干吗啊，跟我说的哪门子啊？白景轩，你说，我还能在你家住下去吗？他们这不是来成心找茬儿的吗？

蕊蕊冲白景轩发完了火儿就挂了电话。可没过半个小时，白景轩就打来了电话，说他就在门口。

李晨曦听说白景轩来了，就让蕊蕊请他进来。蕊蕊把眼一瞪，说，请他干吗？该他的欠他的？让他在外头蹲着，爱蹲到什么时候，就蹲到什么时候，有能耐他甭走。孙丽丽见蕊蕊不愿意见白景轩，起身就要给他轰走，李晨曦赶紧一把将她拦住，说，孩子的事儿，你跟着瞎掺和什么。

跟嘟嘟住在单位办公室，身边老有个孙处骚扰让李晨曦担心一样，蕊蕊和白景轩同居一处，并且家里闹的今天鸡飞明天狗跳的，也让李晨曦牵挂不已。让蕊蕊回家，其实李晨曦还有一层意思，就是找蕊蕊好好谈谈。老大不小的了，自己今后的生活目标得确定。女人不比男人，男人经折腾，女人则耽误不起，俩人在一起耽误几年，白景轩不会受多大损失，因为男人七老八十了，还能再找四五十岁的，可蕊蕊要想再找回失去的岁月，那可就难了。

这些话，李晨曦想等蕊蕊平静下来之后再跟蕊蕊谈。因此，他才没好脸色地抢白了孙丽丽一句孩子的事儿，你跟着瞎掺和什么。可是等蕊蕊不言语声儿了，再看，蕊蕊已经睡着了。

第二天早上李晨曦准备晨练，一开门见一辆汽车堵着门停在了那里。再仔细一看，车里还睡着一个人。

白景轩在车里等了蕊蕊一夜，让李晨曦觉得十分过意不去，他赶紧敲醒了白景轩，请他到屋里坐坐。

蕊蕊听见老爸和白景轩的对话，才知道白景轩真的就在门口蹲了一夜。开门出来，她原本还想把她昨天没发泄完的火儿接着发出来，待出来之后，见白景轩一身皱皱巴巴的衣服，一脸倦怠的面容和一夜长出来的荒草一样覆盖了一脸的胡子，心立即又软了下来。

蕊蕊坐上白景轩的车走了之后，李晨曦便走到街心公园去晨练，晨练回来，见孙丽丽还在床上躺着。李晨曦就刮着胡子问她怎么还不起来。孙丽丽没动身，问李晨曦几点了。

快九点了，李晨曦说完，就问，你今天不打算出去活动活动？

活动？孙丽丽问，跟你们男的似的，满大街疯跑？出一身臭汗？

我不是那个意思，李晨曦说，我问你是不是应该出去活动活动。

我听明白了，孙丽丽跟李晨曦说，你让我去做什么活动。我就喜欢打麻将，跳舞。跟你们男人不一样。

孙丽丽，我觉得，我体谅你的难处，帮助了你，你也应该同样体谅我的难处。帮帮我。李晨曦把电动剃须刀关了，说，我和方芳一周才有机会团聚一次，你体谅体谅我们的苦衷，你的住处问题，你也出去想想办法，活动活动，行吗？

孙丽丽听了，眼睛里立即就涌满了泪水。

我就知道你要轰我走。说罢，她就把自己的脸裹在了被子里。

5

跟两个姐姐一样，发发进到家门后，也是电话跟着就响了起来。发发接电话的时候，跟两个姐姐不大一样，他拿起电话来，先要环顾一下左右，然后再把手机贴到耳朵上。李晨曦为他这个动作说过他好几次，他说我一看到你的这个举动，就会联想到小偷在作案或者特务在接头儿，以后接电话的时候大方点行吗？大概是积重难返的缘故，尽管李晨曦说了，发发也觉得老爸说得挺对，或许他也想大方一点，但是时间过去了好久，也没见到他有什么改观。正因如此，发发的电话一响，李晨曦立即就扭过头去看着发发的动作。发发知道老爸看自己是什么意思，因此，掏出手机来，刻意板着自己不左右乱看，但是把手机举到耳边时，他还是不自觉地把头朝左右扭了扭。看到了他这个动作，李晨曦无奈地摇了摇头。

怎么着，老大。发发朝老爸笑了笑走到了屋子外面，问电话里的王晓京。

计划进行得怎么样？王晓京开门见山，问。

嗯，挺顺利，发发回答，说，万事俱备只欠东风。

你不是已经把她弄床上去了吗，怎么还欠东风？王晓京问发发，你还要多大的风？要是来了台风，小心你小子也被刮跑了。

老大，你不知道，发发跟王晓京解释，说，我跟她床是上了，但是还没到那种程度。

什么程度？王晓京显然有些不耐烦了，问，哪种程度？

就是那种合二为一的程度。发发倒显得很耐心，说，现在这人吧，解开裤腰带，就跟往地上吐口痰似的那么方便，甭管哪儿，车上、树后头、墙犄角儿，说解就解，磕巴儿都不打一打。上个床呢，就跟放个屁似的那么简单，哪儿的床都敢上，谁的床都能上，因此，上了床根本就说明不了什么，或许下了床就跟你拜拜，或许下了你的床他妈的立马儿就又上了别人的床。所以，你得等到我跟她到了我说的那个程度，才能实施咱们的计划，这时她才能替咱们办事，要是说早了，那不前功尽弃了？老大，你说对吧？

王晓京听发发把这么一大套理论一讲，连连称赞，说发发呀发发，你他妈的要成精啊！

发发见王晓京说他要成精，就问您这是夸我呢吗，老大？

不是一般的夸你，是二般的夸你。王晓京说，这行就是不评职称，要是评，你他妈的就是教授级高工。高工都委屈了你，你就是院士。

得，得，我听出来了，您这还是在讽刺我。发发跟王晓京保证着说，这事我一定抓紧，老大，您放心。

打完电话，发发回到了屋里。见老妈在床上有一搭无一搭地看电视，发发就说咱们干什么？就这么都傻愣着？李晨曦看看发发，问他想干什么？发发说难得我今天身边没人，咱们斗会儿地主？孙丽丽听说斗地主，来了精神儿，就让李晨曦找扑克牌，李晨曦说，对不起，没有。

见老爸提不起一点兴趣来，发发只好说，那你们睡觉，我值班。

李晨曦和孙丽丽躺下，发发就开始上网。恰巧，有个叫毛毛熊的找上了说话。聊了没两句，她就问他会不会写东西。发发就问，你撞枪口上了，说吧，你要写什么？

毛毛熊说，我上成人高考，写篇论文。

张飞吃豆芽儿，小菜儿，发发说，题目告诉我。

毛毛熊见他这么干脆，有些怀疑，就说，你真有那么大的把握？我可是找了好几个人都是只吹牛，最后不了了之了呢。

发发说，火车不是吹的，泰山不是堆的，你把论文的题目发过来吧。

得到题目，发发没用一个小时，就把论文给毛毛熊发了过去。毛毛熊看了论文相当惊讶，说，你真是神了！怎么感谢你？

发发说，怎么感谢你应该知道。

请你吃饭？毛毛熊问。

你装傻！发发说。

毛毛熊说，我真没装傻，真的不知道。

发发说，你就是装傻，你真的就会不知道么？

顿了一会儿，毛毛熊说，天底下，就是你们男人最坏！你非要这样，得等几天。

为什么？发发问。

这回是你装傻，毛毛熊回答道，你会不知道一个女人说等几天是为什么？

听发发电脑的键盘不断地噼里啪啦炒豆子似的乱响，躺在床上的李晨曦难以入睡，于是他索性就座了起来。

发发感觉到了老爸盯在自己后被上的目光，就把会话窗口关了，转过身来问老爸，您怎么起来了？李晨曦说，你那手上噼里啪啦的，我睡得着么？说完，就指着电脑，问发发，你这是干吗呢？跟大卫还是跟博士说话呢？发发听老爸问，就走到床边，扶老爸躺下，说，给一个人写个论文，刚写完。您先睡，我马上就好。

和老爸说话的这么一会儿工夫，毛毛熊就在那边等得有点不耐烦了，她问你那里方便吗？

发发说方便，没问题。

毛毛熊就说告诉我地址，我这就打车过去。

看了毛毛熊的话，发发连忙问她你不是说你这两天身子不太方便吗？

毛毛熊反问，你怎么知道的？我说了吗？

还用说吗？发发回答，这种事谁还不明白？

德行！毛毛熊说，我刚才看了看，没什么事儿了，一会见。

发发关了电脑就去床前叫老爸。李晨曦问他什么事？不睡觉又折腾什么？发发把嘴贴着李晨曦的耳边悄声说，对不起老爸，有点急事，我得回家，我走了啊。

李晨曦听说发发要走，立即就急了，问你怎么能走啊，你走了这，这儿——他指指睡在沙发上的孙丽丽——这儿怎么办呢？

发发转过头去看了躺在沙发上的老妈一眼，见她睡得正香，就说，我妈睡着了，等她一醒，就天亮了，没事。方芳阿姨也不会知道的。

发发在李晨曦的脸颊上亲了一口，起身就离开了房间。

听到发发的关门声孙丽丽就睁开了眼睛。

发发关门时卷进来的一阵风吹在脑袋上，让李晨曦感到心烦意乱，他使劲动了动肩膀儿翻了翻身。被子似乎不是很合作，就没跟紧李晨曦的步伐，因此，李晨曦的大半个身子就露了出来。躺在沙发上的孙丽丽目不转睛地紧盯李晨曦的一举一动。见李晨曦的后背露出来之后，她先支起上身来朝床上看了几眼，之后把身上的被子掀了，赤脚下地，悄悄地贴近了李晨曦。

感觉又是一股风过来，风过后似乎还伴随着急促的喘息。李晨曦想起身看明白这究竟是怎么回事。

一睁眼，见孙丽丽的胸，就贴在了自己的脸上。

第八章

李晨曦和方芳两个人要想生活在一起，就必须想办法让李晨曦的前妻尽快搬走，于是方芳便开始给李晨曦的前妻介绍对象。不过几个人谈下来，李晨曦的前妻一个也没谈成。

1

到了周五的下午，方芳给李晨曦来电话商量周末两个人怎么办。方芳说，孙丽丽不走，咱们也没办法团聚啊。李晨曦像是早就想好了，说，咱们团聚咱们的，她待着她的，这样，你该来还来，总不能因为她在这儿，你就连家都不能回了。方芳觉得李晨曦说得是那么回事，就说好吧，你等着我，我回家。

方芳还是早早地就起床，之后给唱唱做好了早饭，之后下楼打车。

到家，用钥匙开开门，扑面而来的就是一阵说酸不酸，说臭不臭，憋了一宿的陈旧空气味儿。方芳被这味道呛住了，于是她就抽了抽鼻子，说李晨曦怎么搞的，起来了也不开窗通通风。窗帘儿也捂着，坐月子呢？

方芳说话直对的是李晨曦，这样说也并没有其他什么意思，就是想说屋子里的空气不新鲜，换句话说，她根本没有针对躺在床上没起来的孙丽丽。可是孙丽丽听到方芳说的最后一句坐月子呢，倏地一下就从床上坐了起来。依着她以往的性子，这个时候，她的这个动作之后，是要发火儿的，她会跳下床指着方芳的鼻子问她你这话是什么意思？你这是说谁呢？可是眼下自己是寄人篱下，孙丽丽一转脸，就将火气压了下去，并且还很顺从地就穿衣服起床，起来后，还帮着方芳把窗帘拉开，把窗户打开。待方芳到屋外的厨房给李晨曦做早饭时，她还拿起拖把来，把屋子的地板拖了一遍。

早饭很快就做好了，方芳煎了两个鸡蛋，两片面包，热了两袋牛奶。把牛奶倒进杯子里，方芳问李晨曦在哪儿吃。问的时候，她的眼睛朝孙丽丽瞟了一下。李晨曦知道她是不想让孙丽丽跟他俩在一起用餐，见她也没做着孙丽丽的份儿，就把自己平时写诗用的小桌子上的书挪了挪，示意让方芳把牛奶和鸡蛋、面包就放在这儿。

有餐桌干吗不用啊。孙丽丽见方芳端着盘子要往小桌子上放，就走上去，从方芳的手里接过盘子来，放在餐桌上。来来，晨曦，吃饭了。招呼完李晨曦，孙丽丽就在餐桌边坐了下来，拿起筷子，在手心里蹭了蹭筷子尖儿，随后就把一个鸡蛋夹了起来。方芳看见了，刚张张嘴要说什么，孙丽丽已经把鸡蛋放进了嘴里。见一个鸡蛋孙丽丽一口就报销了，似乎都没怎么经过咀嚼，方芳赶紧走过去，夹起另一个鸡蛋放进碗里示意李晨曦赶紧吃。孙丽丽注意到了方芳示意李晨曦的眼神儿，于是就用筷子指点着碗对李晨曦说，吃吧，吃吧，一人一个。

李晨曦端着方芳递给他的碗，坐在了小桌子前面，他说让方芳也坐，方芳拿眼睛瞪了孙丽丽一下，转过身来就紧挨着坐在了李晨曦的身边。李晨曦夹起鸡蛋来让方芳吃，方芳小小的口儿咬了一下鸡蛋边儿，就推推李晨曦的手，说你吃吧。

晨曦，要注意鸡蛋黄儿，那玩意儿胆固醇高。孙丽丽在餐桌旁拿筷子敲着碗说。方芳实在是忍不了了，真想跟孙丽丽干一仗，于是就一跺脚要站起来。李晨曦赶紧把手中的碗放下，拉起方芳就走了出去。

午饭，两个人是在饭馆吃的。点菜时两个人对着菜谱都不知道该吃什么好。前些日子因为不能住在一起，李晨曦每天去看望方芳时两个人吃遍了方芳家附近的饭馆，尝遍了所有的家常菜。因此，面对着基本相同的菜谱，两个人你看着我，我看着你都是一脸的无奈。

午饭后，方芳有点犯困，以往在自己家，她都要上床躺一会儿。李晨曦也知道方芳的这个习惯，于是就带方芳回家。来到家门口用钥匙拧门，门不开。叫门，没人应。李晨曦垫了几块砖头踩在脚下，从窗户上往屋里张望，却见孙丽丽在床上正呼呼大睡。

两个人实在没辙了，就走到了李晨曦平时早锻炼的街心花园，李晨曦把一张长椅子擦了擦，之后把自己的上衣脱下来铺在上面，让方芳靠着自己坐下来。此时，困倦上来的方芳真想靠着李晨曦的肩上眯瞪一会儿，可是看着来来往往的人，最终也没好意思靠一靠。

两个人在街心花园待得实在是腻烦了，方芳就准备回自己家。李晨曦害怕崔凯又会因为孙丽丽住在他这里的事情不高兴，就劝方芳暂时先别走。方芳答应了，说那也该回去准备晚饭了，晚上咱们是无论如何也不能再下饭馆了，如果再下饭馆，自己就要吐了。

回到家，床上空了，被子叠起来了，孙丽丽出去了。李晨曦像是得到了特赦一样高兴了起来，方芳也感到了拨云见日般的喜悦，两个人的眼睛同时都望向了对方，触电一般的对视之后，彼此都洞悉了对方的心思，于是相拥在一起的动作就在一瞬间完成了。随着李晨曦手上的动作，先是方芳胸中的热血沸腾了起来，紧接着，方芳又用自己急促的喘气声和滚烫的嘴唇融化了李晨曦，随着李晨曦胸中的热血沸腾，两个人便有了腾云驾雾般的缥缈，有了飘飘欲仙般的晕眩。砰的一声巨响来的似乎不是时候，这声音让李晨曦和方芳触电一样地迅速分开。李晨曦赶紧收回了自己的手，方芳赶紧背过身去系扣子，系完了，还没忘把头发拢拢。紧张过后，没听再有动静，并且也不见孙丽丽进来，李晨曦就走到门口朝外窥看，从门前的境况分析，可能是一只猫刚才由此路过，从墙上碰下来一个花盆儿，于是，李晨曦就走回来跟方芳说没事没事。然而，尽管嘴上说着没事，但再把方芳拦在怀里的时候，两个人彼此却再没了感觉。

晚饭后，孙丽丽还没有回来。方芳让李晨曦给她打个电话，问问她还回来不回来了。李晨曦怕她本来不想回来，一打电话到把她召回来了，于是就没敢打。

睡觉的时间到了，方芳再三犹豫是不是留下来。她在心里自己为自己做着祷告，祈祷孙丽丽今晚不要回来。这时，李晨曦看看表，说你就放心地住下来吧，要回来她早就应该回来了，现在已经过了她睡觉的点儿了，孙丽丽绝不会回来了。有了自己的祷告，加上李晨曦的判断，方芳就把心放了下来，她从柜子里翻出自己的被子在床上铺好。

被子铺好后，李晨曦洗漱好了先钻了进去，并催促方芳动作快一点。方芳说瞧你猴儿急的，李晨曦就说你说我猴儿急我就猴儿急，话音未落，李晨曦一把把方芳拽进了被窝。两个人像磁铁一样紧紧吸附在一起的时候，又是砰的一声。惊慌失措的李晨曦和方芳赶紧抬头张望，只见门被推开了。

孙丽丽大摇大摆地哼着歌儿走了进来。

刚刚沸腾起来的热血一瞬间被孙丽丽的闯入浇灭了，方芳再不能忍受，她顾不得自己没穿衣服，跳下床就跟孙丽丽怒吼，你懂不懂点规矩，长着手没有，进门就不知道敲一下吗？李晨曦怕深更半夜的两个人吵闹起来邻居们听见不好，也怕她跟孙丽丽打起来吃亏，就赶紧拉她，方芳把李晨曦的手一甩，说，孙丽丽，我告诉你，李晨曦让你在这里住了几天，已经做到仁至义尽了，这是我的家，你现在立马儿给我搬走，搬走！

出乎李晨曦的意料，孙丽丽看见方芳怒不可遏地跟她吼却没有任何反应，没应战，也没回击。只见她往沙发上一坐，之后把鞋一甩，脱了，把上衣往头上一撩，将脑袋包了，像什么都没听到什么都没看到似的躺倒在了沙发上。

你搬走！你赶紧搬走，听见没有？方芳的怒吼变成了咆哮。这咆哮像是射出去的子弹，但是子弹打在了沙包上，没有回应。

孙丽丽躺在沙发上，一动不动。

2

孙丽丽像牛皮糖一样黏在自己家里，李晨曦和方芳都无计可施。方芳几次说让李晨曦再想想办法，可是李晨曦都说，你都直接轰过她了，说这是我的家，你给我立即搬走，但是她都没听见似的无动于衷，你说我还能想出什么办法来？之后又补充了一句，说，主要是她确实是没地儿可去，她也是个要脸面的人，不然，她能忍受你对她如此发脾气？

和李晨曦商讨不出能够使孙丽丽尽快搬离自己家的办法，方芳又跟身边的一些伙伴叨唠这件事情。这是一群原本就闲的没事的人，就乐于听一些趣事奇闻，听方芳如此一说，于是就都来了兴趣，秧歌也不扭了，围着方芳就开始七嘴八舌地出起了主意。有人就说轰出她去还不容易，等哪天她出门的时候，你把锁一换不就完了。有人说，你看看你家门口能不能盖间小房儿，如果能，你们也盖一间，那样不就分开了？有人说，你不就是一周才回去一次吗，跟她商量好了，等你回去的时候，让她住宾馆去不就得了？这个时候，就有个更明白一点的，说，你们其实都不理解方芳，现在她回不了家，不能和老公团聚是一回事，而家里住着老公的前妻，又是一回事，而且，这回事比那回事还是回事。说完还问方芳，方芳你说我说得对吧？听这个明白人这么一说，就又有人发表高见，说，要我说，方芳你就是放不开，过来人了，还有什么不要意思的，你就跟你老公在床上睡，该干什么就干什么，怕她干吗？接着这个人的话，另一个马上就说，对，你就跟你老公在床上睡，就天天的干那个事儿，你们干着，让她听着，我敢保证，不出一个礼拜，她准保就受不了了，拍拍屁股走人。这个人的话音未落，又一个就质问这一个，说，天天的干那事儿，多大岁数了，你能行吗？方芳能行吗？就是方芳没问题，他老公行吗？不要命了？尽瞎出主意。方芳，别听她的。为了证明自己的主意没错，刚才那个就又抢过话茬儿来说，我说得是那么个意思，不能天天干，装着干还不会啊，哎哟哎哟的叫唤还不会啊？方芳，我的话糙可理不糙啊，天天叫唤他一通，不信你试试，叫唤不了几天，她准受刺激待不下去了。

方芳见这些人说不出什么正经玩意儿来，并且还越说越没边儿，就失去了兴趣，她招呼那几个吹唢呐、敲鼓的老头儿让他们伴奏，一个人走到了扭秧歌的场地上。

其他的人看方芳走出了人群，就得到了命令似的，迅速地把头扎到了一起，一边拿眼睛瞟着方芳，一边把声音压低了嘀咕起来。

主张换锁的那位就说，我刚才说换锁，她没吱声儿，要我看，方芳不是不想换锁，是她老公不想换锁，他妈的男人都一个德行，吃着碗里的，惦记着锅里的，你们想想，是不是这么个道理？要想换锁，要想给孙丽丽轰走了，他老公不早就换了？我刚才一看方芳的表情，就知道她有难言之隐。

我看也是，另一个接茬儿说，他老公就是吃着碗里的，惦记着锅里的。你说，他老公跟前妻在一起生活了四十多年，俩人能没有感情么？没感情，就背着方芳把前妻给接过来了？你说方芳怎么就那么傻啊，连这点事儿她都看不出来？你说我这暴脾气嗨，要是换了我，容你跟我演这一出儿，姥姥！俩山字儿摞一块儿，您给我请出，走人，滚蛋！

要我说啊，这再婚就是麻烦，要是我，一个人了，我他妈的谁都不找，我不去给人家当后老伴儿，伺候了自己老头子半辈子了，早伺候腻味了，再让我去伺候另一个老头子，我贱呢？又有一个说。

走到场地中央的方芳是瞥见了这些人眉飞色舞的表情的，虽然她听不到她们具体说的是什么，但是从这些人不断地朝她瞟过来的眼神儿上也大概猜出来八九。因此，音乐响起来，那个唢呐的高亢和尖锐，立即就哇啦哇啦把她搅得心烦意乱，没了兴致。于是，她就默默地把扎在腰上的红绸带子解了，彩妆卸了。

方芳，方芳。见方芳转身要走，那个出主意让方芳叫唤的人赶紧追了上来，很神秘地跟她说，方芳，我刚才说的方法你回去试试，我之所以给你出这个主意，是我有切身体会。我跟你说，我们隔壁就天天的发出这种声音，每天晚上一次，早上还一次，每次的时间还持续的特别长，那女的叫唤的声音还特别大，从开始一直叫唤到完了。你猜怎么着？那女的叫唤的花样儿还特多，一面哎哟哎哟地叫唤不说，还一面管那男的叫爸爸，说爸爸爸爸饶命啊，饶命，你弄死我了，弄死我了，你那东西太厉害了，我受不了了，你可怜可怜你的乖女儿……方芳，我现在都条件反射了，晚上睡觉前，得先听听隔壁完事了没有，没完事我们不敢睡，那叫唤声，太受刺激，换了谁都受不了。

方芳不想跟她讨论叫唤的事情，她觉得说这种事情就像让自己把衣服脱光了站在舞台上让大家去欣赏，去品头论足。她加快了自己的脚步。

方芳，方芳，我跟你说，这招准灵。那人仍然紧追不舍，朝她喊，方芳，你回去照方抓药，试试，我管保，不出一个礼拜，孙丽丽就得被刺激疯了。

3

第二个和李晨曦团聚的周末被孙丽丽搅黄了之后，方芳一连好几天都没有好心情。女儿崔捷来看她，几次都见她不开心，就问老妈究竟是怎么了，是不是和李晨曦之间又发生了什么不愉快。方芳一开始觉得在女儿面前说孙丽丽的事情，有些难以启齿，到后来，实在是忍不住了，就跟她说了那天她正和李晨曦准备亲热时，孙丽丽忽然闯入的经过。

崔捷听了，很替老妈担忧。之所以担忧，是她认为孙丽丽的闯入不是简简单单的没礼貌的小事，而是很可能会产生相当严重后果的大事。因为两个人在这种状态下忽然被惊扰，很可能会给双方的心里造成障碍，这种障碍还有可能是终生的、灾难性的。如果真是这样的话，老妈后半生的幸福，将会是一纸空谈。

老妈的这件事情压在崔捷心头，让崔捷觉得嗓子上像是扎了一根鱼刺，咽不下吐不出。她开始觉得，这老年人再婚还真是存在着许多问题。不能团聚的问题解决了，又出现了孙丽丽的事情，并且这些事情一件紧接着一件，来的速度之快，有些让她猝不及防。

为了老妈的事情，崔捷耗费了不少脑细胞。她觉得李晨曦、孙丽丽、老妈是一个圆周上的三个点，这三个点相互牵扯甚至相互依存，要彻底地解决老妈所面临的问题，要不破坏这三个点之间的平衡，就要想出让三个人都不受到伤害的办法来。

一个字这个时候让崔捷受到了启发。这个字是安全的安。来问这个字的是小侄子唱唱。唱唱的问题是安字是什么结构的字。崔捷不是学文科的，当时回答不出来，就查了相关资料，之后告诉唱唱，说，安字应该是上下结构。上面是一间房子的屋顶，下面是一个女子。唱唱显然对房子屋顶下面为什么会有个女子产生了兴趣，就继续问崔捷，为什么房子下面是个女子而不是男子，为什么有个女子就是安，就安全、安定呢？崔捷一时语塞，她不知道应该如何回答唱唱为好。说深了，说一个女人对于一个家庭的平衡来说有着至关重要的作用，他听不懂，说浅了，说为了安定，一个家庭就必须有个女子又说不明白。于是她就只好说姑姑没有这方面的知识，唱唱很好学，不懂就问，应该表扬，明天问问老师吧。尽管崔捷当时没能回答出唱唱的问题，但是，这个安字，却给了她一个启示。一个房子下面有一个女子，就安定了，是谁安定了呢？一定是和她生活在一起的男人安定了。那么，女人呢？女人要是想得到安定呢，是不是相应的，也要有一个男人和她共同生活在同一个屋檐之下呢？

得到了这个启示，崔捷十分兴奋地把右手在空中一摇，打了一个很清脆的响指。响指打完之后，她跟老妈说了解决目前她和李晨曦所面临困境的办法——给孙丽丽找对象。

给她介绍对象？方芳听了问，这办法行吗？

给她介绍对象？李晨曦听了问，谁跟她提这件事才合适呢？

根据两个人提出的问题，崔捷又分别做出了回答。

孙丽丽有了对象，从心理学的角度说，她就会在心理上有了平衡感，这样，首先她就不会再跟你们闹了。另外，再从住房的问题上看，如果她有了对象，两个人来了电，她还会继续住在你们那里吗？

这是崔捷回答的老妈的问题。

至于由谁来出面跟孙丽丽提及这件事情，老妈首先不合适，李叔叔您也不合适，您两位提，都容易让孙丽丽在心理上造成逆反，我认为有一个人来办这件事最合适，这个人应该是嘟嘟。

这是崔捷回答的李晨曦的问题。

嘟嘟是在三天后的清晨接受老爸让她给老妈孙丽丽当红娘的指示或者叫作委任的。

嘟嘟住到单位办公室里之后，一般早晨都要早早地起床，因为她要赶在同事们上班之前，特别是赶在总爱赶头班车就到办公室来的贾老师到来之前把被褥收拾好，把折叠床叠起来放到那排高大的书柜后面，然后再把昨天晚上晾晒在办公室暖气、沙发扶手以及椅子靠背上的内裤、袜子、乳罩等一系列女人的小零碎儿收起来，以免影响办公室的正常工作。

这一天清晨，嘟嘟起床。李晨曦出门晨练。

嘟嘟叠被，躲开孙丽丽的李晨曦趁机给嘟嘟打去了电话。

听见手机响，嘟嘟就赶紧停住了自己叠被子的手，按了手机的接听键，问老爸这么早，有什么事。李晨曦就在电话里跟嘟嘟说了崔捷说的那个能够尽早让孙丽丽搬走的办法。嘟嘟听了，觉得办法不错，照顾了所有人的情感和面子，就是战线拉得有点长，因为搞对象这样的事情，不像是到菜市场买青菜萝卜，到那儿就拿，交钱就走，而是两个人要相处，要在一起培养感情，这个过程几个月的有，几年的也有。李晨曦听了嘟嘟的话，叹了口气，说，这个我都想了，不过除了这个办法，还有什么更好的办法吗？

两个人在电话里说着话，办公室的门被推开了，嘟嘟以为是贾老师进来了，就隔着一排书柜对贾老师喊，说，贾老师，实在对不起，我刚起床我爸就来了电话，您看办公室还没来得及收拾，您先委屈一下，我马上就收拾好。嘟嘟对外面喊完话，不见回应，就赶紧举着电话从书柜后面出来看，办公室里不见贾老师，却见孙处提着一袋子麦当劳站在面前。

看着孙处请自己吃早餐的手势，嘟嘟无可奈何。有心轰孙处拿着早餐出去却又不敢，于是赶紧赔着笑脸，说：孙处，麻烦您了，不知道这份早餐多少钱？嘟嘟知道孙处绝不会把早餐拿走，就赶紧拿起自己的书包从里面往外掏钱包：多少？孙处，我给您钱。

孙处没看嘟嘟攥着钱包的手，他从沙发扶手上拿起嘟嘟的一个乳罩，放在鼻子上闻了闻，之后又放在嘴上亲了一下，说：我把这个拿走了，就算你给了我早餐钱，以后，我每天给你送早餐，你每天给我一个这个。说罢，孙处拉开上衣的拉链，将乳罩塞进自己的怀里，快步走出办公室。

孙处的举动，让嘟嘟十分难堪，感到无地自容的她脸腾的一下涨红了，如果不是为了房子，她真想把塑料袋儿一股脑儿地拽在他的脸上，但是她还是将自己的火气压了压，提起塑料袋儿，高声叫着孙处追了出去。

嘟嘟提着早餐从教学区跑出来，在家属宿舍楼前才追上了骑着自行车的孙处。由于马路上来来往往的都是同事，嘟嘟没敢把身子和孙处靠得很近，也没敢把内心的不快表现出来。她远远地将塑料袋递过去，示意让孙处拿走，见孙处不接，就索性把塑料袋往他车筐里一放，转身就走。孙处倒没觉得有什么不好意思，他把自行车一支，嬉皮笑脸地追上嘟嘟，一把将嘟嘟的胳膊攥住，说了句嘟嘟你看你怎么这样儿啊，跟我你客气什么呀，就把塑料袋塞进了嘟嘟的怀里，之后又把双手放在嘟嘟的肩膀上揉了揉，把她的身子往回一转，一面推一面说，快回去吧，待会儿凉了就不好吃了。

见过往的同事都向他俩投来好奇的目光，嘟嘟刚才坚定不移地追出来，决计要把早餐还给孙处的决心开始动摇了。她无可奈何地晃动了一下身子，躲开了孙处扶在自己肩上的手，将头低下来，开始默默地往回走。由于刚才正在气头上，加之追赶的脚步迈得急了些，嘟嘟的内衣都让汗水湿透了，往回走了几步，一阵风恰好踢着地上的枯叶，淘气的孩子一般从嘟嘟身边呼啸而过，嘟嘟不禁浑身一紧打了一个寒战，越发地感到身上冰凉了起来。

或许就是浑身冰凉的缘故，嘟嘟抬腿迈向办公室楼梯的那一刻，脑子里竟然是一片空白，以至于她都忘了自己是为什么下楼跑了一趟，甚至自己的怀里还抱着孙处给她买的早餐。

楼道里的嚷嚷声牵动着嘟嘟某一根处于休眠状态的神经，这根神经让她的心头震颤了一下，继而听清楚了嚷嚷人的声音很熟悉，像是自己办公室的贾老师、李老师、王老师还有冯老师，所说的内容全部都是这么乱七八糟的，还像是办公室吗？还能办公吗？轰然一下，嘟嘟脑子里所有的神经就都被唤醒了，她猛然记起了自己跑下楼去的原因，记起了怀里还抱着一塑料袋早餐，记起了办公室自己晾晒了满屋子的内衣。

扔掉塑料袋后，嘟嘟奋力跑上楼去，办公室的门口，她看见了贾老师、李老师、王老师和冯老师，再跑近，她看清了他们各个脸上都显露出来的不满及愤懑。在众位老师不屑和鄙夷目光的注视下，嘟嘟跑进了办公室，晾晒在暖气、沙发以及各位老师椅子靠背上的乳罩、内裤、背心和袜子立即让嘟嘟感到无地自容，羞愧难当。

这个时候，老爸的电话又打了过来，他想问问嘟嘟：考虑好了吗？给你妈妈介绍对象的任务能完成吗？

4

主意已定，为了尽快给孙丽丽找到对象，方芳除了自己开始搜寻身边的，认识与不认识的中老年单身男士之外，还给自己的亲朋好友们都发去了短信，让他们赶紧帮着寻找，短信上除了孙丽丽的个人资料之外，她还附上了条件：对方一定要有独立住房。这些亲朋好友也很给力，没过多久，便纷纷地给了回复。方芳把回复中的单身男士做了推敲，最后选定了三位，并首先把这三位的资料拿给了李晨曦，让他过过目，帮着把把关。李晨曦把这三个人的个人资料拿在手上，翻过来调过去地看了，最后没有表情地摇摇头，一个不剩地将他们统统给 pass 掉。

方芳问他为什么？

李晨曦摇头说，不合适。

你说说为什么不合适？方芳不屑，问。

不合适，就是不合适。李晨曦回答说，他开始有些不耐烦，甚至开始急躁。

你总得有点理由吧？方芳也有些急，再问。

理由？还用说吗？李晨曦一脸的不屑，指点着三个男人的相片，说，你看看，你看看，有一个像样儿的吗？

跟李晨曦把对话进行到这里，从李晨曦的表情和对待三个男士的态度上，方芳似乎是明白了什么。她揣测，虽然李晨曦和孙丽丽已经离了婚，表面上看，两个人不再有任何关系了，但是李晨曦一定是觉得除了自己之外，任何男人都不能取代他当孙丽丽的丈夫。关于这个揣测，她是这么推理认证的——在她的感觉上，这三个男人，从资料上看，两个相比起李晨曦来说，条件要差一些，李晨曦在看这两个人时，是一脸的不屑。三个男人中的另一个，从资料上看，相比起李晨曦来说，条件要比李晨曦高一些，且人长得也很帅气，李晨曦在看这个人时，脸上的表情多少有些嫉妒的成分。至于这个揣测的推理认证，方芳还有另一点可以作为佐证。这个佐证说来似乎是有些难登大雅之堂：方芳从电视上常看的动物节目里，雄性动物常常对来犯的其他雄性大打出手，驱之而后快的领地意识、占有欲望中分析出，李晨曦作为一个男人，对于一个已经离开了自己的女人，心里仍然留存着那股潜在的雄性占有欲。

感觉到了这一点，方芳觉得自己也很能理解他的这种潜在的感情。于是方芳干脆就绕过了李晨曦，直接拿着这三个男士的材料找到了嘟嘟，并安排嘟嘟带领孙丽丽和他们一一见面。

虽然是把任务交代给了嘟嘟，但是方芳的幕后工作仍然十分繁重。因为嘟嘟要带孙丽丽见的第一位男士是一个退休的律师，因此，方芳就把会面地点安排在了距离这个前律师家不远的一家茶楼。因为，她觉得茶楼很高雅，做过律师的男士会觉得更习惯，也会让他感觉安排会面的人很有品位，从而首先在心理上征服这个男士。而为了找到这家茶楼，方芳却在这个男士家附近转悠了好几圈儿。按她自己的话说，回家后倒在床上就不愿意动换了。

在方芳的安排下，嘟嘟带孙丽丽在茶楼里跟这位前律师见了面。三个人刚刚坐好，前律师就问孙丽丽那天是不是你给我来的电话吧？孙丽丽莫名其妙，摇头说自己从未给他去过电话。前律师就说，我听你的声音也不像那天来电话的人，并且还说那天那个女士的声音太有磁性了，他是被这个声音吸引了今天才过来会面的。说完，就撇开了坐在对面的孙丽丽，和坐在侧面、准备寒暄几句之后赶紧离去的嘟嘟聊了起来。问她多大年龄，做什么工作，单身多久了，对未来对象的期待是什么，了解不了解律师这个行业，喜欢不喜欢律师这个职业。坐在前律师对面的孙丽丽见他就差问出你是不是愿意找个律师做伴侣来了，于是实在忍无可忍，只得拉着嘟嘟中途退场。

第二位是一个大学教授，南方人，跟孙丽丽谈话时，考察起了孙丽丽南方菜制作的水平，最后以孙丽丽南方菜一窍不通为由，起身告辞。

两个没有谈成，嘟嘟就让孙丽丽从自身上找找原因。孙丽丽觉得可能是自己打扮得还不够妖艳，身上没有喷香水的缘故，于是在跟第三个男人会面之前，大胆改革，不止花枝招展，并且大胆地穿上了V字装，袒胸露怀，以至于让李晨曦都不敢直视。

第三个男人是一个靠出租房子生活的房主。两个人没交谈几句男方就把话题转移到房子上来，听说李晨曦给了孙丽丽一套房子，这个人的眼睛里立即就放出了亮光，他赶紧给孙丽丽留了电话号码，说如果她想买房子或出租房子可以找他，并且给孙丽丽规划出了那套一居室的改造和出租计划：一居室的客厅和卧室分别能隔出几张床位，几张床位当中，靠窗户的那张床比离窗户远的那张床每个月的收入要多。但是，当他得知这套房子的所有人不是孙丽丽，并且，现在这套房子还被儿子占用着，就推说自己还有事，没付茶钱，只身离开。

和三个男人见了面，可是孙丽丽却一个都没谈成，这让方芳多少有些气馁。不过，这几次和男人的约见，倒激起了孙丽丽谈对象的兴趣。于是，她开始在网上聊天，并且在好几家征婚网站上花钱进行了登记注册。

功夫不负有心人，没过多久，一个叫闲云随风的男人就出现在了她的视野里。孙丽丽看中了这个男人首先是他和李晨曦一样，有着知识分子柔软的外表，其次，他虽是离婚，但是没有孩子，没有负担。再有这个人很孝顺，据他自己说，父亲去世后，他便把母亲接到了自己身边和自己一起生活。正因为这个闲云随风和母亲一起生活，所以，每次见面他都以自己家有老母亲在不方便为由，要求去孙丽丽家。孙丽丽为了能够和这个心仪的男人约会，每每都是让李晨曦回避。

见孙丽丽爱上了一个男人，可是这个男人却没有独立的住房，连两个人约会都要李晨曦回避腾地方，这让方芳感觉到，孙丽丽从这个家里搬出去的时间更加遥遥无期。

第九章

前妻在网上结交了一个男友让李晨曦十分担心，他提醒前妻千万不要上当受骗。但是前妻却对这个男人深信不疑，并且还把钱借给了他。

1

孙丽丽的男友闲云随风李晨曦并没见过面，只是在孙丽丽翻看她参加完群聚会回来之后的照片时，见过她和一个男人相拥在一起唱歌的照片，李晨曦觉得，那个把脸和孙丽丽的脸紧贴在一起的男人，就应该是闲云随风。

孙丽丽在电脑里翻看照片，其实是故意显摆给李晨曦看，因此，在翻到她和闲云随风共同举着话筒唱歌这张时，她就故意停住，并把照片放大了，左看右看。李晨曦从她身后经过，不得不侧过头去看了那么一眼。

他叫什么？李晨曦问孙丽丽。

闲云随风。孙丽丽回答，这名儿有诗意吧？

网名儿吧？李晨曦问，他真名叫什么？

没问过。孙丽丽对李晨曦这么问似乎是有些反感，就问李晨曦，说，他要是说他叫张闲云或者叫李随风，跟他叫闲云随风有什么区别吗？

从称呼上来说，他叫闲云还是叫随风确实没有什么。李晨曦回答道，但是从相恋的角度上说，那性质可就不一样了。你真不知道他的真名叫什么？

不知道。孙丽丽很简单地回了李晨曦三个字。

她真的不知道他叫什么名字？李晨曦把这件事跟方芳说了之后，方芳这么问李晨曦。李晨曦点点头，说，估计她没说假话，她应该不知道他的真名。因为，我知道他们这些QQ群里的人组织出去，一律都是称呼网名，我有一次跟一个朋友去参加他们组织的活动，群主就问我的网名叫什么，我说我没有网名，他就说那你就叫外挂吧。

外挂？这是名字还是什么？方芳问。

我也不知道。李晨曦回答，反正那天人人都管我叫外挂，我觉得他们外挂外挂的叫我不好听，我就跟他们说，我姓李，叫我老李吧，但是谁也不这么称呼我。直到握手道别，还在叫我外挂。有一次我在晨练的时候远远地听有人喊，外挂，外挂，我心里说这是叫谁呢？可等我见那次跟我一起参加活动的人朝我招手我才明白，他这是招呼我呢。我这才知道，以后我在他们这个群里，就永远被称为外挂了。

参加群里的活动，都叫网名倒还可以，孙丽丽她这是搞对象，只知道网名，这玩意儿，行吗？方芳问李晨曦。

李晨曦摇摇头，咬了一下嘴唇，说，发发整天在网上和女人聊天，今天把带刺的玫瑰带回家，明天把放梦归去带回家，我想，他肯定不知道她们的真名实姓是什么，她们也不知道他的真名实姓是什么，并且，他们这种关系，似乎也不需要知道彼此的真名实姓是什么。

孙丽丽搞什么名堂？方芳说，不会就是一夜情吧？要是那样，咱们的房子你以后千万不能再腾出来给他们用了，多恶心哪！

李晨曦说是。

过了两天，孙丽丽早上起来就拿祈求的眼光看着李晨曦，李晨曦问干吗？孙丽丽说你出去转转呗。李晨曦知道她这是要在家里会见闲云随风了，就说不行。孙丽丽就撒着娇说，就一会儿，吃完中午饭他就走，他还有笔大生意要谈呢。李晨曦还是摇头说不行。见李晨曦不像以前那么好说话，死活不答应，孙丽丽就把身子一拧，比刚才表现得更加娇柔，说，你就帮帮忙吧，他其实有房子，还是高档公寓，这不去年他父亲去世了嘛，他老母亲身体不好，他把老妈给接过来住一块儿了，所以我去他那儿不方便，等他家什么时候方便了，我肯定就不打搅你了，好吗？

听孙丽丽说到闲云随风家的房子，李晨曦就问孙丽丽他说他住着豪宅，你见过吗？连他的真名实姓你都不知道，他说的话你真就那么相信吗？再说，人家谈恋爱都是花前月下，逛逛公园儿，看看电影儿，听听音乐会，我没听说有谁一来就在扎屋子里待着的，不知道你们搞什么名堂。

孙丽丽听出了李晨曦的话外之音，脸便有些发热，她怕李晨曦看见自己的红脸，就把身子转过去，侧对了他，说，我知道你还是觉得他没个真名实姓的你不放心。这样，你把房子借给我，待会儿我就把他的身份证拿过来看看好不好？

李晨曦还是摇头，咬死了不行。

李晨曦没给自己腾地方，孙丽丽只好和闲云随风到街心花园闲逛。两个人围着花园的周边转了一圈儿，闲云随风说头有点疼，就座在了一张长椅上。他一面让孙丽丽给他揉着太阳穴，一面说自己天天做生意老在外面跑，好容易盼来了周末，真想在家里的沙发上一靠，看看电视，听听音乐，喝喝茶放松放松，休闲休闲。孙丽丽看闲云随风面带倦意，就试探着问要么就去他家。闲云随风叹口气回答说，不是不想回自己家，也不是不想让她去他家，而是家里住着老妈实在不方便。孙丽丽想了想就说，到你家，我多加小心，尽量表现好点，不惹老人家不高兴。那个事儿，要是不方便，今天就不做，你看行不行？闲云随风推开了孙丽丽按在太阳穴上的手，说，不是你表现如何和那事做不做的事，是老太太她不希望我把人带回去。所以，我不想惹老太太不高兴，她老人家心脏病非常严重，说送医院抢救就送医院抢救，我是怕你一进门，她一生气，要了她老人家的命。孙丽丽听说老太太不喜欢闲云随风把女朋友带回家，便感到奇怪，问，你老妈不同意你再婚吗？闲云随风回答当然同意。

那，她怎么会不乐意你把女友带回家呢？孙丽丽不解，问。

实话跟你说，闲云随风显得有些不好意思地回答，说，我以前曾经把女友带回家过，但是，带回去了几次，却没成，又分手了，老太太就生了气，骂我不正经，说以后你要是不把关系确定下来，就别把人领回家。

孙丽丽一听，明白了，就问闲云随风带回过家里几个。

闲云随风没好意思回答，只是朝孙丽丽伸出了几个手指头。孙丽丽朝他的几根手指一瞥，脸上立即就暗淡了下来。

一阵风吹了过来，闲云随风赶紧拿胳膊把脸挡住。孙丽丽犹豫了一下，就把身子挪了挪，站在了他的面前，把风替他挡住。等这阵风刮过去之后，闲云随风把两只手放在孙丽丽的腰上，沿着曲线上下抚摸了一遍，站起身来说我头痛，先回去了，咱们改日再见吧。被抚摸的刚起来一点兴致的孙丽丽见闲云随风要走，就赶紧拦着。

等等，我再想想办法，找个地儿。她说。

2

发发早就醒了，或者可以说他是一宿没睡。

昨天下午大卫在网上跟他说，自己刚看完病回来。他马上关切地问，怎么了你？怎么不舒服了？大卫就说，你说我怎么了？前好几天不就跟你说了么！嗷，发发赶紧说，你是说那儿痒痒是吧？怎么着，没事吧？大卫说，有事！发发赶紧问，是么，大夫怎么说？大卫好半天才说，这里说不了，晚上回家再说吧。

晚上到了家，大卫给发发看了大夫的诊断书，见上面写着滴虫什么的。

滴虫是什么？发发赶紧问。

大卫沉着脸拽给他两个字：性病。

听到性病这两个字，发发的眉头立即皱了起来，他的心里不由得一阵紧张，一个既惊讶又恐慌的“啊”字不禁脱口而出。

大夫还说，大卫乜了他一眼，说，这种病主要的传染源是男性，滴虫主要寄存在男人的精液里面。

听得此话，发发赶紧做了冤枉状：天哪，这怎么可能？这么说我是一个不检点的男人了？我整天出去嫖娼了？尽管尽量地鼓着勇气表现着自己的无辜，嘴上绝没有任何的松动，但是他的内心里面，已经开始感到发虚，已经开始感到事态的严重，已经开始感到无地自容了。

我没那么说，大卫说，你肯定没有理由怀疑我吧，我整天陪着儿子，除了你一个男人，没有机会和时间再去接触另一个，是不是？

我肯定相信你，发发说，我没有怀疑你的意思，但是我，我，怎么会有呢?！哪儿来的呢?！

大卫说，大夫说，也有可能是从洗浴中心，公共卫生间之类的地方传来的，你经常出差，有这种可能性。

大卫的这一番话，倒是给了发发一个很好的挽回面子的台阶。于是他就带了几分讨好的表情问她，大夫说怎么治？

吃药！大卫用眼睛剜了他一下，说，两个人同步吃。

说完吃药，大卫再没话给他，发发就很自觉地没有去招惹她。只是在她吃药，他给她递水的时候，偷偷地看了一眼她扔在桌子上的药盒，见上面写了替肖锉什么什么的。

这一夜，发发几乎彻夜未眠。性病这两个字一直是他最为忌讳和恐惧的。原因就是他一个接着一个地更换着女人，同时这些女人又在一个接着一个地更换着男人。应该说，他在更换女人时还是有所选择的，并且是相当小心的。和每一个女人一开始的时候，他都会很仔细地去留意她的皮肤和她身上的味道，但是，万万没有想到，自己还是没能幸免于难。躺在床上，他回忆了这些女人以及和这些女人的全部过程。他不停地分析着是谁给他带来的如此厄运。弯弯？心梦同在？月湖？想到月湖，他还就真记起了月湖有一段时间下身确实是有过一股味道，她说是有点痒，看过医生，用过一段时间的药。那么是月湖传过来的？不会呀，一开始两个人在一起，她身上没有任何的异味呀！

早上，大卫推托不舒服一直懒在床上不起。大卫不起，发发也不敢擅自起床。看着呼呼大睡的大卫，发发心里焦急万分。他此时焦急的是要赶紧起床，赶紧离开大卫家，给和他同居的女人打电话。

老妈的来电，显然是解了他的燃眉之急。听老妈问他那套房子今天上午是不是能借她用用，发发赶紧从床上蹦起来，说，没问题，老妈你等着，我这就过去给您送钥匙。

出了大卫家门，发发马上给毛毛熊打了电话，想告诉她滴虫的事，并要她也立即服药。因为，此时他并不怎么担心迪博士，因为他和迪博士每次都采取措施。

电话拨了好几遍，但是毛毛熊都不接。看了看表，时间已过9点半，心想她们单位每天早上的上班时间是八点半，此时她应该在岗位上，怎么会不接电话呢？这么疑惑着，发发再次把电话拨过去，万幸，这次电话被接听了。听到毛毛熊在电话那端问谁啊，发发赶紧报上了自己的姓名，待他刚想说那件他最关切的事情，没想到，在手机的那一端，竟传来了一阵床上的窸窸窣窣的声音，之后，毛毛熊用了很官方的口吻，说，呦，是教摄影的发发老师啊，我是物业的小毛，我在外面办事呢，您有什么事情需要我帮忙么？

那一刻，发发知道，两个人的一切都就此结束了。于是，他尽量平静着自己，顿了顿，对着电话，说，没，没事，您忙吧，小毛同志，打搅了！

孙丽丽带着闲云随风来到了发发家。一进屋，闲云随风的头似乎就不痛了，特别是看到发发家墙上挂着的风光摄影照片，他脸上的倦意也一扫而光。孙丽丽见他不住地盯着照片连声赞叹，就主动介绍起了自己的儿子发发，说他是公务员，业余爱好是摄影，并且还在各种大赛上屡屡获奖。闲云随风听着孙丽丽的介绍，不住点头，夸赞这些照片底蕴深厚，技法娴熟，用光老道，不愧是出自大家之手，说自己自幼也喜欢照相，可是那时候家里穷，买不起相机，只用攒下来的一点钱买了一本相册，想过过照相的瘾，只能是祈望别人把照相机递给他，让他帮着照张相，他才能按动一下相机的快门。说到这里，闲云随风就把话题转到相机上，说现在这设备的价格可是不菲，一个镜头就得个几千几万。孙丽丽接了闲云随风的话回答，说，可不是，这小子挣了点钱，都花在了这上面。说完，还翻找出来发发的摄影包让闲云随风看。闲云随风把发发的一应设备看了一眼，赞叹地说，好东西，好东西啊！话还没说完，手机响了。闲云随风把手机拿起来一看，立即就说了句不好，脸上紧跟着也倏地腾上来万分的焦急。

喂，保姆，什么事？闲云随风对着手机喊。

不好了，不好了，奶奶犯病了，叔叔，你快回来吧。手机里传出来一个女人的急促呼喊声。

冰箱上有救心丸，赶紧给她塞嘴里，我这就拨打120。说完，闲云随风立即挂断了电话拨打了120急救电话。打通了电话，告诉了他们自己的住址，请他们赶紧过来帮忙把老太太送往医院，闲云随风没顾上跟孙丽丽告别拔腿就往外跑，孙丽丽急忙跟在他身后问需要不需要她一起去。闲云随风没停脚步，一面跑一面说现在不用，家里有保姆，等需要的时候给她打电话。孙丽丽知道人到焦急万分之时便乱了方寸，于是又追着问他身上有没有钱。闲云随风立即停住了脚步，紧张地用两只手在身上翻找了起来。见他掏出来的钱包里只有几张百元的钞票，孙丽丽很焦急地说，抢救，这两个钱哪儿够？带卡了没有？闲云随风就再翻翻钱包，之后摇头说没有，他放卡专门有个钱包，今天没带，之后就用了一种很可怜的眼光看了她。见了这眼光，孙丽丽的心被怜悯给融化了，她立即就掏出了自己的卡，连同密码一起递给他。闲云随风接过卡，转身就跑，然而他跑了几步又旋回身子，从钱包里掏出自己的身份证来递给了孙丽丽。接过闲云随风身份证的同时，她听他说了一句：押在你这儿。

孙丽丽早上走了以后，李晨曦原本是要去方芳家，正要出门，发发来了电话，说今天他很郁闷，想中午过来，让老爸陪他喝杯酒。李晨曦犹豫了一下，答应了。

中午，还是老时间，李晨曦把菜炒好了，酒准备好了，等着发发到来。听到敲门声，李晨曦就朝外喊门没锁，自己推。喊完，自己就起身去开酒瓶盖。可是门开了之后进来的却是孙丽丽。

李晨曦感到奇怪，问她怎么没跟闲云随风在一起。孙丽丽刚要解释，手机来了短信。

短信说她的银行卡上刚刚有一万块钱被转账。

3

听发发说孙丽丽带着闲云随风去了他那里，原本就从心里不乐意孙丽丽和在网上认识的这个人交往的李晨曦就开始琢磨，闲云随风这个人怎么这么奇怪，为什么和孙丽丽见面总是要在家里。除了方芳猜测的是为了一夜情之外，那家伙会不会还有其他的什么企图。孙丽丽对李晨曦的疑心很腻烦，认为他是嫉妒她找到了那么好的一个男人，就掏出了闲云随风押在她这儿的身份证让李晨曦看，并且还提示李晨曦好好看看，这可是带防伪标志的。

李晨曦把那张身份证很仔细地看了，还很认真地用鼻子闻了，没发现什么破绽。尽管如此，他还是觉得这事很蹊跷。他问孙丽丽，他的身份证怎么会在你这里？孙丽丽觉得李晨曦应该是心理有问题，属于心理障碍或者强迫症的某一种，于是就斜了他一眼，不屑回答。李晨曦见状，只好提醒孙丽丽要谨慎行事，凡事多加防范。

李晨曦的提醒，让孙丽丽嗤之以鼻。闲云随风急匆匆地跑着要去救老妈，特别是他跑出去几步又旋回身来把身份证掏给她作抵押的动作和神态，让她觉得李晨曦的担心非常多余，甚至是有些庸人自扰。在她的推理当中，闲云随风那天并没有想到老妈会突发病症，因此就没多带钱，这完全是在情理当中，而拿走了她的银行卡，反过来把自己的身份证作抵押，足以说明此人的信誉和人品。按照这个推理，孙丽丽继续往下想，自己的钱闲云随风急用了之后，不出一两天，待闲云随风的老妈病情稍微缓解了、稳定了，他第一时间就会还上，因此，孙丽丽就开始耐心地等待手机里的短信提示，说，您的银行账户已被某某某转入一万元。

一天过去了，闲云随风没有消息。

两天过去了，闲云随风没有消息。

三天过去了，闲云随风还是没有消息。

到了第四天，仍不见自己的手机有任何动静的孙丽丽便在心里产生了从未有过的焦急和疑惑。她开始重新翻检着记忆，重新把那天的事情做再次的推理。与此同时，李晨曦对她曾经的提醒，也在她的翻检中被激活了。

见孙丽丽在家里有些坐立不安，李晨曦就问她怎么了。女人一般心里都存不住事儿，于是她就跟李晨曦说了那天突发的事情，告诉李晨曦，情急之中，她把银行卡给了闲云随风，闲云随风从她的银行卡上划走了一万块钱。

孙丽丽把银行卡给了一个陌生人，让李晨曦心里头一惊，于是他紧锁了眉头。

你这两天给他打过电话没有？李晨曦赶紧追问孙丽丽。

没。孙丽丽回答，说，他老妈抢救，我怕他着急，所以就没敢给他打。

他也没给你来电话？李晨曦再问。

没。孙丽丽回答，并说出了自己的分析，我估计是他在医院一个人忙前忙后地顾不过来。

听说闲云随风也没有给孙丽丽来过电话，李晨曦的心里疑云顿起。他提醒孙丽丽应该赶紧给闲云随风打个电话，赶紧把钱要回来，以防万一。

孙丽丽有些犹豫，一方面，她觉得李晨曦说的有些道理，网络上的骗子层出不穷，骗术花样翻新。可另一方面她又觉得自己把钱借给了闲云随风治病救人，人家也答应一两天就还，并且还把身份证押在了自己手里，如果追着赶着要钱，是不是对人家有点不信任，这样做了，以后两个人再见面，自己脸面上也不大好看。

但是，在李晨曦还是坚持让孙丽丽赶紧给闲云随风打个电话，如果实在是张不开口要钱，就打个电话问问他老妈病情。李晨曦说，如果他真的是正人君子，你打这个电话的时候，他就应该首先跟你说还钱的事情。

在李晨曦的催促下，孙丽丽经过了一番犹豫，终于还是给闲云随风打了电话。

然而，电话不打不要紧，一打，还真的吓了孙丽丽一大跳。因为电话拨过去，对方先是没人接听，再打，竟然关机。

听着手机里传出来的对方已关机的应答，孙丽丽惶恐了起来。她拿眼睛向李晨曦求援，问该怎么办。

闲云随风的手机关机，李晨曦的第一反应是正中自己的判断，孙丽丽果然受骗。因此他要马上叫发发过来，说身份证上不是有地址吗，咱们这就按照地址去找他。

孙丽丽这时应该说比李晨曦相对沉稳一些，她拿出闲云随风的身份证，又回想了一下当时事情的经过，说她分析闲云随风不像是欺骗了她。李晨曦问理由是什么，是不是你被他的感情蒙住了眼睛。孙丽丽则说，那天闲云随风并没有主动跟她借钱，把银行卡给他，是她提出来的。李晨曦仔细一想，孙丽丽说的也有些道理，于是就让孙丽丽再打闲云随风的电话。

电话拨过去，还是关机。

听着手机里传来的该用户已关机的应答，李晨曦和孙丽丽束手无策。

两个人正四目呆视的时候，孙丽丽的手机忽然响了，看看来电显示居然是闲云随风，孙丽丽就像抓住了救命稻草一样欢天喜地接听了电话。

喂，你你你老妈怎么样？孙丽丽有些结结巴巴地问。

闲云随风没回答孙丽丽的话，却说刚才自己去银行取钱去了，手机落在家里没带，回来一看没电了。

听闲云随风说去取钱去了，并且马上就要来还钱，孙丽丽像做错了事的学生一样说不急不急，你先拿着用。

在电话里，闲云随风说趁着在医院陪护老妈的时候，他把跟孙丽丽之间的事情他跟老母亲说了，并给老妈看了手机上孙丽丽的照片，老母亲问了孙丽丽的个人情况后，点头同意了两个人交往，下一步，他想让她见见自己的老母亲，自己也想和孙丽丽的孩子们见个面。

孙丽丽听罢，激动的眼泪都要掉下来了，于是一面说嗯嗯嗯，一面欣然应允。

按照闲云随风的安排，周末的中午，他先要和孙丽丽的孩子们见面，地点安排在便宜坊烤鸭店，饭后，他要带孙丽丽回自己家拜见自己的老母亲。

赴约之前，孙丽丽十分诚恳地邀请李晨曦和方芳也参加。她说，正好是周末，方芳也过来，都不是外人，你们俩就一起参加吧，我也好正式地把闲云随风介绍给你。李晨曦摇了摇头说自己参加名不正言不顺，师出无名。

孙丽丽和孩子们去了烤鸭店，李晨曦赶紧去车站接方芳。在汽车站接完方芳，两个人提着大包小包往家走，迎面走过来的一个男人引起了李晨曦的注意，这个人形迹可疑不说，那张脸也似曾相识。一路走一路琢磨着这个人似曾相识，在哪里见过，李晨曦和方芳来到了家中。

然而进门一看，两个人立即就被屋里的景象惊呆了。

4

李晨曦和方芳来到家门口，用钥匙开门，钥匙却插不进锁孔。李晨曦拿开钥匙仔细查看，见门锁已经损坏，并且，房门也根本没锁。疑惑着出门的时候锁还是好好的，怎么只一小会儿的工夫锁就坏了，门也开了，李晨曦赶紧把房门推开，房子里被洗劫过后一片狼藉的景象，立即让他和方芳两个人惊呆了。

方芳打电话报警，李晨曦急急忙忙拨了孙丽丽的手机，因为他猛然想起来，刚才迎面碰上的那个形迹可疑的男人就是闲云随风。

尽管是在包间里，但是孙丽丽却没有听到自己的手机铃声。因为这个时候，她的精力都集中在了闲云随风跟孩子们的会面上，电话响的一瞬，她正在叫服务员，她让她把包厢里的几张椅子换成统一的颜色。并问她有没有什么免费茶，先给上一壶。

椅子换好了，免费茶送到了桌子上，闲云随风像是踩着点儿一样，正好进入了包间。由于孙丽丽和孩子们已经在包间里等了一段时间了，闲云随风进门先是抱拳连声道歉，说路上堵车，到饭店门口又找不到停车位，来晚了。之后就从手包里掏出了一捆钱和孙丽丽的银行卡来，一面说谢谢，你这钱可是救了急了，我妈让我谢谢你，并且，待会儿她老人家还要当面谢谢你，一面准备将钱还给孙丽丽。正在他递钱的一瞬，闲云随风的手机响了，他赶紧收起脸上的笑容掏出手机，孙丽丽注意到，他一看手机的来电显示，脸色立即就变了，只听他又说了一句坏了，不好！就又朝着电话喊了起来。

保姆，怎么了？他焦躁着大声问对方。

叔叔，奶奶又不行了，犯病了。对方一个女人，高声地冲他喊道。

赶紧，冰箱上有药，速效救心丸，塞她舌头底下，四粒四粒啊，我马上回去。

放下电话，闲云随风就变得六神无主了，他带着哭声跟孙丽丽说，这回老太太怕是闯不过这一关了，说完，眼泪哗啦哗啦地就掉了下来。

孙丽丽见状连忙劝慰，说让他别着急，走，我跟你一起上医院。说完，就把刚才闲云随风准备还给自己的那一叠钱和银行卡往闲云随风手里一塞，坐上闲云随风的汽车赶往了医院。

老妈前脚刚走，发发的手机就响了，来电话的是王晓京。王晓京问发发计划执行得怎么样了？是不是时机还不成熟？

发发连忙说，老大，时机倒是成熟了，但是又发生了点状况。妈的，河沟子里险些翻船。幸好我和她每次都有措施。

王晓京就问发发发生了什么状况。

发发看了看身边的两个姐姐，说我们正在饭店吃饭，等吃完饭在给你打电话。

发发和王晓京通话时，李晨曦的心里充满了焦急。因为他此时也正拨打着发发的手机。

李晨曦是忽然之间反应过来的，闲云随风之所以跟孙丽丽见面总是选择在家里，那一定是他在为行窃踩点儿。因为他还去过发发家，而发发家的那些摄影器材价格不菲，所以，李晨曦见到发发的手机占线，便焦急不已。

几乎是挂掉王晓京电话的同时，发发的手机就又响了起来。于是他接电话的时候就有些不耐烦。他问老爸什么事。老爸很恐慌地问他在哪儿。发发就没好气地回答，你不是知道我们在饭店吃饭呢吗。李晨曦没有计较发发对自己的态度，他告诉发发，自己家里被盗了，方芳阿姨的首饰和自己的现金还有电脑都被偷了，他怀疑这个窃贼就是闲云随风，说你现在赶紧回家去看看。

发发感觉老爸的电话多少有些莫名其妙，就问你怎么会怀疑是闲云随风作案的？并且，你自己家被盗了，跟我家有什么必然联系吗？

李晨曦急了，就冲他嚷，说没工夫跟你解释，我还要给你妈打电话，你赶紧回家！

李晨曦将电话再次打给孙丽丽的时候，孙丽丽正在医院对面的银行里用自己的银行卡给闲云随风提款。因为闲云随风还是没带多少钱，也没带银行卡。在让孙丽丽去取钱之前，闲云随风先到抢救室里去了一趟，回来跟孙丽丽说，老妈正在接受急救，大夫说这次她病情比较重，得用进口药物，并且需要交一笔急救押金。闲云随风说上次抢救花了好几万，这次一定需要的更多。于是，孙丽丽就说，你先拿刚才要还给我的那一万块钱去交押金，别耽误了老妈的抢救，我这就去提款机上给你去提款。闲云随风问你卡上还有多少钱？孙丽丽说你上次取了一万，现在应该还剩十万多一点儿。闲云随风就说，这样，提款机里提不了这么多，对面有家银行，你去那儿把钱都给我取出来吧，不知道老太太还能不能闯过这一关，我有多大力使多大力吧，我替老太太谢谢你，钱，我明天就还给你。闲云随风说完，就要给孙丽丽鞠躬。孙丽丽赶忙拦住他，她把自己眼睛里流出来的眼泪擦了擦，什么都没说，就直奔了医院对面的银行。

急于救人于危难的孙丽丽或许是过于精神集中了，因此李晨曦的这个电话她在焦急地等着营业员把钱点完的时候并没有听到。等她急匆匆地从银行出来，把钱递给了闲云随风，并看着他走到了医院急救室走廊的另一头，孙丽丽才听到了李晨曦再次给她打来的电话。

听李晨曦告诉她家里被盗了，怀疑是闲云随风所为，望着闲云随风背影渐行渐远的孙丽丽根本就没有相信。待发发也来了电话，问她是不是曾经让闲云随风看过自己的摄影器材，并说自己家也被盗了，摄影器材被席卷一空，孙丽丽还是没有抑或是不情愿把两家被盗的事情和闲云随风联系在一起。

时间一个小时一个小时地过去了。见抢救室门前的家属换了一拨儿又一拨儿，被抢救过的病人推出来一个又一个，孙丽丽似乎是才想起来怎么这个闲云随风一去不回。即便是交费窗口排有再多的人，他此时也应该办完了所有的手续。他人在哪儿？老太太抢救得怎么样？李晨曦和发发家被盗是不是他所为？难道他和她约会总要在家里，就是这个居心？于是，不安中，孙丽丽就拨打了闲云随风的手机。

然而，闲云随风的手机却是关机。

再打，孙丽丽得到的回应还是关机。

孙丽丽开始感到事情不妙，她打电话叫来了李晨曦和方芳。李晨曦和方芳来到医院后马上就到急救室里进行了询问。当得到证实，急救室里刚才根本就没有抢救过一个患心脏病的老太太之后，孙丽丽当时就晕倒在了李晨曦的怀里。

倒在李晨曦怀里的孙丽丽立即就被送进了她一直等候在门口的急救室。

第十章

前妻被骗失踪，李晨曦和方芳彻夜未眠，他们立即组织孩子们连夜出动地毯式寻找。

1

报案之后，李晨曦和发发来到派出所做笔录时才知道，遭遇同样骗局的不止孙丽丽一个女人。虽然有的女人举报时说对她实施诈骗的骗子叫闲云野鹤，有的说叫清风不语，还有的人说他叫远影孤帆，但是警察用类比推理的方法一比较，判断这一系列的诈骗案，应该就是闲云随风一人所为。警方认定，闲云随风应该是一个惯犯，以婚恋为名，已经骗取了N多个中老年女人的情感和钱财，并且在诈骗之中还搂草打兔子，将被害人的家洗劫一空。李晨曦听了警察的判断，就想起了孙丽丽手里那张身份证，说他手里还有个证据，这个证据或许对警方破案有用，警察就从抽屉里拿出来好几张相同人的身份证让李晨曦辨认，看看他手里拿着的，是不是也是这个人的。李晨曦从警察的手里接过身份证看了看照片，点头说是，就是这个人，只是地址写的不同。警察收回身份证，说很遗憾，虽然我们拥有他的假身份证，但是现在警方除此之外还没有掌握这个人的任何线索。李晨曦听了，觉得不解，就问警察都这么多人报案了，怎么还没有他的线索？我们不是有很先进的监控和跟踪、检索设备吗？警察是个很会做群众工作的老同志，他很和蔼地拍拍李晨曦的肩膀，说，这个闲云随风是个拥有很高智商的犯罪分子，要想抓住他的蛛丝马迹实属不易，不信你回顾一下这个人的作案过程，他跟其他的小骗子一样吗？他行骗，那是让你主动上钩，让你非让他欺骗不行，让你不受他骗就誓不罢休。你说，在这种情况下，有谁还会留心采集他的证据呢？前不久有个报案的妇女，是个退休的大学教授，那么高智商的人都被他骗了，况且这家伙还是跨省市作案，你说，我们破案的难度是不是很大？

李晨曦和发发是在很理解了警察的破案难度后离开的派出所，临走时，李晨曦还对警察说了您别着急，我知道你们办案子也有你们的苦衷之类的话。警察也笑容可掬，非常善解人意，安慰他说，等我电话，法网恢恢，疏而不漏，这个闲云随风就是躲得了初一也躲不了十五，正义终将战胜邪恶，坏人终将会露出马脚，这就叫多行不义必自毙。相信警方，会给纳税人一个满意的交代的。发发看着两个人相互安慰，实在忍不住了，就说，还是请警方尽早抓住这个骗子，我的那些器材，可是我一点一点地从牙缝儿里抠出钱来买的呀。

从派出所出来，发发给王晓京打去了电话，他说老大，实在抱歉，那个计划看起来又要缓一缓才能进行了。王晓京一听计划又要推迟，就火上房似的急了，忙问发发怎么回事，你上次电话里说发生了点情况计划要推迟，怎么今天又出现了状况，计划又要推迟？你行不行啊，你要是一天出一个情况，咱们的计划还进行个屁呀！说完，又补充了一句，计划要是进行不了，你早说话，我也省了惦记着了！

发发见王晓京生气了，就忙给王晓京说抱歉，说他也不愿意这样，说他刚刚从派出所出来。

王晓京不知道发发到底发生了什么，就连忙问你做了什么？怎么刚从派出所出来？

发发说我没做什么，我是去派出所报案做笔录去了。

王晓京问他做什么笔录？这个笔录怎么会影响到他们的计划？

发发于是停住了脚步，看着老爸和自己拉开了距离，跟王晓京说，我的摄影器材都被盗了，这里面有迪博士借给我用的一支镜头，这支镜头是她从她的一个朋友手里借来让我使的。还有，她借来这支镜头是让我给她拍人体写真的，你说，这镜头一丢，我都不知道该如何跟她交代了，我还怎么好跟她再提那件事？

王晓京在电话那端迟疑了一下，问发发迪博士的人体写真拍了没有？

发发说拍了，但是迪博士不是很满意，还准备再拍。

王晓京又问那一支镜头值多少钱？

发发说，现在市场价是四万左右吧。

我的奶奶，那么贵？王晓京问，那你所有的家伙事儿加起来得多少钱？

发发很沮丧地说，老大，伤心事咱就不提了。你说这事可怎么办呢？别说咱们的计划我没法进行了，就是迪博士待会儿给我打电话，说要拍人体了，我都不知道该怎么回答她。

王晓京听出了发发的沮丧，于是反过来安慰他，说你别急别急，让我帮你想想办法。

孙丽丽在急救室经过一番抢救之后，又被送到了普通病房进行住院治疗，在普通病房里住了两天，大夫觉得她身心恢复了，就被通知出院。不过，从医院被接回李晨曦家来之后她便开始一言不发。并且白天不睡，晚上也不困。问她饿不饿，她不说，问她渴不渴她也没有任何表示。李晨曦于是就有些害怕，就把三个孩子都叫回来，一起陪伴她。嘟嘟给她讲笑话，她似听非听，蕊蕊给她削水果，她视而不见，发发给她按摩，她无动于衷。三个孩子轮番地跟她讲话，想让她张嘴说点什么，即便是不说话，哪怕是嘴角翘一翘，露出个微笑来也让他们能够得到些安慰，但无论怎么哄劝，孙丽丽依然默不作声。两只眼睛始终直视，看着窗外。

李晨曦见孙丽丽成了这个样子，十分着急，就给方芳打电话，说孙丽丽是不是受了刺激，傻了？方芳就说，这回可好了，她要是傻了，长期在咱们家里养病，咱俩的团聚可就真没指望了。

眼看周末到了，怎么办呢？方芳问李晨曦。

李晨曦看了一眼床上的孙丽丽，无可奈何地回答说，到时候再说吧。

李晨曦和方芳的电话，孙丽丽似乎是听进了耳朵里，李晨曦跟方芳说到时候再说吧，孙丽丽就把直视窗外的眼睛转动了一下，之后还忽然地眨了一眨。

应了福无双至祸不单行那句老话，发发丢了照相器材后没两天，迪博士就给发发来了电话。她说这两天自己的感觉特好，表演欲望特强，并且，经过一段时间的牛奶浴，加上护肤处理，自己的皮肤既光滑又细腻，用手一摸就跟摸在锦缎上似的。发发听了，知道她是急于要拍写真了，就搪塞道实在是抱歉，最近老妈刚刚出院，我们姐弟三个都陪护老妈呢，等老妈病情稍微好转一点了，咱们再拍行吗？说完，他又补充了一句，说，你要知道，摄影师也是要有创作激情和创作欲望的。对吗？

发发跟迪博士的通话，孙丽丽似乎也听进了耳朵里。和听完李晨曦的电话一样，孙丽丽就把直视窗外的眼睛转动了一下，之后也忽然地眨了一眨。

第二天早上起来，李晨曦照样还是在太阳把头探进房间里来的那一刻出去晨练。临走时，他看了躺在床上的孙丽丽一眼，跟她说，你睡吧，我去锻炼了，并且还把窗帘拉了拉，以防太阳爬到床上去窥看。

可等到李晨曦锻炼回来后，却见房间里空无一人。

孙丽丽不见了。

2

李晨曦晨练回来，跟以往一样，先用手敲门。他怕孙丽丽在房间里穿衣或是方便、洗漱有所不便。见敲门后却没有什么响应，心想孙丽丽或许还是正在眼睛直视窗外，在床上躺着，于是就用钥匙把门打开。开门进屋后屋里漆黑一片，感觉自己一时难以适应，李晨曦就走到窗前将走时拉紧的窗帘打开。屋子里立刻就明亮了起来，太阳迈步进来，似乎是没看清脚下的路，一下子就跌在了床上。李晨曦顺着阳光铺洒下来的那条路往床上一看，见床上空空的，再环视屋子里也是空空的。

孙丽丽不见了。

起初不见了孙丽丽李晨曦并没有着急，或者说是并不怎么着急。因为李晨曦住的是平房，平房的厕所都在室外，他觉得孙丽丽或许是去了厕所。等自己把胡须剃了，脸洗了，抹好了大宝，照照镜子看看自己收拾利索了，之后把牛奶热在了火上，鸡蛋煎熟了，面包切成片儿，少许地的涂上了一层略带酸味儿的沙拉，再抬头看看墙上的挂钟，他这才觉得孙丽丽出去的工夫不小了。

孙丽丽自从出院后，除了上厕所还真没出过这么长时间的门，鉴于她最近的情绪不正常，怕她会有什么意外发生，于是李晨曦就赶紧给她打电话，然而怕什么来什么，电话打出去，孙丽丽的手机却是关机。

一直等到中午，也没见孙丽丽的影子，多次拨打她的手机，得到的答复都是手机关机。李晨曦迫不得已，又给孙丽丽的父母家里打了电话，孙丽丽的妈妈接听了电话之后，只说了一句她没有回家就很干脆地挂断了电话。

孙丽丽一上午不见人影让李晨曦的心里开始发慌。他赶紧给方芳打了电话。方芳也怕因为钱被骗的事情孙丽丽想不开，会出什么意外，因此放下手里正做着的饭，立即赶了过来。方芳赶到后，跟李晨曦做了认真的分析，从孙丽丽这几天沉默的态度，直视、漂移的眼神、木讷的表情等一切反常举动来判断，方芳觉得孙丽丽很可能是出了什么意外。轻则离家出走，重则不可想象。方芳提议应该立即报警。李晨曦倒没把事情看得那么严重，他始终认为孙丽丽憋了好几天了，自己到街上转转也未尝不可，他最担心的是她精神恍惚，被马路上的哪位师娘调教出来的杀手开车当了靶子。

到了傍晚，李晨曦再打孙丽丽的电话，还是关机，孙丽丽依然不见人影。

觉得自己心里也没底了的李晨曦，此时感觉有必要把孩子们叫回来了，于是就立即给嘟嘟、蕊蕊和发发打去了电话，跟他们说了孙丽丽一天未归的情况，让他们赶紧回家。

三个孩子赶回家后，崔捷也来了电话，询问孙丽丽的情况，方芳告诉她说目前还没有消息，崔捷又问需要她帮什么忙，方芳把崔捷的话转达给了李晨曦，李晨曦对着方芳摇了摇头，说暂时不用，说完就问方芳崔捷是怎么知道孙丽丽的事情的，方芳说自己出来的时候，不放心唱唱，就委托她放学的时候帮忙接一下。李晨曦其实在他和方芳的五个子女中最看重的就是崔捷，他认为从美国留学回来的她无论是水平和素质都要高于其他的孩子，因此他就让方芳问问崔捷对这件事情的分析和解决方案。崔捷听老妈在电话里转述的李晨曦的问话，沉思了一会儿，说，她没经过这样的事情，一时还不知道该如何应对，但是孙丽丽一天未归，家里应该做好应急的准备。她让老妈转告李晨曦，说，如果需要她帮忙，她会全力以赴。

天完全黑下来的时候，依然没有孙丽丽的任何消息，嘟嘟打手机，老妈的手机里还是说该用户已关机。发发有些坐不住了，他觉得应该立即去寻找。李晨曦自从孩子们来到身边之后，获得了一些安慰，心里也多少平静了不少，因此他主张再等等。因为他了解孙丽丽，孙丽丽每天一到晚上 9 点就会睡意来袭。10 点钟不到必会躺在床上入睡，因此他说先别急，再等等。

胡乱地吃罢方芳做的晚饭，心里头一直处于忐忑不安状态当中的一家人，一个个便都直愣愣地开始不断地盯着墙上的那面挂钟。

一开始，墙上的挂钟滴滴答答的响声，显得很清脆，那声音仿佛就是他们的期盼，大家似乎都支棱着耳朵，仔细地听着屋外的动静，他们似乎都想象着在挂钟滴答的某一刻，房门会忽然发出一阵吱呀声，孙丽丽会一声不吭地低着头走进来。不过，随着时间的推移，窗外一座座楼房窗户里的灯光都相继关闭了之后，那挂钟的每一声响动，就不再是令他们充满了期盼的悦耳之音了，它的每一声响动，就如同抽丝一般地，悄悄带走了他们心里头的最后希望。

9 点半过后，发发看了一眼老爸李晨曦。李晨曦又看了一眼身边的方芳。之后，他咬了咬嘴唇。

李晨曦发狠地说了一个字：找！

3

在说找字之前，其实李晨曦就已经在心里做了盘算。根据地形判断，李晨曦家的南面地势开阔而平坦。而东、西、北三面，两面环山，一面临水，地势相对来说比较险要。要是孙丽丽寻短见，李晨曦觉得她最有可能是去这三个方向。李晨曦于是就把自己的这个想法跟三个孩子说了，三个孩子想了想，觉得有些道理，并且，除了这样判断，也没有更合理的推断，于是他们就各自选择了一个方向，准备分头行动，地毯式地寻找老妈孙丽丽。

李晨曦下达了寻找的命令，发发便赶紧给迪博士和王晓京分别打了电话。他让王晓京开车带着大姐嘟嘟，迪博士开车带着自己，往东西两个方向去寻找。蕊蕊领到的方向是向北，于是她也给白景轩打了电话，让他开车过来。三个孩子准备就绪，整装待发，李晨曦忽然想起了什么，就把嘟嘟、蕊蕊和发发叫到跟前，叮嘱他们寻找的时候要仔细，尤其是不能放过公共厕所。嘟嘟、蕊蕊和发发听了，连连点头，并说让老爸放心，让他和方芳阿姨在家敬候佳音。

三个孩子走出家门，门外守候的汽车也就发出了马达的轰鸣。迪博士见发发拉开副驾驶，就问他你不开车吗？发发说自己脑子里这会儿乱，还是你开吧。迪博士于是就把头侧到发发一边。发发知道迪博士是让自己在她的脸蛋儿上亲一口，就示意嘟嘟和蕊蕊都在，她的属下王晓京副处长也在，注意点影响。迪博士说不嘛，我不管有谁在，就要你亲我一下。发发看了一眼四周，说，现在没心情，等找到老妈，我亲你一百下。迪博士不干，说本局长概不赊欠，亲不亲你看着办。发发无奈，只好用嘴在她的脸上轻轻地蹭了一下。迪博士看了发发一眼，勉强地把车开了出去。车开到一个红绿灯前，她停住车，问发发老妈穿什么衣服？长什么样儿？说四只眼睛找总比两只眼睛发现目标要快一些。发发于是就把手机掏出来，给迪博士看了老妈的照片，随后，他就把迪博士的脑袋抱了过来，狠狠地亲了一口，说，你真聪明。被亲了的迪博士就来了兴致，说那是当然，不仅聪明，并且还很贤惠，不然，谁那么深更半夜地给你开车跑这些事儿？又不是自己的亲妈。迪博士这么一说，发发立即就想起了大卫，他觉得迪博士和大卫相比较，还真的是相当仗义，就拿今天这件事来说，在想让谁来开车帮着寻找老妈时，发发曾经想到过大卫，但是那只是一闪念的事情，因为他马上就想到，这样的辛苦，大卫这一生只会为她儿子一个人付出。

想到大卫，大卫的电话还就来了。

看着这个时候大卫打来的电话，发发立即就紧张慌乱了起来。电话是不是接听，他心里很是犹豫。迪博士是个极其敏感的人，如果不接她一定会产生怀疑，如果接听了，以她的细心，她一定能听出他和大卫的隐情。

怎么不接电话？迪博士果然就把头侧过来，问。

那边有警察。发发慌乱中不知道怎么就编出了这么一句话。

我看你的脑子是彻底地乱了套了。迪博士说，你是副驾驶，你打电话警察管得着吗？

发发庆幸自己慌乱当中的这个胡言乱语，于是按着迪博士提供的台阶走下去，说，是是，是，你看我，让我老妈给搞得迷迷糊糊的，神智都不清楚了，我还以为我是在开车呢。说着就佯装要接电话，可巧，大卫见发发不接听，就把电话给挂了。

为了掩饰，发发马上就给王晓京把电话拨了过去，问，晓京，你刚才给我打电话什么事？是不是有老妈的线索了？王晓京听发发给他打电话，问他给他打电话什么事，有些莫名其妙，本想说我根本就没给你打过电话，但是他很快就反应了过来，于是就顺着发发说，啊，我给你打电话就是问问你那边的情况，怎么样，有老妈的消息吗？说完，他小声地问发发你什么情况？发发刚要措辞回答，迪博士就让发发把手机给她，她要跟王晓京说话，发发不知她这是什么意思，生怕露馅儿，就有些犹豫，迪博士一把把手机夺过来，问王晓京，说，小王，你们现在是按照怎么个规律找？王晓京刚才是听见了迪博士跟发发说她要跟他说话的，以为她是要证实他给没给发发打电话的事情，于是听到迪博士声音后，他立即就说迪局，我刚才给发发打电话，他是不是正开车，没法接电话啊？

小王，你听没听我问你的话啊？迪博士显然对王晓京的回答不满，她就用训斥的口吻说，我问你的是什么？

王晓京似乎是忘了刚才迪局的问话，就回答，说，您说什么来着？

我问你，你们是按照怎么个规律寻找老妈。

迪局，我们现在没规律，就是开车在马路上寻找。王晓京汇报工作似的回答。

放下电话，迪博士就把车停了，她跟发发说，她觉得这么没有规律的寻找不行。

发发问你有何高见？

迪博士说要不说你的脑子乱了套了呢，你是一家之主，这个时候反倒要我给你出主意，好意思的。简单地说吧，我觉得在马路上乱找就像是大海里捞针，能找到老妈的可能性很小。

发发说抓紧时间，书归正传。

你想想，老妈神志恍惚，如果出去是走迷糊了，她现在应该在哪儿？如果她出去被磕了碰了，被车撞了，那么她现在又应该在哪儿？迪博士问发发。

哦，派出所、医院。发发恍然大悟，说。

你终于算开窍了。瞪了发发一眼，迪博士把汽车发动起来问发发，你说，先去哪儿？

当然先去医院。发发果断地回答。

系好安全带！迪博士说完，一脚油门下去，车就窜了出去。不一会儿，两个人就把车开到了水利医院的急诊室前。

急诊室里非常忙乱。发发几次拦住大夫想问什么，都被大夫用手挡住，于是他就又来到了护士站，跟护士打听一下今天有没有收治一名六十五岁的女急诊患者。护士听了白了发发一眼，说，我们这儿收治的女患者多了，你什么事？发发赶紧掏出手机来，让护士看老妈的照片，说老妈走失了一天了。护士拿过手机来看了看，摇头说没有。

离开了水利医院，两个人就拐一个弯儿，顺着运河来到了空军总医院。刚一进急诊室，就听护士问，那个不知道姓名的女患者怎么样了？想想办法找到她的家人呢。不行就送派出所吧。发发和迪博士听了这话，立即对视了一下。

那个女患者在哪儿？冲到了护士台前，发发抓住护士的胳膊赶紧问。

4

一次次失望地从马路上返回到车里之后，嘟嘟感到身心疲惫。看着路上茫茫的人海，嘟嘟不知道此时此刻自己的老妈究竟会在哪里。把自己孤独地置身在马路上，期盼着从身边走过的人就是自己要寻找的妈妈，这样的经历，这样的痛苦，这样的折磨，已经在她的生命当中有过烙印了。嘟嘟闭上眼睛，路上的车声，人声，充斥在耳朵里，跟自己三岁那年听到的一样，车声混乱，人声嘈杂，一点都没有改变。

时空似乎就让这车声和人声给倒转了回去。

嘟嘟记得那是一个冬天，好像那一天还没有太阳，爸爸那天出差了，妈妈送自己去了幼儿园。可是到了幼儿园之后自己却哭着闹着不放妈妈走，非要妈妈把自己带回家。妈妈当时是怎么说的来着？好像是说妈妈要上班，要上班才能挣到钱，上班挣了钱才能给嘟嘟买好东西吃，买漂亮衣服穿对不对？但是自己说不要好吃的，不要好衣服，只要跟妈妈回家，可能是妈妈看上班的时间就要到了，于是她把自己交给一个阿姨，一转身就不见了。不知道妈妈把自己放下了多久，也不知道那个阴沉沉的天到底是早上还是晚上，自己趁阿姨不注意就溜出了幼儿园，跑出去寻找妈妈。在自己幼小的心里，穿着蓝色棉袄，灰色裤子，一头运动短发的妈妈此时并没有走远，她应该就在幼儿园门口的马路上，于是跑到大街上的她就开始满大街地寻找这样装束的女人。走着走着，正好就有和妈妈装束一样的一个女人出现在了自己的眼前，于是自己赶紧跑过去，从身后拉住了她的衣襟兴冲冲地叫妈妈，而当那个女人回过头来，发觉这完全是一个陌生人时，自己的满心希望，满心期待顿时就被呼呼的风给刮跑了。想着当时自己哇哇大哭的情形，嘟嘟用双手捂住了自己的脸，但是眼泪还是忍不住地悄悄落了下来。

王晓京自打发发给他打电话，说让他开车带着嘟嘟去寻找老妈就开始紧张。等嘟嘟一上他的车，他干脆就感觉自己的呼吸急促，脑子麻木，手脚冰凉了起来。本来想好了的要问候嘟嘟的话，也因为这脑子的麻木，呼吸的急促和手脚的冰凉给忘到了脑后。他没想到这么些年过去了，他和嘟嘟都已经从幼年走到了中年，自己在心里还没有忘记嘟嘟，自己竟然还和几十年前一样，一见到嘟嘟的影子，一闻到嘟嘟身上的气味儿，他就会发抖，就会窒息。尽管那个时候比他大的嘟嘟根本就不是他能够企及的对象，尽管那个时候嘟嘟只不过是他梦中的一个情人。

或许就是因为紧张，见到嘟嘟流泪，王晓京有些不知所措，他不知道该跟嘟嘟说些什么为好。把车开出去了好一段路，王晓京才从刚才的紧张中缓过些神来。他揉揉眼睛，问嘟嘟，接下来咱们去哪儿？嘟嘟说没有具体目标，但是，见到公共厕所你就要停车。王晓京因此就产生了错觉，认为嘟嘟是来例假了，因此就把一门心思全用在了寻找路边上的公共厕所上。这时，又有一个和孙丽丽体态相似的女人一晃，从车窗外面一闪而过，嘟嘟见了，赶紧喊停车，王晓京以为是嘟嘟忍不住了，就指着导航说大姐，你再坚持一下，前面就有一家宾馆，到宾馆里上厕所干净卫生。嘟嘟见和老妈体态相似的女人越离越远，就急了，大喝了一声，停车，听见没有，你赶紧停车！王晓京被嘟嘟的喊声吓了一跳，他下意识地踩了一脚刹车。车还没停稳，嘟嘟就跳下了车，朝着那个女人就追了过去。后面一辆汽车吱的一声将车急刹在了嘟嘟面前，司机骂了一句你他妈的活腻歪了，嘟嘟也没有听见。

5

蕊蕊和白景轩出门后刚开车出去没多远，蕊蕊就喊停车。白景轩以为她看见了老妈，就问在哪儿，在哪儿？

蕊蕊没好气儿地说行了，你裹什么乱呢！

白景轩不解地问，没看见人你喊什么停车啊。

蕊蕊心情不好，懒得理他，就白了他一眼，问，咱们想想，去哪儿找啊？

白景轩怕蕊蕊再不高兴，就没敢说话。

有个地儿，我想去。蕊蕊像是跟白景轩，也像是自言自语，说。

哪儿？

墓地。

墓地？谁的墓地？白景轩不明白，蕊蕊为啥要去哪儿，难倒老妈半夜三更的会在那儿吗？

我妈的姥姥的墓地。你敢不敢去？蕊蕊问白景轩。

白景轩说，只要是老妈有可能在那儿，没什么敢不敢的。你怎么觉得她会在那儿？

我妈，是跟着她姥姥长大的。蕊蕊让白景轩把车启动了之后，说，我妈的妈，就是我姥姥从小就不喜欢我妈，不知道为什么，在姊妹几个孩子当中，我姥姥就不喜欢她。平时不是打就是骂，要是我妈做错了什么事，她还不给她饭吃。后来，我妈实在是受不了了，只要是一挨打，就老往她姥姥家跑，跑的次数多了，我姥姥一生气，干脆就把她的户口就转到了她姥姥家。这么些姥姥姥姥的，你听明白了吗？

白景轩开着车，说听明白了。老妈的妈不喜欢她，她是跟着自己的姥姥长大的。对吧？

对。唉，老妈是个苦命人，从小就命苦，到现在也还是命苦。所以，我猜想，我妈一遇上什么不顺心的事就一定会去找她姥姥说，她也只能去跟她姥姥说。

我理解。

两个人正说着话，白景轩忽然踩了一脚刹车。蕊蕊的身子往前倾了一下，头差点碰到风挡上。

干吗你！蕊蕊朝白景轩嚷了一嗓子。

白景轩赶紧赔不是，说对不起蕊蕊，刹车踩得急了点。

蕊蕊见马路上没什么情况，无缘无故地不知道白景轩踩的哪门子刹车，于是，嚷完了，就问白景轩为什么把车速减下来了，还没等他回答，就命令他快开，快开！白景轩用手指了指头顶上的标牌儿，说，二小姐，您抬抬眼。蕊蕊抬头见牌子上写的是限速 40 公里，于是就说，你别管它，加速，开！白景轩还是维持原速，说，平时您说什么是什么，现在，这儿得它说什么是什么。蕊蕊一听，就又来了气，她伸手就揪住了白景轩的耳朵，说，你说，现在这儿，谁说了算？白景轩被揪疼了，他哎呀哎呀的疵着牙直叫唤，二小姐，二小姐饶命，您说了算，您说了算……还不行吗……

墓地，一片漆黑。偶尔传来的含混着朦胧睡意的乌鸦的叫声，凄惨，骇人。刚刚从汽车里走下来的蕊蕊立即被这黑暗的夜幕和凄惨的叫声给攫住了，随着她浑身一紧，满身的汗毛就炸了起来。蕊蕊把自己的身子紧紧地贴着白景轩，白景轩把蕊蕊的腰楼了，两个人彼此都听到了对方的呼吸声和心跳声。哇——又是一声乌鸦的惨叫。蕊蕊浑身一抖，立即就把头埋进了白景轩的怀里。别怕，有我呢。自己也在发抖的白景轩这样安慰和鼓励着蕊蕊。

夜色中的墓地，寂静无声。远处一座座墓碑，像是一个个怪兽，手握屠刀，狰狞地瞪着眼，静候着愈走愈近的白景轩和蕊蕊。在这片黑幽幽的墓碑前面，两个人有些却步了。这时，一个不知名的活物被两个人的脚步惊扰了，噌地一下从他们的脚下跑了过去，蕊蕊的灵魂一下子被惊飞了，只听她啊的一声惊叫，之后就死死地用双臂搂住了白景轩的脖子瘫软了下去。说实话，从脚下飞奔出去的东西也让白景轩受惊不小，并且，那个东西在他的眼前还幻化了，变成了一只翻滚着鬼魅，在自己的面前徘徊、跳跃，正寻找着将他活吞了的时机。蕊蕊的惊叫把他唤醒了，蕊蕊把胳膊牢牢地绕住他之后，他才渐渐地从惊恐中缓过神来，他才渐渐地知道了自己还是个男人。

他抱起了蕊蕊。

他说，别怕！

在墓地站了一会儿，白景轩和蕊蕊有些习惯了这种黑暗。于是，眼睛就看得更远一些了。蕊蕊把嘴贴着白景轩的耳朵上，悄声地跟白景轩说，好像，好像那个地方有什么在晃动。

白景轩其实也看到了那个晃动的东西。他也在想那是不是一个人？会不会就是老妈孙丽丽？于是，他说，我过去看看。

那我呢？蕊蕊感到惶恐，问。

你到车里等我。白景轩很果断地说。

不行，我一个人不敢。蕊蕊再没了以往的厉害，很柔弱地说。

这样，你等着。见蕊蕊不敢独自待在车里，白景轩想了一下，说我有办法了。说完，只见白景轩走到了汽车旁，他打开了后备箱从里面拿出了擦车用的掸子。

这玩意儿上面有柴油。咱们把它点了当火把。

白景轩掏出打火机。

不一会儿，掸子被点燃了。

漆黑的墓地顿时就被照亮了一大片。

6

孩子们分三路出发了之后，时间就在墙上那面挂钟的滴答声中一个小时一个小时地划过去了。留守在家里的李晨曦和方芳热锅上的蚂蚁一样焦灼，每隔几分钟李晨曦就看一眼自己的手机，每隔几分钟，他就要给孩子们打一个电话。不过，好消息迟迟未能传来。西路的嘟嘟在李晨曦一次次打来的电话里回答均是没有，旅馆，餐馆，挨家挨户地去了，没发现老妈的影子。有几个长得相似的，但是追上去一看，不是。公共厕所呢？李晨曦赶紧问，公共厕所去了吗？嘟嘟回答说，公共厕所也没有放过，但是也没有找见老妈。东路的发发在接到李晨曦的电话时说他们正在各个医院寻找，他们已经找了十来家医院了，被抢救的人倒是见了几个，但都不是老妈。电话里发发让老爸别急，转完了医院，他和迪博士还要去转派出所，发发说东方不亮西方亮，说不定在哪儿我们就能找到老妈呢。北路的蕊蕊接老爸的话的时候正在墓地，惊魂未定的蕊蕊跟老爸汇报说没有见到老妈，倒是帮着一个走迷糊的人联系到了自己的亲人。蕊蕊在电话里还说让方芳阿姨赶紧给熬点绿豆汤，多准备些水果，说我都渴得嗓子冒烟儿了。李晨曦就说你不会买一瓶矿泉水喝喝吗？蕊蕊就回敬了老爸一句，你以为我在哪儿？我买得着吗？站着说话不腰疼！

半夜过后，孩子们陆续回到了家，因为没找见老妈，一个个都耷拉着脑袋，一点精神也提不起来。

吃了方芳阿姨做的鸡蛋西红柿面汤后，三个孩子又开始分析老妈会去了哪里，目前正在哪里，她怎么过夜等问题。然而讨论了半天，他们感到一切都没有头绪。他们就像一只只没头苍蝇一样，嗡嗡嗡地没目的地乱飞。

李晨曦见几个孩子都筋疲力尽的了，十分辛苦，觉得再这样跑下去不仅大海里捞针似的实在是困难，就是人也会顶不住，于是就想到了报警，或许警察有更多的办案经验和寻找办法。得到孩子和方芳的同意后，他给认识的那个派出所警察打了电话，警察被从睡梦中叫醒了之后以为他是询问闲云随风是否归案的消息，就说别急别急，法网恢恢疏而不漏，他是逃不脱法律的制裁的。待听清楚李晨曦说的是孙丽丽不见人影了，就又说现在报案还不够条件。

李晨曦就问不够条件？为什么？

我们接受报案那要人失踪二十四小时之后才行。

李晨曦不能等这二十四小时了，放下电话，他就草拟了一份寻人启事，之后让发发赶紧打印出来两百份。他让嘟嘟、蕊蕊、发发每人五十份分头去街头张贴。方芳由于第二天还要伺候唱唱上学得立即回自己家，临走时她带走了五十份，她说，除了自己张贴之外，她还要让他儿子崔凯指挥公司员工在送货的时候随处张贴。

第二天，李晨曦让嘟嘟和发发都上班，只留下蕊蕊跟自己在家留守。送完孩子之后，方芳又赶了过来。静静地等候当中，忽然李晨曦的手机响了起来，三个人的目光一下子就被这铃声吸引了过去。

在蕊蕊和方芳期盼的眼神注视下，李晨曦像是看到了曙光一样对着手机喂了一声。

第十一章

李晨曦的女儿嘟嘟离婚后遭到单位房产处处长得骚扰，为了躲避他的猥亵，嘟嘟走投无路只得给老爸打去电话。再婚后终于有机会和妻子在周末团聚的李晨曦接到嘟嘟的电话只能做出一个选择。

1

给李晨曦来电话的是一位男子，带有点北京周边地区的口音，因为曾经在那个地方体验过一段时间的生活，因此男子跟他说“率儿”、“机密”李晨曦能听得懂他是在说“什么”和“清楚、明白”的意思。

男人来电话说，他们村子边上有个草堆，草堆上躺着一个陌生人。男人说他看了寻人启事，启事上有电话号码，因此我就给你打了电话，你们不是家里有人走失了吗？赶紧过来看看是不是这个人吧。

李晨曦听着电话，心里立即充满了光明，方芳和蕊蕊也满心欢喜。方芳赶紧让李晨曦再问问那个人是男的还是女的，穿什么衣服，头发多长，长得什么样。于是李晨曦才想起来问问对方看“机密”了那个陌生人没有？这个人在那个草堆上躺了多长时间了？对方说看不太“机密”人长得是“率儿”样儿，因为陌生人正躺在草堆上头朝里睡觉，也不“机密”这个人在草堆上躺了多长时间了，他是听村里头的人议论才跑出去看的。但是这个陌生人头发挺长，应该是个女的，“率儿”也别说了，你们要是着急就赶紧过来辨认吧。

李晨曦接了电话非常兴奋，他在屋子里面转了几圈之后才稍稍让自己激动的心情平静一些。蕊蕊，李晨曦把自己的头发捋了捋，说，你赶紧给你大姐和发发打电话，让他们赶紧回来。

蕊蕊打过电话，嘟嘟和发发答应立即回家。迪博士和王晓京听说发发的妈妈有下落了，也放弃了手头的工作，开着车迅速赶到。于是全家人就坐着迪博士和王晓京的车立即出发。

不知道是不是大家都跟李晨曦家一样，都有很着急的事情要赶着去办的缘故，开车进入高速公路前的那一段辅路时遭遇堵车。辅路宽窄有限，可是汽车的流量却是无限。车一辆接着一辆地涌到路上来之后，都想尽早地进入高速公路，因此辅路上就像上演的美国大片儿，后车想超越前车，前车掰出头来想超越更前面的车，再加之喇叭声的此起彼伏，放眼望去，前方是一片混乱。见上不了高速公路，伸着脖子朝前看的李晨曦相当着急，王晓京就安慰李晨曦说，您别急，别急，待会儿就有办法。果然，停车等待了一会儿，发发就从前面迪博士的车上下来，递给了王晓京一张特别通行证，并提示王晓京跟紧了迪博士的车。发发上车后，迪博士就把警灯从车里拿出来挂在车顶上，警灯一闪，警笛一响，不远处的交警立即就骑摩托车跑了过来，见到迪博士之后立正，敬礼然后摩托车开道，一路逆行就把李晨曦一行带到了高速公路上。李晨曦平生还是第一次享受这样的待遇，坐在车里，他把眼一闭，感到十分惬意。

车上了高速之后，很快就到达了打电话男子说的那个村落。找到那个男子，让他带着来到草堆旁边，众人果然见那里躺着一个人。

嘟嘟、蕊蕊和方芳见躺着的那个人一头长发，身体略微有些发福，符合孙丽丽的体态，于是就要走过去辨认，打电话的男子急忙将他们拦住，说，您先等等，那个还没谈好呢。发发不解，问什么还没谈好？那男子就从怀里掏出了那张寻人启事，说，这上面说必有重谢，没具体说是多少钱。咱们先把这个谈好了。发发接过寻人启事正在犹豫不知该怎么办，迪博士就走了过来，说老乡大哥，这人躺在这里好长时间了，我们找人也找了好长时间了，您给看着人，不容易，我们找人也不容易，他躺在这儿也不合适，相互体谅一下，他们先去认人，我跟您谈价格。说完，就示意让发发他们赶紧去。发发抽出身了就跑到了草堆边。

草堆边，一个人正后背朝发发睡觉，走近了细看，见这个人的皮肤没有老妈的白净、细腻，且穿的衣服和老妈也截然不同。正疑惑着老妈会不会因为这两天的风吹日晒皮肤变粗糙了，准备将这个人翻过身来验证时，嘟嘟和蕊蕊也都跑了过来，两个人没理会发发，各抻那人一只胳膊，一用力就把那人给翻转了过来。

那人显然是因为嘟嘟和蕊蕊用力过猛受了惊吓，他一个鲤鱼打挺，嚯的一下就从草堆上跳将起来，并且还有贼有贼，杀人了，杀人了的不断乱喊。

听到那人的喊声，在场的所有人立时都被惊呆了，发发看看嘟嘟，嘟嘟看看蕊蕊，之后嘟嘟、蕊蕊、发发又都回过头去看看身后的老爸李晨曦和阿姨方芳，他们怎么也想象不到，或者说完全出乎他们的意料，自己一路索来，一直按照老妈来进行心理定位的那个女人，嘴里却突然发出男人的声音。听到了那个人发出了男人的声音，看到了三个孩子看着自己的惊异目光，李晨曦还是不敢相信自己的耳朵，他赶忙分开众人走近那个人，但是，那人蠕动着的喉头，嘴角上稀稀落落的胡须，却无情地让他把所有的失望立即都凝固在了脸颊上。

李晨曦凝固在脸颊上的失望，应该是这个时候所有人的共同感觉。

见不是自己的妈妈，刚才来的时候曾经怀揣着的那种兴冲冲、满怀信心和希望的劲头，像被扎了一锥子的气球里面的空气一样，立即就被泄光了。于是，大家就开始了萎靡，相互之间就不再言语了。

走到车前面，发发无力地拉开了车门。李晨曦也低头不语地钻到了王晓京的车里。

这种沉默一直持续到忽然被一声电话铃打破。

2

回家的路上，嘟嘟的手机率先在大家的沉默中响了起来。因此，这响声先是把大家吓了一跳，心跳过之后，又让他们感觉很刺耳。嘟嘟不愿意让这声音打破这沉默的氛围，于是就按下了拒接键。不过，显然电话那端的孙处并不知道嘟嘟正处在失望当中，大家也乐意沉浸在沉默不语的氛围当中，因此，他就又继续拨打嘟嘟的电话，直至拨到嘟嘟心烦意乱、忍无可忍。

嘟嘟压了压心中的火气，问孙处，您什么事？

孙处听嘟嘟接听电话，就问刚才她为什么挂断手机。

嘟嘟没心思和他周旋，就问他究竟有什么事。

孙处说今天他老婆不在家，出去开会去了，他想邀请嘟嘟晚上来家品品咖啡，正宗的哥伦比亚咖啡，现磨现煮现喝。

嘟嘟说谢谢孙处，我正在远郊，咖啡您留着等嫂子回来跟您品尝吧。

孙处就说，你又来了，不是说好了不提她嘛。你多久回来，我等着你，好东西要跟自己喜欢的人分享。

发发实在听不下去了，就说这人真烦，谁啊？

嘟嘟赶紧挂断手机，说是我们学院房产处的处长。

他要干什么？发发显然听出了其中的端倪，于是说，姐，这混蛋是不是想图谋不轨啊，姐，有什么事儿，你跟我说。

嘟嘟叹了口气，就跟发发说了自己没房的苦衷和她打了住房申请之后孙处如何乘人之危。发发听了二话没说，当即就给王晓京打了电话，说待会把大家都送回家，你跟我去一趟我姐他们单位，那儿有个孙子肉皮痒痒了。

嘟嘟听见发发给王晓京打的电话赶紧拦着，说，千万千万别，发发我求求你了，你千万别。你俩教训他一顿很简单，但我的住房申请可就要彻底泡汤了。

迪博士听了这件事也很气愤，说你们单位这么会有这样的干部，没有素质、没教养，这种人是要教训教训，但是发发，一定要注意方式方法。待会儿送大姐，我跟你们一起去。

一行人回到李晨曦家，原本空间就不大的屋子立即就拥挤了起来。或许就是因为李晨曦家屋子小，无处立足的缘故，迪博士就要告辞，见迪博士要告辞，王晓京也起身要走，李晨曦坚决不肯，他对两个人说晓京我就不跟他客气了，他是从小我看着长大的，他走不走的我都不搭理他，可是迪博士您跟着都辛苦了两天了，今天无论如何也要让我尽尽心，吃了饭再走。方芳见王晓京和迪博士要走，也一再挽留，说家里确实是地方小，但是你们也都不是外人，别见外，晨曦，赶紧安排咱们上饭店。说完，就给发发一个眼色，让他留住迪博士。发发其实也不愿意迪博士马上走，他觉得在找老妈这件事情上迪博士费心费力，相当仗义，不仅如此，两天相处下来，他在心里不自觉地就对她产生了依恋之情，并且，这感情在以前，哪怕就是和她在床上的时候都是不曾有过的。于是发发就诚心诚意地挽留迪博士，说这两天你跟着操了不少心，费了不少力，你要真是就这么走了我们全家都会不落忍，换个角度说，我们要是就这么让你走了，传出去，我发发可就没法混了。发发劝，大家留，迪博士在走与不走的问题上就开始有些犹豫，不过，她还是说单位还有事，一天都没到办公室了，得赶紧先回去处理处理，说小王他知道，我一天不在办公室，办公室里就会堆一大堆的事儿。说完，还拿眼睛瞥了王晓京一眼。王晓京看到了迪博士的眼神，正犹豫着是替迪博士证实她的确很忙，说不定部长已经找过她好几次了，还是替发发一家说情，挽留住迪博士，这时，李晨曦就走到了迪博士的身边，说我知道您作为领导日理万机，手里头有一大摊子的事要处理，但是，您再忙也先要把饭给吃了，吃了饭，我不留您，您去忙您的工作，好不好？李晨曦说话的时候，嘟嘟和蕊蕊也都走了过来，两个人也一再地挽留迪博士，并且嘟嘟还说您不是还要送我回单位的嘛？迪博士见发发一家人如此热情，就很灿烂地笑了，说好好，盛情难却，小王，咱们不走了，客随主便。

大家来到了饭店。李晨曦让发发问问服务员有没有包间。迪博士朝王晓京一歪头，王晓京就抢在发发前面去找服务员。

包间安排好，趁着上洗手间的功夫，王晓京把发发叫到了一边，他问发发这两天观察到了什么没有。

发发不解其意，问他观察什么。

你真笨，王晓京说，观察什么，观察迪博士对我的态度啊。

发发说，你没让我观察这个啊。

王晓京一脸无奈，就说，你呀你呀，这还用我提醒你吗？咱们要干什么？要实施计划，实施计划靠什么？靠迪博士，现在是多好的机会，除了工作，能有这么好的一个平台让她和咱们在一起，你怎么就不知道观察观察她对我的感觉？

发发终于明白了王晓京的意思，于是回忆了一下迪博士跟自己在一起时对王晓京有没有什么感觉。

我看迪博士对你没什么感觉。仔细回忆了之后发发说。

凭什么这么说？王晓京问。

凭什么这么说？就凭她在我面前就根本没提过你一个字。发发说。

王晓京听后，啧了一下舌头。

两个人回到包间，从女卫生间出来看见发发和王晓京在男卫生间门口面对面说话的迪博士问坐在自己身边的发发，他刚才跟王晓京在一起嘀咕了半天，都说了什么？发发就一笑，说不告诉你。迪博士就说你讨厌，你告诉我。发发逗迪博士，问她你真的要听？迪博士说真的要听，一定要听。发发于是就把嘴贴紧迪博士的耳朵，说，他告诉我说，刚才在回来的路上，我爸和方芳阿姨夸你来着。迪博士听两个老人夸她，忙问他们都说什么？发发说，他们说你真是好儿媳妇。听发发说完这话，迪博士的脸腾的一下就红了。

菜就在迪博士脸红起来的时候上来了。这样的场合对于迪博士来说太得心应手了。见菜摆上桌，她马上就站了起来，拿起一双公用筷子，先给李晨曦和方芳把菜夹到碟子里，请他们先用，然后再依次给嘟嘟、蕊蕊和发发也夹了一份放在碟子里。王晓京见迪博士给李晨曦和方芳夹了菜，就赶紧离开座位，把饮料打开，先给李晨曦和方芳斟上，然后就走到了迪博士的跟前，要给她斟，迪博士拿手一挡，白了他一眼，让他先给嘟嘟和蕊蕊斟。

看到迪博士白了王晓京一眼，发发就从王晓京的手里拿过饮料瓶，说你也累一天了，咱们都是哥们，自己来自己来。刚说到自己来，手机响了。发发赶紧转身到椅子靠背上挂着的上衣口袋里去拿手机。迪博士手疾眼快，帮发发拿出了手机，并且没忘在递给发发手机前看一眼来电显示。

从迪博士手里接过手机，发发赶紧离开座位走到包间的门口去接大卫的电话。迪博士笑着招呼大家吃菜，可眼睛却一刻也没让发发离开过自己的视线。

什么事？发发问大卫。

大卫问这两天怎么老是挂断自己的电话。

发发回答说家里有事。

大卫问什么事？

老妈丢了。发发回答。

大卫似乎对发发老妈丢与不丢不感兴趣，没问发发老妈是怎么丢的，也没问老妈是否找到，而是问他那个你查了没有？

发发谎称查了。

结果呢？

发发回答说结果没问题。我一点毛病都没有。

大卫疑惑，说，不可能吧，大夫跟我说滴虫是潜伏在男人的精液里面的，女人得这个病是由男人传染过来的，你怎么会没有呢？你真的查了？化验单拿来我看看。

发发为了掩饰，就佯装生气，说，你如果要是这么不信任我，那，那何必还要我的化验单呢？直接分手算了。

回到迪博士身边，迪博士很仔细地看着发发的脸，眼睛、鼻子、脸颊、额头一样也没放过，像看一个外星人似的。发发被看得有些不自然，就问怎么了？我脸上有字儿吗？迪博士就问，谁来的电话？

你不是看了来电显示吗，朋友，一个叫大卫的。

女的吧？

你在美国待过，发发没敢看迪博士的脸，说，有几个女的叫大卫的？

迪博士把一块鱼夹到发发的碟子里，问，那你回来之后紧张什么？

我这是紧张吗？发发说，我不是刚才跟这哥们电话里吵了几句，有些激动嘛。

坐在两个人对面的王晓京虽然听不见他们说的是什么，但是从两个人的表情上他觉得发发可能遭遇了手机危机，于是赶紧站起来说，刚才我们迪局为了感谢李叔叔的盛情款待，敬了大家，我紧跟我们局长，也敬大家一杯，感谢李叔叔的盛情，同时祈盼我们能早日得到孙阿姨的消息。

晚饭结束后，李晨曦和方芳送迪博士上车。迪博士连忙说不用送，一回生两回熟，咱们不用这么客气了，说完，就请嘟嘟上车，说先送大姐回去。嘟嘟、发发、王晓京和迪博士开车走了过后，蕊蕊也打电话让白景轩来接自己。

回到家，屋子里就剩下了李晨曦和方芳两个人，李晨曦攥着方芳的手说，辛苦了一天，累了吧？方芳回答说，这坐车时间长了也不是什么好事儿，还真是有点累。李晨曦说累了就别走了。方芳有些犹豫，说我也不想走，但是不知道明天唱唱有没有人照顾，说她要给崔凯打电话问问。电话打过去，崔凯说明天一早自己要去天津，火车票都订好了，于是，方芳说好吧，我这就回家，明天早上我送唱唱。

发发、王晓京和迪博士把嘟嘟送回办公室已经很晚了。见嘟嘟办公室的灯亮了，等在楼下的孙处赶紧给她打来了电话，问她这么晚了才回来干吗去了，说我还一直等着你到我家喝咖啡呢。嘟嘟看了身边的几个人一眼，说，我忙了一天，累了，不想喝咖啡了。谢谢孙处的好意，我睡了。听嘟嘟的口气像是要挂电话，孙处赶紧说自己给她买了点水果，马上给她送到楼上去。嘟嘟婉拒，说他弟弟和弟弟的两个朋友在，不太方便，请他不上来了。嘟嘟的话，孙处有些不信，以为嘟嘟是在哄他，执意上楼。到了到嘟嘟办公室门口，门没敲孙处就推门而入。

房门打开，没想到发发和王晓京一左一右，正守在门前。

3

孙丽丽出走后的第一个周末，方芳才得以和李晨曦开始婚后的第一次团聚。

从周五开始，方芳便忙于采购李晨曦爱吃的东西，到了周六的早上，早早地就出门坐车，李晨曦也早早地起来，没去锻炼身体，准时准点到车站去接。

回到家后，李晨曦见方芳系上围裙走进厨房，叮叮当当的锅碗瓢勺交响曲很和谐地演奏了起来，就突发灵感，来了诗兴，只见他很狂放地挥着双拳摇了一阵、击打了一阵，之后又把双拳放开，做了刀砍斧劈的动作舞动了一阵。收了手势，李晨曦急速走到电脑桌前，将电脑打开。

大概是在李晨曦就要将胸中奔腾着的热情融化了转化成文字的那一刻，他的手机响了。一个女人给李晨曦打来电话，她说她是一家收容所的所长，今天早上他们所里收容了一名跟他寻人启事里描述相似的一个老年妇女，但是这个人怎么问也不开口讲话，所以，如果方便，请他立即前来认领。李晨曦听了电话，内心刚刚奔涌起来的血液相互撞击了几下，立即就平静了下来。他赶紧对着电话说方便方便，我这就过去。说完又追加了一句，您确定她是个女的吗？对方显然感到很奇怪，就回应他一句，你什么意思啊？

接了电话，李晨曦走进了厨房，他跟方芳说你先别做饭了，咱俩上趟收容所。方芳有些欲罢不能，手里拿着铲子，指着切好了的菜、肉和打好了的鸡蛋，问这些怎么办？李晨曦将煤气关了，说，管不了那么多了。

方芳走出厨房换衣服，李晨曦赶紧给发发打电话，让他跟王晓京或是迪博士借车到收容所辨认孙丽丽。可是电话打过去，发发的手机是关机。

周末的晚上，发发原本是约好了和迪博士一起度过的，可是临下班，迪博士说自己临时有变动，要一个人在家里处理些事情。发发问她什么事情，迪博士没说，发发又问需要不需要他帮忙，迪博士摇头说不用。

晚上闲得无事，发发就开始上网。一个叫小荷尖尖的就请求他添加为好友。发发见是个女的，除了年龄稍大一点，其他各方面条件还不错，就同意了。

你好，小荷尖尖问，你多大？多高？多重？

30挂零，175，135，你呢？发发问对方。

比你大，小荷尖尖说，是你大姐。

大姐好，发发说，并且把一支花献给了小荷尖尖。

小荷尖尖发上来一个笑脸之后，就问发发现在是一个人在家吗？

发发说是。

小荷尖尖说，那好，给你看一样东西。说完，就发上来一张照片。

当时的网速有些慢，而照片又有些大，等着照片被打开的时候，发发问小荷尖尖发来的是什么？对方说，看了就知道了，保证你魂不守舍浮想联翩。过了大概半分钟，照片打开了，让发发没想到的是，小荷尖尖竟用一张裸照轰击了他的眼帘。照片上的女人站在自家的衣柜前，一丝不挂，并且照片的像素数足够大，以至于把照片放大了，那女人身上每一处细节都能看得极为清晰。

怎么样，看到了么？小荷尖尖把文字敲上来，问。

看到了，发发说。

怎么样？疯狂了没有？

嗯，发发说，有点！

哈哈哈哈，我够白么？小荷尖尖问。

嗯，发发答，挺白的。

我的奶子怎么样？挺实么？小荷尖尖问，够大吗？

发发再次把目光放在了她照片的胸口上，沉了一会儿回答说，嗯，真够挺实的，真够大的。

从她的胸说开去，接下去他们说了好一阵子关于男女的不同和体会，诸如兴奋点，诸如高潮，诸如习惯和动作什么的，在她的引领下，他敞开了心中的禁锢，把一向难以启齿的言语，通过键盘，通过屏幕，通过网络输送给了对方。说到怦然心动之处，小荷尖尖给了发发一个电话号码，发发就把电话给她打了过去。接通电话，小荷尖尖先是一阵让男人心惊魄动的笑，在这笑声里，发发感觉自己像是被托举到了一匹烈马上面，任怎么勒，任怎么拽，再难以把持。

很快，他们便在电话里约好见面。

没有跟发发联系上，李晨曦又要给蕊蕊打电话，想让白景轩车开过来帮着跑一趟。方芳说算了吧，别兴师动众的了，咱俩就凑合着做公共汽车去吧。李晨曦怕方芳累着，还是坚持要打，方芳就把他的手机夺过来，说，走吧，就当是郊游吧。

经过了两个多小时的长途颠簸，李晨曦和方芳来到了女所长在电话里指点的收容所。收容所不大，四五排平房。门前种着美人蕉，红得很艳。在这片美人蕉旁边，女所长面无表情地在等待着李晨曦和方芳。

就你们两个来的？见面后，女所长看看两个人的身后没跟着其他人，就问。

李晨曦回答是，就我们俩来的。

女所长迟疑了一下问，如果我们收容的人是你要找的人，你们怎么把人领走？

李晨曦看了看方芳，说，如果是，我再给孩子们打电话。

说着话，女所长将李晨曦和方芳带到了一间单人的房子里。房子里很黑，紧闭着窗帘。刚一进去的时候李晨曦感觉自己很不适应，出于本能，他就要把窗帘拉开。女所长拦住他，说，被收容的人不干，你一拉开窗帘她就焦躁不安。李晨曦把手从窗帘上拿下了，忽然就想到了那天自己去晨练，就是把窗帘拉紧了才出去的，想到这儿，他的心里不由得一动。他赶紧朝蜷缩在床上的那个女人望去。

孙丽丽——他朝着那个女人喊了一声。

4

从收容所出来，尽管不像上次去认领失败时那样心里充满了失望的惆怅，但是李晨曦和方芳的心里还是有些不好受。并且，长途跋涉也让两个人感到了精疲力竭。

从公共汽车上走下来，已经是张灯时分。正琢磨进屋后怎么面对厨房里摊在操作台上的那一堆菜和肉时，方芳远远地见自己家里的窗户上透出了亮光。方芳捅捅李晨曦指给他看那亮光。李晨曦笑笑说，你放心，这回肯定不是闲云随风在里面作案。走进家门，李晨曦和方芳首先闻到的是一股饭菜的香味儿。紧接着手里就接到了嘟嘟递上来的热茶。嘟嘟说阿姨，辛苦您了。方芳接过茶，问嘟嘟什么时候过来的。嘟嘟说估计着你们快回来了，我就过来了。方芳又问你怎么知道我们出门了？嘟嘟说我给我爸打电话了，他说你俩到收容所去辨认我妈了，怎么，我爸没跟你说吗？方芳说没有，说完就朝李晨曦问，你现在有什么事情都敢不跟我汇报了，你以后还想不想混啊？

喝了茶水，三个人就开始吃饭。吃着饭，李晨曦跟嘟嘟说了这次去收容所辨认孙丽丽的事情。他说一开始他还真以为那人就是孙丽丽，因为她跟孙丽丽的习惯有些相似，都是躺在床上的时候必须紧闭窗帘，并且还跟嘟嘟说，那天孙丽丽离开之前，他就是给她拉上窗帘后才出去锻炼的。听李晨曦又把话说到了酸楚之处，方芳就接过话题来说，我当时也是觉得她就是你妈妈，从远处看还特像。她给李晨曦的碗里添了点菜，然后又说，走近了看，不是。那人这里好像是有些毛病。说完，方芳用手指指了指自己的太阳穴。

嘟嘟听了，就说老爸，阿姨，以后您们接了电话千万别自己去了，太远，也太累。您给我们打个电话，好吧。

我给发发打过电话，可是他老关机。李晨曦说，方芳阿姨又怕影响你们休息，所以我们就自己去了。

这个发发也真是，我今天给他打了好几个电话，他一直都在关机。也不知干什么去了。嘟嘟说。

在老爸家吃完晚饭，嘟嘟很晚才回到学院。走到自己住的办公楼下面，她条件反射地停住了脚步。虽然发发、王晓京和迪博士来过之后孙处有所收敛，但是每逢天黑，他都要躲在楼下窥看自己房间的灯光，一看到灯亮，就打电话说要上楼给自己送水果的这些事情，还是让她心有余悸。

嘟嘟停下脚步后开始往四周环顾，她的目光主要在楼的角落和树的黑影里扫视，她想看看孙处是不是此时就躲藏在这些地方。扫视了一圈儿之后见并没有什么可让自己怀疑的，嘟嘟这才放下心来，缓步走上楼去。

进了办公室，将灯打开，嘟嘟刚要坐下来给自己倒杯水，电话响了。电话一响，嘟嘟心里立时就咯噔一下，她端着水杯的手也随之抖了一下，幸好杯子里不是开水。电话是孙处打过来的。嘟嘟举着手机好半天才按下了接听键，她很反感地问孙处什么事情。

孙处说我远远地看着上楼的是你，叫你你没听见吗？

嘟嘟说抱歉，没听见。还说自己累了，孙处要是没事了我就睡了。并且说完了，就要挂断电话。

孙处并不计较嘟嘟对自己的态度，他很有耐心地说嘟嘟我给你找好了一间房子，条件虽然并不是很好，但是朝阳，冬暖夏凉不说，还安静，可以暂时凑合着住，他问嘟嘟是想现在看看房子还是等以后再看？说完又强调，好多人的眼睛可都盯着这间房子呢，说不定什么时候，或许是今天睡觉之前，或者是明天一早，哪位院长会打个电话过来，让把房子给谁谁谁，也是没准儿的事情。

嘟嘟听说孙处给自己找好了房子，立即回答说现在看。

孙处听了，就说那好，我回办公室拿钥匙，你这就下楼等我吧。

挂上电话，嘟嘟赶紧穿上鞋要往楼下走。腿刚跨出办公室的门，嘟嘟又站住了，想了一想，她又回到办公室里，在自己的办公桌上拿了一样东西揣在了口袋里。

嘟嘟饭后收拾完了走后，李晨曦跟方芳说跑了一天，你累了，早点休息吧。方芳看了看表，说你看看，哪儿还早啊？说完，方芳就给李晨曦打来洗脚水，让他泡泡脚。李晨曦让方芳坐在自己身边，然后先给方芳把袜子脱了，放进洗脚盆里，说咱俩一起泡。

两个人的脚触碰到一起，彼此立即就有了触电般的感觉。毕竟这是两个人结婚以来第一次能够安安静静地在两个人的空间里享受两个人的世界，毕竟两个人为了这一刻的到来期待了太久。因此，把脚放进盆里之后，方芳觉得自己身上再没力气了，于是就轻轻地把身子一歪，把自己交给了李晨曦。

嘟嘟从办公楼楼上下来，正好孙处拿着一大串钥匙也走了过来。看到嘟嘟，孙处说你真有福气，原本这间房子是给院领导留着的，院领导一直没要，你可以先住着，等咱们的大楼盖起来再说。说着话，孙处把嘟嘟带到了教学区一处黑乎乎的大楼里，刚进了大楼孙处就有意地挤靠了嘟嘟一下，并趁着嘟嘟身子歪斜的时候伸出手去搂了她的腰一下。嘟嘟当时想躲，但是没敢。

走到楼道尽头，用手中那串钥匙打开了一个房间的门，进去在墙上按了开关，把灯打开，孙处请嘟嘟看看这间房子行不行。嘟嘟走进去，用眼睛环视着房子的四周，之后满意地点了点头，说太好了，谢谢孙处。

孙处这时就把一种让人琢磨不透的笑挂在脸上，说：好说，不知道你要怎么谢我？

嘟嘟一时答不上来，孙处的脸上立即就狰狞了起来，他把房门一锁，将房子里的灯一把关掉，然后从背后猛然将嘟嘟抱住。

正看房子的嘟嘟没有防备，灯被关掉的时候也没多想，当自己的腰被孙处死死地搂住了她才开始惊慌。不过，这个时候已经晚了。

孙处，别，别，你这是要干什么？

孙处把脸贴近了嘟嘟喘着粗气，说，嘟嘟，我喜欢你……

嘟嘟尽量躲闪把头歪向一边：孙处……别……你不能……

孙处越抱越紧，脸越贴越近：嘟嘟……我喜欢你……算我求你了……

嘟嘟惊恐万状，开始挣扎：孙处，不行，我没准备，你叫我稍微平静一下。

孙处把嘴按到了嘟嘟的嘴上，把一嘴的烟味儿呼到了嘟嘟的嘴里：现在需要激情，不需要平静，嘟嘟，我喜欢你，喜欢你……你现在离婚了，你怕什么……我知道，你需要……安慰……

嘟嘟拼命想让自己的嘴躲开孙处的追踪：孙处、孙处，你不能，不能，你放手，你再不放手我要喊了！

你不敢，你不敢，孙处冷笑着说，不信你喊喊试试。

嘟嘟张张嘴，还真觉得自己喊不出口。孙处就更加嚣张了，他竟然把一只手伸到了嘟嘟的衣服里，一把攥住了她的胸。

孙处把手伸进了嘟嘟的衣服里，就等于放开了嘟嘟的一只胳膊，嘟嘟情急之中想起来自己临出门时放进口袋里的那样东西，于是她一伸手就把自己口袋里的那把剪刀掏了出来。

你住手！嘟嘟把剪刀尖儿对准了自己的脖子，再不住手我就拿剪刀往这儿扎了！

孙处看到剪刀，慌了。搂在嘟嘟身上的胳膊也松了下来，嘟嘟赶紧从孙处的怀里脱出身来，受惊的小鹿一样逃出了那座黑乎乎的大楼。跑出楼，来到了路灯下，她的眼泪才扑簌簌地掉了下来。

李晨曦关电视的时候，方芳已经脱了衣上床等待了。她见李晨曦磨磨蹭蹭地老不上来，就催促李晨曦动作快一点。李晨曦知道此事她的心里想什么呢，就在她的脸上亲了一口，说马上。

李晨曦坐在床边上要脱衣服，放在电脑桌上的手机突然响了，他看了看旁边的方芳，走下床去接听。看来电显示电话是嘟嘟打来的，李晨曦就举着手机来到床边问嘟嘟怎么还没睡？然而，电话里的嘟嘟没回答，却先传出来她的一阵抽泣声。听到嘟嘟的抽泣，李晨曦就有些慌了，他忙问嘟嘟这是怎么了，出了什么事儿？嘟嘟平静了一下自己，就连哭带喘地说出了她刚才惊险地从孙处的怀里挣脱出来的经过。李晨曦听着女儿的哭诉，骂了孙处一句这个混蛋，之后说嘟嘟别再等着要房子了，现在你就搬回来，和爸爸住在一起。

李晨曦放下电话，才想起床上的方芳，才想起来自己刚才做决定的时候忽略了自己的爱人。于是他赶紧怀着歉意拿眼睛朝方芳看去，这时的方芳正在穿衣服起床。

一种无奈的表情，罩在她脸上。

第十二章

房子阻碍着李晨曦和方芳的团聚。崔凯不同意李晨曦到自己家里来住，嘟嘟见状便开始想尽办法解决房子问题，同时也不得不继续和房产处处长周旋。

1

嘟嘟打车来到老爸家门口，远远地看去，前方正有两个人站在路边打车。车在两个人面前停稳后，嘟嘟才看清，原来两个打车的人一个是方芳阿姨一个是自己的老爸。因为下车后忙于跟司机结账，因此嘟嘟没有看到方芳阿姨强作笑容的脸，只听老爸说了句嘟嘟你先回家，我去送送方芳阿姨。这个时候，究竟老爸为什么要去送送方芳阿姨，嘟嘟没去想。

嘟嘟来到老爸家后，见床上摆着两床被子她这才想起来今天是周末，是老爸和方芳阿姨团聚的日子。正在为自己的到来，又让好不容易才得到团聚机会的老爸和方芳阿姨跟团聚再次擦肩自责时，孙处的电话就打了过来。他跟嘟嘟解释他真的是爱嘟嘟的，并且已经爱了好多年了，他说如果嘟嘟乐意，他等老婆回来后就跟她办理离婚手续。他说好嘟嘟了，你再给我一个机会吧。又说从嘟嘟跑出去之后他寻找了嘟嘟好半天，见嘟嘟一直都没回办公室很不放心，问她到底去了哪里？

嘟嘟没听完孙处的话，直接将电话挂掉。

李晨曦送方芳来到方芳家，方芳一路不语，李晨曦加倍地陪着小心。进到屋里，崔凯见到两个人先是一惊，之后脸色就阴郁了上来。李晨曦用眼睛看了看方芳，意思是问她还生不生气，方芳没理他，径直地走进了自己的房间。正在李晨曦进退维谷的时候，崔凯把唱唱从自己的屋里抱出来，一面说着走咱们找奶奶去，跟奶奶睡，一面就把唱唱抱进了方芳的房间。李晨曦知道，崔凯没发脾气，没跟他挥舞拳头，他用这种方式给自己下逐客令，已经是相当给他面子了。

挂掉孙处电话后，嘟嘟想了想，就给发发打去了电话，她想，如果发发的那套房子空闲着，自己就马上住到那里去，自己住到那里去了，老爸和方芳阿姨明天还有时间团聚。然而，可气的是电话拨过去，发发的手机仍然还是关机。

发发把和小荷尖尖见面的地点选在了她家附近的地铁出口。起初，她说去他家，说她有车，顺着四环路一会儿就到。发发考虑自己的房子里还有另一个女人住着，因此就编了一个理由说房子正在装修，还是去你那里为好。再说，你那里是别墅，相对独立，又正好你先生和孩子不在家。发发说完之后，小荷尖尖思忖了片刻同意了。于是两个人约好了在地铁的四惠站相见，小荷尖尖说她开一辆白色的宝马 X5 车号是 X5X5，发发说他穿一件红色的夹克衫，戴眼镜，并问要不要手里再拿一张当天的北青报作为接头暗号？小荷尖尖说你最好再戴上一个大口罩和一副黑墨镜，你真讨厌！

你敢说我讨厌？发发说，你等着，一会儿见了面有你好瞧的！

放下电话，发发赶紧奔了地铁，并且一路上脑子里飘飘忽忽地仿佛置身于缥缈的浮云之上，心里头麻酥酥儿的感觉是几分激越几分难耐，浑身上下的血管被激涌着的血液充斥得满满的，时不时就有一股股潮涌，轰然而至，袭上心头。发发自己也不明白，一个没见过面的，甚至还是虚幻中的小荷尖尖，怎么会叫自己产生这么大的冲动，甚至把自己曾经是初恋时候的那种感觉给再现了出来。

不过，当他走下了地铁之后，他原本轻快的脚步忽然地就放慢了下来。他原本冲涨起来的脑袋被列车带起来的凉风吹得略微有了一点清醒。他才第一次正经地意识到，这小荷尖尖只不过是网络上的一个虚幻。网络上有各种各样的玩笑，有各种各样的恶搞，有各种各样的欺诈，这万一是一个骗局呢？这万一是一个圈套呢？想到这里，发发停住了脚步。第一辆列车在他的面前停下来了，他没有上，他的脑子里想象着进到她的车里之后，她也许会直接把车开到了一个什么黑暗的地点。第二辆列车在他的面前停下来了，他依然没有上，他的脑子想象着进到她的家中之后，她的一声唿哨，也许会有几个彪形大汉将他像抓小鸡子似的拿下。不过，当第三辆列车在他的面前停下来了，他还是很果断地登了上去。在飞驰的地铁列车上，他的脑子飞快地排列组合着一会儿即将出现的几种可能性，这些可能性的出现他将如何应对，并且，在列车到达四惠站之前，他还想好了在出站的时候，要脱掉红色夹克，要在人群后面冷静地观察，确保万无一失了，再和小荷尖尖联络等对策。然而，这些对策一个也没用。随着人流来到地铁站的门口时，一辆白色的宝马 X5X5 正停在那里，而小荷尖尖就站在车门的边上，笑吟吟地冲了他招手。不过，进到小荷尖尖家的别墅，当那扇大铁门咣当一声关闭了的那一刻，发发还是在心底产生了一丝紧张，他惶恐地朝着那扇大铁门看了又看，在来到小荷尖尖的卧室时，他也禁不住左右环顾，试图解读柜子、屏风、窗帘的后面以及床底下所潜在的玄机。好在小荷尖尖很快地就脱去了衣服，让那对奶子高耸着，把一个很炙热的身体贴在了他的身上。

事毕之后，他说，谢谢你，谢谢你给我的这份信任。她也说谢谢你，谢谢你给我的这份信任。两个人相互感激的话语，就又使双方的热血开始了新一轮的沸腾，这次发发的心彻底放开了，这次他是按照小荷尖尖在网上告诉他的方式和手法进行的，果然他和小荷尖尖就像被托举到了云端一样，在一阵眩晕之中彻底地失去了自我。

从方芳家回来，李晨曦见嘟嘟躺在了床上，听听她没有什么动静就以为她睡着了，于是他就轻轻地拉了一把椅子放在嘟嘟的床前，坐了下来，静静地看着嘟嘟。嘟嘟这个时候其实并没有睡着。她一直在等待着老爸回来跟老爸说声对不起。因此，当老爸坐下来之后，她就把一只手伸给了老爸。李晨曦把嘟嘟的手拿过来，把它攥紧，贴在了自己的脸上。当自己的手背感知了老爸脸上的温度的时候，嘟嘟知道老爸为什么要坐在自己的身边了，也知道老爸的心里在想什么了。

爸爸，我没事，您不用担心。嘟嘟安慰老爸说，我听您的，房子不要了。

嘟嘟，你妈她——不在身边，我又没能把你照顾好。李晨曦说，老爸对不起你。

李晨曦说完，嘟嘟感觉自己的手背上有一股热流蜿蜒地在流淌。

2

第二天早上李晨曦早早地就起床给嘟嘟做早饭，可是起床之后嘟嘟说自己不饿，不想吃了，说完便走出了家门。李晨曦追出来问今天是星期天，你要去哪儿？嘟嘟回头朝老爸挥了挥手，说上街转转，您叫方芳阿姨来家吧，说完就走远了。

和老爸说完话，嘟嘟掏出了手机，再次给发发打去了电话，因为她只能把希望寄托在发发的那套房子上。

发发一觉醒来，已经是第二天的早上。小荷尖尖已经做好了早饭，一个红烧带鱼，一个炒肝尖儿，一个鸡蛋黄瓜正散发着诱人的香味儿，在厨房里等着他。

发发这个时候，真的感到自己的肚子里面已经空得什么都没有了，于是他咂摸了几下嘴，立即就端起了小荷尖尖递给他的碗。不过，就在他把一块带鱼和着一口米饭放到嘴里咀嚼的时候，他发现小荷尖尖并没有动手中的筷子。

你，怎么了？发发停住咀嚼，问。

不饿，小荷尖尖说，不想吃，只想跟你说说话。

发发停顿了片刻，之后把嘴里的东西咽了，放下筷子和碗，说，嗯，好吧。

小荷尖尖就起身坐到了他的怀里，随着一声叹息，两行热泪就止不住地流了下来。

搂着小荷尖尖抖动的身子，发发才知道，原来生活在别墅里的人，也并不都幸福。

我们是再婚，小荷尖尖说，再婚快三年了。我不隐晦，我找他是因为他成功，他有钱，他有这么一套别墅。可我万万没有想到，我成为了这座别墅的女主人，是要用我的女儿做代价。从小荷尖尖的哭诉中，发发知道了，再婚的时候，小荷尖尖的女儿是一个漂亮的大学生，刚满21岁。从小荷尖尖的哭诉中，发发还知道了，婚后不久，她的男人就霸占了她的女儿，并且跟她说，我和你再婚，主要就是看中了你的女儿，这样吧，你可以谈条件。

你跟他谈条件了？发发问。

嗯，小荷尖尖说，谈了。这座别墅的产权归我，汽车产权归我，另外，我有权利找人，找男人。

发发把小荷尖尖推起来，叫她回到自己的位子上，继续吃饭。端起饭碗来，再看一眼小荷尖尖，发发忽然想起了一个网友前几日发过来的一段笑话，笑话的名字叫《好悬》，说：老王提前下班回家，发现老婆和单位书记偷情，吓得老王赶紧跑回单位。叹道：好悬，差点被领导发现早退！另附一篇姊妹篇叫《原谅》，说：老王知妻与领导不轨，怒找领导妻，领导妻气极：咱们上床报复他俩。事毕领导妻：我还气，再报复一次！一连三次，老王跪倒趴下告饶：求求你了，我已经原谅他们了……想到此处，发发差点把饭给喷出来，小荷尖尖问他得什么喜帖子了，值得那么高兴？发发就愈加的大笑不止起来。

好在饭后，小荷尖尖只缠了他一次，如果像《原谅》里写的那样，再报复一次两次的，发发肯定也该跪地告饶了。

发发发现自己的手机一直关机，就赶紧打开。打开的一瞬间大姐嘟嘟的电话就打了进来。他把靠在自己肩上的小荷尖尖的头往外推了推，问大姐什么事。嘟嘟问他那套房子现在有没有人住。因为来小荷尖尖家的时候自己说的是房子正在装修，因此他回复大姐时就有些顾左右而言他。嘟嘟见他说话支支吾吾的，知道那房子没闲着，并且他还有难言之隐，因此就说要是不方便就算了。发发听大姐问房子的事，觉得大姐肯定遇到了什么事情，而且这事情没准就跟孙处那王八蛋相关联，因此他就问大姐怎么了？你不是在办公室住着等待要房子吗，出现什么问题了吗？是不是那个孙处对你怎么样了？这孙子要是敢对你怎么样，你看我不废了他！嘟嘟没心思跟他细说昨天晚上的事，只简单地说了句没事了，便挂断了电话。

发发听手机里面没了声，就又把小荷尖尖重新搂了回来，小荷尖尖用手揪住他的一只耳朵问，刚才是不是在跟一个女人说话？发发回答说是，小荷尖尖把手松开嘴一撇说，就知道你有不少的女人。

嘟嘟给发发打完电话后，又给蕊蕊打去了电话，想问她那套租出去的房子什么时候到期。蕊蕊接电话时正在给白景轩一家人做早餐。还没等嘟嘟说房子的事情，蕊蕊就先说起了在白景轩家不愉快的事情，说白景轩的前妻每天都会来电话，不是打给白景轩的女儿就是打给白景轩，不是指挥他们这个就是指挥他们那个，她觉得自己在白景轩家里是个多余的人，而白景轩的前妻才是这个家的女主人，她感觉，白景轩的前妻根本就没有离开这个家。蕊蕊越说越气愤，以至于让嘟嘟都忘了自己是要问蕊蕊房子问题的了。安慰了蕊蕊几句之后挂断了电话，准备收起手机，嘟嘟才想起来自己的正经事情还没解决，于是就又给蕊蕊把电话拨过去，问蕊蕊她那套房子什么时候收回来，蕊蕊听了说，早着呢，之后补了一句，说租出那房子去自己后悔极了，要不然我早搬回自己家去住了，何必在这儿看这一家人的脸色。

嘟嘟出门之后，李晨曦赶紧给方芳打去了电话，问她休息好了没有？还有没有为昨天的事情生气？方芳听了，只叹了口气却没说话。见方芳不说话，李晨曦便再次做了检讨，说自己当时听嘟嘟一哭，心里就跟万箭穿心似的，特别难受，你说孙丽丽找不着了，我又没把孩子照顾好，你说我这心里，唉，不说了，反正是我不好，做事没跟你商量，我一时慌乱，就自作了主张，让嘟嘟搬了回来，委屈了你。不过，方芳你说我这个时候不帮她，谁帮她？

方芳听到这里，就说其实你做的一点儿都没错，我这一宿都在想，家不就是孩子们的港湾吗？你讲话，孙丽丽找不着了，这时候你再不伸手拉孩子一把，再不把她接回家，让她去哪儿避风？那，孩子该多无助，多可怜？如果看到自己的孩子有困难都不帮，还要我们这些当爹当妈的干吗？

方芳的话，让李晨曦非常感动。在电话里亲了方芳一口之后，两个人约定在派出所门前相见，一起去问问警察有没有孙丽丽的消息。

打完电话，无处可去的嘟嘟只能再次回到办公室，没想到自己刚一走到办公室门口就遇上了一个人。

孙处正提着一袋子早餐等着她。

3

发发准备离开小荷尖尖家，小荷尖尖问他要不要送他回家，发发想了想说你就把我还送到四惠地铁口就行了。小荷尖尖就问你是不想让我知道你家在哪儿了？发发就在小荷尖尖的鼻子上点了一下，说你呀，知道为什么没长高吗？就是你心眼儿太多。

坐上小荷尖尖的宝马刚出门，王晓京给发发来了电话，他问发发是不是正跟迪博士在一起。发发说没有。王晓京就说奇怪啊，我刚刚看到迪博士的车，迪博士坐在副驾驶上，一个男的给她开车，我还以为开车的是你呢。

不会吧。你是不是看错了？发发问王晓京，说，她跟我说，早就不用他的司机了，怎么今天会有人给她开车呢？

看错倒是没看错，离着就几米远。王晓京说，算了不说这个了，你没给她开车倒更好。这样，关于咱们计划的事情，我要跟你再商量商量，中午咱俩还在那家饭馆见，好不好？

挂断了王晓京的电话，发发转过头去跟小荷尖尖说，听见了吧，这回可是个男的啊。小荷尖尖开着车，瞥了一下嘴，回答说，你爱跟谁说话跟谁说话，你又不是我老公，反正你下次来之前，别把子弹都打光了就行了。

嘟嘟来到办公室来原本想静静地一个人待一会儿，没想到刚到办公室的门口，就看见孙处提着一袋子早餐正等着她。

嘟嘟见了孙处想躲，孙处就走上去拦。嘟嘟见实在是躲不过，就索性开了门自己走了进去。孙处也没见外，等嘟嘟打开了办公室的门，跟在嘟嘟的身后，也走了进去。嘟嘟坐在了办公桌前，他也找了把椅子，坐在了嘟嘟对面。见嘟嘟不理他，孙处自找台阶，把早餐一样样地摆在了办公桌上，然后伸手示意，请嘟嘟用早餐。嘟嘟看都不看他一眼，直接从桌子底下拿出纸篓来，把早餐一样一样地扔进去。

孙处，您的早餐送完了，您可以走了吗？嘟嘟绷着脸，问孙处。

孙处看看倒在纸篓里的早餐。咽了口唾沫，之后又做了一个深呼吸，说，嘟嘟坦白地跟你说吧，我爱你这本身没有错，我爱你为你付出，这也没有错。你可以拒绝我，但是你永远也阻止不了我爱你。早餐，你可以倒掉，我人，你也可以不理，不过你听好了，你今天倒掉了我的早餐，明天我还会再买。我会一直买到你不再倒我的早餐了的那一天为止！

孙处说完了，抹了一把眼泪，出去了。孙处走后，嘟嘟也趴在桌子上哭了。

方芳由于路远，将近中午的时候才在派出所门前和李晨曦会了面。两个人走进派出所，到办公室找到了那个认识的警察，警察正拿着饭盆要起身去食堂打饭。

老李来了？见到李晨曦，警察老朋友似的招呼道。

李晨曦见到他手里的饭盆，显得很不好意思，说方芳路比较远，来迟了，不耽误您吃饭，我们就问问孙丽丽有没有消息。警察说不客气，谈不上耽误，你们请坐。给李晨曦和方芳让了座，又倒上水，警察说，孙丽丽的事情目前还没有什么消息，你也知道派出所杂事多，警察不够使的，朋友之间不说假话，所以照直了说，她这件事情还没摆到议事日程上来，还没顾得上。这样，孙丽丽的事呢，咱们警民配合，怎么个配合法儿呢，该找你们还接着找，所里呢，我该催还接着给你催，你看，现在这一个人都当俩仨的使唤了，不催能腾出空儿来吗？

从派出所出来李晨曦就开始商量接着找孙丽丽的事，他问方芳怎么今天没人给他打电话呢？方芳说贴小广告那是有实效性的，刚贴出去的时候有人能看见，贴时间长了，还不就让别的小广告给盖上了？李晨曦觉得方芳说的有道理，就说回家之后，再打，然后再贴。

回到家，方芳抓紧时间做午饭，李晨曦就给发发打电话，让他赶紧回来，继续打寻人启事。发发正和王晓京在饭馆里商量事情，就说这会儿没时间，等完了事再说。

李晨曦不知道等发发要等到什么时候，就拿起底稿来，到街上去找打字社。在打字社把寻人启事打完了，李晨曦就一面在墙上张贴一面往家走。贴着贴着李晨曦无意间一回头，见自己刚刚黏贴在墙上的纸，马上就被一个外地模样的小伙子给揭了下来。李晨曦感到气愤，就上去问那人，干吗呢？外地小伙问什么干吗呢？没看见我揭小广告呢吗？李晨曦抓住他说，我就是问你干吗要揭我刚贴上去的寻人启事。外地小伙把李晨曦的手一甩，说，谁让你往我的地盘上贴的？你经过我的同意了吗？李晨曦听了外地小伙的话，似乎听出了点门道儿，就问他，你的地盘儿？贴小广告也分地盘吗？

连这点常识你都不知道？外地小伙显然觉得李晨曦很好笑，连贴小广告的这点规矩都不懂。于是就教导他，说，贴小广告也有贴小广告的规格，现在不是常说一个词儿嘛，叫潜规则，听说过吧，我们跟城管那可是有默契的，如果没有默契，谁让你往墙上贴啊？贴了，你的电话还不被“呼死你”给呼死啊？

外地小伙的一番话让李晨曦茅塞顿开，他接着问外地小伙，说，那你的地盘你说了算了？

当然。

你的地盘你收费了？

当然。

那行，我不破坏你的规矩，你说，我这些寻人启事你收费多少？李晨曦把手里的一部分寻人启事递给他。

外地小伙也很仗义，说要是普通的治性病的，我一张收一块，您老这是寻人的，谁都有老爹老妈的，我减半行吧？

成交之后，外地小伙开始给李晨曦往他的辖区内张贴寻人启事。外地小伙一看就是张贴小广告的高手。凡是张贴在高处的，只见他把小广告拿在手掌心里，如同打篮球摸篮板似的，往上一跳，之后张手啪地往墙上一拍，小广告就安稳地被贴在了墙上。那身子之轻，小燕子似的。往地上张贴的时候外地小伙更具舞蹈天赋，他往自己的左面扔一张广告，之后把身子往左一拧，用左脚一踩，然后再往自己的右面扔一张广告，之后往右一拧身子，用右脚一踩，就这样，左一张右一张，左一扭右一扭，右一扭左一扭，扭着扭着寻人启事就被贴完了。

回到家李晨曦就乐不可支地跟方芳汇报了自己已经贴出去 100 张寻人启事的成绩。方芳听了不敢相信，就问他是真的吗？李晨曦说真不真的，待会来了电话你就知道了。

方芳将信将疑地看了看李晨曦，说既然你出了大力，饿了吧？吃饭吧。

吃饭。李晨曦说。

两个人在餐桌边坐下。方芳刚把一碗米饭递给李晨曦。李晨曦的手机响了。

你看看，李晨曦指着手机说，广告刚贴上电话就来了吧？

4

发发中午准时来到饭馆和王晓京商量计划的事情。发发先问王晓京果真看到一个男人给迪博士开车了吗？

王晓京说千真万确。

能看出来开车的是谁吗？

迪博士的车贴的膜颜色太深，看不清。但是迪博士的车我还是认得的。我看见她是上了副驾驶的。王晓京说完，问，怎么了？你怎么这么在乎谁给她开车？

没什么。发发说。不过，尽管他嘴上说没什么，但是他还是陷入了沉思，不停地琢磨这司机究竟是谁？迪博士昨天晚上说自己有事要处理一下，并且还不要他帮忙，她到底有什么事？她又为什么一口咬定不让他帮？王晓京见他为这件事还真认上真了，就说爱谁谁，你管她呢。说咱们正事儿吧。

王晓京的正事儿是想改变一下原定的计划。

发发问他怎么改？

王晓京说你不是给她拍了不少人体照片吗？

发发说对。

王晓京说咱们干脆就利用它怎么样？

发发说你是不是想拿着这些照片要挟迪博士？

王晓京点点头说，有这个意思。

发发沉思了一下，说这样不太好。没有大将风度。

王晓京说什么他妈的大将风度，现在当个院士还得走后门拉关系呢，别说当个芝麻大点儿的处长了。

发发想了想还是说，不行，这样做不太道德。迪博士让我给她拍人体，那是信得过我，我要是把她的信任给辜负了，有损做人的道德。

你是不是陷进去了？王晓京听了发发的话问，咱们可是在演戏啊，把她的衣服脱了，让她上床可是为咱们的计划服务的。

我没陷进去。发发说，但是我觉得这样做太损。我做不到。

王晓京看发发不愿意把迪博士的人体照片当筹码，怕物极必反，考虑再三，只能作罢。

这样吧，他说，我呢，没多大的权利，你的摄影器材不是都丢了吗，都给你补上，我没这个能力，在我的职权范围内，我给你五万块钱的额度，这五万块你看着花，能买什么买什么，但是不能开摄影器材的发票，开电脑，电脑配件什么的。买了镜头，你好交迪博士的账。交了账，你好继续实施咱们的计划。但是发发你要快，还有，别老出状况。

嘟嘟怕孙处继续来骚扰，没敢在学院久留，拿了几件平时替换的内衣就赶紧回到老爸家。进家门方芳得知嘟嘟还没有吃午饭，就赶紧到厨房给嘟嘟热饭。方芳阿姨热饭，嘟嘟问我爸去哪儿了？方芳就跟她说了李晨曦打印、张贴寻人启事的事情。说完打印张贴，方芳又说刚才刚要吃饭，来了一个电话，说有你妈妈的消息，你爸爸他就赶紧出去了，你说这电话来得快不快？

听说有人有老妈的消息，嘟嘟就问老爸去哪儿见这个人了，方芳说不远，就在街道办事处附近，你赶紧吃饭吧，你爸一会儿就回来。嘟嘟端起碗来就琢磨，街道办事处附近有人知道老妈的消息，难道老妈没走远，就在街道办事处附近？就在附近老妈怎么就不能自己回家呢？觉得奇怪，嘟嘟就放下了手里的碗，赶紧给老爸拨去了电话，想问问他到地方了没有，老妈人见到了没有。

李晨曦见到嘟嘟拨过来的电话，起初他不想接。不想把他遇到的事情告诉嘟嘟。但是转念一想，自己不接电话嘟嘟就会着急，就会一遍一遍地再给自己打电话，于是，他只好无奈地接听了。

嘟嘟问老爸你见到了提供消息的人了？

李晨曦说见到了。

他怎么说？

李晨曦说没怎么说。

嘟嘟问没怎么说是什么意思？到底有没有我妈妈的消息？

李晨曦回答说，嘟嘟不说这个了，我现在有点事，忙着呢，具体的，等回家之后我再告诉你。

李晨曦刚要吃饭的时候有人来电话说他那里有孙丽丽的消息，请他赶紧来一趟。听说那个人有孙丽丽的消息，并且那人离自己很近，就在街道办事处附近，李晨曦就说你等着，我马上过去。

骑车来到街道办事处附近，回拨了刚才那个电话，按照电话里告诉他的路线寻找，李晨曦不知不觉地就走进了城管的办公室。

李晨曦。办公室里的城管员问他，你就是李晨曦？

李晨曦说我是，您是——

李晨曦，有才，看看你写的寻人启事，有才，文人吧？城管员问。

李晨曦不好意思地笑笑，说平时爱写写东西什么的。说完就问对方孙丽丽在哪儿。

城管员就立即换上了一副严厉的面孔，问，这些小广告都是你贴的？

一看对方换上了那样的面孔，李晨曦的心里就多少明白了几分，他赶紧回答说是我贴的也不是我贴的。

城管员说你这写文字的怎么说话这么绕口儿，到底是不是你贴的？

李晨曦说，我贴了几张，其他的都是一个外地小伙给贴的。

给钱了吧？

给了。他说这是他的地盘，所以得给钱。哎，他还说你们是，你们之间是有默契的。

哈哈哈，书呆子吧？城管员笑笑说，我们之间有默契？你是想说我们受了他的贿赂，替他当保护伞吧？笑话，你也不想想，他要想贿赂我们得用钱吧？先不说我们城管从来就不接受贿赂，就是他想贿赂我们，你问他有钱吗？上当了老同志。来，在这儿签字。按规矩，你贴小广告，雇用人贴小广告这违反了国家的相关法律法规，要处罚。你呢，家里走失了人，心里着急，我理解，款就不罚了，但是贴的那些小广告，你得亲自把它揭下来，好不好？

李晨曦看了看处罚单，拿起笔来准备签字。

你不是说有孙丽丽的消息吗？他问城管员。

我不这么说，你能来吗？城管员反问他。

5

和王晓京商量完计划的事，发发走出了饭馆。他准备到银行去取钱，然后再到摄影器材城去购买那款镜头，以便给迪博士继续拍人体写真，并把镜头还给迪博士。

正想着迪博士，迪博士就来电话了。

你干吗呢？迪博士声音依然是娇滴滴的拖着长音儿。

我，没干吗。发发回答。

今天为什么没给我打电话？迪博士问，你在哪儿？

在马路上，发发说，你不是说你有事吗，所以就没敢打搅你。

你干吗去？迪博士又问。

发发回答说，我去买点东西，要么你开车送我去？

我没心思，迪博士说，我今天心情特别的不好。

怎么了？发发为了显示关心，赶紧问。

有些事情我没跟你说过，迪博士沉了一下，说，原来想过一段时间就会过去的，但是事情却越来越麻烦了。

什么事情叫你那么烦心？发发试探着问。

电话里说不清，迪博士说，明天，或者哪天，找个时间跟你说吧。

发发原本心思在赶紧去买镜头上面，根本也没心思听她说什么烦心的事情，于是就顺着迪博士的话说了句嗯，好吧。

不行，你那么冷漠，一点也不关心我，迪博士忽然娇情了起来，说，我就要你现在听！

迪博士说她特烦，是因为有一个男人老是追着她。

我知道，发发说，你不说我也知道。

你怎么知道的？迪博士问，先知先觉么？

嗯，发发想了一想，说，其实，我早就感觉出来了。

听迪博士又问你是怎么感觉出来的？发发就给她举了两个例子：一个是有一次他俩在床上亲热，如胶似漆的时候，她的手机突然地响了，并且反反复复地响了三遍，追命似的。她没办法了，披了一件他的背心下地去接，她对着电话说得很谨慎，很简练：我在外面，没有，大概11点回家，好的。讲完电话，迪博士上到床上来说，一个领导来的电话，说说工作上的事情。发发没说什么，依旧在床上躺着，他知道这肯定不是什么领导打来的电话，因为没有一个领导打电话说工作的时候会问她在哪里，什么时候回家。一定是一个跟她很熟识很接近的人问她你在哪里？她说我在外面，你是不是和谁谁谁在一起？她说没有，对方再问，你什么时候回家？她说大概11点回家。对方又说，那好，我等着你，她说好吧。

你可以改行做侦探了，听了发发举的例子，迪博士说，你的感觉是对的，那次电话就是他打的，你怎么就能感觉出对方是一个男人呢？你怎么那么老谋深算呢？

不是我老谋深算，发发说，换了任何一个男人都会感觉出来的。

嗯，我说那天我再回到你身边的时候你不行了呢，迪博士若有所思地说，那么，另一个例子呢？

另一个例子发发给她举的是有一次她的车限行，她到他家来坐的是地铁。待到九点多钟的时候，她坐不住了，说今天要早点走，免得地铁没车了。他挽留说，早着呢，地铁的末班车要11点呢。但是，她还是执意要走。那天，把她送到地铁口，他说反正也早，我送你过去，之后再坐回来，她却坚决地拒绝了。那天就为要送她，一个要进地铁，一个往外推，两个人在地铁门口拉扯了好一阵子。

那次那么早走，发发问迪博士，说，还不叫我送，也是因为他吧？

是，迪博士说，是他。他是我以前的司机小贾。他一直追求我，但是我一直不同意。他最近知道我们两个的事了，就不断地给我打电话，不断地纠缠，非要我嫁给他，都到了，怎么形容呢？都到了近乎疯狂、歇斯底里的程度了。这就是我烦的原因。

哦，发发说，你那么优秀，人长得又有气质，再加上单身多年，有人爱你，追求你，这很自然。

你怎么能那么冷静？迪博士忽然高声问道，听了这样的事，你不生气，你居然还局外人似的！

方芳和嘟嘟来到大街上，远远地就看见李晨曦正拿着一把小铲子在清理墙上的小广告。

城管员，上面的太高了，我够不着，你车上有梯子没有？李晨曦问城管员。

监督他干活儿的城管员从车上下来，看看贴在很高位置的小广告，说，我没梯子。你上那边搬点砖头垫上。说完，就又走回到车里。

看见李晨曦走到街道的另一处很费劲地抱起来几块砖头，嘟嘟赶紧跑了过去。

嘟嘟从李晨曦手里接过砖头，方芳赶紧上前给他擦汗。把汗擦了，又从包里掏出饭来让他吃。城管员看见了，就从车里下来，说真抱歉，我不知道您还没吃中午饭呢，这样，你上车吃，顺便也歇会儿。说完又补充了一句，我车上有热水。

李晨曦跟城管员客气了一阵，之后坐进车里吃饭。李晨曦去吃饭，嘟嘟就拿起了小铲子站在砖头上举着胳膊去铲除小广告。

城管员见嘟嘟踮着脚尖站在砖头上晃晃悠悠的，赶紧过来让嘟嘟住手，别铲了，快下来。说你要是摔着了更麻烦。

扶着嘟嘟从砖头上下来，城管员对嘟嘟说，其实论年龄，李晨曦跟自己的父母一样大，他本不忍处罚他，但是制度就是制度，不能不执行，再说，让李晨曦清除小广告也是让他能够受到些教育，体会体会我们做城管的艰辛。

嘟嘟刚才站到砖头上举着胳膊清除小广告时就有了这方面的体会，她揉着肩膀说，您说得对。不干不知道，清除这些小广告真不容易。你们的工作的确很辛苦。

行了，待会儿我叫几个志愿者过来帮着清理吧。城管员感谢嘟嘟的理解，他最后对嘟嘟说，知道我们的工作有多难做了吧？记住了，往后别再乱贴了，去吧，把老爷子带回家吧。

看着城管员那张胖乎乎的脸，嘟嘟心里非常感激。她刚要开口说些感谢的话，忽然见李晨曦推开车门跑了出来。

孙丽丽，孙丽丽——他举着手机激动地朝方芳和嘟嘟喊。

第十三章

合租房里人员混杂，乌烟瘴气，惦记着女儿嘟嘟是不是能适应这样的生活环境，于嘟嘟住到合租房的第二天一早李晨曦便给她打去了电话。嘟嘟接电话时没有说话，李晨曦好像听见了她的抽泣。

1

孙丽丽有了消息。

消息是通过派出所的那个警察传达过来的。

李晨曦接了警察的来电就和方芳带着孩子们赶到了派出所。那个警察告诉李晨曦说孙丽丽她目前挺好的，就是不愿意跟大家见面，不愿意回家。她说她没家了。这是她的原话。警察说。

李晨曦问他孙丽丽现在到底在哪儿?

民警说她不愿意让别人知道她目前的住址，也不愿意让人知道她的联系方式。

那你怎么和她联系?李晨曦问。

当然是电话了。警察回答，没跟你说嘛，她目前的心态还没完全调整过来，因此，她不愿意和你们联系。老李，给她一段时间吧。往后你们要是有什么事，就来找我，我替你们跟她联络。

得知了孙丽丽的消息，尽管孙丽丽不愿意和家里人见面，但是李晨曦一家人心里的一块石头总算是落了地。嘟嘟说老爸咱们应该庆贺一下，李晨曦就问方芳好不好?方芳看了看表说自己该回家了，唱唱晚上还没人照看呢。她说你们庆祝你们的，我在心里头替大家高兴就是了。

送走方芳回到家里，李晨曦忽然想起了一个问题，于是他就问嘟嘟，说，这警察是怎么知道你妈的消息的呢?而你妈怎么又只让他一个人知道自己的地址和通信方式呢?

嘟嘟知道了老爸的疑虑，就说老爸，你老了。

李晨曦问嘟嘟什么意思。

嘟嘟说你真笨。

回到老爸家住的嘟嘟怕在下一个周末老爸和方芳还不能团聚，就开始想办法解决自己的住房。办公室是不能再住了，孙处的骚扰让她的心理几乎已经接近了崩溃的边缘，而买房自己又付不起那天文数字般的房款。因此，嘟嘟只好把目光放在了租房上。

晚上李晨曦做好了晚饭等着嘟嘟回家来吃，可是快到7点了，仍然不见嘟嘟的人影。怕是嘟嘟又遇到孙处的纠缠，李晨曦赶紧给嘟嘟打去了电话。嘟嘟接到电话后说她正在看房子，不让老爸等她吃饭了。

嘟嘟很晚才回来，然而饭菜在桌上李晨曦却一点都没有动。得知老爸一直在等着自己一起吃饭，嘟嘟很幸福地将头靠在了老爸身上。

李晨曦问嘟嘟去看什么房子？

嘟嘟说看看出租的房子。

李晨曦问她怎么想起来要去看出租的房子？

嘟嘟说我想早点搬出去，好让您跟方芳阿姨能够在周末团聚。

听了这话，李晨曦的心里就有些酸，他说唉，都是老爸没本事，所以才让你在房子上面受那么大的委屈。老爸要是个大官儿，或是个大款，你如何至于……

第二天嘟嘟下班又回来晚了，李晨曦依然在等着她回来吃晚饭。嘟嘟回来后，李晨曦问嘟嘟是不是又去看房子了？嘟嘟说是，单位附近有一套三居室她看中了。听说嘟嘟要租三居室，李晨曦便有些惊讶，问她三居室每个月可是好几千块的租金，能负担得起吗？嘟嘟连忙解释说是合租。三居室里住四户人，房租每月800。

嘟嘟啊，你别给自己那么大的压力。李晨曦见嘟嘟要去合租房住，就劝道，你住在我这儿是应该的，中国的传统就是老子应该给孩子准备住房，所以，你就踏踏实实得住，别嫌条件不好就是了。

嘟嘟说我不是嫌您这儿条件不好，是我觉得自己在这儿住着，影响您和方芳阿姨的正常生活，所以我想尽早搬出去。说完，嘟嘟又补充了一句，并且，我也应该有我自己的正常生活。

因为不放心嘟嘟租住的合租房的生活条件，李晨曦决定在嘟嘟搬家的时候亲自送嘟嘟过去。

随搬家公司进入到合租房之后，李晨曦顿感压抑。三居室不大，一进门几乎没有客厅，很小的空间内很黑，即便是白天也要把灯打开，而打开灯之后里面仍然是昏昏暗暗的没有一点生机。环视这个很小的空间，房子的顶部，各个角落都很惬意地布满了灰尘和爬行动物们在灰尘上面印下的脚印。在这些灰尘的映衬下，墙壁上那几张大明星光着膀子和大腿的写真照片就显得相当不入流儿，甚至是相当难堪。在这个很小的空间里电视机和一堆由旧鞋子、破袜子、揉成团的纸以及各种服装、食品的包装袋儿组成的破烂为伍，则更显得这间屋子久疏管理、杂乱无章。三居室的房子一间朝阳，一个斑斑驳驳的门上挂着一把同样斑斑驳驳的锁把这件房子给锁紧了。两间朝阴，其中一间没有门，只有一层门帘儿，弯下腰去，你就能看到屋子里面的一切，其中一间拥有一个门，但是那门好像只相当于一个摆设，它被半只合页支撑着，向你述说着它的摇摇欲坠。厨房和厕所挨着，各自只有一两平方米大小，只能容纳一个人勉强转身。

嘟嘟推开那扇摇摇欲坠的门的时候很小心。推开后，确认它没有倒下来的意思，嘟嘟这才指给老爸看，说这间房子就是她的家。房子因为有扇窗子的缘故，应该说比门厅那个狭小的空间里亮了不少，至少不用大白天的就把灯打开。不过，李晨曦走进去看，那扇窗子比那扇门也好不到哪儿去，冬天它关不紧，夏天它打不开。李晨曦倒背着手，再往墙上看，除了刚才看到的那些很惬意地趴在角落里的那些灰尘之外，他还看到了各式各样能让人产生联想的图案。那些斑斑驳驳的污渍，他觉得那是只有男人才知道是什么东西构成的。而那些刻在墙上的道道、对勾儿、叉子，此起彼伏的，也只有女人们经过认真研究才能弄明白。窗子打不开，房间里的味道便和整间房子里充斥的味道相同，混合着烟味儿和衣服、鞋子甚至是身体上散发出来的污浊的气味。李晨曦抽抽自己的鼻子，看看嘟嘟，问她行吗？不行还是搬回去住吧。嘟嘟指挥着搬家公司的人搬着东西，说，老妈搅和了好一阵子让您和方芳阿姨结婚后就没在一起生活过一天，老妈刚离开，我自己又住进去了，您两个还是不能生活在一起，因此自己宁愿克服再大的困难，也要把房子给老爸腾出来。

听了女儿体贴的话，李晨曦很是感动，帮着嘟嘟安顿好后，他攥着嘟嘟的手说，如果遇上困难，就回家，并且还说出了方芳说的那句话——

家永远都是你的港湾。

2

发发从厦门出差回来时，是迪博士接的机。

登机之前一天，他收到了她的短信，她说，听说那边有台风，你要注意身体，万一被风吹病了回来没法做老公了可不行。

从机场出来，迪博士给他安排了行程：先送发发去看看老爸，看完老爸，之后再去他自己家享受两个人的世界。送发发去看他爸的时候，迪博士没有跟随他一起进屋，帮他把行李箱打开，把厦门的特产掏出来，嘱咐他把这些东西都送给老爸之后还嘱咐说，跟老爸多待一会儿，别急，我在这里慢慢等。

发发来到老爸家，老爸正在做丸子。发发就说您知道我要来，应该做红烧肉才是啊，怎么做这么些我大姐爱吃的丸子啊？李晨曦把一个丸子送到发发嘴里，告诉他嘟嘟从今天晚上开始要搬到合租房住了。说她往后不像是在学院那么方便了，下楼就有食堂，我给她炸出点丸子来，到吃饭的时候她要是懒得动换了，弄个馒头夹两个丸子就能对付一顿饭。

听老爸说大姐搬到合租房，发发就想起了那天大姐给自己打电话的事，于是就问老爸是不是他们学院那个孙子欺负大姐来着？李晨曦害怕发发会纠集一帮人去找孙处理论惹出麻烦事儿来，没敢跟发发说那天晚上孙处图谋不轨的事情，只是轻描淡写地说了嘟嘟觉得老住在办公室不方便，睡不了懒觉，这才想着要去合租房的。

那她不等着分房了？发发问。

嗨，她觉得希望不大了吧。李晨曦说。

发发把丸子嚼了，咽进肚子里，说真香。李晨曦听他说香，就说哪天你回来老爸给你做红烧肉，说完，又拿了一个丸子递给他。发发看了看丸子，说我不吃了，您给我大姐留着吧。说完，又问老爸大姐在合租房里住着行吗？李晨曦用围裙擦擦手，说，我看了看，反正条件不太好，又全是外地来打工的人和她一起住。今天晚上她先住住试试，要是不行再想办法，不过我跟你大姐说了，要是实在住不习惯，就搬回来。

吃了个丸子，见家里没什么事儿，发发就跟老爸说迪博士还在马路边上等着我呢，我走了，有事儿给我打电话。不过，发发的话李晨曦没听清，那声音似乎在还没到达李晨曦的耳朵边上的时候，就被嗡嗡作响的抽油烟机给抽走了。

走出家门的发发直奔了停在马路边上迪博士的那辆车。因为以往迪博士等他的时候，都是开着空调坐在车里的，用她的话说公家的油儿，没成本。因此，发发到了车的跟前，很自然地就去拉副驾驶的车门。不过这次他拉了两下却没拉开，探头仔细一看，原来车里没人。

松开车门把手，发发抬眼四处张望，然而视野的范围以内，竟看不到迪博士的人影儿。发发揣度着迪博士或许去了商店，就掏出了手机给她拨了电话。没想到，他得到的答复却是您好，您所拨打的用户正在通话中，请稍后再拨。

发现迪博士的时候，是在发发正举着电话，得到了第二十几次的“您好，您所拨打的用户正在通话中，请稍后再拨”的答复之后。其实，第一次得到这个答复时，发发的心里就震颤一下，就有了一种不舒服的感觉，就开始了一个不情愿的猜测，就想到了一个这个时候他最不愿意想到的人。走近了迪博士结果证实还就真是，迪博士躲在一辆白色的面包车后面，正在和小贾通话。一瞬间，发发就没了回自己家和迪博士共度美好时光的念头。往迪博士的车旁边走的时候，他的心沉沉的，像是坠上了沙袋。

大概过了十几分钟，迪博士手里攥着电话走到了发发的近前，这时发发正坐在车旁边的花池子上发呆。

你怎么那么快就出来了，迪博士问，没跟老爸多待一会儿？

发发看着迪博士没有说话。

迪博士像是看出来了什么，就把手机放进了包里，说，他，真烦人，老是死缠着我。

你把车门开开，发发说，把我的行李拿出来，我自己打车走了。

看看迪博士没动，他又补充说，以前我跟你说过我是因为什么离婚的了吧？

说了，迪博士答，她跟一个男人不清不白的。

所以，发发加强了语气，说，我不想再次受这样的伤害了！

我正努力地摆脱他，迪博士急忙辩解，说，这你是知道的，我跟他说过无数遍了，我们俩不合适，我们俩不可能有任何结果，叫他不要再纠缠着我了，但是毕竟我们在一起好多年了，他给我开了那么多年的车，我们不可避免地要有很多的接触，再说，这个时候，我需要得到你的帮助！

你们俩是怎么回事，我不想知道，发发说，你的事，我也爱莫能助。抱歉了！

发发说完抱歉了，就走到汽车边上去拉车门。李晨曦捧着丸子远远地看见了，就喊发发，发发等会儿再走，你把这些带回去吃跟迪博士吃吧。

迪博士看见李晨曦往她和发发这边走过来，就立即迎上去，搀扶住李晨曦让他别着急，慢一点，小心路上有异物给绊倒了。说我刚才有点事要处理，就没进屋去看您，怎么样，您这两天挺好吧？

李晨曦说挺好，让您惦记着了，谢谢。

迪博士说，谢字可不敢当，应该的，我们做晚辈儿的关心关心老人还不应该啊。那天听说孙阿姨有消息了，我真替您高兴，这回您就可以放心了。瞧您，为了孙阿姨操了多少心，远郊去了，收容所去了，还被城管给抓住了，我看您那几天显得特苍老，今天好了，孙阿姨一找着，您的心情好了，这气色也跟着就好了，您看您今天精神头儿多好。

听迪博士提起孙丽丽，李晨曦赶紧就说帮着找孙阿姨，您没少操心费力，我正说哪天把您请过来好好地感谢感谢呢。

您太客气了，感谢可不敢当，刚才不是说了吗，我们做晚辈儿的，出点力，应该的。以后，您可别老把这件事挂在嘴边儿上。

在迪博士的搀扶下，李晨曦来到了汽车边上，李晨曦把手里用保鲜袋装着的丸子递给发发，说你不是说香吗？给你大姐的我再炸，这些你先拿回去跟迪博士吃，也让迪博士尝尝我的手艺。

发发瞪了一眼老爸，没理他。

迪博士见发发不接炸丸子，就主动接过来，说，老人家给咱们辛辛苦苦炸的丸子，收起来吧？

发发没搭理迪博士，他非常不满地看了看老爸，他努力地将心里的火气压了又压，最后还是忍不住朝老爸嚷了一句。

您跟着瞎掺和什么啊！

3

发发和迪博士开着车走了，李晨曦捧着丸子又走回了家。推开房门，他忽然想起来，出门的时候煤气还没关，于是他扔下丸子就奔了厨房。奇怪，厨房里没有烟，煤气灶上的油锅也没有着火。再看看煤气灶，关得好好的。被自己吓了一大跳的李晨曦擦擦脑门上的汗珠儿，一屁股坐在沙发上，之后就再不想起来了。

墙上的挂钟敲响 11 下，方芳来了电话，问他做饭了没有？今天吃什么？

李晨曦有气无力地说了声没做，什么也不想吃。

方芳听李晨曦说话没精神，就说要不你过来，到我这儿来吃。

李晨曦从沙发上站起来，似乎是准备说好吧，我过去，但是当他看到扔在桌子上的丸子时就改变了注意，说，明天吧，我刚才炸了点儿丸子，原本是想给嘟嘟送过去的，可刚才发发来了，见他爱吃，我说让发发先拿走，嘟嘟的我再炸，可这小子也不知道在跟谁生气，不要。我想今天吃晚饭时，把丸子给嘟嘟送过去。你那儿，今天就不去了。

方芳听李晨曦说给嘟嘟送丸子，就问嘟嘟学院的食堂不是挺好的吗，你怎么想起来给她送丸子了？

李晨曦回答说，嘟嘟从今天开始，就要搬到合租房里住了，怕她吃不好，我特意给她炸几个丸子。

听说嘟嘟今晚要搬到合租房里去住，方芳不免有些担心，就问李晨曦那里的条件行吗？我可是听说合租房的居住环境相当差，都是些打工的，各行各业的，什么人都有，特别是那种人，歌厅里干那事儿的那种人都住在合租房里，万一碰上这么一位当邻居，可怎么办？你让她住到那种地方去，放心吗？

李晨曦说不是我让她去的，是她觉得在咱们这儿住着影响咱俩周末团聚。所以，她就主动去找了房子。独居的，她租不起，因此，就选择了合租房。

方芳听了李晨曦的叙述，好半天之后说，那，你今天先把丸子给她送去，等明天我再做点好吃的给她送过去。

李晨曦说行。

因为迪博士执意要送发发回家，所以发发最终还是没能从迪博士的车上拿走自己的行李箱。

坐在迪博士的车上，看着她一路开车一路默默地流泪，发发的心便开始有了一些松动，并开始一点一点地软了下来。不过，他还是有一口气憋在心里，怎么也释放出不来，长长地做了几个深呼吸之后还不奏效，于是，他就伸出了自己的右手，狠狠地朝着自己的脸抽了一巴掌。

你不许这样，迪博士听到那下清脆的响声，忙回了一下头，把一只手伸到后排座上，摸了发发的脸，说，你不许这样。你这样，我心痛。

车到了发发的楼下，迪博士不顾行李箱的沉重，一口气把它提到了楼上。这期间，发发曾经夺了几次，迪博士都没有放手。

进了屋，迪博士放下行李箱，两个人相视而对，但是似乎都不知道先说什么好。迪博士想去摸摸发发的脸颊，问问痛不痛，继而投身到他的怀里，但看到发发一脸的严肃，结果没敢。发发想说那个小贾刚才电话里不是说马上要你到什么地方去，要和你谈谈吗，你赶紧去吧，别在我这里耽误时间了。但看到迪博士一脸的忧郁，就没再刺激她。

发发收拾行李的时候，迪博士的手机又响了起来。她看了看他，一脸尴尬地对着手机说了声喂。接下来，是迪博士和对方高一声低一声的争论和各式各样的解释，因为内容涉及了发发，发发就连忙躲进了卧室。然而，这也没有阻挡住小贾的一腔的火气——你贱不贱呢！啊？你贱不贱呢？我问你，你才和他认识几天呢，你就到人家家里去了，你就跟他上床了！

你怎么知道我到他家里去了，你怎么知道我们上床了？迪博士质问。

你以为我傻呀，小贾吼道，你穿着拖鞋在屋里走来走去的声音我都能听得到，他使用抽水马桶的声音我也能听得到！

你有什么权力干涉我？迪博士质问对方，你是我什么人？

他是你的什么人？小贾反问。

他，他是我的男朋友，迪博士回答说，我们正谈婚论嫁！

为了驱赶掉这些声音，发发打开了电视，准备用电视机的声音遮盖住迪博士和小贾的声音，这时，迪博士忽然推门走了进来，她把自己的手机递给他，说，给，他要和你说话。

谁？发发不知道为什么第一反应竟有些慌张，于是明知故问。

他，迪博士答。

看着迪博士的手机，发发紧皱了一阵眉头，他忽然觉得这事情怎么越来越复杂了，竟把自己也牵扯了进来，这迪博士不是小贾的老婆啊，自己并没有偷人家的妻子啊，他凭什么要求和自己通话呢？

你愿不愿意？看着发发没有接手机，迪博士问。

镇定了一下，发发把迪博士的手机拿在了自己的手里，清了清嗓子，说，喂小贾，什么事。

小贾好像很懂挺礼貌，先说了声你好，接下来说咱们都是男人，我想听你的一句实话，你们两个人是不是在谈婚论嫁。

发发很耐心地听对方把两个人的过去讲了一遍，然后很肯定地说，我们是在谈婚论嫁，一点不错。

那好，小贾说，既然这样，我要和她做一个了断，把我们之间的一些相关事宜处理一下，你能不能叫她马上到我这里来一下？

发发说好。

4

李晨曦打电话说晚上让嘟嘟等着自己吃饭，他给她炸了丸子，晚饭时给她送过去。嘟嘟就说大老远的，您甭跑了，这样，今天我回家吃饭，吃完饭我把丸子给带回来。

下班后嘟嘟就赶回了家。帮着老爸炒好菜后，两个人吃着饭，饭桌上李晨曦又说起来他对嘟嘟那套房合租房的感受，他说那里居住环境太差。嘟嘟安慰老爸说，这不是权宜之计吗，老爸，您放心，过了这一关就好了，您不是常说嘛，面包会有的，牛奶也会有的。

李晨曦没理会嘟嘟说的什么面包牛奶的，还是自责，说自己没本事，不会挣钱，只会写诗，甚至诗他妈的都写不好。写那个狗屁玩意儿当不了饭吃，既帮不了国家，帮不了自己，也帮不了女儿。

嘟嘟知道老爸是心疼自己，就劝老爸，说自己走到这一步，不能怪别人，更不能怪老爸，是自己不懂事儿，不听您和我妈的劝，非找这个雷鸣，不仅害得自己没要孩子，到现在甚至连个窝儿都没了，现在想想，后悔也来不及了。说到这里，嘟嘟的心里就涌上来了一股酸楚，不由得，眼泪也跟着悄悄地流了下来。

李晨曦听嘟嘟抽鼻子，侧头就看见了嘟嘟的眼泪，于是他抽出一张纸巾递给她。好了，嘟嘟，不说了。不说我没本事，也不说你不听话了，你讲话面包会有的，牛奶也会有的，吃饭。李晨曦这么说本来是想安慰嘟嘟，可没想到话一出口，自己的眼睛一热，眼泪也流泪下来。看见老爸掉泪，嘟嘟再抑制不住了，她说了一句我的命怎么这么苦啊，之后就伏在李晨曦的肩上痛哭起来。

晚饭后李晨曦说让嘟嘟早点走，免得路上不安全。嘟嘟走出去了好一会儿李晨曦才发现他忘记了让她带上炸丸子。看看时间，估计还来得及，李晨曦就赶紧追了出去，追到公共汽车站，一辆汽车正好驶离车站，李晨曦只好举着炸丸子，迎着汽车带过来的那一股风，停住了脚步。

捧着丸子往家走，李晨曦还是觉得自己心里不好受，还是觉得自己没本事。还是想着自己写的那几句狗屁诗既帮不了国家，也帮不了自己。于是他不自觉地就走到了派出所。见到派出所上悬挂着的警徽，他才意识到他是有一肚子的话，一肚子的委屈，一肚子的自责要跟孙丽丽说。真巧，那个警察今天正好当班，看着手里拿着炸丸子的李晨曦，他脸上的表情倏地就有些异样。他问李晨曦是要给孙丽丽送炸丸子吗？李晨曦说不是，他有几句话要跟孙丽丽说。警察的脸上又恢复了平静，笑容也随之堆了上来。很快就帮李晨曦联系上了孙丽丽。

孙丽丽问李晨曦找她什么事？

李晨曦说嘟嘟没地方住了，今晚住到合租房里去了。

孙丽丽一听就来了气，指责李晨曦说，你就是耳朵根子软，什么都听那个娘们儿的，是不是她容不下嘟嘟，把嘟嘟撵走的？你们俩就那么着急要住到一块儿吗？你就那么一会儿都离不开女人吗？

嘟嘟回到合租房因为没事可做，电视也让那几个在门厅赤着上身喝酒的男人把持着，于是便早早地就洗漱好躺在了床上。

正在昏昏欲睡之际，隔壁房间的那个女人尖尖的叫声钻进了她的耳朵。因为隔壁房间没有房门，因此这尖叫就显得格外清晰。随着这个尖叫很有节奏的一起一伏，她又听到了一个男人的喊声。她听他问叫喊的女人爽不爽。女人呼喊着爽，爽，爽死了！之后男人又问女人够不够，舒服不舒服，解渴不解渴，女人则大呼小叫喊饶命饶命。你弄死我了，救命啊！

这喊声相当刺激，像一支支钢针，一针一针地刺进了嘟嘟的心脏，嘟嘟实在是听不下去了，就赶紧用双手堵住了自己的耳朵。

其实，这男人和女人的呼喊，仅仅是这个夜晚的序幕，正戏还未上演。这种声音刚刚结束，另一间房间里又响起了一个男人和一个女人之间的大骂声。

女人质问男人，你一个大男人不工作，在家里靠女人养活着，有脸没脸？

女人的话音未落，只听啪的一声响，男人狠狠地扇了女人一巴掌，之后嚷道，老子就让你养活着了，怎么着吧！老子就让你养活着了，你说，你怎么着吧？他妈的贱骨头，不挨打不痛快是吧？不挨打肉皮子痒痒是吧？男人又狠狠地抽了女人一巴掌，说，把钱给老子掏出来，不掏还打你。贱货！

男人和女人的吵闹声在女人哭累了之后渐渐地淡去了。然而，门厅里面喝酒的男人却正值酣畅。猜拳行令就此开始。什么五魁首、六六顺、七个雀啊，八匹马啊，喊得墙角上的灰尘都待不自在了，纷纷地落在了嘟嘟的头发上。

合租房的晚上，就像一个大舞台，你方唱罢我登场，由于职业不同，因此各自的作息时间也不同，不断地上演着各式各样的剧，有的是小品，有的是大片儿，悲欢离合样样都有。到了半夜，做歌厅小姐的两个人穿着高跟鞋咣当咣当地又进里屋，之后整个合租房就归属于了她们。她们开始是聊天，说今天的客人，这个比较大方，一张手就给了她两百块，说那个比较讨厌，要结账的时候故意解她的衣服，摸她那儿，以激怒她，让她跟他吵，好让领班过来告状以减免费用。两个人说完，又开始做饭，吃饭，抽烟，再之后接听各种男人的电话，最后是洗漱如厕。

这一夜嘟嘟彻夜未眠。

第二天，嘟嘟睡眼惺忪地来到了办公室，无精打采地刚要开门，没想到孙处又提着一袋子早餐站在了门边。孙处像是知道了嘟嘟昨晚住到了哪里，放下早餐之后，他就从兜里掏出一张饭店的房卡来递给了嘟嘟。他用手指指隔壁饭店说，他给她在那里开了一个房间，她可以随时住过去。

孙处走了，李晨曦给嘟嘟打来了电话，他问嘟嘟夜里休息得怎么样？房客都是什么样的人？规矩不规矩？早上上厕所排队不排队？听到了老爸的声音，嘟嘟不知怎么就委屈了起来，看着房卡和早餐，眼泪吧嗒吧嗒地就滴落了下来。

爸爸。嘟嘟冲着电话叫了一声。

第十四章

李晨曦和方芳不放心嘟嘟在合租房里的生活，便于周末去看望嘟嘟，没想到一进门就目睹了令人心悸的一幕。于是方芳赶紧拉住了嘟嘟的手，把她领回了家。

1

李晨曦从派出所回来心里一直很乱。他原本是想跟孙丽丽说说自己心中的苦闷，想得到来自孙丽丽的帮助，因为嘟嘟毕竟是他们两个人共同的孩子，但没想到却招致了她的揶揄。

一夜没睡好的李晨曦一直惦记着嘟嘟，不知道她这一夜过得怎么样，合租房里休息得好不好，房客们相互之间是否融洽。特别是那个狭小卫生间，要这么多人轮流使用，男人还有女人，嘟嘟每天有蹲厕所的习惯，不知道她早上起来的这第一个问题能不能够从容得解决。

给嘟嘟打电话李晨曦想知道的似乎还不止这些，但是嘟嘟却一个都没回答，并且他好像是还听见了嘟嘟哭了。

李晨曦的电话被嘟嘟挂断，紧接着方芳的电话就打了过来，方芳说我告诉你个好消息，崔凯今天出差，下午走，去天津考察市场联系货源，晚上不回来，你今天可以过来住了。说完，听李晨曦没有很高兴地表示，方芳便问李晨曦怎么了？来家和我一起住你不高兴吗？

李晨曦没回答方芳的问题，却说了他对嘟嘟刚才电话里好像是哭了的担忧。说我担心她在合租房里遇到了问题。

这个早晨，李晨曦和他的孩子们的手机似乎都很忙，此起彼伏的。李晨曦和方芳刚通完话，发发的手机就又响了起来。王晓京是估计着发发已经起床了，若是他跟迪博士在一起，迪博士此时也已经离开了，这才给发发打的电话。当然，王晓京所关心的问题莫过于那个计划，他觉得，发发出差厦门，和迪博士应该是小别新婚，发发此时把计划抛出，可以说是水到渠成。不过，发发说出了又有情况发生，迪博士先前的司机小贾斜刺里杀出，制造了事端，致使他和迪博士没能享受二人世界后，王晓京刚才还充斥在内心的希望，一下子就好比放进了冰箱的冷冻室，迅速萎缩了下去。

这个王八蛋，王晓京在电话里骂道，他是不是活腻歪了！

发发回答说是他妈的有点儿！

镜头买了吗？王晓京转移了话题问。

发发说买了，发票开的是电脑配件。

嗯，王晓京说，你待会儿到我这儿来报吧。说完报销的事王晓京又说，你想想，我也想想，看有没有什么好办法，这个小贾的问题必须解决，以免再生后患。

李晨曦坐车来到方芳家，方芳正在准备午饭。李晨曦想进厨房搭把手，方芳用胳膊肘把他推了出去，说锻炼的时候，旁边有个书摊儿，我见书摊儿上有一套《金瓶梅》，香港版的，就给你买了一套。你不是说你就喜欢这么一套书吗。

小摊儿上能买到《金瓶梅》？李晨曦问，是正版的吗？

正版的？你做梦呢吧？方芳从厨房里探出头来，说，盗版的，不带删节的全本你找找看看有没有？

坐在客厅的沙发上看方芳给自己买来的书，李晨曦顺手一翻，正好就把书翻到了西门庆准备迎娶李瓶儿的那一章。西门庆大张旗鼓盖房子的情节就又把李晨曦刚刚有些淡漠下去的房子问题勾引了出来。于是，他放下手里的书，走进了厨房，跟方芳继续着早上电话里的话题，他说，他担心嘟嘟在合租房遇上了什么问题，不然，早上他给她打电话，她不会不说话，更不会哭。

你不是说你好像是听见她哭了吗？方芳停下手，问，怎么现在又这么肯定了呢？

是好像，但是又不是好像，李晨曦回忆着说，她就是在哭。

不管她是不是在哭吧。方芳劝着李晨曦说，孩子大了，有些事情得他们自己去扛着了，你别老把事情都往自己身上揽，就像歌儿里唱的似的，你不要心太软，心太软，把所有事情都自己扛。明白吗？

李晨曦说明白倒是明白，可是她一个女孩子，她能有多大的本事？做家长的如果不帮着她，谁来帮助她？况且我们家还是这么一种情况。我昨天晚上去派出所了，本来想找孙丽丽说说嘟嘟的事情，让她也想想办法，帮帮忙。可是她却没头没脑地挖苦了我半天。

听说李晨曦去了派出所，去和孙丽丽通话，方芳立即就有些不高兴，她脸一沉就说了一句既然你什么事都跟她商量，你还跟我说什么。说完，就拿起了菜刀，咣当咣当地开始使劲儿地切菜。李晨曦见方芳脸上风云突变，知道是因为自己说话没加以注意，就走到方芳背后伸出两只手把她的腰抱住。方芳把身子一拧，示意让李晨曦躲开。

发发来到王晓京的办公室报销镜头的发票。王晓京问发发想出来怎么对付小贾的办法。发发看了王晓京阴沉着的脸，问他，你不会是让他蒸发了吧？王晓京冷笑了一下，说我没那么蠢。听王晓京这么一说，发发舒了一口气，说没想出好办法来，你有什么高招？王晓京说，我想把那王八蛋打发得远远儿的，让他他妈的一年也接近不了迪博士一次。王晓京一说把小贾打发的远远儿的，发发就已经想到了机关在厦门的那个基地，于是他就表示赞同，说这招儿不错，不过你做了方案，得迪博士签字，就不知道她签不签。王晓京说她签不签，就看你床上的功夫了。说完，他看看发发，发发看看他，两个人就相对着笑了起来。

吃着中午饭，李晨曦还是在想着嘟嘟的问题。方芳见他依然是愁眉不展的样子，就把筷子往桌子上一放，问他你也别老嘀咕嘟嘟是不是在合租房里遇到了问题，咱们就当她真的遇到了问题，你打算怎么办？你又能有什么好办法？李晨曦也把筷子放下，说，还能怎么办？让她回家呗。方芳说我就知道你没什么好办法，让她回家，是，可以，咱俩能不能团聚这个不提，嘟嘟她这么大的人了，跟你住在一间屋子里面，她能感到舒服吗？要是一天两天的，她可能也就凑合了，但是时间长了，她能接受得了吗？她就不想要自己的空间吗？方芳拿起筷子来，又补充了一句，要不我说你不要把什么事情都往自己肩膀上扛呢。说完，她瞪了李晨曦一眼，还想说一句狗舔八泡屎，泡泡舔不净，可一看这是在饭桌上，就没把这话说出口。

发发回到办公室，看见了大卫在电脑上给他的留言。大卫说，你那天不是说咱俩干脆分手吗？你说过后，我想了想，觉得反正大夫说我们俩三个月不能在一起，这三个月里，你肯定也不会安于寂寞，会找其他的女人，那我就不耽误着你了，给你自由。谢谢你这么长时间陪着我，让我享受了做女人应有的享受。你多保重。吻别。发发看了留言，就回复了一句，三个月不能在一起，是你自己说的吧？见大卫没理他，就又说了一句，那好吧，再见，你也多保重！说完了，就把大卫从 QQ 上删掉。

嘟嘟一上午都打不起精神来，工作中还出现了几次差错。处长就问她你怎么今天恍恍惚惚的？上次你把办公室搞得乱七八糟的我都没批评你，但是今天我可要跟你不客气啦。去，把这些错的地方赶紧纠正了。这个月的奖金就没有你的了啊。

吃饭的时间到了，嘟嘟没敢离开座位，她要把自己的错误修改完，在午休后交给处长，以让自己心里的歉疚多少能够得到些慰藉。恰好在这个时候，孙处给她来了短信，说他老婆出差回来了，他就等她一句话，只要她说接受他，他立即就跟老婆离婚。嘟嘟一只手拿着手机，一只手敲着电脑的键盘，拿着手机的手一个错误的动作，就导致了嘟嘟把孙处这条短信转发到了李晨曦的手机里。正在饭桌上被方芳质问着的李晨曦听见手机一响，立即就起身去看。

孙处发给嘟嘟的短信，让李晨曦面色凝重。

2

晚饭后李晨曦帮着唱唱看了一天的作业，再把听写、默写、口算等功课都做完了，又陪着他看了会儿动画片。大约9点半钟，方芳走过来让唱唱准备睡觉，以便明天早起。于是李晨曦就让唱唱骑在自己的脖子上，把他送到了自己的房间。唱唱睡着了，李晨曦和方芳开始洗漱。由于是在方芳家里，李晨曦有些拘束，放不开手脚，因此，即便是在他和方芳泡脚的时候，他也没做出像在自己家里那样的很奔放的动作。方芳把身子往他身上靠了靠，问他怎么啦。李晨曦被方芳这么一靠，心里才涌出来那么一点感觉。

两个人洗漱完毕，方芳问李晨曦拿一身以前崔凯的爸爸穿过的睡衣晚上穿你忌讳不忌讳？李晨曦说那怕什么，你拿出来我试试。穿上崔凯爸爸的睡衣，方芳上下左右看了看，觉得还很合体，就说他还有好多衣服呢，你要是不嫌弃，不忌讳，赶明儿就都拿给你穿了吧。李晨曦站在衣柜的镜子前，看看镜子里的自己，左右扭了扭，就说好吧，我穿，年龄大了，还瞎讲究什么啊。两个人说着崔凯爸爸的衣服，没听见房门外有动静，也没听见房门被人用钥匙打开了，更没听见有一个脚步声朝着方芳的屋子走了过来。

老妈，我回来了……崔凯的喊声，是在看到老妈的屋子里有一个男人的时候被戛然止住的。看清楚了这个男人是李晨曦，崔凯先是一愣，待他看见李晨曦的身上竟然穿着老爸的睡衣时，他脸上的表情立即就发生了急剧的变化，由惊奇瞬间变为了愤怒。

李晨曦是自己主动离开方芳家的。不用说，是崔凯脸上的愤怒让他做出的这个决定，脱下崔凯爸爸的睡衣时，他似乎已经记不起自己穿上这套衣服之前曾经涌起来的那一点感觉来了，因此，他脱了睡衣，草草地把自己的衣服穿好，扣子都没来得及系，就仓皇离开了。那种仓皇，他从方芳家走出之后才感觉出来，就像是偷了别人的老婆被人家的丈夫给捉了奸。

李晨曦来到大街上公共汽车还有末班车。他想了想，就座上车，买了一张到嘟嘟合租房的票。紧张的心情被风一吹，稍微平定了，他就记起来嘟嘟给他转过来的孙处的那条短信。

发发晚饭后给迪博士打了个电话，问她晚上怎么安排。迪博士说今晚有应酬，对方是杭州的一个大人物，所以就不能跟他在一起了。放下电话，发发这才想起大姐嘟嘟来，他想问问大姐在合租房里过得怎么样，就又给嘟嘟拨去了电话。

发发的电话打过来时嘟嘟正在紧张地做饭。她跟发发说等会儿我给你打过去吧，这里四户人家，就一间厨房，大家轮流做饭，时间很紧。发发听嘟嘟说合租房里有四户人家，觉得奇怪就问三居室怎么会住四户人家，嘟嘟却已经挂断了手机。

吃完晚饭，按照昨天的规律，嘟嘟赶紧戴上了耳机听音乐，并且把音量尽可能地调大，她要用这种方法尽量避免听到没有房门的那间屋子里那对男女的大呼小叫，尽量避免听到有房门的那间屋子里那对那女的高声吵闹。等这两对男女折腾够了，她再强迫自己赶紧睡一会儿，因为，过不了多久，那两个歌厅小姐就要下班了。

李晨曦来到嘟嘟合租房的楼下不敢确定楼上窗户里那点昏暗的灯光是不是从嘟嘟房间里透出来的，因此，他给嘟嘟发了条短信，问嘟嘟睡了没有。李晨曦的这条短信嘟嘟因为戴着耳机没能听见。

见嘟嘟没有回复短信，李晨曦又试着给嘟嘟拨了电话。电话的铃声，嘟嘟还是没能听见。李晨曦似乎觉得有点感觉不对，就快步朝楼上跑去。

发发没事可做，就开始上网，见一个叫木木的女人条件不错，就把她加为了好友。聊了几句相互都觉得比较投机，木木就说我在公园散步呢，手机聊天不是很方便，干脆你没事就到公园来找我吧。发发一见这话，赶紧问木木在哪个公园。木木说紫竹院。

发发来到紫竹院和木木见了面，之后就开始围着湖按照逆时针的方向散步。路边的灯光映照在湖水里影影绰绰，弯弯曲曲的有些诗情画意，发发和木木说着这阑珊的灯光，伸手就把木木的手给攥着了。木木起初还有些碍于情面，有些腼腆，有些躲闪，可抽了几下没能把手从发发的手里抽出来，就顺从了，让发发攥着。

两个人大概走了湖的半圈儿，迎面就走过来了两个人，这两个人一高一矮，高的短发矮的长发。发发的心突然之间就被一股热流给冲击了，因为他远远地看出，那个高个，梳着短发的女人，正是大卫。

李晨曦跑上楼来到合租房门口本以为要敲敲门，可是敲门之后根本就没人搭理。于是他只好推门而入。进到客厅里他才明白那天嘟嘟为什么跟他说三居室里会住四户人家，原来，客厅里这时支起了一顶帐篷，帐篷里面还有烛光，在烛光的映衬下，李晨曦见里面还有一个男人和一个女人。大概是因为看不清脚下，抑或是客厅里面很乱，李晨曦在往嘟嘟屋子里走时碰了什么东西，发出了一声咣当的响声，因此，身后有人说，瞧瞧，那女的家进去了一个男的这句话李晨曦没有听到，只是进屋后，嘟嘟耳朵上捂着厚厚的耳机，披头散发的样子吓了李晨曦一大跳。

而李晨曦的突然出现，也吓了嘟嘟一大跳。

3

李晨曦的突然出现，让嘟嘟感到措手不及，并且一时没反应过来是不是要请老爸坐。因为屋子狭小，嘟嘟又横躺在床上，李晨曦也一时不知道自己该怎么办，是继续站着，还是找个地儿坐下，于是就左右环顾了一下，见屋子里面就只有这一张床，之后就挪动了一下脚步，仍然继续站着。

嘟嘟这时似乎是反应过来了，她忙把耳机摘了，从床上坐起来，把床上的床单抻了抻，让老爸坐。并问老爸这么晚了过来干吗？

李晨曦想说对嘟嘟不放心，想问嘟嘟早上是不是哭了，想问嘟嘟在合租房里是不是遇上问题了，但是一时不知道该从何处问起。嘟嘟觉得老爸一定是为了那条错转的短信而来，就先跟他解释说，那是她一时忙乱，想回复孙处，结果转发了，还说幸亏是转发到了您的手机里，要是转发到发发的手机里可就麻烦了，他昨天还问我孙处是不是对我非礼了呢。

既然你说到了短信，我就先跟你说说这短信。李晨曦说，你可千万不能拆散人家的家庭，咱们家的人，永远不能干这种事。再说，孙处这样的人你能相信吗？雷鸣还不就是个例子吗？当初，他追你追得烈火逐干柴似的，又赌咒又发誓，现在怎么样，还不是见异思迁，又看上了别人了吗？

嘟嘟说，老爸您放心，我不会这样做。但是，话说回来了，孙处他说他爱我爱了好多年了，这话看起来倒也是真的。

你是说他要跟他老婆离婚，证明他的话不假？李晨曦问。

嘟嘟点点头。

千万不能再和这种人瓜葛着了。李晨曦说，再找一个这样的人，你这一辈子就全耽误了。

嘟嘟说，我知道，您放心，这回我一定听您的。

大概是隔壁没有房门的那间屋子里的男女又到了该上演规定节目的时候了，李晨曦刚要问嘟嘟其他的事情，想知道今天早上嘟嘟是不是哭了，只听隔壁嗷的一声狂叫，李晨曦的话刚要出口，立即就被噎了回去。

什么声音？显然李晨曦没有准备，还没有听出来这种声音里所蕴含着的内容。

嗷嗷嗷，又是一阵很有节奏的叫喊，之后男人的声音——爽不爽？

爽！

美不美？

美！

嗷嗷嗷……饶命……

这些声音一发出，李晨曦倏地就脸红了，他开始感到羞愧难当，他觉得刚才自己问嘟嘟那么一句话真他妈的愚蠢，真他妈的混蛋。

叫声愈演愈烈，愈来愈狂，在这声音里，李晨曦觉得自己变成了一只野兽，赤身裸体地站在自己女儿的面前。

听着这声音，嘟嘟也感到芒刺在背，她不敢看老爸的眼睛，甚至她认为这种声音就是自己的嘴里发出来的，因此，在老爸面前，她觉得此时无地自容。

发发从紫竹院回来一直在等待着电话，他等待的人不是木木，而是大卫。他始终认为，刚才他和大卫不期而遇大卫是看见了自己的，因此他推断大卫会对他拉着一个女人的手擦肩而过的行为进行电话质疑。他甚至想好了跟大卫的应答，说拉着手的那女个人是自己的二姐，因为蕊蕊和大卫就是在紫竹院相见的。但是，等了半天，他也没等来大卫的电话。实在是忍不住了，他就给大卫拨去了电话，可是对方说该用户已关机。大卫关机惹恼了想借机跟大卫说说话，以让他和大卫之间的关系发生转机的发发，他用手指头在桌上紧锣密鼓地敲了一阵，之后就想出了一招报复大卫的妙棋。

嘟嘟隔壁男欢女爱的声音渐渐平息了，嘟嘟害怕老爸再听见另一对男女的打闹声，就说时间不早了，您回去休息吧，我在这儿挺好的，您放心就是了。

李晨曦见女儿站起来要送自己出门却依旧站着没动。

他用手抹了一下自己的鼻子，说这样吧嘟嘟，从今往后，平时我替你住在这合租房里，你回家住。等周末，你方芳阿姨来了，你再在这儿凑合两天。

嘟嘟说那怎么行呢？

李晨曦说就这么办吧，虽然这样你平时上班远一点，早上上厕所不那么方便，但是清静。

嘟嘟问你住在这儿，能行吗？这里……你刚才也听见了。

李晨曦说，我是个男的，又那么大岁数了，我怕啥？嘟嘟听爸爸的，这事儿就这么办吧。

嘟嘟还是犹豫，她想到老爸平时要看书，要在电脑前写诗，觉得破坏了他的生活节奏老爸的生活从此就失去了乐趣，于是她就跟老爸说，您还是回家去住吧，您不是挪地方睡不着觉吗？我在这儿真的没事，即便是出现了问题，我还有其他的应急手段。嘟嘟说的应急手段是孙处给她的那张房卡。李晨曦像是知道了嘟嘟的内心所想，立即板了脸，十分严肃地对嘟嘟说，我的信条是人穷志不短。嘟嘟老爸承认没什么本事，但是我宁愿自己吃再大的苦，也不能看着你受罪。说完，就把嘟嘟推出了房间。

嘟嘟走后，昨天喝酒的那两个男人又开始猜拳行令。几杯酒下肚，李晨曦听他俩议论起了嘟嘟。一个说那娘们儿你别看年龄大了点，人还有点味儿。另一个说，你看她那腰，那屁股，岂止有点儿味儿。哎，刚才看见一个老家伙进去了吗？她一准儿也是卖的。第一个就说，现在是个女的九个卖，这不新鲜。哎怎么没动静啊？怎么办事儿不出声儿啊？走，听听去。

李晨曦在屋里听见两个人的对话，紧接着就又听见两个人悄声走到了自己的门边。一股血气直撞脑门儿，他两手颤抖着一把将房门拉开。

你们要干什么?！他厉声喝道。

4

李晨曦是第二天早上跟方芳说的自己和嘟嘟换了，让她住回家，自己留在了合租房。方芳听说了合租房里发生的那些事情，说让嘟嘟住在那儿的确是不合适。看起来你说对了，嘟嘟还真是遇上问题了，你昨天早上听见的还真是她的哭声。说完，问他下一步打算怎么办，自己也不能总是在合租房里住吧？这种环境你住时间长了也会受不了的。李晨曦说他也不知道下一步该怎么办，只能是走一步说一步，不行再找找其他的合租房，总不能所有的合租房都这样吧？方芳又问她周末他们团聚怎么办？李晨曦说跟嘟嘟商量好了，周末他们两支部队，三八军团和老年部队换防。

嘟嘟起床后赶紧给老爸打了个电话，问老爸晚上休息得好不好，她走了以后又出现了什么事没有。李晨曦轻描淡写地说没出什么事，我睡得很好，你就放心吧。

早饭，李晨曦下楼在街上对付了一口。吃完早饭，李晨曦坐在小摊儿上有些犹豫，他想回自己家，又想留下来睡个回笼觉。想到合租房时，他觉得自己实在是不想再闻那股子难闻的气味儿了，可想到回家，他觉得自己的回笼觉睡不成了又有点可惜。正在纠结当中，方芳来电话说自己把崔凯爸爸的衣服都找出来了，你过来试试吧。李晨曦赶紧说打住打住，他那衣服，我再不敢动了。方芳见李晨曦还记着昨晚上的事情，就说，你看你那么一个大男人，怎么这么小心眼儿啊，嘟嘟的事情你能处理好，崔凯的事情你就不能动动脑子也处理好了吗？崔凯对他爸爸有感情，看见你穿了他爸爸的衣服心里有想法，不舒服，这是人之常情，你就不能站在孩子的角度去想想吗？被方芳数落了几句，李晨曦就不再犹豫了，他决定上方芳家去试衣服，至于回笼觉的问题，他想就在公共汽车上解决吧。

按照原先的计划，周末嘟嘟和李晨曦要换防，换防时间是周六的晚上开始，到周日的早上结束。用李晨曦的话说，这是几个小时，是三八军团换防到合租房驻守，而他的老年部队撤离到平房休整。

由于崔凯那天因为李晨曦换上了老爸的衣服表现出了不礼貌，致使李晨曦仓皇撤离，崔凯觉得有些歉疚，再加上老妈这两天也做了不少他的工作，因此，他决定晚上自己带孩子，多放老妈一天假，让她周五的晚上就去和李晨曦团聚，从而表示自己对李晨曦的歉意。

方芳提前一晚回家和李晨曦共度周末，李晨曦和嘟嘟的驻防计划便要做出相应的调整。嘟嘟增加驻防合租房一晚，李晨曦提前二十四小时撤回平房休整。驻防调整后，方芳回到了家，到家后发现嘟嘟真是个很细心的女孩子，她不仅把家里收拾得干干净净，井井有条，还在餐桌的中央特意摆了一个花瓶儿，花瓶儿里插着一束非常醒目的红色康乃馨。

在合租房里住了几天的李晨曦回到家后，感到以前很不起眼的家现在却处处都洋溢着温馨，既安静，又整洁、空气新鲜。

伴着那一束康乃馨和方芳吃完晚饭，方芳就提出来要去合租房看看嘟嘟，说我给嘟嘟做了点素什锦得赶紧给她送过去，时间长了就不新鲜了，再说人家嘟嘟为了欢迎我给我准备了康乃馨，我怎么也得去看看嘟嘟。李晨曦听方芳说那一束康乃馨是嘟嘟为她准备的，就问这里面没我什么事儿吗？方芳说当然没有了，你不知道这康乃馨是专门用来表达对母亲的爱的吗？

嘟嘟晚上下班后回来，合租房里面乌烟瘴气，一片混乱。门厅里，几个男人正聚集在一起抽烟，喝酒，猜拳行令，什么五魁首啊、六六顺啊、七个雀儿啊、八匹马啊，又随着一股股酒气，充斥了整个房间。嘟嘟进门后，醉醺醺的几个男人立即就站了起来，嬉皮笑脸地把烟喷到她的脸上，之后还有人把手朝她的胸上摸来。嘟嘟赶紧躲着这些人迅速地进了自己的房间。

喝酒的人兴致正酣，估计一时半会儿的还散不了，嘟嘟由于没有吃晚饭还必须要走出屋子到厨房里去做饭。经过了再三的犹豫，嘟嘟鼓足勇气走出了自己的房间，没想到刚来到门厅，几个人就又站了起来，由于酒喝得更多了，醉意更大了，这次竟然有一个人上前搂住了她的脖子，嘟嘟惊叫了一声，立即推开了那个人。那人被推开，就哈哈哈地笑了，说这娘们儿，只喜欢岁数大的，看不上咱年轻的。这个说完，另一个便问他，刚才搂着她的脖子感觉怎么样？那个人说时间他妈的太短，还没感觉呢，就被推开了。下次，下次她出来，我再试试。什么感觉，一定告诉你。

出不去屋子，吃不了晚饭，一群醉鬼的骚扰让嘟嘟苦不堪言。饿着肚子躺在床上让她几次想到了孙处给她的那张房卡。

门厅里，酒鬼们仍在继续。其中一个酒鬼的女人下班了，她刚一进屋，也同样遭到了那几个人用猥亵语言进行的围攻。她男人不但不加以阻拦还伸手跟她要今天挣到的钱。女人不给，男人就开始撒酒疯，揪着女人的头发就往电视机上撞。撞的时候，其他男人就说加油，加油，好样的，这才是纯爷们儿！在这些人的呐喊助威下，电视机被撞到了地上发出了砰的一声，爆炸了。被撞得头破血流的女人挣脱出来惊叫着跑回房间，插上门开始打电话报警。不大一会儿，警车嘀咕嘀咕地就开来了，一阵乱哄哄过后，打人的男人和被打的女人被装上了车，警车又嘀咕嘀咕地开走了，剩下的酒鬼们像什么都没有发生过一样，拿脚踢了踢地上的电视机碎片，继续喝酒，继续鬼哭狼嚎。

屋子里混乱的场面，让嘟嘟忍无可忍，这个时候，她想到了回家，因为老爸曾说过，家永远是她的港湾，可是刚要起身，想起来今天是周末，是老爸和方阿姨难得一聚的日子，况且，为了能和老爸团聚，方芳阿姨甚至提前回来了一天，因此，嘟嘟马上又打消了念头。打消了回家的念头之后，嘟嘟给发发打去了电话，希望他那套房子今天晚上没人住，可是电话打过去，发发没接。

嘟嘟来电话发发没接是因为发发正在仓皇逃窜之中，仓皇之中丢盔卸甲忘记了手机。发发仓皇逃窜的原因是迪博士的前男友小贾喝多了，在发发家楼下给迪博士打来电话，要跟发发叫阵，他说给发发三分钟的时间考虑，是发发下来和他比划比划，还是他冲上来杀发发一个片甲不留。迪博士于是让发发赶紧躲藏起来，因为前男友小贾酒后无德六亲不认，万一伤了得不偿失。

发发没接电话，嘟嘟实在无奈之中，只能再次想到孙处给的那张房卡。

李晨曦和方芳来到合租房，一阵酒气、汗臭气、烟草气混合在一起的气味，让两个人一时有点喘不过气来。捂着鼻子刚要叫嘟嘟，脚下一绊，低头看去，地上狼藉一片。方芳当时就埋怨李晨曦怎么让孩子住这么个地方。其实，李晨曦也没想到合租房今天会这么乱，空气会如此污浊，地面会狼藉到如此的地步。看到这么些酒鬼和这么污浊的环境，他很后悔今天就把嘟嘟换防到合租房来。

方芳正埋怨着李晨曦，嘟嘟开门从屋子里走出来，手里攥着那张房卡。李晨曦见几个酒鬼站了起来，贪婪地朝嘟嘟色迷迷地看，赶紧用身子将他们挡在了身后。

还没等李晨曦说让嘟嘟跟自己回家，方芳就已经上去攥住了嘟嘟的手。

第十五章

为了老妈和李晨曦能够每周团聚一次崔捷想出了一个好办法。经过了一番精心准备之后，李晨曦来到了方芳家，可晚饭后，崔凯还是不同意李晨曦入住，对他下了逐客令。

1

嘟嘟被方芳拉着手领出合租房，李晨曦和方芳再次和盼望已久的团聚擦肩而过。

送方芳回家的路上，李晨曦显得心事重重，第一，他不知道这个时候应该怎么来安慰方芳，尽管方芳看不得嘟嘟在合租房里受委屈，主动将嘟嘟拉出了合租房，但是由于嘟嘟的归来，两个人再次分开，也使方芳在情感上再次受到了打击。第二，他不知道送方芳回家后面对崔凯如何解释。因为自己家庭的原因，一而再再而三地在周末的晚上，将满心欢喜要跟自己共度周末的方芳送回家，他觉得自己已经无颜面再次面对崔凯了。

果然，来到方芳家后崔凯就瞪起了惊奇疑惑的眼睛。他先机关枪扫射似的从头到脚地看了看李晨曦，之后问这是怎么个茬儿？怎么又回来了？

我女儿嘟嘟她……李晨曦原本想对崔凯笑一笑，没想到一咧嘴，笑出来的样子比哭好看不到哪儿去。

行了行了，崔凯一听李晨曦又提到了他的家人，脸腾地就涨红了，他冲着李晨曦就嚷，您就别老提您家里头的事儿了，我知道，您家老有事儿，您看您，前妻有事儿，女儿有事儿，前妻折腾完，女儿又折腾，她们一有事儿您就把我妈给轰回来，一次两次的也就算了，可是有再一再二，不能有再三再四吧？我容你再一再二，我不能容你再三再四吧？我问你，你是跟我妈结婚呢还是跟你们家人结婚？你是跟我妈过呢还是跟你家人过？你老说你们家有事，你们家有事你为什么不轰她们，怎么老是把我妈给轰回来呢？你说啊？我妈好欺负啊？你老是说你们家有事儿，他们可怜，不容易，我妈不可怜吗？我妈容易吗？她在家累了一个星期了，为了到你那儿去，头天晚上就准备，第二天一大早儿就提着大包小裹就往你那儿奔，去了什么结果？轰回来，李晨曦我问你，你还是不是个男人？我再问你，你们家人各个都值得照顾，我妈她就不值得照顾吗？你这么做，对得起我妈对你的一片痴心吗？行了，你把我妈送到了，你现在没事儿了，回吧，但是我今天给你撂下一句话：你要是不把你家的问题彻底解决了，以后再让我妈上你那儿去，甭想！

崔凯朝李晨曦挥了挥手，李晨曦只好转身离开。离开前，他特意朝方芳看了一眼，方芳低着头，俩眼看着自己的脚，双手扣着衣服的扣子。他跟方芳说，我走了，你好好休息，方芳没说话，崔凯接过话来说，回敬了他一句休息个屁！

被崔凯轰出来，走在大街上，李晨曦心里像是被揪得七零八落的不是滋味儿。细细地回味一下崔凯的话，虽然其中火药味儿大了点，但是句句也都在理上。是啊，自己照顾完前妻，又照顾女儿，什么时候照顾过方芳呢？尽管方芳通情达理，但是人家也是有血有肉的啊，她的感情能够这样一次又一次地总遭到伤害吗？李晨曦啊李晨曦，人家一心一意地跟你好，跟你过，喜欢你，爱你，图的是什么呢？就图每次要跟你团聚了，你又把人家又送回了家吗？人家一心一意地跟你好，喜欢你，跟你过，爱你，为了得到的是什么呢？就为得到你把她送回家时跟她说句对不起吗？想到这里，李晨曦真想自己抽自己一个嘴巴，抽这个嘴巴子一个是因为自己，一个是因为方芳。他觉得自己无能，该抽，他觉得自己让方芳受了委屈，更该抽。他甚至觉得抽完自己还远远不够，他根本不配有方芳这么好的一个妻子，不配方芳这么爱他，不配方芳对他这么好，干脆，自己就不配结婚。想到这里，他开始骂自己，骂自己无能，骂自己是个笨蛋，骂自己是个白痴，他觉得崔凯骂得对，自己真他妈的就不是一个男人！

垂头丧气地回到家里，嘟嘟还没睡，还在等着他。尽管他压抑着心里的痛苦不想让嘟嘟看出了，但是他那失魂落魄的样子，还是没能掩饰不住他的内心，嘟嘟似乎是什么都看到了。嘟嘟给他端过一杯水来，把手扶在他的肩膀上，让他喝。李晨曦没看嘟嘟，把水接过来放在手心里待了一会儿，之后举到嘴边，抿了一口，把水咽了，他猛然发现，这水里放了蜂蜜。

这水很甜。

2

第二天早上起来，嘟嘟说让老爸把方芳阿姨接回来。李晨曦问她那你呢？嘟嘟犹豫了一会儿，从书包里掏出了房卡，说孙处给我在学院附近的这家饭店里开了一个房间，不住白不住，我现在就搬过去。

李晨曦看看房卡，心里像触电一样震颤了一下。他说嘟嘟，你不能去。吃人家的嘴短，拿人家的手软。这房你不能住！

嘟嘟说老爸您放心，我心里有数。该怎么做不该怎么做，我知道，我有分寸。

再说，这房子也不是他自己花钱。

不是他自己花钱你也不能去！李晨曦忽然就控制不了自己了，他朝嘟嘟嚷道。

嚷完了，李晨曦就后悔了，因为这是嘟嘟长这么大，他第一次这样朝她嚷。还因为，嘟嘟这是在用自己的身体去冒险，为的是让他和方芳能够团聚。

跟嘟嘟嚷了一嗓子感到后悔之后，李晨曦来到了街心花园。他没心思晨练，一个人坐在长椅上发呆。那个曾经叫过他外挂的人，走了过来还继续管他叫外挂，问他干吗呢，他就拿呆滞的眼睛看了他一眼，那人以为他是中风了，就赶紧走近前来问了他一句恢复得怎么样？能自理了吗？

呆滞在长椅上的李晨曦尽量想把自己的精神集中了，去考虑怎么解决嘟嘟的问题。不过，他自己心里很清楚，自己整天只知道面对着电脑敲字，根本也不认识什么人，根本也不会想出什么好办法。但是，他还是强迫着自己，让自己的脑子不能闲着，看看除了那几个经常给他退稿的编辑之外，他还认识一些什么人，有谁能够在这个时候帮助他。

太阳像是看着他一直老这么呆坐着，有些不大顺眼，想轰他赶紧躲开这个地方，就把光线从树的缝隙当中移了出来，直接照射在了李晨曦的脸上。李晨曦感到了太阳的不满，眯了眯眼睛，又揉了揉，只得起身。往回家走的路上，他给自己这一早晨集中精力的思索和搜寻划了个句号，总结归纳之后，他决定回家立即跟小乔和张部长联系。

小乔是李晨曦为数不多的朋友。两个人的交情或者叫作友谊来得有些怪，仅仅是因为两个人都不抽烟。

小乔因为到农村插队所以比他晚来单位上班一年。因为他和李晨曦都不抽烟，住单身宿舍时被室友们当成了另类，经常是人家有什么活动不叫着他俩，人家有什么事情不跟他们说。因此，他俩自觉不自觉地就彼此靠近了，睡觉挨着睡，吃饭一起吃，出门一起走，大概当时的想法很简单，就是害怕孤独和寂寞。李晨曦想起他来理由也很简单，一个是除了他自己也没别人可想，一个是他住在一个很大的单位的锅炉房里，而那座锅炉房是一座三层楼房，至于面积最少应该有好几千平米。给小乔打电话之前李晨曦还在想，在这么一座大楼里要是找出一间半间的空房子，那还不是小菜一碟？

张部长是迄今为止李晨曦认识的干部当中任职最高的一位。是一个国企的宣传部部长。张部长是他的诗友，两个人经常在一起你歌我和，彼此相得益彰。诗友们聚会也多是张部长出资，找个属下的宾馆饭店连吃带玩儿，一律免单。李晨曦想起他来理由也很简单，同样也是除了他，自己当官的朋友一个没有，而他要想给自己在属下的宾馆里面找一个房间，每周只用一个到两个晚上，那也应该是小菜一碟。

给小乔打了电话，小乔在电话里很犹豫，说这事可不好办，自己退休了在锅炉房里住，那是领导特批的，原因也是无奈，自己的儿媳妇老和自己的老婆打架，并且打架还不断升级，到最后就动起手来了。领导看他家的矛盾实在是调解不了了，看他又买不起房，照顾他是老职工，这才特批让他住了进来。小乔说锅炉房里要说空着的房子倒是不少，你要是说哪天咱俩喝酒，你喝高了走不了了，住个一晚上两晚上的，无论哪个房间，只要我拿着钥匙把门打开，你住进去没问题，可要是你常住，那就不好办了，性质也不一样了。

不是常住，一个礼拜就一次，住完了就走，不开火做饭，也不看电视听广播，绝不给你找麻烦。李晨曦连忙解释，说，行不行的靠努力，兄弟，你给努努力，帮着问问，看看领导同意不同意，该请客该花钱，我出来。

电话的最后，小乔答应看哪天方便，请示下领导。

张部长接了李晨曦的电话，连忙说，别说什么求字，都是朋友，况且您还是我的老师。李晨曦赶紧回复说，什么老师啊，还没您的水平高呢，您的诗都上了《北京晚报》了，我混了大半辈子了，也没一篇能上去。

上不上的不是标准。张部长说，我正想邀请几个谈得来的朋友搞个沙龙呢，这样，您是老师，威望高，您给招呼一声，到这儿聚聚，一切我全包，但是不发稿费啊，大家乐和乐和。李老师，您那个事儿我记着，等我有结果了，一定告诉您。

两个电话打下来，李晨曦觉得很累，比自己晨练一次还累。他还庆幸嘟嘟不在家，否则让她看到自己低三下四地跟人家说好话，他觉得自己的颜面实在无光。

打完这两个电话，他还想给方芳再打个电话。方芳的号码他都调出来了，可是转念一想，他又放下了手机。

他忽然问自己：要是电话接通了，自己跟方芳说什么？

3

崔捷周末的早上照常来帮着弟弟崔凯照顾唱唱。进门见老妈在家，就知道李晨曦家又出了状况。想到自己老是克服困难替换老妈，让老妈有时间能跟李晨曦团聚，而每每老妈到了李晨曦家都因为他家里出现了状况，又屡屡被送回家来，崔捷也有些不满。于是就问老妈，这李晨曦家这次到底又怎么了？这事情一件接一件地到底什么时候是个完？

听了老妈叙述嘟嘟在合租房里遇到的问题和遭受的窘境，崔凯半天没说话。作为女人，设身处地地想，她理解嘟嘟，同情嘟嘟，与此同时，她也就理解了李晨曦，理解了这位当父亲的无奈和苦衷。

老妈自结婚以来就没能和李晨曦住到过一起，这让崔捷替老妈感到着急。她想帮助老妈，想让她能够和李晨曦生活在一起，虽然她做出了牺牲，想出办法来让老妈能够每周和李晨曦团聚一次，但是，李晨曦家暂时又不具备居住条件，这也让崔捷感到很棘手。

崔捷觉得自己还应该继续为老妈想办法。

经过一番思考，崔捷觉得有一个办法可以尝试一下。

办法还是围绕着唱唱想出来的。

唱唱上了小学二年级后，学校开了作文课。通常作文课一般都是小学生们最头疼的一门课。唱唱也不例外。在周末辅导唱唱时，尽管一两百字的文字对崔捷来说不是什么问题，但是要想让唱唱能够写出这些文字来，怎么教，就成了问题。往往都是她面对着题目讲得脑袋都发晕了，而唱唱却什么都没听懂，没学会。

您觉得让李晨曦来教唱唱写作文怎么样？崔捷办法想好了后，问老妈，他教得了教不了？他能行吗？

方芳问崔捷问这话什么意思？

他要是真能教唱唱写作文，那可是一举两得的好事情。崔捷跟老妈说，第一，咱们唱唱受益，第二他可以接近咱们这个家，趁机和崔凯拉近感情，继而达到入住的目的。老妈，您觉得他能行吗？

行吗？你把那个“吗”字儿给我去了！方芳说，人家是作家，诗人，知道吗？作家，是文联作家协会的会员，是老舍研究会的会员。人家能把这么多的文字登在报纸、杂志上，怎么会教不了一个小学生呢？

大概是觉得崔捷的推理合乎情理，大概是方芳从抽屉里拿出来的李晨曦的那本剪贴版的诗集作品略有些文采，就这样，李晨曦很幸运地就被崔凯钦定为唱唱的家庭教师。

李晨曦是在连打了四五个喷嚏之后，接到方芳的电话的。并且，一面接电话，他的喷嚏还在不住地打着。

李晨曦接到任务后很是兴奋，用一宿都没睡着觉来形容他当时的心境，一点都不过分。终于有机会走进方芳的家，终于有机会可以和自己的爱人公开地在一起，叫他感到这简直是苍天伸出一只手来，救他于苦难的一个赐予。

接下来，他用了一周的时间认认真真地备了课。这期间，他让崔凯把唱唱写的作文发过来了几篇，进行了认真的分析。他翻阅了《诗经》、《楚辞》、《文学概论》、《中国文学史》、《唐诗三百首》等，针对唱唱的几篇作文和他所翻阅的书籍写出来好几页纸的教案，他甚至还拿着教案，对着镜子进行了试讲。用嘟嘟的话说，就像要准备接受国家领导人的考核一样。李晨曦则说，崔凯就是他们家的国家级领导。

到了期盼中的周末的那个下午，他如约来到了方芳家。方芳的家里，儿子、儿媳、女儿都在。李晨曦这天特意穿上了西装，穿上了皮鞋。进门后他很绅士地伸出手来，笑着脸，一个个你好你好地跟他们握了手，那样子好像他是第一次上门，之前他们没有发生后任何不快。握过手，他很快就被安排在方芳住的房间里给唱唱上课。上课刚刚开始的时候，他还真的有点紧张，甚至短暂地出现了语言上的障碍。因为他知道，这一大家子人，特别是崔凯是在考验他，他甚至能隐隐约约地听到隔壁房间的窃窃私语，能感觉到他们都透过门缝轮流地朝着他窥望。

将近晚饭前十分钟，讲课告一段落。唱唱的爸爸妈妈赶紧进屋。

怎么样？宝贝儿？崔凯第一个来到儿子唱唱面前，急切地问。

爷爷讲得特好，我都听明白了！唱唱欢蹦乱跳地举着当堂写出来的作文跑向了妈妈。接过唱唱的作文，崔凯、崔捷、唱唱的妈妈，还有方芳赶紧就围上来看，崔凯见状，就把作文从唱唱妈妈的手里拿过来念出了声儿，当大家听到唱唱经过李晨曦的辅导，文章竟然写得有模有样了，于是就立即高兴地欢呼了起来。

李晨曦便在这笑声中轻松了下来。

方芳也在这笑声中轻松了下来。

接下来，李晨曦被留下来吃晚饭。唱唱的妈妈还特意嘱咐唱唱，叫她给爷爷拿碗筷。唱唱和李晨曦并不见外，拉着他就座在了自己的身边。看到大家对自己的笑脸，再想起几天前连续不断的喷嚏，李晨曦认定，今天是个好日子。他甚至想，出门时，可能或许有喜鹊就在家门口落着，只不过是自己走得急了，没看到而已。

晚饭很丰盛，有买来的熟食，还有方芳亲自下厨的炒菜。凳子放好之后，李晨曦被安排在方芳的旁边就座，唱唱、崔凯、唱唱妈妈、崔捷依次围坐在四周。端起饭碗，这叫李晨曦由兴奋又转入了新一轮的紧张，他甚至手里拿着筷子不知所措，因为以前方芳曾经说过，他吃饭口太小，一口连一个饺子都吃不进去，所以在他把碗里的米饭用筷子夹起来的时候，不知道该怎样放进嘴里，不知道是该一口把米饭吞进去还是一个米粒一个米粒地去细细咀嚼。幸好，大家都低着头吃自己的，并没有注意到他。

饭后刷碗，和方芳并着肩站在厨房里，李晨曦才得以和方芳说说话，他的心这才静了下来，才寻找到了那么一丝久违了的温暖。

帮着老妈和李晨曦把厨房收拾完了，崔捷告辞。

送走崔捷，全家人开始看电视。见没人招呼自己，李晨曦就不把自己当外人似的自己找了把椅子坐了下来，并且随着大家假装着很是认真地也看了起来。这期间，他不时地用眼睛的余光扫着方芳的儿子崔凯和方芳的儿媳，他觉得自己像是坐在被告席上等待着他们的裁决，因为接下来的时间，他的何去何从，不知道会有个什么样结果。

按照自己来时事先设计的最佳方案，晚饭后，他应该和方芳下楼拉着手去散散步，之后再上楼收拾收拾睡觉，因为他们是合法的夫妻。

不过，当下正看着电视的崔凯和唱唱妈妈似乎并没有顾及到李晨曦的这些心思，甚至没有顾及到他的存在，他们只是专注地把眼睛盯紧了电视。虽然也附和着跟大家一起对电视剧的剧情、人物不时地评论上几句，把话尽量地说得像一个作家，像一个权威，但是李晨曦却在心底一阵紧似一阵地涌出焦躁和不安来。他一开始想用一声哈欠来提醒方芳，后来又想用起身寻找东西来引起方芳的注意，不过李晨曦始终没敢那么做，他怕万一那样，崔凯或是唱唱的妈妈哪个说一句，您困了，早点回家休息吧，他想和方芳在一起的希望就彻底地泡汤了。因此，他就在这股焦躁和不安中使劲地忍着，甚至憋了一泡尿都没敢起身去厕所。

电视剧结束的时候，墙上的时钟正好是10点30分。崔凯从沙发上站起了身，把胳膊举过头顶伸了个懒腰，来儿子，他把自己的儿子抱了起来，说，去跟奶奶睡觉去！说着话，便把自己的儿子交到了方芳的手里。方芳抱起了孙子不由得用眼睛看了一下李晨曦，李晨曦知道自己的判决下来了，于是，他讪笑着，朝了方芳怀里的唱唱说了声晚安，便起身在衣架上摘下了自己的书包，对着崔凯和唱唱妈妈说了声回见，并对着方芳笑了那么一笑，转身就要离开。

这么晚了，方芳见李晨曦准备离开，连忙说，要么你就别走了！

听到这话，李晨曦心里一阵激动，忙传回身来。但就在他犹豫、试探着要往方芳的房间走的时候，听见崔凯咳了一声，紧接着听方芳说，那什么，让你，你，李叔叔在客厅里搭个铺，崔凯你看行不行？

李晨曦即将往方芳房间迈动的脚步忽然间停住了，一股诗人的血液，忽地就涌上了头顶。他转过半个身子去，对了方芳把脸上的肉往上一皱算是笑了一下，没说话，开门便离开了方芳的家。

那天，不知道是什么时间刮起了大风。走到楼下的李晨曦伴着从耳边呼啸而过的北风，在楼门前徘徊了很久。他多少次地抬起头来，朝着楼上方芳家的窗户望去，隔着窗帘透出来的那点昏黄，叫李晨曦的心中，酸也不是，苦也不是，痛也不是，悔也不是，希冀也不是，失落也不是。抑或是还在依恋，抑或是难以割舍，此时李晨曦的怀中拥着一份混合着所有情感的东西。作家自然还有作家的思维方式，按照文学创作的规律，自己的离开，应该在主人公方芳的心里造成一种震动，一股难舍难分之情立即会油然而生，随后，她就应该大喊着晨曦、晨曦，来不及披上一件衣服就夺门追了出来。

然而，方芳家那盏灯戛然地关闭，叫李晨曦所有的想法，叫历代文学概论的研究大家们的精辟论述都失去了色彩。

李晨曦转身离开的时候，风吹着楼道的门咣当地响了一声。

4

崔凯晚上给老爸下了逐客令，让满心以为老爸从此能和方芳阿姨生活在一起的嘟嘟感到很失望。他替老爸感到委屈，也为老爸感到无奈，同时也加深了对自己的自责。

没别的办法，房子买不起，因为躲避孙处，单位又不能再住，因此要想尽快把房子给老爸腾出来，让他能和方芳阿姨生活在一起，嘟嘟只能再次想到租房。自从前几天把合租房退掉，她就接受了合租房的教训，所以，她就把这次的房源定位在了独居上。

见嘟嘟跑了几趟房屋中介都没什么结果，为了帮助嘟嘟解决房子问题，李晨曦又去了一趟朋友小乔的家，去的时候，还给他带上了不少礼品。但是他刚一进门，确切地说，他的一只脚刚迈进门，另一只脚还在门外，他就得到了小乔“不行”的答复。小乔把他让进屋子，看了一眼他手里提的礼品，很有些愧疚地说他跟他们领导请示了，说有个朋友家里的房子目前有点紧张，想搬到咱们锅炉房来暂时住一住，我话还没说完，领导就说，老乔师傅，咱们单位不是中华红十字会，不是中华慈善基金会，是个企业，是个靠着自己的努力来养活好几千号人的企业，除此之外，还要给国家纳税，还要养活像你这样的退休职工，如果这个社会上的人都申请到咱们这儿来住，你想想，这怎么可能？如果要真是那样，老乔师傅，不但咱们的锅炉房容纳不下，就是你还有我，再加上全体员工都把自己的房子捐出来，也解决不完。

李晨曦听了小乔转述的领导的话，很失望，不过，他还想再做做努力，于是提议是不是他亲自去拜访一下他们领导，小乔把他带来的礼品交还给他，说，不用去了，再说我们领导怎么会见你呢？

李晨曦冷静地想想也是，他连人家单位的一个普通职工都不是，人家领导怎么会见他呢？

从小乔那儿回来，李晨曦又给张部长打了电话，因为上次几个人在沙龙的活动中，张部长当着好几个人的面还说过，李老师，您的事儿我记着呢，放心。

张部长接了电话说自己在外地，考察分支机构的领导班子，考察了之后，还要马上写出考察报告，可能需要过一段时间才能回去。电话里他还是那句话，说李老师，您的事儿我记着呢，放心。

放下电话，李晨曦想这个让他放心不知道是不是一句外交辞令。但转念一想，你跟人家非亲非故的，只是因为写诗才有了一些共同语言，人家能说出请他放心这样的宽慰话来，已经就很仗义，很给他面子了。

事情到了这一步，看着嘟嘟为房子而奔波，想想方芳和自己因无房可住一次次和期盼中的团聚失之交臂，特别是自己面对着房子的困扰却束手无策，李晨曦这才想到了自己当初的志向有多么的可悲，他问自己上大学为什么要选择学中文，为什么不去学理工，以至于现在他都惭愧和同学聚会，不愿意听哪个哪个同学现在在国外，哪个哪个同学是哪个公司的老总。他开始责问自己当时为什么那么迂腐，执意地要选择中文，执意地要把自己的诗发表出来变成铅字，甚至曾经想过，如果用自己的一根手指来换取一首诗能发表在刊物上，他宁愿奉献上自己的一根手指。

李晨曦再一次地把目前的窘境归结为写诗的缘故。因为他得出的结论是诗既救不了国家，更救不了个人，关键的时候还不能当饭吃。

责怪了自己半天，也没让李晨曦的心情能够好一点。尽管上次为嘟嘟的事情去找孙丽丽，孙丽丽揶揄了他，但是在房子的问题上已经无路可走了的李晨曦还是想去跟孙丽丽叨唠叨唠，毕竟她是自己的前妻，是嘟嘟的妈妈，他觉得即便是叨唠叨唠不能解决什么困难，他的心情或许也会好一些。

派出所很快就走到了。警察也很快就帮他联系到了孙丽丽。孙丽丽像是事先就知道李晨曦要跟自己说什么，上来就问是不是方芳叫你来的？她说什么你就听什么啊？你现在可真是学乖了，当初跟我过的时候，你可不是这样啊，我可是说什么你不听什么的啊，既然你现在那么听她的，你还来找我干什么，让她给你出主意就完了。等孙丽丽把怨气发完了，李晨曦就把电话交给了警察，警察觉得奇怪，问他你一句话也没说呢？李晨曦笑笑，说，不想说了。

不能和方芳团聚，李晨曦和方芳只能选择了白天在一起，不是买菜，就是散步，晚上再各回各家。有几次两个人散步来到了宾馆门口，见橱窗的广告上面写着有钟点房，并且还很便宜，就不自觉地停下了脚步。这个广告，在两个人的眼里无异于是饥饿的人正在面对一只烧鸡或是烤鸭，但是两个人被诱惑地在宾馆门前徘徊了许久也没敢走进去。李晨曦示意让方芳去登记，方芳说这么大岁数了，去开房间，好意思的吗？再说还得登记身份证，人家一看是本地的，给登记吗？李晨曦说，现在人就讲究挣钱，谁还管你是哪儿的人，再说，咱俩可是合法夫妻。方芳做了一下努力，但是欲进又止，最终还是放弃了开房的念头。

回到家之后，嘟嘟已经做好了晚饭。李晨曦跟嘟嘟说，关于房子的事情，他想了好几天，发发的那套房子，你是不要再指望了，蕊蕊那套房子暂时也收不回来，也指望不上，李晨曦说他想出了一个解决方案，看能不能这样来办：从现在起，大家一起寻找合适的房源，找到后，我负责给你付买房的首付，你每个月用工资还贷款。这样大家一起艰苦几年，难关就算度过去了。

嘟嘟得知老爸要给自己买房付首付，坚决不同意。李晨曦问她为什么？她说因为那些钱是您的养老钱，我现在没法孝敬您已经够惭愧的了，怎么还能动您的养老钱呢？

拒绝了老爸的好意，嘟嘟还想再做一次尝试，跟发发商量一下，他少找一个女人，把那套房子暂时给她住行不行。因为毕竟那套房子的房产证上写的是他们三个孩子的名字。

先于嘟嘟的电话，王晓京在电话里告诉发发说，你放心吧，那个王八蛋以后再不会打搅你和迪博士了。发发就问他都办好了？办好了。王晓京说，给了那王八蛋一个厦门办事处办公室副主任的职位。王八蛋乐得屁颠儿屁颠儿的。

那好，你就等着我的执行计划的好消息吧。电话的最后发发说。

发发正在规划着他和王晓京计划的下一步骤，嘟嘟来了电话，她开门见山问发发房子能不能让她住一段时间。发发说他也需要这套房来完成他和王晓京的计划。他让大姐先暂时克服一下，说自己当处长并不只是完全为了他自己，也是为了整个家庭，他让大姐想想，他要是当了处长，现在老爸还至于为一间房子发愁吗？还至于去求爷爷告奶奶地给人家去送礼吗？求我办事的人早他妈的把我需要的东西都给我送上来了。

得到了大姐的理解，发发给迪博士打了电话，他说我安排了一个节目，听了你肯定会激动。迪博士就问发发什么节目。发发说，先吃饭再散步。

好哇！果然迪博士对散步很感兴趣，于是她就说，太好了，吃什么？散步去哪儿？

嗯，这样，发发假装想了一下，说，吃什么，你定，去哪儿散步，我定。

好好好，迪博士说，这样比较民主，要全我定了，你又该说我长官意识了。我说吃，你陪我去吃羊蝎子，好不好？

当那么大的领导，有点品位行吗？发发说，吃那玩意儿容易上火，再说，用火锅一熏，浑身上下一股羊肉味儿，换换别的。

不么！我就要吃这个，我不怕上火，迪博士要起了娇嗔，拉着长声儿，说，你一定要陪我去吃，好不好嘛？

好好好，姑奶奶，咱们就去吃羊蝎子，发发只好同意。

那，该你说去哪儿散步了。迪博士说。

有一个地方，特棒！发发有意地故弄玄虚，说，青松、翠竹、红蕖，小桥、流水、人家……

哎呀呀，那么美的地方，是哪儿？迪博士赶紧追问。

长寿亭下人长寿，发发还是顾左右而言他，说，这是一副对联的上联，你对个下联出来，就知道这个美丽的去处了。

你尽吊人胃口，迪博士想了一会儿，没想出下联来，就带了几分焦急，问，你到底带我散步去哪儿？

紫竹院！好不好？发发说。

太好了！迪博士答。

几天之后，嘟嘟租到了新房子，但是因为又要独居又要房租便宜，因此房子距离单位就相当远，而且在房子和单位之间的某一段路上还没有公交车相互衔接，还要步行很长的一段路程。嘟嘟执意要搬到那么远，并且交通很不方便的地方去住，李晨曦懂得那是孩子对自己的一份孝心，同时也很心疼孩子每天往返在路上长途跋涉的艰辛。于是，他把自己那辆自行车收拾了收拾，加固了加固，从此每天按时在朝阳和夕阳的映衬下，一个老父亲骑车带着自己的女儿，都会在从一个公交车站到另一个公交车站的路途中，留下那么一道车辙，还有那么一个长长的影子。

第十六章

嘟嘟在郊区租了房子搬走，李晨曦和方芳终于能够在周末团聚。晚上两个人开始亲热，开始进入状态，可就在这时，门外响起来让他们心有余悸的敲门声。把门打开，蕊蕊站在了门口。

1

嘟嘟搬走的当天，朋友小乔来电话说他自己跟李晨曦相比条件稍微好一些，尽管老婆和儿媳妇吵得不可开交，但是毕竟我儿子住的房是我的，所以，我们回家我儿媳妇不敢对我们怎么样。因此，他决定，如果李晨曦周末跟方芳团聚，可以到他锅炉房的那间房子里住，自己暂住到儿子家。他说，你一个礼拜就住一晚上，不会引起别人的注意，单位领导也才不会找麻烦，因为他说不出什么来。李晨曦听了十分感谢，忙说不用了，谢谢你还惦记着呢，我的房子问题解决了，嘟嘟早上搬走了。

接完小乔的电话，李晨曦觉得有必要赶紧给张部长打个电话，告诉他自己的房子问题已经解决了。于是就从手机上翻出张部长的电话号码，把电话拨了过去。张部长接电话时还是说自己在外地，考察的事情还没完，还得拖几天，他说李老师您的事情我记着呢，您就放心吧。李晨曦赶紧说张部长，我今天打电话就是要告诉您，我房子的问题解决了，我女儿从我这里搬走了，因此，您就放心吧，不用惦记着了，给您添麻烦了。张部长听了，就说事情没办呢谢什么啊，我还说我考察回去在郊区踅摸一个农家院儿，给它弄下来，然后花他个几百万拾掇拾掇，装修装修，什么假山啊，假水啊，花花草草地布置布置，弄得有情趣点儿，咱们以后的沙龙，就拿它当据点儿了，平时不用的时候呢，您就跟嫂子在里面住，养养鸡啊，养养鱼啊，养养狗啊，既解决了您的住房问题，又有人平时维护，两全其美。得，解决了好，回去再聊啊。哎，对了，我给咱们一起参加沙龙的朋友每个人买了一份礼品，过两天回去，你们过来拿啊！

嘟嘟从老爸家搬到出租房，安顿好了，就给发发打了电话，让他帮帮忙，找辆车帮着把存放在学院办公室里那些东西给她搬过来。并且说，为了避免让孙处看到，发发来学校的时间既不能太早也不能太晚，要正好卡在孙处回家吃饭的那个点儿上。看看时间要求得那么苛刻，发发觉得找搬家公司看起来是不行，他们的时间一般不会那么准确，因此想了想，只能请王晓京帮着辛苦一趟。

接大姐嘟嘟电话的时候，发发原本是想借用迪博士的车，让她帮着把大姐的东西搬走，因为大姐存放在办公室里的东西其实并不多，也没多沉。但是他犹豫了一下没跟迪博士借车，因为那天上紫竹院的事情，他到现在还在耿耿于怀。

那天，两个人按照迪博士的要求先吃了羊蝎子火锅，之后就开车来到了紫竹院公园。太好了！面对着湖面上的粼粼波光，面对着远处亭台楼阁的缥缈倒影，那天一进紫竹院，迪博士把这三个字连呼了好几遍。并且一面说，一面把双手吊在发发的脖子上，响亮地在他脸颊上亲了一口。要在平时，发发会赶紧推开她，并提醒她注意影响，注意领导的身份。这会儿，他非但没有这么做，反而很配合地抱住了她的腰，一任她伏在自己的肩上撒娇。湖边上熙熙攘攘的人，这时候都侧过脸来把目光放在他的脸上窥看，发发没有觉得不好意思，他反而把眼睛直视过去，在这些人当中寻找，叫他遗憾的是，这些人里面并没有大卫的影子。

你说的那个上联是什么来着？亲过了发发，迪博士把手放在发发的手掌里面，叫他牵着，问。

长寿亭下人长寿。发发攥着她，说，你对下联吧。

你说的长寿亭，就是那座亭子吧？两个人一面沿着湖边朝顺时针的方向走，迪博士一面用手指着湖中间的那座亭子问。

聪明，发发夸赞着说，那就是长寿亭。

那这湖呢？迪博士继续问，叫什么名字？

这湖，发发看着湖面想了半天，说，我还真不知道它叫什么，大概应该叫紫竹湖吧。

那，你对个下联出来叫我欣赏欣赏。迪博士侧过头去，望着发发，说。

紫竹……湖畔……竹，竹，竹紫竹？发发思忖着，说。

不对不对，迪博士打断了发发，说，你说的根本对不上。

是对不上，发发说，那就是紫竹湖上。湖上，怎么样？

湖上也对不上，你上联是人长寿，这里怎么会是竹紫竹了呢？

竹，竹是动词啊！发发解释说。

打你猪脑子，迪博士用手打了一下发发的脑袋，说，竹是动词，那人呢？人也是动词么？

两个人讨论着对联的时候，其实发发的心思并没有在那句对联上。他的眼睛始终没有离开过对面走过来的人，他始终在身边的这群人当中寻找着，辨别着。然而，沿着湖边一圈走完了，他也没有看到大卫的影子。难道是和她的散步时间没对上？难道是她的散步路线更改了？难道是她不是天天到这里来？另外，那天碰上她的时候，她是按照逆时针的方向在湖边行走的，她今天会不会忽然按照顺时针的方向行走了呢？在发发思忖着这一系列问题时，迪博士的手机忽然响了。听到她的手机响，发发就产生了条件反射，他本能地就往旁边躲去。迪博士一面接着电话，一面追上他，拉住他的胳膊。

喂，她对着电话说。

电话还是小贾来的，小贾还是问她你在哪儿？在干什么？跟谁？

迪博士用眼睛看了看发发，很坚定地说，在紫竹院，和他，我们在散步。怎么？你还要跟他说话么？电话那端小贾的火气显然被点燃了，接下来，两个人就吵了起来，他大概在骂她水性杨花，没有廉耻什么的。她请他冷静一点，请他自重一点，不要老是缠着她，有必要她要考虑报警的。

迪博士的电话，叫发发心烦意乱，他想继续往前走，可迪博士执意拉住他的胳膊不放。正当两个人这么很不和谐地在道路当中站着的时候，人群中，发发见有两个人快步朝着自己走来。那两个人，一高一矮，一路走一路指手画脚地侃侃而谈，尽管路上那盏摇曳着的灯昏昏暗暗的，尽管眼前的人接踵交织着，但是发发还是一眼就认出了，那个高个子的，正是大卫。这一瞬，发发的心再次紧张地跳动了起来，第一次和她邂逅时的那种惶恐、激动、紧张、渴望抑或是躁动的感觉再一次充满了他的心房。

然而，一切都来不及了。大卫出现得是那么突然，迪博士的电话来得同样也是那么突然。原本他是把这次邂逅的内容想象好了的，他要迎着大卫走，他要携着迪博士，并且一副很亲密、很幸福的样子和大卫擦肩而过。然而，小贾的电话，打乱了他的所有部署，大卫和他擦肩而过的一瞬，迪博士的电话里还响着小贾的吼声。

给嘟嘟到办公室搬东西，李晨曦也去了。他给发发打电话要求去的时候，发发说您就别去了，没多少东西，我和王晓京俩人稍微动动手儿就搬完了，李晨曦说我不是为了去搬东西，我知道我帮不上什么忙，我是想跟着你们到嘟嘟新租的房子里去看看。发发说普通的房子哪儿的都一样，有什么好看的？李晨曦说，你呀，理解不了，等你到了我这个岁数，自然就懂了。

去嘟嘟办公室的路上，李晨曦见王晓京和发发谁也不和谁说话，就觉得其中必有缘由，于是就捅捅副驾驶上的发发，问他们怎么回事。

发发回过头来就朝他喊了一句：您烦不烦呢！

2

嘟嘟搬走之后的第二天，李晨曦一早起来就给方芳打电话，问她干完活儿了没有，要是干完了，就赶紧过来。

方芳就说瞧瞧把你给高兴的，你让我过去干吗？3点半我就得接孩子，我赶得回来吗？

李晨曦说你看看房子就走还不行吗？

方芳说，破房子，早看得不爱看了，我不去。周末再说。

李晨曦见方芳不愿意来，就说你来看看，我想收拾收拾，布置布置，怎么咱们也是新婚呢。

方芳紧赶慢赶中午时分才到家。进家门后，李晨曦便拿出一张纸来让方芳看，说这是他准备对房子重新布置的构想。方芳把纸拿过来看，见上面有更换窗帘、床单、床罩、铺装地面门窗、刷油漆等，就问床单床罩都是咱俩登记之后新买的，换什么啊？李晨曦说，那上面孙丽丽躺过、嘟嘟躺过，你不嫌弃我还膈应呢。说完床单床罩，李晨曦就说请您过来就是让领导过过目，看看这个方案行不行，领导不用亲自动手，等您老人家周末来了，窗帘地板门窗就焕然一新了，您老人家就负责验收。

验收后领导出钱对吧？方芳问李晨曦，你是不是在这儿等着我呢？你真讨厌！说完，就要拿手拍李晨曦的脑门儿。刚扬起手来，门吱呀的一声被推开了，一个带着墨镜的女人走了进来。待看清楚了来人是蕊蕊，方芳就愣了，李晨曦也愣了。方芳收回手来赶紧看李晨曦，李晨曦也赶紧看了看方芳。方芳看李晨曦意思是在问他：嘟嘟刚走，她怎么又来了？李晨曦看方芳的意思是在回答说：我也不知道。

蕊蕊进屋摘去墨镜，正要叫老爸，叫方芳阿姨，见两个人一脸的凝重，一脸的疑惑，就也用很奇怪的眼神看着他们。

李晨曦小心翼翼地看着蕊蕊把手里的包儿放下，又用眼睛紧跟着她的动作，看着她摘手套，脱上衣，走到餐桌前倒水，喝水。

蕊蕊被盯得有些发毛，就问老爸今天这是怎么了？我身上有什么不对的地方吗？问完，就走到穿衣镜前照。左照右照照完了，没发现什么异常，就走到老爸面前，用脑门儿抵着老爸的脑门儿，拿眼睛反过来盯着他。李晨曦被蕊蕊盯得不耐烦了问蕊蕊你这是干吗？没礼貌！蕊蕊说，您先盯着我看，我才盯着您看的，我还想问您呢，您盯着我干吗？难倒我大老远地跑过来看看您，给您送点儿好吃的，值得怀疑吗？要那样儿，我走了，好吃的我也拿走，拜拜。

听说蕊蕊只是过来看看，给李晨曦送点好吃的，方芳刚才提拉起来的心这才放了下来。李晨曦也长长地舒了一口气。

和发发几天不说话了之后，还是王晓京率先打破了两个人之间的坚冰。他给发发打去电话，让他到自己办公室来一趟。

发发进到王晓京的办公室时，王晓京的脸色还是不怎么好看。他用下巴点了点，算是跟发发打了招呼。发发没敢做，他在王晓京的写字台前转了一圈，然后就说起了小贾的事情，他问王晓京，你不是说把那王八蛋给打发了吗，怎么他还是不断地给迪博士打电话？

我还想问你呢，王晓京朝他嚷道，他小贾打个电话怎么了？他打个电话对你执行计划有什么妨碍？我不是跟你说了吗，别掉进去别掉进去，那娘们儿只不过是咱们的利用工具。

你只知道计划计划，发发说，你说那娘们儿是利用工具，不假，但是她是那么好利用的吗？我的手机她要翻看，我的聊天记录她也要翻看，你想想，这说明什么？说明她很细心，说明她很在乎我。你再想想，一个她所在乎的人，如果知道有男人骚扰她置之不理，无动于衷会怎么想？

我明白了，你是在故意地冷淡她。王晓京像是如梦初醒，问发发，是不是故意不见她。

当然，只有这样，她才会以为我真爱她，发发说。只有这样，我们才能利用她。

那样，是我把事情考虑得过于简单了。王晓京有些歉疚地说，我光考虑计划了，光考虑计划赶快执行了。不过，我他妈的没搞过那么些女人，没你他妈的那么有经验。那么，下一步你考虑怎么办？

发发走到了王晓京的跟前，小声地跟他说了自己的想法。

王晓京一面听一面点头。最后说，靠，你小子不愧是这方面的行家里手，我真他妈的服了你了。

吃过午饭，方方要赶紧回家，三点半还要接放学的唱唱。临走时她跟李晨曦说，铺装地板的事情就算了，瓷砖滑，复合木地板铺上第一有味儿，第二平房出来进去的尽是土，拾掇起来比较麻烦。至于窗帘床罩床单什么的，换换就换换，她让蕊蕊留下来帮着李晨曦忙活拾掇房子的事情。她说蕊蕊是最好的人选，干净、利索，会买东西。蕊蕊正好因为白景轩家的事烦着呢，于是就爽快地答应了下来。

得知蕊蕊要帮着老爸拾掇房子不回来了，白景轩的老妈就给白景轩的前妻打去电话，让她晚上没事回家吃饭。白景轩前妻很爽快地答应了。下班之后她开车先去接了彭鹏，然后两个人一起回家。

晚饭是白景轩前妻主厨做的，四菜一汤，荤素搭配，其中一个水煮鱼她说她是新学来的，至于跟谁学她没说，只是说教她的人是个二级厨师，做得一手地道的川菜。听了之后白景轩想应该不是那个男人教的，于是吃的时候就放开了手脚，连鱼带汤吃了好几大碗，直吃得鼻涕斜淌、汗水横流，直看得白景轩的老妈和前妻抿嘴儿直乐。白景轩的老妈对前儿媳说，也难怪，你不在，他上哪儿吃这么可口的饭菜去？听前婆婆这么一说，白景轩的前妻就把头低了下来。

饭后白景轩把桌子收拾了，走进厨房刷碗，前婆婆示意前儿媳进厨房跟白景轩一起刷，前儿媳明白了前婆婆的示意，于是就走进了厨房。

两个人被厨房封闭了之后相互之间都显得十分紧张。白景轩把碗冲了好久也不知道关水龙头，前妻手里拿着抹布在操作台上擦了一遍又一遍，也不知道停手。一时间，两个人好像是都忘记了自己到底在做什么了。

收拾完了厨房，两个人一起来到客厅陪着老爸老妈看电视。前儿媳坐在了前婆婆的身边，前婆婆就伸出手去把前儿媳的手攥在了手里，并且还不住地用另一只手去抚摸。白景轩看了一会儿电视就起身离开了，他想去给蕊蕊打个电话。见儿子回了房间，前婆婆就给前儿媳丢去了一个眼神儿，前儿媳不好意思地看了前婆婆一眼，脸就一阵红一阵白地变换起了颜色。

蕊蕊晚上在老爸家无事可做，老爸在电脑前写东西，她怕开电视吵着老爸，因此就只能在沙发上斜躺着摆弄手机。

前妻是在前婆婆第二次把眼神儿丢给她时起身走进白景轩的房间的，她走进去的时候白景轩并没有发觉。待她走近了他，大概是她身上的气息让白景轩感觉到了，他才猛的一下抬起头来。

在白景轩抬起头来之前，前妻已经看清了白景轩正拿着手机和蕊蕊互发短信，而白景轩也看清了前妻的头发里似乎是多了不少白发。

两个人瞬间都呆住了。

3

尽管方芳临走时说不铺装地板了，但是李晨曦和蕊蕊还是来到建材城，李晨曦还是走进了卖地板材料的那一层。他拿起了一块复合木地板闻了闻，说好像没什么味道，之后又递给蕊蕊，让她闻闻，蕊蕊闻了也说没什么味道，于是李晨曦就给方芳打去电话，说领导，我和蕊蕊正在看复合木地板，我们俩都闻了，感觉挺好，没什么味道。方芳问李晨曦什么意思？是不是还是想铺啊？李晨曦说是，说在他的感觉上咱俩每天起床之后，光着脚在地板上走来走去的才有诗意，才像个家，才有温馨的感觉。方芳显然还是觉得铺装了木地板擦起来很费劲，就说你们写诗的人可真够怪的，光着脚丫子就有诗意了？就温馨了？李晨曦说对，我就爱看着你光着小脚丫儿在地上吧唧吧唧走的样子。方芳听了就低下头去看了看自己的脚。

挂了电话，李晨曦和蕊蕊开始挑选复合木地板。按照蕊蕊的意思，是要选择浅颜色的，她考虑李晨曦家是平房，光线不比楼房，由于前后都有树木挡着，因此房间里的光线不是很好。选择浅颜色的呢，蕊蕊说，就能把屋子提亮一点。而李晨曦却摇头表示不赞同，他说他更喜欢深色的，他觉得深色的显得大气，显得庄重。

两个人因为地板颜色的问题产生了分歧，李晨曦只得又给方芳打电话过去请示。方芳正在往学校走的路上，她一边躲闪着路上的行人，一边说我没什么文化，你就自己定吧，你觉得我的脚丫子踩在什么色儿的地板上又诗意，又温馨，你就选择什么样的颜色。方芳在电话里说的声音很大，她的话蕊蕊听见了，于是蕊蕊就抿着嘴儿乐了起来。

蕊蕊抿嘴乐，刚要挤兑老爸几句，电话响了。从书包里掏出手机来看，见是白景轩打过来的，就问他：干吗？

白景轩问蕊蕊干什么呢？

蕊蕊回答转市场呢，你什么事儿？

白景轩问蕊蕊什么时候回来？

蕊蕊说，没准儿，转完地板转窗帘，转完窗帘转床罩，早着呢。有事没事，没事我挂了。

哎，哎，别挂，还没说完呢。白景轩赶紧对蕊蕊喊。

掰着屁股放屁，痛快点，蕊蕊说，有事儿快说。

白景轩就说想她了，盼着她早点儿回来。

想我干吗？蕊蕊揶揄地说，她天天都给你来电话，你还有时间想我啊？直接想她得了，省事儿。

白景轩说，你看你怎么这样儿啊？

哪样儿啊，哪样儿啊？蕊蕊抢白道，你妈不是说了嘛，她天生丽质，不用打扮人就漂亮，不用捯饬就穿什么都好看，既会过日子又孝敬父母，这样儿的媳妇打着灯笼也没处找哇，你爹你娘不就是盼着你们复婚呢嘛，我给你们腾了地儿，你还不麻利儿地把她请回来啊！

白景轩说蕊蕊，你越说越离谱儿了。

一点儿都不离谱儿，蕊蕊似乎是忘记了自己是在建材市场里，她高声说，我告诉你白景轩，趁着我这两天不在，你就把她给请回来吧，省了她整天地给你们打电话，遥控，多累啊！

李晨曦听蕊蕊在电话里跟白景轩嚷，就连忙拽了拽蕊蕊，提示她小声一点，这里是公共场所。等蕊蕊甩开他的手，把电话挂了，李晨曦问蕊蕊白景轩和前妻之间的问题还没彻底地解决吗？蕊蕊说藕断丝连，再加上他父母又搬过来了，从旁边一扇风儿，一点火儿，怕是他心里头又死灰复燃了。

李晨曦感觉如果是这样，两个人待在一起彼此都会受到伤害，因此就问蕊蕊以后打算怎么办？

蕊蕊低着头说我也不知道。

嘟嘟搬到新房子，楼前有个小花园，花园里每天早上和晚上都有人唱歌跳舞。嘟嘟是半专业出身，看见这些人又唱又跳心里就开始痒痒，于是就在搬来的第二天便加入到了这个行列当中，并在她张嘴唱了第一支歌后，立即就被簇拥着当上了合唱队的领唱。

一次排练后，一个知道她是单身的大姐就把她叫到了一边，问她有个退休的外交官她想不想见。嘟嘟当时一皱眉头，问，干吗？搞对象啊？那大姐就说看你的了，搞对象更好，不搞对象交个朋友也行。嘟嘟又问：他是退休的？那大姐说是退休的，不过，人并不显老，另外人品特好，脾气也特好，整天笑眯眯的，就在咱们这儿教跳舞，姓王。

嘟嘟在那位大姐的安排下，跟老王见了面。嘟嘟和老王见面的时候，没有隐瞒，说了自己和雷鸣从恋爱到结婚再到离婚的整个过程，并且还说了自己之所以躲到这里来，是为了远离单位房产处孙处长的骚扰。嘟嘟顺便还说出了自己的约法三章：第一，不做家务。因为以前，自己做家务做伤了。第二，不伺候孩子，因为以前，伺候孩子伺候伤了。第三，不能阻碍自己玩儿。因为，为了弥补从前的损失，自己要开心地玩儿，任意地玩儿。老王让自己和善的眼睛，在厚重的眼镜片后面眨了几眨，说，这三条都不过分。我都能接受。至于那个孙处长，我想有了我以后，你完全不必再为他的骚扰而担忧了。正和老王谈着，恰好嘟嘟就收到了孙处的短信，孙处跟嘟嘟说，我已经做好了离婚的准备了。嘟嘟看罢短信就把短信拿给老王看，老王看了，说，这个人还真执著，没事儿，公平竞争也好。

蕊蕊帮着李晨曦拾掇房子在家住了三天，这三天李晨曦见蕊蕊都不是很开心，从心里为她蕊蕊着急。跟自己的丈夫离了婚，找到另外一个男人，俩人又处于这么一种状况，他不知道蕊蕊往下的路究竟该怎么走。

就蕊蕊目前的情感状况，李晨曦很想跟前妻孙丽丽念叨念叨，听听她的意见，看看她有什么好的解决办法。可是想到她两次因为嘟嘟的问题讽刺揶揄他，因此李晨曦几次走到了派出所门口，都停住了脚步。

蕊蕊在老爸这里待的这几天虽然表面上看她整天乐乐和和的，其实，她的脑子里无时无刻地在想着他和白景轩之间的事情。

自从白景轩离婚后，蕊蕊就开始感觉到自己在白家和街坊邻居当中口碑就不是那么好了，因为所有的人都认为是她拆散了白景轩两口子。尽管她觉得这对她来说很不公平，但是没办法，架不住人家都认为她是第三者，并且说，这叫旁观者清。因此导致的结果是每次从院子里走过，她都觉得有无数双眼睛火辣辣地盯在自己脸上。每天在家里，无论是白彭鹏还是白景轩的父母，也都要给她些脸色和眼色。蕊蕊每天都感觉到有芒刺在背。

白景轩和前妻离婚后不久，他的父母说是要照顾正在上学的白彭鹏，就搬进了白景轩家，并且一进门，就接管了家中所有的大权，让蕊蕊觉得自己无论是行、走、坐、卧，样样都要仰人鼻息。还有就是白景轩的前妻不断往家打电话。一会儿找白景轩，一会儿找白彭鹏，一会儿找白景轩的父母。在他们热火朝天的聊天中，谈天气、谈饭菜、谈衣着、谈身体、谈工作、谈学习，听着他们聊天，蕊蕊总觉得自己是一个外人，她总觉得白景轩的前妻还没有走，两个人还没有离婚，她还在这个家庭里面生活着，并且担当着家庭主角，而只有自己多余出来，游离于外。

这两天，在老爸家蕊蕊考虑的最多的就是怎么才能迅速地改变这一现状。

老爸家的房子拾掇利索了之后，蕊蕊准备回家。

临走时，她问了老爸一句：我怎么才能成为他们家真正的女主人呢？

4

其实，在问老爸自己怎么才能成为他们家真正的女主人这句话时，蕊蕊就已经想好了，她决定和白景轩结婚，她想当白景轩正式的妻子。她甚至想，结婚之后，她就会融进这个家庭，从而替代白景轩的前妻，成为白景轩父母的儿媳妇，成为白彭鹏的妈妈。蕊蕊想，哪怕大家都称之为后妈。

蕊蕊是带着对未来生活的无限憧憬跟白景轩提出自己的想法的。而正在准备上床睡觉的白景轩却看着她笑了笑，没说话。

你不同意？蕊蕊很惊奇，问。

我没说不同意。白景轩说，我没说不同意呀。

那你怎么不高兴？不说话？蕊蕊强调地问。

怎么不高兴？白景轩说，我刚才不是还笑呢吗？

听白景轩说同意，蕊蕊心满意足地翻身睡了。可是白景轩却翻来覆去不成梦寐。父母搬过来之后，反反复复地跟他谈过，要小心这个蕊蕊，一个女人家随随便便地就住到一个陌生男人家里来，能是什么好货色？并且说，你要再婚我们不反对，但是也要找一个知根知底的。如果你非要娶她，也行，你必须把你的存款还有这房子，过到彭鹏的名下。前妻也在电话里跟他说过，我离开你，把房子留给你，是为了你能更好地照顾孩子，让孩子有一个稳定的生活环境，我希望你再婚的时候一定要考虑孩子的利益，你应该事先把房子过户给彭鹏。连尚未成年的彭鹏也几次三番跟他说，不喜欢这个蕊蕊，你如果要她，我就去找妈妈。并且说，蕊蕊就是冲着咱家房子来的，不然，她怎么会一住到咱们家就把自己的房子给租出去？哼，我才不叫她的阴谋得逞呢。我妈妈说了，叫我爷爷奶奶过来，就是要看着这套房子！

周末到了，李晨曦显得特别兴奋。嘟嘟终于解决了自己的房子问题搬走了，而自己为了迎接爱人方芳也让自己的房子焕然一新，因此，或许应该更准确地说，李晨曦从房子拾掇好了的那一刻起，心里就充满了这种兴奋。其实，为了迎接这个周末，同样处于兴奋之中的还有方芳，原因嘛，不用说，自然和李晨曦的一模一样。

周六的早上，方芳大包小裹地回到了家，见铺装了木地板的地面光滑亮堂，新换的窗帘一落到地，门窗粉刷一新透着喜兴就对李晨曦这两天的成绩大加赞赏。帮着方芳把手里的东西安置好，李晨曦就请领导给点具体的意见。方芳环顾了一下整个屋子，说没什么具体的意见，床罩也非常漂亮，蕊蕊果真很会买东西。李晨曦听了还是不甚满意，还是继续让她说说具体的意见。方芳就把双手一摊，说没了，挺好的，整个家变了一个样儿。李晨曦见她不开窍，就拿脚点点地板，示意她。方芳豁然地明白了，迟疑了一下，就开始脱袜子。把袜子脱了之后，她先拿眼睛不好意思地看了一下李晨曦，见李晨曦的眼睛放出光来也正看着她，看着她的脚，于是方芳干脆就连裤脚也挽起来，伸出脚去踩在了地板上。李晨曦看到方芳白白的小脚丫踩在了栗色的地板上，心里油然地就腾起了久违了的那股感觉，他上前把方芳搂在了怀里，吻着她的脸，问这种感觉好吗？

在李晨曦和方芳的记忆中，只要两个人在一起，时间仿佛总是过得很快，总觉得还没干什么，不知不觉间太阳就落到了西山的底下，天就黑了。

方芳做好了晚饭，说了声大班儿童，开饭了，于是两个人就开始吃饭。李晨曦坐到方芳身边后递给了方芳一双筷子，把菜夹到了方芳的碗里自己却没有吃，方芳不解，问其缘故。李晨曦索性就把手里的筷子放了下来，并且还拿眼睛紧盯着方芳。方芳有些莫名其妙问他究竟怎么了？李晨曦说没怎么，我就是想数一数咱俩这是第几次分开和第几次团聚了。孙丽丽一次两次三次……然后是嘟嘟一次，两次……

方芳见李晨曦每数一次脸上就多出一份抑郁来，就赶紧说让他不要再数了，甚至用手捂住了他伸出来的手指头。但是李晨曦执意要数，他说，你就让我数数吧，你知道咱俩每一次分开，我都觉得在心里欠下了你一笔账，这笔账一辈子也还不清。

晚饭后散步回来，李晨曦说他要写点东西，让方芳自己看电视。方芳说你今天不写行吗。李晨曦知道方芳是想让他陪着她一起看，于是就关上了电脑，坐到电视机对面的沙发上。两个人看到9点半，方芳忽然有些坐卧不安起来，眼睛不盯着电视，却开始在屋子里四处踅摸。李晨曦有些奇怪地问怎么了？你想要找什么？方芳没回答，反问李晨曦你的手机在什么地方？李晨曦没理会方芳什么意思，只当她要看时间，便指指墙上的挂钟，说9点半过一点。方芳没看墙上的挂钟，执意问李晨曦的手机在什么地方。李晨曦只好走到电脑桌前把放在电脑边上的手机拿过来，递给了方芳。方芳接过手机来看了看，之后又把它放在了沙发前面的茶几上。

手机被放在茶几上，李晨曦又发现了方芳一个奇怪的举动，她看几眼电视，就要盯着自己的手机看一会儿。李晨曦感到纳闷儿，就问她为什么要老盯着自己的手机看，方芳叹了口气，说她现在对这部手机有了心理障碍和恐惧感，总怕它在这个时候突然又响了起来。因为每次手机响起来都是家里遇到了情况，不是孙丽丽有事就是孩子们有事，要搬回来住，而自己则必须离开这里，给他们腾地方。听了方芳的话，李晨曦立即无语，之后脸上就浮出了无奈和歉疚。

电视剧结束，看看墙上的挂钟渐近11点，李晨曦让方芳脱衣睡觉，方芳则说再等等，她指着李晨曦的那部手机说自己还是担心它再响起来。李晨曦看方芳一副可怜相，便心生一股怜悯和歉意。他伸手把她搂在了怀里，劝解道：你就放宽心吧，孙丽丽已经走了，人都不见踪影，咱们还担心她来骚扰吗？嘟嘟呢，房子问题也解决了，有了自己的住处，她不会再上门来打搅了吧？发发不用说，自己有房子，蕊蕊呢，帮着拾掇完房从这里刚走，去白景轩家了，你想想看，今天还会有谁再来打搅咱们呢？

经李晨曦这么一说，方芳想也真是，还真不会再有人来打搅了，于是就把一直提着的心放了下来。心一放下来她的身子立即就软了，她就把自己的身子交给了李晨曦，把脸贴在了他的脸上，用炽热的嘴唇咬着李晨曦的耳朵，悄声说了一句我真想你。

李晨曦喘着粗气说，我也是。说着，他的手就朝方芳的身子里面摸了去。

两个人刚入佳境，忽然就有一阵急促的咚咚、咚咚的敲门声传来。这响声让李晨曦和方芳倏地就心惊肉跳起来。

李晨曦赶紧收回手来，一把推开了伏在身上的方芳。方芳离开李晨曦后也是惊恐万状。定了定神儿，李晨曦和方芳对视了一下之后，问门外是谁。外面没有回应。李晨曦就一面安慰着方芳说没事没事，一面起身开门。

一阵风随着门被打开吹进来后，紧接着方芳看到一个手里还提着大包小包的人站在了门口。

两个人定睛再看，这个人是蕊蕊。

第十七章

蕊蕊和白景轩吵架搬回家住，让李晨曦和方芳再次陷入分居的困境。看着蕊蕊被情感困扰，李晨曦无可奈何。方芳说她倒是有个好办法能让蕊蕊从困扰中解脱出来。

1

蕊蕊在这个时候敲门让李晨曦的心里沮丧到了极点。说实话，蕊蕊进门的一瞬他曾经想跟蕊蕊发火，因为她帮着他收拾完房子准备离开的时候，明明说了一句：我赶紧走，省得耽误你跟方芳阿姨周末团聚。但是，看着蕊蕊阴郁着的脸和红肿的眼睛，李晨曦只得将火气压住。

他没来得及问蕊蕊半夜回家究竟是什么原因，因为蕊蕊进门气还没喘定，方芳就已经穿好了衣服，起身走出了家门。李晨曦不用看，根据方芳从自己身边走过时带起的那阵风的力度，他就已经感觉到了她心里的那股怒气，以及它燃烧的程度。

方芳走得很快，以至于叫李晨曦小跑着才能跟上。追赶着方芳，李晨曦似乎已经把早上方芳的那双白白的小脚丫子踩在地板上的诗意和温馨完全忘掉了，因为它此时此刻踩在地上和早上踩在栗色木地板上的时候相比较，已经完全是两回事了。李晨曦喊方芳慢一点。方芳置之不理。那双脚迈动的频率反而更快了。李晨曦再喊方芳等等我。方芳还是不理。那双脚更是生出风来，急速向前。

李晨曦终于追赶上了方芳，气喘吁吁地站在了她的身边，这完全是因为方芳的那双脚停了下来。

急速来到马路边上，方芳扬起胳膊等待着出租车。

赶到方芳身边，李晨曦伸手要替方芳拿着书包，方芳一甩将李晨曦的手甩开。

出租车来了，李晨曦给方芳拉开了后排座的门，示意让她先上，方芳看也不看，径自拉开了副驾驶的门，一头坐进去，之后一面关门一面说师傅，开车。

司机大概是不知道车的后门还敞开着。也没意识到李晨曦见方芳上了车，他的一条腿已经迈进了车厢，手还把持着车门。按照客人的吩咐他挡位一挂，油门一踩，就嗡的一声把车启动了。车朝前蹿的一瞬，李晨曦还没来得及迈进车里的另一条腿先是在地上被拖了几下，之后脚后跟就被车的后轮子碾压了过去。李晨曦哎哟地发出了一声惨叫。

听到李晨曦的惨叫，司机来了一脚急刹车，李晨曦身子一歪，借着惯性，身体不由自主地就被甩出了车外。倒在地上后，李晨曦感觉自己又往前滚了两滚，而后面紧跟着的另一辆汽车发出的紧急刹车的制动声，尖叫着就响在自己的耳畔。

停下车，两辆车的两个司机都赶紧跑了过来，方芳紧跟着两个司机的身后也跑了过来，三个人围着李晨曦，问他怎么样。方芳见李晨曦面朝下躺着没反应，立即就扑上去要将他的身子转过来，两个司机不但没有伸手帮忙，相反却拉住了方芳，让她别动，说是要保护现场。方芳使劲儿一甩他们的手，伸手把李晨曦的脑袋捧在了自己的手上，焦急地问他晨曦、晨曦，你怎么样？你怎么样？李晨曦这个时候像是自己写诗写倦了迷糊了一会儿一样，听方芳叫自己，就醒了。他睁开了眼睛，之后又把眼睛眨巴了几下，看了看方芳，又想了一想，说好像自己没什么事儿。听他说好像自己没什么事儿，两个司机就帮着方芳把李晨曦搀扶着坐了起来。然而，腿一吃劲儿，李晨曦这才感到自己的脚后跟一阵阵钻心的疼痛。于是，他就哎哟了一声指着自己的脚，让方芳看。方芳看他极具痛苦的样子，忙脱下李晨曦的鞋和袜子，借助着路灯一看，李晨曦的脚后跟上青了一大片。方芳捧着李晨曦的脚把出租司机叫过来让他看，问他怎么办？出租司机说这事跟他没关系，说是方芳让他开的车。方芳说我让你开车？我那是让你开车呢嘛？你没看出来我跟他正生气呢嘛？出租司机说我没看出来，你们俩生不生气，我怎么知道。再说这也跟我没关系。说完，出租司机就要开车走人。一旁的另一个司机听了觉得出租司机有些不讲道理，于是上前把他拦住，说老兄，这不合适吧？

出租司机问那个怎么了？这事跟你有什么关系？

司机说当然有关系了，你欺负一个女人，这让谁看见都得管。

出租司机问司机说我怎么欺负她了？

司机说你没欺负她吗？你说她让你开的车对吧？

对。

她让你开你就开啊？

对呀，方芳这个时候才算反应过来，于是质问出租司机说，我让你开你就开啊？那儿有堵墙，我现在让你开，你去吧，开吧，怎么不动换啊？怎么不开啊？

方芳朝出租司机一嚷，路上稀稀拉拉的行人当中就有人围过来看热闹。

听明白了事情的原委，大家也都对此开始了评判。

一个人对出租司机说，哥们儿，这事还真赖你，你是司机，出租司机，你是干吗的？你的职责是什么？保障乘客安全。你看看把人的脚后跟儿给压了，这你走到哪儿也说不过理去。

出租司机一脸无辜地解释说，我真不知道我的车后门被他拉开了。我只见这位大姐招手打车，我停稳了之后，她就上来了，上来后就又叫我开车，我哪儿知道这位大哥跟她生气，在后头还跟着呢，我他妈的是真不知道他在后头跟着呢！

李晨曦接过出租司机的话，说，我这么一个大活人就站在她的身旁，并且还替她拉开了车门你怎么会看不见呢？怎么会不知道呢？你的后视镜是干什么使的呢？再说了，你起步的时候我还朝你嚷了一句，说我还没上来呢，师傅等等，等等，你听都不听，嗡的一下就蹿出去了，你怎么说你没责任？

出租司机说我真的没听见，我要是听见你喊了，我还敢开车吗？我要是听见了还开车，那我不就是故意杀人了吗？

没说你故意，方芳说，但是责任也全部在你。咱们也甭磨牙费唾沫了，走吧，上医院。出租司机迟疑着，不愿意动换。见出租司机不动，刚才拦住他的那个司机就说，兄弟，去吧，你现在不去，待会把警察叫了来，你一样还得去，说不定你还得受处分，被扣分儿。

出租司机一脸无辜一脸无奈。

往医院走的路上，他说我今天出门没看黄历，真他妈的倒霉！

李晨曦说兄弟，我今天比你还倒霉！

出租司机说你怎么会比我还倒霉？我出门你这是我碰上的第一趟活儿，一分没挣，还要给你掏医药费，不瞒你说，我这身上满打满算也掏不出两百块钱来。

李晨曦说我没招谁没惹谁就平白无故地被你给压了，并且今天晚上……我俩……李晨曦说到这儿，感觉坐在旁边的方芳捅了捅他的胳膊，于是就收住话，不再往下说了。

出租司机没说假话，到了医院他把身上所有的口袋都翻给方芳看，方芳见他果然只带了些零钱，是准备给乘客找零用的。把这些零钱数了数，一共不到两百块。于是，方芳只好把这些钱收了，然后用自己的钱给李晨曦看脚伤。脚伤看完了，做了治疗和处理，再到药房取了药，方芳让出租司机先送自己回家，然后再让他送李晨曦回家。上车之前，方芳记下了出租司机的车牌号，驾驶证信息，并让司机在一张纸上写了事故发生的经过，以及欠李晨曦的医药费等。出租司机把字据写完了，方芳连同收的司机那一百多块钱的零钱一并交给了李晨曦，让他收好了。接过字据和钱的时候，李晨曦本想说让方芳和自己一起回家，但是他见有出租司机在跟前，觉得家丑不可外扬，就没好意思说，也没敢说。

送完方芳，车上就只剩下了李晨曦一个人，出租司机便跟李晨曦诉说起了自己的烦心事。他说，我起步的时候你朝我嚷，说你还没上来呢，让我等等，我真没听见。他说，这些日子他正为儿子的事着急呢，就别说是开车了，就是晚上做梦都想着他这档子事。

李晨曦问出租司机他儿子怎么了？

出租司机把车速放慢了说，儿子不好好学习，没考上大学，没本事，没文凭找不到正经工作，整天地泡在网吧里，整天的和一些不三不四的人混在一起。出租司机说，这些咱们都不说。就说他最近找了个女朋友，外地的，歌厅里头认识的，人家张口就要一套房子。老哥，你说，那房子是咱们这样的人家儿能买得起的吗？

李晨曦表示同情。

出租司机叹了口气，说，老哥，你知道这事我别扭在哪儿嘛？

李晨曦说你说。

我他妈的生我自己的气，第一，我怎么生了这么个不争气的儿子，第二，我怎么他妈的这么没本事，就会开出租，就会低三下四地伺候人。有时候我真他妈的想去抢银行，我躺在炕上睡不着觉的时候就想，哪怕我有抢劫银行的胆儿我也他妈的算是个男人啊！

出租司机的话，让李晨曦想到了自己，想到了自己的房子，想到了自己也是没本事挣钱，只会写诗。于是，他也跟着叹了口气，之后问出租司机房子的事他怎么办？

出租司机说还能怎么办，这年头儿，儿子就是老子，老子就是儿子，是孙子，给人家当驴拉磨，挣钱给人家买呗。

那，哪儿就挣出来一套房子钱来了？

一点儿一点攒，一点儿一点儿扣吧。出租司机说，别的出租司机都是单班儿，白天开车晚上睡觉，我一个人开双班儿，黑天白日的干，累了就眯瞪会儿，醒了就继续干。他妈的说不定哪天我开着车睡着了，把车开进河里淹死呢！

到了李晨曦家门口，出租司机要绕过来扶李晨曦下车。李晨曦叫住了出租司机，说要给他车钱。出租司机赶紧按住李晨曦准备掏钱的手，之后又用手狠狠地往自己脸上拍了一下，说，你这不是寒碜我呢吗大哥！

出租司机下车跑过来给李晨曦开车门，但是李晨曦还是没有下车。他从兜里掏出那张字据和那一叠零钱来，说：

这字据和钱你都拿回去吧。

2

李晨曦翘着一条腿让出租车司机搀扶着走进家来，吓了蕊蕊一大跳，她忙对着手机说了一句我爸回来了就挂断了白景轩的电话。从出租司机的手里接过老爸时她没顾得上跟转身离开的出租车司机说声谢谢便急急忙忙地问老爸这是怎么了？李晨曦没回答。把老爸搀扶到床上，看清楚了老爸的脚后跟儿红肿着，并且还青一块紫一块的，蕊蕊就把老爸的脚捧起来看，问他是不是让刚才那个出租车司机给压了？李晨曦还是没回答她的问题，他拿眼睛盯着蕊蕊问，你今晚到底是怎么了？蕊蕊说是跟白景轩吵架了。李晨曦问为什么？蕊蕊好半天没回答。

蕊蕊帮着老爸收拾完房子回到白景轩家就跟白景轩说了自己想跟他结婚的想法，白景轩虽然嘴上没表示反对，甚至在蕊蕊追问自己是不是不乐意时，自己还说了我没说不乐意啊这样的话，但是他在心里想的却是怎样尽量敷衍和拖延蕊蕊。因为两个人要结婚，除了老爸老妈还有彭鹏反对，就是自己也不十分乐意，或是说自己的心里也十分的矛盾。蕊蕊有她的优点，勤快，干净，办事利索，特别是两个人在做那个事情的时候，她让他感到特别的畅快。但是她也有她的致命弱点，那就是她在个人情感上像一只浮萍，可以任着自己的意志，随波逐流地摆动。白景轩觉得，就是她的这个致命的弱点，使他，或者应该说使任何一个男人都不能接受。所有，在蕊蕊跟自己说了想结婚的想法时，他只是含混地笑了笑。

今天晚上，也就是在方芳频频地用眼睛盯着李晨曦的手机看的时候，蕊蕊和白景轩躺在被窝儿里，趁着白景轩的手在自己的身上滑动，蕊蕊又催问了他一遍白景轩，结婚的事情考虑得怎么样了？白景轩借故还没来得及跟父母商量就想把这个话题给岔过去，可是没想到蕊蕊这次却不同以往，没容他这么轻易地就把问题搪塞了。她把白景轩摸在自己身上的手抓住，推回到白景轩的身上，执意要白景轩给她一个明确的交代，到底是想结婚还是不想结婚，她说我不能老是这么不明不白地在你这儿住着，时间长了，不仅街坊邻居们要说闲话，就是自己的老爸老妈也不干，也会出面干涉。白景轩见蕊蕊和自己要短兵相接了，就只得又拿出了彭鹏做挡箭牌，说孩子正在上学，他不想给她的学习带来更多不利因素。蕊蕊听了表示不满，问白景轩他俩结婚如何会给孩子带来不利因素？白景轩一时语塞，无话可说。这个时候，如果话题到此结束，最多是蕊蕊不高兴，一夜不再让白景轩碰自己的身体，背对着他睡了，第二天两个人该吃饭吃饭，该说话说话，不快很快就会过去，可是偏偏的，白景轩的前妻就在这个时候来了电话。这个电话，把蕊蕊在心中压抑已久的火气腾的一下点燃了。什么他妈的你还没来得及跟你父母商量吧，什么他妈的你怕给彭鹏带来不利因素吧，其实我早就明白了，就是你的心里还在想着她！你们俩还藕断丝连着！蕊蕊说完就愤愤地从床上跳起来，扯了件衣服穿上就走。来到门边，她把脚步停住了，之后又在柜子里面扯出一些常用的东西装进了袋子里，一面装一面推开上来阻拦的白景轩，再之后就冲出了白景轩的家门。

李晨曦在蕊蕊的搀扶下在床上躺好，蕊蕊刚要把枕头给老爸垫高一点，手机又响了起来。李晨曦示意让她先接电话，蕊蕊说甭搭理他，让她打去吧。李晨曦说别这样，我还是那句话，有话好好说，有理慢慢讲，去吧，接电话。蕊蕊放下准备给老爸垫的枕头走到茶几旁抄起手机来，把白景轩的来电显示看了一会儿，然后使劲地按下了接听键问，干吗？

白景轩问蕊蕊你是不是到老爸家去了？

蕊蕊说你甭管，跟你没关系。说完，蕊蕊就要挂掉电话，可是转念一想，就又对着电话说，你不是心里头就有你们家人和你前妻吗，你关心他们就是了，以后你就当没我这个人，好了，拜拜！说完拜拜蕊蕊把挂上的电话往沙发上一扔。然而，手机还没落到沙发上就又响了起来。

你有完没完？蕊蕊抄起电话来朝白景轩喊。

白景轩说你生气走了我心里特难受，蕊蕊，我知道我不对，态度不明朗，可是你也得理解我的苦衷，这样，结婚的事回来咱俩再好好商量，我这就去接你，你跟我回来好不好？

蕊蕊说打住打住，你那两下子我领教了，天桥儿的把式光说不练。等我跟你回去就又不是你了，所以，商量什么啊？没什么好商量的了，你心里头只有你爸你妈，你闺女和你前妻，他们在你的心目中比我的地位要重。你呀，也犯不上大老远地来接我，接我我也不跟你回去。跟你说啊，你再闹上次那一出儿，演在车里睡觉的苦肉计我也不可怜！

一晚上李晨曦和蕊蕊都没有睡好。蕊蕊想着自己跟白景轩的事情，李晨曦也想着蕊蕊和白景轩的事情。蕊蕊想得最多的是白景轩的前妻，想的是怎样才能让她从白景轩的心目中消失，李晨曦想的是白景轩不答应和蕊蕊结婚这其中的原因所在。

第二天一早，李晨曦让发发带自己去医院做理疗，做完理疗他让发发再带自己去一趟派出所，说他有事想跟孙丽丽说说。到了派出所，警察帮着李晨曦给孙丽丽打了电话。接听孙丽丽电话之前，李晨曦心里有些紧张，他害怕孙丽丽再次对他挖苦揶揄。不过这次还好，孙丽丽在听了他说的对蕊蕊情感问题的担忧后，没有张口挖苦他，而是说她觉得李晨曦的担忧也正是她的担忧，她也担心这个白景轩不是诚意实意跟蕊蕊好，不是真心诚意要跟蕊蕊一起过，而是只图一时之欢。李晨曦问他蕊蕊的事情该怎么办？孙丽丽想了半天说她也不知道该怎么办，用自己的经验教训说吧，女人到了这个时候就缺乏理智了，就变成傻子了，别人再说什么自己很难听进去了。李晨曦听了孙丽丽的话，自言自语地说了一句这可怎么好呢？

从派出所回来，李晨曦在发发的车上给方芳打了电话，问她怎么样？家务忙完了没有？说实话，李晨曦是想问问方芳是不是还在为昨天晚上蕊蕊回来的事情生气，是想表示一下自己对此事给方芳造成伤害的歉疚。方芳显然是明白了李晨曦的意思，她没说什么，反过来十分关切地询问了李晨曦脚上的伤情，问他去做理疗了没有。李晨曦告诉方芳说刚做完理疗回来，说完就问方芳今天能过来吗？方芳听出了李晨曦对自己的渴望，于是就说好吧。

李晨曦刚挂掉方芳的电话，发发的手机响了。迪博士来电话问发发怎么没在办公室。发发回答说他在外面有事。迪博士问他现在说话方便吗？发发回答方便，你说吧，什么事儿？迪博士就又拿起了娇嗔的劲头儿，拖着长声儿说她晚上还想再去一次紫竹院。发发看了身边的老爸一眼之后，说他不想去了。

迪博士问他为什么？是不是上次小贾的电话让你受到了伤害？

发发想了想说不是，是我伤害了另一个人。

3

蕊蕊回到李晨曦家来后一直不开心，每天在电话中和白景轩都纠结于结婚的事情当中。方芳来看李晨曦时听到了，也为蕊蕊担心。她跟李晨曦说她觉得这个白景轩靠不住，他并没有想要真心跟蕊蕊相爱，而只是贪图蕊蕊的身体。方芳说，你看那白景轩，一面跟前妻连连着，一面又和蕊蕊同居着，两边哪边都舍不得，哪边都不放弃，这说明什么？这说明他根本就不把蕊蕊放在心里，在这种情况下，即便是蕊蕊和白景轩结了婚，蕊蕊能幸福吗？两个人能过得长远吗？李晨曦说他觉得也是，可是要想说服蕊蕊，帮助她从和白景轩的情感纠结当中跳出来，他又一时想不出更好的办法。方芳说办法她倒是想过一个，但是自己不是蕊蕊的亲妈，就怕说出来万一蕊蕊不同意引起误会。李晨曦说为了孩子好，孩子怎么会误会你呢？方芳说不是亲妈就不是亲妈，隔着一层就远一层，所以就容易产生误会。李晨曦说你但说无妨，大不了就说这个主意是我出的。

方芳说出的解决蕊蕊情感问题的解决方案其实很简单，她觉得蕊蕊和前夫冯立冬尚未恩断义绝，况且他们之间还有一个孩子做纽带，不如让李晨曦做做工作，让两个人重归于好。李晨曦听了方芳的这个建议，不由眼睛一亮。他说这个办法可行，你容我打听打听冯立冬的消息再说。说完，他就掏出手机来给发发打去了电话。

发发，你知道不知道你二姐夫的消息？李晨曦问发发。

二姐夫？冯立冬啊？发发反问道。

对，是他。李晨曦说，有他最近的消息吗？

发发想了一下，说，嗯，听说，听说是在那边混得不是很好，买卖也黄了。

你这个消息，是听你二姐说的？李晨曦又问。

嗯，是听我二姐说的。发发回答。

嗯，好，好哇。李晨曦自言自语地说。

什么好哇坏呀的。发发说，他跟咱们又没有关系了。

怎么没有关系了？李晨曦说，咱们刚刚不是他的儿子啊？

跟发发通完了电话，李晨曦让方芳辛苦辛苦帮助准备几个菜再去接孙子唱唱，说晚上他要和发发喝两杯。

晚上发发来到了李晨曦家，李晨曦问发发没开车吧？发发说没开。于是李晨曦就开了一瓶陈年的五粮液，说，咱爷俩喝两口。发发看出来老爸今天一定是有什么事情，就在第一口酒下肚后问，您今天是不是有什么事要说？

李晨曦就叹了口气，说，最近总想着你二姐两口子的事。

发发看了老爸一眼，劝道，爸，您别老是想着过去的事情了，我二姐人家两口子早就离婚了。而且，我二姐现在也找着人了，您就别操心了。

她找的那叫什么？李晨曦不屑的，说，明媒正娶了吗？要说正宗的，那还得说是你二姐夫，他是咱们刚刚的爹。他在这间屋子里面跟我叫了十几年的爸爸！

李晨曦给发发的杯子里面添了点酒，又说，这样，你呢，以往跟冯立冬关系最好，爸呢，就把这个任务交给你，你给冯立冬打个电话，叫他抽时间跟我联系一下，好不好？国际长途的费用，我给你出，好不好？

领到老爸的任务后，第二天上班发发赶紧来到网上，他要通过 QQ 跟疏于联络的冯立冬取得联系。可不知道是冯立冬把他给屏蔽了还是冯立冬已经把他做了删除，点开冯立冬的头像，跟他说了几次话，冯立冬都始终置之不理。于是，发发就想到了要重新加一次冯立冬。把冯立冬的号码输到寻找的对话框里，点了确认，发发就开始等待着冯立冬远在国外的应答。也就是在发发输入了冯立冬的 QQ 号的同时，他的脑子里就忽然地产生了一个念头：他要用一个新的身份和已经冷漠自己的大卫继续说话。这个念头产生后，他立即就给自己在 QQ 的网站上重新申请了号码，在这个号码上，他给自己取了新网名叫听禅，个人资料是 47 岁，大学文化，北京人，并在登录了之后，把大卫添加了上去。

刚加大卫没多久，发发的新 QQ 开始了闪动，发发开始窃喜，点开来看，见果然是大卫做出来的回应。看到了大卫熟悉的头像，已经叫作了听禅的发发忙不迭地先说了声你好，认识你很高兴。

大卫马上也说了你好，认识你同样的高兴。

发发又说，我今天刚有了自己的 QQ，胡乱地加了几个人，你是第一个作出回应的，真是很感谢。

大卫回答说，鬼使神差，我一般不加陌生人，刚才本来想点否的，要把你给删了，但是按错了鼠标，点了是，就把你给加了进来。

哈哈哈，发发说，那真是巧得很了，就叫我们重新再握一次手把！说罢，把一个握手的图案发了上去。

大卫回应道，握手！但是请原谅，我不会发图案。

两个人火热地聊了几个回合之后，大卫很直接地问了发发一个问题，说，能问问你在哪儿工作么？

为了能有更进一步的话题，发发想了一下，回答，农科院。

看到农科院三个字后，果然大卫兴奋了起来，马上回话，说，啊？天地下竟然真的有那么巧的事情？

发发故作不知，问，什么巧？怎么讲？难道你也在农科院工作么？

我不在农科院，大卫说，但是，我们并不远，我们是邻居！

啊哈，邻居？真的那么巧么？发发假作猜测问，钢研？

差不多，大卫很兴致地说，钢研的旁边，知道么？

东面吗？发发有意地再次猜测说，哪所大学？

马上就猜到了，大卫丝毫没有察觉发发的用心所在，说，摸到边儿了，已经。

啊哦，发发装出了恍然大悟的样子，说，我知道了，那所研究院，主楼上挂着大牌子，在我的办公室都能看到你们的每一扇窗子。你现在挥挥手，说不定我就能看到呢。

太夸张了，大卫马上回应道，不过我们的确离得相当的近，说不定我们还在马路上曾经擦肩而过呢！

岂止，发发进一步地说，还曾经在一家饭馆里吃过饭呢！有一家西餐馆儿，你去过吧？我经常说，那是我们家的厨房。

发发问的这家西餐馆儿其实他并没有去过，和大卫在一起的时候，大卫带着孩子经常光顾，说里面的牛排很合她们俩的口味。

见发发提到了那家西餐馆儿，大卫自然地就来了精神，说，当然去过了，我周末经常带着孩子去吃。没想到你也经常去，你都喜欢吃什么？

嗨，工作餐，发发故意轻描淡写的，说，我负责学术交流，我们这里经常有从国外交流来的博士、研究人员什么的，外国人喜欢吃牛排，其实，我挺讨厌那个东西的，生不生熟不熟的。

我们到那里每次也都是吃牛排，大卫兴致不减地说，每次去都能看到老外，哦，我现在知道了，原来那都是你带着去的呀！

我哪儿有那么大的能耐呀，发发调侃地说，不过，下次去，你提前打招呼，我给你埋单啊。

大卫也接着发发的话继续调侃说，嗯，有便宜不占是傻瓜，一定得你埋单。

一番调侃了之后，两个人的距离一下子拉近了许多，接下来，两个人就相互地问了对方的住址。发发说他就住在农科院的院儿里，大卫如实地说出了她现在住的地方。发发这回没有兜什么圈子，直截了当地说，我知道了，跟我说话的人是一个相当富有的人。

你怎么知道？大卫追问道。

你住的那个地方可是一个豪华住宅区啊，发发说，能住在那里的，能是穷人么？

聊完了住处，两个人又聊了各自的孩子。发发还是编了一套故事说，自己的孩子远在英国，由妻子陪着。

大卫好奇地问，你为什么不去？叫他们母子俩远在他乡？

发发说，出国，是给她的回报。

大卫说她不明白这话是什么意思。

发发就说，结婚每个人有每个人的目的，有的人图钱，有的人图利，她就是为了出国。

看了发发的话后，大卫说，好像是明白了，那你现在是留守，还是单身？

发发说，先留守，后单身。

有关自己的孩子，大卫跟发发说，刚刚高考完，正等着分数呢。孩子学习不错，估计能考到640分左右。

那就能上北大了，发发顺着大卫的话题，说，等你的好消息啊！嗯，大卫说，等孩子真的考上了北大，不用你埋单，我请你吃牛排！对了，你不喜欢吃牛排，这样，我们吃牛排，你随便点。

两个人聊得如火如荼，发发就忘却了正在等着的冯立冬的回应。结果，冯立冬在网上跟他说了好几句你好，他都没有回复。最后是冯立冬急了，点了抖动窗口，发发这才把和大卫的聊天收住。

过了没几天，冯立冬给李晨曦打来了一个越洋电话。开口叫了一声爸之后，声音就哽咽了。

听了这一声爸之后，李晨曦的眼圈儿，就也潮润了起来。

4

在白景轩的再三请求下蕊蕊答应回到白景轩家。临走时李晨曦劝蕊蕊要慎重，蕊蕊没说话，提起自己的东西，低着头就走了，走出去后没关门，也没跟老爸告别。

见蕊蕊离开了几天又回来了，白景轩的父母很有些鄙夷，晚上去外面吃饭也没有通知她，把她一个人晾在了家里。等白景轩回家后蕊蕊就跟他说了这件事情，她说她其实根本就不在乎一顿饭，说你父母这么做，其实就是没把我当回事，想把我给气走。白景轩听说了，也觉得自己的父母不对，做得有些过火，于是就找父母谈话，希望他们对蕊蕊好一点，因为毕竟蕊蕊是和自己生活在一起。白景轩的父母没说什么，只是一个人用鼻子哼了那么一声，一个人拿嘴撇了白景轩一撇。

吃饭的事情过去一天后，白景轩的老妈主动到蕊蕊的房间找蕊蕊，说自从你到这个家里来，咱们娘俩从来也没聊过天，更没交过心，今天她来，就是想跟蕊蕊说说心里话。蕊蕊赶紧让老人家坐下，说有什么话你老尽管说，我要是以前有什么做事不周到的地方，您尽管批评。白景轩的老妈就由刚刚还明亮着的脸色，变成了一副阴郁的表情，说，自打白景轩两口子离婚后白彭鹏非常可怜，想妈妈却见不到妈妈，只能天天给妈妈打电话，在电话里听听妈妈的声音。白景轩的老妈还说，受白景轩两口子离婚的影响，彭鹏现在的学习情况很糟糕，成绩不断下滑，每况愈下。按照她现在的学习成绩，要想考上大学是没希望了。看着原先的一个好端端的孩子逐渐地沦为一个不求上进的坏孩子我们当老人的相当着急，不瞒你说，我找过彭鹏的妈妈，做了她的工作，让她为大局着想，为孩子着想，还回到这个家里来，彭鹏妈妈同意了，我们现在正在做白景轩的工作，只要他同意了，他们两口子就能破镜重圆，就能给彭鹏一个完整的家。

蕊蕊没敢看老人的脸，她问她，白景轩同意了？

还没有。白景轩的妈妈说，我想他没同意的原因可能是由于你。

我？蕊蕊问。

嗯。白景轩的妈妈说，蕊蕊，你也是个女人，也是个当妈妈的，我想你也应该懂得一个孩子失去妈妈的关爱心灵会受到怎样的伤害，会对她的一生产生什么样的影响。我想你一定会知道这些，因为你是一个女人，你是一个妈妈。蕊蕊，既然你当初来的时候是出于对彭鹏的考虑，是出于要照顾彭鹏的好心，那么我就也以一个女人，一个妈妈的身份请求你离开白景轩，让他和彭鹏妈妈复婚，让这个家完整起来，让彭鹏重新得到父母的爱，让孩子有一个美好的未来……蕊蕊，我求你了，你要是能看在可怜的孩子的份儿上离开白景轩，劝他能和彭鹏的妈妈复婚，我们一家子都忘不了你的大恩大德，我老太太在这儿给你作揖了。说完，白景轩的妈妈就站起身来要给蕊蕊作揖鞠躬，蕊蕊赶紧走过去一把将老人扶住。蕊蕊见不得老人纵横在脸上的泪水，沉默了一会儿，她跟白景轩的妈妈说了声行阿姨，我答应您。说完，就收拾了自己的东西，走出了白景轩的家门。

离开白景轩家蕊蕊暂时无处可去，只得再次回到老爸的身边。

白景轩不知道蕊蕊再次离家的原因，追过来问其究竟。蕊蕊没让白景轩进屋，隔着防盗门跟他述说了他父母恳请她离开的经过，和自己不忍再面对彭鹏渴望妈妈回来的眼神。

蕊蕊离开白家后，白景轩的前妻在白景轩的父母邀请下便回到了家中，当夜，在白景轩父母的示意下，她走进了白景轩的房间，但令她没有想到的是几经努力，白景轩竟然都无法完成一个男人应该完成的事情。白景轩前妻起身长叹，她似乎这才知道，原来自己跟一个男人离家出走，竟给白景轩造成了如此之大的伤害。于是，于当夜便告别白景轩，并承诺以后再不搅扰他的生活。

白景轩前妻走进白景轩房间的时候，李晨曦来到蕊蕊的身边，跟蕊蕊说了自己想让她和冯立冬和好的想法，并劝告蕊蕊，人还是旧的好，一家人还是在一起团聚的好。李晨曦说，他觉得白景轩妈妈说得很好，孩子没有一个完整的家心灵容易造成缺陷，并影响未来，所以你现在离开了白景轩，既是拯救了白景轩一家，同时也是拯救了你自己的家，拯救了你自己的孩子刚刚。李晨曦还细致地给蕊蕊分析了她跟白景轩的未来，他认为两个人这样下去只能耽误蕊蕊自己，不会有任何好的结果。白景轩迟迟不答应和你结婚，是因为他并没有把你真正地放在心上，并没有真正地要和你过下半辈子。蕊蕊听了老爸的话，心里也觉得她和白景轩真的不会有什么好结果，更不会有什么美好的未来，彼此似乎都是贪图和对方的一时欢愉，但是尽管明白老爸说的所有的道理，可让她立即放弃白景轩也绝非易事。

送走前妻之后，白景轩就来找蕊蕊。听见白景轩敲门，李晨曦告诫蕊蕊要把握好自己，做出正确的决定。

然而，听着被挡在门外白景轩“蕊蕊，蕊蕊”的呼喊，蕊蕊心如刀绞，肝肠寸断。

第十八章

方芳来电话说崔凯同意李晨曦入住到她家，这让李晨曦十分意外和高兴。然而当他入住到方芳家才知道，入住是有条件的，他要给崔凯打工。手里拿着劳动合同他问自己：从此你就要从一名诗人变成一个奸商，你行吗？

1

为了解决蕊蕊的情感问题，李晨曦趁着蕊蕊住在家里一面给蕊蕊做工作，一面让发发加紧和冯立冬的联系，争取尽早做通他的工作，让他早日回国。

做完最后一次理疗，按照医嘱，李晨曦可以尝试着用受伤的脚走走路了，于是，他就拄着一根棍儿，一瘸一拐地又来到了派出所，让警察跟孙丽丽联系，他要把蕊蕊最近的情况告诉她，请她也伸出手来帮蕊蕊一把。等待孙丽丽电话的时候，李晨曦的心里依然还是忐忑着，他不知道哪会儿孙丽丽高兴，哪会儿孙丽丽不高兴，不高兴时她又会说出什么难听的话来。还好，这次电话应该是正撞在孙丽丽的高兴的点儿上，孙丽丽接了李晨曦的电话当即表示乐意配合，她说她对说服蕊蕊很有信心，因为自己之所以被骗就是当时陷进情感的漩涡不能自拔，因为自己就经历了这么一个痛苦的过程。因此，她说她会用自己的亲身经历言传身教，让蕊蕊尽快从情感的纠葛中走出来。

孙丽丽答应做蕊蕊的工作，这让李晨曦心里十分高兴。趁着兴致，他想约方芳出去吃饭，于是便掏出手机。电话打过去还没说吃饭的事情，方芳却先说有个特大的好消息要告诉李晨曦。听方芳强调了特大俩字，于是李晨曦忙问什么特大的好消息，方芳不说，让他猜。李晨曦以为是方芳涨工资了，就问你上次说要给退休人员涨二百块钱，是不是这回真涨了？钱从几月份补发？方芳回答说不对，不是涨工资的事儿，你想想，我要是涨了，你不也就涨了吗？李晨曦一想也是，两个人情况一样，虽然一个是干部一个是工人，但是不管怎么说，方芳要是涨了工资，自己也得涨，自己没得到消息，方芳怎么会得到这方面的消息呢？这个没猜对，于是，他就又猜，是不是崔捷找到对象了？方芳说没有，要是那样敢情好了，要是那样我就烧高香了，我的一块心病就去除了。见不是涨工资，也不是崔捷找到了对象，李晨曦又猜是不是唱唱的作文获奖了？方芳还是说不对，要是他的作文获奖了，就不用我告诉你了，唱唱自己就给你打电话了。行了行了，我估计你也猜不着了，所以，你也就别瞎猜了，你赶紧过来就是了。对了，你去做理疗了吗？大夫怎么说？

打车来到方芳家，适逢崔凯也在。进门见到崔凯，李晨曦多少有些尴尬，有些紧张，因此，站在他的面前便非常局促，甚至一时不知说什么，就连手脚也都不知道应该放在哪里。然而，崔凯却一反常态，不仅没怒目相视，反而嘘寒问暖，问他脚怎么样了，走路没问题了吧，并且一面说以后出门可要注意，您不知道哪位开车的大爷不是司机，而是个杀手，一面给他拉过椅子来请他坐。在方芳家李晨曦是见惯了崔凯跟自己瞪眼睛和听惯了崔凯跟自己怒吼的了，突然见到崔凯对自己笑脸相待，还体贴关心，李晨曦一时适应不了，因此就更加局促，更加说不出话来，以至于崔凯把椅子放在他的面前，他不仅没敢坐，甚至还起了一身鸡皮疙瘩，导致他连声谢谢都没能说出来。方芳见李晨曦手扶着椅子没敢坐，就走了过来说你的脚刚好，别老站着了，坐下吧。李晨曦这才反应过来，笑着对崔凯说了声谢谢。

李晨曦坐下，崔凯也在他的对面坐下，感觉到崔凯正拿眼睛注视着自己，李晨曦还是局促。为了缓解一下两人之间的尴尬，李晨曦就扭过脸去问方芳你不是说有个特大的好消息要告诉我吗？说说听听，什么好消息？方芳听见李晨曦问，就用手指指崔凯，说让他告诉你。于是李晨曦只好又面对了崔凯，抬起眼睛看崔凯的时候，李晨曦觉得自己多少在心里缺少点底气。这一点方芳似乎是感觉到了，因为李晨曦在看崔凯时眼神有些发飘，目光有些抖动，为了表现出笑意来嘴角也很僵硬。为了让李晨曦能平静下来不再紧张，方芳就催崔凯，让他快说。崔凯说好吧，嗯，是这样，为了您两位老人后半生的幸福，我同意从今天开始，您可以住到家里来了。

崔凯的话说完，李晨曦一时没有反应。脸上没有表情，眼睛依旧呆滞。崔凯的话他听到了，一个字没落，不过这话说得过于突然，一点过渡都没有，这叫还为一次又一次半夜三更把方芳送回来怀揣着歉疚，等待着崔凯发泄不满的李晨曦听起来有些难以置信。此时他不是不相信自己的耳朵，而是这话从崔凯的嘴里说出来他不敢相信。因此，在崔凯话说完后，他对着崔凯愣了好半天，待方芳问他这是不是一个特大的好消息时，他才恍然大悟。让他住到家里来这的的确确是个特大的好消息。崔凯这平平常常的一句话，对于李晨曦来说，简直就是从上天降下来的一道福音，于是李晨曦赶紧站起来，伸出满是汗水的手，上前将崔凯的手握住。

李晨曦再三再四地跟崔凯说着感谢。

2

得到了特大好消息，李晨曦赶紧回家收拾行李，准备搬到方芳家去住。帮着老爸收拾行李，蕊蕊也替老爸高兴。结婚这么长时间了，老爸终于能和方芳阿姨住到一起了，蕊蕊说这简直应该庆祝一下，说完，她就给大姐嘟嘟和小弟发发打去了电话，让他们晚上都过来，庆祝老爸得到崔凯认可的这个特大好消息。在蕊蕊给发发打电话时，李晨曦插了一句，说让发发带着迪博士一起过来。发发说你说带人家就来了？我问问她试试吧。打完电话蕊蕊也说迪博士不一定能来，因为人家正经是个局长。李晨曦说待会你再给发发打个电话，问问他跟迪博士说了没有。蕊蕊听了就问老爸怎么这么在乎迪博士？李晨曦回答说，你呀忘恩负义，你忘了人家跟着咱们找你妈时候出的那么大的力了？忘是没忘，蕊蕊说，不过，我觉得您是不是还有其他的什么用意吧？李晨曦就说，是，你弟弟认识的这么多女的里头，我就觉得她人不错。

下午下班后，嘟嘟先回到了家。进门她看着老爸走路一瘸一拐的，就问老爸的脚这是怎么了。蕊蕊便跟嘟嘟说了那天晚上老爸送方芳阿姨回家，被出租车给碾压了的事情。嘟嘟不放心老爸的伤情，让老爸把鞋脱下来让自己看看，并说您怎么受了伤也不跟我说一声，还骗我说是要写诗，没时间送我上下班了。李晨曦轻描淡写地说，多大点事儿啊，有蕊蕊在这儿呢，还跟你说什么啊。说完，脱了鞋，让嘟嘟看看自己的脚，说，差不多完全好了，就是这淤血，大夫说得过段时间才能完全被吸收。嘟嘟我走两步给你看看，怎么样？挺好吧？下周我又可以骑车带着你上下班了。

听到老爸说下周可以骑车送自己上下班了，嘟嘟就说好了也不用你送了。

李晨曦问为什么？

嘟嘟有些不好意思地说她现在没住在租住房里。

李晨曦问她住什么地方了？

嘟嘟说住在老王那里了。

李晨曦问哪个老王？

嘟嘟迟疑了一下就跟老爸说是人家给我介绍的一个对象，是个退休的外交官。

李晨曦一听退休俩字，就问嘟嘟这人多大了？

六十多一点。嘟嘟回答。

李晨曦和蕊蕊听了，都觉得年龄有点大。蕊蕊插话道，他跟咱爸的年龄差不多，这不太合适吧？将来他要是进门，跟咱爸也不好称呼啊。蕊蕊说了不太合适，李晨曦也说是不太合适，年龄偏大了点，并说是不是让嘟嘟再好好考虑一下。

嘟嘟有些故作轻松地说没事，他虽然年龄大了点，但是显得还是挺年轻的。您放心吧。

李晨曦说显得年轻管什么？人的生理年龄是什么也改变不了的。你看我，现在显老吗？不显，并且我还什么都能干，还能骑车送你上下班，你就是现在让我扛一袋子面我也没问题，可是再过十年呢？再过十年我多大了？七十多了，七十多岁的人什么样儿了？拄拐棍儿了，到那个时候病也就全找上来了，不是打针就是吃药，整天哼唧哼唧的。而你呢，再过十年正是中年，正是精力旺盛的时候，你想想，到了那个时候，你能接受的了这么一个现实吗？所以，嘟嘟，老爸劝你这件事情，你要慎重。

对大姐，你要慎重。蕊蕊也说。

老爸和蕊蕊说了让嘟嘟慎重，嘟嘟就低了头，沉思了一会说，你们说的这些我都想过，并且想过不止一遍。不过，和雷鸣经常吵架的日子让我太痛苦了，没房的日子也让我太压抑了，所以，我就选择了他，他脾气好，和蔼可亲，懂得心疼人，并且还有房子。说完，嘟嘟又补充了一句，说老爸，你应该知道，现在再婚男人好找对象，而女人的选择面很窄。男人找对象像您这样选择同龄人的很少，几乎没有，一般的都是以找年轻漂亮的为目标。

嘟嘟说完，李晨曦没再说话。

蕊蕊则问那老王把房子能过户给你吗？

嘟嘟摇头说他只答应能让我住到永远。

蕊蕊说口说无凭，你得让他给你立字据。他立了吗？

嘟嘟说还没有。不过他说他会给我一个交代的。

关于让老王给嘟嘟立字据的事情蕊蕊似乎还要说什么，这时发发推门进来了。李晨曦看着发发，见他身边没人，就问他迪博士怎么没来？我邀请她过来，你跟她说了没有？这时躲在门外的迪博士就探出身子来，说叔叔，我怎么没来？我不仅来了，还要吃饭，吃完饭还要送您去方芳阿姨家呢。迪博士说完，就走进屋里，并且还掏出了几样东西递给李晨曦，李晨曦将东西接过来见是毛巾牙刷等洗漱用品，于是连声说感谢感谢，说迪博士可真是个细心人，你比我这俩闺女可强上百倍。迪博士听了赶紧说惭愧惭愧，说这么点小东西根本就不值得您这么感谢。还说我哪儿赶得上两位姐姐啊，我以后还要好好地跟她们俩学习呢。嘟嘟和蕊蕊听了迪博士的话，赶紧背过脸儿去，偷偷地用手捂住脸撇了撇嘴。

人都到齐了，蕊蕊和嘟嘟开始张罗着做晚饭，迪博士示意了一下发发，发发就说我们领导说了，甭做饭了，她请客，到外面用餐，您是这个意思吧？领导？少贫嘴，迪博士乜了发发一眼，说，什么领导啊，讨厌！今天叔叔得到了特大喜讯，我跟大家一样，心里高兴，发发是儿子，这个庆祝晚宴理应他来操办，咱们让他请客，到外面用餐，用完餐，咱们再去卡拉 OK 一下，叔叔，我这么安排行吗?

迪博士征求李晨曦的意见，李晨曦正不知道如何回答她，蕊蕊就走过来说还是在家吃吧，老爸为了这顿晚饭都采购了半天了，菜已经准备好了，炒炒就得，不费什么事儿。发发，你们两口子要是请客，唱卡拉 OK 当然更好，等过节吧，过两天不就过节了吗。

蕊蕊说完就跟嘟嘟走进厨房，迟疑了一下，迪博士也走了进去，并像模像样儿地跟在两个人的身后想做点什么。不过看得出来，她疏于厨房里的所有事情，什么也做不了，让她切菜，她怕刀切在手上，让她择葱，她怕有味儿，让发发给她找副手套。发发说俺们家没有手套，葱您就别择了，您是领导，您就在她俩的身边从政治上指导她们一下就成了。嘟嘟和蕊蕊听了，扑哧地就笑了。迪博士听了脸一红，说了发发一句你就讨厌吧!

嘟嘟和蕊蕊很快就做好了晚饭。在餐桌前就座的时候，李晨曦特意安排迪博士坐在自己身边，迪博士推辞自己是小妹，李晨曦身边的位子应该让大姐嘟嘟坐。嘟嘟说老爸发话了，你就别客气，请坐吧。迪博士于是环顾了一下蕊蕊和发发，说，那恭敬不如从命，老爸的盛情我就愧领了。

坐好之后见红烧肉离着自己最近，发发拿起筷子来就要往嘴里夹，迪博士见了，忙上去用手轻轻拍了发发的手掌一巴掌，笑着说就你嘴急。说完发发，她清了清嗓子站起身来，说我说两句，今天咱们几个孩子回到家来，是为了一件让人十分高兴的事，尽管这件事大家都已经知道了，但是，此时此刻我还是要重复一遍，那就是咱们的老爸，咱们的诗人老爸，从今天开始，在经历了千辛万苦之后，在经历一次又一次的磨难之后，终于能和方芳阿姨生活在一起了，值此喜庆之际，请允许我代表我个人，代表在座的两个姐姐和发发送去对老爸的祝贺，并祝愿老爸和方芳阿姨都开心快乐。下面我提议，为了老爸得到的这个特大好消息，干杯！现在，迪博士已经直呼李时晨曦老爸了。

迪博士说完，就举起了酒杯，嘟嘟、蕊蕊、发发便也都站了起来，一阵玻璃杯子相互之间清脆的撞击声响过后，大家就高喊着干杯、干杯，把酒一饮而尽。干了杯子里的酒，李晨曦忽然愣住了那里，没有坐下，也不动，甚至连眼睛也不眨一眨。迪博士见状有些害怕，忙问他怎么了，说着就伸出手来要搀扶他，李晨曦朝他摆摆手，说没事没事，你们吃你们吃，说完他快速地走到电脑桌前将电脑打开。之后，就见一行行诗跳跃着蹦到了电脑的屏幕上。

晚饭过后，迪博士和发发开车将李晨曦送到了方芳阿姨家。把行李安排好了，洗漱完毕准备睡觉，崔凯走了过来，他问李晨曦的脚没什么事儿了吧。李晨曦说好了好了，刚才上楼的时候手里拿着这么些东西一点事都没有了。

崔凯就说，那好，有件事我还要求您帮帮忙。

3

崔凯要求李晨曦帮忙的事情是让他考虑一下，是不是可以为他的公司做些事情。李晨曦看着崔凯用带有求助的眼神望着自己，以为他是看中了自己在写作方面的特长或是才能，让他帮忙写点东西，比方总结报告、宣传材料什么的，因为以前就有不少朋友求他为自己的公司写过类似的东西，于是就回答没问题，写写总结，写写报告，尤其是宣传材料，带有煽情的那种的，我手到擒来，不是跟你吹，我给不少企业和机关写过这样的东西，前不久我给一个叫华能的大公司写了一个宣传稿，标题叫《和共和国一起成长》，主管宣传的领导拿去一看，当时就把手下叫了过来，说你去把李老师这个稿子印出来，你们宣传科的人人手一份，好好看看，好好学习学习，你看看人家的水平，那才叫大手笔呢，你再看看你们，写的那都是什么啊？你们还天天嚷嚷着要涨工资呢，跟你们说，拿着人家李老师的稿子看看，等你们写的东西什么时候达到这水平了再来跟我提涨工资的事儿！

崔凯看着李晨曦笑笑说，咱们公司小，用不着写报告写总结写宣传材料。咱们又不上电视上报纸什么的。

李晨曦见崔凯不用他写东西，就又以为他是让自己帮着他打理公司，当当会计，管管统计、库房之类的，毕竟是一家人嘛，这样用起来放心。于是他就说，让我帮你在公司管理管理也行，没问题。

崔凯看着李晨曦还是摇头，他说咱们公司小，日常管理有我一个人就足够了，我想请您帮忙干的事是个很简单的事，您不用学，不用费脑子就能干。

李晨曦问崔凯到底让他干什么。

崔凯说，简单，送货。

按照崔凯的意思，从明天早上开始，李晨曦将作为崔凯公司的雇员，每天给各大小饭馆送果茶，不仅如此，还要不断地开发新的用户，并负责按时结账、追款，当然了，崔凯说，亲是亲财是财，付出劳动就要得到回报，咱们是经过工商局注册的合法公司，公司有自己的章程和规章制度，公司严格按照国家的相关法律法规办事，按劳取酬，多劳多得，收益、奖惩按绩效考核。说完这些事情，崔凯从口袋里掏出一把三轮车钥匙和一份劳动合同。他先问李晨曦会不会骑三轮车，说如果不会骑三轮车可以给他一天的时间让他练习，之后又让他再看看劳动合同条款，说这是一份格式化的劳动合同，条款符合劳动法，如果您同意，就签字。

李晨曦看着崔凯递给自己的三轮车钥匙和符合劳动法的劳动合同，顿时心就凉了一大截儿，刚刚踏进这个家门时还活跃在心头的兴奋和激动被这两样儿东西当头一棒给打压了下去，就连自得到能和方芳生活在一起的特大好消息之后，在心里升腾起来的那股幸福感，一下子也被彻底轰跑了。

李晨曦看着三轮车钥匙和劳动合同木在了那里，一时没表示什么。

崔凯也没催他，只说了一句该休息了，不打搅您了。我的这个意向您好好考虑一下，明天一早答复我就成。

回到房间，方芳已经等得有些不耐烦了，她一面帮着李晨曦脱衣服一面问李晨曦崔凯刚才跟他说了什么？

李晨曦不知道该怎么回答好，于是就没说话。

帮着李晨曦把衣服脱了，方芳顺手就把灯关了，之后就将身子压在李晨曦的身子上，她开始期待李晨曦将她抱紧，期待他亲她，抚摸她，但是她用嘴颤动着吻着他的脸颊，李晨曦却没有对喘着粗气的她做出以往的回应。方芳认为是李晨曦到了自己家，另一个房间里面还住着崔凯一家人他有些放不开，于是，她索性就伸手把李晨曦的手搬过来，放在了自己的身上，然而李晨曦的手触到方芳的身体之后，还是一点反应也没有。方芳开始感到奇怪，就抬起身子来，问李晨曦怎么了？刚才崔凯到底跟你说什么了？李晨曦默默地坐起来，把后背靠在床头上，还是不愿意说什么。想着自己将成为崔凯公司的雇员，骑着三轮车四处送货，想着自己将要从一个诗人的每天修辞炼句寻找灵感探寻意境转而成为一名奸商，李晨曦陷入了沉思。他在心里问着自己，李晨曦同志，这个工作你愿意干吗？你能胜任吗？这个工作你如果说不干，后果会是什么呢？经过了一番思索，李晨曦得出的结论是这个工作自己胜任不胜任都必须干，如果自己不干其结果很可能就是被崔凯请出家门。因为刚才崔凯最后跟自己说的那句话里不是有这么两个词嘛，一个是让他好好考虑考虑，一个是明天一早答复我。好好考虑是什么意思？绵里藏针，那一定是崔凯在让他想想得与失，得，就是可以继续在这里和方芳住下去，失，不用说，就是他明天早上答复崔凯自己不干后，被请出这里。想到这里，李晨曦就想到了那句老话，叫作天底下没有免费的午餐，想到了这句老话，李晨曦似乎就想明白了，或是说就想通了，于是他就叹了口气，把方芳搂到了自己的胸前。李晨曦开始了对方芳的抚摸，他跟方芳说，从明天开始，我准备给崔凯公司做点事情。

你，给他公司做事？做什么？方芳十分惊奇地问，当会计？当出纳？我就知道你会写诗，这些你也会？

李晨曦把下巴抵在方芳的额头上，说，不是会计，不是出纳，我做点简单的，骑着三轮车，送货，结账，等等。

这还简单吗？方芳一下子从李晨曦的怀里挣脱出来，问李晨曦，你答应他了？

李晨曦说还没有，不过明天一早他等我回话。

这个你干不了，搬搬运运的，他公司干这个的都是外地的年轻人。说罢方芳就用十分担忧和怜悯的目光望了他。这目光李晨曦不看则已，一看他的那颗男人的心立即就被融化了。他忽然来了决心，为了能和自己的爱人生活在一起，他觉得自己什么都能忍受。

是男人，就得吃尽千般苦。和方芳躺下的时候，李晨曦这么想。

4

发发和迪博士把李晨曦送走，孙丽丽便来到了李晨曦家。面对蕊蕊望着自己的那双充满了惊讶的眼睛，孙丽丽说你这是干吗？不认识你妈了？蕊蕊听孙丽丽问自己话，就从惊讶中缓过神儿来，问老妈最近都在哪儿？怎么也不跟我们联系？孙丽丽轻描淡写地说这不来联系了吗？说说吧，你打算跟那个白景轩怎么办？

妈，什么跟什么啊，您说的我可是什么都不明白。蕊蕊打岔说。

得了，甭瞒着了，你妈是谁啊？孙丽丽说，听说你现在和他还要死要活的纠缠着呢？

嗷嗷，我忘了，我妈是咱家的福尔摩斯。蕊蕊说。

少打岔，孙丽丽问蕊蕊，我说的是不是事实？那个白景轩是不是还死拽着你不放？

正说着白景轩，白景轩就来了，他把车开到门口，拿车灯朝窗户上闪。孙丽丽见了就问蕊蕊，是不是他来了？是不是他在叫你呢？蕊蕊俩眼直愣愣地盯着窗户点点头说是。孙丽丽就腾地站起来，说你等着，之后就见她从厨房抄起一样东西直奔了白景轩的汽车。蕊蕊知道老妈的手段，怕出事，赶紧掏出手机来要给白景轩打电话，可是电话还没拨出去，就听外面砰的一声闷响，紧接着就传来了白景轩的叫喊声：你这是干吗，砸我车干吗？

砸你车，告诉你，往后你再来，我还砸你人呢！孙丽丽的喊声盖过了白景轩的声音，她的喊声像滑翔过去的飞机一样，响彻了整个夜空。

嘟嘟待老爸走了之后就回到了老王的家。刚一进门，一个电话便打到了老王家的座机上。来电话的是一个陌生男人，老王问对方是谁，对方回答说自己是海淀教育局的，想跟老王说点事。老王以为是关于教育方面的什么事情需要自己写一些跟国外相关的什么东西，就客气地说，有何见教请您指示。对方绕了半天，却没有说什么教育。老王就问他到底有什么事。对方终于说，想问你点事。你是不是最近认识了一个叫嘟嘟的？听到嘟嘟两个字，原本靠在床头上一面看报一面接听电话的老王就从床上坐了起来，并放下了手里的报纸。对方说，你比我年龄大，我尊称你为大哥，大哥您千万要注意，嘟嘟可不是什么好东西，用男人的话说，那是骚货，是公共汽车，什么人都能上，您明白吗？什么人都能上！她这个人，好吃懒做，靠色相勾引男人，她玩弄过的男人可不止一个了，您可千万别上了她的当，别最后弄个人财两空。从不动怒的老王听了这话，心头的火气压抑不住了，他对着话筒说了一句无聊，就狠狠地挂上了电话。

接过这个电话后，老王的心里极不舒服。除了判断电话内容的真伪之外，他还不断地分析、揣测那个神秘的男人到底是谁？怎么会知道自己？并且，自己家的电话要经过总机转接，他又是通过什么样的手段查到的？

进门听到老王接了这样的电话，嘟嘟感到十分尴尬，她想解释什么，可又怕解释不清，且越描越黑，但是如果不解释，她又怕老王怀疑自己是默认了。两难的时候，老王朝嘟嘟走了过来，说，算了，我们都别去想刚才的事情了。我既然选择了你我就要信任你，同样，你选择了我，也要信任我。我们俩每个人都有自己的经历，都有自己的过去。正向你不能要求和限制我的过去一样，我也不会要求和限制你的过去。我只要求我们的将来。

老王的这番话，叫嘟嘟非常感动。

送完李晨曦之后发发和迪博士到家的时间就比较晚了。进门后两个人洗了澡，换好了睡衣准备睡觉。因为今天迪博士表现得特别好，发发对她的感觉也特别好，因此发发觉得两个人在此时此刻才到了他认为可以实施他和王晓京的那个计划的程度和时刻，因此他想趁着两个人躺在床上之前，情感处于激越、积淀和上升的时候实施他和王晓京的那个计划。于是，发发就有意识地要把执行计划的前奏氛围给烘托、营造起来。他开始了对迪博士的抚摸和亲吻。迪博士也相当配合，她的身子甚至像安了轴承，任他怎么摆动她都紧贴着形影相随。就这样，两个人的情绪一下在就被激发了，迪博士一面呻吟着、蠕动着，一面就把发发的睡衣解开了，发发见时机已到，就要开始实施那个计划，于是他在瞬间把迪博士压在了自己的身下。

铃铃铃，忽然间，迪博士的电话响了。

电话铃声显然让两个人都吓了一跳。发发的第一反应是从迪博士的身上下来，迪博士的第一反应是寻找电话。发发下来后走到了客厅，因为迪博士的电话让他又产生了条件反射。因此他的心里就开始紧张，开始恐慌。

喂，是我。迪博士手机的信号很好，小贾的声音很大，从客厅走到厨房里的发发觉得那声音是追着自己来的。

我刚在楼下的饭馆吃完饭，啊，对，酒足饭饱，我想上楼，跟你坐坐，可以么？

迪博士从卧室探出头来，看了看躲在厨房里的发发，迟疑了一下，对着电话说，不行。

为什么？对方问。

不为什么，迪博士答，你就是不能上来。

是不是他害怕我了？小贾问，要是他认怂了就直说，让他叫我一声爹，我他妈的就放他一马。

迪博士用眼睛看了看厨房里的发发，说，他没认怂，再说我们俩是正常交往，他凭什么认怂？听了迪博士的话，小贾刚才喝到肚子里的酒精就被腾地点燃了，发发听见他咬牙切齿地说了一句我马上上楼，就挂了电话。

听说他又要上楼，发发就又开始了紧张，但是这次迪博士却显得格外坚强，他看了从厨房里出来的发发一眼，说你别怕，我下楼跟他理论，我倒要看看他是真喝多了还是解酒撒风儿！说着迪博士就穿好衣服转身走了出去。

迪博士出去后，发发越想越来气，他忍无可忍地给王晓京打去了电话，质问他你是怎么搞的，你不是已经把那个王八蛋调到厦门去了吗？怎么他又在我楼瞎折腾呢？

王晓京从睡梦中被惊醒后迷迷瞪瞪地没听清是谁来的电话，没听明白对方在说什么，于是就眯着眼睛问你是谁啊，你说什么呢？

你混蛋！发发大声朝他喊到，我告诉你，你的计划泡汤了！

第二天早上，李晨曦早早地就起来了。他说你那天不是把崔凯爸爸的衣服都找出来了吗，看看里面有没有适合干活儿，蹬三轮穿的。方芳看着李晨曦，问他还真想给崔凯打工啊？你行吗？

李晨曦很坚定地说，行！不行也行！

5

李晨曦跟崔凯签订了劳动合同，崔凯就递给了李晨曦一把三轮车钥匙，带他到楼下，把三轮车打开了，让李晨曦练习骑车。

三轮车李晨曦还是几十年到农村劳动的时候骑过，那个时候年轻，有朝气，见了什么都想试试，人家说你会骑自行车就一定骑不了三轮车，他不信邪，非要试试，结果还真如人家所说，骑上三轮车后他一时控制不了方向，按照他的意志，越想把三轮车的方向调正了，顺着马路走，而三轮车就越往偏的方向跑，结果最后他一慌，一紧张，三轮车就翻到在马路边的深沟里了，把他的人也砸在了车身下。

相隔几十年之后，再骑在三轮车上李晨曦感到自己仍心有余悸。不过，崔凯告诉他骑三轮的诀窍他记住了，于是他骑上三轮车后就尽量顺着三轮车的劲儿走，不跟它较劲，眼睛平视，看远处。按照这个诀窍，李晨曦一开始进行的还挺顺利，可是突然间对面来了一辆汽车，他怕刮着对方，想刹车，因此就按照自行车的习惯把手伸向车把的下面寻找刹车把手，或许是师傅水平不行，崔凯没有告诉他三轮车的刹车在哪儿，结果李晨曦三弄两弄的，就又在一棵电线杆子下面让三轮车翻了一个个儿，跟几十年之前一样，他又被三轮车砸在了车身下。

在楼上看着的方芳见李晨曦的车翻了，赶紧慌慌张张地从楼上跑下来，她一面跑一面朝崔凯喊，你怎么还不把他从车底下拉出来。崔凯看了老妈一眼，又气又恨往地上狠狠地吐了口唾沫，说了句就没见过他妈的这么笨的人，甭理他，让他在车底下翻腾去吧。

方芳跑到三轮车前，李晨曦自己已经从车下挣扎了出来，崔凯刚才的话，他听到了，看看崔凯走上楼去的背影，李晨曦也想朝地上吐口唾沫，但看到方芳来到了跟前，他就又把那口唾沫咽到了自己的肚子里。

方芳见李晨曦从三轮车底下出来了，就上来给他掸身上的土，李晨曦说你甭管，我这身上又是汗又是土地不干净，再说没准儿一会还得摔跟头呢，你现在掸也是白掸，我呀，恨我自己，天底下就没有我这么笨的人。

方芳说你还练呢？得了，别玩儿老命了，走跟我上楼。李晨曦推开方芳的手，说，练，我今天就非练会了不行！我不是说了吗，天底下就没有我这么笨的人。

仿佛是被压在车底下的时候获得了什么灵感，被砸到车下之后再骑到车上，李晨曦觉得忽然之间就驾轻就熟了。车把不跟他找别扭了，他也用不着再跟车把较劲了，无论是左转还是右转他就像是支配老朋友似的，轻轻一触碰车把，三轮车立即就乖乖地按照他的意志转动了起来。站在一旁的方芳感到奇怪，说你这不是会骑三轮车吗？刚才是怎么搞的？忽然就能够骑三轮了，李晨曦也相当的意外，他觉得或许是自己刚才骂了自己是世界上做笨的人，上帝出于怜悯，就给了他一些眷顾。

把三轮车在方芳面前刹住，李晨曦擦擦额头上的汗水，让方芳上车。方芳问上车做什么？李晨曦说，上来，我带着你去兜兜风儿。方芳看了看他一身的土一身的汗就说不去，李晨曦便下了三轮车把方芳拉了上来，说，别不好意思的，如果有人看见你坐我的车，问你我是谁，你就说我是在你家楼下收废品的。方芳听了一撇嘴，说，你要是能赶上收废品的还不错了呢。

李晨曦骑着三轮车带着方芳去菜市场兜了一圈儿回到家里，已经接近中午了。方芳下厨房做饭，李晨曦进卫生间洗澡。脱下衣服来李晨曦才看见刚才三轮车砸在自己身上时，把肩膀头上给刮破了，淋浴的水浇上去，一阵钻心的疼痛。到了晚上，李晨曦感觉不仅仅是肩膀头上那块划伤在疼痛，就连浑身上下的每一寸肌肤也都一起疼了起来。方芳见他躺在床上一翻身就龇牙咧嘴的，赶紧给他做全身放松按摩。李晨曦说你歇着你的吧，我不能用你给我按摩。方芳问为什么不能用？李晨曦说，你是女的，我是男的，你给我按摩那是异性按摩，是国家法律法规所不允许的。方芳听他疼成这样了还跟她臭贫，不由得用手在他的大腿上拍了一下。这一下，方芳没觉得自己使了多大劲儿，可是一巴掌下去，李晨曦就痛得嗷嗷叫了起来。看着李晨曦痛苦的样子，方芳担心地问你从来就没干过力气活儿，今后每天都要这样，能行吗？李晨曦咬咬牙，说，不吃苦中苦，怎得甜上甜呢。

第二天一早，李晨曦还是早早地就起床。起床的时候，他感到自己胳膊抬不起来，腿也抬不起来，浑身就像灌满了铅水一样的沉重。方芳见他一副疲惫不堪的样子，就说你昨天累得腰酸背痛了，还哼唧了一宿，不行你今天就休息一天，明天再去送货。李晨曦说不行，我从昨天开始，已经是崔凯公司的一名雇员了，公司有考勤制度，迟到一次要扣全月的奖金的。说完李晨曦就去洗漱。方芳见他执意要上班，赶紧起床去给他做早饭。

吃过早饭，李晨曦就又穿上了昨天那身满是灰土和汗水的衣服准备上班。方芳还是有些担心，她问他昨天只是骑了骑三轮车就累成了那个样子，今天不但要骑三轮车，并且还要搬运几十箱果茶，你能顶得住吗？李晨曦安慰方芳说，写作需要体验生活，有了生活，才有了创作的源泉，才能写出好作品来。崔凯现在就给了他一个很好的体验生活的机会，蹬三轮、送果茶、和各种人物接触，跟他们推销产品，跟他们结算账目，观察他们的一举一动，听他们各式各样的语言，分析他们不同的心里活动，你看看，这是多么难得的机会，你就等着我写出来的好诗吧。

和方芳吻别后，李晨曦下楼登上了三轮车。似乎是昨天的魔法解除了，李晨曦再骑到三轮车上之后，三轮车忽然就不像昨天那么听话了。它不仅不顺从，反而不断地给李晨曦出难题，一会朝左一会朝右，总之就是不肯前行。从窗户后面看着李晨曦在马路上画着龙，迤逦歪斜地朝着电线杆子冲去时，方芳的心立即就揪了起来。

快刹车！方芳连忙朝李晨曦喊。

第十九章

李晨曦第一天上班就给崔凯惹了祸。他搬着两箱果茶送到一家饭馆，刚进门就摔了一个跟头，嘴磕伤了，果茶也摔碎了，饭馆的地板也给砸坏了。

1

李晨曦怎么也不会想到自己第一天上班就惹了祸。

其实这天上班李晨曦还是时时处处格外加着小心的。崔凯公司的其他员工在装卸果茶的时候一般都是隔着老远把果茶往车上一扔或是往地上一扔，而他无论从把果茶搬起还是到把果茶放下做得都小心翼翼，生怕果茶在箱子里面晃动，发出咣啷咣啷的响声。有个小伙子见他这么谨慎就过来拍他的肩膀说老爷子，您不用跟抱自己亲孙子似的那么小心，就这么车上一扔，没事儿，碎不了。再说，就您这么个抱法儿，您一天能走几趟啊，您能完成了任务吗？能挣的着钱吗？听了小伙子的话，李晨曦学着他们的样子也往车上扔了一下，可是箱子里的果茶咣啷一响，李晨曦就再下不去手了。

装完车，往客户那儿送的时候，李晨曦骑在三轮车上也是如履薄冰般地小心。凡是遇见路上有个沟沟坎坎儿的，他就立即下来，或是把路找个砖头垫垫，或是一点一点地把车挪过去，反正他绝不会让车上的果茶在箱子里面磕头碰脑地感觉不舒服。

就这么精心呵护着，李晨曦按照崔凯给他提供的发货单，来到了第一家要送货的餐馆。核对了一下餐馆的名字叫永红餐厅，老板的名字叫刘永远，经营东北炖菜，另外还有大馅儿饺子，狗肉之类的无误，李晨曦就在饭馆门前找了个不碍事的地方停下车，把车锁好了，掏出发货单来核对好了客户需求，然后搬上两箱果茶十分吃力地朝餐馆走过去。永红餐馆的门大概和李晨曦一样，已经过了退休年龄，因此在李晨曦想推开这扇门，进到餐馆当中去的时候，就遇上了一个不大不小的麻烦。李晨曦因为是第一次来，还没有领教过这扇门的厉害，或者说他对它还不太了解，他不知道它有些欺生，不知道它很讲礼数儿，不知道它很讲规矩，更不知道它的脾气不大好，像一个暴躁的倔老头儿。应该说在遇到李晨曦时，这扇门正在极不耐烦的气头上，见李晨曦朝自己走来了，大概是嫌李晨曦在它面前不是很有礼貌，不是很懂规矩，用屁股推它，用屁股顶它，于是它就故作不知，紧闭双眼，岿然不动。李晨曦用屁股顶了顶门，门没开，他就犹豫是不是要把怀里抱着的两箱果茶放下，然后推开门，然后把门找个什么东西顶上，然后再进到饭馆里面去。但是转念一想，这么做会很麻烦，自己昨天练了一上午三轮车，这会儿浑身的肌肉正疼痛不已，每走一步路都十分艰难，若是把果茶放下，之后再把它们从地上抱起来，自己弯腰屈膝地将更加剧大腿和手臂肌肉的疼痛，于是，他就又试着伸出一只脚用力地朝那扇门踹了过去。刚才说了，那扇门是一个脾气很怪的老头儿，它很讲理数儿，很讲规矩。他见李晨曦抬起脚来往自己身上踹，就动了大怒，按照它老人家的脾气，这个时候，它是一定要给李晨曦一个深刻教训的，并且，这个教训要深刻到让他能够记一辈子，于是，只见它一闪身，躲过了李晨曦踹向自己的脚，随后又给了李晨曦一个回马枪。李晨曦在抬起脚来的时候，是用了比屁股顶门时更大的力气的，然而那扇门却没等他把预计的力量都使出来就豁然打开了，这让他感到措手不及，由是，李晨曦就失去了重心，就踉踉跄跄地往饭馆里冲去。待那扇门很有力量地弹回来，又给了他一个回马枪，狠狠地在李晨曦的后背上拍了一下之后，李晨曦就彻底地被打败了。

李晨曦重重地摔倒在餐馆的地板上。

在倒地的一瞬间，出于自我保护的本能，李晨曦奋力将怀里的两箱果茶推了出去。

果茶落地发出了一阵稀里哗啦的玻璃撞击声。这声音让人有些地震般的感觉，于是，饭馆老板被这声音惊动了，慌慌张张地从后厨跑了出来。见满地都是玻璃的碎屑和黏黏糊糊的果茶，他没看躺在地上的李晨曦，赶紧跑到果茶落地的地方用脚把玻璃碎屑和果茶汁液扒拉开，查看自己的地板。见有两块地板都被砸坏了，心疼得他连连跺脚，他操起东北话来朝着李晨曦骂道，这瘪犊子，干的这是什么玩意儿的活儿啊！

李晨曦这一跤摔得不轻。虽然照不见镜子，但是他觉得自己的嘴已经肿得老高老高的了，与此同时，他还感觉到了嘴上的疼痛，这疼痛火辣辣的，这疼痛，远远地盖过了自己身上肌肉的疼痛。

听饭馆老板骂自己，李晨曦想从地上爬起来，但是用了几次力气，他也没能完成这个任务，没能如愿以偿。于是，他就朝老板伸出了手。老板见了，说，什么玩意儿？还要老子给你拉起来啊？你功劳老大了是不？

搭把手儿，李晨曦勉强地把嘴张开，朝着饭馆老板说，求你了。

2

李晨曦最终还是自己从地上爬起来的。爬起来之后，他看看两箱果茶转眼之间就变成了一堆垃圾，心里十分懊恼，因为这毕竟是自己上班的头一天，这毕竟是自己送货的头一家。看着满地的玻璃碎屑和果茶汁液，李晨曦看着饭馆老板，那样子是问他，这果茶该怎么办？同时，他也发现饭馆老板也正拿眼睛看着他，那样子是在问他，我的地板该怎么办？

李晨曦用脚蹚了蹚地上的碎玻璃，鼓起勇气来问老板，这损失该怎么算？

老板问他，你想怎么算？

李晨曦说你的饭馆地滑，我没站住，损失应该算你的。

老板说什么？我没听清，你能再说一遍吗？

李晨曦又说了一遍。并且还加了一句，我是在你饭店摔倒的，因为你饭店的地面原因造成了我的摔伤，你是不是考虑一下应该赔偿我的医药费。李晨曦在说出这番话后感觉自己话说得有条不紊，逻辑清晰，有理有据，老板应该哑口无言，低头认账。但是没想到老板却没按照套路出牌，他竟然厚颜无耻地笑了，笑的时候他嘴唇上那几根稀稀拉拉胡须竟然也随之抖动了起来。

什么他妈玩意儿，啊？什么他妈玩意儿？老板笑过，把脸一板，说，就他妈你这瘪犊子还腆着脸跟我要钱？你把俺们的地板都砸坏了俺们不要你赔就不错了，还赔你果茶？赔你医药费？陪你坐着都没工夫。你哪儿凉快哪儿待会儿去，俩山子摞一块儿，你赶紧给老子请出！我告诉你啊，回去跟你们崔老板说，你们以后还别往我这儿送货了，抢着给我送果茶的有的是！

被老板轰出饭店的一瞬，李晨曦没忘记再看一看那扇门。因为他让它打败了，它先是虚晃一招，然后又杀了他一个回马枪，这两招是致命的，不仅让他摔了一个嘴啃泥，摔碎了两箱果茶，还磕坏了他的嘴，嘴里面的牙是不是也随之松动了，他不敢肯定，但是可以肯定的是他一用力，自己的门牙就钻心一样的疼痛难忍。

摔了果茶、丢了客户、嘴还被磕伤是李晨曦这一天上班的成就。

回到公司，崔凯看到李晨曦那副狼狈样子，又气又恨，他又骂了他一遍：我就他妈没见过天底下有你这样笨的人！面对崔凯的怒骂，李晨曦这次很服气，他也正对自己的这幅狼狈样子感到难堪，感到又气又恨，因此他真觉出来，自己就是天底下那个最笨的人，不仅如此，他还是天底下那个最倒霉的人。李晨曦甚至觉得天底下可能还有最什么什么的人最符合他，他因为没听说过还不知道，因此他希望崔凯能继续把那个最什么什么的给骂出来，然而崔凯也没骂出来，不知道他是不知道了还是不忍心抑或是懒得再骂了，总之他没再骂出来，只是在瞪了他一眼之后，又说了一句：你吃屎都赶不上热乎的！

说完了李晨曦吃屎都赶不上热乎的，崔凯看了李晨曦肿得老高的嘴一眼，问牙没事吧？

李晨曦说好像，应该是没多大事吧。

崔凯皱皱眉头，说，您怎么这么不小心呢，您这么一摔，给我找了多大麻烦呢？再说，您还跟那个东北人要什么医药费，他他妈的属狗的，翻脸就不认人，他能赔你医药费吗？上回他亲娘来了，想跟他要俩钱儿看看病，他都一文不给，连顿饭都没让他老娘在饭馆里吃，你想想，他能赔你钱么？

李晨曦低头说是。

崔凯继续说，临出门的时候，我就落了一句话，一句话没嘱咐到，你就给我捅那么大一个娄子！

李晨曦说你别生气，那两箱子果茶扣我工资。

崔凯听李晨曦说扣他工资，气就又上来了，他点着李晨曦的脑门说，扣你工资就完了，你以为就是那两箱子果茶的事儿吗？你还没到家呢，那东北人就来电话了，说以后不让往他那儿送货了，并且，以前的账也不给结了。扣你工资，扣你工资，你有多少工资让我扣啊？丢一个客户，你知道我一年的损失是多大吗？行了，我找个人陪您看病去吧。

跟李晨曦发完火，崔凯叫了一个手下陪李晨曦去趟医院。面对崔凯的一脸愠色，李晨曦诚惶诚恐，他说不，不用了吧，我自己找点药吃吃得了。崔凯乜斜了他一眼，说您自己看着办，反正医药费您自己掏，公司不承担。

带着一脸伤李晨曦回到了家，方芳见了吓了一大跳，她惊恐地瞪着眼睛，问李晨曦这是怎么了？李晨曦有些气急败坏地说怎么了怎么了甭问了，我吃屎都赶不上热乎的。

李晨曦脱了那身满是汗和灰土的衣服躺倒在床上后，方芳上前仔细地查看了他的伤情，之后拽他上医院，李晨曦甩开方芳的手，说不去。方芳说不去得了破伤风你就没命了。李晨曦说没命正好，反正我也是天底下那个最笨，最倒霉的人，反正我吃屎也赶不上热乎的。听李晨曦这么一说，方芳知道一定是刚才崔凯又说了他什么，见他死拧着不去医院，她赶紧从自己的医药箱里找出了碘酒、云南白药以及消炎药什么的忙着给李晨曦往嘴上涂抹。抹碘酒的时候，方芳见李晨曦浑身抖动了起来，就问他是不是特疼？李晨曦没说话，一闭眼睛，泪水就顺着眼角淌了下来。

晚上崔凯拿着计算器来找李晨曦，他看了一眼李晨曦越肿越高的嘴，见上面涂得又红又白的，就皱了一下眉头。李晨曦心想崔凯看到自己的嘴之后应该再说些什么，应该有些安慰的话，但是崔凯什么都没说，没问他的伤情，也没再问他嘴里的牙怎么样，他坐在他身边后直接就按计算器，加减乘除一番之后，说您今天给公司造成的直接损失是两箱果茶，按照批发价算，价值人民币壹佰伍拾元整，您给公司造成的间接损失目前还无法估量。损失果茶加上客户赖掉以前的账不还，再加上得罪客户，公司决定对您做出处罚，一共处罚人民币一千元。给，这是处罚单，您看看。

说完，崔凯就递给了李晨曦一纸罚单。

3

发发领了老爸的命令于是抓紧时间跟国外的冯立冬联系，在他不断地劝说下，冯立冬似乎有了一些想回国的意思，不过，他对回国还有些疑虑，他说首先不知道蕊蕊是怎么想，蕊蕊是否能原谅自己。发发说老爸正在做蕊蕊的工作，老妈也答应做蕊蕊的工作，如果需要，全家人都可以去做蕊蕊的工作，发发说，相信蕊蕊的工作老爸一定能够做通，他说老爸的水平你还不知道吗？冯立冬说老爸的水平我当然知道，他也许干别的不行，但是他说服人的能力我是太了解了，不过我还是担心蕊蕊不能原谅自己。发发说能不能我希望你都回来试试，如果你心里还有她，还有你儿子刚刚的话。冯立冬觉得发发言之有理，说你再给我点时间，我要把这边的事情处理一下，我也需要一点时间来思考一些问题，因为毕竟我在这边还有个孩子。发发说那好，我等你消息。

发发开始在网上挂着冯立冬的消息，这期间，发发见一个叫冰湖的女人发出来一个帖子挺有意思，帖子上问谁能接纳她在京住宿，住宿时间为期一周，之后互不相扰，她希望对方条件是单身、年龄 40 岁左右、大学毕业、有独立住房、身体健康，她给对方的回报是在一周之内照顾好对方等。发发看了，觉得好玩儿，就回帖问，你是做什么工作的？家在哪里？对方回帖说自己在北京一家私企，家在河南，自己目前单身，但是河南老家有前夫和儿子，并且补充说，两个人在一起，生活费用AA。发发看了回复，又提出一个问题，为什么只住一个星期？对方回答说我在京有宿舍，因为这一周单位放假，宿舍关闭，自己又不愿意回河南老家，所以寻找住处。发发又问照顾好对方指的是什么？冰湖说，你没那么弱智吧，一个男人和一个女人住在一起，还能指什么？发发又问，你会做饭吗？对方回答说，会，馒头、面条、家常菜都会。发发想了想回帖问，那个，一周能有几次？冰湖反问，几次？你能几次？发发说，一两次吧。冰湖马上回复道，我以为你是老虎呢，也不过如此，到时候你别跪地求饶就是了。发发看了，就回帖说，让我考虑考虑，你先把电话给我吧。

得到了冰湖的电话，发发暂时没给她打，原因是他要赶紧实施他和王晓京的那个计划。可事有凑巧，那天他感觉时机成熟，正待实施计划之时，小贾的一个电话把发发全部的计划就给打乱了。

计划乱了之后，发发再次疏远迪博士，在情感上和她做再一次的周旋。疏远了迪博士，发发就想到了冰湖。想到了冰湖，发发就在手机里翻出来她的电话。

冰湖接到发发的电话显得十分兴奋，她问发发晚上几点下班？几点到家？发发说下班时间是5点半，到家应该是6点。冰湖说那好，今天晚上6点整，你接我，我跟你去你家，今晚就给你做顿饭让你尝尝。发发觉得事情发展的有点过快，就说，做饭不行，我这里好长时间都没开伙了，没有材料，缺油少粮甚至连个盘子都没有。没关系，冰湖说，我路过超市的时候都买齐了，钱我出。吃完饭相互有感觉，我就留下来，要是感觉不好，我就马上走人，不过盘子我就不带走了，留你做个纪念。冰湖这样一说，发发倒觉得不好意了，只得连声说了几个好字。

到了晚上6点钟，发发和冰湖见了面，之后冰湖就进了超市，买来一大兜子菜和肉，还有一摞盘子，气喘吁吁地来到了发发家。进了门，两个人没怎么寒暄，像是这家的主人一样，冰湖挽袖子洗手就做起了晚饭。发发给她系围裙之际轻轻地搂了她一下，她就笑笑，回过头来在他胡子拉碴的脸上蹭了一下，说，饿了吧？乖，等会儿就好啊。说罢，冰湖一面抱怨着他家的菜刀不快、煤气灶火力不冲、炒菜锅锈迹斑斑、油壶黏手、酱油的颜色过重，一面一样一样地把肉丝蒜苗、尖椒土豆丝、鸡蛋西红柿和一盘火腿肠端到饭桌上来。

晚饭后，发发说他刷碗。冰湖说不用。给他的杯子里沏好茶放在茶几上，就开始动手收拾桌子。发发说了句辛苦，就过来帮忙。冰湖用胳膊肘推着他，叫他喝茶、看电视去。两个人正推挡着，发发的手机响了。来电话的是迪博士，她依旧是拖长声儿，很娇气地问他，你，怎么今天没有消息？你在干什么？发发拿眼睛瞥了一下正在刷碗的冰湖，举着电话迟疑了一下，压低了声音，说，我能干什么，大门紧锁躲着呗，省了人家上楼来拼命呗。迪博士听了，就说好了，我不是已经给你赔礼道歉了嘛，你就别再记在心上了好吗。

发发接电话，冰湖就把水龙头关小了，发发知道她一定是在听，于是就赶紧结束了和迪博士的通话。放下电话，冰湖正好也刷完了碗。她像是不经意地问了一句是谁给你来的电话。发发也就像是很不经意地答了一句，是一个朋友。两个人说着话就走到了客厅，冰湖先停住了脚步，她用很磁性的目光望着发发，并在发发还没做出反应之前对发发说，你能抱抱我吗？

冯立冬终于下决心要回国，他给发发在QQ上留言说自己这个决定的时候，正是冰湖请求发发抱抱她的那一刻。

冯立冬有了回国的愿望，发发自然要首先跟老爸李晨曦汇报。抱过了冰湖，在她的脸颊上亲了一口，发发让冰湖先进卫生间洗漱，说他要给自己的老爸打个电话。

听见手机响嘴上正敷着药的李晨曦示意方芳把手机拿过来给他看，见到来电显示上面写着发发的名字，李晨曦就示意方芳替他接一下。

方芳接听了发发的电话问发发找李晨曦什么事？

发发听方芳阿姨接听了老爸的电话，就反问方芳阿姨我老爸呢？他怎么了？为什么不接电话？

方芳扭头看了看李晨曦，用手比划着怎么回答发发，李晨曦就也用手摇晃着示意她不要告诉发发实情，于是方芳只好支支吾吾地说，你爸，你爸他没怎么，他累了，躺下了。

发发问缘故，说我爸干什么了就累了？

方芳说你老爸今天第一天上班，干活儿有点不适应，累了，就早点儿躺下了。

上班？干活儿？发发觉得奇怪，就问方芳阿姨，我爸他现在上班儿了？发发问方芳阿姨，我爸他在您家干什么活儿？

4

因为没能和老爸汇报成冯立冬的事情，因为方芳阿姨说老爸上班了并且还干活累得早早地就躺在床上睡觉了，因此发发觉得自己有必要亲自到方芳阿姨家来一趟，看看老爸。一方面汇报冯立冬打算回国的事情，一方面对老爸到底在做什么工作以至于累得电话都不接的事情一探究竟。

早上九点钟，发发来到了方芳阿姨家楼下，正准备从自行车上下来，就见一个嘴肿得老高的人穿一身破旧衣服，骑着一辆三轮车晃晃悠悠地朝自己驶来，当这个人差点撞到自己并和自己擦肩而过之后，发发才猛然反应过来，骑三轮的人正是自己的老爸。看到老爸这样一副形象，发发心里不觉地就惊讶了起来，继而在琢磨老爸这是骑三轮运什么时，见老爸的车上装的是满满果茶，发发顿时明白了，老爸的工作是在给崔凯打工。明白了老爸是在给崔凯打工，看到了老爸这样一副模样，发发的心里不由地涌上来一股酸楚，他忽然意识到，老爸住到方芳阿姨家，和方芳阿姨生活在一起，原来竟是用这样一种境况在做交换。

老爸的三轮车晃晃悠悠地渐行渐远，看着老爸的背影，看着老爸一扭一扭的身子，发发的心里十分难受，一时间他想喊住老爸，让他跟自己回家，但是老爸两个字还没出口他又把这个决定给咽了回去。发发想，老爸是个诗人，是个要脸面的诗人，如果这个时候自己出现在他的面前，他一定会相当难堪。如果那样，不仅帮不了他，反而会让他感到比挨了一记耳光还要难受。

发发迟疑了一下，就把车骑快了，朝老爸驶去的方向跟了过去。跟了没多久，发发见老爸把三轮车停了下来，发发猜想老爸或许是渴了，想下车喝点水。可没想到老爸下了车之后，先是四处踅摸了一番，像是在找什么东西，之后就见他跑到马路的另一边搬来了几块砖头，然后他把砖头一块一块地平铺在车轮下面，发发这才看到原来老爸的三轮车前是一道水沟，他要把这水沟填平了才能确保车子不翻，才能保证顺利通过。水沟不算是很深，为了填平这个不算是很深的水沟，老爸一共来来回回地搬运了五六趟砖头，每搬一次砖头，老爸就会把整个身子都贴在地上去铺砖头，铺砖头的时候，他的脸几乎也贴在了地面上。砖头搬够了，沟被填平了，这时，一辆汽车从他的身边驶过，汽车轱辘压进了水沟里，水沟里的水就被车轱辘溅了起来，污浊的水哗啦一下就落满了老爸的全身，他的脸上一下子就再分不清哪是汗水哪是污水了。看到这样的境况，发发又有了要让老爸跟自己回家的冲动，但是他还是尽量压抑着，让自己把这股冲动又给压了下去。

老爸铺好了砖头，继续前行。发发继续跟在老爸的身后。大约几十分钟后，老爸来到了一家饭馆前，只见他十分艰难地从三轮车上卸下两箱果茶来抱在怀里，之后推开饭馆的门，走了进去。不一会儿，老爸就来到了柜台前，只见他把果茶放在吧台上，然后不住地跟饭店的老板点头哈腰，十分讨好地说着什么，说话间从不吸烟的老爸还从兜里掏出烟来，敬给老板。再看那老板却像见到了乞丐，十分不耐烦地轰苍蝇一般冲他连连挥手，嘴上似乎还说着滚蛋滚蛋之类的话。见老爸没动地方，那老板干脆就走上前把果茶塞进老爸的怀里，连推带桑地将老爸轰出门外。老爸讪讪地说着不送不送，您留步，您留步从饭馆走出来，然后无奈地将果茶又重新放回到车上。擦了擦脸上的汗，喘定几口气，老爸又骑上了三轮车，又朝着另一家饭馆驶去。

另一家饭馆的境况似乎比这一家要好一点，从老爸进门和老板寒暄的过程上看，这家老板还算和善。李晨曦进门的时候老板见了他嘴上肿得老高，就问他这是怎么回事。李晨曦刚要跟他解释，没想到围在餐桌旁的大厨们就纷纷走了过来，他们七嘴八舌地开始拿老爸开涮，这个说一定是这位大哥找小姐的时候高兴过火了，一口亲在了墙上，那个说这位大哥一看就是老实人，不会轻易去找小姐，他肯定是跟自己的老婆亲嘴儿的时候发生的事故，说说，你老婆是不是铁嘴钢牙啊？另一个接过话茬儿说，不怕他老婆上面是铁嘴钢牙，就怕他老婆下面的那张嘴是铁嘴钢牙，要是那样的话，这位老兄的命根子可就保不准了。听了这话，包括饭馆老板在内，一群人就都哄笑了起来，在一片哄笑当中，发发看见老爸多少有些难堪，不过，在这些人的哄笑中，他总算还是有所收获，老板大概是看着老爸年龄大了，样子又可怜，竟然让老爸把怀里抱着的那箱子果茶留了下来。

太阳升到了头顶，老爸就只推销出去了这一箱果茶。因此老爸就加快了自己的骑行速度。太阳从他的头顶上直直地照射下来他似乎也没有感觉到，他没工夫理会它，也没有工夫休息，甚至喝水，他也都是在骑行当中完成的，尽管他的嘴肿着，喝水的时候他要用吸管。从后面看着老爸，发发知道，他这是在跟头顶上的太阳赛跑，因为他要赶在这个太阳落下去之前，把这一车果茶推销出去。

望着老爸吃力蹬车一扭一扭的背影，发发心情沉重。

老爸骑车走远了，发发看着老爸的背影一时不知道自己该怎么办，他不知道自己这个时候能为老爸做点什么。无可奈何之中，发发来到了老爸家找到了二姐蕊蕊，他跟她商量是不是可以让她把自己的房子收回来，把老爸的房子还给老爸。蕊蕊听发发说让自己收回出租不到期的房子，非常不理解，就问发发知道不知道收回出租不到期的房子要付违约金的。并还问发发老爸在方芳阿姨家住着好好的，为什么让她收回房子？

发发没心情回答她的问题，拧着眉头，只跟她说了一句让她明天一早去方芳阿姨家附近的饭馆看看就知道原因了。

蕊蕊似乎觉得发发话中有话，第二天一早，来到了方芳阿姨家楼门前守候。不一会儿，一个嘴肿得老高的人，一身破衣，一辆三轮，晃晃悠悠地朝着蕊蕊驶来。

嗨，你能不能把车骑得快一点，吴老板还等着中午宴请用这车果茶呢。蕊蕊忽然听见有人朝着老爸这么喊，循着声音望去，原来朝老爸喊的人是崔凯，喊完之后，只听他又补充了一句：

这个世界上我还真没见过你这么笨的人！

第二十章

李晨曦入住到方芳家后不久，崔凯又跟李晨曦说了自己的另一个想法，鉴于目前他公司资金紧张，他想让李晨曦卖掉自己的房子。李晨曦由此陷入了两难的境地。

1

蕊蕊看到了老爸骑着三轮车给崔凯打工心情和发发一样，也非常沉重。特别是看到老爸的嘴都肿成那样了还不休息，还继续顶着太阳汗流浃背地给崔凯送货，她感到既心疼又愤恨。她心疼老爸，这么大年龄了为了能和方芳阿姨生活在一起，竟然付出这么大的艰辛，同时他又恨老爸怎么这么软弱，任由崔凯欺负。与此同时她就更加深了她对崔凯的愤恨，她觉得就是当年的地主老财、资本家们也不会如此地剥削工人。她甚至觉得崔凯答应老爸住到他家这完全是一个阴谋，是给老爸设下的一个圈套，是乘人之危。因此，从方芳阿姨家往回走的路上她就想好了，回去之后马上把自己的房子给收回来，不管房屋中介收多少违约金。她要让老爸搬回自己家，挺直了腰板和方芳阿姨生活在一起。

气冲冲往家走的路上，蕊蕊接到了大姐嘟嘟的电话。嘟嘟从发发那里知道了老爸的境况之后，对老爸目前的处境也很担忧。她给蕊蕊打电话是想问问蕊蕊刚才看到老爸了没，他的嘴是不是还肿得那么老高？蕊蕊跟嘟嘟说，我看见老爸了，他还在给崔凯卖命呢，嘴还是肿得那么老高，我看着直心疼，我担心他嘴上的伤会不会发炎，因为天气那么热，他又老出汗，万一要是发炎了，感染了，那可就麻烦了。嘟嘟听了，更加不放心，就说这可怎么办？原本以为老爸住到方芳阿姨家，老爸就过上安稳的生活了，没想到崔凯玩儿了这么一招，他可真够阴的！蕊蕊听了嘟嘟的担忧就说大姐你不用发愁，我回去就把我的房子收回来，我搬回去住，把老爸的房子腾出来让老爸和方芳阿姨住，不让老爸给那个兔崽子当奴隶了。嘟嘟说收回房子你要受些损失，这样，损失我和发发给你补，你赶紧收回房子吧。具体的咱们晚上见了面再商量。

晚上下班后，嘟嘟和发发都来到了老爸家，孙丽丽因为想给蕊蕊做工作，让她离开白景轩和冯立冬和好恰巧也来了，听说李晨曦在方芳家给崔凯打工，并且受伤了都不敢休息当时就火冒三丈地蹿了起来，她怒目圆睁地说欺负老实人没有这么欺负的，他他妈的崔凯真当老李家没人了怎么着？发发，走，咱俩找那混蛋算账去！说着就要起身。嘟嘟赶紧把老妈按住，说妈您冷静点儿行不行，我们今天在一起不就是要给我爸想个办法让他不再受崔凯的气了吗。办法，办法，我找他算账就是办法。孙丽丽说，老娘一顿乱棍上去就是办法，还反了他呢，真欺负咱老李家没人是怎么的？说完，她又对嘟嘟说，你们商量吧，我保留意见，实在不行我他妈的就豁出去了。孙丽丽说了豁出去了，蕊蕊当即也表示赞同，她说该出手时就出手，让他崔凯知道知道咱们老李家的厉害，别他妈的以为老虎不发威，你就能把老子当病猫！我他妈的要是急了，找几个人，能把崔凯那个破公司给砸了！

孙丽丽和蕊蕊骂完崔凯，嘟嘟见两个人的火气都撒出来了，就说老爸这事我看最好还是不用武力解决为好。动武行不行，我觉得行，但是一旦动武，老爸和方芳阿姨之间就会产生矛盾，你们想啊，咱们向着老爸，那方芳阿姨不也得向着自己的儿子啊？万一老爸和方芳阿姨有矛盾了，他们以后的日子还怎么过？发发觉得嘟嘟说的有道理，表示支持，他说我也是这么考虑的，那天要不是我考虑老爸和方芳阿姨的关系，依我这脾气，早把老爸给拽回来了。说完他又对蕊蕊说，二姐，求你个事儿，你能不能受点委屈，把你的房子收回来，违约金我给你出，因为我占着老爸一套房子呢。你收回房子搬回去住，把老爸的房子还给老爸，老爸有了房子他就不用再受崔凯的气，给他打工了。发发说完，嘟嘟说她也是这么想的。违约金也不能光让发发一个人出，她也出一半。蕊蕊打断了嘟嘟的话，说房子的事不用你们说，我从方芳阿姨家回来，就已经跟房屋中介打过招呼了，他们说一周之后把房子腾出来，违约金你们也不用出，咱们之间不说这个。蕊蕊的话音刚落，手机响了，她赶紧从书包里翻出手机来看，见是白景轩打过来的就没接，直接按了拒接键。孙丽丽眼睛尖，蕊蕊按断电话的一瞬她瞥见了屏幕上来电显示的老公两个字，于是就说蕊蕊，你把那俩字儿赶紧给我删了，什么跟什么呀！发发和嘟嘟看见孙丽丽瞥了蕊蕊一眼，不明白她说的是什么，就问什么什么跟什么？孙丽丽指着蕊蕊的电话刚要解释自己刚才指的是什么，蕊蕊连忙把手机塞进了书包，之后说得了，没什么，还说老爸的事吧。

嘟嘟刚要把话题重新回到老爸的问题上来，好像是受了传染一样，相继的，她和发发的手机竞赛着，也分别响了起来。发发的手机就在手里，他抬起手来看，电话是迪博士打过来的，于是他赶紧举着手机走出屋子去接。嘟嘟从书包里掏出手机来看，见来电显示是孙处的号码，于是朝手机瞪了一眼，没搭理他，任由手机响。手机响过一段时间后，没声音了，可不一会儿又传出来了短信的提示音，短信也是孙处发过来的，他告诉嘟嘟自己已经办理完了离婚手续，自己什么都没要，房子和存款都留给了前妻，并说他目前住在那天他带她看过的那间房子里，钥匙就在门口的地垫下面，说这把钥匙是他专门为嘟嘟留的，她可以随时用这把钥匙开门进去，他期待着她到来的那一刻。嘟嘟看短信的时候，蕊蕊一直拿眼睛盯着嘟嘟的脸看。

等嘟嘟看完了短信抬起头来，就问嘟嘟是不是那孙子来的？嘟嘟点点头表示是。蕊蕊又问他说什么？嘟嘟没说话，把手机递给了蕊蕊。蕊蕊看完孙处的短信叹了口气说，看起来这孙子还真是条汉子。姐，他对你也真是一片痴心，为了你婚也离了，家产什么都没要，你，你是不是……嘟嘟知道蕊蕊接下来要说什么，就打断了她的话，说他现在的确是一片痴心，雷鸣当年不也是这样嘛，结果怎么样？孙丽丽听到这儿，就插话道：嘟嘟说得对，这种男人见异思迁靠不住，白景轩也是这种人，别看他现在总是缠着你，说不定哪天见了别的女人就动了花心，蕊蕊你要赶紧醒悟，早点跟他做个了断。蕊蕊听老妈把话题又转移到了自己的身上，就一撅嘴把脸板了起来。孙丽丽见蕊蕊给自己甩起了脸子，扬手就要朝蕊蕊的脑袋上打：你怎么越活越回旋了，好赖话也分不清楚了！接完电话的发发走过来见老妈咬牙切齿地扬手要打蕊蕊，就赶紧伸手把老妈高举着的胳膊给攥在了手里。

为了把蕊蕊和老妈的注意力都转移过来，嘟嘟就又把话题说到老爸的事情上。她说老爸的事我看主要是在房子上面，既然现在房子问题解决了，那么他跟方芳阿姨就能在自己的房子里生活，老爸就会从每天的辛苦当中脱出身来。发发放下老妈的胳膊表示赞同，说为了表示我对二姐做出牺牲的感谢，我请大家吃饭。

发发请吃饭，蕊蕊和老妈便起身准备跟着发发往外走，嘟嘟忽然就又想起了另一个问题，她有些吃不准地问蕊蕊和发发，等等，等等，如果是老爸自愿给崔凯打工怎么办？你们想啊，现在好多退休的老年人可都在家闲得没事，发挥余热，托关系找门路在外打工呢。

嘟嘟这么一问，发发和蕊蕊还真觉得有这种可能，老爸身体好好的，除了早晨锻炼，其他的时间基本上是无事可做，他既不种花又不养鱼，闲得没事正好见崔凯公司有位置可以发挥他的余热顺便挣点零花钱，这也未尝不可啊。

三个人正吃拿不准，孙丽丽就又蹿了起来，她一拍桌子说你们他妈的白活了三十多岁，你爸养了你们这么多年，你们就这么不了解你爸吗？你爸是什么人？他以前的职业是什么？他的爱好是什么？这些你们就不想想吗？你爸，他是编辑，编辑知道吗？你爸，他爱好是写诗，写诗知道吗？就你爸这个身份，这个爱好，他能去给崔凯蹬三轮车送货去吗？

孙丽丽骂三个人说，一群废物，没脑子！

2

天黑下来了，等在家里的崔凯问老妈怎么还不开饭？他说老是这么晚开饭唱唱的学习该受影响了。方芳说要不你们先吃，我再等等你李叔叔。

崔凯和唱唱吃完晚饭，李晨曦才把一三轮车果茶全部送完。回到家里，他觉得自己衣服里面的身体已经都散了架子，只剩下一根脊椎骨还勉强地撑着衣服外面的那颗脑袋，并且这颗脑袋似乎也快支撑不住了，如果有一阵风这时恰好刮过来，它就会吧唧一下像熟透了的果子似的掉到地上去。进门的时候方芳从他的手里接过书包来问他累不累，李晨曦感觉他已经没有说出不累两个字的力气了，他俩眼紧盯着门厅的沙发，两条腿晃动着走到它的前面一弯便瘫软在上面。

水，他用眼睛跟方芳说。

方芳赶紧走进厨房，把晾好了的凉茶给李晨曦端了出来。李晨曦接过凉茶，干燥的舌头在嘴里蠕动了一下，正要喝下一口去润泽一下干涸了的嗓子，崔凯在自己房间里听见动静走了出来。李晨曦看见崔凯，立即就像小学生见了校长一样毕恭毕敬地从沙发上站起身来，嘴没敢碰水杯。

崔凯拿眼睛扫了丢盔卸甲的李晨曦一眼，眉头皱了皱，问他今天的业绩。

李晨曦回答和昨天一样。

还是没有完成指标？

李晨曦很惭愧地说还是没有完成。说完他又讨好地说不过他今天发展了一个新客户，那客户说让他把果茶留下尝尝，要是好喝他就跟老板建议进货。

要是好喝他才能和老板建议？崔凯从嘴里吹出一口气来想说李晨曦一句废物，你看看你发展的这是什么他妈的狗屁客户，但是看见老妈正拿祈求的眼神望着自己，于是作罢。

吃饭吧。崔凯朝李晨曦挥挥手，大赦一般地说。

不忙不忙。李晨曦笑着恭送崔凯大驾回屋。

方芳见李晨曦累得快散架子了，就说你就在沙发上靠着，我把饭菜给你端到茶几上来吃。

李晨曦连忙摇头说那可不行。

朝崔凯的背影看了一眼，怕崔凯嫌他这身工作服脏，怕他嫌自己身上有汗味儿，李晨曦就拖着沉重的身子走进了卫生间。

在自己的家里，李晨曦有个习惯，卫生间里要放几本书和一些报纸杂志甚至还有笔和纸，他如厕的时间一般很长，在这很长的时间里他会看好几页书和好几份报，遇上自己思考了什么问题或是琢磨出了什么好的诗句，他还会拿起笔来把它记在纸上。可是来到方芳家之后，他觉得自己一下子就没有了这样的特权，他由一个随心所欲的主人忽然变成了一个事事都要看别人脸色的从属，他的一切行动坐卧都要依附于这个家里原先的主人或是老大之下。因此，李晨曦就选了崔凯回房间休息的这样一个时间走进了卫生间。他想先在里面踏踏实实地坐一会儿，舒舒服服地方便一下，然后再脱掉工作服洗个热水澡，可是猛然间他听到卫生间的门外传来了老大的脚步声，他听崔凯问老妈怎么卫生间开着灯。这声问话让李晨曦一下子紧张了起来，原本刚刚有了的那种想方便的状态立即就做了鸟兽散。

发发送嘟嘟回到了老王家自己才回到了自己家。进了门，冰湖正守在餐桌前面等着他回来吃晚饭。发发看冰湖一脸的倦意，就在她的脸上亲了一口，说对不起，我忘了给你打电话告诉你我不回家吃饭了。

冰湖没问他在哪儿吃的饭，也没埋怨他不打电话，一声不响地就开始收拾餐桌。

发发问她你不吃吗？

冰湖没有回答。

发发见她的脸上有些不快，就问她是不是生气了？

冰湖就停下手来跟发发说他来了。

发发以为是冰湖来例假了，就笑着说来就来呗，不高兴就为这个？说完就想逗冰湖高兴，说我给你讲个笑话，一只蚊子和一只螳螂吹牛，蚊子说我那天见了一个女的，为了试试我的威力，我就在她的胸口上左右两边狠狠地各叮了一口，你说我有多厉害，到现在她的胸口上一边一个，还有两个碗大的包呢！螳螂听了不懈地一笑，说你那叫什么本身，我才厉害呢，那天我看见一个女的，我在她身上轻轻地砍了一刀，就这么轻轻的一下，你猜怎么着？到现在，她每个月都要流一次血！讲完了，发发就歪过头去看冰湖，见冰湖没乐，就把她搂住了问，你到底是怎么了？

冰湖把头靠在发发的肩上，说，他，来了。

发发问到底是谁来了？

他。冰湖说，我以前的老公。

发发问他来干什么？

冰湖说他听说我跟你住在一起了，想来跟你要点钱。

发发立即推开了冰湖，问她：什么意思？

冰湖说他觉得你占了他的便宜，想要你补偿。你要是不补偿，他就要带我回去。

发发迟疑了一会儿问冰湖你们不是已经离婚了吗？

冰湖说是。

那他凭什么说是我占了他的便宜？你现在是自由人，你想跟谁就跟谁，他凭什么要把你带走？发发问。

他就是这么一个无赖。冰湖说，以前也发生过这种事情，他发现我跟谁，就跑来跟谁闹，跟人家要钱，要补偿。不给补偿，他就要带我走，要我听他的，跟他过。

发发翻了一下眼睛，说甭理他。说完就要把手伸进冰湖的衣服里面。

冰湖拦了发发的手，说，你是给公家做事的，我怕他到你单位去闹。

他知道我单位了？发发问。

冰湖说嗯。

发发让冰湖给自己倒了一杯水，之后坐下来喝了一口。

你打算这么办？他问冰湖。

我还有什么好办法。冰湖很无奈地说，我只能跟他走，回家跟他过。说完，冰湖就又去收拾餐桌。发发舍不得冰湖离开，一伸手，把冰湖拽进了自己的怀里。

冰湖把餐桌收拾好了，又把发发的屋子收拾干净了便给他以前的男人打去了电话，她跟他说，你保证不去他单位闹我就跟你回去，你把保证发个短信过来。

不一会儿，冰湖的手机就收到了他的短信。收到短信后，冰湖走过来跟发发吻别。紧紧把冰湖抱在怀里，发发感觉到了冰湖的眼泪，那泪水咸咸的，顺着冰湖的舌头钻进了他的嘴里。

冰湖走的时候跟他说，让他等着她，过不了多久她还会偷着跑回来。

送走了冰湖，发发心里半天也缓不过神儿来。他的嘴里始终留有冰湖眼泪的味道。

第二天一上班，王晓京和迪博士都打电话来找发发说有事，让他到他们的办公室去一趟。按照职务的大小，发发先去了迪博士的办公室，迪博士见发发进门后一脸的抑郁，就问他这是怎么了？是不是没休息好？今晚有个宴请，她想让他开车，宴请完了之后，两个人去他家这样安排行不行？发发说能不能推迟几天再上他家去。迪博士问为什么？你是不是还在记着小贾喝醉了要闹事的那件事？说小贾被他停发了工资之后已经乖乖地去了厦门，他再不会过来胡闹了。发发说不是，是他老爸遇上了麻烦。

发发说他想把那间房子先让老爸住几天。

3

李晨曦早上起来匆匆去了趟卫生间，之后手里拿了一块馒头片儿一面用肿胀的嘴嚼着一面便赶紧下楼到公司的库房装货。刚刚把一箱果茶搬上三轮车，发发给他打来了电话，发发在电话里说乖乖不舒服，没有上学，想请老爸回家给他看几天孩子。李晨曦举着手机看了看三轮车，又看了看三轮车上放着的出库单，有些犹豫，说今天不得空，看看是不是让蕊蕊帮着你带几天。发发说乖乖吵吵着一定要爷爷陪着他，别人谁都不要，连他妈妈都不要。说完还强调了一句，乖乖说特想爷爷。昨晚上病了一个劲儿地喊爷爷，说让爷爷来陪我，直到睡了觉，在梦里还喊爷爷来着呢。

李晨曦听说小孙子乖乖做梦都在喊爷爷，心里便涌上来一些酸楚来。他犹豫了一下，拿着手机来找老板崔凯请假。敲开崔凯的办公室，他像是举着请假条儿似的把手机递给崔凯，说自己的小孙子不舒服，没上学，他想请个假，去照看一下。崔凯推开李晨曦那只很陈旧的手机，问，你去几天？

李晨曦吞吞吐吐地回答，先去一天看看，如果孩子好了，我马上回来。

崔凯把两条腿高高地翘在桌子上，用眼睛盯着李晨曦的脸正考虑着他回去了，送货的活儿谁来干，李晨曦的手机就又响了起来，发发很急切地在电话里问老爸什么时候回来，说乖乖刚才都哭了，说爷爷要是不回来他就不吃药。发发的声音很大，崔凯听见了，于是就很不耐烦地一摆手，说了句，走吧，赶紧走吧！

得到了崔凯的批准，李晨曦回方芳家换了衣服，赶紧往回自己家的汽车站赶去。一面赶他一面给家里打电话，问乖乖现在的情况。发发接了电话问他是不是出来了？李晨曦说出来了出来了，并让发发转告乖乖，说自己马上就到，还让发发问问乖乖想吃什么，他路上给他买。

李晨曦急切地回到了家里，家里却没有发发，也没有乖乖。李晨曦看看空荡荡的房子里只有蕊蕊一个人在看电视，就问她乖乖呢？乖乖哪儿去了？是不是送医院了？

蕊蕊见老爸着急的样子就说您心里就只有您的孙子，您这么多天没见到我了，怎么不先问问我怎么样啊？

李晨曦没工夫跟蕊蕊斗嘴，还是问她乖乖在哪儿，孩子怎么不舒服？

蕊蕊说乖乖没事，上学去了。

李晨曦让她说正经的，别开玩笑，告诉他乖乖到底怎么了，人在哪儿？是不是发发带他去医院了？

蕊蕊看老爸那着急的一脑门子汗，就笑了，说乖乖真的没病。是我们想叫您回来才这么说的。

乖乖真的没事吗？李晨曦似乎还是有些不大相信，就问蕊蕊，真的上学去了？

蕊蕊说真的没事，真的是上学去了！您还让我跟您说多少遍？

李晨曦听蕊蕊再次说了乖乖没事，这才把心放到了肚子里。他一边往沙发上坐一边问蕊蕊这到底是怎么回事，为什么骗他说乖乖病了，梦里还喊爷爷，要他回家来陪？

蕊蕊说，我们如果不这么说，您能这么快回来吗？

李晨曦无可奈何地叹了口气，问蕊蕊，你们这么着急忙慌地叫我回来又是怎么一档子事儿嘛？

蕊蕊看老爸急得那一脑门子汗还没落下去，用手背抹去一层马上就又出来一层，于是就给他拿来了一条毛巾让他擦擦，汗擦完了又给他倒了一杯水，看着他咕咚咕咚地把水喝干了，告诉他说他们几个商量好了，从今天开始，您就和方芳阿姨搬回来住吧，我的房子几天后就收回来了，这几天您可以住在这儿，也可以住发发哪儿，反正您从今天开始就不用再住方芳阿姨家了，不用再给崔凯打工了。蕊蕊说完，就走到李晨曦的跟前，伸出手去要看他磕伤了的嘴。李晨曦一把将蕊蕊的手推开，说了一句你们这是搞什么搞？让我们回来住就直接说回来住吧，还编那么一大套瞎话干什么啊？

蕊蕊见老爸不仅不领情反而埋怨起了他们，就失去了耐性，她高声跟李晨曦嚷道，臭老头儿，你别狗咬吕洞宾不识好人心啊，我们可是为您的事情专门开了一晚上的会想了好半天办法的，我们编这套瞎话完全是为了您在方芳阿姨和崔凯面前好说话，有台阶可下。我们知道您爱面子，直接说回家，直接说不给崔凯打工了张不开口。再说，我的房子收回来，那是要付违约金的，发发的房子腾出来，也是以推迟他的计划为代价的。

李晨曦听蕊蕊骂他是臭老头儿，还说他是狗，就扬起巴掌佯装要打蕊蕊。

蕊蕊看见老爸举起了巴掌就把自己的脑袋往老爸跟前伸。

李晨曦的巴掌落下来，轻轻地抚在了蕊蕊的头发上。他问蕊蕊怎么知道他在给崔凯打工？

蕊蕊没忍心说她和发发都看见他骑着三轮车送货的惨状，就把话题岔开，问老爸搬回来想住在这儿还是想住在发发哪儿。李晨曦听了，说这事没那么简单，跟方芳阿姨商量一下再说吧。

蕊蕊见老爸回答得不痛快，就问老爸什么意思？是不是不愿意回来？是不是愿意给崔凯打工？是不是愿意让崔凯剥削啊？

李晨曦说蕊蕊说话别那么刻薄，他当然愿意回来，当然不愿意给崔凯打工。

那你还跟她商量什么？

李晨曦解释说，崔凯是方芳阿姨的儿子，你说我要是辞工不干了，搬回来住，没人给崔凯当廉价劳动力干活儿了，那还不得跟崔凯闹翻儿了啊？我要是跟崔凯闹翻儿了，那方芳阿姨她能高兴吗？

李晨曦急急忙忙地回家，方芳估计着他到了家后就给李晨曦打来电话，问乖乖的情况怎么样？到底是什么病？去医院看了没有？他回去给他吃了药了没有？李晨曦支吾了几声见没法回答，便告诉了方芳真相，说乖乖没有病，是孩子们想让他回家编出来的一个瞎话。

方芳不解，问他回家就回家呗，干吗要编出来这么一个瞎话？怪吓人的。

李晨曦说，他们知道了我在给崔凯打工，也知道了我嘴被磕伤了，心疼我，想让我辞了崔凯公司的工作。孩子们前几天专门为我，为咱俩开了会，商量了办法。房子咱们现在有了，蕊蕊的房子她马上就收回来了。发发的房子也暂时空出来了，孩子们的意思是想让咱俩搬回来住。至于住哪儿，是住在平房里还是住在发发那里让咱们挑。

你答应他们搬回去住了？方芳问，你答应他们不给崔凯干了？

李晨曦说我没答应，我说这事得跟你商量商量再说。

孩子既然把你叫回去了，那这个事儿，你是怎么想？方芳问李晨曦。

李晨曦想了想，说，实话实说，我是真想回家，我是真想辞工不干，因为，因为我干不了那活儿，天生的也不是干那活儿的料。不过，我现在也很矛盾，一个是唱唱现在还需要你接送，你离开家有困难，一个是我觉得在这个节骨眼儿上提出辞工来，会让我和崔凯之间将来更不好相处。

听李晨曦说想回家，想辞工不干了，方芳就说其实她也很为难，她说她其实早就盼着有这么一天能安安静静地跟他好好地，踏踏实实的过日子呢。说她看着他每天蹬着三轮送货累成那个样子也非常心疼，但是如果真要是搬回去住，辞了崔凯公司的工作，她又替崔凯担心，替他的公司担心，替他一家人的生活担心。

方芳说崔凯的公司现在遇到了运作上的困难，人手短缺。工资少了招不上人来，工资高了公司又挣不到钱。现在生意极其难做这你是知道的，客户是想尽办法往下压果茶的价格，工人是一门心思地要往高处涨工资。

方芳说，你知道我还有什么顾虑吗？我可怜崔凯，心疼崔凯，这孩子命苦啊，从小没了爹，我是要钱帮不了他钱，要力给他出不了力，孩子打拼到现在不容易。我想你要是但凡能帮着他一把就帮着他一把，这，也就算是我求你了。

李晨曦听方芳把话说到了这个份儿上就再没说话，只是在挂断电话之前他对方芳说了一句：

我这就回去。

4

李晨曦回到方芳家见天还不晚，就想换上工作服继续蹬着三轮车去送果茶。方芳说算了吧，等你装好了货再骑车到了送货的地方儿，天也就黑了。休息休息，明天再说吧，反正你今天也请了假。李晨曦由于跑了半天的路，也的确有些乏，便说也好，明天我早起点儿，蹬车的速度快一点，兴许也能把今天的损失给补回来。跟方芳说着话，李晨曦便走进了卧室说他躺一会儿，方芳给他拿出睡衣来让他换了，等他躺在床上之后又帮着他把被子盖好，临出门顺便问了他一句晚上想吃什么。李晨曦把身体放平了，眼睛瞪着天花板想了想，说想吃韭菜，最好是烙韭菜馅儿合子。

晚上崔凯回来得比较晚，不知道是不是由于李晨曦今天没去送货他亲自上阵蹬了一天三轮车的缘故，反正他进门的时候显得十分疲惫。

崔凯进门先是抽了抽鼻子。

他的这个动作李晨曦几乎每天都能见到，因此李晨曦便赶紧往自己身上看，怕是自己身上带有什么不好的气味儿。当他看到自己身上穿的是睡衣，没穿工作服时，他就对他的这个动作产生了疑惑，不知道崔凯此时又对什么表现出了敏感。

崔凯抽了抽鼻子没说什么便走进了卫生间洗澡。见他去洗澡了，方芳就开始烙韭菜馅儿合子。烙好了一个，方芳撕下一块来让李晨曦先尝尝，看看味道怎么样。李晨曦接过合子来用嘴朝合子吹了几口凉气，然后把它放进了嘴里。

真香。李晨曦嚼了两口说。

香吗？

香，真香，我早就馋这一口儿了。李晨曦说。

也就在这个时候，崔凯洗完澡从卫生间里走了出来。他的脚步刚迈出卫生间，只见他又使劲儿地抽了抽鼻子。

什么味儿？他问。

没什么味儿啊。方芳在厨房里回答。

没什么味儿是什么味儿？崔凯继续抽着鼻子问，怎么这屋子里面臭烘烘的？

说着话崔凯便像猎狗一样一面抽动着鼻子一面朝厨房翻寻过来。当他看到李晨曦的手里正拿着一块韭菜馅儿合子时，立即就朝李晨曦瞪起眼睛嚷了起来。

还说没什么味儿？还说没什么味儿？满屋子都是臭韭菜味儿！

李晨曦在崔凯的喊声里赶紧停止了咀嚼。

再之后，他像犯了错误的学生要纠正自己的错误一样，赶紧推开了厨房的窗户通风。

到了半夜，崔凯睡下了，方芳悄悄地从厨房里拿出几个合子来走进了卧室。

吃吧。她跟李晨曦说。

李晨曦摇头表示不吃。

方芳指指关好了的门说没事，他闻不到了。

李晨曦还是心有余悸。

方芳就把合子递到了他的手里。

李晨曦看了看合子，之后走到了窗前，他把身子探到了窗外，这才把合子撕下一块来放进了嘴里，并且还没敢让合子过久地在嘴里停留。

第二天一早，李晨曦早早地就起了床。他还是趁着崔凯暂时还没有如厕的需求抓紧时间上了一趟卫生间，之后嘴里叼上一块馒头片就要下楼去装货。经过崔凯房的门口，崔凯在屋子里面把他叫住了，他跟李晨曦说你先别去装货，在我办公室里等我一会儿，我有话要跟你说。李晨曦不知道崔凯要跟自己说什么，狐疑着拉开房门开始下楼，并且在心里头做着诸如韭菜馅儿合子、他昨天回家究竟干什么去了等问话的应急准备。

崔凯似乎是早就忘了昨天的事情。他没问他什么韭菜馅儿合子以及他昨天到底回家去做什么了。他看着李晨曦干嚼着馒头片有些不舒服，特别是他的嘴还肿着，还有些合不拢，于是就给他倒了一杯水让他喝。之后像是聊家常一样问他还记不记得有一次他穿了他老爸的睡衣他跟他发脾气了。

李晨曦说记得。

他又问他还记不记得那天他去哪儿了？

李晨曦说你去天津了。

他再问他知不知道他去天津干什么去了？

李晨曦说知道，方芳跟他说了，他是去考察市场、联系货源了。

于是，崔凯就从这次考察市场、联系货源开始和李晨曦展开了正式的谈话。崔凯说他之所以去联系货源是觉得现在经销的这个品牌的果茶前景不看好，一是牌子不硬，各饭馆不太认，吃饭的客人也不太认，二是进货渠道不好，没拿到一手货，本来应该有很高的利润但是却让总代和分代扒了厚厚的两大层皮。

李晨曦点头称是。

崔凯对李晨曦点头很满意。又给他倒了一杯水。崔凯继续说他去考察市场、寻找货源的事情。他说货源他找到了，正经名牌儿，天天在电视上打广告。

李晨曦附和着说那不错。

崔凯说是不错，但是又反问他知不知道他为什么没签协议就回来了吗？

李晨曦摇头，说不知道，方芳没跟他说。

我跟我妈也根本没提过这件事。崔凯说，我今天只是跟你说，我看中了这个牌子，想做他的总代，但是，我没那么大的能力，我是说我没有那么多的资金。

李晨曦看着崔凯，不知道自己该说什么。

崔凯起身去给李晨曦倒第三杯水。李晨曦见了，慌忙摆手说不喝了，喝不下了。

崔凯说喝吧。把水递给李晨曦后，他对着李晨曦坐好了，清了清嗓子，说，我今天是想跟你商量点儿事。你看，我看中的这款果茶是名牌，咱们当了总代肯定能挣大钱。但是我目前缺少资金，你，您是不是考虑一下帮我一把。

李晨曦看着崔凯问怎么帮？

崔凯说您能不能把您的房子给卖了？您那房子我咨询过了，能卖一百多万，有了这钱我就有能力去跟他们谈做总代。

卖房?！李晨曦听到这两个字的时候，感觉到自己刚才喝下去的水一下子就在肚子里凝结住了，并且，连带着自己浑身的血液也都凝结住了，他直愣愣地盯着崔凯问：卖房？

嗯。崔凯回答得相当肯定，肯定得就像那房子是自己的一样，他问李晨曦怎么样？有什么问题吗？见李晨曦不说话就说，当然我不会让你白卖房的，总代后你，不，您可以做股东。我给您分红。您看怎么样？

看着崔凯盯着自己的眼睛，李晨曦开始感到周身发冷。

5

装好果茶蹬着三轮车去送货的路上，李晨曦一直都在想着崔凯让他卖房的这件事情。说实话，他不想卖掉自己的房子，原因很简单，如果卖了，自己就失去了最后的立锥之地，虽然现在自己获准住在方芳家，可万一哪天崔凯不高兴了，让自己打铺盖卷儿走人，或是像昨天韭菜馅儿合子似的，再无法忍受崔凯的苛刻和强势了，自己将无处安身。但是不卖又能说得过去吗？崔凯能答应吗？方芳知道了会怎么想、怎么说呢？见自己在他儿子需要帮助的时候没能伸出手来，她能高兴吗？再说，如果自己真的要卖房子，自己的孩子们能同意吗？他们要是不同意会不会跟崔凯产生更大的矛盾呢？在心里一遍又一遍地问着自己的时候，李晨曦抬头一看，已经骑过了第一个要送货的饭店。他想调头倒回去，犹豫了一下，又想继续前行。他强迫着自己不去想那些问题了，干脆先踏踏实实地送货，但是他做不到，那些问题缠绕在一起不住地在他的脑子里徘徊着，以至于让他无法把精力集中到送货上来，于是他索性停住了三轮车，来到了不远处的一棵树下。显然，他是想借助着大树的树荫和习习吹来的风冷静一下，平静一下，以便理出一个恰当、合适的解决方案来。

这个解决方案对于一个退休的，只会写诗的李晨曦来说似乎是过于难了一些。就好比是一个小学生在解析一道哥德巴赫猜想的数学题，因此，即便是他走到了那棵大树的下面，即便是那棵大树的下面有好大的一片树阴，甚至还有不时吹过来的凉爽的风，但是这些都没能帮上李晨曦。苦思冥想了好一阵，他也没能想出一个好办法来。

李晨曦由此进入了进退两难的境地。卖房子有卖房子的难处，不卖房子又会产生不卖房子的矛盾。卖房子，自己和自己的孩子们难以接受，不卖房子，崔凯和方芳心里不舒服，此时，李晨曦觉得自己的房子就是一架天平，无论天平的哪端添置砝码另一端都会翘起来，天平的哪端难处都不小，哪端的难处都不好解决，如若处理不好，弄得天平两端哪端翘起来了，自己和方芳今后的生活都不会幸福、快乐。

最后，实在是无奈了，李晨曦就寄希望于自己的孩子们能够给予他一些支持，如果天平在他这一端不添加任何砝码的话或许天平的另一端就不会翘起来。于是，他就掏出手机来给发发打去了电话，问问他这件事情自己该怎么办。

发发停下正在键盘上敲字的手，接听了电话。

他的态度很明确，房子不能卖，他跟老爸说，甭理他，什么人呢！他怎么不卖他自己的房子啊？说完就把手机夹在肩膀和耳朵之间，继续在键盘上敲字。

重新注册了 QQ 号码，已经叫了听禅的发发在电脑上跟大卫说，虽然咱们只聊了几天，但是我感觉我们已经是老朋友了。

大卫说，我也有这种感觉。

李晨曦在电话里跟发发说，咱们先不管他是什么人，你赶紧帮我想想办法，看看怎么回复崔凯。

发发在电脑上跟大卫说了一句心有灵犀，说实话，你不在，看不见你，还真有点想你。跟大卫在电脑上说完后，他又跟老爸在电话里说，怎么回答崔凯？很简单，就说不卖！

李晨曦说那还行，那不就把崔凯得罪了？你方芳阿姨知道了也会不高兴的。

大卫看了发发的话，就跟发发说了彼此，我也有你的这种感觉。看到大卫上钩儿了，发发就发给了她一个拥抱的图像。发完，他在电话里跟李晨曦说，要么这样，你不是怕得罪崔凯，怕方芳阿姨不高兴吗？那就找个理由，就说，就说蕊蕊没房住，在里面住着呢，房子暂时卖不了。

不行，李晨曦马上回答道，我已经跟方芳阿姨说了，蕊蕊的房子已经收回来了。

咱们在电话里说说话好不好？收到了拥抱的图像后，大卫有些激动，就敲上字来问发发。

正帮着老爸想办法的发发见大卫要和自己通话，觉得要坏事，就赶紧找辙搪塞，他跟大卫说不行，我这里人多，说话不方便。大卫就说你出去，到办公室外面去。发发赶紧又说不行，我们处长盯着我呢。

在电话里听见发发噼里啪啦敲键盘的声音李晨曦以为发发正在忙于公务，就说算了，你先忙工作吧，想好了办法再给我打电话。

刚刚挂上老爸的电话，大卫就又发上文字来说既然通话不方便，那下班后见见面怎么样？你愿不愿意和我相识并且开始新的生活？

大卫的话来得很突然，大卫的攻势也很猛烈，看到见面和开始新生活等文字，发发不由心里一阵震颤。尽管聊天的情节是自己安排的，尽管聊天的思路是按照自己的设计来进行的，但是，当大卫在网上说出要和他，和听禅见面，尝试开始新生活的时候，发发还是始料不及。看着屏幕上的那些字，发发的心里顿时百感交集，怎一个酸楚了得。这个时候，他最不应该的是，忽然就想起了一个故事，好像是一个大诗人，大概是普希金，他被邀请参加他先前深爱着的人的婚礼，看着她跟另一个男人走进了婚姻的殿堂，普希金万箭穿心，在婚礼的现场，他感到自己的躯体被投进了油锅里正在经受着煎熬。后来他把当时的感受写到了诗里，说，嘉宾们端着的酒杯里装的是他身体里的血，他们咀嚼着的苹果，是他的心。看着网络上大卫的头像，他感觉到自己也走进了这个故事的氛围里，他仿佛看到了大卫和一个男人相约了，在黄昏将至，暮霭漫天的时候，就走在了当年他和她曾经走过的植物园的那段路上，她也向他叙述着自己的故事，他也像自己一样把她拥了，替她擦了脸上的泪，把嘴贴在了她的嘴上，一束金辉也在这个时候打了过来，映在了他们的身上。想到这个地方，发发一颗男人的心碎了。于是他急忙收住了思路，没让自己继续去想两个人从植物园回来，双双走进大卫家门的情形。

收住思路后，发发见大卫又把刚才的话重新在网上敲了一遍发了过来，之后还问他怎么样？你想好了吗？发发迟疑了片刻，忽然地，说，嗯，我们见面吧。在敲上这几个字的时候，他仿佛看到了一匹公狼，或是一只公狗，在疯狂地用尿液圈占着它觉得，应该属于自己的领地……

整整一天，李晨曦又没有完成自己的工作任务，准确地说，他一箱果茶也没推销出去，因为他在那棵大树下面整整待了一天，直至太阳落在了西山下面他依然把身子靠在树上做着沉思。李晨曦第一次感到了再婚给他带来的困惑，而这个困惑比他和方芳分居更大，更难解决。李晨曦因此不敢再想以后的事情，甚至当他几次有了想骑着三轮车回自己家，想关上门清静几天的想法时，他都赶紧就把它按了回去。

他怕因此引起更难以解决的后果。

第二十一章

为了解决资金问题，崔凯借儿子生日之名在饭店举行了隆重的宴会。因为在宴会上李晨曦没有得到崔凯的应有尊重，诗人感到受到了侮辱，拂袖而去。满堂为之震惊。

1

发发是在结束了和大卫的对话后才认真地想老爸的事情的。

他首先还是觉得房是坚决不能卖。第二他想，即便是老爸卖房也轮不到他崔凯指手画脚，钱也轮不到他崔凯拿去代理什么狗屁的果茶。由此，他就想到了前几天老妈知道老爸给崔凯打工磕伤了嘴时说的那句话——老李家是不是没人了？

想到老妈的这句话，发发的心里就极不舒服起来，他不由得就有了一种责任感，他觉得不行，上次老妈说去找崔凯理论理论被大姐嘟嘟给压住了，自己由于考虑老爸和方芳阿姨的关系也没深究，这次崔凯变本加厉了，不仅拿老爸给他当长工使唤，甚至还得寸进尺，惦记上了老爸的住房，要把它卖了，要拿它去当本钱做生意，他以为他是谁？他的眼里还有我发发没有？他在他们家是老大，在老李家也想当老大吗？

想到这里，发发就给老爸打去了电话，他跟老爸说，第一，房子坚决不能卖，他崔凯以为他是谁啊？要卖房子，您让他卖他的，然后让他们搬到您那里去住。把这话给他，看他怎么办。第二，您干脆就搬回家来住。即便是方芳阿姨每周来一次也比你整天住在他家给他打工强。

李晨曦还是感到为难，他靠在那颗大树上说如果是当初他不来他家倒好办，现在已经住到了他家，就好比骑在了老虎背上，想下来就有些麻烦，回家住他也想过，但是他怕由此会引来一连串的不良后果。至于让崔凯卖自己的房然后搬到我哪儿去住，那就更不现实了。

又来了，又来了，发发打断了老爸的话，他对老爸的懦弱有些生气，于是冲着电话嚷道，上次叫您回来，您就说怕这怕那，我们给您找好了回家的理由您都不回来，并且还把我们给卖了。您把我们给卖了我们就不说什么了，您没回来我们也尊重您的意见，但是您说，您现在得到什么好儿了？

李晨曦不说话了。

您不回来就没引起不良后果吗？发发追问李晨曦，您说，您说啊！

李晨曦还是不说话，因为他回答不出来。

您没回来的不良后果是他们得着了您这个软柿子就往死里捏。发发听老爸不说话了，就直截了当地说，这回是您给他崔凯当长工他都不满足了，您光给他流汗还不够，他还想把您身上的血都榨干了！

李晨曦觉得发发的话说得有些过分，但是不无道理。不过，他还是没表示什么或者是不知道应该怎么回答发发。

发发在电话的最后说，赶紧回来吧，别前怕狼后怕虎瞻前顾后的了，到最后恐怕您是怕什么来什么，哪头都想顾却哪头也没顾上。

李晨曦说嗯。

发发说您别光说嗯，然后继续回去受他崔凯的气，跟杨白劳似的。

李晨曦说我知道。

发发说这回我可不能放手不管了，我要是再放手不管，您的房子可就真没了。告诉您啊，您要是还不回来，我就开着车去接您了，到时候，事情闹大了，您可别觉得没面子，听见没有？

李晨曦说听见了，但是声音很小，小到被风一吹就没了。

接完了发发的电话天就黑了。

放下电话，李晨曦还是有些迷茫，还不知道应该怎么办。他觉得发发说的有道理，自己是有些软弱，是有些瞻前顾后畏首畏尾，但是他要是即刻就回自己家，又不知道该和方芳如何交代，又不知道后果会是如何。况且，他那么大的岁数，让他说让崔凯卖自己的房子，然后搬到他那里去住，跟耍无赖似的，他根本也做不到。

左思右想不得要领李晨曦便有些烦，可巧，身边又传来了叮叮当当的响声，这响声就更增加了他心中的烦躁。环顾左右一看，原来不远处是一家饭馆，饭馆的伙计们抬桌子的抬桌子搬椅子的搬椅子，他们在大树底下开始布置夜市。

这是谁的车啊？一个领班的朝着他喊。

李晨曦这才缓过神儿来，想起来自己是为什么来到这里的，想起来自己还有一辆三轮车，车上还有一车货物。于是，他赶紧朝三轮车看了一眼，看清了车上的货还都在车上高高地码放着，就回答说这车是他的。

领班说您老给挪挪吧，放这儿碍事儿。

李晨曦朝他挥挥手说好。

李晨曦想把靠在大树上的身子先挪开，可是他感到身上有些没劲儿。

行了，您甭动换了，我替您挪了吧。领班看起来比较着急营业，看李晨曦没动，就亲自推起了三轮车。第一下他没推动，使劲儿再推第二下，车只挪动了不大的一段距离，他看了看满车的货物于是招手叫来了两个伙计。

我说老爷子，您这车上装的这是什么呀，金条啊，这么老沉。几个人合力推着车领班朝李晨曦喊。

看着车晃动的厉害，李晨曦怕这些人把三轮车给弄翻了，把一车果茶给摔碎了，自己又会由此接到崔凯的罚单，于是便赶紧从大树上直起身子来小跑着来到车前扶住了车把。

小心点儿，慢一点儿，这都是易碎品。李晨曦对几个人说。

我还以为是金条哪，这么老沉。领班说，要是金条，我们哥儿几个今天非把您给打劫了不行。

李晨曦笑笑说不是金条，是果茶，我这是给饭馆送的，正好你看看你们用不用这种饮料。他掏出一瓶来递给领班说，你要不要尝尝？

领班说你还真会搞推销，一点空子也不落，不过抱歉，我们这儿不用这玩意儿。顾客不认，你没看见吗，来的人都是喝酒的，您要是推销啤酒的嘛，倒还可以考虑考虑。推完车，领班拍拍手上的灰土问李晨曦，怎么着，累了一天了，您老不坐下来喝两口儿？

李晨曦看着一车果茶迟疑了一下，没说话。

喝吧老爷子。您骑三轮车喝酒警察管不着。领班说着就给李晨曦拉过了一把椅子。

李晨曦就势就座在了椅子上。

这个时候他觉得自己真的需要酒。

2

晚饭的时间到了李晨曦还没回家，方芳让崔凯和唱唱先吃，她说她再等等李晨曦。

崔凯掏出手机来看了看时间没说什么就招呼儿子吃饭，说吃完饭他要给他听写，听写完了还要给他签回执。唱唱说他写的作文爷爷还没给他看呢，他问奶奶爷爷什么时候回来，今天晚上还给他讲作文吗？方芳说爷爷只要答应好了你的事他就一定不会忘，你先吃饭，吃完饭写作业，等你写完作业，爷爷肯定就回来了。崔凯听说唱唱写了作文就问他学校给你们布置作文了？唱唱说不是学校布置的，是爷爷让他写的，说我要是写好了，爷爷说给我推荐给杂志社，上杂志。

见唱唱还有作文的事，崔凯就让老妈给李晨曦打个电话，问问他货送完了没有，什么时候到家。方芳把饭给唱唱和崔凯盛好了，放在了他们的面前，并且把筷子递到了他们的手里，之后去给李晨曦打电话。但是拨打过去，李晨曦的电话却是占线。

李晨曦知道自己的一车货没送出去本不应该喝酒，但是饭馆儿的领班给他拉过椅子来之后，他还是不自觉地坐了上去，因为他觉得现在他唯有喝酒才能让自己的心里舒服一些，唯有喝酒，才能让自己不再去想那些让他头疼的事情。

崔凯和唱唱吃完饭方芳赶紧把桌子给收了。刷碗时，她把崔凯叫进了厨房，她加着小心试探着跟崔凯说以后能不能对李叔叔客气一点。

崔凯一听这话就皱了眉头，问老妈什么意思？我怎么对他不客气了？是不是李晨曦说什么了？

方芳说没有，他没说什么，不过，她觉得他对李晨曦有点那个了。

崔凯问有点哪个了？

方芳想了想就直截了当地说，就说昨天吃韭菜馅儿合子吧，你看你鼻子不是鼻子脸不是脸的一个劲儿地说臭臭臭，让人家李叔叔都下不来台了。

崔凯斜了老妈一眼，不以为然地说，我平时不爱吃韭菜您又不是不知道，谁让您做的？再说，我又没针对他，又没有什么恶意。

你不爱吃，就不兴人家爱吃？有爱孙猴儿的就有喜欢猪八戒的，方芳说，你可真是的。以后别那么霸道，以前咱家没外人，就咱俩，你爱怎么说话就怎么说话我不跟你计较，因为你是我的亲儿子，你说什么我也不会往心里去。可是他不是现在跟咱们住在一起嘛，你以后说话适当地注意一下，分分场合。

您看您说话就前后矛盾，您说咱家以前没外人，那么现在有外人了吗？他是外人吗？崔凯问老妈。

他不是外人，可又是外人。方芳说，关系特殊，所以你就更应该注意。

好，就算他是外人，那往后您还不让我说话了？往后我就得受委屈了？往后这还是不是我的家啊？再说了，我说了，我说韭菜臭也没有针对他呀。崔凯狡辩说，我没有什么恶意呀。

家，还是你的家，可是你也应该能够容得下他。我知道你没有针对他，也没有什么恶意，方芳说，可是你当时那么一说，人家李叔叔都没吃晚饭。要让你不吃晚饭，你受得了吗？

说到吃饭，崔凯就转移了话题，他问老妈李晨曦来了之后生活费怎么算。

方芳问什么生活费？

崔凯说生活费就是生活费，他来了，不吃饭啊？不喝水啊？不用电啊？

那能花多少钱呢，方芳把碗刷完了放进橱柜里，甩甩手上的水说，吃饭不就是桌儿上多放一个碗，多放一双筷子的事儿嘛。你们三口儿住这儿我不收一分钱，他我看也就算了。

崔凯看着老妈不以为然的样子，说那可不是多放一个碗，多放一双筷子的事儿，就说他给我送货吧，我不是也要给他开工资嘛？也要跟他签订劳动合同嘛？所以，为了避免矛盾，您还是考虑一下要收他点儿生活费，再说他也是个男人，也应该主动承担生活费用。现在再婚的，都是住男方家的房子，花男方的钱，哪儿有咱家这样儿的？整个儿反过来了。再说现在这社会，哪儿没有钱行啊？您就说看病吧，看一个感冒就得花上好几百，挂个特需门诊的专家号多少钱？三百！您听都没听说过吧？您光说添一双筷子添一个碗，这油盐酱醋菜哪样儿不是年年往上涨啊？我这果茶也是今天涨三毛明天涨两毛的呀。

方芳听崔凯说的也对，就把头低了下来想了想。

你觉得收他多少钱合适？她问崔凯。

崔凯说怎么一个月也得收他两三千的吧。

领班拿过菜单来，李晨曦浏览了一下价目，他先把眼睛很习惯地往十块钱以下的栏目上扫去，搜寻到八块钱一盘儿的花生米，八块钱一盘儿的毛豆，他就拿手指头点在了上面，示意领班各来一盘。领班看了看李晨曦没动笔，他在价目表上指点着，说您老辛苦了一天了，干吗不犒劳犒劳自己？这年头儿，亏了什么也不能亏了自己个儿的肚子您说是不是？这钱呢，就是他妈的孙子，不花白不花，您不花别人惦记着替您花，你说是不是？您没看那个小品嘛，人家小沈阳儿说的就是有道理，这人呢眼睛一闭一睁，一天过去了，眼睛一闭不睁，一辈子过去了，您说是不是？

领班的话，让李晨曦在脸上浮出现了今天的第一次笑容，他不得不佩服领班的推销艺术，也不得不佩服他说出来的那一番道理。笑容在李晨曦的脸上固守好一会儿，他转念一想，自己这半辈子总是委屈自己，总是以别人为重，为了别人把钱花了他总是舍得，可轮到自己为自己花钱了他却总是节俭了再节俭，苛刻了再苛刻。他忽然觉得自己活得的确太累了，于是他索性把手里的菜单往桌上一扔，第一次那么爽快地说让领班看着给自己安排。

领班说这就对了，听人劝吃饱饭，那我就给您安排几道硬菜。酒您老要什么酒？

李晨曦说今天一醉方休，先来瓶白的，之后再来几瓶啤的。

领班问白的喝什么？

李晨曦说依着你，要好的。

领班很快就给李晨曦端上一瓶白酒和几个凉菜，他让他先慢慢喝着，说热菜马上就好，说完就给李晨曦满满地斟上一杯。李晨曦闻到了酒的香味儿就有些垂涎欲滴了，咂嘬咂嘬嘴刚要把酒杯端起来，忽然见邻桌儿的那些小伙子们都个个儿把上衣脱得精光，于是就也伸手解开了扣子，索性把自己身上的衣服扒了，光起了膀子。

第一杯酒李晨曦就是光着膀子让风从自己裸露的上身很畅快划过的时候喝下去的。

这是李晨曦有生以来第一次坐在大街上喝酒。这是李晨曦有生以来第一次脱光了上衣喝酒。

酒下肚之后，他喊了一声真爽！

3

晚上9点多钟了李晨曦还没有回家，方芳和崔凯为此都很着急，唱唱也不住地催问奶奶知不知道爷爷什么时候回家？作文到底还讲不讲了？崔凯和方芳都分别给李晨曦打去了电话，可是李晨曦的手机却始终无人接听。崔凯看了看表，只好先让唱唱睡觉，说太晚了，就是爷爷回来了也讲不了作文了，唱唱手里拿着作文有些不情愿地嘟囔了一句真是的，这爷爷到底是干什么去了，然后撅着嘴开始收拾书包。书包收拾好了，崔凯又让他把书包打开，把那篇作文拿出来，说等会儿爷爷回来后我让他看看。唱唱护住书包坚决不让老爸翻，等老爸强行从他的书包里翻出作文来后他又忙从老爸手里把作文抢了回来，一面抢还一面说我不让你看我的作文，就是不让你看我的作文。方芳见唱唱不给崔凯作文，就过来说让唱唱把作文给她，说等爷爷回来后她把它交给爷爷。唱唱看了看奶奶，问她能不能保证不把作文给老爸看？方芳说能保证能保证。唱唱这才说好吧，您可千万别叫我爸看。说完，把作文交给了方芳。

冰湖走了，一直也没有消息，发发几次上网跟她说话，她都没有一点反应，拿起电话来想给她打个电话问问情况，可是还没等他把电话拨出去，迪博士的电话却先打了进来。

迪博士还是娇声娇气地问他在干吗呢？

发发说没干吗。

她问他老爸走了没有？

他回答说老爸根本就没来。

迪博士说你真讨厌，老爸没来你干吗不告诉我？

发发只好搪塞说老爸随时都有可能来住，所以就没给她打电话。

迪博士说那要罚你，罚你过来接我。

发发问她在哪儿。

迪博士说她在办公室。

从办公室把迪博士接回来，迪博士让发发先去洗澡。发发遵旨照办。进了卫生间发现手表没摘，发发就把手表摘下来隔着门往外递，可手举了半天也不见迪博士过来接，于是他就赤身裸体地走出来。或许是他光着脚板走路没发出任何声响的缘故，他来到客厅时，正在聚精会神地看着什么的迪博士却一点都没发觉。发发见迪博士正捧着什么专心致志地看有些好奇，便走过去看，不看不知道一看吓一跳，原来迪博士手里捧着的是他的手机，她在查看他手机里的信息。

大概是感觉到了发发身上的气味，抑或是听见了发发的喘气声音，迪博士猛然间便将头回了过来。两个人对视的同时都显出了惊恐。他问她这是在干吗？她用手捂住胸口说他吓死她了。

我没看你的手机。迪博士眼神很慌乱地说，我正在找里面有没有什么游戏可以玩儿一玩儿。你以前不是说你的手机里可以打麻将吗。

局长也玩儿麻将？为了缓和一下气氛，发发故意调侃道，部里不是发文禁止局级以上的领导玩麻将嘛。

去你的，部里什么时候发这么没水平的文件了？迪博士果然在一瞬间就把情绪调整了过来，她像是什么都没发生一样从发发的手里接过手表来说，走我给你搓澡。

两个人洗完澡发发让迪博士先进卧室，迪博士问他还要干什么。发发说我搽点油儿。迪博士就说你整天摄影被太阳晒得皮糙肉厚的，搽什么也是白搽。发发说就是因为被太阳摧残成这样儿才搽呢，要像你似的，让美国的太阳呵护得白白嫩嫩的，我就不用搽了。说着话，发发来到客厅，悄声地把自己的手机从桌子上拿了起来。说实话，自从他和大卫分开后，他几乎每天在睡觉前都要翻看一下自己的手机，看看里面是不是收到了大卫的短信。

偷偷地把手机打开后，让发发十分惊讶的是手机里真有一条刚收到的短信，而把这条短信打开再看，短信居然正是大卫给他发来的。

大卫问他近来好吧？儿子学习怎么样？家里人都好吧？

看了大卫的短信发发怦然心动，他立即就兴奋了起来。他马上回复大卫道，都好，多谢大卫。那天做梦还梦见你了呢，你换了发型，还换了一部新手机。

不一会儿大卫将短信回了过来，她说，我也是，这几天都梦见你……能给你打电话吗？你在哪儿？

发发拿着手机侧头看了看卧室，刚要回复大卫，只听卧室里的迪博士问他你干什么呢，油儿还没搽玩呢？你是搽油呢还是画油画儿呢？说着，就听迪博士从床上起来要下地往外走。发发赶紧说来了来了，亲爱的领导同志我来了。

听见迪博士又躺了下去，发发赶紧拿笔在手机屏幕上写道：儿子在，说话不方便，这样，明天我去找你吧。

大卫回复说，那好吧，我等你。真想你。

李晨曦的一瓶儿白酒很快就喝完了。他又招呼服务员再来一瓶儿。服务员见他喝得已经不少了，并且他还有一三轮车的货物要拉，就说白酒没了。李晨曦说服务员糊弄他，让他把领班叫过来。服务员把领班叫了过来，李晨曦就让他再给自己上一瓶儿白酒，还要这个牌子的。领班说老爷子，白的没了，都卖完了。李晨曦晃悠着脑袋表示不信。领班说是真的没了，我没骗您，要是有酒，我干吗有钱不挣啊？您没看今天这么些人都在这儿喝酒吗？李晨曦相信了他的话，说那就再来几瓶啤的。领班问他要什么牌子的。李晨曦说你看着上，甭替我担心，我有钱，有的是钱。你看那一车货了没有，你知道那上面装的是什么？领班说知道，是果茶。李晨曦说谁告诉你的是果茶？领班说您刚才告诉我的啊。李晨曦说不对，那根本就不是果茶，你知道什么呀？想知道吗？你把脑袋伸过来我告诉你。我要是告诉你了你可千万千万千万不要告诉别人啊，别人要是知道了，这个咒语就不灵了。领班象征性地把脑袋伸给了李晨曦，李晨曦就扯着嗓门对着他的耳朵说，这儿人多嘴杂，你要替我保密。那车上装的是黄金，不对，是金条。你快上酒吧，我有的是钱。我俩老婆呢，一个老婆生的儿子的媳妇是局长，知道局长吧。那官儿得中组部才有资格任命呢。当了局长那油水儿可大了，每天提着东西给她送礼的那有的是。一个老婆生的儿子是开公司的，是个老板。你看见那一车黄金了吗，那就是他们公司的产品。

那，您就是给您儿子打工的了？领班调侃李晨曦，问。

可不是吗，我就是给他送货的。这黄金好喝着呢，你们公司要货吗？可以先尝后买。

领班赶紧摆手说不要不要，我们这儿不要黄金，只要人民币。老爷子，您带着人民币呢吗？

带着呢，带着呢。李晨曦听领班问他带没带钱，就急忙站起身来拿起椅子靠背上的上衣在兜里翻。可两只手哆哆嗦嗦地翻遍了所有的口袋他也没找到钱包。

您没带钱呢？领班问他。

带着呢，带着呢，李晨曦拿着上衣说，带着呢，出门的时候老伴儿还塞给我十块钱让我路上买水喝呢。

领班让他再在裤兜里翻翻看，看是不是钱包在裤兜里面。李晨曦说不行，脱了上衣就已经够意思的了，裤子是绝对不能脱的，再说这里这么些人，还尽是女士呢。

领班见李晨曦喝高了，就让他坐好了，说我让后厨给您做个酸辣汤，您爽爽口，醒醒酒。

我醒什么酒啊，我没醉，我还差得远着呢。李晨曦听领班要给他做汤醒酒就指手画脚地说他没醉，表示他再喝上三瓶儿两瓶儿的不在话下。领班连忙说他没醉，说老爷子您的酒量真好。

酸辣汤做好了，可是领班让服务员端上来时，李晨曦已经趴在桌子上呼呼地睡着了。刚才领班给他点的那些硬菜原封不动地又都让他给吐了出来，他趴着的桌子上和脚底下，一片一片的都是。

发发、迪博士和方芳、崔凯四个人几乎是同一时间赶到了那棵大树下面。

发发见到崔凯，两个人在对视时，相互之间在暗中瞪了对方一眼。迪博士和方芳首先来到了李晨曦的身边，迪博士摇晃着他的肩膀叫着叔叔，问他怎么样，方芳抱起他的脑袋给他擦去了嘴角上的呕吐物，说你怎么把自己喝成了这个样子，崔凯闻着李晨曦满身的酒气以及呕吐物的腥臭气，不由得又抽动了几下鼻子，皱了皱眉头，发发见了又朝他瞪了一眼，之后就走过去抱起了老爸。迪博士见了赶紧跑在前面去开车门。方芳对跟在身后的领班说了声谢谢，并说要不是你急中生智在他的手机里翻出我们的电话来，我们今天晚上就急死了。领班说不用客气，这大爷今天可能有什么心事，要不然他不会一个人坐着喝闷酒，并且还喝了那么老多。您等他醒了之后问问他心里有什么不痛快的吧。

方芳看了被抱上车的李晨曦一眼说好吧。

4

几天后是崔凯儿子唱唱的生日，为了解决流动资金，为了能做另一个果茶的总代崔凯动足了脑筋，他决定为儿子在一家高档饭店举行一次隆重的生日宴会，他要利用这次宴会为自己融资，所以，在这一天，他邀请了他认识的所有的成功人士。

宴会前，李晨曦纠结于卖不卖房的矛盾心理达到了顶峰。因为他知道这次宴会，崔凯主要是为了解决公司资金不足的问题。之所以纠结，是因为参加宴会，自己没能力帮助崔凯，且卖房子帮助崔凯他尚难下决心，孩子们也不答应；不参加宴会，他又怕人说他烂泥扶不上墙，自己看不起自己，或是不给崔凯面子。因为他或多或少应该算作这个家庭的成员之一。

基于这些纠结，李晨曦跟自己的孩子们商量，这件事情应该怎么办。宴会参加还是不参加。

孩子们的基本意思是房不能卖，宴会无所谓，可参加可不参加，若是参加有参加的好处，若是不参加也有不参加的好处。

李晨曦听着有点云山雾罩，就说让他们再把话给说明白点，他们对卖房子的态度他明白了，那么宴会到底自己是去还是不去？

孩子们说作为家长，参加宴会是咱们的正当防卫，可要是作为公司的雇员，他不参加宴会，也属于咱们的自由选择。再说了，从另外一个层面上说，因为您和方芳阿姨是再婚，您因此就不是真正意义上的家长，说白了吧，您不是崔凯的亲生父亲，所以，您去不去参加宴会谁也说不出什么来。去了，您是给崔凯面子，不去，也是在给崔凯面子。

孩子们的意见像中国队踢足球，左传右传，就是到不了门前。说了半天，也不知道他们是赞成自己参加宴会还是不赞成自己参加宴会，自己是应该去参加宴会还是不应该参加宴会。怎么叫他去了是给崔凯面子，不去也是在给崔凯面子呢？他问孩子们。

蕊蕊听了老爸的问话，就有点失去了耐心，她说老头儿是老了，这么简单的弯子都绕不过来了，哪天我给您买两个核桃吧，您把它们攥在手心儿里头揉，多活动活动脑子就能绕过弯儿来了。

当李晨曦一头雾水地征求完孩子们的意见没得到结果后他就给方芳打电话，问他该怎么办。方芳倒是十分肯定地认为他应该参加崔凯举行的宴会。

李晨曦问他自己去了崔凯会不会不理他。

方芳说怎么可能呢。那天他吃完饭的时候还提你来着呢。

是吗？李晨曦问方芳他提他什么来着？

方芳说你给唱唱留了作文，还没给他讲呢，崔凯问你什么时候回来，问你什么时间给唱唱讲作文。

经方芳一说，李晨曦才想起来自己给唱唱留了作文的事情，他说要不我今天就回去，先给唱唱讲作文，然后就准备参加崔凯的宴会。

方芳说行啊，你赶紧回来吧。这样，宴会上你准备一份礼金。方芳说这样既全家人都有面子，又可以缓和你和崔凯之间因为最近卖房子问题上的矛盾。

李晨曦觉得方芳说话不偏不倚，完全是为了这个家的和睦，因此在这份纠结当中找到了平衡点，于是决定马上回到方芳家。出了门他先奔了银行，从自动提款机上分几次取出来厚厚一叠子钱。

生日宴会的当天，李晨曦还是早早地起来，匆匆地上了一趟卫生间之后，嘴里叼着一块馒头片就急急忙忙地下了楼。他要先去完成自己的本职工作，先去给几家饭馆送果茶，之后再和几家饭馆结清以前的账款。这些都完成之后他还需要立即回返，因为自己没有方芳家的门钥匙，因此他还要在方芳离开家去参加宴会之前赶回家洗澡换衣服。因此，这一天的早上，李晨曦把三轮车骑得飞快，以至于执勤的交警冲着他挥了几次指挥棒让他停下来接受处罚。李晨曦是靠着自己的年龄才躲过警察的处罚的。几个路口的警察都是把他截下来，让他靠了边儿，可看看他一身的破旧衣服，一脸的汗水和一头蓬乱的白发，之后就动了恻隐之心，教育了他几句，让他走人。警察们说您这么大岁数了，跟我爸爸的年龄也差不多，我就不罚您了，但是您这么骑车实在是太危险。下回可千万要注意啊，因为大街上跑的汽车可不是各个都长着眼，见着您就让，备不住哪个大爷就是杀手呢。您看我们警察，就在马路上好好地这么站着，每年还都有人让这些大爷们给撞上了呢。

满身是汗的回到家，方芳已经给他找出来了要换的衣服。洗了澡，把衣服换好了，方芳又给他梳理了一番头发。梳理的时候，他说就这几根毛儿了，你还吹风抹油的费那么大劲干吗。方芳说就因为你就这么几根毛儿了才要精心地梳一梳。你这是第一次跟我出去，第一次参加我们家的宴会，我要把你打扮得精神点儿，让人家一看就能看出来你是个诗人，一看你就有诗人的范儿。李晨曦听了诗人俩字不由得在心里说，诗人，百无一用是书生，诗人管个什么用。崔凯不是说了嘛，我吃屎都赶不上热乎的。

和方芳来到宴会大厅，嘉宾们已经基本就座完毕。看着每张桌子上的人自己都不认识，李晨曦一时不知道自己应该就座于何处。他先是觉得按照人物关系，自己应该就座于方芳身边，但是在引导员的引导下，跟着方芳来到一张桌子旁，一看这竟是主桌，李晨曦觉得自己不是崔凯亲生的父亲，并且还是崔凯公司的雇员，没有资格就座于主桌，于是他就从主桌儿旁退了回来。正犹豫着，不知道自己到底应该坐在哪里合适时，引导小姐向他走过来，她热情地问他和主办者是什么关系，李晨曦觉得这个问题不好回答，因此一时语塞支支吾吾地回答不出来。他想说他是主办者的父亲，但是没敢，他又想说他是主办者公司的雇员，也没敢。正抓耳挠腮的不知如何回答，引导小姐见远远的主桌上方芳正向李晨曦招手，于是她便问他那是谁？李晨曦回答说那是他夫人，引导小姐听了没有犹豫，当然地便把他给安排在了方芳的身边。

按照崔凯的设计，宴会的第一项是他发表祝词，然后他带领着唱唱和陪酒的朋友们给各位长辈和来宾敬酒。敬酒之后，是自己再借着已经烘托起来的气氛与各位来宾寒暄，委婉地表达出自己急需各位帮忙解决资金短缺的祈求，并期待着来宾的点头应允。

祝词完毕后，敬酒的程序是从主桌上开始的。

在崔凯的指引下，唱唱在崔凯和崔凯的一帮朋友的簇拥当中给各位长辈一一敬酒。崔凯从靠自己最近的岳父开始引荐，让唱唱和陪酒的朋友们给岳父敬酒，之后依次是岳母、母亲，待唱唱及陪酒朋友们和崔凯的岳父、岳母、母亲说了吉祥话，干杯了之后，又都把酒杯斟满，来到了李晨曦的面前。李晨曦自知该轮到崔凯介绍自己了，便早早地在脸上准备下了微笑，并已经把酒杯端在了手中，单等崔凯的引荐。这时崔凯似乎是无视了李晨曦的存在，他没跟他的眼睛对视，也没朝他端着的酒杯多看一眼，他把他隔了去，直接把唱唱和陪酒的朋友们引荐到了李晨曦边上的舅舅身边。他让唱唱和陪酒的朋友给唱唱的舅爷爷敬酒。

来，大舅，干！李晨曦的身边再次响起众人干杯的声音时，端着酒杯僵直地站立在众人面前的他脸腾地便涨红了起来，原本在脸上准备好了的微笑很尴尬地定格在了僵硬的脸上。

“诗人”感觉自己的尊严受到了重创，无颜再留在宴会饭桌上的李晨曦不顾方芳的阻拦，毅然甩手离开了酒店。李晨曦离开时，身后是一片哗然。

关于这一点，李晨曦当时是一点也不知道。

第二十二章

收到方芳寄来的离婚协议书，李晨曦感到相当惊讶，他赶紧给方芳打电话问这到底是怎么回事，方芳说宴会上他愤然离去让崔凯恼羞成怒，为了家庭的和睦她也只能如此。

1

中午，蕊蕊正歪在床上睡觉，门外忽然的响动声把她惊醒了，她从床上支起身子来连声问谁？谁呀？外面的响声依旧但却始终没人答应。听着这响动时强时弱断断续续，像猫用爪子挠，又像狗用身子蹭，拉紧窗帘深处黑暗中的蕊蕊便觉得有些害怕，她战战兢兢地走到了门前先把门使劲儿敲了两下，想把那猫或是狗给吓跑，接着就壮着胆子高声再问谁？谁呀？只听李晨曦隔着门不耐烦地说了一声行了，快开门吧！

蕊蕊将房门打开本想瞪老爸一眼，埋怨他一句，因为刚才他在外面弄出来的响动神神秘秘地把她吓了一跳，可是见老爸阴沉着的脸上带着一股子怒气，因此她就赶紧把要说的话给咽了回去。蕊蕊看着老爸一阵风似的进了屋，看着老爸把书包往沙发上啪地一扔，身子咕咚往床上一躺就知道有什么事情不大对头了。

看着老爸斜躺在床上，两手垫在脑后，双目直视天花板，鼻子里喘着粗气，蕊蕊没敢吱声，既没敢问老爸这是怎么了？因为什么？也没敢说让老爸换上睡衣，把被子拉开，在床上躺舒服了。她把老爸的脸盯了一会儿，在心里做了一阵猜测之后悄悄地走过去帮着老爸把鞋脱了，把腿往床上挪了挪。

大姐，老爸怒气冲冲地跑回来了！蕊蕊走出屋子，赶紧给嘟嘟打去了电话。

嘟嘟接了蕊蕊的电话感到很奇怪，就问蕊蕊说，老爸跑回来了？还怒气冲冲的？

蕊蕊说嗯，怒气冲冲的，进门一句话都不说，样子怪吓人的。

他今天应该参加崔凯的宴会呀！嘟嘟问蕊蕊说，他怎么忽然跑回来了呢？

对呀，我也记得今天他是应该参加崔凯为儿子举行的生日宴会啊。蕊蕊回答说，怎么忽然跑回来了呢？

准是他在宴会上遇到了什么事情。嘟嘟和蕊蕊几乎是同时跟对方说。

准是崔凯那孙子在宴会上欺负他了。蕊蕊判断。

可能，他一直给崔凯打工，有可能是崔凯在宴会上对他不礼貌了。嘟嘟判断。

两个人有了这个判断之后都问对方怎么办。

沉默了好一会儿，蕊蕊说大姐你能不能赶紧过来，我一个人在家看着老爸有点害怕。

嘟嘟说你害怕什么呀，老爸也不是跟你生气呢，再说，再说你平时的那个厉害劲儿哪儿去了？

蕊蕊说你没见老爸那脸上有多阴沉呢，你要是见了你也会害怕，你还是赶紧回来吧，要是老爸真让崔凯从宴会上赶出来了，你回来了咱们也好想想办法怎么对付崔凯。老爸平时最喜欢你，最相信你，你现在要是回来问问老爸，老爸准能告诉你生气的原因。

嘟嘟说我现在有点儿事，暂时回不去。

蕊蕊问她什么事儿这么重要？

嘟嘟叹了口气说昨天浩浩给我打了个电话，孩子跟着雷鸣和雷鸣的女友甜甜受了不少委屈。

你都跟雷鸣离婚了，浩浩的事你还管呢？蕊蕊问嘟嘟，他又不是你亲生的。

能不管吗？嘟嘟说，虽然不是亲生的，可我毕竟带了他十几年，再说孩子现在也怪可怜的。

浩浩给嘟嘟打电话时没说话却先哭了起来。听见浩浩的哭声嘟嘟便有些受不了了，她慌忙地问浩浩怎么了？说好孩子，快告诉妈妈。

浩浩抽泣着说一开始是爸爸让他跟甜甜叫妈妈他不叫，后来是甜甜指挥他干活儿他不干，并且还顶撞了甜甜，然后甜甜就告了他的状，爸爸偏向甜甜，让他跟甜甜叫妈妈，并且赔礼道歉，他不叫甜甜也不给甜甜赔礼道歉，爸爸就打了他。

嘟嘟听浩浩说挨了打，觉得比自己挨了打还难受，她问浩浩爸爸打他哪儿了，疼不疼？

浩浩说爸爸打我脑袋了，说现在不疼了，并且还说妈妈我想你。

听见浩浩说的最后那句妈妈我想你，嘟嘟的眼泪立时就涌满了眼眶。

挂上浩浩的电话嘟嘟就给雷鸣打去了电话，她问他为什么要打浩浩。

雷鸣一开始说你别管。

嘟嘟说我为什么不管？难道他不是我亲生的我就不能管吗？难道他是你亲生的你就可以打他吗？

雷鸣说我不是那个意思，他说这孩子现在特别逆反，自从甜甜到家里来了之后他就整天地绷着个脸，跟谁欠他一百吊钱的似的，弄得一家人整天都不开心。他为了缓和家里的气氛，试着让甜甜跟他搞好关系，甜甜哄他逗他他都置之不理，让他跟甜甜叫妈妈他也不叫甚至连个阿姨他都不叫，并且还经常顶撞甜甜。

为这，你就打他？嘟嘟质问雷鸣。

不只是这。雷鸣无可奈何地说，甜甜来了之后他跑过两次，一次跑到山西去找他妈妈，一次是跑到同学家住了两天。唉，我都被他搞得焦头烂额了。

正跟雷鸣说着话，嘟嘟的电话里来了提示音，有一个电话要打进来。嘟嘟看了来电显示是山西的号码，她便跟雷鸣说待会儿我再给你打，我先接个电话。

来电话的是浩浩的妈妈，浩浩妈急切地问嘟嘟浩浩给没给她打电话。

嘟嘟说打了，刚打完。

浩浩妈说这孩子急死我了，他刚才给我打电话非要上山西来找我，说他在雷鸣那儿实在是生活不下去了。不瞒你说嘟嘟，浩浩已经跑回过来一次了，住了几天我又把他送了回去，你说他的户口、学校都在北京，他要回来怎么弄啊？再说我现在再婚了，他回来几天我老公就很不高兴，因为当初认识的时候我是跟他说自己没孩子的，现在忽然看见那么大的一个孩子跑来找我，他就说我欺骗他。浩浩来的这几天他天天都不理我。嘟嘟，我现在为浩浩相当为难，所以我只好让他给你打个电话，你费费心看看能不能帮着浩浩想想办法。你的条件要是好，不妨把孩子接过来住住，等孩子的情绪缓和了，稳定了，你再把他送回雷鸣那儿去。

嘟嘟听完浩浩妈的叙述跟浩浩妈说，我这儿条件也不好。我也是住在别人家。他家两居室，一间我们住，另一间他儿子住。

浩浩妈说那可怎么办？要不我马上飞过去再想想办法？浩浩这孩子的脾气我知道，要真是把他逼急了他是什么事情都会做出来的。

嘟嘟想了想说你先稳住，我跟我男朋友商量一下，你等我的消息。

挂断浩浩妈的电话，嘟嘟便跟老王说了浩浩的情况，并说自己想把孩子接过来暂住几天，让他缓和缓和稳定稳定情绪，她还特别强调这孩子虽然不是她亲生的，可是她对他的感情比亲生的还要亲，她从他一岁多一点就开始带他，她是一把屎一把尿地把他给带大了的。老王用手止住了她的话说没问题，没问题，你的事就是我的事，你接他过来吧，只要雷鸣同意。嘟嘟又问老王咱们就两间屋子，孩子来了就紧张了，怎么住啊？老王还是让他那双很憨厚的眼睛在眼镜片后面眯起来笑笑说，你先去接孩子，怎么住的问题交给我来解决，车到山前必有路，我总会有办法的。等和雷鸣商量好了把浩浩接过来之后一进门，嘟嘟见老王家的客厅变了模样，一张单人床放在了冰箱的边上，一张小书桌靠在了床边的墙上，书桌上一盏台灯，一个笔记本电脑还有一摞书。见嘟嘟领着浩浩进门，老王眯着他那双憨厚的眼睛笑着问嘟嘟看这样行不行？这张床和小书桌都是儿子王鹏小时候用的，他几次想扔都没舍得扔，没想到现在派上用场了。看着老王布置的床和书桌，嘟嘟感到此刻自己什么都说不出来了，她忙把浩浩推到了老王的面前，让浩浩说谢谢王伯伯。

孩子看着老王，眨着眼睛张了张口但却没出声儿。

2

回到家里的李晨曦一直仰面朝天地躺在床上。蕊蕊想问他些什么，可看着他那阴郁着的脸还是没敢。蕊蕊给他倒了杯水在他的眼前晃了晃他没有反应，蕊蕊又拿起了饭碗朝他晃了晃，他依旧还是没有反应。蕊蕊觉得自己的招数使完了便给老妈打去了电话，她想跟老妈请教一下以前她遇到过老爸这样没有，如果遇上过，她是怎么处理的。孙丽丽接了电话说她跟他生活了几十年从没见他这样过，她说让蕊蕊不妨给李晨曦做做全身按摩，让他放松放松，这样他的情绪也可能会缓解一些。蕊蕊有些不相信，就问老妈这样行吗？我爸瞪着俩眼在床上躺着，我上去给他按摩，他能让吗？孙丽丽说我也说不好，你试试看吧。反正我要是心里特烦的时候要是有人给我按摩，我心里就慢慢地放松了，气也就慢慢地消了。

放下电话，蕊蕊决定按照老妈的方法试试。她坐到了老爸身边，先尝试着把一只手放在老爸的腿上，见老爸对此没什么反应，没推挡，没挪动身子，也没朝她嚷，于是她就把两只手都放到了老爸的腿上，准备开始给他慢慢地按摩。就在这一瞬，外面忽然有了脚步声。那脚步声嚓嚓嚓地越来越近，像是朝着自己家门口走来。这脚步声响起来的时候蕊蕊并没有在意，只是李晨曦的举动让她感到很纳闷儿，很惊奇。这脚步声响起来的一刹那，只见李晨曦忽然一下就从床上探起了身子，他把蕊蕊的手扒拉开，示意蕊蕊别出声，并侧过耳朵去细听。他脸上的表情也随着脚步声的越来越近发生着急剧的变化，由疑惑、猜测转而变为期待和欣慰，待脚步声从门前滑过，渐行渐远了，他的脸上立即就回复了刚才的阴郁，他像一个气球被撒了气儿一样，俩眼一闭又咕咚一下重新躺了下去。蕊蕊问他听见什么了？他还是沉默不语。蕊蕊让老爸把腿放平了之后开始给他按摩，双手从脚到头又从头到脚很细致地没放过老爸的一寸肌肤，四肢按摩完毕，蕊蕊开始给老爸按摩躯干，从胸往下按摩到老爸的肚子时，只听里面咕噜噜地发出了一连串的响声。蕊蕊问老爸饿了吧？李晨曦依然板着自己不动声色。蕊蕊继续给老爸按摩，她的手没有离开老爸的肚子，始终在上面揉着，咕噜噜、咕噜噜老爸的肚子里面发出来的响声便越来越急，越来越大了起来。蕊蕊听了，就停下手来，再问老爸，说我去给您做点吃的？李晨曦终于忍不住了，他松动了一下板着的脸，朝着天花板点了点头。蕊蕊从他的身边站起来问您想吃什么？李晨曦终于张开了嘴说了随便俩字儿。蕊蕊说家里有剩米饭，我给您拿鸡蛋炒炒？李晨曦还是朝着天花板点点头。蕊蕊问他放几个鸡蛋？一个还是俩？李晨曦说你随便。都成。我再给您做个汤吧？蕊蕊又问。李晨曦说好，最好把味儿做是重一点。蕊蕊说那就给您做胡辣汤吧。行，李晨曦说多放点胡椒粉，我嘴里发苦。

饥饿像是一剂良药，自从它在李晨曦的肚子里制造出来响声之后，李晨曦就开始不那么沉默或是说他再沉默不了了。蕊蕊给他端到床边一碗蛋炒饭和一碗胡辣汤，他立即就从床上起来，指挥着蕊蕊把饭和汤端到餐桌上，然后狼吞虎咽地吃了起来。

趁着他喝汤嘴里没含东西，蕊蕊问他今天到底是怎么了？不是去参加唱唱的生日宴会去了吗，怎么跑回来了？

李晨曦停住要往嘴里送汤的勺子，便跟蕊蕊诉说了在崔凯的宴会上崔凯如何不把他放在眼里，敬酒的时候把自己给隔过去，在众人面前让自己下不了台的经过。蕊蕊听了义愤填膺，骂崔凯这孙子，这王八蛋什么他妈的玩意儿，还大学生呢，书白念了，连他妈的这么点规矩都不懂。您走得对，要是换了我，我也他妈的甩手就走了，恶心谁呢？不是为了给你送礼，给你面子，谁他妈的去啊？没进过饭店，吃过饭呢还是怎么着？老爸，您甭搭理他，您回来了就别回去了，正好也别给他打工了。我的房子已经收回来了，我也不装修了，我明天就可以搬回去住，您还是让方芳阿姨一周来一次，这样过比现在您住他们家强多了。

李晨曦说我也想好了，我搬回来住，还像从前似的，我跟你方芳阿姨每周团聚一次。

这就对了，早听我们的，早搬回家住多好。蕊蕊说，赶紧吃吧，汤一会儿就凉了。

正说着，门外又响起了脚步声，李晨曦立即就停止了咀嚼侧过耳朵去细听。待听到脚步声愈发地近了，他索性就站了起来走到房门前面，并且伸出手去做出了准备开门的动作。脚步声再一次从门前滑了过去渐行渐远了，李晨曦脸上的表情再一次由期待转而变化为失落。回到餐桌上，蕊蕊问他您这是听见什么了？李晨曦像是又恢复了躺在床上的状态，不再说话了。

吃过饭，蕊蕊让李晨曦再躺一会儿，李晨曦没说话，也没继续躺在床上，他来到了电脑桌前，犹豫了一下打开了电脑。蕊蕊见他把手放在键盘上，进入了以往他创作时的状态便没敢打搅，赶紧走到了厨房去刷碗。碗刷完了，厨房的地也擦了一遍，回到屋里悄悄地侧过头去再看老爸，只见老爸俩眼直愣愣地盯着电脑，双手放在键盘上，可电脑的屏幕上依旧是一片空白，他连一个字也没敲上。

虽然打开了电脑，自己强迫着自己要写点什么，趁着自己有那么一种抑郁的心境。但是李晨曦却觉得此刻装在心里各式各样的词汇一下子枯竭了，提取不出来了。在屋子里走了几圈过后，李晨曦还是想再次把精力集中到电脑上来，还是想再在那些枯竭了的词汇中继续搜寻，可把零七八碎的几个单词敲到了电脑上还没停稳，他就立即把它们做了删除。

门外的任何声响都牵动着他。每一个脚步声，他都觉得像是朝他的家走过来的，每一个声响，他都觉得像是有人在敲他的房门。手机也时时刻刻地让他倍加关注，他时不时地就要把它拿起来查看，希望它能立即响起来，或是有人给他发来一条短信，或是有人给他打来一个电话。

当然，那个前来敲门的人，那个给他发送短信的人，那个给他打电话的人不是别人，应该是他的爱人，他的方芳。因为他在宴会上被侮辱了，他离开饭店时空着肚子，她作为崔凯的妈妈，作为自己的老伴儿一定会为此替崔凯表示歉意，一定会关心地问一下他现在在哪儿？吃了饭没有？

整整一个下午连同一个晚上，李晨曦都在抑郁和焦躁的情绪中等待着，起初的时候，他是期待着方芳能来敲他的房门，到了天色将晚，他的期待变为了她能给自己打一个电话，等到夜色上来了，他把条件再次降低，期盼着她能来一条短信。

晚上 10 点多钟蕊蕊问老爸困不困，睡不睡觉？

李晨曦看了看手机，见它依旧没有动静，就说睡吧。去洗漱之前，他想把它给关了，但是犹豫了一下，又把它放在了电脑桌上。走出屋子去洗脸，李晨曦为了能让自己冷静下来，便把整个脑袋都扎在了脸盆里，这时一个声响从屋子里发了出来，李晨曦赶紧把头从脸盆里抬了起来仔细听。手机里终于发出来的音乐声一下子让李晨曦兴奋了起来。

他赶紧跑向了电脑桌，跑向了自己的手机。

3

李晨曦跑到电脑桌前抄起手机就喊喂喂喂，听电话里没声音，就又喂喂了两声问谁啊？是方芳吗？等听见蕊蕊正对着手机说话他才反应过来，原来刚才发出声响的不是自己的手机而是蕊蕊的。

老爸好多了，缓和多了，下午还要写诗来着呢。他听蕊蕊对着电话说。

大概是对方问蕊蕊他究竟是为了什么跑回来的？

蕊蕊就接着说崔凯那孙子在宴会上不给老爸敬酒，隔过他去，把他晾在了那里，让他当众很尴尬。

对方大概再问蕊蕊他吃饭了没？

蕊蕊说吃了，中午我给他做的鸡蛋炒米饭和胡辣汤，晚上我们包的合子。

对方应该是又问蕊蕊他吃得香吗？

蕊蕊回答说中午他大概是饿大发了，一大碗炒饭他三口两口地就吞下去了。晚上我们包的合子，韭菜虾米皮的，他说他特别想吃这一口儿，所以他也没少吃，锅盖那么大的张，他连吃了三张还喝了两碗粥。

对方一定是说他在方芳阿姨家缺嘴了。

蕊蕊说我看是，我看是。也许崔凯那孙子限制他吃喝。估计在他们家他想吃什么都不敢说，想喝酒就没门儿了。

李晨曦猜测着蕊蕊这是在跟谁说话，是嘟嘟还是发发，要不就是孙丽丽，正琢磨着，冷不丁，蕊蕊就把手机递到了他的面前。

我大姐，她要跟您说话。蕊蕊说。

李晨曦迟疑了一下接过手机来。

老爸，老爸，嘟嘟在电话了叫了他两声，听他不说话，就又提高了声音，说老爸，我是嘟嘟。

李晨曦说听见了，嘟嘟。这么晚了有事啊？

嘟嘟说有事，我忽然想起句话来想跟您说。

李晨曦说什么话，你说吧。

嘟嘟说既然您今天回来了，就别再回去了。

李晨曦说我知道了。睡吧。

嘟嘟说晚安老爸。我明天去看您。

第二天一早起来，蕊蕊问老爸还需要不需要她陪他，给他做做饭什么的。

李晨曦问蕊蕊什么意思？是不是想搬回去住了？

蕊蕊说如果他不需要她陪了，她就搬回去住了。那样，要是方芳阿姨来了也方便一些。

李晨曦就说那好吧，你就搬回去住吧。

蕊蕊把自己的东西收拾了收拾，打个车搬走了。

李晨曦一个人坐在家里依然惦记着屋外的响声，他时刻盼望着方芳能再次提着大包小裹地走来敲门。不过，每当他隐隐约约地听到屋外好像是有了响动走到门口将门打开时，门外却空空的连个人影子也没有，只有一只猫或是一条狗在嬉戏或是觅食当中看到他后受了惊吓，倏地一下蹿向了远处的树丛底下，之后又探出头来朝他不停地窥视。

蕊蕊在的时候，李晨曦嫌蕊蕊话多，电话多，有些烦人，可是一旦蕊蕊搬走了，他又开始感受到了前所未有的孤独。

李晨曦百无聊赖地在屋子转着圈儿，他在电视机前面站住脚，试图看看电视来打发一下时光，可是电视打开了，他见里面一片哭哭闹闹的，就立即把它给关了。关了电视，他又坐到了电脑前面，他还是想写点什么，可是他依旧还是什么都写不出了。他觉得自己心里的那些词汇仍然枯萎着，仍然无一可用。文字写不出来，他又尝试着看看书，可是几本书翻开了，即便是小说，即便是故事很精彩，很容易就能引人入胜他仍看不进去，他看每一本书上面的字都像是蹦着跳着在自己的眼前不停地闪动。

电视看不进去，文字写不出来，书也看不进去，李晨曦索性就半躺在了沙发上，他把眼睛闭上，试着去想现在方芳应该在干什么，买菜去了？该回来了吧？收拾房间呢？该收拾完了吧？准备中午饭呢？还有早点吧？那她什么都没做为什么不给自己打个电话呢？为什么不抽出上午送完唱唱之后的工夫来看看自己呢？难道她生他的气了？难道是崔凯将她软禁了？难道昨天他不应该不听她的劝阻愤然离去吗？想着想着李晨曦的手不由得就摸到了自己的手机，他开始犹豫，是就这么等着方芳来，就这么等着方芳的电话，就这么忍受着煎熬，还是马上给方芳打个电话过去。

举棋不定的时候，房门被敲响了。

李晨曦噌地一下就从沙发上蹿了起来。他三步两步就来到了门前，是方芳吧？他一面问着一面就拉开了房门。可没想到房门打开后，门口站着的却是前妻孙丽丽。

孙丽丽听见李晨曦开门时叫着方芳的名字，就瞪了李晨曦一眼，说今天出门没看黄历，对不起，不知道您等方芳呢，我今天实在是不应该来。说完，转身就要走。

见孙丽丽转身要走，李晨曦赶紧说抱歉，我以为是她来了呢，你请进，请进。说完就从孙丽丽的手里接过她提着的东西。

孙丽丽在门口停顿了一会儿，之后走进了屋子。进屋后她四处环视了一下，她从李晨曦的手里又接过那几袋子东西放在李晨曦的电脑桌上。

我这个人就是爱犯贱。孙丽丽不阴不阳地说，明知道人家心里头不待见，可是吧，还是硬要往人家身边凑合。

哪里哪里，李晨曦忙说，你大老远地来看望，我感谢还来不及哪，没人不待见。

这话听着还叫人心里舒服点儿。孙丽丽想笑但是又故意绷着不让自己笑出来。去吧，别傻站着，你不是写诗呢吗，去写吧。她把脸绷得紧紧的对李晨曦说。

孙丽丽自己给自己倒了点水喝了几口，之后就从她拿来的袋子里掏出了李晨曦平时爱吃的圣女果儿来进厨房去洗。

李晨曦见了便赶紧从孙丽丽手里抢过圣女果儿来说我自己洗，自己洗。

孙丽丽又反抢回来，将李晨曦推开，说你就去写你的吧。

李晨曦跟着孙丽丽来到了厨房，和她一起洗，说我现在没写。

写不下去了？

李晨曦说是。

想写昨天的事儿吧？

李晨曦问她你都知道了？

什么事儿能瞒得了我？孙丽丽停住手直起身子来问李晨曦说，知道你为什么写不下去吗？

李晨曦摇头，说心里头的词汇好像枯竭了。

知道为什么枯竭了吗？孙丽丽再问。

李晨曦说不知道。

告诉你吧，因为她根本就不值得你去写。你看看吧，你看看她干的都是什么事儿，她整个儿一个跟你玩心眼儿呢，整个儿一个跟你要阴谋呢。

要阴谋？玩心眼儿？跟我？李晨曦也停住了手，直起身来看着孙丽丽说，不会吧？

孙丽丽不屑地笑了一下说，不会吧？你可真幼稚，真天真，要不说你们写诗的人都傻呢。就从你跟方芳认识了说起吧，你看看她是不是在一步步地在跟玩要心眼儿，要阴谋。第一步，结婚，第二步让你去给她儿子打工，第三步开始图谋你的房子。你看看是不是。

李晨曦不语。

孙丽丽又说，凡事旁观者清。诗你写不出来就已经很说明问题了，你说，你说这样的人你能写吗？这样的人愣是要往好处写她，往美处写她，你能有灵感吗？你能写得出来吗？

两个人正谈论着方芳，门外又响起了敲门声，李晨曦甩甩手上的水认定这回一定是方芳来了，去开门时他心里忽然就有了一种顾虑，他想坏了，方芳进门看见孙丽丽在这儿一定又要猜疑又要生气了。可即便是在心里有了这样的顾虑，但是李晨曦还是兴冲冲地跑到了门前去开门，去迎接他盼望着的方芳。然而房门打开后，出现在门口的却并不是方芳。

快递。一个陌生的男人对他说，你是李晨曦吗？

李晨曦有点不知所措或是说有些茫然，他很机械地回答陌生男人说是。

在这儿签字。陌生男人说。

这是什么？李晨曦问他。

不知道。陌生男人很干脆地回答，之后递给了他一支笔，指点了签字的地方，见他把自己的名字签了，立即就收回了笔，然后迅速转身走了。

看着陌生男人走远了，李晨曦开始动手拆快递的信封。孙丽丽这时走了过来，她凑近了李晨曦问是什么？

李晨曦说不知道。

见李晨曦扯了几下没把快递信封扯开，孙丽丽就转身从厨房里拿了一把剪刀过来。帮着李晨曦将快递打开，孙丽丽从里面拿出一张纸来一看当即就瞪起了眼睛。

李晨曦感到孙丽丽的表情奇怪，便把那张纸拿过来看。一看这张纸，李晨曦的眼睛不由得也圆圆地瞪了起来。因为他分明地看见那张纸的第一行很醒目地写着这样五个字：

离婚协议书。

4

李晨曦觉得崔凯敬酒时侮辱了自己，不顾方芳的阻拦拂袖而去当时就在宴会大厅里引起了不小的震动。李晨曦离开饭店的一刹那便有人开始交头接耳甚至是站起身来议论猜测。没出一支烟的工夫儿整个宴会大厅里的人就都知道了事情的原委，并且还知道了李晨曦原来是宴会主人崔凯妈妈的后老伴儿，是崔凯的继父，更为糟糕的是他们甚至还知道了那个愤愤离场的人叫李晨曦，是个业余诗人，先前崔凯不同意李晨曦和崔凯妈妈的婚事，后来见生米煮成了熟饭这才不得不勉强答应。现在李晨曦就住在崔凯的家里，正在崔凯公司里给崔凯打工送货。除了这个原版的主线之外，又一支烟的工夫儿过后，宴会大厅里便又传出来了不少派生的演绎本。演绎本的故事就光怪陆离了，有说崔凯到如今也不让李晨曦和他妈妈同居一室的，有说崔凯同意老妈跟李晨曦再婚是有条件的，李晨曦必须给崔凯打工满五年，他才允许李晨曦和老妈住在一起的，还有说今天崔凯之所以没有给李晨曦敬酒是因为昨晚上李晨曦没睡在客厅里，半夜三更偷偷地溜进了方芳的房间。李晨曦和方芳吱吱哇哇的折腾声惊醒了崔凯，崔凯便从被窝儿里面把李晨曦给提拉了出来，到现在崔凯为这件事还生气呢。虽然有些人还能正襟危坐对那些演绎版本不闻且不屑，但是这些演绎本像传染病的病菌一样在宴会大厅里流传开了之后，宴会的主题忽然之间就发生了微妙的变化，大家吃着喝着的同时谈论的中心就再没离开过李晨曦和崔凯。

来宾们之间议论的原本和演绎本差不多一字不落地都传到了崔凯的耳朵里，崔凯听着这些议论再站在众人面前时便不那么自在了，跟来宾们寒暄的同时，他咬牙切齿地在心里痛骂着李晨曦，他觉得要不是在宴会上的身份，他会立即就追出去把李晨曦给扒了皮！把李晨曦给活吞了！

来宾们之间的话题发生了变化，他们的注意力完全地被吸引到了李晨曦的身上，这让崔凯主办宴会的目的受到了冲击，也让崔凯的光辉形象大打了折扣，从而让崔凯准备跟各位融资的期盼也化为了泡影。

坚持到宴会完毕，崔凯见客人们基本上散尽了，他才对着在饭桌上打包的老妈大发了雷霆。他上前把老妈手里正在打包的餐盒一把夺过来，朝地上恨恨地摔砸了下去，他恼羞成怒地骂了李晨曦一句混蛋，王八蛋！

回到家里，认定自己的宴会目的没有达到，罪魁祸首就是李晨曦的崔凯面色铁青。他继续痛骂着李晨曦是个祸害，是个丧门星，是个无耻的乌龟王八蛋。方芳看着崔凯暴跳如雷的样子有些害怕，她更怕他的这个样子吓坏了唱唱，于是他赶紧拉着孙子唱唱躲进了自己的房间里，关上了门，小心谨慎地搂着唱唱不敢出一点儿声音。

崔凯骂了一阵忽然就偃旗息鼓不见了动静，房间里静了下来倒让方芳感到非常奇怪，她赶紧让唱唱偷偷出去看看，看看崔凯到底是怎么了，是不是气晕过去了。唱唱悄悄地推开奶奶卧室的门走出去看了一眼又悄悄地回来跟奶奶说，老爸正在电脑上写些什么东西。方芳问他看见崔凯在电脑上写的什么字了没有？唱唱说没有，他害怕老爸发觉，没敢凑近了细看。

正猜测着崔凯怎么忽然停止了骂声，正猜测着他怎么就在电脑上写起了东西，正猜测着他写的东西是什么，崔凯走出了房间在客厅里高声叫老妈出来，说他有事要和她说。

方芳战战兢兢地走出了自己的卧室，一路走她一路看着崔凯的脸色。见老妈来到跟前，崔凯一言不发，只把手里攥着的一张纸递给了她。方芳接过纸来一看，见上面写着离婚协议书五个大字。

不能这样。方芳试着跟崔凯争辩说，不能这样。

不能哪样？崔凯问老妈，我问您不能哪样？

就为这么一点儿事就离婚，能说得过去吗？方芳问崔凯。

就这么一点儿事？崔凯问老妈，这是一点儿事吗？这是一点儿事吗！

方芳不敢说话了。

他他妈的是人吗，他他妈的还有资格再在这个家里待下去吗？崔凯开始愤怒了，这么一个重要的场合他给我砸场子，他他妈的活腻歪了吧！我跟您说，他他妈的要不是和您是这种关系，今天我就得废了他，剁下他一只胳膊或是一条腿来！

方芳说你冷静冷静，事情不能全赖他，你当时做得也有些过分。

我没有过分，没有！崔凯脖子上的青筋又涨了起来，他朝方芳咆哮道，他他妈的有什么资格坐在主桌儿上，谁让他坐在那儿的？他坐在那儿让我的脸往哪儿搁？他以为他是谁啊，他以为他坐在那儿就有资格让我给他敬酒了？屎壳郎爬城门，他充什么大铆钉！您，在这上面您签字。

方芳看着崔凯指着的离婚协议书没动。

崔凯说这件事我想好了，我的脾气您是知道的，从今往后有他没我有我没他，您看着办，这个家里您要留他我就走，您要是想留我他就走。说完崔凯又补充了一句，您要是留他，我明天就搬走，唱唱您也甭管了。事情就这么定了，何去何从您自己看着办。

方芳拿着离婚协议书在自己的卧室里哭了整整一个晚上。他痛恨李晨曦没有涵养，怎么会在这么一个重要的场合给崔凯来一个下不来台。再说他离开时自己还阻拦他了，他怎么就会那么不冷静。同时他也埋怨自己的儿子崔凯，怎么能这么做，当着众人的面一点不给李晨曦面子，让他当众那么尴尬，让他感到无地自容。不管怎么说，他毕竟是长辈啊，他是个诗人啊。整整一个晚上，方芳的情感都在崔凯和李晨曦之间徘徊着，在儿子和李晨曦之间做着选择的时候，她感到自己的心在遭受着几十亿只蝗虫的洗劫。在她内心的天平上，一边是崔凯，一边是李晨曦，现在你让她放弃哪一个她内心的那盏天平都会倾斜，放弃哪一个，她觉得自己都会立即崩溃。李晨曦对她的那份情感令她难以割舍，但是，她同样也理解崔凯的感触。这时候，她私底下无奈地掠过了一丝叫她自己都不敢相信的念头：李晨曦要是主动放弃就好了。但是当回想起李晨曦一脸的愤懑，抑郁、默默地转身而去的情形，她才猛然感到李晨曦在她心中的分量有多重；她才知道，一旦这个身影消失在了茫茫的人海中，她于内心里才堆砌起来的那座爱的宝塔，顷刻将会轰然倒塌。

第二天早上起来，没有拿到老妈签字的离婚协议书的崔凯说他准备搬家。并且再不回来了。他跟老妈说，从此之后两个人之间再没有任何关系了，您儿子今后就是吃糠咽菜您也甭惦记着了。崔凯说完就流出了眼泪。看着儿子脸上的眼泪，方芳就像看到了当年崔凯趴在丈夫的病床前呼唤着临终的爸爸时的情景。那个生离死别的场面，撕扯着方芳，让他再次想到了失去亲人的切肤之痛。她的眼泪在瞬间便淌了下来。

崔凯！方芳叫着儿子，冲上前去一把将他抱住。

5

看到离婚协议书，晨曦顾不上依然在心里留存的对崔凯的愤慨，赶紧给方芳打去了电话。

得知了事情的原委，李晨曦问方芳既然离婚不是你的真实想法，既然离婚的决定是崔凯做出的，那么你为什么要在上面签字？

方芳迟疑了一下回答李晨曦说，自己很无奈。从宴会的角度上说，崔凯不礼貌，不给你敬酒，是崔凯不懂事，她为此感到很歉疚。但是在那么一个重大的场合上，你李晨曦不顾及崔凯面子和整个宴会的气氛及场面，拂袖而去，是你李晨曦不理智，缺乏素质和涵养，我因此也很歉疚。从家庭的角度上说，你李晨曦在宴会上起身离去的后果直接导致了家庭的矛盾，造成了儿子要和我势不两立的局面，我因此也觉得对不起这个家庭。

方芳说她觉得，崔凯做事再不对，他也是自己的儿子，不是她护犊子，是儿子就是自己的生命，因此方芳说，为了家庭的安定，她只能选择在离婚协议上签字。至于他们俩，如果想好，没有那张纸照样也可以相爱。

李晨曦听方芳这么一说，才知道自己一怒之下做出的举动代价竟是如此之大，于是，他赶紧跟方芳检讨，说昨天他的确是不够冷静，并说自己家的房子蕊蕊给腾出来了，为了避免矛盾，方芳从此可以住过来了。咱俩还像从前似的，你一周过来一次行不行？

方芳则说如果她现在住到李晨曦家去，后果将更加严重，自己家的矛盾会再次升级，直接后果是众叛亲离，母子从此再不相认。

听着李晨曦在电话里跟方芳的对话，孙丽丽站在李晨曦的身边不住地示意李晨曦跟她瞎央告个什么，让他有点男子汉大丈夫的志气，干脆就在协议上签字。他妈的这个世界上谁怕谁啊？这个世界上谁离开谁活不了啊？她觉得那一家子人就是在搞阴谋，就是想图谋李晨曦的房子，见阴谋没有得逞才如此恼羞成怒的。

李晨曦并不这么认为。他认为方芳还是爱着自己的，为了这份爱，他决不能在协议上签字。

放下电话，他立即就去找方芳。崔凯见到了，问他是不是来讨工钱的，之后就按着计时器加减乘除了一番，说李晨曦工作期间应得的报酬是952元，扣除了上次因为损坏产品、得罪客户1000元钱的罚款之外，李晨曦还应该欠公司48元钱。李晨曦交给了崔凯50块钱，之后他说咱俩的事两清了，我要见见方芳。崔凯说老妈被他给气病了，不想见他，知趣的您就请回吧。

李晨曦问崔凯方芳怎么了？哪儿不舒服？病看了没有？

崔凯说这您就甭管了，往后她的事情您也用不着操心了。说完就做出了送客的手势。

崔凯没让他和方芳相见，李晨曦只得无精打采地又回到了自己家。

方芳寄来离婚协议的事情孙丽丽告诉了李晨曦的孩子们，孩子们知道了之后就都来到了李晨曦家。孩子们聚在一起分析了一下事情的原因，他们猜测不同意卖房子应该就是导致崔凯给李晨曦下最后通牒的直接导火索。

大家聚在一起之后都对李晨曦的事情发表了自己的看法，蕊蕊、发发和老妈孙丽丽的想法一致，他俩认为离就离吧，反正现在离个一次两次的算不了什么，老爸干吗非要在她方芳这棵树上吊死啊。再说离了也就解脱了，他老爸也用不着顾前顾后地为崔凯的事情纠结了。但是嘟嘟却并不这么认为，她觉得老爸不能轻易地在这张纸上签字。

嘟嘟的这个想法是基于自己的亲身经历的。

她跟老王认识之初，老有匿名电话打过来，说嘟嘟生活如何不检点，如何玩弄男性等。面对匿名电话嘟嘟觉得自己无颜面以对，解释也不是不解释更不是，老王一度也是心烦意乱，顾虑重重，不过，老王没让这件事情在他们之间留下任何阴影，他很快就用自己的睿智战胜了匿名电话给两个人造成的心理障碍，一段信任和宽慰的话语，让嘟嘟的脸上重新绽放出了笑容。

昨天，她把雷鸣的孩子浩浩接到了家中，老王把浩浩安排在客厅里居住，客厅变小了之后，老王的儿子王鹏立即就表现出了不满，他觉得浩浩占据了他的空间，突破了他的心理防线，因此他和嘟嘟之间的矛盾再一次爆发，他以浩浩来了影响了他的正常生活为由对浩浩下了逐客令，说孩子有自己的爹，有自己的妈，他们老王家不是收容院，不是慈善机构，没有义务为他们姓雷的作出牺牲和奉献，他让嘟嘟把孩子立即送回去，让姓雷的自家的矛盾自家解决，说他姓雷的既然有本事找小老婆，就应该有本事照顾好自己的儿子。面对王鹏剑拔弩张的架势，老王没急也没恼，他既同情浩浩，理解嘟嘟，也关爱王鹏，理解王鹏。他再一次用自己的睿智化解了家庭矛盾，他央求机关大院的领导，在机关招待所的职工宿舍里给嘟嘟和浩浩安排了一个房间，让他们母子二人暂且栖身。

自己的经历让嘟嘟觉得，再婚会面对许多麻烦事情，两个人生活期间，不断地会有矛盾产生，矛盾出来了只有认真去对待，去解决，如果一遇到矛盾就立即离婚，那么再再婚，还会遇到其他的矛盾。因此嘟嘟觉得，老爸在这个时候不能轻易地去签字离婚，他跟老爸说，如果老爸觉得为了方芳阿姨值得，她同意老爸卖房资助崔凯的生意。

一家人正围绕着房子卖与不卖的时候，崔凯给李晨曦来了电话。

崔凯催问李晨曦离婚协议书上他签字了没有。

第二十三章

为了挽回婚姻，李晨曦决定忍痛割爱。然而就在他准备卖房之际，方芳却患重病住进了医院，崔凯以丈夫不伺候妻子为由将李晨曦告上了法庭，开庭前，前妻和孩子们都劝李晨曦甩掉这个大包袱，赶紧在离婚协议上签字。

1

嘟嘟同意了自己卖房，这让李晨曦的心里多少得到了些安慰，同时也增强了他不签离婚协议、和方芳继续生活下去的信心。然而设想一下自己从此将面临着无家可归的境地，因此李晨曦看着自己的房子，又实在是舍不得。不过，事已至此，或许卖房之后，自己才能获得崔凯的宽恕，自己才能继续和方芳生活在一起，李晨曦觉得自己也只能做出这样的选择了。

李晨曦下定了决心准备卖房，崔凯来了电话，李晨曦以为他来电话又是催促自己在离婚协议上签字的，就想跟他解释，说自己想通了，准备卖房子以保障崔凯公司的资金运转了，但是却没想到崔凯在电话里告诉了李晨曦方芳因重病住进了医院的消息，同时说家里人手紧张，请他速去医院帮忙照顾。

得知方芳脑血栓病倒在床，李晨曦急忙要赶往医院。但是蕊蕊、发发却让他冷静点，考虑好了再做打算，并以当初崔凯欲霸占李晨曦的房产不成反逼迫其母和李晨曦离婚，现在其母病重需要人手照顾了，又请李晨曦帮忙看护为依据判断，崔凯如此对待李晨曦简直是欺人太甚，因此，俩人极力反对并极力阻拦。就连赞成李晨曦卖房的嘟嘟也说这事现在复杂了，老爸您是应该好好考虑一下再作打算。人你可以去照顾，但一定不能陷得过深。她还想说您是不是可以考虑一下，先在离婚协议书上签字，然后再去照顾方芳阿姨。但是这句话都到了嘴边，她又把它给咽了回去，没说出来。

孙丽丽的耳朵总是很长，似乎李晨曦身上发生的什么事情她都能在第一时间知道。崔凯给李晨曦打来电话后，她便急急忙忙地赶了过来，她也极力阻止李晨曦前往医院看护方芳，不仅如此，还让李晨曦赶紧甩掉这个大包袱，让李晨曦在那份方芳已经签字的离婚协议书上立即签上自己的名字。她说正好儿，他崔凯不是觉得自己比谁都聪明吗？再聪明你也没料到你老娘会突发重病吧？这叫人算不如天算，这叫老天爷不灭没眼的瞎家雀儿，活该咱们不该去受那份儿累，替崔凯去伺候她方芳。

其实崔凯给李晨曦打电话也是无奈之举，老妈突发重病住院之后，孩子没人照顾，公司无法打理因而他陷入了家庭事业两难的境地。实在无路可走了，他只能又找到了李晨曦，拉下脸来说了请字，让他来帮忙照顾一下方芳。

电话打过去之后不见李晨曦的人影儿，崔凯就又给李晨曦打去了电话，问问他能不能抽出时间来医院照顾一下方芳。李晨曦说自己时间是有，但是由于他事先寄来了离婚协议书，因此孩子们都不同意自己前往医院。崔凯听了火气不禁就蹿了上来，他质问李晨曦现在和方芳还是不是夫妻？李晨曦说是，因为我还没在离婚协议书上签字。

你就是签了字也是。崔凯朝李晨曦嚷道，签了字你以为就不是了？

听见崔凯在电话里跟李晨曦嚷嚷，孙丽丽立即就怒从心头起，她从李晨曦的手里夺过手机来也对着崔凯嚷道，跟谁嚷嚷呢？跟谁嚷嚷呢？你还懂不懂点儿礼数儿？你知道不知道你是在跟谁说话？在长辈面前，有你嚷嚷的份儿吗？见过求人的，可没见过你这么大架子求人的。我告诉你崔凯，你别以为我们老李家没人了，以前你欺负李晨曦，让他给你打工磕坏了嘴，把他从宴会上给轰出来，让他在离婚协议书上签字我们可都忍着没言语，跟你说崔凯，没言语是没言语，可是这并不代表我们就怕你，更不代表这笔账我们就不跟你清算！现在你老娘病了，住医院了，你还想使老板的性子，还想对我们老李吆喝来吆喝去的，挑水的回头，你过井（景）了！实话跟你说吧，我们全家现在都反对他去伺候方芳，全都反对，你小子要是为了你妈，过来跪下来承认以前的错误，求我们，我们兴许还能看在方芳的份儿上原谅你、可怜你、伸手帮帮你，你要是还跟大爷似的，对着我们家老李喝三吆四的，我这儿俩字儿伺候：休想！

崔凯让孙丽丽的气势给镇住了，不知道跟他嚷嚷的这个人是谁，他也没想到半路上会杀出来这么一个程咬金，把他给挖苦贬损了一番。听完孙丽丽在电话里的训斥，崔凯说我不认识你是谁，我不跟你对话，你把电话交还给李晨曦。孙丽丽想了想，便把手机交还给李晨曦，同时叮嘱他现在是他们求着咱们，没什么好怕的了，你敞开儿了骂他。

李晨曦接过电话，崔凯问他刚才是谁在跟他说话，怎么这么横？

李晨曦说刚才是他的前妻，是她把他的手机给抢过去的。

崔凯一听李晨曦的前妻就在他的家里，火气就又蹿了起来，他质问李晨曦怎么一回家就跟前妻在一起，是不是他背着方芳做出了什么见不得人的事？

李晨曦让崔凯不要误会，说他没有。她是知道方芳病了之后才赶过来的。

崔凯不信，说，我说我请你来帮着照顾我妈你左请不到右请不到呢，原来你早就移情别恋了！你早就旧情复燃了！这简直是是可忍孰不可忍。我现在顾不上，没时间追究你这些问题，这笔账咱们留着将来慢慢算，现在我告诉你，作为丈夫，到医院照顾妻子是你的义务和责任，我现在只问你一句话，你到底是来还是不来吧？

李晨曦看了看身边的孩子们和孙丽丽，沉思着，没表示什么。

好吧，崔凯见李晨曦没有表示，一咬牙，说，好吧，有你的李晨曦，有你的。我不再跟你磨牙费唾沫了。李晨曦我提醒你，你是个文化人，天天写诗，我想法律你应该是懂得一点点的，你作为丈夫，在妻子重病期间不作为，你家人阻拦你李晨曦尽义务照顾病人，这些都是违法行为。我想我现在是请不动你了，但是我相信法院能请得动你。你和你们全家都不说理，那我就给你们找一个能说理的地方，我这就把你告上法庭，你，就等着法院的传票吧！

放下电话，孙丽丽问李晨曦崔凯刚才跟他说什么了？

李晨曦说他要告咱们，因为咱们不作为。

孙丽丽轻蔑地瞥了下眼睛，说吓唬谁呢？老娘吃鸡吃鸭可就是不好吃虾（吓），说甭怕，我认识律师。我来的时候就已经咨询过他了，他让你赶紧在离婚协议书上签字，签了字就没咱们什么责任了。

孙丽丽说完，发发和蕊蕊也都让老爸赶紧把那个字给签了。并把那份离婚协议书和签字笔都递到了老爸手里。

李晨曦接着看那份离婚协议书，眼睛湿润了。

2

李晨曦依然没在那份离婚协议书上签字急坏了孙丽丽，她立即给她认识的那位律师打去了电话，她让律师跟李晨曦说说利害关系，以便让李晨曦放弃幻想，赶紧签字。律师在电话里跟李晨曦说既然崔凯要将你们告上法庭，诉之于法律，那么您可真的要多想一想，不能意气用事，不能感情用事，要想摆脱干系，要想在法庭上有一个好的结果，您就一定要在那张纸上签字，因为这份离婚协议书是上帝在眷顾你，在危急的时候给你伸过来的一支橄榄枝。有了这支橄榄枝，你，还有你的家人就可以登上那艘诺亚方舟了。

律师的话，应该就是最高指示了。孙丽丽见李晨曦在电话里不断地说着是是是，明白明白明白之类的，等他放下电话后就问他想明白了没有？你好人有好命儿，他崔凯要告你，可你手里却有这份协议书。签吧，快签字吧。说完又补充了一句，说，你只有签了这个字，我们到时候才能帮助你，你要是不签字，到时候，崔凯要是真告了你，我们就是想帮也难帮上你了！

孙丽丽发表完意见，三个孩子也都说让李晨曦赶紧签字。他们说这场官司能不能打赢，就看你是不是签字了。

嘟嘟、蕊蕊、发发还有孙丽丽都一而再再而三地催促李晨曦赶紧签字，这让李晨曦感到了箭在弦上，不得不发的事态，他渐渐地觉得这个事态愈演愈烈，以至于到最后他都无法控制局面了。李晨曦见自己已经被逼迫到了不签字下不来台的境地，于是不得不在那份离婚协议书上签了字。签字的时候，他才体会到了方芳说的当时自己签离婚协议书字时所面临的身不由己的境地。

崔凯说到做到，他将李晨曦及李晨曦一家告上了法庭，并于法院受理的同时预先给李晨曦打来了电话，他说李晨曦，我是不会去跪着央告你的，你就要为你的不作为付出应有的代价了。实话跟你说吧，你现在就是后悔也来不及了。我崔凯一口唾沫一个钉儿，咱们站着撒尿的人什么都别说了，你就是现在跪下来求我，让我撤诉我也都不撤了。你，啊不，您，就等着法院的传票吧！

李晨曦晨练回来在门上见到了崔凯说的那张法院的传票。起初，他准备开门，见自己家的门缝儿里夹着那么一张不是很白的看似很普通的纸，他并没有在意，像拿小广告似的把它从门缝儿里拿出来他差点就把它顺手儿给扔了。准确地说是他已经把传票在手心儿里团成团儿了，只要一扬手，那传票就会在空中划出一道弧线来被扔到一个不碍事的地方去了，可就在这个时候，李晨曦就忽然想起了崔凯的那个电话，他想，这张纸不会就是传说中的传票吧？于是他这才张开手，把那张纸从手心里放出来。

把纸用两只手抻平了，李晨曦的手便开始抖动了起来。因为这是他活了六十多岁，做了六十多年的合法公民，第一次见到这玩意儿。他立即就对这张纸，特别是纸上的那枚红色的印章产生了敬畏，他觉得自己刚才不应该亵渎它，甚至想把它当废纸似的给扔了。于是，李晨曦便双手捧着这张传票进了屋，小心翼翼地把它放在了电脑桌儿上。

法院是一个很公平的地方，李晨曦走进去的时候觉得它完全跟自己在电视剧里得到的印象不一样。因为李晨曦喜欢古装戏，在他的印象中，法院应该就是古代的衙门的样子。审判法官的头顶上挂着明镜高悬之类的字，法庭的两边各占一溜儿衙役，每个衙役手里紧握着一根杀威棒。进到法院里面李晨曦才一改以往的观念，才觉得法院有点类似他以前工作的编辑部，有沙发，有衣服架儿，有办公桌儿，甚至办公桌儿的底下也放着字纸篓儿。至于法官们穿的衣服也跟平常人一样，白衬衣上也是五个口子，蓝色的裤子上也扎有一根皮带。

李晨曦进门，法官跟他很客气，不像是要给他判刑的样子，他说大叔儿，咱们这是调解室，有什么问题今天咱们敞开儿了说，看能不能通过调解达成谅解。

达成谅解李晨曦是懂的，他做过编辑，对各种文字和词汇了如指掌，知道那就是两军对垒，把架势拉开了，先不忙着开枪开炮，先看看是不是能够通过外交斡旋，私下里把问题解决了。于是他赶紧点头说是，这样最好。

法官调解，先让李晨曦说说自己的意见，嘟嘟没等老爸说话，就说李晨曦和方芳已经签署了离婚协议，应该是离婚在先，既成事实，所以李晨曦不存在作为与不作为的问题，她的建议是李晨曦没有照顾方芳义务，但是，鉴于两个人夫妻一场，李晨曦在自己身体和精力允许的情况下可以在自愿的情况下，去帮着崔凯照顾照顾方芳。

法官问崔凯的意见，崔凯表示反对。他说李晨曦即便是在那份离婚协议上签了字，他和方芳仍是夫妻。因为那份协议说明不了什么，不是法律依据，因此他李晨曦就当然应该去伺候方芳。这是他责无旁贷的事情。并说他不达目的绝不撤诉。

两个人发言过后，在接下来的时间里法官让大家充分的发表意见，可当事人双方的子女坚持自己的主张，互不相让，因此调解只得中断。

调解没有达成谅解，法庭择日开庭。

开庭前，孙丽丽帮着李晨曦做了充分的准备，包括给李晨曦约见了律师，包括给李晨曦准备了详细的资料做备忘录。

经过了将近两个小时的辩论，原告和被告将事实叙述清楚之后，法院当即做出了裁决：鉴于事实相当清楚，当事人双方已于当事人的一方病重住院前签署了离婚协议，因此法院认为李晨曦和方芳已经在事实上解除了婚约，因此李晨曦对方芳不再有照顾义务。

法院最终判定崔凯败诉。

从法院出来，李晨曦的孩子及孙丽丽都十分高兴，他们簇拥着李晨曦说让他请客。

官司打赢了，可是李晨曦却高兴不起来，他甚至认为这场官司不是为自己打的，他坐在被告席上只不过是一个傀儡，因此官司没有谁是赢家，或是说官司的输赢跟自己一点关系都没有。从法庭里往外走的时候，他主动地接近了崔凯，他跟他询问方芳的病情，崔凯没搭理他，继续走自己的路。见崔凯对自己置之不理，李晨曦又走到了崔捷跟前，跟她打听方芳的情况。崔捷犹豫了一下，还是停下了脚步，她跟李晨曦说老妈现在的病情稍稍稳定了一些，昨天下午才从抢救室里把她接到了普通病房。李晨曦问崔捷现在她能说话吗？崔捷摇摇头说，不能，她现在基本上还没有意识。李晨曦刚要说他打算这就去看看方芳，可崔凯走过来一把将李晨曦从崔捷身边给扒拉开，他瞪了李晨曦一眼，很鄙视地跟李晨曦说，别猫哭耗子假慈悲了。李晨曦反问他什么叫猫哭耗子假慈悲啊？你这话什么意思啊？崔凯拉开崔捷，回了李晨曦一句：我妈跟你没关系了，你走吧，别让我再看见你！

李晨曦的孩子们见崔凯用手扒拉了李晨曦并见崔凯瞪着眼睛跟李晨曦嚷嚷，于是就都赶紧跑了过来。

发发攥着拳头冲在了最前面。

3

方芳的病情稍稍稳定了，就被从抢救室转出来，送进了普通病房。她因为还没有恢复自己的意识，因此，崔凯和李晨曦在法院里打的那一场官司，她自然也就感知不到。

自从老妈住院后，崔凯所遇到的第一个问题便是老妈怎么伺候，谁来伺候。姐姐崔捷在外企上班，外企管理十分严格，每天上班下班要按手印打卡，因此上班时间让她来伺候老妈几乎为不可能的事情。崔凯自己经营公司时间倒是能自己支配，可是自己要是天天都陪在老妈身边生意就无人打理，生意无人打理了，没有收入了，自己今后吃什么喝什么？自己的孩子将来吃什么喝什么呢？

正犯愁，旁边病房的一个老太太准备出医院，老太太的闺女就把崔凯给叫了过去，说看着你们家人手儿少，伺候病人捉襟见肘怪不容易的。她说照顾她家老太太的护工小虎不错，山西人，能吃苦，老太太住院期间都是她帮着照顾的，并且她照顾老人也很有耐心。老太太的闺女问崔凯让小虎去照顾你老妈，你乐意不乐意，你要是不用的话，她就去给别人干去了，现在病人多，护工少，我是看着你们姐弟俩倒换不开，挺困难的才提前告诉你一声儿的。崔凯听说有那么好的护工当然乐意，讲好了价钱后，他请小虎马上上班。

小虎和老太太话别后，拿着自己很简单的行李就来到了方芳的病床前，把行李塞进来橱柜，洗了手立即就开始了对方芳的护理。她先打来一盆温水，之后戴上手套开始给方芳擦洗全身，擦到方芳下身时，她的手就停了下来，她说抢救室给方芳插尿管儿时手法过重了，并且在这期间也没给方芳好好地进行擦洗，以至于方芳的下身都有些溃烂了。说到这里，她让崔凯赶紧找大夫去开点消炎药膏，说她每天给她擦洗的时候抹一点，过不了多久方芳的下身就会好的。崔凯见小虎如此耐心细致非常感谢，起身就赶紧去找大夫开药。

给方芳擦洗完毕，崔凯让小虎去吃饭，说他陪着老妈就行。小虎吃饭就只去了十几分钟，她说她吃了一个馒头就赶紧跑了回来，她怕方芳要大小便，崔凯伺候不方便。

中午，两个人坐在方芳的病床前聊天，崔凯问小虎的孩子多大了。

小虎说儿子快二十了，正在上大学，并说自己在这里当护工就是为了挣钱供孩子念书。她说山西的大山里，农民很苦，她希望儿子走出大山，通过念书改变自己的命运。

崔凯不禁对这个母亲敬仰了起来，他对她说，你真是个伟大的母亲。了不起。他问小虎，孩子知道你在这儿当护工吗？

小虎说知道，他放了假就会来这里帮我干活。

两人说着话，方芳忽然咳嗽了起来，小虎赶紧站起身，戴上手套和口罩走到方芳跟前，把她身子扶起来，开始给她敲后背。

看着小虎对老妈照顾得很周到，崔凯就准备回去上班，走出病房，他给姐姐崔捷打去了电话，他让她别着急了，说他请来了一个护工，人特好，特实在，对老妈照顾得特周到。

到了第二天，崔凯中午去看老妈，来到病房发现小虎不在，老妈的好几样儿药都放在病床旁也没按时喂进去。崔凯感到奇怪，就问临床的人小虎去哪儿了。临床的说出去好半天了，可能是去吃饭了吧。

一个多小时之后小虎才回到病房，崔凯问她干什么去了这么半天。她跟崔凯说自己去吃饭了。崔凯说医院规定的吃饭时间不是半小时吗。小虎说那是指在医院的食堂里面吃，我到医院外面吃，时间就不够了。崔凯问她既然医院有食堂，你干吗舍近求远到医院外面去吃。小虎说医院外面的饭便宜。说完就靠在椅子上闭起了眼睛再不说话了。

为了解决小虎中午饭的问题，崔凯提出来明天给她从家里拿一个豆浆机过来，让她每天在病房里面打打豆浆。小虎苦笑了一下说大哥，我不能总喝豆浆不吃主食吧。崔凯见小虎一直萎靡不振的样子，不再像昨天那么勤快了，对老妈的态度也不像昨天那么热情了，不知道她这究竟是为了什么，临床的病人家属就把他叫出了病房，悄声地告诉他说，护工一般都这样，一开始的时候都表现得很好，等到了第二天就要跟你谈条件了。

果然小虎在下午3点钟就打开了橱柜，把自己的行李拿出来，慢慢地开始收拾起来，那样子就像是要辞工不干了。见她一件一件地叠着自己的衣服，崔凯问她这是要干什么。她没回答，只是说方芳的病比较重，伺候她很累，并且责任重大。崔凯问她有什么想法。她说你得给我涨工钱。崔凯问她你看涨多少合适。她说我也不为难你，我伺候前面那个老太太时，他们家每天都送饭，每天送饭都有我的份儿，这样我就不用到外面去吃饭了。崔凯说你甭兜圈子，直接说，你都什么条件。小虎不假思索地回答，一天三顿饭每顿你补我二十元，再加上替你家老人的操心费，你一天给我加一百块钱好了。崔凯看着小虎，觉得他现在才刚刚撩开了她的面纱，刚刚看清了她的真实面孔。

崔凯说我想想，然后我在跟我姐姐商量商量。

小虎说好吧。晚饭我还要出去一个多小时。提前告诉你了。

晚饭回来，小虎说她昨天照顾了方芳一夜没睡好，她要好好睡一觉，夜班自己就不能值了。小虎说完，就支起来折叠床，和照顾临床病人的那个男护工头对头地躺下了。崔凯无可奈何，只得搬了把椅子坐在上面，代替她守在了老妈的病床前。夜里迷迷糊糊地睁开眼睛，崔凯习惯性地看了一眼自己的身旁，因为他怕自己起来去照看老妈时椅子碰到了小虎的床将她惊醒，可是他侧头往小虎的床上一看，床上空空的，小虎不见了。再看和她头顶头睡觉的那个男护工也不见了，崔凯便开始感到疑惑，于是他便走出病房去寻找这两个人。一阵被压抑着的呼喊声夹杂着粗粗的喘息声把崔凯的注意力给吸引了过去，循着声音，崔凯来到了污物间的门口。透过污物间房门上面的那块不大的玻璃，崔凯看到了男护工和小虎，准确地说是他先看到了男护工，男护工穿着上衣把裤子褪到了脚面，再之后，他又看见了被男护工压在身下的小虎，继而他才看清了两个人所做的事情：男护工将小虎压在了身下，小虎用双手紧紧地搂着男护工的腰，并且把两条腿也盘在了男护工的身上，两个人一起一伏地交战正酣。

这一场景把崔凯下了大一跳，他赶紧悄悄地退回了病房，并且坐在了椅子上开始假寐。不一会儿小虎和男护工先后走回来病房。崔凯听见男护工窸窸窣窣地从柜子里翻出了什么东西来。之后他就听到了小虎的声音，她压低了声音说不够，说好了的是那个数儿。男护工悄声说时间不够，你老是催我，没尽兴，不给！小虎说不给不行，我催你是为你好，我怕是护士被病人叫醒了，你被发现了。俩人沉默了一会儿，崔凯就又听到了男护工翻柜子的窸窸窣窣的响声。

辞退了小虎，崔凯再联系院方申请护工，可院方答复目前护工极为短缺，一时无法解决。

实在没办法了，崔凯只能连白天带黑夜地陪护方芳，崔捷只能临时帮一帮崔凯。

一天夜里，崔凯由于极度疲劳昏昏欲睡，看着钟点每隔一小时为方芳翻一次身的时间已到，而崔凯却怎么也打不起精神来，就在这时，一只大手按在了他的肩上。崔凯迷迷糊糊地睁眼想看一看那只大手是谁的。

没想到李晨曦已经走到了方芳的病床边上。

4

看见李晨曦走到了老妈的病床前面崔凯本想上去拦阻，因为他不希望在这里再看到他的身影。但是他实在是太困了，实在是打不起精神来走过去把他从老妈的病床旁边拖走。他想朝他挥挥手，告诉他这里不需要他，他赶紧从这里走人、滚蛋，但是胳膊还没抬起来，两只眼睛的上下眼皮儿就不由自主地黏在了一起。

你怎么来的？迷迷糊糊当中，崔凯听有人问他话。

开车。于是他就迷迷糊糊地回答。

那，你就回去吧，我在这儿盯着。李晨曦说，你还开得了车吗？

听见有人说让他回去，崔凯便强打精神睁开了眼睛。当他看清了跟他说话的人是李晨曦时，就说这儿有你什么事儿？你哪儿凉快哪儿待着去。

崔凯，我是在真心实意地跟你说话。李晨曦说，你都好几天连轴儿转了，回去休息吧，今天晚上我替你。再说，你们家的大事小事还都指着你呢，你回去好好休息吧。

你少在我面前装大尾巴鹰，你是我们家什么人呢就替我值班？崔凯刚要跟李晨曦高声嚷，可见临床的病人朝他白了一眼，翻了个身，把后背给了他，于是他就把声音压低了，说，甭来这一套，我崔凯不是靠施舍活着的，法院不是已经判决了吗？你不是跟我妈没任何关系了吗？那你就哪儿来的还回哪儿去，甭废话！

回……哪儿……去……

崔凯闪开身子，给李晨曦做了个手势，让他赶紧离开，可刚朝李晨曦挥了挥手，就听病床上的老妈忽然发出了断断续续含含混混的声音。这声音虽然不大，并且还抖动着，可是崔凯和李晨曦同时都清清楚楚地听到了，两个人不由得都惊呆了。崔凯和李晨曦迅速地对视了一下，用惊喜的眼神儿跟对方说，她醒了，她说话了，听到了吗？对视完毕，两个人不由分说，赶紧来到方芳的跟前。

李晨曦站在病床左面俯下身叫方芳。

崔凯站在病床右面俯下身叫妈妈。

李晨曦说方芳，你醒了？你能说话了？方芳，你再说一遍，再说一遍让我听听。

崔凯说妈妈，妈妈您醒了？您说话了?，您再说一遍，再说一遍让我听听！妈妈，您再说一遍！

谁……回……哪儿……去……

她真醒了，她真醒了！崔凯看着老妈的嘴唇抖动了几下，断断续续地说出了那几个字后，高兴地攥住了老妈的手，说妈妈，妈妈，您能认出我来吗，我是谁，您认识吗？

李晨曦也攥住了方芳的一只手，说方芳，方芳，我是晨曦，晨曦，你看看我，看看我，认识我吗？

方芳一直半睁半闭的眼睛在两个人的呼叫声中睁开了，她动动眼球，看了看崔凯和李晨曦之后很快就紧紧地闭上了。

方芳。李晨曦赶紧叫她。

妈妈。崔凯也赶紧叫她。

可是方芳的眼睛再没睁开，也再没说话。

李晨曦感到奇怪，赶紧跑到大夫值班室叫来了值班大夫。大夫来了之后先查看了一下各种检测仪器，查看了一下上面的数据，之后又把方芳的眼皮分开，拿手电筒对着方芳的眼睛仔细地照半天，检查完了他说她现在又进入了昏迷状态，没有意识了。

崔凯感到奇怪，问大夫说刚才我们明明是看见她醒了，她说了两句话，还睁开了眼睛朝我们看了看，怎么会忽然又昏迷了呢？

对，我们刚才都听见她说话了，一句话说了两遍，虽然她口齿有些不太清楚，可是她的的确确是说了。我看她拿眼睛看我的时候好像也都认出了我，可是忽然她就把眼睛闭上了。大夫，我就不明白了，她既然醒了怎么会又昏迷过去了呢？李晨曦也问。

大夫问李晨曦说，你以前一直没来过吧？

李晨曦回答说，是，我今天是第一次来。

医学史上有过这样的奇迹。大夫把听诊器缠起来，放进了自己的口袋里，说，刺激她的脑细胞，会给她的意识恢复带来帮助。你今天是一个新面孔，你的声音是一个新声音，你的面孔和声音或许刚才就大大地刺激了她的脑细胞，脑细胞忽然放出电波，她的意识便有了某种程度上的恢复。我说的这些，您能明白吗？

李晨曦像是有些明白了，便问大夫，那就是说，她意识的恢复需要这种刺激对吗？

对。人大说。适当地刺激对她恢复神智，恢复记忆是会有帮助的。所以，在护理这种病人时，我们要求家属经常叫病人，喊他的名字，跟他说话，就是这个道理。

大夫走出房间后又踅摸回来，他对李晨曦和崔凯说，医学史上有这种奇迹，你们不妨试试，或许不久后在她的身上也能创造这样一个奇迹来。我今天晚上不睡了，就在值班室等着，你们再想办法呼唤呼唤她。

大夫走后，崔凯跟李晨曦说老妈平时老提你写的诗，老以你写诗为骄傲，要不，你就念几首诗试试，看看能不能让我妈醒过来。李晨曦觉得崔凯的这个想法非常好，于是就座在了方芳身边，把头凑近她的头，把嘴对着她的耳朵轻声念了他和她相爱之后他写的第一首诗：

孩子
请不要把我的酒杯斟满
我的路远呢
翻过这座山
还在河的那边

念完了，李晨曦跟方芳说，方芳，你听见了吗？这首诗你还记得吗？方芳，你摇摇头或是点点头告诉我好吗？

方芳面无表情，一点反应也没有。

天亮之后，李晨曦跟崔凯商量，他想让自己的孩子们都过来看看方芳，他们都是新面孔，都是新的声音，他们轮番来呼唤方芳，或许方芳就真的能从昏迷中醒过来。

崔凯说那当然好，那就麻烦你了。

崔凯表示了同意后，李晨曦便给嘟嘟、蕊蕊和发发打去了电话，他说了昨晚见到的方芳忽然醒过来的情形，又说了大夫的诊断，以及医学史上曾经出现过的那个奇迹，李晨曦说你们赶紧到医院来看看方芳阿姨，或许你们这些新面孔、新声音，会在呼唤方芳阿姨的时候，对方芳阿姨的脑细胞产生某种刺激，会让她从昏迷当中苏醒过来。

嘟嘟接了电话表示太好了，只要方芳阿姨能醒过来你让我叫她多少声都行。

蕊蕊接了电话说我们去合适吗？您去是因为您和方芳阿姨曾经是夫妻，而我们差着行市呢。

发发接了电话说，崔凯同意了吗？他要是不同意，咱们可是热脸贴在了冷屁股上，那就没意思了。

孙丽丽听孩子们说了这件事，积极主张孩子们去医院帮助方芳恢复记忆。她说咱们老李家人可不是那混不懂事的人，咱们老李家人是知书达理的人，你爸，他是编辑，有文化，你们呢？嘟嘟，大学图书馆里工作，发发，大学毕业，机关干部公务员。就连最不济的蕊蕊，也是大学印刷厂里的工人。咱们做事，得让所有的人佩服咱们。得让所有的人对咱们挑大拇哥。这样，我决定了，今天你们就去，立即去，马上去。当然，去的时候咱们老李家人也不能丢份儿，这样，发发，你负责借一辆车，最好要好车。你开着车去。嘟嘟、蕊蕊，你们都化化妆，拾掇拾掇，出去了让人家看咱们老李家的人像是那么回事儿，知道了吗？

发发接到了老妈的指示便赶紧去借车。把电话打给王晓京，王晓京的手机没人接。再打，还是没人接。于是他只能又把电话打给了迪博士。迪博士接了电话说这种积德行善的事咱们一定要做，这么着，你过来吧，我跟你一起去。

发发放下电话就到迪博士办公室去找迪博士，可是进门后见办公室里面却空无一人。发发见迪博士的手机、车钥匙都扔在桌上，知道她肯定没走远，于是就座下来等。屁股刚挨到沙发，手机响了，来电话的是王晓京，他问发发刚才是不是给他打电话了。发发说是，打了两遍。王晓京问发发什么事。发发说想跟他借车来着。王晓京就说我以为你把咱们的计划实施了，告诉我好消息呢。发发说计划还没有实施，不过迪博士已经是咱们的囊中之物了，她的一切尽在我的掌控之中，所以实施计划那只不过是时间问题，你别着急，静等着我的好消息吧。

刚刚说完迪博士已经是咱们的囊中之物，她的一切尽在我的掌控之中了这句话，冷不防，就见迪博士从办公室的套间里走了出来。见迪博士出现在自己的眼前，发发赶紧挂上了电话，惶恐地站了起来。他在心里骂自己怎么这么粗心，明明知道迪博士的办公室里有个套间，并且，机关里每个局级以上的领导办公室里都有这么一个供领导休息用的套间，怎么自己就没在意呢？怎么就会如此地疏忽呢？

迪博士走到发发跟前让他看自己穿这身衣服去医院行不行。发发心里面打着鼓，脸上故作轻松，说不错不错。

迪博士在发发面前转了一圈，把衣服展示了一下，之后忽然站住了，她把脸上的笑容收了，问发发：

你刚才在跟谁通话？

第二十四章

瘫痪在床的方芳出院后给崔凯和崔捷带来了很大的麻烦，为了帮助两个孩子，也为了更好地照顾方芳，李晨曦做了一个大胆的决定——把方芳接回自己家。这样，已经签字离婚的两个人终于生活在了一起。

1

方芳转到普通病房一周后，主管大夫在查房时跟李晨曦说病人可以出院了。

李晨曦感到不解，忙问大夫方芳还处于昏迷状态，怎么出院？出了院怎么弄？

大夫说师傅，这个病人或许十年八年的就这么在床上躺下去了，医院跟养老院还是有根本性的区别的。医院只管看病、抢救，病看完了，抢救实施了，病人的状态稳定了，我们认为各项指标达到了可以出院的水平了，病人就该出院了。

李晨曦上班时是听惯了别人喊他做老师的，因此他特别反感有人喊他师傅，尤其是在乘坐公交车的时候，只要他一听售票员跟车厢里的人嚷，说哪儿年轻人少坐一会儿，给这位老师傅让个座儿，他心里就腾起一股反感来。听大夫对他说方芳的事情时跟他叫了师傅，于是他便跟大夫强调，说您别这么称呼我，我姓李，您管我叫老李就行了。

大夫听了，就说老李师傅，回家准备准备，明天出院，好吧！

大夫查完房，李晨曦赶紧给崔凯打去了电话，他告诉了他大夫的通知。接到电话的崔凯为难至极。因为方芳不仅昏迷不醒，尚且还需要多种仪器对全身进行检测，如果接回家，日后的护理极其艰难。

放下电话，崔凯便急忙赶到医院。他和主治大夫进行商量，看看是否可以暂不出院，再观察一段时间，可是主治大夫却以病床有限为由，不予通融。大夫说，你就是再住上一年半载，把你家里的钱都花光了，车卖了，房子也卖了，病人或许也不会有什么结果。崔凯为难地说，但是就这样把我妈接回去，我们实在是没法护理啊。大夫似乎是有些可怜崔凯了，就给他指了一条路，说据说四季青医院是一家区级医院，跟好几个大医院都有合作关系，他们收留这样的病人，他们有这样的护理能力，并且他们有病床，不行，你到他们那里问问。就说是我把你给介绍过来的。

崔凯千恩万谢，说您能不能给写个条子。

大夫犹豫了一下，从上衣口袋里掏出笔来，把一张诊断书翻过来，在纸的背面刷刷刷地写下来几行字。

崔凯将大夫写好了的字条拿过来再次表示了感谢，并且还说了哪天我请您吃饭这类的客气话，可是待大夫朝他摇摇手，说算了算了之后，他将字条展开了再一看，见字条上除了四季青医院的地址之外，别无它字。

拿到地址，崔凯让李晨曦在医院盯着，自己开上车便奔了四季青医院。到了医院的神内病房一问，病房还真收脑血栓的病人，病房主任让崔凯把病人的诊断书给他看看，崔凯问什么诊断书？主任说诊断书就是医院给病人的诊断，没有这个诊断，我怎么知道病人得的是什么病，病的程度又是什么样，这些都不知道，我怎么给你安排住院，怎么给你安排治疗和护理？经主任这么一说，崔凯这才顿悟了，于是就一拍脑袋说他真糊涂，就知道着急找四季青医院了，没有这些，您是没法给我安排。说完，崔凯就跟主任说了抱歉，我这就回去，找主治大夫给开诊断书。告别了主任，走到四季青医院的门口，崔凯忽然又想起了什么，于是赶紧转身往回跑，跑到神内病房的主任办公室他说抱歉主任，我再问问，诊断书上还要不要加盖医院的公章？主任说不用，就让你妈妈的主治医生把病情和诊断写清楚了就行了。

从四季青医院出来，崔凯开车又来到了老妈的医院，李晨曦见了他，忙问他四季青医院找到了没有？他们同意接收了没有？崔凯没顾上跟他说话，就直奔了主治大夫的办公室。见到了主治大夫，崔凯跟他说了四季青医院的要求，希望他能给写一个诊断书。主治大夫便一摇头，说，小医院就是小医院，什么都要依赖我们。崔凯擦着脸上的汗，请求道，您就受累给写写，麻烦您了。主治大夫很不情愿地拿起了笔，翻出一张诊断书的纸，在上面稀里哗啦地写了起来。

拿到诊断书，崔凯开车再次来到了四季青医院，神内科主任把他递过来的诊断书看了看，之后就开始了犹豫，并且一边犹豫还一边把牙嘬得啧啧响。崔凯感觉不是很好，就小心翼翼地问主任怎么了？主任没说话，掏出手机来给护士长打去了电话，他在电话里问护士长还有没有女床？护士长说有，说完就反问他又弄了个什么病人来？主任说脑血栓，65岁，你看看诊断书再说，病人家属这就过去。主任放下电话就跟崔凯说，你拿着这个，去找找护士长，看她能不能给你安排。崔凯问主任到哪儿去找护士长？主任说哎哟，我刚才忘了问她在哪儿了。这样，你就上护士站去找她，如果她暂时不在，你就在那儿多等她一会儿。她走不了多远。

找护士长还算是顺利，崔凯拿着诊断书在护士站见到的第一个人就是头上戴着一道蓝杠杠的护士长。说明来意过后，护士长问崔凯你的病人？崔凯说嗯，我妈妈。护士长听了，就跟他要医院开具的诊断书。崔凯连忙恭敬地笑着，把诊断书递了过去。接过诊断书，草草地看了一眼，护士长便给主任打去了电话，她很不满意地问主任说这个病人你答应了？主任说没，没答应，我说让他去找你看看。护士长就说能不能收入院你还不清楚，干吗还要把人支使到我这儿来？咱们有这样的设备吗？咱们有这方面的能力吗？真是的。对着电话说完，护士长就把诊断书还给了崔凯，她板着脸对他说，对不起，我们是小医院，没这方面的设备和能力，您还是再找其他的医院或是再想其他的办法吧。崔凯见状赶紧解释，说这是他妈妈的主治医生推荐的，他亲口跟我说你们收留这样的病人。解释完就恳求道，大夫，帮帮忙吧，求求您了。护士长依旧板着脸，说，这不是求不求的事儿。跟你说了，我们这里没有这样的设备和能力。我知道你有困难，可是我们这样的病人不敢收，人命关天，我们这是为你好。

崔凯拿着诊断书走出了四季青医院。带着满心失望来到车前，正准备开车回去，一个跟他从神内病房一起走出来的人叫住了他，那人跟他说从这里往西走不远，过了四环路，有一家四季青养老院，都是四季青乡办的，条件不错，你不妨再去那里看看。崔凯听了，就问那人，养老院收病人吗？那人回答道，收不收的你不是着急吗？有病乱投医，你去问问试试。

谢过了那个人，崔凯开车又来到了四季青养老院，养老院的条件的确是不错，一座大院子跟个花园儿似的，楼房也粉刷得洁白似雪。可是他拿着诊断书找到业务院长之后，业务院长却对他使劲儿地摇起了脑袋。她问崔凯谁告诉你我们这里收这种病人了？崔凯说是在医院里遇上的一个好心人。业务院长说，我们这里就一百多张床位，健康老人还要排队入住呢，您这么重的病人，我们根本就不会考虑，你去临终关怀医院看看吧。

崔凯开车跑了一圈没有任何结果。回到老妈的病床前，看着手里那张诊断书不免有些失落。李晨曦给他倒了杯水，之后问他四季青医院怎么说？他没回答，喝了口水没回答，反问李晨曦老妈怎么样？你给她念诗了吗？

李晨曦说念了，但是她还那样，昏睡！

2

经过李晨曦和崔凯的恳求，主治大夫终于给方芳出院又宽限了三天的时间。

李晨曦和崔凯商量，要利用这三天赶紧找到保姆。

李晨曦原本把找保姆想得比较简单，他觉得给自己的老家打个电话，找找自己的亲戚朋友，看看哪个村子里面有闲着没什么事情做，家里又没有什么负担的中年妇女，让她到北京来伺候方芳，管吃管住还能挣钱，应该不算是什么难事。可当他打电话跟自己的老家联系过后才知道，现在农村跟他印象中的大不相同了，电话里老家的亲戚朋友回答说，现在农村都富裕了，自己都想请保姆伺候了，还有谁愿意出去给别人做保姆，况且还是伺候病人，给多少钱都没人去。并且还说，现在这人一提伺候病人和看孩子，就脑仁儿痛。

崔凯的视野应该比李晨曦要开阔一些，他首先想到的是劳务市场。因为他对那里比较熟悉，以前他经常去那里给自己的公司招募送货的工人。

崔凯来到劳务市场，刚把车停稳，便有一大帮青年的和中年的妇女围拢了过来，她们统一的都管崔凯叫老板，她们争先恐后地问老板，你有什么活儿需要我干？这个说我专搞卫生，这行儿做了十来年了，哪个哪个名人你知道吧，我每周六给他们家做一上午。那个说我是专业做饭的，有二级厨师的证儿，正规学校毕业的。我会做哪几种哪几种菜，可不是胳肢窝底下夹把菜刀就出来混的那种，老板你要是想考验我，我可以先给你做几样儿菜尝尝，老板咱们是不是这就走啊？崔凯躲开围在最前面的几个人，之后挥挥手让她们安静下来，说我只招一个人，一个，你们谁照顾过老人？谁照顾过？崔凯一提照顾老人，围拢在他身边的妇女们就呼啦地走了一大半儿，剩下的不多几个也都撤到离他远一点的树荫下，这几个人用手在额头上搭着凉棚问他什么老人啊？男的女的？有没有病？能不能自理？你给多少钱？待听崔凯回答是女的，有病，昏迷不醒，还没等他说出工钱多少来，所有的人便一哄而散了，任凭崔凯怎么大姐大姐的叫，没有一个把头回过来的。

劳务市场不行，崔凯又走了几家家政服务公司，家政服务公司给出的回答如出一辙，均是伺候老人，还有病，不能自理，没人干。崔凯求他们给帮帮忙，说你们在这一行做的时间长，有门路，帮着想想办法，对方却说，您说放着买卖我们能不做吗？大哥，真是招不上人来，除非我去给您干去。您看这合适吗？

三天很快就过去了，可是保姆的事情却一筹莫展。

到了第三天的下午，崔凯实在没法子了就想起了四季青养老院业务院长说的临终关怀医院，他跟李晨曦说想到那儿去看看。李晨曦听了就劝他不要去。崔凯问为什么？李晨曦说我也说不上来为什么，可是听临终关怀这几个字我就从心眼儿里头打怵。崔凯说我也觉得这几个字不顺耳儿，可是现在除了去哪儿，我是实在没辙可想了。

即便是觉得临终关怀这几个字不大顺耳儿，可是崔凯也没能从那里获得什么帮助。在那里崔凯得到的回答是第一，我们这里不能医保，一年的花费最起码要几十万，甚至上百万也说不定。第二，即便是你想来，目前暂时也没有床位。崔凯问从现在排队，最快什么时候能入院？对方说不知道，我们这里是走一个进一个，要走的哪个什么时候走，谁都不是神仙，所以这谁也说不准。您说是不是？

实在无奈了，李晨曦又开始发动自己的孩子们，看看他们谁有门路能请到保姆。

电话打到发发那里，发发正巧跟大卫在一起。

分开一段时间和大卫重归于好之后，发发如约来到了大卫家。洗漱完了，大卫坐在床边儿上从床头柜里拿出宝贝霜往全身涂抹，抹到大腿根儿时，她见发发不住地朝她的那个地方看，就说看什么看，去拉窗帘去。发发说那不是已经拉上了吗？大卫说那是第一层，再把第二层也拉上。于是发发只好去拉窗帘。皱褶堆积在一起的窗帘从墙边上被拉开，就显露出来了墙上的一个小铁盒子，淡黄色的，跟墙的颜色相差无几，发发觉得自己以前没见过这个东西，就问大卫，你在这里安装了什么？没等大卫回答，他看清了铁盒子上面的一个密码锁，就紧接着再问，你装保险柜了？大卫说嗯。什么时候装的？发发问。大卫说没装几天。你装它做什么？发发的问话刚一出口便有些后悔了。大卫依然很平淡地回答说，前几天小小的同学老来家里玩儿。

第二天早上起床后，大卫忽然跟发发说，是不是吃完饭，你领我到你家去看看？这句话叫发发感到非常的突然，但他马上反应过来了她要去他家看看的目的，毕竟他们分开了那么长时间，毕竟她在他这次回来之前在自己家里装了保险柜，于是发发强笑着说，好好，其实你不说，我也要请你到我家去看看，我知道你是不放心我，怕我金屋藏娇。大卫说你胡说，我才不是呢，我是想去你家听听音响。

去自己家的路上，发发一直很紧张。有几次大卫问他话，他都指东答西。不过，发发一直以为这次大卫去他家，自己很幸运——迪博士竟然在那个时刻没来找他，也没有给他打电话。幸运的还有，在大卫巡视他的房间的时候，写字台上那些大瓶小瓶的化妆品，衣架上的胸罩，卫生间里的卫生护垫儿她都全然没放在眼里，就连自己脚下那几根迪博士的长头发，用脚踩来踩去地搓了好几遍，她都视而不见。尽管如此的幸运，但是发发的心里还是如履薄冰般地紧张。陪着大卫闲谈时，虽然把微笑堆在脸上，并时不时用几句幽默逗大卫开心，但在这期间的每一分钟里，他都如热锅上的蚂蚁一样，备受煎熬。不仅楼道里每每传来上楼的脚步声都叫他把心提到嗓子眼儿，就是大卫在他屋里划出的一道道巡视的目光，都叫他一次次地心生惊悸。

李晨曦的电话恰是在这时打过来的。

发发听见手机一响，立即便起了一身鸡皮疙瘩。他担心这电话是迪博士的，他担心迪博士会在电话里跟他撒娇说你干吗呢，怎么不给我打电话。可当大卫提示他手机响了，他不得不接听电话时却发现，来电话的是自己的老爸。

发发长舒了一口气高声问老爸什么事？

李晨曦说你能不能帮着方芳阿姨找个保姆？

保姆？发发抓着自己的耳朵，说，保姆我可没处划拉去。说完我说老爸，怎么他们家什么事儿你都管呢？省省心好不好这句话刚要挂断电话，大卫在一边说，保姆我有。就是给我每周搞卫生的小张儿，她刚跟我说完她嫂子来北京打工，正为找不着工作发愁呢，你让你爸等着，我给你打电话问问。

大卫把电话打给了小张儿，小张儿说她嫂子还没找到工作呢。大卫就问她，她嫂子愿不愿意伺候病人？小张儿回答说，我问问再告诉你。

不一会儿，小张儿给大卫来了电话，说她嫂子愿意伺候病人。

找到了保姆，发发就给老爸回了电话，告诉他找到了一个保姆，姓陈，陕西人，可能不会说普通话。

李晨曦说会不会说普通话倒不十分要紧，要紧的是这个人怎么样？可靠吗？

发发说，可靠不可靠不知道，不过她家亲戚小张儿在大卫家搞卫生，做了好多年了，大卫把自己家的钥匙都给了她一把，另外，小张还给中央电视台的那个播音员家搞卫生，播音员也给了她家里的钥匙，既然小张儿可靠，我想她嫂子也应该没问题吧。

李晨曦听了就说那好，你让大卫跟她说，让她马上就来吧。

说好了联系方式和会面地点，发发说您就甭来了，叫崔凯自己来把人领走就行了。李晨曦说不行，人我得先看看，要不然我不放心。发发听了就有些不耐烦，说，您怎么不接受以前的教训呢？既然离婚了，就要和他们保持一段距离，什么事最好适可而止。李晨曦对发发说，人都有老的时候，也都会有需要人帮助的时候，帮助别人，实际上也是在帮助自己。

他说，等你到了我这个年龄，你就全明白了。

3

帮助崔凯把保姆落实了，大卫起身要走。发发假意地挽留了一下，就说那我送送你。往外走的时候，发发还是十分紧张，他害怕迪博士会从某一个地方忽然冒出来，迎面碰上他俩，因此，发发的脚步就走得很快。大卫在后面不紧不慢地跟着，不一会儿就被落下得很远了。见发发远远地走在了自己前头，大卫便叫发发等等，发发想尽快地离开这个危险地带，便没停下来，只是把脚步放慢了。

走到了发发的跟前，大卫就停住了脚步，见大卫站住不走了，发发也只好原地不动地站在了那里。因为这个地方距离自己家不远，且两个人都在空旷的地方暴露着，发发觉得不太安全，就催促大卫快些走，大卫还是站住不动，她看了发发一眼，说，刚才帮他联系保姆时忽然想起了一件事。发发问她什么事。大卫说，我想到了咱们两个将来的生活问题。

大卫想到的生活问题实际上是她对将来再婚的设想或是规划。

在这个设想或规划中，她把婚姻为两个部分，一是同居，不办理结婚登记，二是结婚，办理结婚登记。这两部分设想的核心还分如下几条：一，要发发出钱买一套房子，地点要在她工作单位附近，因为她现有住房面积是200多平米，因此所购房子的面积也不能低于这个标准。说到房子的时候，大卫还强调了一点，说这主要是为发发考虑，说她的房子不是不能住，是因为如果两个人住到发发买的房子里生活，发发会更加自信一点儿。二，在生活费方面，每个月两个人各出2000元，公共使用。三，互不赡养和抚养对方的老人和孩子。关于这一点，大卫的观点是她的孩子，应该由她和她前夫抚养，发发的孩子应该是发发和他前妻抚养。老人嘛，她从来就没有赡养过自己的父母，所以也就不可能去赡养发发的父母了。

说实话，大卫把她和发发婚后的生活设想或规划得很精彩，包括进去了周游世界、在乡间归隐之类的美好童话。听了这个规划，发发苦笑了一下，附和着说了一个行字。

崔凯和崔捷去医院接方芳，李晨曦到相约的地点去接保姆小陈。

李晨曦和小陈比崔凯他们先到家一会儿。到了家，按照李晨曦的意思，小陈应该放下书包就帮着他收拾收拾方芳的房间，擦擦地，准备准备方芳回来要用的东西，把手纸、尿垫儿、便壶、便盆等都放在合适的地方。李晨曦认为她是个女性，应该更细致一点，考虑得更周到一点，因此李晨曦就想把这些事情都交给她，让她考虑着完成。可是小陈进屋后并没有把心思放到一会儿就要回来的方芳身上，她先走到自己要住的客厅看了看，在自己的床上坐了坐，把书包放在了床头，之后犹豫了一下又把它给提了起来。从床上站起身来，她就又来到方芳的房间，见房间里有一个梳妆台，她便立即走了过去，先把原先方芳用的几样化妆品收到了梳妆台下面的抽屉里，然后就把自己的书包打开，从里面掏出一堆瓶瓶罐罐的，一字长龙地码放在了方芳的梳妆台上。放完化妆品，她站起身来走到了方芳的衣柜前，把衣柜拉开，看了看里面，就从书包里掏出了自己的几套衣服，把方芳的衣服从衣架上摘下来，叠好了放在衣柜的底部，之后就把自己的衣服很仔细地挂了起来。李晨曦看了，便感到不是很舒服，就说她你怎么把她的衣服摘下来了，小陈回头看看李晨曦笑笑说，她都病成那样了，这些衣服还穿得着吗？小陈说的这句话让李晨曦很不高兴，他很想说她一句穿不着了你也不要乱动，但是考虑到她刚来，并且将来照顾方芳还要靠她，李晨曦只好把自己的不高兴给压了回去。

去接方芳出院的路上，崔捷跟崔凯说，这些天还多亏李叔叔帮忙。要是没有他，咱们不知道要怎么度过呢。

崔凯也说说实话，我也很感激他，要没他，咱俩还真抓挠不开了。

崔捷说真不知道该怎么感谢他。

崔捷的话提醒了崔凯，他犹豫了一下问姐姐崔捷，说，李晨曦他这么帮忙图的是什么？

崔捷想了想，回答说，应该是感情吧。

崔凯听了，不置可否。

快到医院的时候，崔凯跟崔捷说，我想给他点钱，你看怎么样？

崔捷说，给他钱？也行吧，你试试。

崔凯问姐姐给他多少钱比较合适？

崔捷说我说不好。

崔凯说按照护工的标准，再提高一点，你看怎么样？

崔捷说行。

把方芳接回家，看着一切都安顿好了，李晨曦就准备回自己家。他问崔凯和崔捷还有什么事情需要他帮着办？崔凯和崔捷说没什么事情了，老妈接回来了，保姆也找到了，剩下的事情就是按部就班地伺候她了。李晨曦说那好，都安顿好了，今天又有你们俩在家，那我就先回去，等明天我再来。说完，李晨曦就把门钥匙交给了崔凯。崔凯犹豫了一下便把门钥匙接了过来。接钥匙的同时，崔捷走了过来，她跟李晨曦说，这马上就中午了，您吃了午饭再走吧。崔凯也赶紧说，对对，你歇一会儿，吃了午饭再走。李晨曦说不用了，不用了。我走了，你们吃简单一点，吃完了饭也好休息休息。说完，李晨曦就走到方芳房间去看方芳，跟她说方芳我先走了，我走了好让崔凯和崔捷中午睡会儿觉，俩孩子这几天累了，好吗？明天我再来看你，好吗？

李晨曦走进了方芳的房间，崔凯和崔捷便赶紧凑钱。待李晨曦从方芳的房间里出来，崔凯就在手里托着一叠钱站在了李晨曦的面前。

李晨曦看到了崔凯的这个举动，有些不知所措。

崔凯一时也不知道怎么开口。

崔捷见了，就说李叔叔，这几天您辛苦了。崔凯，他这是想对您表示一下感谢。

崔凯接了姐姐的话，就说，我以前，对你不是，不是很好，这钱，一是对过去我对你不好的补偿，二是对你照顾我妈的感谢。

李晨曦看着崔凯推给自己的一叠钱没动。

崔凯就把钱往李晨曦的手里塞，他说这钱你一定得收，你不收我的心里就不安。

李晨曦把自己的手从崔凯的手里挣脱出来，表示这钱自己不能要，他帮着他照顾方芳也绝不是钱的事。他说，崔凯，你要是给我钱，咱们可就远了。有句话我跟发发说过，人都有老的时候，也都会有需要人帮助的时候，帮助别人，实际上也是在帮助自己。

他说，等你到了我这个年龄的时候，你就全明白了。

4

小陈的工作做了不到十天就辞工不干了。原因是崔凯不给她涨工资。

其实，在她辞工之前，崔凯也不想再用她了。原因是她每天用在给自己化妆和嗑瓜子儿上的时间要远远地多余她伺候方芳的时间。并且在周末获准休息一天回家后，她竟然一连三天都没有回来。

小陈爱化妆，爱嗑瓜子儿，这是李晨曦和她接触几天当中看出来的。李晨曦每次来看方芳，都见她在对着镜子往脸上涂抹什么，涂抹完了，看一眼方芳就座在了电视前，不一会儿在电视机前的茶几上便出现了一堆瓜子儿皮。并且，小陈似乎还挺大方，有几次她还都举着装在塑料袋中的瓜子儿，盛情邀请李晨曦跟她一起嗑。见她整天这样，李晨曦本想说她几句什么，可是话到嘴边，他又把话给咽了回去。

小陈回家休息回来后跟李晨曦说，让他帮着问问崔凯，是不是给她涨涨工资。她说回家后小张儿说，他家给的工资太少了，最起码要给她涨两百块。与此同时大卫给跟发发说了同样的意思，说让他给崔凯转达一下，要是小陈干得还行，是不是考虑给小陈涨涨工资。听了李晨曦的转述，崔凯当时就拍了桌子。

小陈辞工之后，李晨曦便辛苦了许多，他的作息时间由每天不定时地过来看一眼变成了每天早上在崔凯上班之前到崔凯家接替崔凯，每天晚上在崔凯下班回来之后才能回家。

为了李晨曦往来方便，崔凯又把那把房门的钥匙给了李晨曦，可是李晨曦拿到崔凯家大门的钥匙后却发现，崔凯每天上班走的时候，都会把自己的那间房门紧紧地锁起来。面对崔凯的这个举动，李晨曦笑了笑，没有在意。

小陈辞工后崔凯一直在寻找新的保姆，可是愿意伺候病人的保姆却怎么也找不到。崔凯因此对每天都来照顾老妈的李晨曦心怀感激，同时也非常愧疚，他想给他些钱作为报答，可是鉴于上次给钱的教训，他鼓了几次勇气，都没能把那个钱字说出口。

李晨曦决心一定要让方芳创造一个奇迹，或是说他自己一定要创造一个奇迹，他要让方芳从昏睡中醒过来。但是往来于自己家和方芳家路途遥远，实有不便，况且他来往于崔凯家的时间又适逢交通拥堵的最高峰，因此李晨曦感到往来奔波十分疲惫。于是，他就有了想把方芳接到自己家护理的想法。想法在自己的心里酝酿成熟了，他就跟崔捷和崔凯提了出来，说他想要把方芳接到自己家去。他说这样照顾起方芳来会很方便。

李晨曦的这个想法让崔凯和崔捷觉得很突然。并且从理论上说，不存在可能性。

崔捷觉得李晨曦把妈妈接到他家护理肯定让人放心，但是从理论上说这样做又不大行得通，因为毕竟李晨曦和妈妈已经离婚，不再是夫妻了，因此崔捷便有些顾虑，觉得这么做不太方便。而崔凯听李晨曦说出了自己的想法后，不知道李晨曦为什么要背这么大的一个包袱，把老妈接到他家去。因为毕竟两家为了护理方芳的事情曾经对簿公堂打过官司。由于不理解，他就更加防范起来，不知道李晨曦这样做的企图所在。

见崔捷和崔凯不大情愿自己把方芳接回自己家，李晨曦知道他们的顾虑，于是就推心置腹地跟他们说，伺候方芳的事情他想好了，无论是请护工还是请保姆，请谁都不如请自己家里人。他虽然和方芳离了婚，不再是夫妻了。虽然两家当初为了伺候方芳的事情打过官司，可是那都是无奈之举。在他的心目中，他和方芳之间的感情并没有因此而被割断，他爱方芳，他没有别的企图，他觉得自己一定要用感情温暖方芳，让方芳感知到他的爱，让爱给方芳重新苏醒过来的力量。最后，李晨曦还说，他从来就没感到过他和方芳已经不再是夫妻了，在他的内心深处，方芳永远是他的爱人。

听到这里，崔捷的眼圈儿有些湿润了。她上前攥着李晨曦的手说，叔叔，那就辛苦您了。

把方芳接回家，李晨曦没跟自己家里的任何人商量。孩子们和孙丽丽知道了，就说他，你这是何苦呢，当初让你在离婚协议书上签字、打那场官司，不就是为了避免让你背上这么一个沉重的大包袱吗？可是打了半天官司，还请了半天律师，折腾来折腾去，钱也花了，架也吵了，绕了一大圈儿回来，你又把病人接回来了，这是何苦呢？要早知道这样儿，咱们何必打那一场官司呢？

李晨曦听了这些，不置可否。

将方芳接回家之后，李晨曦为了方芳大小便方便，就把结婚时买的新床做了改造。改造完了床，他又把曾经接送嘟嘟上下班的自行车，改造成了一辆三轮车。改造的过程中，发发看到了，就问老爸改造自行车干什么？李晨曦说干什么？没看出来吗？发发说看出来了，不就是想把它当三轮车使吗？李晨曦说对了，算你小子有眼力。发发于是说，我是问您方芳阿姨用不着它，您改造它干什么！李晨曦说你怎么知道你方芳阿姨用不着？我告诉你，说不定她明天就能用得着！发发见老爸对方芳阿姨苏醒有这么大的信心，不好扫他的兴，只好缄口不语。

在三轮车改造过程中的一天，也就是发发问老爸改造三轮车干吗的那一天晚上，发发住在大卫家里忽然发起了高烧，他跟大卫说自己想喝粥，想吃鸡蛋饼，大卫说只有粥，想吃鸡蛋饼让他只能回家。发发于是拖着沉重的身子来到了老爸家，老爸见状，赶紧把那辆正在改造中的三轮车上的螺丝紧了紧，骑上它便将发发送往了医院。坐在老爸改装的三轮车上，发发怅然若失，并对自己和大卫及多个女人同居的生活现状若有所思。

看病回来，李晨曦让发发躺在了沙发上，屋里屋外地开始同时伺候起了两个人，从胃管儿里给方芳喂完药，紧接着又把发发要吃的药递给发发，给方芳换完了尿不湿，又赶紧给发发换了头上敷着的凉毛巾。折腾了一天的李晨曦到了晚上有些支持不住了，在等待每隔一个小时给方芳翻一次身的时间里，他靠在电脑桌上睡着了。看着时间已经到了一个小时，发发见老爸依旧靠在桌子上熟睡着，于是他便挣扎着从沙发上爬了起来。

发发走到床前，伸手要给方芳阿姨翻身。

你……是……谁……

5

你……是……谁……

发发刚刚走到床前，就听到了这断断续续的、混合着喉咙里的阻碍物的声音。听到这声音，发发有些不相信自己的耳朵，待走近了，他见方芳阿姨的眼睛居然睁得大大地正看着他。

你……是……谁……

这次，发发是真真切切地听到了从方芳阿姨喉咙里发出来的声音了。

阿姨，方芳阿姨，我是发发！发发十分兴奋，他朝方芳阿姨喊。

熟睡当中的李晨曦听见发发喊方芳阿姨立即就惊醒了，他三步两步来到了床前，看着方芳把眼睛转过来，看向了自己，便惊喜地捧起方芳的一只手来叫方芳，问她你认识我是谁吗？你认识吗？你知道这是哪里吗？方芳，这是咱们的家呀！方芳的嘴唇颤抖了一下，轻轻地吐出了一个家字，后面还要说什么，可是她的眼睛这时像是极度疲倦了，它先是失去了光泽，继而眼皮便开始一次次地下垂。李晨曦怕方芳的眼睛由此闭上，便赶紧不断地呼唤方芳，方芳像是再支撑不住了，她听到了李晨曦的呼唤，她努力地把眼睛又睁开了几次，并且嘴唇还在不停地抖动着要说出什么来，可是她终于还是没能战胜拉扯着她的那股力量，最终两只眼睛像被黏在了一起，再睁不开了。

方芳两次从昏迷中苏醒过来，并且苏醒的时间一次比一次长，让李晨曦的心里极度兴奋，同时也让他的信心大增。他觉得方芳离创造奇迹的距离不远了。

发发亲眼见到方芳阿姨醒了过来，也觉得方芳阿姨已经具备了苏醒的潜能，他觉得，只要找到一个突破口，就像那个什么伟人、大科学家说的给他一个支点他能撬动地球一样，只需找到那个支点，之后轻轻一点，或许方芳阿姨便会彻底醒来。

李晨曦说你说的那个支点我觉得我已经找到了。

发发问老爸您找到的支点是什么？

李晨曦说我觉得我找到的这个支点没错。

发发说老爸，我问您，您找到的那个支点是什么？

李晨曦说我这两天天天给她讲故事，我觉得我的故事已经起作用了！

你急死我呀！发发说，老爸，我问您，您找到的那个支点是什么？

李晨曦像是才听见发发再问他话一样，他把头转向了发发，说，你问支点？

发发说，嗯，我问你支点是什么？

李晨曦说，跟你说，自从我把你方芳阿姨接回来我就开始想一个问题，方芳阿姨为什么刚签完离婚协议书便病倒了呢？她病倒的那一刻心里想的是什么呢？我觉得让她病倒的原因一定是当时有许许多多的事情突然在她的心中跟烂泥似的淤积了，这些烂泥在一瞬间阻塞了她心脏的动脉，阻塞了她所有的脑神经，阻塞着她所有的脑细胞。

这些烂泥就是您和方芳阿姨还有崔凯之间那些纠缠不清的事情。发发插嘴说。

没错。李晨曦说，没错。我觉得让她魂牵梦绕着的是我，让她又恨又爱的是我，让她舍弃不掉的还是我。所以，我就找到了你说的那个支点。你知道，我和方芳阿姨相识四十多年了，我们俩一起度过了中学时代那段人生中最为难忘的时光，那段美好时光给我们留下来共同的记忆。我要用那些美好的回忆唤醒她，用我们共同经历的那些感动过我们的往事感动她。我把我能记忆起来的故事都编辑了出来，每天都给她讲，讲一个故事不行就讲十个，十个不行百个，百个不行千个。讲一天不行就十天，十天不行百天，百天不行一年。一年不行我就给她讲两年、三年……

第二天，李晨曦早早地就起了床，给方芳擦洗完毕，她便坐到了床前。他开始给方芳讲第三百五十五个故事。

他问方芳还记不记得在上高二的时候，有一次咱们到石油研究院医务室去学医？当时好像有洪伟，有德华，有秀华，还有张芬，咱们是一个学医小组，小组一共六个人，三个男生三个女生，小组长是秀华。有一天咱们的任务是搓棉签儿，洪伟在班里年龄最小，是班里有名的活宝，当时不是流行看平原游击队这部电影嘛，于是他在搓棉签儿时就学那个日本人说话：你的，你的家里有地道吗？那就到你家去吧！洪伟把日本人的口气学得惟妙惟肖，又由于他本身长得又尖嘴猴腮的就像个小日本儿，所有，他这么一学，当场就把所有的人都给笑喷了。我记得你当时笑得用手捧住了肚子都直不起腰来了，后来你实在笑得喘不过气来了，就把身子靠在了我的身上。方芳，你记得吗？咱们班同学知道你跟我好，就是从那次你把身子靠在我身上开始的。是洪伟那小子给说出去的。这个消息大家知道了之后，有好一段时间咱俩放学都不敢在一起走。后来，有一次你在放学路上的那片树林里等着我，你冲我一招手，我立即就百米冲刺地跑向了你，一个树叉子把我给绊倒了，我摔了个狗吃屎，你赶紧跑过来把我给扶了起来，当时我的膝盖被摔破了，你怕我回家挨说，就让我去了你家，帮我缝好了裤子，还帮我把磕破了的膝盖上了红药水儿。方芳，方芳，你记得吗？记得吗？我脱了裤子你怕我冷，还把你的毛衣给我盖上了，红药水儿还把你的毛衣给染了……方芳，记得吗？

讲完了，李晨曦就攥起了方芳的手，说，你当时那只手，又细又长，你用小拇指挑着线，一上一下的那样子我到现在还依稀地记得。说完，见方芳没有反应，他就把她的手贴在了自己的脸上。发发从沙发上探起头来，他见老爸的眼泪从自己的眼睛里滚了出来，又顺着方芳阿姨的手，流了下去。

给方芳喂过了药，李晨曦坐下来又开始给方芳讲第三百五十六个故事。

他问方芳还记不记得那次他们男生准备集体实验摸220V的电源，看能不能电死人。领头的是德华，他说放学后凡是男生都要留下来，不留下来的就不是男生。那天他们男生排成一队，第一个是德华，然后一个拉着一个的手，依次往后排。你知道了这件事情，急忙报告给了穆老师，穆老师在德华已经把手伸向电门的一瞬间赶到了，他上去一脚就把德华给踹倒在地，然后还把我们所有的男生都臭骂了一顿，让我们每人写一份检查，写不完不允许回家。方芳，你记得当时的情形吗？记得吗？记得你当时见到我走过去要模电门时紧张的样子吗？我记得，你当时急得直跺脚，你跟我喊你别去，你回来！方芳你还记得我写完检查你在路上等着我的情景吗？我记得，你看见我从老师办公室出来就远远地朝我跑过来，你非让我伸出手来让你看看，我不肯，你就生气，等我把手伸给你看了，你还是生气，你赌气好几天都没理我。方芳，这件事你还记得吗？记得吗？

方芳还是没有任何反应。

时间又过去了五天，李晨曦开始给方芳讲第七百个故事。

他问方芳还记不记得有一次他馋了，想吃糖却因为没有糖票儿，没有钱，买不到糖吃。听说有一种花的根部是甜的，于是他就跑到野地里去采这种花，然后吸吮它的根部。没想到这花是有毒的，吸吮多了，他就中了毒，就被送到了医院抢救。李晨曦说，在送医院的途中，我还有些意识，我还记得当时是德华在蹬三轮车，你跟在车后面跑。你一边跑一边喊我的名字，你喊李晨曦，李晨曦你别装死了，你醒醒吧！李晨曦说，医院抢救后，我回家休息，一天，你来到了我家，从书包里掏出了几块糖递给我，你说这是你妈妈去参加一个婚礼带回来的，婚礼上，新郎把糖剥开了让你妈妈吃，你妈妈假装把糖放进了嘴里，可一转脸就把糖又原封不动地给包了起来，之后你妈妈把几块糖带回家给了你，让你吃，你又假装吃了一口，之后一转脸把糖收了起来。你跟我说李晨曦，你病了，这糖，你吃了吧……

讲到了这里，李晨曦的眼泪就涌了出来，他用手捂住脸问方芳，你还记得这件事吗？他说，你一定记得，当时咱俩剥开一块糖，你咬了一口，我咬了一口，咱俩同时都说这糖好甜呢！

尽管把手捂在了脸上，但是李晨曦的泪却没有忍住，泪珠儿一颗颗顺着他的手指缝儿淌了下来，滴在了方芳的脸上。方芳在一瞬间像是有了感知，泪在她脸上蜿蜒的时候，她的脸倏地抽动了一下。

李晨曦见到了，赶紧呼唤方芳。

第二十五章

一个每天早上起来都要为丈夫擦洗出租车的女人让李晨曦来了灵感，他决定就从这里展开话题，让发发在知道什么是真正爱情的同时，做出自己情感的正确选择。

1

今天是李晨曦把方芳接回家的第九十九天，早上起来，给方芳擦洗完了，李晨曦便又坐在了方芳的身边，开始给她讲故事。

今天他要给她讲的是第九百九十九个故事。

故事讲的是两个人在一起劳动的事情。他问方芳还记不记得有次下乡支援农村三夏，当时学校明文规定不许偷偷地花钱买零食吃，要他们向贫下中农学习，保持艰苦朴素艰苦奋斗的革命精神。可是那时候本来口粮紧缺，每天三十斤的定量根本就不够吃，再加上劳动强度大，每个人都饿得跟狼似的整天眼里冒着绿光。李晨曦说，那天，我见你脸饿得蜡黄蜡黄的，实在是快坚持不住了，就偷偷地跑到了小卖部买了一包动物饼干，然后咱俩趁着在大家午休的时候趴在茄子地里去偷着吃。可是刚吃了一口饼干就听茄子地外面有人喊抓贼啊，有人偷茄子吃了！于是咱俩就赶紧往外跑。为了掩护你，我故意被他们抓到了，之后我被开了批判会，会上，我做了检查，并且还被两个同学撅着胳膊做了“喷气式”。开完批判会我被关了禁闭，到了晚上，我听见一阵窸窸窣窣的响声，原来是你来了，你从窗户外面给我丢进来了几块饼干。你说你快吃，快吃，看你的人上厕所了，别让他回来看见。我一口就把饼干放进了嘴里，没嚼就咽了，那天，把我给噎得呀，差点儿就喘不上气儿来了。你从窗户外面伸进手来给我拍了半天后背。方芳，方芳，你还记得吗？你的手，拍在我身上，就这么拍的。说完，李晨曦拿起方芳的手来，往自己的头上拍。

李晨曦拿着方芳的手往自己的脑门上拍，一下、两下、三下，拍到第五下，突然听见有人问他：

痛吗？

或许是声音微弱的缘故，李晨曦一开始并没有理会，继续拿着方芳的手往自己的脑门上拍。

痛吗？

这个声音忽然又传了出来。

李晨曦攥着方芳的手立即停住了。

他赶紧拿眼睛盯住方芳。

方芳，方芳，是你在问我吗？李晨曦摇晃着方芳的手连忙问，是你在问我吗?!

痛吗？

这次，李晨曦清清楚楚地看到了方芳张开嘴在跟他说话。

不痛，不痛！李晨曦赶紧回答。方芳，方芳，你醒了？你醒了?!

这是在哪儿？在李晨曦的呼唤中，方芳轻轻地睁开眼睛：这是哪儿？是那块茄子地吗？怎么有点儿不像啊？

看见方芳转动着眼珠儿朝四处看，李晨曦用双手紧紧地抱住了她，他兴奋地告诉方芳，这不是茄子地，不是。你这是在家里，在咱们自己的家里，方芳，咱们终于有自己的房子了！

方芳咳了几下，皱了皱眉头，问李晨曦，我刚才是不是睡着了？我怎么梦见了你被关禁闭的那间房子了？小黑屋儿，就你一个人……我，我睡了多长时间了？唱唱呢？有人接他放学吗？

李晨曦说方芳，你只睡了一小会儿，不大的一小会儿，你没耽误接唱唱放学。说完，他的泪水就开了闸似的流淌了出来。

方芳见李晨曦哭，问他怎么了？是不是刚才崔凯没给你敬酒你还在生气呢？

李晨曦压抑了再压抑，终于还是没能控制住哗哗往外淌的泪水，方芳你醒了，你终于醒了，李晨曦声音颤抖地说，你要是再不醒，我，我都没有心思活下去了……

李晨曦的眼泪把方芳的衣襟打湿了。怕她感觉凉，他赶紧给她在衣服下面垫了一层纸巾。

你吃饭了吗？方芳问李晨曦，你一生气跑回来吃饭了吗？

李晨曦知道方芳的意识还停留在崔凯的那次宴会上，就回答，吃了，我回家蕊蕊给我做的鸡蛋炒饭，还有胡辣汤。说完了，他就问方芳，你感没感觉到饿？想不想喝水？

方芳说，我觉得肚子特空，但是却不觉得饿，你先帮我看看，我的鼻子上插着个什么东西。

李晨曦用手摸了摸方芳鼻子上插着的胃管儿，之后一把将它给拔了。

拔去了方芳鼻子上的胃管儿，李晨曦便放开了方芳，然后双膝跪地，双手抱拳放于脑门上方，他把这个姿势保持了很久以感谢上苍对他和方芳的眷顾。跪拜完毕，他抑制着自己激动的情绪，用颤抖不止的手指在第一时间给嘟嘟、发发、蕊蕊、崔捷、崔凯还有孙丽丽群发了短信。短信的内容很简单，简单的就只有两个字：醒了！

崔捷和崔凯接到短信立即放下了手里的工作，驱车来到了李晨曦家。进门后，两个孩子和老妈相拥在了一起，经历了一场生离死别之后，崔凯和崔捷唏嘘潸然，泪流满面。崔捷拥抱完妈妈，转过头来就把头埋在了李晨曦的怀里，她泣不成声地说，叔叔，我真不知道应该怎么感谢您。李晨曦用手拍着她的后背，抑制着自己的眼泪说，孩了，好孩子，你什么都不用说，什么都不用说。崔凯拥抱完老妈，看见姐姐拥抱了李晨曦便也想走上前去拥抱他，想跟他说句感谢的话，可是这时嘟嘟、蕊蕊和发发进了门，他一时羞愧，没敢走到李晨曦的跟前去。

孩子们这一天都没有走。因为这一天他们围在方芳和李晨曦身边注定是要庆贺一番的。

崔凯提议全家人晚上聚餐。

嘟嘟同意。

大家也都同意。

李晨曦问方芳，方芳点头说好。

崔凯于是就问老妈和李晨曦想吃什么。方芳和李晨曦说吃什么你们定，我们看着你们吃就行。

崔凯又问嘟嘟咱们在哪儿吃?

嘟嘟说当然是在家里了。说完，她便和崔捷出去采购，崔凯自告奋勇充当司机。

碗饭相当丰盛。各色食品摆满了桌子。方芳因为虚弱说自己就在床上吃。因此李晨曦就座在床边来陪她。开饭之后，李晨曦才想起了酒，于是示意发发到书柜里拿出自己珍藏着的那瓶好酒。好酒被打开后，晚宴就被推向了高潮。不过当孩子们高声欢呼着，庆贺着的时候，他们在一瞬间忽略了床上的方芳和李晨曦。当他们忽然想起了自己的老爸和老妈时，转头再看，床上已经空空的，没有人影儿了。

孩子们开始奇怪。

他们纷纷相互问老妈和老爸呢?

第一个反应过来的嘟嘟说赶紧出去找。

几个孩子呼啦一下就冲出了房间。崔凯冲在了人群的最前面。冲到街头的小花园时，崔凯率先收住了脚步。等大家都跑到他身边，他用手指指前方那棵大树让大家看。

李晨曦用他改造的那辆三轮车推着方芳，正沐浴在夕阳的下面。

2

方芳住院的主治医生是除了李晨曦和方芳家人之外，第一个得到方芳苏醒过来消息的。因为他让李晨曦每隔一段时间要给他打个电话，汇报一下方芳的情况，他说如果方芳创造了奇迹，他要把她作为案例写进自己的论文里。

或许就是他的这篇论文被网络转载了，李晨曦一时间就得到了许许多多的电话。其中一大半是病人家属求教的，另一小半是媒体的记者，他们来电话的目的是想对李晨曦进行采访。对求教的，李晨曦自然是耐心教授，毫无保留，对媒体记者他一律婉言拒绝。他说方芳刚刚苏醒，正在康复，请勿打搅。尽管他再三婉拒，但是还是有不少记者紧追不舍。并且他们的鼻子跟猎狗似的那么灵敏，没过多久，他们便掌握了李晨曦和方芳的所有情报，知道了他们是再婚，再婚后便开始一次又一次地分居，知道了李晨曦为了能和方芳生活在一起开始给崔凯打工，知道了崔凯要让他卖房子，知道了他和方芳签署了离婚协议书，并且还为此事对簿公堂，还知道了他不顾家人反对愣是把昏迷的方芳接到自己家里来照顾。记者说您的故事太有看点了。光方芳能创造奇迹，在昏迷当中被您用九百九十九个故事给唤醒了就已经够童话的了，就已经能吸引读者的眼球儿了，再加上您和方芳之间那些悲欢离合的动人故事，特别是您两位在婚姻期间都不得团聚，等离了婚了，方芳成了植物人，你俩才真正地生活在了一起，您是编辑，老前辈，这样的故事写出来，不让人掉眼泪才怪呢，不让人爱不释手才怪呢？李老师，帮帮忙吧。李晨曦听了，还是说不行，他说正因为他们再婚后曾经聚少离多，正因为方芳经历了和死神的生死较量，所以他和方芳的生活才更不想让别人打搅。

拒绝了媒体记者的电话，李晨曦又给北京晚报打去了电话，他说他想找一个副刊部的编辑，有些事情想跟编辑老师说说。总机转接了之后，一个女老师接听了他的电话，女老师问李晨曦什么事情，李晨曦说他写了一首诗，看看能不能帮着发表。说完，李晨曦就给她念了其中的一段：

暮霭笼罩着湖面
我们登上了小船
荡在自由的水上

仿佛缥渺在云端

穿着美丽的长裙

我们轻轻地相挽

今日尽情地欢畅

扯动洁白的风帆

女老师听了几句，说不错，很美，问他这是写给谁的？

李晨曦回答是写给爱人的，爱人刚刚经历了一场和死神的拔河较量，她昏迷了好多日子。在她昏迷期间，我每天都给她讲几个我们中学时期共同经历过的故事，就在我讲到第九百九十九个故事的时候，我爱人被感动了，被唤醒了。

女老师听了李晨曦诉说的故事，也被感动了，于是就说如果配上编者按，这首诗应该很感人。

李晨曦非常感谢女编辑，他说，诗的结尾我把握不好，您能不能帮着我修改修改。说完就把诗的结尾念给对方听。

干了生活这杯美酒

让我们再把它斟满

女编辑听了，说的确不够味儿。前后两段儿，好像不是一个人写的似的。不过，我能理解您，我写东西也有卡住壳儿的时候。卡住壳儿了，找人聊聊，换个环境，灵感或许就又来了。这样，您再斟酌斟酌，我也帮您想想怎么改。我给您一个我的邮箱，您抽空给我发过来吧。

给女编辑发完了邮件，李晨曦推上用自行车改造的那辆三轮车带方芳到小花园去做康复训练。出门经过房子前面的那座楼房，他遇见了一个女人，女人中等身材，身体略微有些发胖，脸庞黑黑的，头发花白，看起来女人对自己的头发并不怎么在意，或是说根本没工夫在意，因此她任它就这么花白着，没有染。看到这个女人，李晨曦就把车子的速度放慢了，等她和自己的距离离得近了，他便跟她笑了笑，点了一下头。女人见了李晨曦和方芳，便也放慢了脚步，把他们从身边让过去，在擦肩而过的同时，同样地也和他们笑了笑，点了一下头。

这个女人李晨曦并不认识，既不知道她姓什么也不知道她究竟住在这个楼的哪一层，他只是知道她就住在这个楼里面，他只是知道她每天早上都会早早地起来，准时准点儿地给丈夫擦车。而自己也正是在这个钟点儿骑着三轮车从家里出来，从她擦着的汽车旁边经过。李晨曦记不得是她看到了自己先跟自己打招呼的，还是自己看到了她先跟她打招呼的了，反正从有那么一天起，每天他带着方芳去做康复训练从她擦着的车旁经过时，她都会朝他们笑一笑，他也会从车把上腾出一只手来朝她挥一挥，然后再跟她点点头。

看到了这个女人，李晨曦的心里就忽然一动，这忽然一动要类比到写诗上，就好比说是忽然来了灵感。忽然来了什么灵感呢？自从方芳苏醒过来之后，李晨曦就一直思考着怎样帮助发发从和多个女人同居的泥潭中拔出身子来，他觉得发发这样下去，最终受到伤害的，其实是他自己。于是，李晨曦便扭过头来对方芳说，我想把跟发发的对话从她的身上开始，你觉得呢？

方芳转过头去看了看那个渐行渐远的女人，点点头说嗯，就从她的身上开始吧。她也挺让我感动的。

到了小花园，帮着方芳做了一套康复操，见方芳的额头上沁出了汗珠，李晨曦便叫方芳坐到车上休息。趁着方芳休息，李晨曦给发发打去了电话，他问发发今天方便不方便，有没有时间。发发问老爸您先别管我方便不方便有没有时间了，您就说您什么事儿吧。李晨曦说这样，我有件事要跟你说，你晚上回家来吧。

到了晚上，李晨曦炒了两个菜，一个西红柿鸡蛋，一个是发发爱吃的红烧肉。发发回来后一见有红烧肉，就问老爸有没有米饭。李晨曦说抱歉，没有米饭，只有粥和中午剩的馒头，你要吃馒头就自己去热一个。两个人喝着粥吃着炒菜，发发就笑笑说，您看您做的这叫什么饭。李晨曦问你说叫什么饭？发发说不伦不类的饭呗。稀饭就炒菜，您什么时候发明的？李晨曦听发发这么一说，就用筷子指指方芳，说，你方芳阿姨不是只能喝粥嘛，你忘了？发发恍然大悟，于是就没再说什么，呼噜呼噜几口就把一碗粥喝进了肚子里。

吃完晚饭，发发问老爸要跟他说什么，他说，吃饱了喝足了，有什么事您就说吧。

李晨曦看了看发发说，有个题材，我觉得你要是拍好了，应该能获奖。

听说是摄影，发发来了情绪，就问，什么题材？

李晨曦说，人文的。

发发问，哪方面？

李晨曦说，人世间最美好、最纯洁、最真挚的那方面儿的。

究竟是哪方面儿的？发发再问。

李晨曦回答说，等明天早上，你带上设备，跟着我去看就知道了。

3

第二天一早，发发5点多钟就起来了，他跟在老爸的三轮车后面来到了老爸家不远处的那栋楼房下。到了停放在楼下的那辆出租车前面，李晨曦用手指了指汽车，说你就在这儿等着，先观察一下，选好机位，待会儿你就知道有什么可拍的了。

老爸骑车走后不大一会儿，一个中年女人，穿了一身睡衣，提着一桶水便从黑洞洞的楼门里走了出来。她用遥控器打开了那辆出租车，从车上取出一条毛巾，之后便开始擦洗起汽车来。大约过了半个小时，发发从相机的长镜头里看到中年女人的脸上密密麻麻地布满了汗珠的时候，一个中年男人，叼着一根烟，端着一杯茶，缓慢地从楼门的黑影里走了出来。这时，中年女人还在舞动着手里的毛巾，汗水开始在她的脸上流淌了，而那男人站在汽车跟前，一面抽着烟，一面喝着茶，在中年女人身后等待。不大一会儿，男人的烟抽完了，茶喝好了，汽车也在中年女人手里被擦洗干净了。男人把嘴里的烟吐了，再用脚把烟头踩了，之后，从女人手里接过车钥匙，钻进车里。等男人把车开出去很远了，那女人，还在原地站着，她揉一揉腰，似乎是才想起了脸上的汗水，于是，就用手背胡乱地擦了一把。发发特别地注意到了，女人的脸上没有倦怠，在擦脸的一瞬，反而浮现出来一种满足来。

来到办公室，发发便赶紧把早上拍的照片拷贝到了电脑里面。拷贝完照片，把照片从头到尾看了一遍，发发不得不佩服起了老爸，他觉得老爸不愧是编辑出身，眼光儿那叫一个独到，他说这组照片拍好了能获奖还真是一点不假，一个女人每天早上为自己当出租车的丈夫擦洗汽车，这本身就有新闻点，再加上那么好的色温，那么好的光线，又有充足的时间寻找角度和构图，这样的照片不获奖恐怕连评委们也交代不了。心里这么想着，发发便着手给照片调色，色彩调完了，又进行了精心的剪裁。都调试剪裁过了，发发就从电脑桌前站起来，走得远远的，从不同的角度对照片再做最后的审视。觉得再无瑕疵了，发发就心满意足地建了一个文件夹，把准备参加比赛的照片编上号儿，取了名字，一一地储存了起来。

晚上，发发带着U盘来到了老爸家，他打开了老爸的电脑，把整理好的那组照片打开了给老爸看。李晨曦没看电脑，也没看照片。发发于是便有些着急。

老爸，你赶紧过来，您看看这照片，多棒，发发招呼老爸说，你真不愧是资深的编辑，眼里头就是有活儿，这组照片我要是拿出去，不轰动了才怪呢！老爸，您赶紧过来看看。您最好再写几句给我配一个图说。

李晨曦还是没看电脑，也没看照片，他伸手从茶几上拿起一个字条递给发发。发发不知何意，便问老爸这是什么？

李晨曦没说话，只是示意他打开看看。

发发有些狐疑地接过来看，见字条上面写着一行小字：没有人不想和你同坐一辆豪华轿车，但你需要的，应该是轿车坏了还会和你一起搭公共汽车的人（包括擦车的人）。看了这张字条，发发才恍然大悟，才知道老爸今天叫自己早起，并不是为了什么照片，也并不是为了什么获奖，而是老爸在和自己谈话，谈话的主题，就是昨天晚上他问老爸什么题材，哪方面儿的时候，老爸说的，人世间最美好、最纯洁、最真挚的东西。

清晨再一次来临，发发没拿照相机，却准时地站在了那辆出租车的不远处。他继续看着那个中年女人擦车。看着汗水从她的脸上往下流淌；看着她的男人叼着烟，端着茶从楼门洞里走出来，站在她身后等待；看着中年女人把车擦好后，把车钥匙递到男人手里边。他分明地看清楚了那个男人的内心——他深深地吸进最后那一口烟的时候，是多么满足；他把烟头吐在地上的时候，是多么畅快；他喝进那口茶的时候，又是多么甘甜。

出租车开走了，中年女人转身回家了。楼前面停放出租车的地方就只剩下了一片片水的印记。但是，发发却依然没有挪动地方，他还是目不转睛地看着原来停放出租车的地方。他的思绪仍旧沉浸在刚才的场景里。他试想着，那个中年女人一定是每天都早早地起来，并且，起床的时候尽量蹑着手脚，以免吵醒了正在酣睡的丈夫。起床之后，女人的第一件事，是走进厨房，把早饭给丈夫做好，摆在餐桌上。第二件事是把丈夫的茶杯洗干净了，放进茶叶，冲上开水。或许，男人抽的并不是什么好烟；或许，男人喝的并不是什么名茶；或许，男人的早餐简单的就只一碟咸菜、一碗汤面、一个馒头、一颗大葱。但是，在开始一天劳碌的时候，这已经足够叫他感觉到幸福的了。

太阳高高地升起来了，白花花的光，耀得发发眯起了眼睛。但是，望着出租车停放过的地方，发发依然没有挪动身子。因为，刚刚他才从这里捕捉到了那两个没有贫富，不分贵贱，谁对他真诚，他就会对谁微笑的字——幸福。他在想，拥有这两个字，不是这个世界上所有人的一份梦想和希冀吗？拥有了这份幸福，这世界上，还有什么沟沟坎坎逾越不了吗？拥有了这份幸福，这世界上，还有什么人间奇迹不能发生吗？想到这里，发发不由得就想到了自己的老爸，想到了从昏睡中苏醒过来的方芳阿姨，想到了老爸和方芳阿姨所创造出来的那个奇迹。于是他就发出了慨叹，于是他就深深地陷入了对拥有幸福这两个字的中年女人和开出租车的男人，自己的老爸和方芳阿姨的羡慕之中。这对出租司机夫妇，男人开出租，而女人，或许是下岗，或许是失业，但是，凭借着男人的一份力气，凭借着女人的一份辛勤，两个人把属于自己的日子过得有滋有味儿。这个家庭每个月的收入不会很多，但是，相守着彼此的呵护，相守着彼此的真诚，相守着彼此的挚爱，这个家，这个男人和这个女人，他们度过的每一天都会是快乐的。他们或许会为一时的经济窘况所困扰，但是，他们携着手所拥有的力量，是这个世界上任何一种困难能够阻挡得了的吗？还有自己的老爸和方芳阿姨，他们再婚之后经历了多少次磨难？先是一次次的分居，再是老爸去为崔凯打工，并且还磕伤了嘴，然后又是崔凯让老爸卖房子，再之后是签离婚协议书，打官司，待方芳阿姨得了重病昏迷不醒，老爸始终不放弃，愣是用九百九十九个故事把方芳阿姨唤醒了，把她从死神的手里争夺了回来。老爸所做的这一切，不都是那两个字在支撑着他吗？有这两个字的支撑，这个世界上，还有什么困难克服不了吗？有了这两个字，这个世界上，还有什么人间奇迹不能创造吗？

想到了自己的老爸和方芳阿姨，想到了那对出租车夫妇，发发就又想到了自己，他忽然觉得，自己所需要的，或说是要寻找的，不也应该是这两个字吗？

这一天，发发上班迟到了。

进门的时候，同事们问他怎么了，怎么今天晚了？

发发说，找宝贝去了。

什么宝贝？

是玉还是珠？

找到了吗？

同事们听说了，都围过来七嘴八舌地问。

发发笑了笑，没正面回答，说待会儿你们看我的博客就知道了。说完，他从兜里掏出了老爸昨天给他的字条看了看，之后把它压在了玻璃板底下。

对了，一个同事这时告诉他，刚才迪局长来电话找你。

还有王处。另一个同事告诉他。

4

发发没有立即动身去找迪博士。也没有去找处长王晓京。他打开了自己的博客，先把自己拍的那个中年女人和她开出租车丈夫的照片发到了博客里，之后面对电脑，面对要写什么样的图说陷入了沉思。

发发把两只手从键盘上移开，然后用他们抱住了自己的脑袋，闭上眼睛，他的脑子里，便又开始回放那个女人给丈夫擦车以及老爸蹬着三轮车带着方芳阿姨去做康复训练的一个个画面了。

他们之间所拥有的那份幸福，让发发开始了思考。

说实话，这些思考并不是从这一刻才开始的。

在他和小霞相识的时候，他就自己给自己提出过这样一个问题：自己一个接着一个地认识女人，寻找女人，并且一个接着一个地和她们保持性关系，到底图的是什么？最终会有什么样的结果？自己的期待值又是什么？这些问题他问过自己许多遍，但是始终都回答不出来。今天，再次把这些问题摆在自己的面前，发发再次陷入了沉思。说实话，发发曾经发过誓，决计从小霞之后，不再和任何女人发生情感上的纠葛了，但是，他却没能守住这个誓言，他却没能拦阻住自己的脚步。不过，今天，发发想得最多的是幸福两字。比照的是那个中年女人和那个开出租的男人，比照着自己的老爸和方芳阿姨，为了拥有和他们同样的那份幸福，发发再次发誓，要像戒毒一样，戒掉和所有女人的关系。要规规矩矩地和一个能和自己乘坐公共汽车的人永远生活在一起。

想到了这个地方，发发就开始想第二个问题。想和自己保持着关系的那些女人。想她们哪一个是能够和他一起乘坐公共汽车的人。鹅子、胖东东、大卫还有迪博士，他觉得她们似乎都没有和他乘坐公共汽车的准备，他们之间彼此相依赖的仅仅限于对方的身体。特别是大卫，在谈到将来的时候，她说的经济实行 AA 制，相互不负责抚养对方的孩子，不负责赡养对方的老人这让他委实难以接受。她把两个人在一起说成是彼此就一个伴儿，让发发很容易地就想到了那句俗语，夫妻本是同林鸟，大难来临各自飞。而这样的在遇到困难就各奔东西的两只鸟，又何谈在一辆豪华汽车坏了之后共同去搭乘公共汽车呢？

发发的这番思考是以一段征婚启事为结束的。

博客写完了之后，发发果断地在一家征婚网站进行了登记在册，他在自己的网页上贴上了自己的照片，并且在自己选择配偶条件一栏里写上了这样一段话：

> 你的脸庞大可黝黑，只要你善良就好；你的皮肤大可粗糙，只要你真诚就好；你的腰肢大可臃肿，只要你节俭就好；你的学识大可平庸，只要你勤劳就好。我的信条是：没有人不想和你同坐一辆豪华轿车，但你需要的，应该是轿车坏了还会和你一起搭乘公共汽车的人（包括擦车的人），只要你同样地这么认为就好……

写完了，他便站起身来，朝迪博士的办公室走去。

发发决心和所有的女人做个了断，包括迪博士。

往迪博士办公室走的时候他下了决心，准备跟迪博士坦白，告诉她自己和王晓京的那个计划。甚至他都想好了步骤，先跟迪博士说对不起，再跟她说他和王晓京如何开始密谋的这个计划，然后说他如何实施的这个计划，最后他再请求她的原谅和宽恕，并且请迪博士海涵，要怪罪就怪罪他，要惩罚就惩罚他，千万不要迁怒于王晓京，如果觉得王晓京能够胜任处长职务的话，他恳请她把他给扶正了，因为他为了这个位置朝思暮想的头发都掉得跟那个电影明星葛优差不多了。

然而，进了迪博士的办公室还没容他把这些话组织好，跟迪博士说出来，王晓京的电话就先来了。

王晓京问他上班了没有？

发发说上班了。

上班了你怎么不来找我？王晓京用副处长的口吻问发发，他们没告诉我找你吗？

发发说他们告诉我了。可是我现在有点事走不开，等我忙完了去找你吧。

王晓京对发发的回答显然不够满意，他问发发你到底在忙什么呢？早上不上班干吗去了？我问你，计划的事情到底怎么样了？你到底有没有谱儿？执行得了执行不了？你要是实在执行不了就说一声儿，让我心里有个底，让我也好想其他的办法。

举着电话，发发拿眼睛看了看隔着写字台坐在自己对面的迪博士，然后跟王晓京说，晓京，实在抱歉，计划，我不想进行了。

什么？你不想进行了？王晓京急了，问发发，为什么？

发发没说为什么，他说让王晓京看看他的博客就知道了。

挂上电话，发发就要开始跟迪博士坦白一切，可王晓京的电话就又来了，他问发发你博客上都什么乱七八糟的？什么出租车、擦出租的？什么男人和女人的？我看不懂，你就直接跟我说原因吧！

发发说你再认真看看，你会看懂的。说完，他就把自己的手机关了。

迪博士见发发关了手机，就问他：是王晓京给你来的电话？

发发说是。

他着急让你实施你们的计划？迪博士问。

听自己还没坦白迪博士就已经洞悉了一切，发发一时就慌乱了，他结结巴巴地说了声是，然后用更小的声音问迪博士，你，你是怎么知道的？

他想当正处长？之后还想当局长？迪博士没回答发发，并且在问发发的时候脸像是被冰冻住了，板结没有任何表情。

发发见迪博士什么都知道了，于是坦白说是。我们的计划是利用你，先把他提拔成正处，然后是副局，然后再提拔我当副处。坦白完了，发发觉得自己的心里也踏实了，喘气儿也匀实了，于是便试探着问迪博士是怎么知道王晓京心里一直在觊觎着副局的宝座儿的。

迪博士忽然就冷笑了起来。那哈哈哈的笑声甚至让发发立时起了一身鸡皮疙瘩。

司马昭之心路人皆知，他王晓京相当正处，想当副局，还梦想当部长，他的野心整个机关谁人不知，谁人不晓？

迪博士冷笑完了，就把椅子转过去，把背对了发发。正在发发不知所措时，他见迪博士用双手捂住了脸，肩膀瞬间便抖动了起来。

发发恐慌了。他迟疑了一下赶紧绕过迪博士的那个宽大的写字台走到了迪博士的身边。

对不起。发发把手抚在她的肩上说。

迪博士用手把自己的脸一抹，在瞬间恢复了平静。她往前挪动了一下椅子，躲开了发发的手。你想当副处？迪博士的脸依旧像冰冻般似的板着。

发发无语。

我在问你话。迪博士提高了自己的声音。问完了，她用手指了指刚才发发做过的椅子，示意他回到座位上去。

你已经知道了，我就不用回答了吧？发发回到座位上坐好，回答。

我让你亲口告诉我！迪博士把身子转过来，面对着他。

是。我是想当，想当，副处。发发诺诺地回答。

迪博士看着发发咬了咬牙，之后给秘书打了个电话，说，小徐，你拟个副处的公示文件。

小徐问任命谁？

基础技术处的李发发同志。迪博士说，拟好了拿来我签字，然后发给各处室进行公示。

挂上了电话，迪博士把胳膊放在写字台上，以局长的口吻对发发说，没事了，你可以回去了。发发站起身来面对迪博士迟疑了一下没动。

请吧？迪博士做了一个很美国式的动作，请发发立即离开。

发发说句谢谢你了迪博士后只得转身离开。走到门口时，迪博士又把他叫住了，她说你把你们副处长王晓京给我叫过来。发发回过头来看了看迪博士，没从她的脸上看出什么来，于是说请她千万不要怪罪王晓京，迪博士说，这里没有你的事，你回去等着公示吧。

几天后，发发回家帮着老爸给方芳阿姨做康复训练时跟李晨曦说，他已经跟大卫、迪博士等几个女人断绝了来往，结束了和多个女人同居的生活。李晨曦对此非常满意，并问他将来准备怎么办。发发说他已经在网上发了征婚启事，条件是女方一定是“轿车坏了还会和你一同搭乘公共汽车的人”。

李晨曦问发发有没有人回复他。发发说我上网看看，于是便打开了电脑前查看。

上到网上后，发发第一个看到的是冯立冬的消息。

第二十六章

为了让蕊蕊摆脱情感的困扰李晨曦分别给蕊蕊和冯立冬做了工作，之后安排冯立冬回国。冯立冬回国后，见蕊蕊之前李晨曦叮嘱他一定要像个男人，无论蕊蕊怎么骂他打他，他都要忍住。

1

冯立冬说要马上回国，李晨曦在电脑上看到后十分高兴。他让发发问冯立冬什么时候订机票，还问回来后他想让他先来自己家，看冯立冬愿不愿意。没过多久，冯立冬就发过来了回复，说机票订好了，十天后到京，说他走了这么些年，回来后本应该第一个去看望老爸，难得老爸不追究他的过错，先回老爸家他当然乐意。说完，他问发发老爸想要什么东西他好带回来。李晨曦听了发发的转述，就说什么也不需要，只要他平平安安地回来就好。发发把老爸的话转给冯立冬之后，冯立冬又问老爸还有什么话要对他说。发发把冯立冬的回复告诉了老爸，问他还要跟冯立冬说什么。李晨曦说等等，我这两天构思了几句诗，我说，你敲字，然后你把它给冯立冬发过去。说完李晨曦便在房间里踱起了步子。

翻过去的
就成了记忆
有些该放弃
有些不该放弃
翻过去的
就成了记忆
不该放弃的永远不要忘记
该放弃的就再不把它记起
翻过去的
就成了记忆
不放弃的我们让它更加夸张
放弃的我们就让它愈发含蓄

发发把诗敲到了电脑上，储存了，就发给了冯立冬。冯立冬看了回复说老爸的话我明白了，诗我背下来了，我记住了。

听说冯立冬回国后要到家里来，方芳跟李晨曦商量，准备让崔捷和崔凯过来帮着收拾收拾房间，因为她觉得自己病了之后已经把李晨曦新布置的房间给折腾得杂乱无章了。并且她还想趁机把那张因为自己昏迷李晨曦给改造了的床扔了，换一张新的。李晨曦听方芳说想收拾房间表示自己不反对，他说，就是你不说，我也得找嘟嘟他们哪天过来帮着我收拾收拾，但是要把那张床给扔了，他有些舍不得。方芳有些不解，问李晨曦一张破床你还有什么舍不得的？李晨曦说在我心里，它不破，我愿意看着它，因为它身上有好些故事，看见它，我就能获得灵感。

崔捷和崔凯被方芳叫来收拾房间，听说李晨曦有些舍不得扔掉那张床，就劝老妈道，人家李叔叔是诗人，情感丰富，要是他觉得它身上有故事，看见它就能获得灵感，那就留着它。崔捷还补充了一句，说我也觉得这张床不一般，与它有关的传奇故事，能写一本书，并且，这本书谁看了，都会掉眼泪。方芳听了女儿的话，设身处地一想也真是，这床是为他们结婚买的，可是自从它被安置在这个房间里以后，他们这对合法夫妻却没在上面躺过，第一个睡在上面的是孙丽丽，紧接着是嘟嘟，然后是蕊蕊，等她和李晨曦离婚了，自己病了，两个人才有机会躺在了上面，并且，为了昏迷不醒的她，李晨曦把它改造了，并且，李晨曦就在这张床边上，给她讲了九百九十九个故事。想到这些，方芳也就理解了李晨曦舍不得扔这张床的感受，可是理解归理解，方芳还是觉得这床被改造了，床屉被挖掉了一大块，两个人躺在上面不舒服。崔凯理解老妈，更理解李晨曦，于是他就跟两位老人商量，要不这样办，把这床拉到他公司的库房里去，那里宽敞，他会把它放在一个合适的地方，用罩子罩好，不让它身上沾一点灰尘，什么时候李叔叔想看它了，想寻求灵感了，随时都可以去。

李晨曦和方芳都表示可以。

崔凯带着两位老人去家具城买了新床之后，就派了两名工人过来拉旧床。搬动旧床时，李晨曦一再叮嘱工人要轻一点，慢一点，小心一点。以至于叫工人误以为这床是件前清或是明朝的古董。一个工人偷偷地跟另一个工人说，你别看这老李，家里还真趁钱。另一个工人听了就回答说，祖上留下来的吧？你看他那间破平房，不像个有钱人的样啊。两个人的议论李晨曦听到了，他怕这床搬到崔凯库房后这两个人对床起歹心，于是就拍了拍床帮，跟他们解释说这哪儿是什么古董啊，你听听这声音啪啦啪啦的，胶合板儿的声儿，你再看这木纹儿，假的，贴的皮子。两个工人听了李晨曦的解释，相互递了个眼神儿，那意思是说这老李越描越黑，欲盖弥彰，他这是怕露富啊，瞅他那小心、紧张的样子，这东西肯定是件宝贝无疑了。等崔凯让他俩把床搬到库房里面，在李晨曦的监督下拿苫布严严实实地给罩上了，两个人就又相互递了一个眼神儿，并会心地点了点头。

新床买回来第一天躺在上面，李晨曦说有股味儿。

是吗？方芳抽了抽鼻子说我没闻见呢，你心理作用吧？什么味儿啊？

李晨曦说油漆味儿、胶味儿呛人着呢，这么大的味儿你都闻不见吗？

方芳又抽了抽鼻子，说闻不见，我觉得一点味儿都没有，我看你还是心理作用。

什么心理作用？有味儿就是有味儿。李晨曦说。

崔凯给买的是外国的品牌，一万多块，怎么会有味儿呢？方芳反驳道。

说到崔凯花这么些钱给买的国外品牌的床，李晨曦就躺下，不再说话了。不一会儿，这床的味儿熏得他实在忍受不了了，他便从床上坐了起来。

方芳问他要干吗？

李晨曦说这床没法睡，确实太味儿。

听李晨曦执意地说这床有味儿，方芳就也坐了起来，她看了看李晨曦，又把鼻子凑到床头上闻了闻说，那就这样，今天咱们先头朝外凑合一宿，等明天让崔凯把那张旧床拉回来，把这张新床拉到他库房里，等过个十天半个月的，新床的味儿跑光了，咱们再把床换回来。

李晨曦皱着眉头说行，头朝外或许味儿还小一点。

到了第二天，方芳给崔凯打电话，让他把旧床跟这张新床换换，她说你李叔叔说这张新床有味儿。崔凯说了李晨曦一句真事儿多，之后就找那两名工人去搬床。手下的一个人提醒他说你忘了，那俩人昨天就辞职不干了？崔凯这才想起来昨天那两个人找他来结账，说是家里有事儿得回去。崔凯因为手头有些紧，就说你们该回去先回去，等回来，到了月头儿，我再给你们开工钱。两个人说老板，我们大老远地回去，俩手空着，不好跟老婆交代。她要是不高兴，晚上不让进她的被窝儿，那可怎么熬啊？你看这熬着盼着地回去一趟，够多操蛋。俩人这么一说，把崔凯给说乐了，于是他就给他们结了账。想起了这些，崔凯就安排其他工人去搬床，工人不一会儿就来电话问他，老板，库房里哪儿有什么床啊！

旧床丢了之后，崔凯并没在意，他说就这么一张破床，丢就丢了吧，要是想把它给扔了，你不花百十块钱雇人，你都搬不动它。有人这么不开眼，把它偷走了更好。因此，崔凯根本不理会，也没报案。只是轻描淡写地给老妈打电话，说床丢了。

李晨曦知道床丢了，好几天都不开心。他走到派出所去找那个熟识的警察，问问他这件事该怎么办。说他知道是谁对这床起了歹心，那天他一看那俩搬床的工人贼眉鼠眼的，就知道他们惦记上了这张床。

警察说算了吧老李，不就是一张破床嘛！

李晨曦说这不是一张破床！

警察说怎么不是张破床？都让你给锯得烂七八糟的了，还不破吗？

李晨曦摇摇头叹道，唉，知音少，弦断有谁听啊！

2

得知冯立冬十天后就要回国，李晨曦便以帮助方芳进行康复训练为名把蕊蕊请到了家。同时，他还请来了前妻孙丽丽。李晨曦、方芳和孙丽丽三个人开始慢慢地疏导蕊蕊。李晨曦跟她说了那天发发发高烧，夜里想喝粥，吃鸡蛋饼，大卫说只有剩粥，要想吃鸡蛋饼那你就回家那件事。蕊蕊听了，接过老爸的话茬儿就气愤地骂大卫不是个东西，整天把发发跟三孙子似的使唤着，需要了就让他去，不需要了就让他甭来。我早就跟发发说过，跟着那个富婆儿，他一点好处都得不到，可是发发愣是不听。所以啊，这就是同居的弊病。李晨曦跟蕊蕊说，彼此在一起谁对谁都没有真情，谁对谁都没有责任，谁对谁都没有义务。李晨曦的话还没说完，孙丽丽就抢过话茬儿去说蕊蕊，你和白景轩也是这样，他真心爱你吗？不是，小子的心理我早就咂摸透透儿的了，老婆跟着人家跑了，他就找上了你，既不想和你结婚又不舍得让你离开他，为什么啊？还不是为了填补空虚，一个人怪难熬的。孙丽丽说到这里，方芳也说，蕊蕊，你妈说的有道理，你和白景轩之间所拥有的其实并不是爱情，而是相互身体上的利用。老话儿说得好，人是老的好，物是旧的亲。你和冯立冬之间有个刚刚，有了这个刚刚，你们到什么时候都彼此牵扯着，到什么时候都彼此纠缠着。所以，我认为，你还是和冯立冬重归于好为上策，你们破镜重圆了，刚刚才有一个完整的家。

蕊蕊说你们说的这些我都懂，我也都想过，为了孩子，我也想忍，可是一想起他跟那女的生了一个孩子，我心里头就受不了，就咽不下这口气！

李晨曦劝蕊蕊说，我们应该允许一个人犯错误，也允许一个人改正错误。蕊蕊，心胸宽阔一点儿。我前几天我专门为你和冯立冬写了首诗，我念给你：

翻过去的
就成了记忆
有些该放弃
有些不该放弃
翻过去的
就成了记忆

不该放弃的永远不要忘记
该放弃的就再不把它记起
翻过去的
就成了记忆
不放弃的我们让它更加夸张
放弃的我们就让它愈发含蓄

念完了诗，李晨曦说，过去的东西，咱们跟翻日历似的就把它翻过去。好的我们把它记住不忘，不好的，我们就当它是让风给刮跑了，永远不提它了。

孙丽丽接过话题来说，是啊，我觉得你爸的诗非常有含义、非常有道理。过去的，就让它过去吧，别老是纠缠着了。老纠缠着，那还有个完呢？他不是把那孩子留给那女的了嘛，这就行啦，只要将来他们之间没有任何关系了，你们就安心在一块儿过吧。

蕊蕊说他们能就没关系了嘛，你们刚才不是说了嘛，有孩子就永远相互牵扯着，永远相互纠缠着。

李晨曦看蕊蕊还解不开这个结，便说，蕊蕊，我刚才不是让你心胸放得宽一些吗？我指的就是这件事。冯立冬他是不应该犯这样的错误，他做出了这样的事我都想扇他一个耳光，可是咱们现在受委屈，不是为了孩子嘛。自从你们俩分开之后，你看刚刚多可怜？爸爸见不到，妈妈不愿意见，整天跟着爷爷奶奶，小小的年纪就知道了逆反。爷爷的话他不听，奶奶的话他也不听，那天我去看他，都早上 9 点了，他就是在床上抱着被子打滚儿不穿衣服，就是说不去上学。好容易我哄着他把衣服穿上了，他又不刷牙不洗脸不吃早饭。奶奶给他做的早饭他说不好吃，用手捂着嘴坚决抵制奶奶的勺子，爷爷见了，只好把好几样儿小食品放在桌子上让他挑，他把奥利奥、薯片、曲奇、绿豆糕都打开了，每样儿一点儿，每样儿放进一个碗里，然后倒上牛奶泡上，泡了，拿勺子搅烂了他又不吃，又把那几个碗一个一个地放进冰箱里。蕊蕊，孩子现在就这么逆反，你说他的将来教育是不是个大问题？蕊蕊你愿意孩子的心理从这么小就开始不健全吗？你愿意看到他的心灵从这么小就这么扭曲着吗？

蕊蕊不语。

见蕊蕊不语，李晨曦又问蕊蕊，你说孩子为什么不想见你？为什么见到你就轰你回去？

蕊蕊还是不语。

李晨曦说，还不都是因为你和冯立冬离婚了吗？你别看孩子小，可是他心里什么都明白，什么都清楚。

李晨曦把话说完了，就拿眼睛看了一眼孙丽丽，孙丽丽会意，便走到蕊蕊身边，拉住了她的手。她问蕊蕊还记不记得刚刚为什么叫刚刚？

蕊蕊的脸上没有表情。

孙丽丽说这孩子，来得多不容易啊。你们结婚六年，六年你都怀不上，怀上了就掉，怀上了就掉。当时，你跟冯立冬觉得都没希望了，说再试一次如果怀不上，你们就彻底死心了。待你怀上刚刚的时候，你还是天天流血，你们商量要做掉这个孩子，说以后再不要了。可是那天老天有眼，你挂上了号，准备做手术，却遇上那个专家有事请假三天。等三天后再挂那个专家的号去看，那个专家却让你去做个 B 超，说等 B 超的结果出来了他再做决定给你做与不做。奇迹就在这三天当中出现了，B 超结果出来后大夫一看，非常惊喜，说了句恭喜你们了，就在诊断书上写了六个字：有胎芽有胎心。知道孩子怀上了，拿着大夫的诊断书，你和冯立冬当时就抱在了一起哇哇大哭起来。你们俩哭，我和你爸也跟着哭。就连围在周围的病人和家属知道了你俩的经历，也跟着哭。等哭完了，你说给孩子取个名字吧。冯立冬想了想，说，咱们盼了那么多年才刚刚盼来了孩子，就叫他刚刚吧。

孙丽丽说到这里，说不下去了。

方芳、李晨曦和蕊蕊也都泪流满面，唏嘘不已。

方芳擦着眼泪说她从来没听说过蕊蕊的这段经历，这段经历太让人感动了。她劝蕊蕊，就为了这段经历，为了刚刚这么不容易地来到这个世界上，蕊蕊，你就跟冯立冬和好了吧。

蕊蕊扯了一张餐巾纸擦着不断涌出来的泪水，嘴抖动了几下，没说出话来。

3

冯立冬的航班下午一点到首都机场，李晨曦安排发发开车去接，冯立冬的哥哥姐姐随行。发发接到冯立冬后，给老爸打了个电话，告诉他说人接到了，航班正点。李晨曦忙问冯立冬的情绪怎么样？精神好不好？发发说好着呢，您就放心吧。李晨曦说那就好，赶紧回家，路上你开车小心点儿。

听到门外有汽车响，李晨曦赶紧跑到窗前去看，他见几个人从汽车里走下来，里面果然有冯立冬，于是，他赶紧把门打开，迎了出去。冯立冬远远地看见了李晨曦，放下手里的东西跑了过来。

冯立冬叫了一句老爸之后眼圈儿就红了。

李晨曦拍拍冯立冬的肩膀，没让他把男儿泪流下来，笑着跟他说，到底是国外的太阳好，你看看，好像比出去的时候还年轻了嘛！说完，就拉着他的手，把他领进了屋。

进屋之后，冯立冬就开始寻找方芳阿姨，他问李晨曦方芳阿姨呢？李晨曦说蕊蕊和你妈推着她去做康复训练了，一会儿就回来。

听说蕊蕊推着方芳阿姨去做康复训练一会儿就回来，冯立冬的脸上就显出了紧张表情。两只相互揉搓的手心里，汗津津的。李晨曦不放心地叮嘱，说，一会蕊蕊来了，她要是打你、骂你，你可都得给我忍住了，听见没有？

爸，我知道。冯立冬说，她要是真的打我、骂我那倒好了。

冯立冬的姐姐瞪了冯立冬一眼，说，蕊蕊就应该打你骂你，她要是不打你骂你，我都从心里头替她委屈的慌！

冯立冬的哥哥点着冯立冬的脑门儿，说，蕊蕊打你骂你都是轻的！要不是李叔叔从中劝和，人家蕊蕊肯定都不搭理你。

李晨曦说，你们也都别埋怨他了，他既然回来，就说明他已经知道自己的错误了。说完，就转向冯立冬，跟他说，我那首诗是专门为你和蕊蕊写的，你和蕊蕊都要把它记住了。

冯立冬赶紧点头说是，我已经把它背下来了，记住了。

蕊蕊进了屋，李晨曦就和方芳、孙丽丽、发发以及冯立冬的哥哥姐姐便都回避了，一起去了街心花园。等两个小时后再回来，他巡视了一眼屋子的四周，看没有哪一件物件倒了或是碎了。再看冯立冬的身上、脸上，也没有哪一处青了或是紫了。倒是两个人的眼睛都红红的，肿得老高。

吃罢晚饭，李晨曦让发发开车送冯立冬和蕊蕊回家。临出门，他把发发叫到了一边儿，悄悄地跟他交代了几句话。

发发开车送冯立冬和蕊蕊回家来到了楼下，冯立冬让发发跟着一起上去坐坐。发发笑笑说老爸没说让我陪你们上去，我不敢抗旨，再说你俩久别新婚，我就不当电灯泡儿了。说完，就示意冯立冬和蕊蕊上楼。

看着冯立冬和蕊蕊上了楼，按照老爸的指示，发发没有立即开车走人，因为老爸刚才悄悄跟他交代的是让他在楼下等着，要等到看见蕊蕊把房间里的灯给关了为止。

用眼睛盯着蕊蕊房间的灯光时，手机响了一声，短信来了。发发掏出手机来打开一看，短信是迪博士发来的，她问他晚上你干吗？说我想见你。

看见迪博士发来的短信，发发的心里就涌上来了一股说不出来的滋味儿，说紧张不是，说欣喜不是，说惶恐不是，说期待也不是。他想了想，给迪博士发去了回复，他说我现在有点事情要办，等我把事情办完了跟你联系。

迪博士马上回复道，好吧，我等你电话。

发发回复说，好的。

冯立冬跟在蕊蕊的身后上了楼，进了屋。正站在客厅里不知所措时，蕊蕊用手指了指卧室，说你今晚住这屋。冯立冬不解，问我住这屋，你呢？

你甭管！蕊蕊白了他一眼，说，你管我干吗？说完，就走进了另一个房间。冯立冬趁她开门的时候一看，见她在以前他当作书房的房间里放了一张床，并且床上还有两床被子。看见了这个布置，冯立冬就想跟进去，可是蕊蕊进门后做了一个轰赶的手势，随后就砰地一下关上了房门。

冯立冬只好独自回到了卧室。躺在久违了的床上，他久不能寐。他把眼睛睁得大大的，直视着天花板。天花板是淡蓝色的，上面还有洁白的云朵。当初他把天花板设计成这个颜色为的是自己的儿子刚刚。因为他看的育儿书上说，婴儿多看蓝色对眼睛好，对开发智力好。书上说，蓝色容易让人产生想象，于是他就把天花板设计成了现在这个样子，他想让儿子刚刚天天都对着蓝天白云去想象。想到了刚刚，他就想到了那时候自己睡觉的这一边摆放过一张婴儿床，刚刚每天就睡在他的身边，只要听见他的一个动静，他就立即会起身查看。想到了刚刚，他就想到了蕊蕊。蕊蕊刚生下刚刚的时候没有奶，刚刚饿得吱哩哇啦地大哭。他问大夫怎么办？大夫说要想让她下奶，你就要给她揉，你不揉，你儿子怎么会有奶吃？在病房里，当着那么些人给蕊蕊揉让他有些难为情，他伸出手去试了几次都没好意思撩开蕊蕊的上衣。那个大夫见了，就走了过来，一伸手就把蕊蕊的上衣给掀开了，之后拿起了他的手就放在了蕊蕊的乳房上。揉！大夫命令道，赶紧揉！蕊蕊的乳房在他的揉搓下，渐渐地鼓胀了起来，他见了，赶紧把儿子刚刚的小嘴儿放在上面让他去吸吮，可是蕊蕊的乳头被堵住了，刚刚使劲儿的吸吮怎么也嘬不出东西来，于是刚刚松开了蕊蕊的乳房，号啕大哭。他赶紧叫大夫，问这怎么办，大夫过来了，命令他先替他儿子嘬一口，等他把奶嘬出来了，再让孩子吃。他看了看大夫，有些犹豫，有些难为情，大夫不由分说便把他的头给按在了蕊蕊的乳房上。

冯立冬想到了那口奶水。

冯立冬到现在也不能忘记那奶水的滋味。

于是，冯立冬拿拳头在自己的额头上狠狠地锤了一下。锤了一下还觉得不解恨，他就再次把拳头举起来，又使劲儿地锤了一下。

锤了两下脑袋，冯立冬感觉自己心里好受了一些，平衡了一些，顿了顿，他用手把自己的脸抹了一把，之后便从床上起来，蹑着手脚走到了书房的门口。他先侧过耳朵去听了听，听里面没有声音，迟疑了一下又用手试着去推了推房门。房门虚掩着，没锁，他的手轻轻一碰，门就自然地开了。于是他就进屋，朝蕊蕊的床走去。

冯立冬站在了蕊蕊的床边，蕊蕊背对着他，没动。冯立冬弯下腰去想看看她是不是睡着了，蕊蕊一缩身子就移到了床的另一边。冯立冬见蕊蕊给自己腾出了地方，立即就上了床，并把手伸向了蕊蕊。蕊蕊赶紧拿被子裹住自己，不让冯立冬的手伸进来。

你躲开！蕊蕊骂冯立冬，我嫌你脏，你别碰我！

冯立冬抱着蕊蕊说我不躲开。

你滚蛋！蕊蕊拿脚踹了冯立冬一下骂道。

你踹吧。看你有多大劲儿。冯立冬仍然抱着蕊蕊。

蕊蕊就又朝冯立冬踹出去了几脚。一边踹一边朝他嚷道，你去搂她吧，你搂她都搂出孩子来了，你还要我干吗！好马不吃回头草，你还有什么脸再进这个家门！说着就又给了冯立冬一脚。

冯立冬挨了这一脚之后立即捂着肚子哎哟哎哟地叫了起来。

蕊蕊听见了冯立冬的哎哟声，开始时没搭理他，反而把自己的被子又往紧处裹了裹。等听他哎哟的时间长了，哎哟的声音越来越大了，就迟疑了一下，然后松开了被子，把身子转了过来。可还没等她看清楚冯立冬究竟是怎么了，她踹了他哪儿以至于叫他疼痛不已，冯立冬却忽然停止了哎哟，一把将蕊蕊搂在了怀里。

发发盯紧了楼上蕊蕊房间里的灯光没敢错眼珠儿。蕊蕊房间里的灯终于熄灭了，他提着的心也就终于放了下来。把沉浸在睡梦中的整栋楼都看了一眼，发发打着了车，像侦探或是警察完成了一项任务一样，离开了现场。

发发想给老爸报个平安无事，甚至想好了，得让老爸给他发点夜班费，老爸要是说不给，他就跟他掰扯掰扯，说你可不知道蹲坑儿有多辛苦，我跟您要点夜班费那还是便宜的，我要是跟您要把眼睛都瞪坏了的医药费和损失费，那您可就赔不起了。可发发拿起手机来的同时手机响了。

发发没想到来电话的竟是大卫。

4

发发看来电显示是大卫给他打来的电话就犹豫着是否接听。之所以要犹豫，是他很想接这个电话，但是他又一直强迫着自己不要接，因为大卫要是在电话里跟他说我想你了，你过来吧自己的心就会一下子软下来，开着车就会赶过去。要是那样，自己那天所下的决心就在一瞬间付诸东流了。好在大卫的电话并没有过分纠缠，只响了几声，她就把电话挂断了。

大卫的电话挂断了，发发便开车往家走，一路走他一路给迪博士打电话，说自己的事情办完了，正在往家走的路上。迪博士问他是开车还是骑车。发发说开车。迪博士说那你慢一点，别着急。发发说好的，咱们待会儿见。

结束了和迪博士的通话，发发本应该顺着大路一直向南回家，可是他不知道为什么在心里还一直惦记着大卫的那个电话，因此有一股力量在一瞬间便把他攫住了，见马路的对方没有车，在那股力量的驱使下，他忽然一脚刹车下去，然后一个一百八十度的大转弯儿，又把车向北，径直地朝大卫家驶去。

车到大卫家楼下，他给大卫发了短信，跟她说我就在你楼下，是我上去还是你下来？

发过短信，发发的期待是大卫来电话或是回复短信说你上来吧。

可是手机的短信提示音一响，发发调出大卫的短信一看，大卫的回复却是你是谁？我们认识吗？

发发感到莫名其妙，看看刚才发送的电话号码没有错误，于是就回复道，你刚给我打完电话怎么就会不知道我是谁了呢？

大卫接着回复说，抱歉，我的手机前几天丢了，我手机里的存储都没了。你到底是谁？

发发感觉到大卫是在故意跟他兜圈子，是在为他跟她断绝来往的报复，于是一生气，就把大卫的几条短信给删了，之后索性给大卫的手机打去了电话。电话接通了，嘟嘟嘟地响了，可是大卫却并没有接听，于是发发就把电话按断，给大卫家的座机再拨。座机也拨通了，里面的彩铃很动听地响了，可是彩铃响了半天，大卫还是不接听。

挂上电话的发发很无奈，他犹豫了一下是不是要上楼去敲大卫家的门，可转念一想迪博士这时候可能已经到他家了，于是他就放弃了这个念头，开车往自己家驶去。

来到家门口，把车停好了，围着车绕了一圈儿，检查了一下车窗是不是都关上了，正要上楼，电话响了。来电话的是大卫。发发迟疑了一下按下了接听键。

大卫问发发你刚才给家里来电话了？

发发矢口否认，说自己没打。

大卫说刚才我睡着了，听见电话铃响去接电话可电话就断了，我以为是你打的呢。

听了大卫的解释，发发心想瞎说吧你，你的座机和你的手机每天都在你的床头柜上放着，只要一伸手就能够得到，你要是真躺在床上，怎么会我拨了那么长时间，手机座机你都没接着呢？于是发发就说，我的手机前几天丢了，所以所有的存储都没了，到现在我还不知道阁下是哪一位呢。

大卫说开什么玩笑呢你？我相信你的手机就是丢一百次，你也不会忘记我的号码的。

发发说允许你忘，那就应该允许我忘。我想，咱们相互之间应该是平等的。

大卫说你什么意思？难道我跟你说过我忘了吗？

发发说你说没说过，查查你的短信记录就知道了。

大卫说你瞎说什么呀，越说我越糊涂了，什么短信记录啊？你给我发过短信吗？

发发说发过，并且你也给我回过。

大卫说不会吧，我刚才睡着了，根本就没发过短信，就连你刚才给我家打电话我都没听见。你看看你的短信记录吧，你是不是把短信发错了？

听了大卫这话，发发便有些狐疑，难道自己刚才真的是发错短信了吗？如果不是，怎么会得到你是谁？咱们认识吗这样的回复呢？可是转念再一想，如果大卫没有收到自己的短信，她也没给自己做出那样的回复，她怎么会给他来电话，问是不是他给她家里去电话了呢？

大卫还没有挂断电话，她还在等着发发的回复。她问发发你检查了吗？

发发说没有。

为什么？她问。

发发说，我早就把短信删了。

大卫又说我发誓，我真没收到你的短信。以我姓氏的名义。

发发这个时候想起来老爸那首诗，翻过去的就成了记忆，于是就对大卫说了句算了吧，都过去了。要是我真的发错了短信，那也就是说我们的缘分到此已尽了。

挂断电话，发发看到了迪博士的汽车，于是他就赶紧走了过去。

两个人一起来到了发发家，迪博士像是第一次走进来似的脸上有一种怯生生的表情，发发看了这表情，便在心里生出怜悯来，上前就把迪博士抱在了怀里。两个人抱在了一起，很快就进入到了那种状态，于是他们就相互把对方的衣服扯了，迅速地过渡到了床上。

一番激情过后，迪博士下地穿上了衣服。衣服穿好后，像是什么都没发生似的，她就又立即恢复到了刚进门时的那种状态，她拿眼睛看着发发，脸上依旧是一副怯生生的表情。

那，我走了。迪博士把自己的书包从椅子上拿起来说。

发发说你等等，这里有我整理出来的你的几件衣服，你拿回去吧。

迪博士把被发发叠得整整齐齐放在塑料袋中的衣服接过去看了一眼，说，看起来你是要把我扫地出门了。说话的时候，她像是一只受了惊吓的小鹿一样，眼睛里飘忽不定地闪动着惊恐和心悸。

送走了迪博士睡不着觉的发发打开了电脑，QQ 上有一条回复他的征婚留言吸引了他的目光。留言的是久违了的小霞。小霞说我离开你时你问我原因，我没告诉你，现在还需要我告诉你原因吗？

冯立冬和蕊蕊把久违了的那件事情做完了之后很快地就都睡着了。不知道过了多久，也不知道是天黑着抑或是天已经亮了，忽然之间放在枕头边上的蕊蕊的手机响了。两个人都被这突如其来的响声给吓了一跳，于是都手忙脚乱、懵懵懂懂地探起了身子。

是我的手机响，没事。蕊蕊像是安慰着冯立冬，也像是在安慰着自己。

这时候，谁给你来的电话？冯立冬问蕊蕊，老爸吗？

蕊蕊拿起手机来见是白景轩打过来的，没接，也没回答冯立冬的问话。

第二十七章

李晨曦无微不至地照顾方芳让嘟嘟也从中得到了启示，她决计和老王结束同居生活办理结婚登记。面对老王的儿子找上门来要求办理财产公证的事情，李晨曦劝说嘟嘟要正确对待，并说出两条自己的切身体会。

1

那张旧床丢了之后，李晨曦有好长时间逢人就叨唠这件事。说我早就看出来那两个人贼眉鼠眼的不怀好意，我当时要是嘱咐嘱咐崔凯让他经点儿心就好了。嘟嘟的耳朵都听出茧子来了，就说他，老爸，您怎么跟祥林嫂似的，一件事情嘚啵起来没完没了了？说完又悄声跟老爸说，您别老说这件事了，老说，方芳阿姨该不高兴了，知道吗？李晨曦像是没听见，依然自顾自地说，我要是早知道床会丢，我给它拍个照片，存在电脑里也好啊，可惜我这个破手机，照出相片来，连个影儿都看不清楚。看着老爸在自己面前把手机转过来转过去地看，嘟嘟便转移了话题，问老爸什么意思啊，是不是想让我掏钱给您换一部新手机啊？

嘟嘟的这句玩笑话不知怎么就辗转地传到了崔凯的耳朵里，传到他耳朵里的时候，这句话就被掐头去尾添枝加叶改了面貌，变成了李晨曦嫌现在用的手机太旧了，没有拍照功能，想换一部新款手机。崔凯原本就对李晨曦将老妈从昏迷中唤醒心存感激，总想找个机会报答李晨曦，知道李晨曦有了想换新款手机的想法，就跟姐姐崔捷商量，是不是借机给李晨曦买一部手机。崔捷听了弟弟崔凯的话，觉得为了感谢李晨曦送他一部手机这没问题，她同意，可是鉴于上次给他钱被他婉拒了，崔捷觉得这次给他手机，他也未必能要。崔凯说钱和手机毕竟不一样。崔捷说，他是诗人，诗人都有那么一股子天生的傲骨，所以，即便是它和钱不一样，可我觉得他肯定不会要。崔凯问姐姐那怎么办？崔捷想了想说咱们不如这样，说着，就跟崔凯如此这般地交代了一番。

到了周末，崔捷和崔凯去李晨曦家看望两位老人，李晨曦跟姐弟俩聊家常，问崔捷工作怎么样，忙不忙、累不累。崔捷就说最近真挺忙的，她负责的一个项目验收。李晨曦就说，早知道你这么忙就不让你过来了，好容易有空闲，多在家里休息休息。崔捷说没事，验收完了。李晨曦又问结果怎么样？验收合格了吗？崔捷说嗯，验收合格了，通过了，我还受了嘉奖。李晨曦说到底是博士，真棒。李晨曦说完真棒俩字，崔凯赶紧接过话题来问姐姐崔捷嘉奖了什么？崔捷轻描淡写地说嗨，没什么多大意思，给了一部手机。高级倒是挺高级，可是我也不缺手机，所以没用。崔凯像是很感兴趣地问，手机呢？拿来我看看什么牌子的。崔捷说，我没领。崔凯问为什么？崔捷说老外抠门儿，说是嘉奖，可是要领手机还要交一百块钱，所以我就没领。方芳说你看你这孩子，博士白念了，一百块钱换一部手机，多值啊，你用不着，拿回来给你李叔叔用不也行吗？晨曦，正好借这个机会，把你那部旧手机换换吧。崔凯也跟着说，就是，咱们不说奖励一部手机要交一百块钱，就说是拿一百块钱买一部手机，值，太值了，姐，你就买回来吧。你不使，没准李叔叔还使呢，李叔叔您说对不对？干脆让我姐把手机买回来，给您使得了。这么便宜的买卖，咱们干吗不做啊。李晨曦不知姐弟俩是在演戏，就说崔凯说得对，一百块钱买一部手机挺划算的，这样，你要是觉得没用，就买回来给我。说完，就掏出了一百块钱交给了崔捷。

李晨曦花一百块钱买了一部新手机，满心欢喜。他请来发发教他如何使用。发发拿起手机来一看十分惊讶，说老爸您可真够时髦的。李晨曦说不就是一部手机嘛，有什么大惊小怪的。发发说怎么不大惊小怪？这是目前世界上最最时髦的一款手机，您知道吗！买这部手机要在专卖店排几个小时的队，前提还得是有没有货，您知道吗！李晨曦说是吗？有这样的事情？我当时是怕崔捷把便宜的机会浪费了，这才给了她一百块钱把它买下来的，说实话，我那部手机虽然旧了点，可是接打电话清楚着呢。发发听了，说，您别得了便宜卖乖了，简直是气死活人不偿命！

教会了李晨曦使用新手机，发发问他各项功能都记住了吗？李晨曦说好像是都记住了。并且说，这玩意儿确实是好，以前我随身都带着笔，屋子里哪儿哪儿都放着小纸条儿，就连厕所里也放着，我要是忽然想到了什么，不管是词也好句子也好，赶紧往纸上记，要是遇上笔没水儿了或是纸一时找不到了就麻烦了，想记录的东西一转眼就忘了，要再想把它想起来，难了，或许永远都想不起来了。有了这玩意儿好了，我想到了什么，把它掏出来，用手指头往屏幕上一写，轻轻松松地就记录下来了。发发说，就是，这就是一台小型电脑，无论是照片还是文字，都能储存。我跟您说老爸，现在这玩意儿不是比较普及了吗，就连摄影比赛，都设有手机摄影这一专项了。

发发的一句话又点到了李晨曦的痛处。他紧接着就说了一句，唉，要是我当时有这部手机，那张床的照片我无论如何也拍下来了。

发发刚要说老爸一句得了，祥林嫂又来了，蕊蕊推门走了进来。李晨曦见蕊蕊来了，想跟她显摆一下自己的新手机，就招呼她过来坐，可看见她撅着嘴，脸色也不是很好，像是刚哭过或是刚生完气的样子，于是就把手机收了，起身去给她倒了杯水，之后站在她的面前，等待着她的倾诉。

蕊蕊把水端起来，放到了嘴边没喝，又狠狠地把杯子礅在了桌子上。水被震出来了，撒在了桌子上。

方芳见了，忙拿抹布把水给擦了，然后坐在她身边，问她怎么了？是不是跟冯立冬生气了？

蕊蕊使劲儿地瞪了那个杯子一眼不说话。

发发问她是不是白景轩怎么着她了？说要是那小子还是老缠着你，你跟我说，我去教训教训他。

蕊蕊还是不说话。并且气越喘越粗。

蕊蕊的这个状态，让李晨曦有些着急，他又问了一遍蕊蕊到底是怎么了，蕊蕊还是不言语，李晨曦猜想十有八九她是跟冯立冬闹矛盾了，他觉得有必要给冯立冬打个电话问问情况，于是就掏出了那部新手机。要去拿手机的时候，手机就率先响了。来电显示是冯立冬。李晨曦忙按了屏幕上显示出来的那个跳动的电话话筒，按着就对着手机说喂，冯立冬啊，蕊蕊这是怎么回事？可是他的话说完了，没听对方有什么反应，并且，手机还是一个劲儿地响着铃声。李晨曦知道这是手机还没有被接通，于是就再按那个跳动的电话话筒。电话还是没有被接通。李晨曦忙举着电话走到了发发身边，问他这电话是怎么了。发发接过老爸手里的手机，在屏幕上把那个跳动着的电话话筒往右上方划了一下。

电话接通了。冯立冬急切地问李晨曦蕊蕊在不在他那儿。

2

冯立冬回国后遇到了新的问题。出国前卖掉修车店的钱被他在国外挥霍一空，回国后靠蕊蕊的社会保障金过活，两个人的生活举步维艰。

蕊蕊让他跟国外的那个女的要钱，说当时你带出去了那么些钱，都给了她了，凭什么呀，那钱里还应该有我一份儿呢。

冯立冬不要。说她也没钱。

蕊蕊说不可能！她怎么会没钱呢？你们出国的时候，把咱们的汽车修理店买了，连同开汽车修理这几年的积蓄，那些钱就是在国外也不是个小数目，她怎么会没钱呢？

冯立冬说她真没钱，在国外这几年，他俩把那些钱都给花光了。

蕊蕊说胡说，那么些钱怎么会花光了呢？再说，你不是还做买卖来着吗？难道你做买卖就一分都没挣吗？

冯立冬说不瞒你说，真没挣钱，国外的钱，不像你想象得那么好挣。国外这两年经济危机，日子也不好过，经济萧条，老外都瞪着俩眼直冒绿光儿，所以，我俩这几年基本上是坐吃山空。

蕊蕊不信，觉得他一定是都把钱留给了那个女的，说，你也别糊弄我，我暂且不追究你和她的事情，退一万步说，我允许你有两个老婆，两个孩子，可是你总得一碗水端平吧？你总得让她在国外过好日子，让我在国内也过上大众水平的生活吧？你总得让你的那个女儿在国外有吃有喝儿的，也让刚刚在国内衣食无忧吧？

两个人吵了这一次之后，冯立冬就开始想赶紧做些买卖挣钱养家糊口。冯立冬第一想到的是重开汽车修理店，但是几天转下来，繁杂的手续，巨大的投资，昂贵的铺面房让他觉得，再开汽车修理店，几乎是一件可望而不可即的事情了。

汽车修理店再无法企及，冯立冬就又去踅摸其他的商机。他每天都出去，不是自己去转悠就是去会朋友，他出去一次就跟蕊蕊要一回钱，出去一次就跟蕊蕊要一回钱，出去的次数多了，蕊蕊的钱给烦了，于是蕊蕊就跟他说，行了，你回来之后，我的积蓄也花了不少了，既然你当初把咱们的钱给她花了，现在你是不是也该反过来跟她要点钱花了？让她也支援支援你。蕊蕊说她不是在国外有一栋楼房吗？你不是想开汽修店没钱吗？让她把那套楼房抵押了，贷款！冯立冬说你瞎说什么呀，那栋楼房是人家自己的，人家凭什么抵押了给你贷款呢？蕊蕊说听听、听听，时时处处都向着她说话，时时处处都维护她的利益，我算是看明白了，你心里头只有她，回来跟我过，那全都是假的！

冯立冬一直找不到合适的项目做，全家人都跟着着急。冯立冬的哥哥姐姐凑了几千块钱过来，交给蕊蕊让她当生活费，崔捷也打电话给蕊蕊，说自己公司保洁员现在还空缺一位，每个月的工资不算高，一两千块，周末休息，说如果蕊蕊想干，她可以跟行政主管推荐一下。蕊蕊接电话时问了问崔捷都什么工作内容，得知按分工每天负责打扫几个房间，扫完就可以下班后，表示可以干个试试。于是崔捷就跟公司的行政主管推荐了蕊蕊，并说蕊蕊是她的邻居大姐，人非常可靠。行政主管电话通知蕊蕊去面试，可是在规定的时间内蕊蕊却没有到。行政主管于是很生气，他打电话问崔捷她给他推荐的这是什么人？得知蕊蕊没按时去面试，崔捷赶紧打电话问蕊蕊原因，蕊蕊说我早上起来是想去来着，可是都出门儿了，却突然觉得又不想去了。崔捷问她为什么？蕊蕊说我从生完孩子之后就没上过班，一想到每天都要早起去赶头班车，然后再挤公共汽车回来我就打怵，再说了，我为了什么呀？他回来不说出去挣钱养活我，反倒让我挣钱去养活他，凭什么呀？他妈的国外那娘们儿养过他吗？

见蕊蕊两口子生活拮据，矛盾不断，方芳就给冯立冬出主意，让他不妨开个鲜花店试试。李晨曦听了方芳这个主意也表示赞同，因为他在医院伺候方芳的时候，见基本上去看望病人的都会手捧一束鲜花。同时，他还觉得开鲜花店成本不高，不需要多大的门面，也不需要很多的人手，且从业人员也不需要什么技术。于是他就问方芳货源怎么解决，是自己种还是能从什么地方进货？方芳说这个你不用发愁，你知道我当年插队的地方吧？那里现在就是鲜花种植基地。你还记得我住的那家老乡家吧？你不是日记里面还记着呢吗？就是他们一家每年种的花，你都卖不完。

冯立冬除了汽修之外没干过其他的营生，因此他对开鲜花店不大有信心。蕊蕊说这也不行那也不行，你要是老这么犹豫，一年之后你可能什么也做不成，与其每天要钱出去瞎转不如有个事儿先干着，成不成的，干干试试，大老爷们儿嘛！冯立冬见自己已经被逼到了墙角，没了退路，只得硬着头皮答应。他给两个人接下来的工作做了分工，蕊蕊跟着方芳阿姨去看看货源，自己继续外出转悠，寻找门面房，分工完了，就把手伸给了蕊蕊，示意让她再给点车钱。李晨曦怕蕊蕊再跟他发脾气，就找了个借口把冯立冬拽进厨房，偷偷地塞给了他几张百元的钞票。

听说方芳要去原来插队的地方替蕊蕊联系鲜花的货源，崔捷和崔凯表示也想跟着去那个地方看看。他们说他们早就想去看看那个地方了，因为那里是他们的爸爸妈妈相识、相爱的地方。在他们的想象当中，既然孕育了爱情，那么那里一定山清水秀十分美丽。方芳说那个地方的确是山清水秀，我不写日记，当时也没心情去写日记，也没有那么些形容词，你李叔叔送我们插队，去过那个地方，哪天你们看看你李叔叔的日记就知道当时的样子了。

方芳提起了李晨曦的日记，李晨曦就马上想起了自己记录的方芳跟一个男社员在猪圈后面鬼混的那个传说。于是，李晨曦就说方芳我能问你一个问题吗？

方芳问李晨曦想问什么？

李晨曦说我问的是你插队时候的一件事，你听了，可不许不高兴。

方芳听李晨曦要问她插队时的一件事，便猜了个八九不离十，说，我知道你想问什么事情。

李晨曦问你知道？

方芳说我知道。

李晨曦说既然你知道，那你说我要问你什么？

方芳看了看孩子们，说，你是不是想问问我当时传得满世界都知道了的那个传说？

李晨曦笑了，点点头。

3

去方芳插队地方的路上，蕊蕊跟李晨曦说您问了方芳阿姨一个关于插队时候的问题，那我能不能问您一个呢？

李晨曦说也是关于插队的吗？

蕊蕊说嗯。

李晨曦点点头说行，你问吧，不过我可没插过队，只是去送了你方芳阿姨他们一趟，在那儿住了几天。

就是因为您没插过队我才会问的，蕊蕊说，老爸当年您怎么没跟方芳阿姨一起去农村插队呢？

李晨曦一时语塞，正想着怎么跟蕊蕊解释，方芳回答蕊蕊说，当时插队也不是人人都要去，符合条件的是可以留城的。

蕊蕊便问方芳阿姨什么样的条件可以留城。

方芳阿姨说本人有病的，家里有特殊困难的，还有就是家里只有一个孩子的。

蕊蕊想了想问老爸，您没有病，家里没特殊困难，并且您下面还有我姑姑，那您怎么就被照顾留城了呢？

李晨曦把眼睛看了车窗外，微笑了一下回答说，那得感谢你爷爷。

蕊蕊问为什么要感谢我爷爷？

李晨曦说，现在时过境迁了，有些事情可以解密了，我告诉你吧，当时大家不是都怕插队之后再回不来吗？于是有关系的就托关系，没关系的就自己想辙。当时我们班四十二个人，有六个留城被照顾了。方芳你记得秀华是怎么被照顾的吗？

方芳说，记得，他叔叔不是海淀区教委的革委会副主任吗。

李晨曦说对，她是喊着插队落户最坚决的一位，结果被照顾了。

蕊蕊打断了老爸的话，说您把话题扯远了，我问您是怎么被照顾留城的。

李晨曦看了看蕊蕊，又看了看方芳，说唉，这件事是我当时最忌讳的一件事，最怕人提起它来，一提起它来，我就会心惊肉跳。

蕊蕊问为什么？

李晨曦说为了我和你姑姑留城，你爷爷冒了很大的风险。我不是说这件事要感谢你爷爷吗，事情是这样的，你爷爷当时是一名中学老师，没多大能耐，不认识什么大官儿，但是又不愿意让自己的孩子永远留在农村，于是就想出了跟你奶奶离婚这个办法。我跟你姑姑两个人一个跟你爷爷，一个跟你奶奶，这样就符合了照顾条件，这样，我跟你姑姑就都没去农村插队。

方芳听了李晨曦说的话，就说你爸爸可真够大胆的，这当时要是被学校知道了，不但你不能留城，学校还会把这件事汇报给上级，你爸爸就得受处分或是判刑。

李晨曦慨叹地说是，这件事是我老爸这样一个小人物一生冒的最大的危险，做的最了不起的一件事。

方芳说，可怜天下父母心啊，当时这件事要是被查出来，你们家可就完了。

李晨曦说可不是，这件事情我们全家人保守秘密保守了几十年，今天要不是蕊蕊问，或许我永远都不会对外披露。

蕊蕊听了，像是犯了错误一样，立即就不说话了。

崔凯把车开到方芳插队的村子，一个和李晨曦相仿的男人前来迎接。李晨曦估计这个人就应该是传说当中的那个男社员，不由得就拿眼睛在他的身上打量，并设法去想象当年他跟方芳在猪圈后面喝酒的样子，而那个男社员也不住从头到脚地上下打量着他，方芳见到了，就主动用一只手挽住了李晨曦的胳膊，把他介绍给了男社员，男社员便很热情地把李晨曦及一干人等领进了自己的家门。

来到男人的家，男人带着蕊蕊看了花圃，之后洽谈了合作的事宜，再之后就要带方芳一行去饭店吃饭。李晨曦说吃饭不急，他想先去看看当年那个养猪场，还有他记忆里的那个大水库。男社员说养猪场早就不办了，猪圈也早没了，水库还有，就是水没有以前那么多了。想看它不急，它又跑不了，吃完饭回来再说。说完，男社员就招呼大家往外走，李晨曦有意让方芳和男社员走在一起，就把脚步放慢了，跟蕊蕊走在了最后。走进饭店的时候也是如是，他主动让男社员和方芳坐在了一起，自己退居到了蕊蕊和崔捷之间。方芳拿眼睛示意了他一下，让他跟崔凯换一下座位，坐到自己身边来，他摆摆手，说他就在这儿，挺好的。待男社员离席去了洗手间，方芳就瞪了他一眼问他什么意思，为什么躲那么老远，李晨曦说没别的意思，我就是想坐得远一些，以免你们说话不方便。你们俩久别重逢，让你们在一起多说说话不好吗？方芳又问他为什么提出来要去看养猪场。李晨曦说真的没别的意思，我就是想去看看养猪场和那些猪圈。方芳隔着蕊蕊拿筷子朝李晨曦的脑袋上敲了一下，说你真讨厌，你又没有在那儿养过猪，你看它干什么？回家再跟你算账！李晨曦就抱着脑袋躲到了崔捷的身后，说崔捷，你看到家庭暴力了吧？

饭后，李晨曦说养猪场没了他也想看看那个遗址。男社员说遗址上盖起楼房来了，没什么可看的了。方芳说带他去看看吧，他这个人好想象，让他对着楼房想象一下也行。

男社员把李晨曦带到养猪场的遗址之后，面对着一栋栋楼房，李晨曦没有任何感觉，因为他没见过当年的养猪场，没见过那一排排的猪圈，因此，他即便是再努力，也想象不出当年这里的样子，也想象不出方芳和男社员在这里，拿猪圈作掩护对饮时的场景。到是男社员把他带到了原来小学校的地方，他依稀还记得当年这里的模样。他指着一个高出地面的平台对蕊蕊说，那个时候这个地方是半个篮球场，土地的。篮板是木头条儿钉的，篮筐是钢筋做的，没有篮网。他和方芳临别的那天早上，距离长途车的到来还有个把小时的时间，他就在那半个篮球场上跟小学校的老师们打了会儿篮球，出了一身透汗。方芳说，那天你老爸打上了瘾，要不是我叫他，他就把长途车给耽误了。李晨曦说他还记得走的那天村长叫他儿子给了他一包山里红和栗子，小学校的那个老师给了他一张肉饼让他带在路上当干粮。他说小学校的那个老师他记得，名字叫王定一，也是北京的知青，篮球打得不错，可那个村长的儿子叫什么他忘了。男社员问他是不是叫锁子？李晨曦想了想说好像是，但好像又不是，总之记不太清楚了。男社员说你说的那个王老师是个好人，好几次有名额回城他都没走，把名额让给了女知青。方芳说是，我记得他，高高的个子，不爱说话，他爸爸是个高级工程师，搞电子的，他早就有条件回城，他老爹的错误一平反，他老爹的单位就给他发函调他回城，可是他说他在村子里当民办老师生活不算是很苦，每个月还有几块钱民办教师的补助，所以他要等到最后一个知青走后他才回去。后来我走了，他什么时候走的就不知道了。男社员说，他没走，就留在这儿了。方芳和李晨曦一听非常惊讶，赶紧问他人呢？在村子里吗？能见见他吗？男社员迟疑了一下说，见不到了，他人没了。

李晨曦和方芳一行人被男社员带到了王定一的墓地。墓地很简陋，一个小土包，前面摆着一块石头。石头上没有字，也没有鲜花，紧靠着墓地有一颗不知名的树已经有碗口那么粗了，树枝繁叶茂，长势良好。面对王定一的墓地，李晨曦一时不知道说些什么，于是他就给他鞠了三下躬，之后跟蕊蕊要了一瓶矿泉水，洒在了墓地周边，他说他不知道他会不会喝酒，他说不管会不会，反正我就拿这水当酒了，你多少就喝点吧，他说我到现在还记得你上篮的姿势呢，那时候你跳得真高，动作真轻盈。

从墓地回来，方芳要去她原来住的地方看看。李晨曦说他也想去看看。于是他们便在男社员的带领下来到了原来方芳住过的那所院落。

院落还在，老房子也还在。

4

李晨曦从方芳插队的地方回来后一直说两件事，一件事是王定一和他打篮球的事，说他的弹跳真好，只需一步助跑，轻轻松松地就能跳起来抓住篮圈儿。一件事是方芳当年住过的房子居然还在，并且里面的火炕还完好地保留着。他说他四十多年前的那天去看方芳，方芳就座在靠窗户那边的炕沿儿上。递给他三块糖之后，就把手背掩在嘴角儿上抿着嘴儿偷偷地朝他笑。

蕊蕊从方芳阿姨插队的地方回来后便决定了要开鲜花店。他催问冯立冬门面房找到了没有？冯立冬双手一摊，说和尚娶媳妇，实在太难。蕊蕊乜了他一眼，说了他一句你可真是块废物点心，之后就亲自上街去找门面房。

蕊蕊在大街上踅摸了两天，一间门面房也没找见。其原因并不是门面房绝对的没有，而是几乎所有的房子都让外地人抢先占下了。这些外地人他们的工作就是每天骑着电动车在大街小巷上转悠，看见空房子就想方设法地找到业主，交了定金把房子占住，然后把手机号往空房子的玻璃上一贴，静等钓鱼。等你把电话打过去，他们不是想跟你合租，就是想跟你合作，要不就是扒你一道皮，他们当二房东。

两天下来没找到门面房，蕊蕊心里相当着急，一着急她就跟冯立冬嚷，一着急就跟所有的人嚷。李晨曦见蕊蕊这么着急，心里也就跟着着急。看着她的嘴角上都急出泡来了，他感觉自己的嘴角上也开始疼痛，也快跟着起泡了，他恨不能一下子就帮着她想出办法来找到门面房。蹬着三轮车带方芳去做康复的他就跟一起锻炼的人打听租门面房的事情，看看他们谁有门路，能找到合适的房子。所有的人都跟他摇头说这可不是一件容易的事儿。他们说老李呀，你是诗人，你是吃凉不管酸的人，你可不知道现在市面儿上这行情，门面房现在都按平米收费了，繁华地段一平米上百，非繁华的地段也要好几十。李晨曦说这也不算贵啊，就按照一平米一百块算，这一间十几平米的房子一年也就是一千多块啊。锻炼的人说什么？您再说一遍，多少？李晨曦说一千多块啊。您打住，锻炼的人说，您可真敢开牙啊！您以为这是二十几年前呢？您把这一千多块再乘以一个三百六十五天好不好！李晨曦的脑子转得似乎还不慢，他忽然明白了，这每平米一百块是一天的价格，不由得就吃惊地说了一句我的天老爷，一天一平米一百块啊？锻炼的人说您老人家以为呢？跟您说李大诗人，现在您还甭惦记着租门面房，您租了，一准儿是给东家打工，自己跟三孙子似的，整天累个贼死，您还不一定能挣着钱！

帮着方芳锻炼回来李晨曦便开始前室内室外地打量起了自己的这间房子，然后就开始坐在沙发上发呆。

他一个上午就想着门面房这一个问题，或者说，他一个上午都在想自己的这间房子的问题。

说实在的，听说了门面房的价格，李晨曦便开始替蕊蕊担心。他担心她租了门面房，能否挣出房租，能否盈利。他想帮蕊蕊和冯立冬渡过难关，把自己这间房子腾出来，让蕊蕊开店用。尽管这房子的地界儿不是很繁华，但是毕竟蕊蕊和冯立冬挣一个是一个，不用交房钱。

不过，想到自己这间房子，他就又想到了和这房子相关的以往的好多事情。

从他把方芳领回家，到他和方芳结婚，再到他和方芳离婚，这房子给他的感触太深了，这房子给他的痛苦太多了，这房子让方芳跟着他经受的磨难太多了。可以说，这间房子已经成了他和方芳之间的一个伤痛。因此，他不知道怎么跟方芳开口说这件事情，更不知道方芳在感情上能不能接受因为这房子被占用和他的再次离别。

方芳见李晨曦一个上午一动不动地靠在沙发上思考着什么，一开始以为他是累了，继而觉得他是在构思诗句，到后来没见他坐到电脑前面去写，就知道了他一定是在想着蕊蕊的事情，想着门面房的事情了。

方芳看出了李晨曦的心思，想帮助他，可是她也知道自己没有这个能力，实在无奈了，她只好给儿子崔凯打电话，跟他说了蕊蕊目前遇到的困难，还特别强调了蕊蕊急得嘴上都起泡了，她想让崔凯帮着想想办法。崔凯接了老妈的电话，思索了一下说，其实蕊蕊遇到的问题也并不是很难解决。方芳急忙问你有办法？你能找到门面房吗？崔凯说门面房我找不到，不过办法倒是有一个，很现成儿，就不知道您和李叔叔是不是能接受得了。方芳听崔凯说就不知道您和李叔叔是不是能接受得了这句话就知道他想出来的是什么办法了，于是她就说我知道了。

李晨曦发了一上午呆，看看墙上的挂钟，到了该做中午饭的时候，就起身去了厨房，可是没进去多久方芳就听他哎哟地叫了一声。

怎么了你？方芳听到了李晨曦的叫声赶紧走进厨房。

李晨曦用右手使劲儿地捂着左手皱着眉头一声不吭。

方芳问他是不是拿菜刀划伤了手？

李晨曦不说话。

方芳扶他走出了厨房，一面给他包扎一面问他痛不痛？

李晨曦还是一言不发。

包扎完了，方芳让李晨曦在沙发上靠好，说咱们说说话好吗？

李晨曦点头说嗯。

方芳说晨曦，你心里是不是正在为蕊蕊的事情犯愁？

李晨曦说是。

方芳说，你记不记得我跟你说的家就是孩子们的港湾这句话？

李晨曦说我记得。

方芳说，晨曦，我现在要跟你说的还是这句话，家就是孩子们的港湾。现在孩子们在海上遇到风浪了，你就让蕊蕊把船驶进咱们这个港湾吧！

5

方芳决定让崔凯把自己接回家。

李晨曦满脸愧疚。他说没想到因为房子问题，让他和她再次分开。

方芳劝他不要为这件事想得太多，并问他愿不愿意跟她一起回家。

李晨曦摇摇头。

方芳问他为什么？他是不是还记着崔凯对他不好的那些事情？

李晨曦说不是，以前崔凯对他不好他是有些怨恨，可是他现在理解崔凯了，崔凯暂时无法接受另一个男人取代自己亲生父亲的感触，他体会出来了，同时他也理解了。

方芳无奈，问他将来怎么办？住哪儿？

李晨曦说暂时住在鲜花店，还可以为他们值值夜班。

有了门面房，蕊蕊和冯立冬开始筹备开鲜花店。鲜花店虽说不大，但是开门七件事，柴米油盐酱醋茶，一样也不能少，缺一样也开不起来，并且这七件事当中的任何一件事都离不开一个钱字。因此，筹备的初始，两个人就遇到了资金问题。

见冯立冬把房子的门面效果图画出来了却拿不出钱来改造，李晨曦便拿出了自己的存款让蕊蕊和冯立冬去请工人买材料。蕊蕊和冯立冬看到老爸的养老钱，一分未动。

看到两个人不忍心动用自己的养老钱，于是李晨曦又想到了另一种办法，集资入股，按期分红。他觉得这样做公平合理，出钱的人有利益，用钱的人也心安理得。

嘟嘟和发发接到老爸的电话后积极响应，都向蕊蕊和冯立冬伸出了援助之手。冯立冬的哥哥姐姐、小霞等听说了，也前来支援，方芳听说了，赶紧让崔凯和崔捷送上三个人的心意，崔凯把钱交到李晨曦的手里时表示只入股，不分红。

蕊蕊跟随方芳阿姨去她插队的地方考察货源的时候，适逢白景轩给蕊蕊打电话，想接她回家。蕊蕊借故自己要开鲜花店，很忙，没有答应。

鲜花店开张的这天，李晨曦请来了老年秧歌队敲敲打打以示庆贺，康复之后的方芳身着彩妆重新回到了秧歌队，随着大家舞动了起来。正在大家为鲜花店开张，为方芳再次回到秧歌队高兴之时，白景轩开车来到了鲜花店门前。

蕊蕊见了一阵紧张。看到蕊蕊不自然的表情，冯立冬便警觉了起来，李晨曦怕出意外，赶紧站到了冯立冬的身边。

白景轩来到鲜花店门前从汽车里走了出来，这让待在店内的蕊蕊开始了慌乱。冯立冬预感到了什么，于是两眼紧盯着外面的白景轩和店内的蕊蕊不放。李晨曦示意蕊蕊回避。蕊蕊没听，反而走出了鲜花店。

这时的白景轩似乎从蕊蕊过去一段时间的反常举动中意识到了冯立冬已经回国，意识到了蕊蕊已经和冯立冬住到了一起。因此，当白景轩看到蕊蕊从鲜花店里带着微笑朝自己走过来时，他就狠狠地朝地上啐了一口。店内的冯立冬看到了白景轩这一举动，急忙掏出了手机，正在走近白景轩的蕊蕊手机突然响了。

冯立冬问蕊蕊那个男人是不是白景轩？

蕊蕊回答说不是，是同学。

冯立冬说胡说，同学你以为看不出来吗？你鲜花店开张，同学都是来庆贺的，他见到你为什么会啐你一口？

蕊蕊挂断电话后来到白景轩面前，责备白景轩说：看你，干吗上这儿来，让他看出来了吧？

白景轩怒视着蕊蕊问：我就问你一句话，你是不是已经跟他住到了一起？

蕊蕊把头低下只得承认，说：我也没办法，家里人都劝我跟他和好，还强迫我跟他住到了一起。

白景轩接过蕊蕊的话问：你就没有自己的主见么？他在国外找女人，还和这个女人生了孩子你都忘了么？

蕊蕊说，没忘。我只是觉得自己的命苦。这几天，我在家没干别的，天天都在想这点事，你吧，脾气好、有文化，可家里的孩子老人都不能接纳我，还有你前妻老是制造麻烦，他呢我们也早就没了感觉，不骗你，这两天，我们在一起也是一个人睡一间屋子，晚上谁也不碰谁，找一个让人心理平衡的理由，就是我们有一个儿子吧。

正说着冯立冬的电话又打过来，他催促蕊蕊赶紧回店。

白景轩见状无可奈何，他让蕊蕊赶紧回去。说完，自己也朝汽车走去。

蕊蕊往回走了几步又忽然调转了回来，一面说让白景轩等等，一面上前拽住了白景轩死死的不放，她说：我还是想跟你在一起。

见往回走的蕊蕊又返回去找白景轩，冯立冬怒发冲冠，立即起身要冲出鲜花店。李晨曦一把将冯立冬拽住。

白景轩听了蕊蕊的话，提醒蕊蕊这可不是小孩子过家家，能说说就了的事。

蕊蕊说我知道，我想好了，我跟你回去。

白景轩的心情一下子就好了起来，他对蕊蕊说，你当着我的面，给他打个电话，告诉他你的决定。

蕊蕊当即拨通了冯立冬的电话说：你都知道了我们俩的事，我也没必要瞒着你了，我想好了，决定跟他走。

鲜花店内的冯立冬好一阵子没作声，之后让蕊蕊把电话交给白景轩，他在电话里嘱咐了白景轩一句蕊蕊是个好女人，你以后要好好地待她，说完就挂上了手机。

满怀欢喜的白景轩让蕊蕊跟自己回家，蕊蕊也满心欢喜地答应了。白景轩拉开车门让她坐进去，蕊蕊随着车门打开便伸了一条腿进去。就在这时，蕊蕊似乎是又想起了什么，她把迈进汽车里的那条腿抽回来，说鲜花店今天刚刚开张，还有许多事情要跟冯立冬和小霞交代。

白景轩说好吧，那你去吧。我在这儿等你。

蕊蕊说她去去就来，叫白景轩稍微等等。

蕊蕊回到鲜花店，李晨曦、冯立冬、嘟嘟、发发、老王、小霞、孙丽丽、方芳等人的目光一起落在了她的脸上。冯立冬刚要对蕊蕊发火，李晨曦赶紧将两人隔开。他让冯立冬给蕊蕊点时间，让她自己解决自己的事情，他相信蕊蕊一定能找到自己的情感归宿。李晨曦说完，蕊蕊便独自伏倒在李晨曦的床上痛哭了起来。

目送着蕊蕊回到鲜花店，白景轩开始了焦急的等待。他不断地朝鲜花店里张望。见蕊蕊好半天都没走出来，于是焦急的白景轩便拿起手机来准备给蕊蕊打电话，手机刚刚举到眼前却忽然响了起来，蕊蕊的电话先打了过来。白景轩接听后没听到蕊蕊说话，却先听到了蕊蕊的哭声，那哭声很大，那哭声很惨，抽泣之间，蕊蕊说，我对不起你，你忘了我吧，就当没有我，就当我们之间什么也没发生。

但是，你记住我一句话，在我的心中永远有你……

第二十八章

在李晨曦的帮助下冯立冬和蕊蕊开起了一家鲜花店。鲜花店开张的时刻白景轩开车找上门来。李晨曦见冯立冬似乎是察觉到了什么，便立即站到了冯立冬的身边。

1

鲜花店开张时，孙丽丽也到了现场，方芳在跳秧歌的时候见她总围在李晨曦的左右形影不离就有些不高兴，因此在扭秧歌的整个过程中，方芳的眼睛一刻都没离开过孙丽丽和李晨曦。待秧歌扭完了，方芳赶紧来到鲜花店里，看到了孙丽丽正在跟李晨曦说话，孙丽丽指着李晨曦支在鲜花店里的行军床说你整天睡在这里怎么能行？不如搬到我那里去住吧。听到孙丽丽的话，方芳的心里就更不舒服起来。

蕊蕊的鲜花店开业庆典完毕方芳回到了自己家。一进门她就把彩装扔在了客厅里，随后就走进了自己的房间，并关起门来再没出来。崔捷以为是老妈病了之后第一次参加秧歌表演不太适应，累了，也就没在意。可是到了吃晚饭的时候见老妈还闷在房间里不出来，并且叫她吃饭她也没有响应，才去想老妈今天去参加鲜花店的开业典礼是不是遇上了什么不开心的事情？是不是心情不好？要么怎么从鲜花店回来便没吱一声呢？

崔捷推开方芳的房门问老妈怎么了？

方芳轻描淡写地说了一句没怎么。就是有点累。

崔捷表示不信，她说老妈您心里一定有事儿。

见女儿拿眼睛直视着自己，方芳心里的话就藏不住了，于是便叹出一口气来，跟她说了孙丽丽老是围着李晨曦转，并且还让李晨曦搬到她家去住的事情。

知道了老妈不高兴的原因，崔捷便劝老妈说，李叔叔对您的感情是毋庸置疑的，所以您大可不必为这些事情烦恼。

方芳说这点她知道，但是，看到孙丽丽那样儿，她的心里头总是不舒服，感觉像吃了苍蝇似的别扭。

崔捷说，她能理解老妈的感受。因此她给老妈出主意说是不是考虑一下和李晨曦复婚。她说，你俩复婚了，她孙丽丽自然也就死了心了，自然也就不会再老围着李叔叔转了。

方芳同意崔捷的说法，她说她从李晨曦家搬回来的这几天，也老是想着和李晨曦复婚的事。

您跟李叔叔说过您的这个想法吗？崔捷问老妈。

没有。方芳回答女儿崔捷说。

崔捷问她既然您想了这件事，为什么不跟李叔叔说啊？

方芳说之所以没说，是因为她在心里还是有些担心。

崔捷问她是不是担心孙丽丽老缠着李晨曦，李晨曦会移情别恋？

方芳说不是，她最担心的是崔凯会不会阻拦。

得知了老妈的担心，崔捷找到崔凯，把老妈去参加花店开业庆典时见到的孙丽丽总围着李晨曦转以及孙丽丽邀请李晨曦到她家去住的事情跟崔凯说了，同时，她还说了老妈的不快及自己主张让老妈和李晨曦复婚的想法，她还特别强调了老妈想和李晨曦复婚，但是对崔凯却心存忌惮的矛盾心里。崔凯听姐姐说了老妈担心自己不同意她和李晨曦复婚，面露愧色。他告诉姐姐崔捷说，自从李晨曦把老妈接到他自己家，用九百九十九个真情故事把老妈从昏迷中唤醒，自己就已经改变了对老妈再婚的认识，他现在不但觉得李晨曦是个好人，而且也非常希望两个人能尽快复婚，他甚至还设想，两个人再婚后，他要把李晨曦接到自己家里来，以弥补以往的过失。但是由于顾及面子，只是不好意思表达出来而已。

知道崔凯赞同自己复婚，方芳非常高兴，她立即拿起电话要告诉李晨曦这个好消息，可是当她举着话筒想起孙丽丽不停地围着李晨曦转的情景时，却又犹豫地放下了电话。

参加完蕊蕊鲜花店典礼方芳准备回家的时候，李晨曦说我送送你，孙丽丽赶忙拦住了他，她说客人要走我来送吧。

孙丽丽把方芳和其他扭秧歌的人一样称作客人，她的用意李晨曦十分明白，她是想尽最大可能把方芳排斥在外，她是想尽最大可能把自己和她拴在一起。可是他从心里真不愿意她总是贴在自己的身边，他想让方芳每时每刻地陪伴着自己，和方芳的感觉一样，自从他把房子让给蕊蕊开鲜花店，和方芳再次分开之后，他也总在想着和方芳复婚的事情，想一次，他就在心里增加一份渴望。特别是自己晚上孤孤单单地躺在大床上时，他的这份渴望更是与日俱增。

不过，李晨曦也没有勇气拿起电话来给方芳打这个电话。或者应该更准确地说，李晨曦有几次都把电话拿了起来，他几次想给方芳打电话，说说自己想复婚的想法，但是想到崔凯，想到崔凯曾经给过他的一拳，想到崔凯对他的罚款，想到崔凯闻到韭菜合子时的愤怒他便欲言又止。

参加完了蕊蕊鲜花店的庆典，嘟嘟接到了一个电话。来电话的是孙处。看到来电显示，嘟嘟本不想接，可是手机响了半天，仍然没有要罢休的意思，她怕不接他还会没完没了地继续拨打，于是只好按下了接听键。

孙处什么事儿？嘟嘟问对方。

孙处跟嘟嘟说他有事想跟她说。

嘟嘟说有什么事儿你就说吧。

孙处说这里说不方便，这样，咱俩去饭店吧。

嘟嘟说饭店不去，有什么事你就说，不说，我就挂电话了。

孙处说嘟嘟你别误会，别误会，我没有其他的意思，真的没有。你就相信我老孙一次好不好？到饭店等我。

放下电话嘟嘟开始犹豫是不是要去饭店等他。和老王往公共汽车站走的路上，她的决定是不去，可是当走到车站，见第一辆开过来的公共汽车竟然是开往饭店的，嘟嘟便改变了注意，她想既然孙处把话已经都说到了那个份儿上，并且，她也想借机会把那张房卡还给孙处，于是，她便登上了去饭店的车。跟老王分别时她跟老王说孙处约她有点事，她去一趟。老王说好好好。你去，忙完了早点回来吃饭。

嘟嘟来到饭店，孙处已经提前到了。见孙处坐在了房间的沙发上，嘟嘟就先掏出了那张房卡还给了孙处，说了声谢谢，之后就远远地站到了窗前。孙处收了房卡，示意让嘟嘟坐到他的对面来。嘟嘟摇摇头，说站着挺好的，有什么话，你现在可以说了吧。孙处见嘟嘟不过来，就站起身来说这样，我站到你那里去，你坐到我这儿来，你看看，信封里面有样东西是给你的。

嘟嘟看着茶几上的那个大信封，迟疑了一下走了过去。往茶几前走的时候，她一直拿眼睛警惕地盯着孙处看。孙处说你不用那么紧张，不用紧张，边说，边撤到了嘟嘟原先站的地方。

嘟嘟坐在了沙发上。

孙处示意她把茶几上的信封打开。

嘟嘟的手放在信封上犹豫了片刻，最终还是决定把手伸进了信封里。

嘟嘟的手在信封里先触碰到了一张纸，之后又触碰到了一把房门钥匙。嘟嘟很果断地把纸掏出来，她要看看孙处到底要搞什么鬼。

这是……看见那张纸竟然是一张房屋分配通知书，并且上面赫然地写着自己的名字，嘟嘟有些不大敢相信自己的眼睛。

这是你的。孙处远远地朝她点头。

我的吗？嘟嘟还是有些不敢相信。

你的。孙处十分肯定地回答。

房子？嘟嘟把那张纸抱在胸口上，问。

对，房子。孙处把一支烟点上，回答。

嘟嘟于是就把贴在胸前的那张纸重新放在眼前仔细再看。

房子。

我的。

李嘟嘟的。

嘟嘟觉得一时间自己竟然激动得已经难以抑制了。

两室一厅。孙处用夹着烟的手朝她手里的那张纸点了点，说，明天拿着它到处里办相关手续。你大概还要准备八九万块钱的购房款。说完，孙处就吐出一口烟来，说，那天我在报纸上看见了一首诗，诗写得不错，我记住了其中的那么两句，诗里说，翻过去的就成了记忆，有的应该记起，有的应该忘记。嘟嘟，以前的事，翻过去了，不提了。哪些应该记起哪些应该忘记随个人的境遇吧。不过，我告诉你我的想法，你，我永远不会忘记。

孙处说完就起身往门口走去，他说我去退房子，这房子再没用了。

嘟嘟想跟他一起出门，可是坐在沙发上，她一时没能站起身来。

孙处走到房门口停住了脚步。他扭过头来问嘟嘟说我能拥抱你一下吗？第一次，也是最后一次。

嘟嘟的心里有些恐慌，她连连摇头。

孙处说好吧，那就再见。说完，他就把身子转了过去。

孙处伸手拧动门把手的一瞬，嘟嘟忽然从沙发上站了起来。

等等。她说。

孙处放下了拧动门把手的手，把身子转了过来。

嘟嘟紧赶几步走到了孙处的面前。

两个人同时朝对方伸出了双臂。

相拥的一刹那，孙处叫了一声嘟嘟，谢谢你！

嘟嘟也叫了一声孙处，谢谢你！

2

嘟嘟在学院房产处办完相关手续便急急忙忙地拿着房屋分配单要去看属于自己的那套住房。孙处见她慌慌张张地往外走，便提出来开车送她去，说那房子的所在位置离学院比较远。嘟嘟说不用，我有自行车，一会儿就到。临出门的时候，她给全体房产处的老师鞠了一躬，说太感谢你们了。房产处的工作人员就说别感谢我们，你感谢孙处就是了，为了你的房子，他大小领导找了无数趟。

找到了那栋楼，找到了那一层，核对了房号之后，嘟嘟便开始从兜里往外掏钥匙。这个时候，不知道为什么她的手就开始了抖动，她想抑制这抖动，可是努力了几次没能做到。她摸摸索索地从兜里把钥匙掏出来，可钥匙却掉到了地上，捡起来，把它往锁孔里面插，可是几次她都没能把钥匙插到锁孔里面去。为了镇定一下自己，嘟嘟先做了几次深呼吸，之后再用钥匙开门，可是那把门锁像是故意刁难她，死活就是不让钥匙往里钻。嘟嘟于是就开始在心里默默地祷告，她说锁啊锁，您老人家就行行好，让我把门打开吧，您知道我为了这套房子忍受了多少折磨吗？锁啊，求求您了，放行吧。念叨完，嘟嘟像是给门锁跪拜一样单膝跪地，把头和锁孔平行了，用眼睛瞄准了锁孔，锁像是被感动了，这才顺顺当当地插了进去。

打开了属于自己的那套房子，嘟嘟先是四处巡视了一遍，她用手摸了摸门窗，用手摸了摸墙壁，用手摸了摸上下水管，用手摸了摸电表的闸箱，之后见客厅里有一把施工时留下来的破梯子，她就把它放平了当椅子坐了下来，她像欣赏艺术品一样十分满足，十分欣慰地环顾着光秃秃的四壁，让满屋子里未干的泥浆味儿充斥在鼻子里，就这么独自地坐着，直坐到太阳落下了西山，直坐到月亮升到了天空的正中。

第二天，嘟嘟来到了鲜花店，她把这个好消息告诉了老爸和蕊蕊。老爸和蕊蕊听说单位给嘟嘟分配了住房便跟着她一起高兴了起来。李晨曦说祝贺你啊嘟嘟，苦尽甘来，你终于盼到曙光了。蕊蕊说大姐，有了自己的住房，你就没有点儿自己的想法？嘟嘟说自己的想法当然有，看你说的是哪方面。蕊蕊就把嘟嘟拽过去，小声跟嘟嘟说，这回你有自己的住房了，干脆你就还一个人过，离开那个老王得了，你看他那么大岁数，跟咱爸都差不多了。嘟嘟说她不想。蕊蕊问她为什么，你不嫌他大吗？嘟嘟说老王年龄是大了点，可是他的人品难得，你就说我刚跟他认识的时候老有人给他打匿名电话这件事吧，听有人说我作风有问题，经常勾引男人，说我是破鞋难道他不往心里去吗？不是，他听了那些话，心里也会不舒服，可是可贵的是能够继续相信我。在我还没有从那个神秘的匿名电话的阴影当中走出来的时候，他却先跟我说算了，别去管是什么人打来的电话了。也别去管他是怎么找到我的电话号码的了。至于电话里说你如何如何我觉得不重要，重要的是，我相信你，相信你的为人和品质，相信你的今后，这就足够了。嘟嘟说，通过这次离婚，我体会到人最重要的是人品，有了好人品，才会有幸福的生活。你再看老爸对方芳阿姨，有了老爸这么好的人品，方芳阿姨才会和死神擦肩而过，才会被那些个感人的故事从昏迷当中唤醒。

蕊蕊问她真想和老王结婚吗?

嘟嘟说嗯，和这样的人生活在一起，踏实。

嘟嘟得到住房之后需要交八九万块钱的购房款，因此她便到银行去办理了贷款手续。

老王知道了，埋怨了嘟嘟一句，问她有困难为什么不跟他说。之后就拿出了自己的存折，交给了嘟嘟。老王说，用我的钱把贷款还了，这样能减少很多利息。

老王的举动让嘟嘟很是感动，接过他手里的存折，她提出来要给老王写一个借据，说等自己攒够了钱再还给他。

老王回答说，攒够了钱?就你那一拿了工资，噌的一下就往商店里跑的人，你能攒住钱吗?都人到中年了，你也没攒够8万块，估计你下半辈子也攒不够了。所以，这借据就免了吧!

嘟嘟想了一想，觉得老王对自己的评价还真是一针见血。但是，嘟嘟决计一定要给老王写一份借据。钱攒多攒少，攒得快慢，那是性格问题。嘟嘟说，然而，写不写借据，那是人品问题。

取钱还了贷款，老王又张罗着给嘟嘟装修房子。老王的女儿王瑾和女婿田斌代理一家加拿大品牌的墙纸，因此，老王就把闺女和女婿叫了过来，让他们给嘟嘟阿姨设计设计。两个人来了之后，把墙纸的样板交给嘟嘟，请她挑选色调和花色，趁着这个空闲，老王的女儿王瑾便把老爸拉到了一边，悄声地问这装修谁出钱?老王说是他出钱。女儿就有些担心，问，行吗?你这么早就给嘟嘟阿姨花这么多钱，又是还贷款又是装修房子的，靠得住吗?万一今后要是不行了呢?没有万一。老王很肯定的，说，都不拿出点诚心来，什么事情都不会有结果。再说，为我喜欢的人，付出什么我都舍得。听老爸说得如此肯定，老王的女儿王瑾就没再说什么。丈夫田斌跟嘟嘟阿姨商讨装修细节的时候，她只身站在了窗前，此时此刻，她的眼前浮现出了躺在病床上的妈妈的影子。她感觉到妈妈依然在拉着她和哥哥的手，妈妈依然在不住地叮嘱他们，将来一定要照顾好爸爸……如果哪一天，你爸爸给你们找到了新妈妈，你们千万不要刁难……

嘟嘟的房子装修得很简单，墙壁贴了壁纸，地面贴了瓷砖，整个工程下来没用几天时间，也没花多少钱。

房子装修完了之后，老王和嘟嘟就准备搬进去住。老王跟嘟嘟商量，之所以搬到嘟嘟那里去住，他是想给儿子王鹏一点点压力，让他独自生活，自己负担生活费，自己负担汽车的车贷。嘟嘟同意，说循序渐进地给他点压力对他将来有好处，因为你不可能永远养着他。

两个人商量好了，就开始收拾行李。东西收拾得差不多了，老王忽然停下了手，说有件事情要和嘟嘟商量一下。嘟嘟问什么事情。老王伸手从书柜里面拿出了已故妻子的照片，抚摸着，说，我想叫她，跟我一起走。嘟嘟没说什么，她从老王手里接过照片，很认真地看了看，擦去了镜框上的浮尘，之后很仔细地把它放进了自己的书包里。

3

几天过去后崔凯见两位老人迟迟没有复婚的动静便觉得问题还是出在自己身上，老妈考虑再婚时对自己心存忌惮，那么李晨曦一定就对自己更加畏惧。崔捷觉得解铃还须系铃人，要想彻底解除两位老人对他的顾忌，还需他亲自出马做出解释，牵线搭桥。于是崔凯就采纳了姐姐的建议，给李晨曦打了电话，说自己馋酒了，想和他痛痛快快地喝几杯，问他行不行，欢迎不欢迎。李晨曦欣然应允，说欢迎欢迎，当然欢迎，你说你馋酒了，我其实早也就馋酒了。

崔凯下班后买好了酒、菜来到了鲜花店，没怎么寒暄便和李晨曦开怀畅饮了起来。酒过三巡，菜过五味，崔凯放下了酒杯，借着酒盖脸他说我今天来是想和您商量一件事情，说得更明白一点吧，我是想求您一件事。李晨曦说，你说吧，什么事儿，凡是我能做到的，我都答应你。崔凯说我想让您跟我妈妈复婚，您同意吗？听到崔凯问他愿不愿意跟方芳复婚，并用了期待的眼神看着自己，一瞬间李晨曦百感交集，想到自己和方芳再婚以来经历的坎坎坷坷，想到自己和方芳再婚之后历经的一次次磨难，他的心头不由一热，眼睛立即就潮润了起来，为了掩饰，他赶紧用颤抖着的手举起了酒杯，然后仰起头来把杯子里的酒一饮而尽。热辣辣的酒经过了喉咙之后，他忽然感到了万般的委屈，并且这委屈终于到了能倾诉和宣泄的时刻，于是眼泪就忽地一下冲出闸门奔涌了出来。

和方芳约好了办理复婚手续的那天早上，李晨曦本想早早地起床，因为今天的事情特别多，他要先把自己打扮好了，之后再到方芳家去接方芳，之后他要和方芳去照结婚登记用的标准照，再之后他俩要到民政办公室去办相关手续。可他刚要起床，刚要翻身坐起来，却觉得自己的两条腿不像平时那么听使唤了，他感觉膝盖有些发僵、有些发木、有些发胀、有些发酸，急忙将被子撩开一看，原来两个膝盖已经高高地肿起来了，并且还有些发青，发紫，用手按下去就是一个深深的大坑。看到自己的膝盖肿得怕人，李晨曦连忙要下地去拿手机给方芳打电话，告诉他今天他不舒服，可能不能去办复婚手续了，可是两条腿刚一着地，他便痛得哎哟一下瘫坐在了地上。

这一天是小霞值早班，开开鲜花店的门之后见一个男人光着身子躺在地上先是一惊，待看清这人是李晨曦时便赶紧上前将他扶了起来。

发发接到小霞的电话后赶紧来到了鲜花店，他帮着老爸把衣服穿整齐了，然后赶紧骑上老爸为方芳阿姨改造的那辆三轮车将老爸送进了医院。路上李晨曦让发发先给方芳阿姨打个电话告诉一下他的情况，说一声抱歉，他今天暂时不能去办复婚手续了，发发蹬着车，将满是汗水的头回过来跟老爸说，等我把您送到医院再说。

发发将李晨曦送到了医院的急诊科，急诊科的外科大夫看了看李晨曦肿胀的膝盖，在上面按了按，敲了敲，又问了些情况，就给他开了好几张化验单让他先去抽血，发发急忙问大夫他老爸这膝盖是怎么了？大夫说先等等化验结果，目前他怀疑李晨曦这是风湿性关节炎。李晨曦听了大夫的诊断表示怀疑，他说自己活了六十多岁膝盖还从来就没有肿过，怎么就会突然之间得了关节炎呢？大夫说其实你的膝盖早就出现了症状，只是你没加以注意而已。经大夫这么一说，李晨曦还就真想起来那天去方芳家自己的腿难受过，并且关节里面还嘎啦嘎啦地响过，于是他赶紧就把这件事情跟大夫说了，大夫说就是嘛，你要是当时就来就诊不就不会发生今天这样的事情了嘛。所以，有病要早医，有病千万不能扛着，特别是人上了岁数，这回明白了吧？说完，大夫就问李晨曦最近是不是在很潮湿的地方待得过久了？李晨曦想了想说没有哇，我整天在屋里哪儿也没去呀。发发反驳老爸说怎么没有，您不是天天待在鲜花店里嘛，并且晚上也住在那里。鲜花店算潮湿吗？李晨曦问大夫。大夫回答说，鲜花店如果我没猜错的话，那是要用水保湿的，空气中是要保持一定的湿度的，对不对？李晨曦说对。大夫说那您说那里如果不算潮湿哪里还算呢？

一个小时之后验结果出来了，大夫看了看血项报告，指着血沉这一项跟李晨曦说，风湿性关节炎，没错，您看看您的血沉，超标好几倍了！

李晨曦当场被接收住院。办住院手续时李晨曦问发发几点了，问完了就让发发赶紧给方芳阿姨打电话，告诉她他的情况。发发正拿着一大堆单子，他说您让我腾出手来再打行吗？

办完住院，把老爸安排进了病房，帮着老爸换好病号服，发发让小霞照顾老爸，自己赶回去给老爸取洗漱用品和换洗的内衣。因为老爸暂时不能自己上下床，他还给老爸到护理部请了护工，在发发去护理部请护工的时候，小霞还给李晨曦订好了午餐和晚餐。

马不停蹄地把一切都安排停当了，已经是中午时分了。

听见发发的肚子咕咕地叫，小霞问他你饿了吧。

发发说嗯，早上就没来得及吃东西，现在都快前胸贴后背了。

小霞说我给你做的早餐你没吃一点啊？

发发说一听老爸躺在地上了，我哪儿还顾得上吃啊，爬起来叽里咕噜地就跑过来了。

小霞说那好咱们就去吃饭。

发发问小霞想吃什么，我替老爷子请你。

小霞说，我觉得医院附近的饭馆价格都贵，你坚持一下咱们往南坐几站车，到琉璃厂，那里有家张记牛肉，既经济又实惠还解馋。

发发说好，那就听你的。

发发和小霞坐车到了琉璃厂，往前走了几十米就来到了张记牛肉，因为正是饭口儿上，因此饭馆儿里面已经是人满为患了。小霞找了张凳子让发发先在门口坐了，自己就去里面找空位置。她在一张大桌上跟几个正在喝酒的男人商量了一下挤出来了两个座位，就招呼发发赶紧过来。发发过来了，她让他把座位占住了，就挤到柜台前去点菜。不一会儿只见她左手一碗羊杂汤，右手芝麻火烧、酱牛肉闪转腾挪地在人缝儿里钻着就走了过来。放下这些东西，她跟发发说，你看这碗羊杂，五块，这火烧一个五毛，这牛肉半斤，十五。一碗羊杂，三个火烧，半斤牛肉，一共才二十多一点，便宜不便宜？发发说真便宜，说完就问小霞你怎么就要了一碗羊杂？小霞说这羊杂汤喝完了可以免费往里添汤，你先喝，等你喝完了，我再去添。说完，小霞就端起羊杂汤来递给了发发，发发拿勺子舀起一勺羊杂，递到了小霞的嘴里。小霞把勺子推回去，说你吃吧，我待会儿添汤喝就行了。

喝着羊杂汤，发发问小霞怎么知道医院附近的饭馆菜价贵。

小霞说你想啊，首先医院附近的人流量大，其次是人流量大了地价就高，并且医院附近还多半是外地人，宰一个是一个，萝卜快了不洗泥，所以，那儿的饭不贵才怪呢。

两个人正说着话，发发的手机响了，小霞提醒他赶紧看看是不是老爸给他打来的。发发放下手里的火烧夹肉，赶紧掏出手机来看，见电话是大卫给他来的，于是就犹豫了一下是否接。

小霞问是老爸吗?

发发说不是，是个朋友。说完，就起身走到了饭馆外面。

大卫问发发在干什么?

发发说在吃饭。

大卫说我想跟你聊聊，你什么时候有时间?

发发说，说我爸住医院了，最近真没时间。

大卫说那就等你老爸好了，出了院，咱俩再找时间，好不好?

发发想了想说不用了，就按那天说的，咱们分开吧。

大卫顿了顿说，我这里还有你一些东西，要么你抽时间过来把它拿走?

发发害怕他见到大卫后自己就会心软，于是狠狠心，说，那些东西我不要了，你看着处理吧。给小时工小张儿也行，扔垃圾箱里也行。说不要时，其实他有些惦记着自己那件军绿色的套头羊毛衫，那是一次下雨，上班的时候他的衣服被打湿了，进了办公室他的一个女同事怕他冷，就从自己的抽屉里拿出了这件衣服让他穿，他一看衣服还没拆包装就说不行，你这是给别人买的，我穿了你就没法送人了，那女同事说，这原本是要送给一个朋友过生日的礼物，可是，没送出去，正好今天下雨你的衣服湿了，你就把它穿上吧，也算是物尽其用。

回到座位上，小霞把火烧夹肉递给他，发发正要伸手去接，手机又响了。这回来的是短信，发发把短信打开一看，还是大卫。大卫说你好！本来想当面跟你聊一聊……现在就在这里说吧。很遗憾，我知道我改不了我的脾气，也改不了我的现状，经过慎重的考虑，尊重你的意见，所以我选择放手，给你自由，虽然时机不对，但也只好这样了，我们都重新开始新的生活吧。跟你在一起的这些年，你给了我很多帮助和幸福，我是不会忘记的，更多的是感谢。也希望今后能做朋友。并衷心地祝福你，祝你幸福!

看了短信发发回复说，我也谢谢你这些年给我带来的欢乐与温馨，不过忠言逆耳，我还想跟你说的是，脾气能改，但是看你愿不愿意改。写完了，发发又添上了一句：还是好好改改你的脾气吧，真的，这是我跟你说的最诚恳的一句话。

大卫回复说，很抱歉，我不认为我的脾气有什么需要改的……保重吧!

发发看着短信迟疑了一下，又回复说，改与否自然大小姐说了算，你也多保重吧，忘记不愉快，在记忆里多留存以往的美好吧。分手是无奈，是惜别，往后有事需要就招呼一声，爱你大卫，你永远不会在我的心中消失!

给大卫发完短信，发发手里拿着饼一个劲儿地发愣。小霞见他目光呆滞，就觉得有些奇怪。于是小霞便问发发:

刚才是谁给你来的短信？

4

方芳这一天早上也是早早地就起了床，梳洗打扮之后就等着李晨曦过来，之后两个人去家门口的那家照相馆去拍结婚标准照，然后再去民政局办理复婚。

梳洗好了，她便开始寻找户口本和身份证。其实这两样东西她早在昨天晚上就准备好了，已经放在自己的床头柜上了，因此，她就把自己的书包拿了过来，把那两样要用的东西放了进去，放进去了，还在书包外面按了按，以证实一下它们都在。

装好了要带的东西，她就给李晨曦打去了电话，她想告诉他别忘了户口本和身份证，没这两样儿东西今天可什么都办不成，可是电话打过去半天，却没人接听。于是，她就在心里埋怨道，这老东西，干什么呢，是还睡着呢还是已经出了门了，没带耳朵是怎么着，听不见电话响嘛？

李晨曦不接电话，方芳没辙，接下来能做的就只有在家里等待。她在心里想着，如果他真的忘带了那两样儿东西，就罚他一个人回家去拿。

8 点钟的时候，她觉得李晨曦应该到了，于是就静等着外面的敲门声。听楼道里忽然有了上楼梯的响动，她以为是李晨曦来了，于是她便兴冲冲地跑到门口去开门，可是将门打开了，门口却没有人。

又过了一个多小时，她隐隐约约地又听见楼道里有脚步声，她带着嗔怨的表情又去开门，可是开门后仍没见李晨曦的影子。

迟迟不见李晨曦的人影，方芳开始有些生气了。她拿起手机来要质问李晨曦到底在干什么？是不是后悔了，不想去办复婚手续了？要是那样早说，不必这么折磨人，可是当他把电话拨过去，听发发跟她说李晨曦病了，被送进了医院，她立时就慌了，她赶紧给崔凯打了电话，让他带她上医院。

李晨曦因病住院，他和方芳复婚的事情只能暂时搁浅。

李晨曦入院之后，孙丽丽便开始天天往医院跑，不仅去照顾李晨曦，并且还中午送一次饭，晚上送一次饭。李晨曦劝了她好几次，说我这里有护工，病房也可以订餐，你就不用天天都来了，饭也不用送了，天天老往医院跑，身体会吃不消的。孙丽丽拿眼睛瞥了一眼护工，说还是我在比较好，护工见有家属在才听话，才勤快。

再说，病房里的饭都放在一个大桶里，捂也捂烂了，跟猪食似的，能吃吗？你住院，需要营养，我的饭荤素搭配，营养均衡，再说又是你平时爱吃的，吃了它保管你病好得快。反正我在家闲着没事，往医院跑跑，还当锻炼身体呢。

方芳因为自己的身体正在康复过程中，因此不能天天陪伴着李晨曦，她只能间断地让孩子陪着她去医院里看望。这天，方芳让崔捷陪着自己去医院看李晨曦时，见孙丽丽正坐在病床前给李晨曦端水拿药。看到孙丽丽的这些举动，看到孙丽丽把身子跟李晨曦贴得那么近，看到她的胸不断地蹭着李晨曦的额头，方芳心里又开始不是滋味儿，她拿眼睛盯着李晨曦和孙丽丽的一举一动，不由得眉头紧皱。崔捷看到了孙丽丽围在李晨曦身边一副殷勤的样子，看到了老妈不高兴的表情，就好像是看到了那天在鲜花店开业庆典上她围着李晨曦转的情形，于是，她摇了摇老妈的胳膊，示意老妈也坐到李晨曦的身边去。不知道方芳是不是没理解崔捷的意思，她依旧离病床远远地站着，没动。见老妈没动，崔捷就到临床借了一把椅子摆放在李晨曦病床的另一边，扶着老妈的胳膊让她坐过去，李晨曦见崔捷搬来了椅子，也招呼她过来坐下。

方芳坐到了李晨曦的边上，从书包里掏出了香蕉，正欲给他把皮剥了让他吃，孙丽丽却先把香蕉接了过去，他问李晨曦你刚吃了我给你买的火龙果，这香蕉就先不吃了吧？李晨曦赶紧把香蕉从孙丽丽的手里拿过来，说我吃，我正想吃香蕉呢。说完就要把香蕉剥开，孙丽丽见了忙又把香蕉夺回来，把皮剥了，拿着香蕉让李晨曦张开嘴咬。

看着李晨曦吃完了香蕉，方芳便从书包里掏出纸巾来准备给他擦擦嘴，孙丽丽就从床头柜上拿起了毛巾，她一面哄小孩儿似的说着咱们擦擦嘴，别动，别动，乖啊！一面就把李晨曦的嘴和手都给擦完了，弄得方芳手里举着纸巾多少有些尴尬，有些不快。

李晨曦看出了方芳的不快，便转过头来跟她说话，他问她一个人去做康复行不行？

方芳说行。没多大问题。有的时候是崔凯带着我去。

李晨曦说你自己的时候，上下楼可要慢一点。

方芳说我知道，你不用操心。我能照顾好我自己。

李晨曦又说你锻炼的时候也要慢一点，千万不能动作幅度过大。

方芳说我知道。你不是嘱咐过我吗？我倒是担心你，我这个人也是粗心，那次你在我那儿说腿不大舒服我没往心里去，要是那天咱们就去医院看看，你的腿就不会发展得这么严重。

李晨曦说我也没在意，再说那时候谁会在意它呀。你甭往心里去，这跟你没关系。

李晨曦说完，就朝方芳伸出手。方芳看见李晨曦的手朝自己伸过来，也伸出了自己的手，正在他们两人把手要握在一起的时候，孙丽丽突然站了起来。好了好了，她朝李晨曦和方芳说道，医院有规定，一个病人只允许留一名家属陪着，人多了，待会儿护士又该过来轰人了。方芳，你身体不好，崔捷，带着你妈妈先回去吧。晨曦这儿，你就甭惦记着了，有我呢。

李晨曦见孙丽丽轰方芳走，就说孙丽丽这几天你也累了，要么你先回去，让崔捷和芳芳在这儿。孙丽丽说看你说的，我就是再累，也不能让她这么个还没好利落的病人看护你呀，那也不是咱们老李家的一贯为人呢！说完，就对方芳和崔捷又说了一遍晨曦这儿有我呢，你们就甭惦记着了。说完，还朝他们晃了晃手里的病人陪护牌儿。

见孙丽丽起身让他们离开病房，崔捷想说什么，可话到嘴边没说出口。

方芳想说什么也没说出口。

第二十九章

方芳见孙丽丽总围着李晨曦转心里极不舒服，她想和李晨曦复婚，但是几次拿起电话来都欲言又止。与此同时李晨曦也在考虑着两个人复婚的事情，但鉴于惧怕崔凯，他也是心怀忌惮。

1

护士张萌每次到病房来送药都会先喊病人的病床号，之后再核对一下人名。李晨曦的病床是七十八床，于是每次张萌便先喊七十八床，药，李晨曦对吧？李晨曦便高声说对，七十八床，李晨曦。

这一天张萌在护士站值班，不负责发药，可是她还是跟着发药的护士走进来看了看李晨曦，又看了看病床上的标贴，问，您就是李晨曦？李晨曦觉得非常奇怪，便反问她怎么了？不认识了？你不是天天给我发药，天天喊我的名字吗？张萌笑笑，说，不是不认识，是重新认识一下。李晨曦不解，问何故。张萌不回答，再问，您真是李晨曦？孙丽丽在旁边看着也觉得奇怪，就说，他就是李晨曦，我跟了他好几十年了，没错儿，如假包换。张萌便将手一拍，说，我觉得我就没猜错，您一定就是李晨曦。李晨曦一下子被搞糊涂了，说，我不是李晨曦还能是谁啊？你不是天天叫我的名字吗，李晨曦，量体温，李晨曦，测血压，李晨曦，留尿，李晨曦抽血！张萌没理会李晨曦的话，她拍完手就跑了出去，不一会儿拿着一张《北京晚报》跑了进来，之后把报纸递给李晨曦，问，您写的吧？没等李晨曦回答，她便念了起来：

雾霭笼罩着湖面
我们登上了小船
荡在自由的水上
仿佛缥渺在云端

李晨曦看着报纸，听着张萌念他的诗，便来了诗兴，于是也跟着张萌继续往下念：

穿着美丽的长裙
我们轻轻地相挽
今日尽情地欢唱
扯动洁白的风帆……

两个人把诗念了几段，张萌就又拍了手，问，作者李晨曦，是您吧？

李晨曦说是。

真美！张萌说，您写的真美！我简直都被陶醉了！我特别欣赏这首诗，既古典又现代，既矜持又浪漫，既含蓄又张扬，既沉稳有飘逸。我，我简直没法用语言形容了。说罢，她又指着编者按说，这编者按写的是真的吗？您这首诗是写给您爱人的？孙丽丽没看报纸，却抢过话来说，是写给我的，我经常给他当模特，他写诗经常会参照着我写。跟你说姑娘，我俩认识就是因为他写诗，有一回，他跟我说你站好了，让我看看你，我以为他是流氓不怀好意呢，可是他看了我一会儿，一闭眼睛就做出了一首诗，那首诗是这么写的，我给你背背啊：

一颗小星挂在天空

让我想起了你的眼睛

既明亮又热情

闪烁在我心中

姑娘，你听听，这诗写得好不好？

张萌听了说好，原来你们俩认识这么浪漫啊！阿姨，您真幸福，诗歌是你们恋爱的纽带，九百九十九个故事是他对您爱的倾诉，您太幸福了，您有这么一个诗人的爱人太幸福，太幸运了！

李晨曦听到这里，知道张萌把孙丽丽当成方芳了，不过他既没好意思说孙丽丽刚才背诵的那首诗不是他写的，那是孙丽丽经常爱唱的一首歌的歌词，也没有告诉她，那个编者按里说的他的爱人不是眼前这位孙丽丽，而是那天来看他的那个戴眼镜儿的女人方芳。

张萌对那首诗和诗歌的编者按赞叹了一番又跑了出去，不一会儿又拿着一个很精致的小本子走进了病房，她把本子打开递给李晨曦，之后又递过来一支笔。李晨曦问她干吗？张萌说请您给我签个名。李晨曦说签名？你高抬我了，我从来就没有给人签过名。张萌说从来没有就更有意义，因为我求到的是您的第一个签名。李晨曦犹豫了一下接过小本子，一看上面尽是影星、歌星、体育明星的名字，于是赶紧又把本子还给了张萌，说我的名字不值钱，诗歌也不值钱，可以说根本就没人看，按照有些人的说法，我们这些人是在自娱自乐，所以，我的名字跟这些明星大腕儿放在一起不合适，不在一个档次，不够资格。张萌把本子又推了回去，说您客气什么啊，我觉得，您的名字或许大家都不知道，诗歌或许也不值钱，可是，如果将来要是有人问我，这个人是谁，我怎么没听说过他时，我会把您用九百九十九个故事将沉睡的爱人从昏迷中唤醒的事迹告诉他，他听了，一定会对着您的名字竖大拇指的。

正准备签名，方芳在崔捷的陪伴下走进了病房，看见孙丽丽正坐在李晨曦身边，两个人肩并肩，共同捧着一个小小的本子，方芳的心立即就像被铅块儿压住了一样变得沉重了起来。

孙丽丽看见方芳来了，忙招呼她说，方芳来了，你坐，坐啊，别客气。

李晨曦赶紧在本子上签了名，把笔还给张萌就把身子往床的边上挪了挪，示意让方芳过来坐。孙丽丽见李晨曦在床上给方芳挪出位置来，就把李晨曦的身子往回推，说你躺正了，你的腿搁在床边上不舒服，之后指着李晨曦脚下的那把椅子说，方芳你坐吧，你看你，大老远地跑什么呀，我不是跟你说过了吗，这儿有我呢，你就放心吧。方芳看着孙丽丽，一脸的无奈，她把椅子朝床边上推了推，没坐，见崔捷想上前要跟孙丽丽说什么，她也没让，她走到了窗子前面，朝外看了一会儿又走回到了李晨曦的床边，之后拉开书包的拉锁儿，从里面掏出几根香蕉，对李晨曦说，老李，香蕉爱坏，不好存放，所以我也没给你多卖，我给你留下点钱，以后你想吃什么就让孙丽丽给你买点儿什么吃，孙丽丽讲话，我身体不好，行动不便，往后，我也就不来了，今后有她在这儿照顾你我也就放心了。老李，你好好治疗，好好休养吧。说完，方芳就用手捂住了自己的鼻子，转身离开了病房。

李晨曦见方芳转身走了，知道她一定是生气了，特别是他见到了方芳捂鼻子的动作，知道她一定是在抑制着要掉下来的眼泪，于是慌忙要从床上起来。方芳、方芳，李晨曦朝她的背影喊，你别走，别走啊！

孙丽丽见李晨曦要从床上起来去把方芳喊回来，就一把把他按住了，说你有病，躺着。客人走了，我替你去送送。

李晨曦朝她喊了一句她不是客人！

2

李晨曦住院之后，嘟嘟、蕊蕊、发发轮着来看望。来看望的时候，孙丽丽就婉转地示意他们给李晨曦做做工作。三个孩子就说工作我们不是已经做过了吗？您的意思以前我们不是也转达了嘛？可是我爸他不同意。孙丽丽说以前是以前，现在是现在。她说现在就好比是一锅水，我都加热到九十九度了，你们再加把火，锅就开了。

三个孩子领到了任务就开始嘀咕，老妈已经点燃火焰的那口锅下，他们是添柴还是不添柴，这把火是烧还是不烧。依照发发的意思，婚姻自由，既然老爸喜欢方芳阿姨，也正准备跟方芳阿姨复婚，那就顺其自然吧。嘟嘟觉得即便是这样还是应该内外有别，不管怎么说，老妈是内，方芳阿姨是外，有什么事，先内而外这是必然的。就比如说发发要是跟崔凯打架，我跟蕊蕊不管谁对谁错，肯定要帮着你发发，不可能去帮助崔凯。所以，她建议还是帮着老妈做做工作，添一把柴，看能不能把水给烧开了。蕊蕊说也行，你这么说也说得过去，反正现在老爸和方芳阿姨还没复婚呢，机会均等，公平竞争吧。

于是，嘟嘟在看望老爸时就跟老爸说，老爸，您看我妈对您多好，天天给您送饭不说，还喂水喂药的，这叫什么？这就是老话儿说的，患难见真情，再说了，自从您跟我妈离婚后，我妈知道自己的错误了，她说，她再不干以前的那些事情了，她不会再跟踪您了，也不会再监视您了，您以后爱干什么就干什么，爱跟谁在一起就跟谁在一起，她不干涉了，她说，以后凡是您高兴的，她就高兴，您不高兴的，她就不高兴。老爸，您看我妈都表态了，都这么主动了，作为一个女人来说，能拉下脸来这么主动不容易，老爸您就从了吧！

蕊蕊来照顾老爸时跟老爸说，您不是劝我和冯立冬和好的时候说人是老的好、物是旧的亲吗，您和我妈，在一起生活了好几十年那还不够老，不够旧嘛？您不是劝我跟冯立冬和好的时候说要看在孩子的份儿上嘛？我和冯立冬只有一个孩子，您可是有我们三个孩子呢！您就看在我们三个孩子的份儿上，和我妈合了吧！老爸，跟您说，您跟方芳阿姨结婚，从一开始我就不同意，尤其是她有崔凯那么一个儿子，我就更不同意。既然您现在和她离婚了，您干脆，就跟我妈复了得了。

发发来看望老爸时跟老爸说，您看不是一家人总归不是一家人，永远不能干什么事情都一个心眼儿。比方说崔凯当时让您卖房子吧，如果是您的亲儿子，他能逼着您卖房子吗？还拿卖房子的事打比方，如果是亲儿子，他在生意上遇到了困难，需要您卖房子以解燃眉之急了，您会那么犹豫，那么矛盾吗？不会，你可能都主动地提出来卖房子了。所以，我还是比较赞成您和我妈复婚，当然，首先是在您想复婚的前提下啊。您和我妈复婚了，咱们还是一家人，咱们一家人在一起，永远也不会发生崔凯那样的问题。还有，您对方芳阿姨也是一番真情，不过，她病了，您把她带回家伺候，护理，并且把她从死神手里夺回来，也算是仁至义尽了。您再和我妈复婚，也算是交代得过去了。

三个孩子前后脚儿的来劝说李晨曦，让李晨曦相当反感。孩子们劝说他的时候，他尽量不做任何回答，不做任何解释，并且一再强调让他们在说话的时候把声音放得低一点。

李晨曦不是一个无情无义的人，他能体会出孩子们的一片好心，也能理解孙丽丽的良苦用心，可是他绝对不能接受这种方式。如果换了其他方式或是场合，他可能会跟孩子们亮明自己的观点，阐述自己的理由，甚至是和孩子们去争辩，可是在病房里，在这么些人的眼皮子底下，他却不想做出任何解释，他选择了沉默。因为他是个非常好面子的人，自己的隐私一般不愿意让旁人知道。孩子们轮番来跟他谈自己复婚的事，让他感觉脸面上很难堪，特别是在张萌当众念了他的诗，当众跟他索要了签名之后，他更觉得自己这个不大不小，不高不矮的“名人”更该得到隐私的保护。发发跟他谈了之后，他觉得孙丽丽还会把七大姑八大姨的都搬来当救兵，于是终于忍无可忍，他跟孙丽丽急了，问她什么意思？你到底要干什么？该表的态，我都给你表了，该说的话，我也都跟你说了，你还要干吗？孙丽丽装作很无辜的样子说，我怎么了？我有什么意思？我要干什么？孩子们找你谈是孩子们的事，你跟我急什么？李晨曦说那好，好，不谈这件事，咱们不说孩子们的事，就说你对待方芳这件事，我跟你说，这件事我一直就忍着，忍着，我不愿意当着病房里这么些人说这件事，我怕这件事人家知道了我没面子，我怕人家听了这件事你会下不来台，可是你非往墙脚儿上逼我，你得了房檐儿就想进屋子，我问你，谁跟你说的方芳是客人了？她怎么就是客人了？你知道不知道什么是客人的概念？你知道不知道什么是客人的位置？我再问你，谁给你的权利让你把人家轰走了？谁？孙丽丽见李晨曦跟她瞪着眼睛质问她，就立马儿委屈地掉起了眼泪，她说我这么没白没黑地照顾你还照顾出不是来了？我这么跑前跑后的还跑出问题来了？我哪儿轰方芳走了，她来了，我请她坐，怕她身体不好不让她总往这儿跑，难倒这有什么错误吗？我伺候你，给你忙前忙后的，你不答情也就算了，干吗这么对待人家啊？说完，孙丽丽就一面叨唠着一面趴在李晨曦的病床上失声痛哭起来。

李晨曦见整个病房里的人此时都把目光集中在了他的身上，他怕孙丽丽叨唠起来没结没完，就把牙一咬，眼睛一闭，喘着粗气不说话了。

孙丽丽觉得李晨曦没了动静，便止住了眼泪和叨唠，她抬起身子来把眼泪抹了一把，李晨曦从床头柜上把毛巾递给了她，她看了李晨曦一眼，之后拿起毛巾走进了卫生间。

孙丽丽去了卫生间，李晨曦便赶紧拿着手机走出了病房。他来到了大夫办公区给方芳拨打了电话。电话被接听前，他觉得有一肚子话要跟方芳说，包括给方芳赔礼道歉，包括他刚才训了孙丽丽一顿，包括他想尽快出院好尽快跟她去办复婚手续。可是这一肚子的话待电话拨通了，方芳冷冰冰地说了声喂，问他有事吗？他的喉结就像是被封住了一样，一句话也说不出来了。他对着电话结结巴巴地跟方芳说你，你，你——你了半天没你出个所以然来。还是方芳先打破了沉默，她问他你怎么想起给我打电话了？李晨曦使劲儿地咽了一口唾沫，像是把堵在喉结上的东西给咽下去了，就回答方芳说，方芳，她不在，我就想起你来了。

话一出口他立即就后悔了起来。什么叫她不在他就想起她来了？这让方芳听了会怎么想啊？

果然，方芳听了就回敬他说，啊，是吗，那赶紧挂了电话吧，她可能已经回来了。

李晨曦赶紧说方芳我说错话了，我紧张，我一时不知说什么好了，可是还没说完，就听方芳吧嗒一声挂断了电话。

不知什么时候孙丽丽已经站在李晨曦的身后。

你给谁打电话呢？孙丽丽的问话吓了李晨曦一跳。

3

方芳一连几天都没有到医院来，这让李晨曦心里很不踏实。他给方芳打电话想表达一下对她的思念，想知道她什么时候能够过来，可是当他问她怎么样，身体好不好，去没去做康复训练，可方芳却嗯嗯啊啊地只说了那么两三个字便挂断了电话。

因为和张萌熟悉了，所以李晨曦就去找张萌，说想求她一件事儿。张萌正在护士站值班，就一面接着电话一面在纸上写着记录一面问他什么事儿。

李晨曦等她接完了电话，在记录本上写完了字，说你能不能帮忙把陪我的家属给辞了？

张萌没听明白，问他什么叫帮我把陪我的家属给辞了？

李晨曦就又措了措词，说，我身边有个护工就够了，那个女的，孙丽丽，我不想让她天天陪着我了，你想办法让她不用来了，至少不用天天来了，行吗？

张萌这才明白了李晨曦的意思，她问李晨曦，如果我没理解错，您是不想让家里人陪护了？

李晨曦说是，就是。

为什么？张萌问，人家可是千方百计地想要个陪床证，要家属陪着呢。

我跟他们的情况不一样，我腿好多了，没多大事了。李晨曦说，所以我想取消这个陪床。

大叔，李老师，您让我跟您说多少遍您才能明白，张萌说，您现在用着激素，激素懂吗？它能让您的新陈代谢加快，能让您的心脏负荷加重，您别看您的腿好多了，能活动了，能下地走了，可是您心脏的负荷加重之后，会出现很多问题，比如头晕目眩，比如手脚颤抖，极容易发生危险，所以，陪床是万不可以取消的。

你们大夫经常危言耸听，听张萌说了那么一大套，李晨曦表示不信，他对张萌说，没那么严重，再说我还有护工呢。

张萌说，危言耸听倒是略微有那么一点，不过，我问您一个问题，注明一下，这个问题您可以不回答啊，您为什么非要取消陪床呢？

李晨曦问能允许我回避这个问题吗？

张萌说嗯。您先回病房吧，等我给您问问护士长，她要是同意了，我去通知您。

过了几个小时，张萌走进了病房，她先朝李晨曦使了个眼色，之后对孙丽丽说，七十八床家属，现在七十八床的病情比较稳定了，血沉也降下来了，你把陪床证交回来吧，从明天开始，七十八床身边就只能留一个护工了。孙丽丽似乎是没听明白，就问张萌，你是在说我吗？我明天就不能来了吗？张萌说对，七十八床，是李晨曦对吧？李晨曦说对，七十八床，李晨曦是我。

孙丽丽听说让自己交回陪床证，就赶紧去找护士长，她跟护士长说七十八床现在还不能没人陪护，她现在吃着激素呢，心脏的负荷很重，随时会出现危险，她说有她在身边陪护，家里人才放心。护士长说医院有医院的规章制度，什么阶段需要家属陪护，什么阶段不需要家属陪护有严格的规定，所以，请您配合我们的工作。孙丽丽说我求求您了，算您帮我一个忙好不好？就再让我陪护几天。护士长说那可不行，要是那样，我就该被扣奖金了。孙丽丽说扣奖金不怕，我给您补上，您说多少？护士长说那要是把我开除了呢？你也给补上？

交回陪床证，孙丽丽第二天便没再出现在病房里，李晨曦感到从未有过的轻松。他想给方芳打电话告诉她这件事情，请她赶紧过来，可是转念一想要是她跟上次似的在电话里嗯嗯啊啊地敷衍，那自己要说的话她也不一定能听得进去，于是，索性他就给她发了一条短信，告诉她孙丽丽已经让她轰走了，以后也再不会来了，有时间你就过来吧，我非常想你。

短信发过去了好久，没见方芳的回复，他就又给她重发了一遍，这一遍发送过后，方芳马上回了仨字：没时间。

得到了这三个字的答复，李晨曦知道方芳的心已经伤透了，否则她是绝不会这样给自己回复的，因此李晨曦觉得自己应该负荆请罪，亲自上门赔礼道歉。到了晚上的时候，见同病房的人都睡熟了，楼道里也静悄悄的了，护士站就只剩一个护士值班了，于是他就偷偷地脱下了病号服，换上了自己的衣服，把手机和钱包都放在了兜儿里，蹑着手脚便准备开溜。

病房的门打开时，没有声音，走出去时，也没有人发现，临近护士站了，那个值班的护士依然把头低着没有要抬起来的意思，再走几步就是科室的大门了，出了这个大门，他就可以乘电梯下去，打车去方芳家了，于是他便把身子紧贴着墙边，加快了脚步。眼看科室大门近在咫尺了，门把手儿唾手可握了，这时李晨曦的心里不由得一阵慌乱，或是说一阵狂喜，慌乱和狂喜造成了他心跳的加速，心跳的加速造成了他的手脚颤抖，一瞬间，他的头晕了，眼花了，两条腿也就不听使唤了。接下来的事情，李晨曦似乎就有些不知道了。他好像是先听到了身后响起了急促的脚步声，再然后他好像听到了一个女人的声音，她说赶紧叫大夫赶紧叫大夫，可是那个女人的声音却不像是孙丽丽的，不像是方芳的，也不像是张萌的，也不像是护士长的，这个声音到底是谁的呢？就这么思索着，他感到自己脑子渐渐地有点木了，就像是写东西写得时间长了，脑子拉不开栓了的那种感觉一样，于是他索性就不去想了，没一会儿就睡着了。

醒来的时候，护工和张萌陪在他的身边。看着自己身边的各种仪器，李晨曦知道他被抢救了。看着护工和张萌的眼睛，李晨曦知道整整一夜他们都没有合眼。他想跟张萌说声抱歉，可是张萌却用手做了一个制止的动作，然后把手扶在他的额头上说，大叔，李老师，睡吧。有什么话明天再说。

第二天早起，李晨曦活动活动自己的胳膊腿儿，一切正常，晃了晃脑袋也不再眩晕，于是就打算起床。他叫护工帮他找拖鞋，叫了两便没人答应，因此他就试着用脚伸到地上去找。这时候，他感觉有一只软绵绵的小手儿攥住了他的脚，并且感觉这只手还是方芳的，他就猛然从床上坐了起来。

果然是方芳在给他穿鞋。

李晨曦欣喜万分。

他赶紧要下地，方芳说你别急，把手扶在我的肩膀上。李晨曦乖乖地把手扶在了方芳的肩上。

下地之后，方芳扶着他进了洗手间，他把洗手间的门关严实了，就在方芳的脸上亲了一口。方芳没躲闪，开始给他洗脸。他摇晃着头说先不洗，我问你，你是怎么过来的？方芳说打车。李晨曦说我问的是你怎么就过来了？方芳说张萌叫我过来的，他说你被抢救了。李晨曦问她是怎么知道你的电话的？方芳说，我走的那天留给她的，我让她有事给我打电话。李晨曦把方芳抱紧，说方芳，谢谢你，对不起你。方芳就说谁跟你一般见识。告诉你啊，我来可不是为了你。李晨曦问你不是为了我是为了谁？为了张萌，那小姑娘不错。方芳说，要不是她劝我来，我才不理你呢，孙丽丽不是给你做的饭好吃吗？她伺候你不是伺候得舒服吗？给你洗完了我就走，你把她再接回来吧，接着给你做饭伺候你吧。你现在是自由人，你爱找谁伺候你就找谁伺候你，我才管不着呢。李晨曦听方芳说管不着自己了就说，那好，那好，你不是管不着我了吗，那我就从了孙丽丽，我就从了她。我现在就去给她打电话。说完就起身要走，方芳见了，使劲儿地把李晨曦拽到了自己的怀里，说你走吧，走啊！走啊！怎么不走啊？讨厌！说完了讨厌，方芳就把身子贴在了李晨曦的身上。

你不许再理孙丽丽。方芳说。

李晨曦抱着方芳点头说嗯。

现在不许，以后也不许。方芳说。

李晨曦抚着她的后背点头说嗯。

你发誓！

我发誓！

两个人刚要亲吻，卫生间的门被拉开了。

背对着门的李晨曦听见一个很熟悉的声音说洗个脸需要那么长时间吗？

李晨曦一回头，正好和孙丽丽的目光相遇。

4

李晨曦没想到孙丽丽没有陪床证也能进到病房里来，方芳同样也没想到孙丽丽没有陪床证也能进到病房里来。而孙丽丽见拥在一起的两个人被惊扰了，同时都向她投来了惊奇和疑惑的目光时，不免有些得意。

对不起，打搅了。孙丽丽装作很有礼貌似的跟两个人道了歉，之后便把卫生间的门给他们关上，说，我是来拿我放在这儿的东西，拿完就走，不多打搅。

李晨曦从卫生间出来显得有些不自然，他觉得自己这点隐私全病房的病人和家属包括护工可能都知道了，孙丽丽呀，方芳呀，两个老婆为他争风吃醋啊这些话题已经成为他们茶余饭后的笑料了，因此他尽量地躲闪着大家的目光，不仅如此，在大家面前行走，他甚至还有了一种光着身子没穿衣裳似的尴尬。

李晨曦坐在病床上看着孙丽丽收拾自己的东西。

其实孙丽丽在病房里也没有什么东西可收拾。几张报纸、几本杂志，还有就是一些街头上散发传单的那些人塞给她的各式广告。不过，孙丽丽在收拾这些东西时却故意把动作放得很慢，就好像是电影里的慢镜头，一个姿势要保持好长时间。她把报纸拿起来，叠好了，压实了，然后码放在了一起，她把杂志的每一篇都翻了一下，似乎是在检查里面夹没夹贵重的东西，钱，或是有价证券什么的，翻完了，再把它们一本一本地落在报纸上，至于那些小广告，她把它拿在手上，很有兴致地翻看起来，翻看的时候还不时地把手指头放在嘴上沾一下唾沫。

李晨曦看到她的这个动作，赶紧就闭上眼睛。

好了，知道你烦我了。孙丽丽看似在翻看小广告，实际上她的眼睛没有离开过李晨曦。看到了李晨曦闭眼睛的这个动作，于是她就把小广告往床头上一扔，站起身说，我走了，你好好休养吧。我不像她似的，有她在，我放心。说完，就夹起了报纸和杂志往病房外面走，李晨曦立即从床上下来去送。孙丽丽走出了病房忽然又转回身来往回走，正好和往外送的李晨曦撞了个满怀。孙丽丽说对不起，没撞坏你吧？李晨曦说没事。孙丽丽说，以后别慌慌张张的，你可得保护好自己，你知道你现在多金贵呢。说完就走进病房，把报纸和杂志都给了护工，之后高声对病房里的人说，告诉你们一个秘密啊，门诊楼的地下室和咱们这座病房楼的地下室是相通的，以后有谁要是想进病房楼进不来，就在门诊楼的地下室穿过来，没人管。

说完了，孙丽丽看看李晨曦又看看方芳，之后离开了病房。

孙丽丽离开后，李晨曦的心里没有了昨天她没来时的那种畅快感和自由感，突然一种说惆怅不是惆怅，说抑郁不是抑郁，说伤感不是伤感的那么一股子感觉涌上了心头。

孙丽丽走后的下午，嘟嘟在探视时间来了。李晨曦把自己的这种感觉跟嘟嘟说了，他说他见孙丽丽走的时候很有情绪，他说其实这是他不愿意看到的，他觉得他应该和孙丽丽还是好朋友，甚至比好朋友还要亲密，他问嘟嘟能理解这种亲密的关系吗？嘟嘟说她能理解，不是夫妻，但是是超越了朋友感情的亲密朋友。李晨曦说对，我要表达的就是这个意思，在我的理想中，我和孙丽丽将来应该是这样一种关系，这样一种模式，我们不应该成为仇人，因为我们在一起生活了几十年。李晨曦说我之所以跟你说这些，是想让你回去劝劝你妈妈，我不让她来医院并没有什么恶意，因为我现在毕竟是和方芳阿姨在一起，我和你妈妈将来还是好朋友。嘟嘟说我知道了，您的感情我能理解。

嘟嘟听老爸说完了老妈这件事就掏出手机来给老王打电话，李晨曦问他干吗这么着急给他打电话，嘟嘟说本来老王跟她说好了，今天一起来看老爸，可是临出门时，老王突然感到有些头晕，我就自己来了，他一个人在家，我不放心。

电话接通了，老王说自己的头还是晕。嘟嘟说那我赶紧回去，你别动，等着我啊。

嘟嘟回到家里，老王正迷迷糊糊地睡着。嘟嘟觉得老王的状态不好，便立即带他去了医院。到医院一量血压，120/220，这个数字让嘟嘟吓了一跳。怕老王有什么事不好交代，嘟嘟赶紧给老王的两个孩子打了电话。王鹏和王瑾便立即赶到了医院。

老王由于医保医院在原来自己家附近，因此就面临着两个选择，一是搬回自己家去，二是在嘟嘟这儿就近的医院办理医保。因为办理医保需要至少一个月的时间，因此老王决定还是搬回自己家去住，以保证就医方便。

老王要搬回去住，自然要跟王鹏商量，他想让王鹏出去租房住，以给自己一个能够养病的安静、宽松的环境。老王说，如果王鹏同意出去，租房子的租金他可以出。嘟嘟见老王要给王鹏花钱租房，就说不如就让王鹏住我的房子，这样就省了租房子的钱，咱们之间把房子换一下就成了。可能就是嘟嘟的这句把房子换一下的话让王鹏产生了想法，当时王鹏按照老爸和嘟嘟阿姨的意思搬到嘟嘟的房子去住了，可是过了几天王鹏就找上门来，他问老爸把自己轰到嘟嘟阿姨的房子里是什么意思？老王说没什么意思，就是为了自己就医方便。王鹏说恐怕不是吧？恐怕嘟嘟阿姨另有企图吧？老王不解，说嘟嘟阿姨是好心，怕我给你租房子花钱，她有什么企图呢？王鹏说嘟嘟阿姨的房子地处偏僻，您的这套房子在市中心，两处房子的价值可不一样，我看嘟嘟阿姨表面是为了您好，为了您省钱，可是她有长远的打算，她是在放长线钓大鱼，您明白吗？

王鹏找老爸说了这件事之后，就开始频繁地找老王，让老王必须给他写一个财产遗嘱。注明老爸这套房子将来的合法继承人只有王鹏自己。

嘟嘟去医院看望老爸时，就跟老爸说了这件事，并表示出了极其不高兴的情绪，她跟老爸说，王鹏说了，如果老王不写遗嘱，他就不让老王再婚。李晨曦听了不由大笑，说当初你们几个不也是这么要求我的吗。嘟嘟听了老爸的话，不由得不好意思起来。看到女儿不高兴，李晨曦劝嘟嘟要正确面对再婚，再婚的确和初婚不同，从自己的亲身感触说，第一，再婚要有真情。第二，处理好婚前财产也是必不可少。满足了这两条，才具备了将来好日子的基础。

王鹏让老王写遗嘱，老王犹豫了几次没有动笔，他总是觉得写遗嘱是一件很不得已的事情，是在无奈了的情况下才做的事情。于是他就先劝慰王鹏，原来不是商量好了吗，你妹妹也同意，这套房子是你的。再说，阿姨表过态，她不会要这房子的。你看这样还需要遗嘱吗？

王鹏说那不行，表态在法律上不起作用。这件事情，您必须写出文字来，并且公证。

躺在床上的老王感到很为难。他用了很无助，很无奈的眼神看了看身边的嘟嘟。嘟嘟在这个时候笑了一笑，说，没关系，这样更好。以前，我和你爸爸是有一个口头协议，第一，我不问他有多少存款。第二，我不要这套房子。既然王鹏说公证更具法律效力，我不反对，你看什么时候咱们去办理这个公证？王鹏想了一下，说，老爸如果现在写，那我准备一下，明天咱们就去。

老王写了遗嘱的第二天一早，王鹏的妹妹王瑾和妹夫田斌先于王鹏来到了老王家，但是两个人没上楼。等王鹏开车过来之后，三个人站在楼门口交谈了好一会儿。这一幕，是嘟嘟出门倒垃圾，在阳台上看到的。嘟嘟倒垃圾回到房间不一会儿，三个人就来到了家中。王鹏很难为情地对嘟嘟说，阿姨，公证的事情，我想好了，咱们不办了。王鹏的妹夫田斌说，阿姨，咱们是一家人，办公证太伤感情。王鹏的妹妹王瑾说，阿姨感谢您这么长时间照顾我爸爸。人总要讲良心和回报。阿姨，说句话您别介意，等将来您老了，我负责给您，给您……看着她说不出最后两个字来，她丈夫田斌就接过话茬儿来，说，我们给您养老，阿姨，您愿不愿意？听了孩子们的这番话，嘟嘟笑了，并且在大家都笑了的那一瞬，悄悄走回到了自己的房间，用毛巾捂住了自己的眼睛。这一动作，叫王鹏的妹妹王瑾看到了，她马上跟了过来，从身后用双手搂住了嘟嘟——

阿姨，对不起！

那天，嘟嘟提议，全家在一起，吃顿饺子。王鹏第一个说，好，一直就想吃阿姨包的饺子呢。王鹏妹妹王瑾说，太好了，原本我们要去谈个生意，要是吃饺子，那什么生意也不去谈了。于是，大家就围在一起，各司其职，王鹏和面，嘟嘟和馅儿，王鹏妹妹王瑾擀皮儿，王鹏妹夫田斌点火坐锅，不大的功夫，在大家的嬉笑之中，热腾腾的饺子就端上了饭桌。吃饺子的时候，老王把筷子掉在了地上，王鹏妹妹王瑾把筷子给老爸捡起来，说，老爸，这叫快（筷）乐，快（筷）乐！老王于是就笑了，端起了手边的饺子汤，说，那就为这快乐，干杯！

一阵风，这个时候把窗外的一股甜香送了进来。嘟嘟说，真香，真清新。老王说，这是绒花的味道，每年的这个季节，坐在这个地方都能闻得到。嘟嘟起身朝窗外望去，可不，楼下那一片绒树上，层层叠叠的绒花，红红的，毛茸茸的，娇娇嫩嫩的，开得正艳……

第三十章

李晨曦和方芳复婚的同时，嘟嘟和老王、蕊蕊和冯立冬、发发和小霞也都开始考虑各自的婚姻事宜，崔凯于是决定为这一家人举行一场集体婚礼。

1

李晨曦的病逐渐地好了起来。膝盖消肿了，血沉也到了正常值。大夫告诉李晨曦说，七十八床，你再待两天，做个检查之后就可以出院了。

大夫说他可以出院了，李晨曦就想到了自己出院后的归属问题。鲜花店肯定是不能再住了，那么出院后自己住在哪儿呢？住孩子们家，能行吗？李晨曦觉得不行，孩子们的住房都不宽裕，和他们住在一起，要跟他们同在一个屋檐下生活，在一口锅里舀饭吃，自己的行动坐卧将会受到很大的限制。别看李晨曦有房子的时候，他愿意孩子们回家，甚至愿意他们天天都回家，可是一旦自己没了房子，要到儿女们家去和他们一起生活了，他却一点都不乐意。

嘟嘟知道老爸要出院了，就说鲜花店您不能再住了，您就跟我和老王住在一起吧。

李晨曦摇头说不行。

嘟嘟问老爸怎么不行？老王可是好脾气，您跟他在一起肯定不会发生矛盾，您住我那儿最合适。

李晨曦说不行，第一，老王血压高，需要安静的环境修养，第二，你们住的房子是人家老王的，我住进去显然不大合适。街坊邻居也会说闲话。

嘟嘟说，什么叫我住的房子是老王的啊？我的房子不是让他儿子住着吗？要不，让他儿子去租房，您住那儿去。

李晨曦赶紧阻拦嘟嘟，说那可不行，那可不行，那样你们家还不再起矛盾？即便是我出了院去租房，也不能让人家老王的儿子去租房啊。

知道老爸要出院，蕊蕊跟老爸说您就委屈一下住我那儿吧。您把房子让给了我们开了鲜花店，您住我那儿属于应当应份，没什么可客气的。再说，我家白天没人，正适合您和方芳阿姨约会，还更适合您在那儿胡思乱想、胡编乱造地写诗。

李晨曦摇摇头说不行。

蕊蕊问老爸为什么不行？您住我那儿，一个是您的亲闺女，一个是您平时最喜欢最得意的女婿，有什么不行的？我都跟冯立冬说好了，您不是前列腺不好吗，上厕所勤吗，我俩尽量少占用厕所，冯立冬也说，如果您要上厕所，先优先着您，这还不行吗？

李晨曦说不行，假如我要是到了非跟着儿女们住不行了，那我宁愿跟着发发也不会跟着你和嘟嘟。

蕊蕊问为什么啊？

李晨曦说不为什么，因为他是我儿子。

蕊蕊说你还整天写诗呢，你还当过编辑呢，你这不是满脑子封建思想吗？

李晨曦说这不是封建思想。

蕊蕊问不是封建思想是什么思想？科学思想？进步思想？

李晨曦说这跟什么思想都没关系，这是中国几千年的传统。习俗。你别乱联系。

发发听说老爸要住他家便跟小霞商量行不行。小霞说行是行，不过你得把道理跟蕊蕊讲清楚了。发发问跟蕊蕊讲清楚什么道理？小霞说明摆着嘛，她用老爸的房子开了鲜花店，理应她给老爸想办法找住处，现在咱们让老爸到咱们这儿来住，得让她知道咱们这是在替她解决困难。发发说一家人，何必计较那么多。小霞说这可不是计较，这叫一码归一码，咱们吃亏要吃在明处，她占了便宜也应该让她知道是怎么回事，别占了便宜还躲一边儿偷着乐去，把别人当傻子。另外，我还提醒你啊，老爸来了，咱俩那个可就受影响了。发发问那怎么办？总不能看着老爸出院之后没地方住，还住着鲜花店里吧？小霞说当然不能，既然你是儿子，老爸又有到咱们这儿来的意思，咱们克服再大的困难也得把老爸接到咱们家来，要不然你大姐和二姐得多笑话咱们啊。发发问你说那事儿怎么办呢？小霞说还能怎么办？你别那么勤了，再有，小点声儿，别连呼带喊的了呗。发发苦笑了一下，说那就这么着吧。

和小霞商量好了，发发到医院找老爸，说他都准备好了，您出院后就搬到我那儿去住吧。

李晨曦笑笑说不行。

发发问不是您自己说的要去我那儿的吗？

李晨曦说我是说假如，假如懂不懂？就是比方，就是假设。懂不懂？

发发说那我也做个假设打个比方，假设、比方说您出院后没地方去，您怎么办？

发发的话，还真给李晨曦问住了。

发发再问，您说话啊？您总不能住到方芳阿姨家去吧？那也不是您的风格啊？

李晨曦要出院，方芳想让他回自己家，她觉得他只能跟着她回自己家。不过自己家她不能完全做主，她还要跟儿子崔凯商量。从医院回到家后，他问崔凯让李叔叔搬到咱家来行不行？说你李叔叔出院后还真没地方住了，咱们能不能帮助帮助他？崔凯说，瞧您问的这话，我崔凯既然都同意你们复婚了，怎么会不同意他来家住呢？

更何况您病着的时候，他帮了咱们这么大的忙。方芳说同意是同意，可是你那脾气也要收敛点儿，别动不动就发火，动不动就抽鼻子，动不动就给人家脸色。崔凯用手挠挠脑袋，说我尽量克制吧，不过您跟他说说，我要是万一搂不住了，他也谅解谅解我。

方芳第二天去医院，就把崔凯的话转告给了李晨曦，李晨曦听了相当感动，说崔凯这孩子别看他脾气不好，其实挺懂事的。

方芳问李晨曦那就这么定了？

李晨曦说你让我再想想。

方芳问再想想？你还想什么？

李晨曦说，其实，我一直在考虑着，给咱俩找一个伊甸园。

方芳问什么园？

李晨曦说伊甸园。

方芳说天哪，那个地方能住人吗？那不是神仙住的地方吗？

李晨曦纠正方芳说，那是相爱的人居住的地方。

方芳说那你找到了吗？

李晨曦说我正在找，正在构思。

方芳说，我听听你的构思，听听你的宏伟蓝图，听听你的伊甸园。

李晨曦说你别说，还真是一个宏伟蓝图。

方芳让他赶紧说。她听听这个宏伟蓝图什么样儿。

李晨曦自从陪着方芳回了一趟插队的地方就想上了那里。他觉得那里山清水秀空气新鲜，远离闹市清静安宁。于是他就说等出了院，他想和她去那个地方住，去方芳曾经插队住过的那个院子住，去方芳曾经睡过的那张土炕上住。

方芳问他还有呢？

李晨曦说黄梅戏《天仙配》里头有句歌词你记得吗？树上的鸟儿成双对，绿水青山带笑颜，你耕田来我织布。记得吧？咱们上学的时候整天唱。

方芳说记得，那时候这算黄歌儿，大家都偷着唱。

李晨曦说，咱们住到你插队的那儿，在院子里养一群鸡，养一群鸭，种一畦韭菜，种一畦萝卜，种一畦豆角，种一畦黄瓜。古人云，宁可食无肉不可居无竹，咱们院子左边就栽竹子。古人云采菊东篱下悠然见南山，咱们院子右边就种菊花。古人云，那句古诗怎么说来着，这脑子，一时想不起来了，想起来再告诉你啊，反正是咱们在院子当中铺一条甬道，甬道上面搭一个大棚架，棚架上爬满了紫藤。对，想起来了，古人云，曲径通幽处禅房花更深，曲径通幽。啊——春天来了，鸟语花香，夏天来了果蔬满架，秋天来了菊花朵朵，冬天来了，冬天来了……

冬天来了怎么样？方芳问他，冬天来了怎么样？没有暖气，咱们拿什么取暖？西北风一刮咱俩拿什么御寒？房子里冰凉潮湿，您老人家的关节炎要是再犯了怎么办？离着医院好几百里地怎么去看病？还有，你的小孙子乖乖你还想不想？我的孙子唱唱咱们还管不管？

李晨曦听方芳这么问他，一时答不上来。

方芳说，我插队的地方好是好，但是只能是去看看，玩玩儿，因为那里毕竟距离城市远，距离孩子们远，毕竟咱们岁数大了，身体容易出状况了，所以咱们还是应该面对现实，不能远离医院，不能远离孩子们。

李晨曦想了想，不得不放弃了自己的宏伟蓝图。

方芳问他想明白了？伊甸园永远是伊甸园，那是神仙待的地方。

李晨曦说想明白了。你说的这些是个问题。再说，我冬天也特怕冷。但是，我还是不想住你那儿。

方芳问为什么？

李晨曦说，到你那儿我总觉得不自在。我要不就住发发那儿。

方芳说住他那儿当然也可以，他是你的儿子，但是我怎么办？咱俩怎么办？咱俩可就又像以前似的“走婚”了。

李晨曦叹了口气说，唉，真是！

2

小霞说蕊蕊的话，辗转传到了蕊蕊的耳朵里，蕊蕊在鲜花店里大发雷霆，她骂小霞什么东西，算老几？充其量就是发发的一个情人，说不定哪天就让发发跟扔旧衣裳似地给扔了呢，她有什么资格搬弄是非说三道四？

冯立冬见蕊蕊怒气冲天，赶紧劝她说小霞一会儿就来上班，这话要是她听见了不好。

蕊蕊高声说，不好怎么着？难道我还怕她不成？她来了我就把她给轰走，我这儿不要搅屎棍子！

冯立冬让蕊蕊别冲动，说小霞在咱们资金遇到困难的时候帮助过咱们，况且现在在店里干活儿也顶个男人用，不是卸货就是送货的，轰走了她那是多大的损失？再说，她说得也有道理，老爸的房子，是让咱们给开店用了，咱们理应给老爸解决好住房问题，老爸出了医院让他住到发发那儿，是不大合适。

蕊蕊跟冯立冬嚷道，我说不管老爸了吗？我说了吗？我不是跟老爸说我们占了您的房子开了鲜花店，您应当应份地就应该住到我家吗？

冯立冬说这不能冤枉你，你确实是说了。

蕊蕊说，我话都说了，老爸我也亲自去请了，她搅和什么呀？挑什么理儿啊？还有理说在明处，吃亏吃在明处，猪爪子缩到袄袖子里头，你算哪把手啊！哪天我让发发把她给休了，咱们家，留着她就是个祸害！

冯立冬说这件事儿先放放，咱们还是先解决老爸出院这件事儿吧，你看行不行？

蕊蕊依然跟冯立冬嚷道，我说不行了吗？我请老爸来咱家了，他不来，你说我该怎么办？

冯立冬说，蕊蕊，你别急，也别嚷，你听我给你分析啊，老爸和方芳阿姨结婚怎么说也算是新婚，新婚谁不愿意自己单独住啊，你说呢？你分析分析？

蕊蕊想了想，说也是。那怎么办？要不咱们给老爸租套房子住？

冯立冬说，我也是这么想。

蕊蕊和冯立冬打定主意给老爸租房，冯立冬便自告奋勇去跑这件事。

凡事都有个凑巧，冯立冬跑了一天房屋中介，晚上路过哥哥冯立秋家门口，正好撞见哥哥冯立秋出门买菜，于是他就跟着哥哥冯立秋来到了他家，于是闲聊时便跟他说了要租房子的这件事。冯立秋说正巧，他前不久刚买了一套房子，房本刚下来，要是李叔叔出院没地方住，这套房子就给他用吧。冯立冬问哥哥冯立秋，这房子你们不住吗？冯立秋说，这房子本来就是给自己的女儿买的，现在女儿正上大学，暂时用不着，先让李叔叔住吧。冯立冬自然喜出望外，他问哥哥冯立秋要多少钱的房租。冯立秋说李叔叔要是住，一分钱都不要，他是你冯立冬的恩人，也是咱们老冯家的恩人。冯立冬点头称是，不过转念想了想，又说我岳父那个人吧，脾气比较怪，你要是说不要钱吧，我估计他不会答应，不如这样，大哥你多少说个价格，钱我给他出，这样他住着也比较踏实。冯立秋说你说的有道理，我就不止一次听李叔叔说过什么君子不吃嗟来之食这类的话，这样，你别跟他说这房子是我的，也别跟他说这房子不要他房租，你干脆就说是从中介租来的，房租你出，因为你用他的房子开了鲜花店。冯立冬看了看哥哥冯立秋，说是个好办法。

冯立冬从哥哥冯立秋手里拿了房子的钥匙，便开始给李晨曦布置房子。他把李晨曦的写字台，书柜等简单的家具搬到哥哥的房子里后，觉得李晨曦的电脑过于陈旧了，就跟蕊蕊商量是不是给老爸买台新电脑。蕊蕊说用得着么？老爸平时也就是在电脑上敲敲字什么的，没多大的存储量，电脑的快慢对他来说无所谓，旧的还将就着用吧。冯立冬说现在都什么时代了，他还用着十几年前的那台电脑呢，好多软件都不能用了，就连内存大一点的U盘在这台电脑上恐怕都打不开了，正好他结婚，咱们就当个新婚礼物，给他换台新的吧。蕊蕊本想说咱们的鲜花店刚刚开张，用钱的地方还很多，新电脑先缓一缓，可一听冯立冬这番话，想到老爸再婚、离婚，之后再复婚的艰难过程，就点头说好吧。

冯立冬给李晨曦买来新电脑后便给老爸装了不少新软件，同时还给他注册了QQ，网名叫晨风轻拂，经过寻找，还帮着他加入了一个叫北国之春的文学爱好者QQ群。一切都办好了，冯立冬到医院去看望李晨曦，并把房子的事情和电脑的事情一一跟他做了汇报，汇报完毕，冯立冬说也没跟您请示，也没跟大姐和发发请示，我和蕊蕊就私自做了主张，这件事要是有什么对与不对的，老爸您可不要生气。李晨曦看着冯立冬递给他的房门钥匙，心里边泛上来了一股感激、温暖的涟漪，说难得你们一片孝心，你和蕊蕊既操心又受累，既出钱又出力的，我何气之有啊。我代表你方芳阿姨感谢你和蕊蕊了。冯立冬听李晨曦说了感谢俩字，就连忙说不敢当，不敢当，实在不敢当，您把自己的房子腾出来让我们开了鲜花店，我们反过来给您租个房子住是应该的，您可千万不用说感谢那俩字。说完，就说等您出了院回到家，我再教您怎么使用QQ。

说到QQ和网络，李晨曦就问冯立冬那个网名是你给我取的？

冯立冬说嗯，您觉得行吗？

李晨曦说行是行，不过我不知道你为什么给我取了这么个名字。

冯立冬说您的名字里有个晨字，您又好写诗，所以我就给您取了这么个名字，晨风轻拂。

李晨曦说名字倒是不错，颇有些诗意，可是我听着他怎么这么别扭。

冯立冬不解，问有什么别扭的？

李晨曦忽然一拍大腿说想起来了，骗你妈妈的那个小子就叫风，闲云随风，所以我一听这个风字，心里就别扭，你赶紧把名字给我改了，我不能叫这个字。

冯立冬说改容易，那您说是改个什么字好，还是重新改个名字好？

李晨曦想了想，说晨风轻拂不错，还留着，把风给改成枫吧，晨枫轻拂。

两天后李晨曦出院。

孩子们都很忙，李晨曦说你们谁也不用来接，我有房子的钥匙，知道房子的位置，我和你方芳阿姨俩人打辆车一会儿就到家了。崔凯有些不放心，他说出院还有些手续要办，您二位都老胳膊老腿儿的了，上下楼不方便，还是我帮着您办吧。

崔凯帮着李晨曦办理完了出院手续将两位老人送回家，看到冯立冬给他们布置的房间，特别是看到李晨曦将电脑打开后，电脑的桌面儿是李晨曦和老妈方芳的结婚照，便对冯立冬的细心大加赞许。他说，你别看冯立冬平时大大咧咧的，可是他干事儿还真有个细致劲儿。说完这句话，他又在房子里转悠了很久。把李晨曦的电脑桌面看了很久。临走时还说了句，这房子布置得真好。

李晨曦出了医院，他和方芳买菜做饭、做饭吃饭，收拾这收拾那，一晃就到了晚上。看看墙上的挂钟已经将近10点了，李晨曦跟方芳说你累了一天了，早点睡吧。方芳关了电视，坐在沙发上，把两只眼睛呆呆地看着他，没动。李晨曦拿手在她的眼前晃了晃，问，你没事吧？方芳不说话。见方芳不说话，李晨曦就座到了方芳的身边，问她怎么了？想儿子了？想孙子了？方芳说不是，没有。李晨曦用胳膊搂住了方芳的肩，问那你这是怎么了？方芳说，一到了这个时候，一听你说让我睡觉，我心里就忽然开始哆嗦。不知道是为什么。李晨曦听了方芳的话，就开始用手在她的后背上抚摸。我知道你是让过去的事情给吓怕了，李晨曦把脸贴在方芳的脸上说，放心吧，孩子们再不会来打搅咱们的团聚了。并且，从今往后，咱们再不会因为房子的问题不能生活在一起了。尽管李晨曦这么安慰着方芳，但是方芳还是没动，她说你上次也是这么劝我的，可是刚劝完，话音还没落地，怎么样？蕊蕊就突然敲门回家了。李晨曦说，那会儿是那会儿，现在是现在。那个时候，孩子们不是个人都有个人的状况吗，现在怎么样？一个个的都有了归宿，都走上了正轨，你看嘟嘟，和老王俩人过得和和睦睦的，发发和小霞，俩人也恩恩爱爱的，冯立冬和蕊蕊，和好如初了，你说，他们谁还有什么理由再来打搅咱们呢？

李晨曦的话刚刚说完，方芳正要站起身来脱衣睡觉，外面突然响起了敲门声。

谁——李晨曦和方芳朝门外喊的同时都惊恐地瞪着眼睛，他们迅速地相互对视了一下。

两个人的心都开始了惶恐的狂跳……

3

李晨曦听到敲门声第一个从沙发上跳了起来。

谁！他站起来后朝外喊了一声。

老爸，我，嘟嘟。门外，传来了嘟嘟的应答声。

听见嘟嘟的回答，李晨曦又赶紧看了方芳一眼，方芳一面用脚在地上寻找着拖鞋，一面示意让李晨曦快去开门。

李晨曦看到了方芳的示意，才想起来自己该做什么，于是他慌忙地跑向了房门。怎么了嘟嘟，出什么事了？开门的同时，他紧张疑惑地问嘟嘟，并连声说了快进来，快进来！

嘟嘟进门说没事。

李晨曦站在她的对面，问没事？

嘟嘟说嗯，没事。

李晨曦便更加疑惑了，再问真的没事？

嘟嘟说真的没事，我是来看看您。说罢就朝外面嚷了一嗓子，说你们都进来吧。随着她的喊声，蕊蕊和发发也都从楼道里现身出来，走进了房间。

李晨曦看见自己的孩子们都来了，并且还是在这样一个时间，就问你们这是

嘟嘟、蕊蕊和发发看到了老爸脸上写满了的惊奇、惶恐、疑惑就都笑了。

嘟嘟说，嗯效果不错，我们终于又看见了您的这种表情。

蕊蕊说，嗯我们就想看您的这种表情。

李晨曦越来越糊涂了，他一个个地把嘟嘟、蕊蕊和发发的脸盯着看了一遍，依旧很惶惑地问你们真的没事？

方芳找到了拖鞋，赶紧走了过来，也轮番地把三个孩子看了一遍，确认了他们确实不像有什么事的样子，之后便轻松了下来，她让孩子们坐到沙发上，并且要到厨房去给他们烧水沏茶。嘟嘟赶紧拦住了方芳，说阿姨，我们白天不是没时间接我爸出院嘛，所以晚上我们来看看你们，所以，您不用忙，我们待不久，看看就走。

李晨曦像是才反应过来，说来看看？有你们这个时间来看看的吗？莫名其妙，差点把我吓出心脏病来。

蕊蕊说，老爸，我们就是要这种效果，知道吗？我们就是要再看看您的这种表情，知道吗？

李晨曦没好气地说不知道！

嘟嘟见老爸有些生气，就搀住了老爸的一只胳膊，说，老爸，选这样一个时间来看您，是我的主意。我、蕊蕊还有我妈，那时候轮番地来打搅您和方芳阿姨的团聚，都是在这个时间，都是在您和方芳阿姨准备睡觉的时候，所以，所以，怎么说呢，换个角度说吧，那个时候，我们的确很无奈，很无助，当您用那种混合着惊奇、

惶恐、疑惑的眼神看着我们的时候，当您把我们接进屋子里来的时候，我们当时感到的是幸福，是依靠。

蕊蕊挽住了李晨曦的另一只胳膊说所以我们特别怀念您的这种表情和眼神儿。特别想听您跟我们说，孩子，快进来，快进来！

嘟嘟和蕊蕊的话，把李晨曦的思绪拉回到了以往的那些场景当中，他仿佛又看到了嘟嘟、蕊蕊在夜色下沮丧地站在门口的情形。他仿佛又听到了嘟嘟在打给他的电话里的抽泣声，仿佛又听到了蕊蕊一面敲门一面颤抖着喊老爸的声音。想到这些，李晨曦的心里一下子就涌起了浪涛，他的眼睛在一瞬间便开始有些湿润了。他伸手把嘟嘟和蕊蕊的手攥在了手里，之后不由自主地就又说出了那句话：孩子，快进来，快进来！

大家都坐吧。方芳见李晨曦、嘟嘟和蕊蕊三个人都有些激动，就想把话题岔开，她开始跟发发聊天，问他和小霞最近可好？发发说不错，两个人挺好的，说小霞老是催着他结婚呢。

发发的话，蕊蕊听到了，她走过来问发发你真的要跟她结婚？

发发说，嗯。小霞都催了我好几次了，说她要是老这么不明不白地在他这儿住着，恐怕她的父母该不答应了。

蕊蕊问她行吗？你不是说有一次你俩去公园看见一块石头上刻着杜甫的诗，她问你杜甫是谁吗？

发发说是，她当时是不知道杜甫是谁。

蕊蕊说，她连杜甫都不知道是谁，你俩将来能有共同语言吗？

发发说，这个问题，我想过，我现在觉得，有没有共同语言其实并不在于文化多少，也并不在于她知不知道杜甫和知不知道明星，在于她真不真心对你，就像老爸告诉我的，在于她愿不愿意在一辆豪华轿车坏了之后和你一起搭乘公共汽车。

蕊蕊还是不放心，问发发小霞跟个小市民似的都有什么优点？

发发说优点就是勤俭，优点就是本色。这么跟你说吧，她的优点就是你把你挣的钱交给她你会放心。

蕊蕊很不以为然地撇了撇嘴，说这也叫优点？告诉你说啊发发，你要是跟她结了婚，可不许把钱都交给她啊，听见了没有？

发发问蕊蕊为什么？我为什么不能把钱交给她？

蕊蕊说当然不能交给她了。

发发问她为什么不能。

蕊蕊说不为什么，就是不能！

嘟嘟见两个人就小霞说起来没完没了了，就说咱们到老爸这儿来，是看老爸来的，所以，问题就不争论了。说完，就对老爸说，我们这次来还有个事情想跟您商量。

李晨曦问嘟嘟什么事？

嘟嘟说想问问您什么时候和方芳阿姨复婚，说您去办手续的时候，我们也跟您一起去。

李晨曦问你们？你、发发，还有蕊蕊？

嘟嘟说对，老爸您看现在买东西讲究团购，上网聊天讲究入群，咱们结婚我看就来他一个集体登记，老爸您说好不好？咱们老李家人组织一个李家军，您和方芳阿姨带队，我和老王随后，蕊蕊和冯立冬紧跟，发发和小霞断后，咱们浩浩荡荡地开进西城民政办公大厅，您看好不好？

李晨曦说那样，咱们家可就成了一道风景线了！

方芳听了，便从沙发上站起身来说好，这道风景线比什么都好，晨曦，我看就这么定了。

李晨曦和孩子们把登记的时间定在了 18 号，他说第一日期好记，第二日期吉利。定好时间之后，他又给嘟嘟和发发提出了一个要求，他要他俩在结婚登记前，给前夫和前妻打个电话，告知一下自己准备再婚的事情。嘟嘟和发发不解，问老爸有这个必要吗？李晨曦说有，因为你们毕竟在一起生活了那么些年，所以一定要打个电话过去，以示尊重。

商量好了集体办理登记的事宜之后已经很晚了。孩子们走后李晨曦的睡意全无，因为刚才那道风景线还在他的心里萦绕着，盘旋着。他让方芳先躺下，自己便来到了电脑前。打开电脑他想写点什么，可是一时思绪很乱，理不清楚，因此把手放在键盘上，动了几下手指，可是却没敲出几个像样儿的文字。于是他索性关了文档，点开了 QQ，来到了北国之春的群里。

或许是应为时间过晚的缘故，刚上来的时候，群里一片寂静。翻开聊天记录，里面的不少诗文也是上午或是下午网友们留下来的。他试着把大家好，都睡了吗几个字敲到电脑上，可是等了半天也没见有人回应。李晨曦看看电脑上的时间已经接近零点，于是便伸了个懒腰，揉了揉眼睛，准备退出网络，关掉电脑。把鼠标移到北国之春的界面上要点角上的那个叉子时，一个私聊信息就跳了出来。

23：39：44 有张有弛

你好。

23：40：01 晨枫轻拂

你好。

23：40：04 有张有弛

男？女？

23：40：06 晨枫轻拂

男。

23：40：10 有张有弛

我不信，晨枫轻拂，一看你就是个女的，请问芳龄多少？

23：40：15 晨枫轻拂

我65岁，但是我的确是个男的，信不信由你。

23：20：19 有张有弛

我断定你肯定是个女的。

23：40：22 晨枫轻拂

何以见得？

23：40：28 有张有弛

一般女的在个人信息栏里都不爱填写个人信息资料。这样，咱们以诚相待，我先把照片发给你，你看了之后，再给我发一张你的照片过来看看好不好？

有张有弛说完，没等李晨曦回答，就把一张照片发了过来。

看到照片的一瞬，李晨曦惊呆了。

4

午夜12点的时候一辆警车开到了李晨曦家楼下。

孙丽丽和派出所的那个警察小跑着上了楼，来到李晨曦的电脑前，孙丽丽喘着粗气只把有张有弛的照片看了一眼就很肯定地告诉警察说，是他，就是他，当初他给我发的照片也是这张。

你的呢？

你的呢？

能发过来看看吗？

有张有弛的话不断地跳到屏幕上，他不断地催促李晨曦把照片发给他。

李晨曦指着有张有弛的话，问警察自己该怎么办？

警察说你让我想想。

几秒钟之后，警察有了计划。他很果断地把方芳请了过来，他让穿着睡衣的方芳把头发梳理一下坐到电脑前面，并指示她打开 QQ 的视频。

方芳说她从来就没有用过这玩意，怕弄不好让对方看出破绽。

警察说，没关系，这玩意儿跟两个人面对面聊天没什么区别，你一用就会。只要你镇定就行。

警察帮方芳点开了视频，之后便和李晨曦、孙丽丽躲到了卧室。

有张有弛立即接受了方芳的请求，开通了视频。

啊，我说什么来着，跟你说，一看到你的名字我就知道你一定是个女的。有张有弛说。

哈哈，你怎么会这么有经验？你一定是聊天高手了？方芳回答。

不敢不敢，偶尔为之，偶尔为之。你看着不像是 65 岁的。有张有弛说。

谢谢。方芳很客气地回答。

能问你个私人问题吗？有张有弛问。

请问。方芳说。

你是单身吗？有张有弛问。

嗯，是。方芳回答。丈夫二十年前去世了。

可怜天涯沦落人。我妻子也是二十年前去世的。你现在一个人过吗？有张有弛问方芳。

嗯是一个人，很孤独啊。方芳故作可怜地回答。

我以前也是一个人。有张有弛说。

那现在呢？找到人了？方芳似乎是很在意地问。

不是。是前不久，我老爸去世了，我就把我妈接到了我家。有张有弛解释说。

这样啊，你可真是个孝子。方芳如释重负般地回应对方。

哪里，孝子谈不上。对了，你新入群的吧？

嗯。

咱们群里周末要组织去卡拉 ok，一起去吧？

我不喜欢唱歌，喜欢安静，所以，不想去。

哦，是这样，喜欢安静好，那哪天咱俩单独见见？我请你吃饭？

嗯，单独见见倒不是不可以，不过你得让我想想，好吗？

听到这里，躲在另一间屋子里的孙丽丽咬牙切齿地说，当初这王八蛋叫闲云随风的时候，就是这么一步一步地跟我套瓷的。李晨曦侧耳听了听电脑前方芳和有张有弛的会话，问警察怎么办？抓不抓？警察示意李晨曦小声点儿，说别急，先稳住了，回到所里我先跟领导汇报，之后再做决定。

三个人正在悄声地说话，电脑上的有张有弛却突然消失了。

方芳赶紧跑过来问警察，是不是她哪儿没做好，让他看出了破绽？

警察皱了皱眉头没说话。

5

商量完集体登记的第二天，嘟嘟按照老爸的意思给雷鸣打去了电话，她告诉他自己准备结婚了。雷鸣听到了这个消息，说，他从儿子浩浩那儿知道了她找了一个比自己大很多的男人，原本以为她是闹着玩儿的，没想到她会真的和他结婚。他跟嘟嘟说，你能不能再好好考虑考虑，你这个人爱唱爱跳，好浪漫，好冲动，总是生活在理想当中，可是结婚毕竟不是可以浪漫可以冲动的事情，他比你大这么多，年龄的障碍是不可抗拒的，嘟嘟，我真的有些替你担心，如果再过十年，你们俩之间的年龄差距就会相当明显了，嘟嘟，你真得好好考虑考虑。嘟嘟听了，就说谢谢你的关心，我已经考虑好了，不会更改了。说完便问雷鸣最近怎么样。雷鸣叹了口气说不怎么样，和自己的研究生甜甜好了之后她先是催着结婚，之后是要他买大房子，等他借钱、贷款买了房子，并给她安排了工作之后，她便提出来跟他离婚。

你们离了？嘟嘟问雷鸣。

正在准备离。雷鸣回答说。

那，新买的大房子归谁？嘟嘟问。

房子买的时候产权人写的是她，所以，那房子肯定是她的了。雷鸣有些无可奈何地回答。

几乎在嘟嘟给雷鸣打电话的同时，发发也借送乖乖回家的时机跟自己的前妻说了自己准备结婚的事情。前妻听了，就问发发干什么这么着急要结婚？发发说不是他着急，是他家里着急。前妻听了，就不屑地撇了撇嘴，说，你们男人就是一个人过不了。之后还说没想到你这么快就要结婚，也没想到你会把结婚事情告诉我，要是事先知道了，我应该给你准备个礼物才是。发发说我结婚肯定是要跟你说一声的，不为别的，就为咱俩同学了那么长时间，又在一起生活了那么长时间。说完了，发发又补充了一句，说实在的，虽然咱俩离婚了，可是，你在我心里的位置，谁也替代不了。说完这句话，发发觉得自己心里头热热的，眼圈开始有些湿润了，再看前妻，脸红红的，两只眼睛里也涌出了泪花。

到了18号这一天，李晨曦一家人早早地就来到了西城区民政大厅等待登记。民政服务人员给每对前来办理登记的准夫妇分发登记表时看见了李晨曦家一行八人有些奇怪，便用手指着这一群人问李晨曦说你们这是一家子？

李晨曦事先已经想到了，工作人员见了他们一定会感到惊讶，于是就面带微笑回答说是，是一家子。

你们谁结婚？工作人员好奇地问，怎么跟着这么一大群人？

没见过这阵势吧？李晨曦问。

工作人员摇头说没见过。

告诉了你，你会更说没见过，会更惊讶，李晨曦对工作人员说，我、我两个女儿、一个儿子，我们今天都登记结婚。

工作人员于是就停住了手，把李晨曦一家人看了又看，最后说，真没见过。

填完结婚申请登记表，工作人员让李晨曦一家坐下来耐心等待，听广播叫号，说今天的日子吉利，因此办理登记的人也特别多。等待的时候，李晨曦走到工作人员身边说想问个问题。工作人员点头示意他问。李晨曦就措了措辞问您在这里工作多少年了？工作人员回答说二十几年了，回答完便反问李晨曦是不是想问问我工作的这二十几年里见没见过你们这样一家子都来办理结婚登记的？李晨曦说不是，他是想问问她见没见过两个男的或是两个女的来办结婚登记的。工作人员一时没反应过来，问他您问的是什么？李晨曦就又重复了一遍，问见没见过两个同性的前来办理结婚登记的。工作人员听了，扑哧一下笑喷了。她强忍了好半天才止住了笑说大叔啊大叔，您可真有新鲜的，您一家人组团来办结婚登记，也是您老的创意吧？

工作人员笑喷的同时，发发的手机响了一声，坐在她身边的小霞提醒他有短信，说完就要把手伸向发发的手包替他掏手机。发发轻描淡写地说了一声，不用看，都是些垃圾短信，待小霞的目光被工作人员笑得前仰后合的样子给吸引过去了，他才偷偷地掏出手机看。短信是迪博士发来的，迪博士说我晚上一直在等你的电话，因为我习惯了，习惯了这么些日子里，你在午夜时分的来电，可惜的是这么多天我一直也没能等到，我想，我最熟悉的那个声音：博士，我想你我再听不到了。我知道，我是一个中看不中用的女人，你是想成家不假，可我不符合你和你们家的需要对吗？发发看完了短信，想给迪博士回一个，他刚按了回复键，小霞忽然把视线从工作人员身上收了回来，转过头去问发发，你不是说垃圾短信吗，怎么还要回复？发发急忙应变道不是回复，是删除，说完，便将迪博士的短信做了彻底删除。

18号的吉利日子正如工作人员所说，办理登记的人的确很多，终于轮到李晨曦一家人坐到公证人员面前时，已经接近傍晚。窗外的夕阳似乎拥着所有人的倦怠。就在排在第一个的发发准备回答你愿意娶这位女人为妻这样一个十分庄重、神圣的问题的时候，一段音乐又响了起来。小霞赶紧提醒发发关了手机，发发将手机来看了看，见竟是大卫打过来的，他忙站起来离开了座位，离开了小霞，置身在了大厅里面的一片嘈杂当中。大卫问发发在哪？怎么背景这么乱？像是在超市里。发发急忙谎称说是在超市，正在忙着挑选食品，我待会儿给你回过去吧。还没等大卫把好吧两个字说全，他忙按了手机的关机键，唯恐广播里不时传出来的办理结婚登记的＊＊＊号请到＊＊号公证员前就座的声音通过手机传送过去。

办完集体登记，一家人来到饭店吃晚饭，发发借去洗手间的时机赶紧拨了大卫的手机。大卫说整整两周了，我一直都在想你，他问发发今晚能过来吗，我们能好好谈谈吗？大卫急不可待的声音里揉进去了春风细雨搬的妩媚，让发发觉得无法拒绝。

晚饭后回到家已经很晚了，冯立冬脱去西服说睡觉吧，蕊蕊说折腾了一天，是有些累了，于是就也脱了外套准备洗漱。把手机掏出来放在床头柜上的时候，手机响了，冯立冬听见蕊蕊的手机响，立即就把头扭了过来，见蕊蕊拿起手机来看了看没接，便带着疑惑问蕊蕊怎么不接电话？蕊蕊回答了一句骚扰电话，接它干吗。冯立冬脱了西服让蕊蕊给他挂起来，自己就走进了卫生间，蕊蕊拿着冯立冬的西服没往衣柜的方向走，她悄悄地走近卫生间听了听里面的动静然后赶紧回到卧室拿起了手机。

喂，你刚才来电话了？蕊蕊问白景轩。

你怎么不接电话？白景轩反问她。

以后你别再来电话了，我，我，我们今天办理结婚登记了。蕊蕊跟白景轩说，再说，我以后晚上也不方便了。

晚上不方便了，那白天行吗？白景轩带着祈求的口吻问。

让我想想吧。蕊蕊回答。

蕊蕊跟白景轩通话的时候，冯立冬轻轻地把卫生间的门开了一条缝儿。

6

有张有弛自那次突然消失了之后再也没露面，李晨曦几次在网上点他都没有回应。派出所里警察们召开会议开始分析他不露面的原因。跟方芳核实了所有的细节之后，警察否定了李晨曦说的有张有弛看出了破绽，因为他曾经跟方芳有一次曾擦肩而过的经历的说法，觉得问题出在方芳和有张有弛的对话上。他们分析，有张有弛既然是个骗子，那么他的行骗对象就应该是有钱可骗的人，方芳在跟他聊天时说自己是个工人，自己的丈夫去世二十几年了，这二十几年自己一直独自带着孩子生活，显然他觉得方芳是个没多大油水的人，因此才会突然消失了的。得出了这个结论，警察们开始研究下一步的行动方案，既然有张有弛说过每逢周末群里都会有卡拉 ok 的聚会，那么他们把视线都聚焦在了网友的聚会上。

得知李晨曦一家人要办理集体结婚登记崔凯就一直想办两件事，一件是他准备给李晨曦一家人举办一次集体婚礼，一件是他琢磨着送给李晨曦一件什么像样的礼物。第一件事似乎简单一些，翻翻日历，征求一下大家的意见，找一个合适的时间便可，可是第二件事却让崔凯大伤脑筋，因为他觉得这个时候要是自己再拿出一叠钱来给李晨曦，李晨曦还会像上次一样婉拒。方芳知道了儿子崔凯的想法，就给了崔凯一样东西，她说这是你李叔叔的宝贝，先前是由孙丽丽保存着的，后来孙丽丽把它交给了我。并说，你李叔叔最爱诗，诗是他的梦想，诗是他的生命。崔凯从老妈手里接过那样东西打开了，见一个厚厚的本子上，粘贴的都是李晨曦发表过的诗。

崔凯经过一番紧张的筹备，集体婚礼在李晨曦一家人集体登记之后的一个周末举行。

在婚礼进行曲的伴奏下，李晨曦和方芳、嘟嘟和老王、蕊蕊和冯立冬、发发和小霞作为新人从一条长长的红地毯上缓缓入场。担任司仪的崔凯宣布首先请李晨曦和方芳就座，接受子女的祝福。李晨曦按照崔凯的指令正要入座，远远地看见孙丽丽和派出所警察站在了婚宴大厅的另一端，于是他赶紧朝他们挥手，他用肢体语言问他们两个，有张有弛抓到了吗？孙丽丽见到李晨曦朝他们挥手便也伸起手臂朝他乱舞，李晨曦没从她眼花缭乱的舞动中看出答案来，就又挥舞手臂，问有张有弛到底怎么样，抓到了没有？派出所警察的肢体语言倒是很清楚，就像是水兵打出来的旗语，他的回答李晨曦很快就看明白了，他先比划了一个有张有弛也就是闲云随风，李晨曦回应道，嗯，看明白了，抓到了吗？警察继续比划了几下，要告诉李晨曦结果，可是他的手势让忽然涌进来参加婚礼的人搅乱了，李晨曦一时没看清这有张有弛到底是抓到了还是跑了。

崔凯见李晨曦半天没有就座便上前扶住李晨曦，请他坐了下来。李晨曦坐好了，他就又宣重新布了一遍请家长接受子女们的祝福，宣布完毕，他首先从礼仪小姐手里接过一本书，之后将这本书托举到李晨曦面前。看到书，看到书的封面上赫然印着《晨曦细语》的书名李晨曦立即从座位上站了起来。

我的书？李晨曦不敢相信自己的眼睛。我的诗集？

您的。崔凯十分肯定地回答，回答完之后，又把书翻到了扉页上让李晨曦看。

扉页上，两行重磅黑体字立即就映入了李晨曦的眼帘：

谨以此书献给我亲爱的父亲！

谨以此书祝福我亲爱的父亲和母亲！

看了这两行字，李晨曦的心里便开始翻滚起了热浪，随之，他张开了双臂将崔凯拥抱在了怀里。崔凯也拥抱住了李晨曦，他把嘴贴在李晨曦的耳朵边上，轻轻地叫了一声父亲。

鞭炮响起来了。礼花弹把花花绿绿的礼花喷洒到了天空，之后又落了下来，撒在了李晨曦和崔凯的身上。

崔凯祝福完毕，冯立冬便走近了李晨曦和方芳，冯立冬说自己没文化，他要用一种没文化的方式祝福两位老人，语毕，他嗵的一声跪倒在地，很郑重地将双拳抱起，倒头便拜。众人见了均感惊讶，蕊蕊斜了他一眼，骂他还没喝呢就高了，方芳和嘟嘟见了赶紧要起身过去拦阻，李晨曦却正襟危坐，让方芳和嘟嘟别拦着，让冯立冬使劲儿磕，不见响儿不算。冯立冬将抱起的双拳高高举起，之后咚的一声将头磕向了地板。

一片掌声和喝彩声中，鞭炮再一次炸响了，随之，礼花也再次喷到了空中，那礼花，红的、绿的、粉的、黄的，亮晶晶的，像穿着花裙子从教室里面跑出来的小姑娘，她们淘气地在空中翻转着，变幻着朝李晨曦一家人的身上飘落了下来……